U0685555

甘肃省委宣传部
甘 肃 省 文 联
重点资助项目

滚石上山

——散点透视陇上脱贫攻坚

马步升 著

伟大历程——甘肃扶贫纪实 纪录工程丛书

读者出版传媒股份有限公司
敦煌文艺出版社

图书在版编目（C I P）数据

滚石上山 ：散点透视陇上脱贫攻坚 / 马步升著. -- 兰州 ：敦煌文艺出版社, 2021.5
ISBN 978-7-5468-2040-8

Ⅰ. ①滚… Ⅱ. ①马… Ⅲ. ①报告文学－中国－当代 Ⅳ. ①I25

中国版本图书馆CIP数据核字（2021）第086166号

滚石上山：散点透视陇上脱贫攻坚
马步升　著

责任编辑：赵　静
装帧设计：马吉庆

敦煌文艺出版社出版、发行
地址：（730030）兰州市城关区曹家巷1号新闻出版大厦
邮箱：dunhuangwenyi1958@163.com
0931－8152172（编辑部）
0931－8773112　0931－8120135（发行部）

兰州新华印刷厂印刷
开本　787毫米×1092毫米　1/16　印张　25.5　插页　2　字数　380千
2021年6月第1版　2021年6月第1次印刷
印数　1～3000册

ISBN 978－7－5468－2040－8
定价：58.00元

伟大历程——甘肃扶贫纪实

纪录工程丛书编委会

主　编

王嘉毅

副主编

高志凌　康　清　郭锦诗　王国强

王成勇　王登渤　刘永升

《滚石上山——散点透视陇上脱贫攻坚》编委会

主　任

王登渤

副主任

王正茂

编委

滕　飞　陈　昊　王　熠　冯丽君

参与主创人员名单

王　琰　海　敬　马宇龙　傅兴奎　柯　英　沈艺秀

杨　先　刘梅花　李晓东　保建元　张　燕　吴　莉

目录

第一章

一则新闻：甘肃75个贫困县全部脱贫摘帽

2020年11月21日，甘肃省政府批准最后8个贫困县（镇原县、通渭县、岷县、宕昌县、西和县、礼县、临夏县、东乡县）脱贫摘帽。至此，甘肃全省75个贫困县已全部摘帽，困扰甘肃的绝对贫困问题得到了历史性解决。

最后8个贫困县摘帽

甘肃是我国脱贫任务最重的省份，贫困面积大，贫困人口多，贫困程度深。全省共有75个贫困县，其中58个是国家集中连片特困地区贫困县，17个是省定插花型贫困县。党的十八大以来，甘肃省通过产业政策扶贫、易地扶贫搬迁、兜底保障等多种扶贫方式，在脱贫攻坚上迈出坚实步伐，取得了决定性成就。到2019年底，有67个县陆续摘帽退出。

脱贫攻坚以来，甘肃省委、省政府始终将这8个深度贫困县作为脱贫攻坚的主战场，在联系领导、帮扶力量、项目布局、资金安排等各方面优先倾斜支持。到2019年底，8个县未脱贫人口减少到10.14万，贫困发生率下降到3.2%，80%的贫困村出列。农民人均可支配收入达到7572元，是2014年的1.7倍，年均增长14%。住房、饮水、义务教育、基本医疗、产业就业、兜底保障等“两不愁三保障”重点领域主要任务基本完成，为摘帽退出奠定了坚实基础。

2020年以来，甘肃省将8个未摘帽县作为全省攻克贫困最后“堡垒”的重中之重，从攻坚、巩固、提升、兜底、整改5个方面多措并举，强力推进。

8名省级领导督战剩余8个贫困县，甘肃省委书记林铎、甘肃省省长唐仁健、省政协主席欧阳坚带头督战脱贫难度最大的东乡县、宕昌县和西和县，省级分管领导牵头督战重点领域；市州主要领导督战到村；各县主要领导督战到户、包抓到人。甘肃省脱贫攻坚领导小组每月调度、跟踪推进；省直相关行业部门对重点任务、急难问题旬调度、周调度，及时了解掌握情况，研究解决突出问题。通过较真碰硬“督”、凝心聚力“战”，8个未摘帽县“两不愁三保障”的基础更加坚实，脱贫质量得到进一步提升。

2020年10月中旬，8个县在完成剩余贫困人口和贫困村脱贫验收、已脱贫人口和已退出贫困村全面检视工作的基础上，对照贫困县摘帽验收标准进行了自评，向所在市州提出摘帽退出申请。

经过市级初审、省级行业部门单项验收核查、第三方评估检查、省贫困县退出验收工作组审议、省脱贫攻坚领导小组专题会议研究、公示公告、甘肃省脱贫攻坚领导小组会议审定等程序，甘肃省政府于11月20日研究同意8个县从贫困县序列退出。

脱贫质量较好，群众认可度高

甘肃省扶贫办党组书记、主任任燕顺在2020年甘肃省贫困县摘帽退出新闻发布会上介绍说，在8个贫困县摘帽退出省级验收评估过程中，验收评估人员总结了两个突出特点：

一是脱贫质量较好。2020年摘帽的8个县，虽然都是难中之难、坚中之坚，但由于攻坚力度大、工作扎实，脱贫质量超出预期，一些主要指标如人均纯收入增幅、“三保障”实现程度超过以往摘帽县。收入方面，2020年8个县建档立卡贫困人口人均纯收入达到8690元，是全省建档立卡贫困人口平均收入水平的101.8%。“三保障”方面，义务教育辍学现象动态清零；贫困人口基本医疗保险参保率、缴费补助率、合规费用报销比例全部达标；农村存量危房全部改造；所有农户消除了饮水不安全现象；兜底保障政策实现了应保尽保、应兜尽兜。

二是群众认可度高。群众对脱贫攻坚成效和脱贫退出的认可度达到98.5%，比2019年摘帽县提升了近1个百分点，比2018年摘帽县提升了近2个百分点，表示家庭情况明显改善的受访农户达到99.3%。无论是贫困户还是一般农户，对发展特色产业、支持合作社发展、壮大集体经济、帮助提高务工技能、组织外出务工、增加公益性岗位、实施兜底政策、组织消费扶贫等方面的工作是充分肯定的，对驻村工作队、帮扶干部的辛勤工作充满感激。

任燕顺表示，剩余8个贫困县摘帽退出后，甘肃省75个贫困县已全部摘帽退出。这是党中央、国务院亲切关怀，国家有关部门大力支持的结果；是甘肃省委、省政府精心谋划、科学决策，主要领导亲力亲为、强力推进的结果；是省直各部门和各专责小组认真履责、狠抓落实、科学调度、协调推进的结果；是天津、厦门、福州、青岛四市和中央各定点帮扶单位以及社会各界无私帮助的结果；更是8个县和所属市（州）广大干部群众苦干实干、艰苦奋斗的结果。

“75个贫困县全部摘帽退出，并不等于脱贫攻坚画上了句号，仍然面临巩固脱贫成果、提高脱贫质量、防止返贫的繁重任务。我们将按照省委、省政府的安排部署，深入学习贯彻党的十九届五中全会精神，继续保持攻坚态势，进一步查缺补漏，做到摘帽不摘责任、摘帽不摘政策、摘帽不摘帮扶、摘帽不摘监管，不获全胜，绝不收兵。”任燕顺表示。

对于记者和媒体来说，这只是他们发布的无数消息中的一条，但对于三千里陇原大地，对于二千七百万陇原各族儿女，对于长年奔波于山川田野间，向贫困宣战的广大干部群众而言，无疑是一个让人热血沸腾的消息。这个消息昭告天下：压在甘肃人头上的贫困帽子在今天正式摘下了，一个漫长的贫困时代结束了，一个崭新的时代开始了。

每一位甘肃人都应牢牢记住这一天：2020年11月21日！

一张时间表

甘肃历年贫困县摘帽一览

2018 年甘肃省政府批准 18 个贫困县摘帽

皋兰县　崆峒区　正宁县　两当县　临夏市　合作市　七里河区

凉州区　民勤县　永昌县　瓜州县　甘州区　高台县　山丹县

民乐县　肃南县　西峰区　白银区

2019 年甘肃省政府批准 18 个贫困县摘帽

永登县　榆中县　玉门市　平川区　景泰县　武山县　甘谷县

泾川县　灵台县　崇信县　华亭市　成县　徽县　夏河县

卓尼县　碌曲县　玛曲县　迭部县

2020 年 3 月甘肃省政府批准 31 个贫困县摘帽

古浪县　天祝县　靖远县　会宁县　秦州区　麦积区　秦安县

清水县　张家川县　庄浪县　静宁县　庆城县　宁县　环县

华池县　合水县　安定区　陇西县　渭源县　临洮县　漳县

武都区　文县　康县　临潭县　舟曲县　永靖县　和政县　广河县

积石山县　康乐县

2020 年 11 月甘肃省政府批准 8 个贫困县摘帽

镇原县　通渭县　岷县　宕昌县　西和县　礼县　临夏县　东乡县

至此，甘肃 75 个贫困县全部摘帽！

一篇旧文：陇人，陇人文化，以及陇人精神

脱贫攻坚是新时代一个大国的伟大行动，贯穿于其中最重要也最活跃的元素是一个字——人。

投身于这项伟大行动中的人需要明确目标指向：饱受贫困困扰的人和地域。

如此，一些前提性或潜在性的问题便会随着脱贫攻坚行动呼啸而来，那就是：甘肃为什么贫困？甘肃的历史文化传承的特质是什么？甘肃人文精神和自然资源的优势在哪里？劣势在哪里？

所谓知己知彼百战不殆，当明晰了问题所在，随后的行动便有了针对性。

这是一个复杂而宏大的问题，一篇文章、一本书，都会产生挂一漏万的遗憾，不能因为说不清楚而放弃言说。多年来，讨论这个问题的文字真可谓汗牛充栋，省内省外、学界民间聚讼纷纭。这是一个永恒的话题，当然不会有最后的结论。但所有的言说都是有价值的，其最大的价值也许是还有这么多的人在关注这个问题。关注本身就是一种力量，因怀有希望而关注。我忽然想起，多年以前，我参与了有关“甘肃精神”“陇人品格”课题的研究工作，并执笔起草了一篇绪论。那个时候，甘肃的扶贫工作也在火热开展。多年过去，当甘肃郑重宣布整体脱贫摘帽的荣耀时刻，我仍然愿意将当年的这篇文字分享出来，作为梳理甘肃脱贫道路的一个角度。

旧文如下——

俗话说，一方水土养一方人。这句话虽名之为俗话，却具有真理的意味。其实，这句话只表达了一层意思，被忽视了或被遮蔽了的一层意思应该是：一方人撑起一方天地。水土养人，人反哺水土，互为因果，相辅相成，天人合一，众生和谐，这才是一方完整的世界。甘肃地域广阔，历史久远，民族成分复杂，文化形态各呈异彩，但在一方水土之上，一片天空之下，共生共荣数千年，互相切磋，互相砥砺，互相学习，取长补短，在中华民族文化的背景下，打造出了一种具有甘肃特色的人文精神和品格风貌，我们称之为“陇人品格”。现表述如下：

一、诚实守信

陇人天生处在这样一种生存悖论下：一者，严酷的自然条件时时威胁着陇人的生存；一者，陇人更依赖于自然的赐予求得生存和发展。在此生存悖论下，陇人经过漫长而痛苦的实践，也摸索出了切实可行的生存策略，这就是：首先，尊重自然的宗主地位，不与自然争胜，而是感恩自然，敬畏自然，依赖自然，顺应自然，呵护自然，谋求与自然的和解与和谐；然后，尊重自然规律，发挥主观能动性，改良自然，拓展自身的生存空间。陇人对自然的这种态度，源于中国传统道德中“和”的精神。和为贵，倡导的不仅是与人和，还有与天地和，而其根本则是自己与自己的和谐。正如国学大师季羡林先生所表达的和谐观一样：自己与自己心灵的和谐是最高的和谐。一“和”存心，节制一己的欲望，节而求“和”，“和”而独善其身。以此为基准，“和”而致达，谋求兼济。这种品格在陇人这里得到了充分体现，相沿成习，浇筑于文化传承中，化育为一种诚实的处世态度和守信的交往准则。他们对天诚实守信，承认天大人小，“天地者，万物之逆旅也；光阴者，百代之过客也”（《春夜宴桃李园序》），人只有顺天命而尽人事，才是根本的生存之道。顺天命是对天的诚实，尽人事是对天的守信；他们对地诚实守信，因地制宜是对土地的诚实，安土重迁是对土地的守信，因之在这一方酷寒之地上，创造出了堪称辉煌的农耕文明、绿洲文明、草原文明以及现代工业文明；他们对人诚实守信，宽以待人，亲和比邻，一诚存心，守信四方，利己而利人，志在双赢；他们对自己诚实守信，陇人的自我奋斗是以对自己的诚实为底色的。如果说，对他人诚实守信是处世准则，那么，对自己诚实守信却是立身之本。他们明白梅花香自苦寒来、宝剑锋从磨砺出的道理，一分劳动，一分收获，脚踏实地，循序渐进，近取诸身，远取诸物，乐观达命，安分守己。

二、包容创新

三千里陇上，东起中原，西连西域，南临巴蜀青藏，北接内蒙宁夏，从古以来便为内地与边疆的天然走廊。万里丝绸古道，三分道路，陇上居其一。这是一条华夏文明走向世界的走廊，这是一条世界文明走向华夏的走廊，这是一条中原民族与西北少数民族同台竞技、取长补短的走廊。数千年来，各民族时分时合，合而分，分而合，分时互相切磋借鉴，合时共同融会贯通，分分合合之时，正是共存共荣之机。十多个民族，虽各持生活方式，各具文化禀赋，却你中有我，我中有你，多元共存，多元共荣，可谓道大乃容，大度能容，尊重差异，包容多样。这既是一种古老的道德信条，又是一种现代的文化品格。包容是一种文化情怀，更是一种精神打造，包容产生力量，包容激发文化自觉和文化自信。他山之石，可以攻玉，包容为创新制造契机，包容为创新提供动力。人类发展史早已揭示了，一种文化只有勇于吸纳，才可激发自身的源头活水，一个敢于包容、善于包容的群体，才可拥有永不枯竭的创新能力。陇人本身是融合而成的群体，陇文化本身是包容的遗产，陇人从古融合至今，包容至今，创新至今。

我们不妨直观地去看待陇人和陇文化。有人把甘肃地形图比作一柄东西摆放的如意，东头搁在中原大地的肩上，西头延展至西域腹地，背靠广阔的漠北高原，袒腹于河山雄奇的巴蜀、青藏，而作为华夏地理几何中心的兰州正好是这柄如意的支撑点。乍看，不仅形似，而且神似。如意，在这里不是形容词，而是名词。这是众多的民族几千年来用智慧，用血汗铸造的一柄如意。如意，如意，万事如意，这又是华夏民族以“和”文化的基本理念延伸出来的文化信念。而对陇人来说，作为华夏的一分子，陇上如意，华夏如意。无数历史事实早已揭示了这一理念。作为中原连接西域、漠北、巴蜀、青藏的桥梁，陇上安定，华夏基本处在一统盛世；陇上动摇，华夏的分崩离析也在所难免。而几千年的陇上，虽有分有合，但合多于分，更重要的是，合为大趋势，合为各民族在各个时期最大的利益所在。而合之所以成为陇上飘扬最久、最鲜艳的旗帜，因素固然很多，但与陇人本来就是融合的产物，陇文化本来就是多种文化的融合体有关。可以说，包容是陇人之所以成为陇人的最重要的遗传基因和文化基因。包容的实现，需要互相磨合，需要互相协商，需要互相妥协，需要互相认同，需要求同存异，需要和而不同的文化品格。在这些过程中，吐故纳新成为可能，创新求变成为现实。陇人在包容与创新的道路上，从远古走进了新时代，此时，在人类的大视野下，包容和创新更成为一种文化形态生存和发展的前提，同时，也为陇人在新时代的包容和创新，从形式到内容都提出了新的要求。问渠那得清如许？为有源头活水来。包容和创新完成了陇人和陇文化的过去和现在，陇人和陇文化的未来依然在于更大范围，更多形式，更多内容的包容和创新。一句话，陇文化的精髓在于包容，陇人的前途在于以包容为前提的创新。

三、执着坚韧

陇上自然条件严酷，天灾人祸从来与陇人如影随形。要生存下去，要在生存中获得发展，必须具备执着的精神和坚定的品格。陇人性格中之执着坚定，堪称天下之最。执着不是固执，而是咬定青山不放松；执着不是不知变通，而是外方内圆，外讷内敏；执着不是蛮干，而是苦干加巧干。执着是陇人的精神底色，坚韧是陇人的品格展现。坚韧不是逆来顺受，而是绝地求生；坚韧不是麻木不仁，而是守拙待时；坚韧不是随遇而安，而是百折不挠；坚韧不是消极保守，而是知其不可为而为之的底线坚守。执着是虽九死其犹未悔的信念，坚韧是上下求索的行动，执着与坚韧联袂，这是严酷的生存条件赐予陇人永远的礼物，也是陇人对严酷的生存条件永远的回赠。陇人在自然带来的无尽挫折面前，练就了进退有据、从容应对、执着坚韧的功夫。在生存理念层面，陇人愈挫愈奋，欲取先予，人一之，我十之，人十之，我百之，以十倍百倍的努力换取生存和发展的契机；在生存技术层面，天时不利，则慎独自励，失之东隅，则收之桑榆，摧之不折，则层楼更上，惠风和畅，则高歌猛进，为下一轮不可避免之挫折的到来积蓄应对之力。袁林达1815页的《西北灾荒史》，描述的重点虽然是发生在西北大地有准确气象记载的千年灾荒史，同时也可视为西北人坚韧性格的锻造史。而陇上无疑又是西北灾荒最集中的地域，当然，陇人也是西北灾荒最重要的承担者。陇人在与灾荒的对抗中，磨炼出了坚韧的生存意志；在与灾荒的周旋中，获得了博大精深的生存智慧。无情的灾荒并没有使陇上返回远古蛮荒，相反，陇人在与灾荒的对抗与周旋中，不仅实现了生存，而且获得了发展。

历史的烟云时兴时散，而灾荒走向陇上和陇人的脚步却从来没有停止过。只是：萧瑟秋风今又是，换了人间。站在今天的陇原大地，抚今追昔，真个是，青山依旧在，几度夕阳红，回首向来萧瑟处，也无风雨也无晴。放眼望去，陇原大地依然生机勃勃，陇人走向未来的脚步依然隆隆作响，陇人执着坚韧的品格依然处在锻造的过程中。

四、团结奋进

陇人的历史是一部团结的历史。团结诞生了陇人，团结发展了陇人，过去的陇人靠团结走到了今天，今天的陇人必须更加团结，才能走向未来。从词义的本源而论，团结是古代一种军事组织的名称，取其团而聚之之意。团结的目的何在？团结就是力量，团结是奋进的前提。俗话说得好：人心齐，泰山移。陇人在过去的几千年里，以承担中西文化交通为己任，东土文明因此远播欧陆，西域精神经此润泽华夏，河山三千里，石窟三千座，风云几千年，汇通东西方，至今光照世人；而且，每当内地山河板荡之时，陇上踊跃担当大后方之责，中华文明成果借此得以保护和传承，辉煌灿烂的五凉文化和敦煌文化便是明证。在革命战争时期，陇上承担了红军三大主力会师之重任，并成为陕甘宁边区的重要组成部分；抗日战争最艰苦的时期，陇上成为抗日军民获取外援的唯一通道；和平建设时期，陇上又为共和国奉献了第一批现代化大工业；改革开放时期，陇上价格低廉的宝贵原材料支撑着国家众多的建设项目。陇上向来以酷寒著称，陇人向来与贫穷结缘，但在漫长的历史进程中，陇人何以担当起如此重大的责任？其力量的源泉是什么？一言以蔽之曰：团结。走进历史深处，一处处遗迹，一座座废墟，无不展示着先民聚族而居的团结意识，放眼当下，无论是广阔田野，还是草原深处，一个个村寨，一顶顶帐篷，无不排列为互相声援的格局。许多部落，许多民族曾经从陇上走过，人远去了，文化却一一沉淀下来，成为后继者的精神营养。许多民族定居在这里，这里就是家园，同处一方天地，同饮一条河水，无论是哪个民族，都是街坊邻居，都是朋友兄弟。众人拾柴火焰高，一方有难，八方支援，支援他人，就是支援自己。抬头寒天，低头酷地，没有民族与民族的团结，任何一个民族都难以在这里生存和发展；没有个人与个人的团结，任何人的一切梦想在这里都会化为一声叹息。团结之于陇人，意义分外特殊，它是陇人生存与发展的密码。以国家民族观念衡之，团结是每个民族、每个人的根本利益；若以地域民风而论，诚实守信则是陇人团结的性格基础。团结可以凝聚人心，团结可以产生力量，团结可以促人奋进。铁山精神、白银精神、定西精神、三苦精神、老区精神等等，无不是团结的陇人所展示的团队精神。

四组汉语词汇，十六个方块字，字词虽有分别，血脉却无歧义。诚实守信是陇人品格的道德向度，包容创新是陇人品格的文化宽度，执着坚韧是陇人品格的信念力度，团结奋进是陇人品格的灵魂高度。几千年来，陇人诚意正心，身体力行，用血汗浇灌着这十六个字，用智慧完善着这十六个字，用卓绝的实践提升着这十六个字。词分四组，字有十六个，体现的却是一种精神，一种品格。这种精神，这种品格，将陇人从远古导入今天，又必将导引着陇人从今天奔向未来。

另一种精准

应有关部门之邀，我承担了这部旨在全面描述甘肃脱贫攻坚行动纪实作品的写作任务，说实话，深感心有余而力不足。我从小生长于陇东的黄土山乡，对农村生活有着切肤的体验，那种贫困，还有种种艰难，至今让人噤若寒蝉。但这只是生活的一部分，我从上辈人那里，更是深切体会到了人们在贫困面前的坚韧不屈，还有对美好生活从未放弃的热切向往。长大成人后，几十年间走遍陇原大地，如今的 86 个县级行政区我都去过，而且至少去过两遍以上，有的去过数十次。我不能就此夸口自己对甘肃有多了解，我只是说，我对甘肃全境有过走马观花式的感性观察。我也写过大量以甘肃为背景的文史作品，有学术类的，更多的是小说和散文。在算得上漫长的研究、观察、体验和写作中，我逐步从一个对甘肃的旁观者，变化为一个甘肃的当事人。

甘肃的一切都与我有关，现实的困境和对未来的期许，我都是其中的一分子，哪怕是多么微不足道的一分子。无论做什么事情，把自己搁进去，既是一种责任担当，更是职业要求。在扶贫工作开展以来，我也随着所在单位，承担了应有的扶贫任务，另外，作为一个写作者，在有关机构的策划组织下，多年来，我也去过国内众多的乡村。大河上下，天南地北。有比较，有鉴别，它山之石，可以攻玉。也因此，我写过数量不菲的有关扶贫工作的文学作品。在我看来，无论是扶贫工作本身，还是描述扶贫工作的文字，都有一个针对性的问题，就是扶贫工作本身是否精准，描述扶贫工作的文字是否精准。

鉴于此，我愿意把自己在这方面的写作体会，聊表献芹之诚。这便是：精准扶贫背景下如何精准地书写乡村。

在整个20世纪，中国文学最为凸显的成就，无疑是关于乡村书写。主要表现在：其一，乡村革命和建设，是20世纪中国最主要的时代课题。在整个20世纪，实现国家的近代化和现代化，已经成为世界性及世纪性潮流，而且，能否顺应或跟得上这个摧枯拉朽的潮流，直接关乎每个国家的生存。作为一个世界上最大的、拥有最广大农民群体的国度，中国人痛彻地感受和认知到，农村问题、农民问题，是关乎国家生死存亡的问题。20世纪的一代代中国作家们，感受到了自己笔下的分量，并呼应了时代的召唤，从鲁迅、沈从文、赵树理、丁玲、周立波，下延到“十七年文学”中的浩然，直到改革开放以后的路遥、贾平凹、张炜、刘醒龙、关仁山等等，无论如何，他们担当了一个作家在时代面前的责任，在很大程度上完成了对自己所处时代关于乡村书写的文学使命。通观其书写特点，主要有：书写对象身份明确，以启蒙、启智为主要价值追求，理想主义色彩浓厚，审美经验往往经得住事实经验的检验。也就是说，他们的作品是在完成了“是”的层面书写后，再进行“应该是”和“为什么是”的价值追问和审美判断。因此，将这一个个作家和他们的一部部作品按照时间顺序排列开来，便可以清晰地，乃至准确地勾画出整个世纪的中国乡村生活图景和精神图谱。

其二，几千年来，中国就是一个以农村和农民为主要成分的国度，但农村和农民，从来都没有成为叙事文学书写的主角，即便是偶尔涉及农村和农民，也只不过是借以抒发士大夫家国情怀的介体，而非主体。在这些数量有限的作品中，农村和农民，只是作为一个背景性符号，招之即来，挥之即去，始终处于叙事主体的是叙事者，而非叙事对象。因此，在叙事文学作品中，我们几乎看不到一个生活场景具象化的村庄，更看不到一个可以独立存在，且具有美学自洽性的农民形象。这种情形从鲁迅开始有了根本性的变化，以至 20 世纪中国文学的叙事作品中，最为耀眼的是农民形象，各种各样的农民形象，成为文学史上的农民群像。日常生活中的农民，革命或战争中的农民，生产建设中的农民，乃至情感生活中的农民……无论作品的价值取向如何，审美目标如何，赋予的符号意义如何，总之，农村和农民是主角，展现的是不同时代的中国农村和农民。

这种文学书写对象的变迁，以及对书写对象的准确精细的把握，固然有着宏大而复杂的时代因素，以及文学本身的价值诉求，但有一点不可稍有回避，这就是：这些不同时代作家对各自所处时代农村和农民的熟悉。不错，在乡村书写中成就较大的作者，几乎都有着或深或浅的农裔背景，有着深厚的、带有强烈痛感和质感的乡村生活经验，对于叙述对象，或出于真诚的热爱，或因为哀其不幸怒其不争，或者仅仅出自对时代号召的积极回应等等。其实，诸如此类的因素固然都是重要的，更为重要的恰恰是他们熟悉书写的对象，在书写对象中，可以寄托他们的文学理想和社会理想。最为重要的是，他们与书写对象是一种同步或同谋关系，他们生活在当下，所书写的也是活在当下的书写对象。

而这种乡村叙事与时代脚步合拍的盛大合唱，在世纪之交的某个时刻，出现了一种时间和空间错位，乡村叙事仍然热度不减，也时有艺术水准较高的作品面世。但稍作观察就会发现，书写者与书写对象，已经悄然拉开了时空距离。从时间上来说，书写者处于现在进行时中，书写对象却处在过去时；以空间而言，书写者居住在远离书写对象的空间中。时间上的错位，让书写者与书写对象之间异常陌生，空间上的疏离，使得书写者在字里行间总是流露出一种居高临下的优越感，哪怕出自真诚的同情和根源于人性深处的善良。而书写者的身份构成，与先前相比并未发生重大变化，仍然根出农裔，甚至很大一部分就是不久前写出过重要乡土文学作品的作者。为什么会这样，原因大约有二：一者，这些曾经写出过重要乡土文学作品的作者，并非对书写对象的情感发生了多么重大的变化，而是他们所熟悉的仍然是书写对象的“曾经”，而对书写对象的“当下”已经相当陌生了。但他们所储备的最重要的写作资源仍然是乡村，人虽然进城很久了，但书写对象仍然在乡村，只不过已经由先前“当下”的乡村，转化为乡村的过去时。再者，新加盟的乡村书写者，虽然生长于乡村，但和前辈乡村书写者不同的是，在其成长过程中，从物质层面到精神层面，从来没有进入过乡村内部，甚至从来没有与他们所生存的乡村发生过身份认同，他们离开乡村前，人生的首个重大目标，就是如何通过学校教育，合法地、体面地离开乡村。这是对乡村生活境况的理性考量后做出的理性抉择。因此，他们在乡村期间的主要生活场景，基本上是从一所学校到另一所学校，当取得远离乡村的社会身份以后，再返身回望自己一路走过的乡村，当书写乡村的愿望萌生后，他们会忽然发现，自己其实是生长于乡村的乡村陌生者。事实上，与先前的乡村书写者相比，他们自从懂事后，就是成长于乡村的乡村疏离者，与具体的乡村生活的疏离，与乡村情感的疏离，对书写对象“是”的层面的隔膜，使得大量的乡村题材叙事作品成为贴着乡村符号的乡愿式写作。

无论怎么说，风风雨雨几千年的中国乡村，已经来到了一个前所未有的新时代，延续几千年的、具有某种神圣意味的“皇粮国税”宣布取消已经十多年，彻底摆脱乡村贫困也已成为正在紧锣密鼓实施的国家战略，而且预期的最后实现期已经迫在眉睫了。在如此庄严而浩大的精准扶贫战略背景下，作为写作者，跻身于这一时代课题中，发出文学的声音，不仅是文学存在感、使命感和道德感的要求，技术层面的要求也至关重要。也就是说，当下的乡村到底是什么样子，精准扶贫对象的生活状况和精神状况到底是什么样子，乃至乡村到底向何处去等等，这一切都要求书写者有精准的认知，然后才有望精准地书写精准扶贫背景下的中国乡村。

知易行难。如何精准地描述当下甘肃的农村，再把范围紧缩到如何精准地描述甘肃扶贫脱贫过程这个具体的写作领域，仍然是一个艰巨的、几乎无法真正做到的工程。精准描述，在某种程度上只能是一种创作态度。权衡再三，我还是以散点透视的方式，去进入广阔的、浩繁的、旷日持久的扶贫脱贫现场中，尽力以具体的人和事，以点带面，点面照应，为这一旷世工程留存点滴记忆。

虽不能至，而心向往之。

要说的话一并说在前面，让我们开始踏上甘肃的脱贫攻坚之旅吧。

甘肃脱贫之路：一部人类向贫困宣战的壮丽史诗

甘肃，是全国脱贫攻坚的主战场。

甘肃脱贫，则全国近10%的人口脱贫，全世界1%的人口脱贫。消灭贫困，是甘肃对中国的贡献，对人类的贡献。国家使命与最普通的农民的命运紧密结合，贫困的乡村涌动着变革的力量，行动的力量，乡土精神汇聚的力量，人觉醒的力量。半个多世纪反贫困的努力，精准扶贫的变化在甘肃大地上逐渐显现。千千万万农民兄弟与时代共脉搏、同呼吸。消除贫困是党中央对全国人民做出的庄严承诺，是全国8000多万共产党员肩负的重大政治责任，具有现代性，也具有当代性。事实上，我们每一个中国人都有责任，因为我们共有黄昏、田野和忧伤，共同向往清晨、丰收和宁静。

甘肃，中华民族和华夏文明的重要发祥地之一，也是中医药学的发祥地之一，被誉为“河岳根源、羲轩桑梓”。一只亿万年前的大鸟飞过祁连山脉，飞过玉门昌马，马门溪龙和黄河古象正依次走过甘肃大地。伏羲一卦开天，女娲和黄帝诞生，周人崛起于庆阳，周祖教民稼穑，秦人肇基于天水、陇南，天下李氏的根在陇西。古老的弱水河从《山海经》倾泻而出，玄奘牵白马向西出了玉门关。一条长长的河西走廊连接东西方文明，整个西部地区，仿佛一个面朝东方的人。彩陶、青铜、石窟、雕塑、壁画，沿着文明的阶梯一路向前，运送丝绸、玉石、瓷器、香料、茶叶的驼队来来往往。丝绸之路畅通，沿线设立郡县，拓荒和屯田使得人口增多，农业、产业、手工业和商业繁荣，百姓安居乐业。

甘肃，西北之门户，位于黄河上游，沟通黄土高原、青藏高原、内蒙古高原，东通陕西，南瞰巴蜀、青海，西达新疆，北扼内蒙古、宁夏，西北出蒙古国，辐射中亚，自古就是东西方文明交融的通道，也是中国开疆拓土的前线，以其独特的地理位置和战略格局，截断向中原蔓延的兵祸，阻挡吹向内地的风沙。这里曾经召开最早的“万国博览会”，是国际文化和贸易交流的重要舞台。西域 27 国王公使臣汇集，气势恢宏，欢声雷动，仕女在道旁舞出一朵又一朵绚丽的花。

曾经壮美的甘肃，更为“出名”的是贫穷。作为西北地区内陆省份的甘肃，曾经进行着以毁坏自然生态为代价的粗放式发展，前进的背后是萎缩的水土。面积 45.37 万公里的土地上，生活着 2600 万人民。中国科学院 1997 年《中国土地资源生产潜力及其人口承载力》的研究报告显示，甘肃的人口密度已经超过了生态环境所能容纳人口的理论密度，为“土地承载超载区”。历史上战乱频繁，人口众多，生产方式单一，生产能力低下，观念、技能和教育落后，加上自然条件严酷、多山地、土地贫薄、沙漠化严重、交通不便等诸多因素，使甘肃成为全国打赢脱贫攻坚战最困难的省份。这就是我们的故乡，壮美而积贫积弱的故乡。贫困是挥之不去的魔咒，笼罩着甘肃大地。贫困是一切苦难中必先要根除的苦难。

甘肃，召唤就是使命，任务就在眼前。党中央、国务院从 20 世纪 70 年代开始对甘肃进行“输血式”扶贫。改革开放以来，我国大力推进扶贫开发，特别是随着《国家八七扶贫攻坚计划(1994—2000 年)》和《中国农村扶贫开发纲要(2001—2010 年)》的实施，更是把甘肃贫困程度深、连片的特困地区作为扶贫开发主战场，以此解决存在已久的区域发展差异问题。

党的十八大以来，甘肃按照党中央、国务院提出精准扶贫、精准脱贫的要求，因户施策、因人施策，让温暖的甘霖精准滴灌苦焦土地上的人们。“全面建成小康社会，13 亿多中国人，一个都不能少！”这是习近平总书记在中国共产党第十九次全国代表大会上的庄严的承诺，也是中国共产党向贫困发起总攻的号角。从扶贫攻坚到激发乡村自身发展内在动力，如同肌体从输血、供血到造血的转变，甘肃大地正在发生着翻天覆地的变化。

建设“一带一路”，为甘肃的发展带来了重大历史机遇。省委省政府紧紧抓住甘肃地处丝绸之路“黄金段”的重要区位优势，担负起建成丝绸之路综合交通枢纽和黄金通道的重要使命，在加强路网交通建设的同时，深入推进精准扶贫，从治水、治沙、造梯田、产业发展、移民搬迁、文化建设振兴乡村等多方面规划布局，制定扶持优惠政策、划拨专项建设资金、加强基层党组织建设、选派优秀党员干部驻村帮扶，从“输血式”扶贫到激发自身“造血”功能、从一家一户单打独斗到统一规划整村推进、从加大基础设施建设到因地制宜发展产业，逐渐探索出一种符合甘肃实际的扶贫模式。

阿基米德曾说：“给我一个支点，我可以撬动整个地球。”如果“一带一路”是一条长长的撬板，那么甘肃就是支点，可以撬动中亚、西亚，甚至撬动整个世界。精准扶贫结合一带一路，乡村振兴融入国际化进程，甘肃脱贫攻坚正在路上，曾经的“黄金驿站”和“商贸古道”将再焕迷人光彩。

在扶贫攻坚的路上，有一些人、一些事要被记忆永远保留。背负着巨石上坡的人，与风沙搏斗的人，让河流改变流向的人，踩着沙砾艰难行进的人……他们就算遭遇黑风暴也从未停止行进，他们的脊背上写着甘肃精神，写着中国精神。

如今，甘肃向世界宣布整体脱贫了，这是甘肃的福音，是中国的福音，又何尝不是全人类的福音呢？正如一首歌所唱：“多少次我回过头，看看走过的路。”那么，也让我们回头看看甘肃走过的脱贫路，也许它可以成为全人类对抗贫困的可资借鉴的模板。

第二章

活跃在黄土山乡的大学生

成为一个大学生，是无数学子寒窗苦读的高远目标，是天之骄子、人中龙凤。而放羊娃，则是一个技术含量不高的农牧业劳动工种。学生娃、放羊娃，曾经代表着漫长时代社会阶层的高处和低处。当今，在甘肃壮阔的脱贫攻坚战役中，两者的身份产生了高度重合。不是社会退步了，恰恰相反，这是社会进步的标志，曾经的简单劳动必须要高学历、高技术人才的加盟。让我们从甘肃的最东部出发吧，而且是从甘肃最东部的羊圈出发，逐次走进整个甘肃的脱贫战场。

在六盘山的东面，有一片红色的土地——庆阳环县。

这里，习仲勋曾经担任第一任县委书记，这里曾经是陕甘宁边区的重要组成部分，这里也是以干旱缺水和贫困远近闻名的地方。我曾多次去过环县，这片拥有全国国土总面积百分之一的广阔土地，地表水奇缺，仅有的几条细弱河流，也因为盐碱成分过高，人畜不能直接食用。自古以来，这里不缺土地，缺水，缺自然降水，缺地表径流。人们为水而苦，苦了数千年，一个“水”字，成为环县贫穷的魔咒。

2008 年，我为了环县的雨水集流工程，走遍了环县所有的乡镇和大部分行政村。在那个春夏之交，我整日奔波在山路上。环县艳阳高照，遍地荒凉，大风袭来，黄尘弥天。那时候，政府已经封山禁牧了，而环县的黄土山包上本来就牧草稀少，遇到干旱，羊群更是无草可食。在这个半农半牧山区，农业靠天吃饭，牧业也靠天吃饭。每一年，老天爷多下几场雨，农牧兴旺，众生欢欣，少下几场雨，或干脆没有有效降雨，那么，一个家庭的主要劳动力便要寻找水源取水，保人的命，保牲畜的命。从深沟里挑回一担饮用水，往往需要跋涉十几里甚至数十里山路，而且经常会空着水桶去，空着水桶回。

为了解决人畜饮水问题，民众耗尽了心力，政府想尽了办法。如何既可以发展农牧业，保证群众的基本生活需求，又可以真正落实封山禁牧，阻截环境继续恶化的势头，并逐步改良生态，现代化养殖业应运而生。

环县属于六盘山集中连片特困地区，自然条件恶劣，经济发展相对滞后。走出家乡，去外面闯荡，曾是当地不少年轻人的梦想。2016年，环县招商引资引进龙头企业，毕业于西北农林科技大学的姬永锋毅然前来，成为一家专业养殖场的场长。当时有5名大学生跟着姬永锋学养殖。饲喂、清洁、防疫以及一个现代养羊工所要做的各种工序，姬永锋手把手带着这些非专业出身的学生，熟悉每一步流程。

姬永锋发现，大学生进羊圈搞养殖，比起村里招来的工人毫不逊色。大学生专业性强，有着良好的实践能力与学习能力，吃苦耐劳、敢拼敢钻的精神也令人刮目相看。“当时我就明白，大学生是养殖产业发展的重要发动机。”姬永锋说。

近几年，一座座现代化养殖场、肉羊屠宰加工车间拔地而起。现代养殖业的兴起，让许多像姬永锋一样的“燕子”争先恐后地“归巢”。2019年，姬永锋发起成立了环县大学生养羊产业协会，把有志投身农业的大学生们聚拢在一起，办起了“放羊班”，帮助更多大学生回乡就业、创业。

此时，王小梅坐在一间宽敞明亮的办公室里，整理养殖场的季度报表，窗外不远处就是一座气派的现代化肉羊育肥养殖场。家住环县的王小梅，三年前还是一名待业大学生，如今在自己家门口找到了心仪的工作。

“当时觉得找到一份专业对口的工作简直太难了。”王小梅说，自己曾在大学学习畜牧兽医，由于专业冷门，求职屡屡碰壁。万般无奈下，她只能先回到家乡。惊喜的是，她遇到了第一期“放羊班”培训。经过报名、审核和培训，王小梅顺利应聘成为环县城东塬养殖场的职工。在这座现代化肉羊养殖场，像王小梅一样的返乡大学毕业生占职工的半数以上。

据姬永锋介绍，借助大学生养羊协会，环县目前已经培训了近 1000 名返乡大学生。这批人已经在养殖场、村级防疫站、农民专业合作社等各个岗位上担任重要职务，开始“反哺”家乡。

“比起养了一辈子羊的老把式，大学生养的羊明显更肥。”环县环城镇冉旗寨村党支部书记王志涛说。在大学生的参与带动下，当地养殖方式变化很大，从“满山放牧”到“精准饲喂”，从“看体型、摸肚皮”到“挨个做 B 超”，大学生推动科学养殖技术应用于脱贫一线。

“回来就是人才，就是致富带头人。”庆阳市人社局副局长石永宁说，“大学生利用信息、技术、理念等优势，激活县域经济，为‘造血式’扶贫提供了更多发展模板。”

“回农村创业，我的起点反而变高了。”李超如是说。回到老家环县两年有余，李超的写字台上，至今放着人生第一张工资条，上面显示的月收入是 1010 元。李超保留它，是因为这串数字改变了他的人生轨迹。

17 岁那年，李超路过西安一家 4S 修理店，看见员工个个西装革履，他心生艳羡。次年高考，李超填报了甘肃交通职业技术学院汽修专业，梦想自己也能走进汽车销售服务行业，找一份“体面”工作。大学毕业后，他如愿以偿地在西安一家 4S 店当了售后服务员。

但是，现实却让他碰了一鼻子灰。入职首笔月薪只有 1010 元，李超还得拿出 700 元交房租。每天上下班的情景更令他难忘：冬天，用一件大棉袄裹着西服，骑上“小黄车”，在城市的街道巷陌踽踽而行。

“没有高学历，独自在大城市闯荡，有一种漂泊感。”李超说。他萌生了一个想法：既然在大城市难以立足，不如回到熟悉的农村。

李超打听到，环县发展肉羊产业，需要一批大学生。他笃定，回到农村，自己终有用武之地。

2019 年 3 月，李超在环县一家龙头企业学养殖，培训结束，他又先后到 8 个合作社学习养殖的消毒防疫和草料配比。期间，李超从技术员发展成合作社养殖场场长。现在，他已经是环县天池乡、演武乡12家千只湖羊养殖示范专业合作社的运营主管。

环县是养殖大县，这几年，当地为了推动养殖业良种化，纷纷引进湖羊这一新品种。相比本地羊，湖羊产羔成活率高，产羔周期短，效益也更好。但是，不少农民抱守旧观念，不肯换品种，满足于旧的散养方式，对政府倡导的新品种保持观望态度。

他们万万想不到，在湖羊舍饲养殖合作社埋头苦干的李超，已把12家合作社7000多只湖羊侍弄得膘肥体壮，毛色均匀。乡党们都说，李超这个年轻后生，才上手一年，已经有了养殖"老把式"的样子。

"湖羊是新品种，适合设施养殖，饲养需要良种化、科学化、标准化、集约化。"李超说，"湖羊养殖很有门道，喂食混合草料，提供通风散热的大棚，一季度打三至四次防疫针，还需定期给羊棚喷雾消毒……"

湖羊养殖效益好，不少农户眼红了。2020年，演武乡和天池乡新增了580户湖羊养殖家庭。"如果按照每户产羔20只来算，每家的毛利润收益在2.6万元。"李超说。

随着现代化养殖场、肉羊屠宰加工车间、电商产业园拔地而起，更多像李超一样的大学生视农村为创业热土，纷纷从都市踏上返乡之路。

据庆阳市人社局数据，近三年回归该市的高校毕业生总计2.7万人，多为二本及以下非重点院校、独立院校和高职院校毕业生。2018年至今，当地返乡创业的毕业生达6302人，养殖和电商成为创业热门领域。

环县就业局局长刘占鹏介绍，返乡大学生的到来如同活水注入，助推本地营商环境优化，形成集聚效应和良性竞争。在大学生创业者的参与下，环县小微企业对税收贡献值连续三年超过规模以上企业。

"对我来说，在城市发展没有什么机会，反而是农村缺少年轻力量。在这里发展，我可以实现自我价值，发展的起点反而高。"李超说。

李赟霖说："创业改变了我，也改变了父母的看法。"一般人看待农村老家的东西，总觉得"土气"，可30岁的李赟霖却从中嗅到了商机。李赟霖的老家在环县毛井镇，当地许多农妇都会一手漂亮的针线活，做的绣花鞋垫针脚细密，工艺精巧。李赟霖没想到，从小司空见惯的刺绣鞋垫，有朝一日竟吸引她走上了创业之路。2015 年从西安外事学院毕业后，李赟霖接到老家环县人社局邀请，参加了县上组织的大学生电子商务创业培训。这场培训让她萌生了一个想法：让农村手工艺产品借电商走出大山。

除了参加培训，李赟霖还去电商企业学习网络销售。靠着积攒的经验，她于 2017 年创办了环县霖赟电子商务有限责任公司，专门销售刺绣鞋垫。

李赟霖的目标客户是城市家庭主妇。她的网店开业后，宁夏、青海、甘肃、陕西的消费者居多。“不管是自己珍藏还是馈赠亲友，刺绣产品都是许多家庭主妇的首选。”李赟霖说。不少家庭主妇是刺绣爱好者，李赟霖除了直接销售，还从农村回收半成品鞋垫，提供给刺绣爱好者，待半成品变成品后，再回收销售。

“有了互联网，我一个人可以撑起一个店。原料来自浙江，加工在本地农村完成，销路面向全国，足不出户就能搞定一条产业链。”她说。

考虑到消费者的不同喜好，李赟霖主打的产品风格迥异。为迎合年轻人，她在网络上广罗创意元素，推出了卡通类鞋垫，图案从花鸟鱼虫变成了动漫造型，鞋垫的字样从传统的“福寿禄”变成了“520”等流行符号。

一双刺绣鞋垫，根据工艺高低，价格从 100 元至 200 元不等。李赟霖的网店一年线上销售额在 70 万元至 80 万元。

李赟霖说，自己能够顺利创业，离不开家乡出台的一揽子扶持政策。她目前在环县电子商务孵化中心办公，政府提供办公设备，免除水电网费。此外，当地不仅成立了电商办，帮她这样的电商创业者传递诉求，还给快递公司提供补助，减少电商创业者的成本，“快递费最低的时候，3 公斤以内按 3 元计费，一年能帮我省掉好几万元。”李赟霖说。

李赟霖大学的专业是汉语言文学，涉足电商行业，算是门外汉。网店销售业绩欠佳时，她埋头研究内容策划、数据分析等经营之道，甚至自学修图技术，网店的视觉设计由她一手完成。她发现，电子交易是一门新学问，需要具备相关知识、综合素质。“拿沟通技巧来说，作为网店客服，换一种态度和沟通方式的话，可能会激发客户的消费冲动。”她说。

这几年，李赟霖感受最深的是：创业让自己变了一个人。“创业碰到困难时，我第一时间想到的不是退缩放弃，而是设法摸索解决，在挫折中提升自己。”她说。

创业不仅改变了李赟霖，也改变了父母对女儿的看法。

李赟霖说，在西北农村，曾有一种普遍观念，认为女性的正式工作就是考进体制内，端上“铁饭碗”，所以父母起初反对她创业。但看着女儿在电商平台的生意渐有起色，父母不再口头质疑，而是帮女儿从亲朋好友家收购半成品鞋垫，予以行动上的支持。

一个个回乡的大学生，所从事的行业不同，但殊途而同归：发掘家乡潜力，用所学带动乡亲致富。31 岁的陶毅毕业于西安外事学院视觉传达与设计专业，曾在上海飞利浦总部电商部从事设计工作。在其他人眼里，这份工作算得上体面、光鲜。可是，陶毅放弃了这份工作，2015 年回到了老家环县合道镇陈旗塬村，投身到电商创业浪潮中。对于他的这一决定，父母不理解，周围的乡亲也觉得不划算，几乎没人看好他。

这一年，正是环县电商产业兴起之年。免费的办公场所、定期电商培训、低成本物流快递等等，当地支持电商创业的政策陆续出台。陶毅给父母算了一笔账：免费的办公设施能帮助自己节省大部分开支，快递成本平均每公斤比市场价低 2 元钱，后续每公斤能更优惠，自己还有丰富的电商经验，各类因素都很利好。2015 年，陶毅先开了淘宝店，销售苹果、小杂粮、羊肉等土特产，一年收入达到 10 万元。这让陶毅看到了希望，也让家人更支持自己的选择。

2016 年，陶毅发现电商行业发展迅猛，环县农特产品在市场上已经具有一定的竞争力。为了增加产品可信度及客流，陶毅成立了自己的第一家小公司——环县傲林电子商务有限责任公司。

目前，这个公司里有 6 人，清一色的大学毕业生。“我返乡创业，也给其他同龄人提供了就业机会。”陶毅说。现在公司运营良好，每年营业收入为200万元到300万元，利润达到30万元。村里人都对他刮目相看。

2020年是陶毅返乡创业的第6个年头。从开网店到带领团队发展电商业务，他的业务“朋友圈”越拓越宽。

前不久，陶毅刚刚结束了在天津的电商培训，就马不停蹄地返回环县，将环县羊肉快递发往天津。原来，在这次培训班上，陶毅除了学习直播新业态下如何快速发展电商，还不忘推荐一下家乡的优质羊肉。“天津客户知道了环县羊肉，现场下单8000多元。”陶毅说。

2020年受新冠肺炎疫情影响，环县农特产品销售不畅。陶毅另辟商机，发现羊粪这种有机肥料很受市场欢迎，于是将农户家的羊粪进行收集筛分，每天销售1吨到2吨，日收入3500元。“短短3个多月，从周围30多个羊场收购销售了250多吨羊粪。”他说。看到了有机肥市场的前景，5月份，陶毅又将村民家灶台产生的草木灰收购并筛分处理，20多吨草木灰销售一空。

周围的村民尝到电商的甜头后，有来请教的，也有上门推销的。有农户拿自家的土特产登门推荐，希望利用电商平台销售。“每次乡亲来咨询，我都会耐心讲解。我希望不断发掘家乡潜力，用我的所学去带动乡亲致富。”陶毅说。

回乡大学生们都有一个共同的心愿：改变家乡旧面貌，从我们做起。相比环县，庆阳市合水县自然条件优越，光照充足，雨量适中。当地瓜果蔬菜品种丰富，被誉为黄花菜之乡，又是甘肃苹果的核心产区之一。2016年，合水县入选国家级电子商务进农村综合示范县。同年，丑虎炳辞去西安的工作，结束在外5年的漂泊生活，返回家乡。

丑虎炳毕业于广东科技专修学院，计算机专业的他熟悉互联网，了解东部沿海地区电子商务发展现状。在得知家乡具备电子商务创业的条件后，他敏锐地捕捉到了机遇，成为当地第一批搭上电商快车的创业者。“家乡的黄花菜和苹果品质优良，在外地都买不到、吃不着。”一开始，他就选定了以本地农特产品作为创业的主要产品类型。

2016年，丑虎炳的电商公司成立。黄花菜、苹果、干果……这些农特产品他都卖，但每个月线上销量少得可怜。“酒香也怕巷子深。”丑虎炳说。电商市场同质化竞争激烈，物流成本昂贵、产品质量把控不过关，公司起步并不顺利。

创业之初，人手不足，丑虎炳一人承担起收货、验货、发货的全环节，挨家挨户谈合作，在田间地头看长势。水果交易行情动态变化，经常一天一个价。为了及时调整应变，他每天早上4点摸黑跑到集市，跟着果农验货，了解价格走势。

转机发生在2018年底。合水县果业局在广东东莞的水果批发市场设立了水果直销窗口，直接对接珠三角的大型水果批发商。丑虎炳承担了主要的供货任务，以苹果为主的各类水果日均发货量超过10吨。这场“及时雨”帮助他的公司稳住了脚跟。循着这一思路，丑炳虎把一部分精力投入到线下农产品供应链建设中，庆阳的小米、羊肚菌、核桃等农副产品也被纳入公司经营范围。他也从当年的单打独斗发展为11人的创业团队。

“现在营商环境好多了。政府对我们的扶持力度很大，我们也在充分利用这次机遇。”丑虎炳说。

最近几年，合水县建起了县乡村三级农村物流配送网络，帮助电商创业者解决“最后一公里”物流配送难题，同时配套建设了电子商务服务中心，成立电子商务办公室，提供人才培训、技术支撑、品牌培育、营销推广等服务。丑炳虎的公司入驻了合水县电子商务民俗文化创业园，和其他创业者一样享受了三年内免租、免服务费等优惠政策。

未雨绸缪，丑虎炳给自家销售的农特产品注册了商标“馋半仙”“陇河堂”。新冠肺炎疫情期间，他和团队把手机变成“新农具”，通过直播带货、电商平台推广等形式，把自媒体运营和农产品营销相结合，网店销量不降反增。

截至目前，丑虎炳的公司在京东、拼多多等线上电商平台上的销售额已达390万元，带动了当地230多户贫困户致富。2020年，丑虎炳计划在创业园附近修建冷库和种植基地，继续建设完善农产品的线上线下供应链。

让他欣喜的是，团队中陆续有大学生加入，一批年轻人已经成长起来，依托已有的货源和销路自己创业，目前已有 4 名大学生开起了网店。

“以前家乡给外界的印象是落后，但随着我们越来越多年轻人回乡，改变农村旧面貌就有了可能。”丑虎炳说。

山川作证：以王昌寺为例

走进王昌寺，有很多的未知，也有很多忐忑：不知道从哪儿开始采访。采访时和人家说些什么？会不会碰到无话可说的尴尬局面？从哪儿入手写起？我不喜欢这种客套的、冷冰冰的一问一答式的采访，我希望和他们像朋友那样毫无顾忌地聊天，只有这样，我才能真正了解他们的生活到底发生了怎样的变化。

精准扶贫、精准脱贫，这是一件大事，是中国的一件大事，对整个世界、整个人类来说都是一件大事。试想，哪个国家能做到这一点？能让举国上下都脱贫、奔小康？哪个政党能做出这样伟大的举措？作为中国公民，我们没有理由不为自己生为中国人而自豪。农村的生活有了翻天覆地的变化，从贫困中走出的农民有很多话要说。而我们这些写作者就得提起笔，写写发生在自己身边的感人故事。

我忐忑的原因是：我能写好这场翻天覆地的变化吗？

去了再说吧！

和固城镇党委书记赵宇通了电话，他正好在县统办楼。听完我的意图，他让我等着，他办完事和我一块儿去。

赵宇 40 多岁，中等个头，黝黑的脸庞上有两道浓浓的剑眉，剑眉下有一双睿智的眼睛，脸上时常挂着温和的微笑。

县城很小，出进就那么几个人，一个照面都是熟人。每次见到赵宇，他都是匆匆忙忙地进出。今天我坐他的车去固城，固城留有他的足迹，留有他的汗水，也许还有他的眼泪，有他的规划、他的宏图、他思想的闪念。可能在他心里装得最多的不是那个长得很清丽，名字也很女性化的自家那口子，也不是那个虎头虎脑的儿子，而是固城川这块土地上土尘尘的父老乡亲们生活质量如何提高，是固城河如何治理，是固城河两岸的土地如何发展，种植什么作物吧。

一上车，赵宇就和我说起了王昌寺村的情况，比如发展产业、易地搬迁、生态农谷，还有驻村工作队。我听了，还是没有一点头绪，先看看吧，看看固城这几年的变化。看完村容村貌、村民们的生活，或许就有了思路。

车子到了塬畔，朝下俯瞰，满眼重重叠叠的绿。公路环绕在绿树间，车子在绿的汪洋中行驶，耳边飘过一两声鸟鸣，清脆婉转，溅落在车窗上，啾啾几声，入心、入肺，也只有这绿的世界里能溅落这么清脆的鸟鸣声。大片的玉米地，玉米苗已到膝盖处，生机盎然，仿佛半大小子，莽莽撞撞一个劲地往上长，却又规规矩矩排列整齐，脸上挂着新奇的微笑看着路上的行人、车辆。

玉米田边上一排树，袅袅娜娜，树下就是固城河。固城河不大，碧波粼粼，两岸是绿油油的青草，草丛中点缀着无数野花。绿树、青草、野花，使这条很不起眼的小河妩媚无比。

这个季节走进固城川，满眼都是绿。这些绿不是一成不变，而是各种绿相间分布，如波涛般起伏。浅绿、翠绿、深绿、灰绿，再到墨绿。以固城河为中心，形成了绿色的漏斗，越往固城河走，绿色越深。

在整片绿色的帷幔中间，赫然出现了几座银白色的塑料大棚。这座座银白色把浓浓的绿撕裂开，却一点也不显得突兀，反倒使这道川生动起来，如身穿绿色套装的少妇，披着一块银白色的纱巾，摇曳着妖娆的身姿，迈着袅娜的步子，徘徊在固城山的山脚。

固城川也正是有了这一座座银白色的塑料大棚，村民的生活才富裕起来。我来的主要目的是看这些大棚。

一边听着赵宇的介绍，一边看着路边的风景。参与此次采访活动的合水县作家沈艺秀的脑子里一直萦绕着18年前的固城。那时这条路不怎么宽阔，石子路，每天一趟客车。客车破旧，一跑起来哐哐当当，摇摇晃晃，如患严重哮喘病的老人，一路喘息。卷起的尘土从车厢的各个缝隙飞进来。下了车，全身上下一层土。从固城川走进县城的人，一搭眼就是乡里人，让人鼻孔朝上、眼睛向下地斜视，强烈的自卑使人不由得缩头弯腰，目光闪烁。我就有这种抑制不住的自卑心理，好像作为一名固城人，作为固城中学的一名老师是低人一等的。

初到固城时，年关刚过，一切都是冷冰冰的，这冷冰冰不光是季节的冷，还有我看在眼里的一切。山大沟深，山上光秃秃的，看不见一点活色，褐色山体峻嶒裸露，偶尔看见一棵树，孤零零地长在巨大的山体上，让人感到被抛弃的悲凉。一棵树就是一棵树，双木才成林，一大片林子才能成为“森”，一棵树，在这么大的山上出现，难以成气候。

如果不是来这儿工作，她还不知道大山深处有这么一块地方，还不知道有这么一群土苍苍的人。这些人要吃、要喝、要生活，就得要生活必需品——燃料。看这满山光秃秃的，哪有燃料？他们冬天如何取暖？

这是一块被遗弃的地方，这是一群被遗弃的人。

有人吗？一路上很少看见人家，也看不见牛羊牲畜，甚至连鸡鸣狗吠声都听不见，晚上更是看不见灯光。很多晚上，她走出校门，徘徊在黑漆漆的石子路上，就是想看见一两盏灯光，想证明一下这个地方不是一座孤城，有人在大山深处呼吸、说笑、咳嗽、吐痰。她不相信这条石子路上除了学校之外看不见灯光。但每次出行，她都失望归来。她看不见一丁点灯光，也听不到人们的说话声、咳嗽声。

可每次坐车，那些脚边放着鼓鼓囊囊的蛇皮口袋，站在路边招手挡车的人都是从哪里冒出来的？

她问学生，问他们从哪个村子来的，他们说：

“我是董家寺的！”

“我是王昌寺的！”

“我是固城村的！”

原来，他们都有来处！每天放学都有去处！

“那你们都住在哪儿？”

“家里啊！”对于她的问话，他们都觉得很奇怪，感觉老师是不是脑子有点问题。

“我是说，你们的家都安在什么地方？我每次来回都没有看见一户人家，晚上出去也看不见一点灯光。”

“哦——我们的家在山上，在半山腰。从深沟里进去，还是在山上。”

“晚上看不见灯光，那是我们怕费电，电费很贵的。”

“山上？吃水方便吗？”

“我们从固城河里抬。早上早早起来，先给水缸里抬满水，然后才上学。”

她盯着他们看，一大早的，有的学生脸红扑扑的，有的学生头发湿漉漉的，像经过了长途跋涉。

水啊，一切都源于水。人类赖以生存的最基本的物质条件，让她的学生瞬间变成大人。

其实这个地方并不干旱，还经常下雨。祖祖辈辈生活在固城川的人却最怕下雨，特别是每年汛期来临时接连几天的大暴雨。雨下得猛，急遽，铺天盖地泼洒下来，形成河流一样的山水。这股股汇聚而成的山水如脱缰野马，居高临下，一路奔驰，全然不顾这片303.5平方千米的土地上，2.56万亩的耕地，一万多人遭受水灾折磨的痛苦，大摇大摆地从捶胸顿足、伤心落泪的人身边径自流走，狂妄孤傲。

视水如生命的固城川农民，面对这从天而降的山水，怎能不满含幽怨与哀叹？这幽怨何其之深！哀叹又何其之重！山水所到之处，金灿灿的麦子倒了，清凌凌的玉米倒了，软弱无力地躺在烂泥里；猪栏垮了，鸡棚塌了，狗窝也冲得七零八落；浑然一体的山被切割开了，村子里的土路被切割开了，到处崩塌得千沟万壑、满目疮痍。

固城，一方水土难养这一方人。每到这个季节，固城川无路可走，到处都是烂泥。别处很少看见的高筒雨靴在这儿随处可见，有的学生早上穿上高筒雨靴，就得“扑通扑通”一整天。

有一句话：“八百里秦川，不如董志塬一个边，董志塬一个边不如固城烂泥河滩。”相传一个外乡人一路逃难，在八百里秦川没有讨到一口粮，还被人家的狗追赶了好远，最后走到董志塬的边上。董志塬也穷啊，也是吃不饱、穿不暖的，但是董志塬的人没有放狗咬他，只给了他一口水喝。肚子里灌满水的外乡人来到了固城烂泥河滩，这儿的人不但没有赶他走，还拿出了玉米面馍，让他在逃难的生涯中尝到了粮食的香甜，于是他就发出了这么一句感慨。他感慨的主要意思是：固城川的人是憨厚朴实的。岂不知“烂泥河滩”成了憨厚朴实的固城人的一块心病，他们最怕每年暴雨来临之时。

自古以来，人类就有两个营阵：富有的和贫穷的。所以人类就开始了反饥饿、反贫困的战争。反贫困是国际性的难题，饥饿本身就是贫困最直接的表现，反映在现实层面上，就是人们对粮食的重视。

固城人穷，因为固城大多是山地、坡地，种子撒下去，大风一吹，根本就站不住脚。再加上山水冲刷，人们忙忙碌碌，在汗水、泥水、泪水的浸泡中盼了一年，到头来还是填不饱肚子，于是就想开更多的荒地种植粮食，广种却薄收，于是又想开垦。这样一直开垦，就造成了水土流失。越穷越开荒，越开荒水土流失越严重，水土流失越严重就越穷。

严重的水土流失使固城川夹道南北两溜山裸露出黄土的本质，似伤疤。这是一个恶性循环，不但固城川，整个合水县乃至于整个庆阳地区、整个黄土高原都是这样。

思绪拉回来，沈艺秀已经到了董家寺村部，赵宇在这儿有工作。一进入工作，赵宇脸上那温和的微笑便一扫而光，马上冷峻起来，浓眉剑目也变得黝黑深邃起来。

告别了赵宇，沈艺秀开始了王昌寺之行。但是她的脑子里还一直转悠着18 年前固城中学的那一批学生，除了她知道的几个学生在县城各个单位上班外，大多数人都去了哪里？他们现在都怎么样了？

2003年，沈艺秀离开了固城中学。此后的18年里，她很少去固城，偶尔坐车经过，看见固城川没有了当年光秃秃、荒凉、到处土尘弥漫的景象。山润了、水绿了，路边的人家多了起来，人也鲜亮了起来。后来竟然看见沿路的房屋一幢接一幢，这让她吃惊异常，也感慨异常。

但是，这里的人们总体还处在贫困状态，脱贫仍然是这片土地上最大的现实问题。

黄土高原上到处黄色裸露，如伤痕。这些伤痕正是人类的贫困、愚昧、贪婪、自私、急功近利所导致的。不管是人们有意还是无意的破坏，生态终究失去了平衡。面对生态失衡，我们除了挽救还能做什么？挽救自然，就是挽救人类自己。

那么怎样挽救呢？

自然环境的恶化和生存状态的窘迫，有良知的人都在深深地思考。黄土地上，人和土、山和地、天和地之间都是相互联系在一起的。地在山上，人在地里，人离不开土地，土地离不开山，山离不开天。怎样才能让天上的雨水留在山上，留在地上？

在山上种上草和树，就能保住人们赖以生存的土地。

"退耕还林，封山绿化，个体承包，以粮代赈"十六字方针，是中国农民在千禧之年听到的最大福音。2002年，合水县退耕还林工程全面启动实施，遭受严重水土流失的黄土高原人看到了希望，满怀信心地投入了这场轰轰烈烈的工程之中。退耕后，耕地面积减少，但人们精耕细作，粮食产量提高了，人们不再为吃饭发愁。

耕地减少，人们的空闲时间就多了。于是一大批人就把家、把孩子、把土地扔给了老人和女人，涌向了城市，加入了农民工的大潮。

城市是什么？城市就是钢筋水泥，就是搅拌机，就是车和人。涌进城市的农民工用自己的血汗浇筑起一座座富丽堂皇的楼宇，自己却很难成为城市人，常常为吃不饱饭发愁。一顿饭两个馍，放冷、放干、放硬了再吃，这样才能耐饥饿。

创业时的艰难，让 49 岁的姬志军深有体会。他说：“小的时候住在山上，走的是土路，一下雨就没路可走了。吃水要到山脚去担，担一趟水，半天时间就没有了。家里没有柴火，放牛时捎带砍柴，也砍不了多少。冬天冷，没啥烧炕，人们都快把山上的草皮铲光了。日子过得太苦，就不喜欢这个生我养我的地方，就不想在这儿待，一直想着去外面闯荡。外面的钱也不好挣。”说到这儿，他停了一下，似在回味那段艰辛的日子。“外面的日子也很艰难。啥活都干，啥苦都吃，啥气都受。一年到头，手里还是没有几个钱。还是不能让老人和娃娃过上好日子。”

像姬志军这样走出去的人，还是有冲头、有志气的人，至少他们还知道奔波，还知道挣扎着把日子往前推。好多人守着几亩地，过着饿不死的日子，有的人日子是越过越穷，孩子上学、老人生病，常常捉襟见肘，叫天不灵，呼地不应。

王昌寺村尤为严重。68 岁的高得功，老伴常年有病，儿子 40 岁了还没结婚，在外面打工，一说起这些，高得功不住地唏嘘叹息；76 岁的杨立洲的老伴邓巧莲脑梗、心梗、抑郁、冠心病，儿媳去世，留下两个孙女；习明礼的儿子上山干活摔断了腰……家家都有一本难念的经，每本经，镇政府、村委会都看在眼里。他们跑断了腿，上下协调，像当年领着大家堵山水一样，堵住了这边，那边水溢了；补了这个窟窿，那个窟窿又烂了……面对这一个个赤贫窘迫的家庭，他们无法保持缄默。固城镇政府、王昌寺村两委的人彻夜难眠，群众哀求的、绝望的目光刺伤了他们的心。他们可以自己掏腰包暂时缓解燃眉之急，长此以往呢？他们怕了。他们不是怕群众走不出贫困，而是怕贫困中的群众失去活下去的信心。贫困并不可怕，可怕的是穷不思变，因穷丧志。

怎样才能改变农村现状呢？怎样才能改变农民的生活呢？

早在 1998 年，固城乡（注：2019 年撤乡改镇）党委就确定了“水田路居首，瓜果畜并重，粮食财同步，建教扶共举”的发展思路，虽然取得了一些成效，农民解决了温饱，但是距离致富奔小康还很远。

路该怎么走？

“民亦劳止，汔可小康。惠此中国，以绥四方。”这是《诗经》中的句子。2000多年前，我们的先民就在劳动和生活中渴求美好的小康梦。

日出而作，日落而息。积贫积弱，如影随形。勤劳朴实的王昌寺人虽历经奋斗，却始终没有在整体上摆脱贫困。

2012年11月8日，党的十八大在北京召开。十八大报告首次正式提出全面建成小康社会的目标。全面小康，意味着2020年，我国现行标准下农村贫困人口全部实现脱贫，贫困县全部摘帽，区域性整体贫困将彻底解决。2012年11月15日，十八届中央政治局常委与中外记者的见面会上，习近平总书记的话掷地有声：“人民对美好生活的向往，就是我们的奋斗目标。”2013年11月3日，习近平总书记来到湖南省湘西自治州花垣县十八洞村，在武陵山腹地这个偏僻的苗寨里和乡亲们座谈了一个多小时。也正是在这里，习近平总书记首次提出“精准扶贫”的重要思想。

精准扶贫的春风化解了农民脸上浓浓的愁苦和深深的积怨，更化解了村干部心中的焦虑。

2014年，王昌寺村被确定为贫困村。虽然村子里的实际情况就是这样，但是被人公认为贫困村，村干部们心里或多或少有点不舒服，就如一个家庭，日子过得再差，那是家长的事，王昌寺村这么多人还解决不了温饱，那就是村干部的事。一副沉甸甸的担子落在乡、村干部身上。想到政策，村干部的眼睛亮了。看到现实，村干部的眼睛又暗了。又一想，“精准扶贫”，只要真正是贫困户，国家就会帮扶，这样问题不就解决了？他们要做的就是确定贫困户。

王昌寺村部的灯亮了几个彻夜。争吵、讨论，再争吵、再讨论。中央、省、市、县各类文件摆在案头，每户村民的实际情况也摆在桌子上。陈述、对比，自己拿不准的，请来乡党委书记赵宇、乡长杨超、全村的党员，大家聚在一起集思广益，力求做到精准。

王昌寺人感觉要出天大的事了，但是这个天大的事，他们却感觉不到害怕，反倒是有一种浓浓的温暖包裹着他们。他们等着，期盼着，盼着村部亮了几个晚上的灯光灭掉。当那些顶着黑眼圈的人走出村部大门时，人们发现，好多人成了“贫困户”，而他们的生活确确实实很贫困。王昌寺村全村 5 个村民小组，456 户 2070 人，其中建档立卡贫困户有 174 户 753 人。这些人，将是国家重点扶持的对象。

国家重点扶持？怎么扶持？给钱？给米面油？种地的时候送化肥？送地膜？这种无偿提供生活资源的方式，竟然使一些困难户越接济越懒惰，越懒惰越安于现状，越安于现状越贫困。宁愿贫困，不愿吃苦；不愿吃苦，就要受穷。不干活，静静躺下等着，就有人送吃的，这样的日子不是很舒服吗？这是一个让人颇为无奈的怪圈。这样的扶贫却让人没有了志气，甘愿睡在床上，等着干部们送吃的，甘愿做一条蛆虫，受人白眼。这不是扶贫的初衷。意识到这一点，村干部和驻村工作队又一次碰头，分析现状：全村没有主导产业，农业条件恶劣，基础设施滞后，群众思想观念保守。得出结论：扶贫先扶志，治穷要治愚。

贫困户，得先挺起你们的脊梁！

又一番思想工作开始了！这一次干部们去的是不思进取的懒汉家，是生活窘困到极致，失去了斗志的人家。

几年精准扶贫工作的深入推进，全村面貌大大改变，发展速度也加快了，但村集体依然没有收入，仍是一个“空壳子”。如何改变“空壳子”的现状？如何领着这 753 人致富走上小康？

站在王昌寺村部前的广场上，沈艺秀的目光来回穿梭，极力寻找流淌在岁月里的记忆。关于固城镇党委，关于王昌寺村两委，关于王昌寺村驻村工作队，关于赵宇，关于徐小鹏，关于王大勇，关于杨平洲，这些记忆开始在她的脑海中浮现。

王昌寺村山高坡陡，耕地全在山坡上，作物产量低。生活在黄土高原褶皱里的人，做梦也不可能想到自己有一天会走出贫困，更不会想到自己会成为别人学习的榜样。

以坡改梯，改变的不仅是一个地方的命运，也是这个地方所有人的命运。

2016年，合水县政府为解决“三农”问题，把“以坡改梯”作为重点土地整理项目。几十台推土机、装载机一下子开进了固城镇王昌寺村。经过持续紧张的作业，土地整理复垦项目得以实现。村子里的旧庄废院、陡坡埂畔，这些以前立地条件差、机械无法耕种的撂荒地，变成了规整的口粮田。以坡改梯优化了土地利用结构，提高了原有耕地质量，增加了耕地面积，也实现了土地资源的集约节约利用。

“把地推平整了，保水保墒，就可以进行机械耕作了。”固城乡王昌寺村党支部书记杨立东说。

2016年8月，中央农办关于《万变不离其宗：打造“股份农民”》的调研报告提出“三变”改革，其核心就是实行“股份制合作”，让农民拥有股份，打造“股份农民”，在“耕者有其田”的基础上，通过“三变”改革，实现“耕者有其股”。

2017年，中央一号文件、省委一号文件明确提出，鼓励开展资源变资产、资金变股金、农民变股东等改革，增强集体经济发展活力和实力。8月24日，省委书记林铎作出重要批示，对全省农村“三变”改革工作提出了指导性、针对性要求。9月25日，全省农村“三变”改革推进工作会议举行，省长唐仁健作重要讲话，省委副书记孙伟主持会议，全面动员和部署了甘肃省农村“三变”改革工作。

农村“三变”改革发端于贵州六盘水市，即资源变资产、资金变股金、农民变股东。资源变资产是指村集体将集体土地、林地、水域等自然资源要素，通过入股等方式加以盘活；资金变股金是指在不改变资金使用性质及用途的前提下，将各级财政投入到农村的农业生产发展资金（补贴、救济、应急类资金除外）、农业资源及生态保护补助资金（直接兑现给农户的除外）、扶贫开发资金、农村基础设施建设资金、支持村集体发展资金等，量化为村集体股金投入各类经营主体，村集体和农民（贫困户优先）参与分红；农民变股东是指农民将个人的资源、资产、资金、技术、技艺等，入股到经营主体，成为股东，参与分红。

资源变资产、资金变股金、农民变股东？农民可以成股东？看到中央和甘肃省的文件，固城乡党委书记赵宇的心活了，乡长杨超的心活了，副书记徐小鹏的心活了，杨平洲的心也活了。2017年，赵宇派乡、村干部赴贵州考察学习，回来后，他们认真对比两地的基础现状，认为贵州六盘水的“三变”模式切实可行。他们共同想到了王昌寺的那些撂荒地。

最近几年，外出务工人员增多，一些山地没人耕种，逐渐成为撂荒地。是不是可以在这些地上想想办法？赵宇、徐小鹏来到了村委会。赵宇从指导思想、奋斗目标、总体要求和具体措施等方面作了部署安排，然后和大家进行了一番讨论。这次讨论不像两年前的讨论那么沉闷，而是比较轻松，大家一起算了一笔账。

“种植传统的小麦、玉米，人工、肥料的投入，一亩地下来一年最多收入500多元钱，实在不划算。如果在这些地里种别的呢？”

“别的？别的什么？我们这儿能种什么？”

“种苹果树吗？这几年我们这儿不是没有苹果树，但情况不是很乐观。再说全县各乡都有苹果树，苹果的质量和销路，我们都比不上何家畔。何家畔的苹果已经形成规模，我们跟在人家后面亦步亦趋，能行吗？”说话的人提出了自己的顾虑。这是事实。

“菜？菜！蔬菜大棚！”几乎异口同声。大家都想到了蔬菜产业，这是可以发展的路子。但是种什么菜？该怎么种菜？农户一家一户分散经营是不行的：种植上，农民的科学技术、优良品种跟不上，资金投入不足，就会影响蔬菜品质的提高；单家独户分散经营，在鲜菜的存放和后期销售方面有很多困难。诸多困难摆在村干部眼前，如何解决？

要种菜就得大规模种植，不能再单打独斗，得把撂荒的土地收回来。但是怎样才能让村民自愿让出土地？土地荒在那儿，就是不种也是自己的，饿惯了的农民，只要一想到自己还有几亩土地，心里就踏实。现在要回收他们的土地集体种菜，他们愿意吗？又一顶愁帽子扣在村干部们的头上。

杨平洲，54 岁，在王昌寺任村干部 24 年，以前一直是村主任，当村支书 3 年。他一辈子没有离开过王昌寺，他的感情、血性甚至生命都融入了这里的泥土。这里的一草一木、一枝一叶、一砖一瓦，他都是那么熟悉，那么亲切。站在这片土地上，他常常反思、追忆、叩问，他从灵魂深处想让生活在这里的人们过得幸福美满。说起王昌寺以前的贫困，他有些激动，群众生活不好，他就把责任归结在自己身上。他认为自己的主要任务就是让全村的人富起来。现在，他看见了希望，怎能不争取？

在所有的工作中，人的思想工作最难做。群众对“三变”不理解，不认可，更不支持，固城镇包村干部徐小鹏和王昌寺村村干部，还有驻村工作队采取“算账对比”的方法，挨家挨户做工作、讲政策、说利弊，并专门召集老党员、群众代表、致富能人梳理意见。通过多次走访沟通，群众的观念转变了。

思想工作做通了，一切事都好办了。现在要做的是如何引进项目，如何多元创收。

江苏南通人马善光找上门来，这可真是“瞌睡来了有人递枕头”。

马善光是南通广蔬现代农业发展有限公司的法人代表，长期从事大棚蔬菜种植、销售和农产品新品种研发、销售工作。他一直想把事业做大做强，于是就把眼光转向了地广人稀、物产丰富的大西北。2016 年，他来到固城川，被王昌寺村这块“风水宝地”打动了。“王昌寺村川地连片，土壤肥沃，水源丰富，光照充足，交通便利，发展蔬菜种植有着得天独厚的优势。”马善光说。那时他就想在这儿发展。但那些土地都是农户的，各家分散经营。

固城镇实行“三变”改革的消息传来，马善光很快来到王昌寺村，找到了村委会，和村委会商量成立合水县盛强蔬菜农民专业合作社，打造了一个千亩蔬菜基地。

王昌寺村委会整合项目资金 1277 万元，新建连栋钢架大棚 200 亩，新打深水井 3 口，建成晾晒池 3 座，修建各类闸阀井 54 个，完成高原夏菜地块喷滴灌管线铺设，新修砂石路 2.5 公里，硬化了连栋大棚排水边沟，建成了千亩高原夏菜种植示范区，全年可种植高原夏菜2000亩。

同样看中了王昌寺村这块土地的还有合水本地人文天成，他做了多年园林绿化生意。

经过多次对接，王昌寺村选择了“331+”产业扶贫发展模式。为了使该产业扶贫模式惠及更多贫困户，王昌寺村根据“一户一策”精准脱贫方案，为贫困户量身制定了不同的产业发展计划。

他们首先对全村的川地、撂荒地、荒山等进行确权颁证，造册登记，将村里的2680亩荒地和22户村民的160亩撂荒地流转给文天成的驿臻农民专业合作社。利用这些荒地和撂荒地，镇政府负责基础设施修建，完成投资1248万元，新修砂石路11公里、漫水桥2座，水泥硬化道路2公里，新建提灌站3处。

驿臻农民专业合作社建起了生态农谷，设有设施农业区、果蔬采摘区、苗木花卉繁育区、特禽养殖区、休闲养生区“五大区块”，建成标准化鱼塘5座，培育5000亩苗林示范点一处，新建花卉繁育基地一处，培育金丝皇菊、金鸡红羚等40多种菊花120多万株。

镇、村、驻村工作队联合两个投资人，根据土地性质确定入股比例和固定分红资金，由合作社统一调配，让土地成为“企业+合作社+农户”产业发展模式的纽带，并将全村划分为高原夏菜种植区、乡村旅游发展区、有机苹果种植区三大产业区块。王昌寺全村的200户贫困户全部加入了合作社。

荒地每年5万元，撂荒地每亩每年50元，每隔3年增加50元，作为村集体和贫困群众的固定收入。同时，王昌寺村与两个投资人达成协议：双方签订20年合同，优先安排王昌寺村村民，特别是贫困群众到合作社务工。

马善光和文天成的到来无疑是给王昌寺这潭静水里投了一枚石子，荡起了一圈圈涟漪。

王昌寺这盘棋活了！

王昌寺村有生气了！

王昌寺村蓬勃起来了！

王昌寺村也热闹起来了！

不到3年，王昌寺村建了9个合作社。各类合作社不仅架起了农民通往市场的桥梁，也在政府和农民之间搭起了一座沟通的平台：政府可以通过专业合作社来指导和引导农民，把国家的产业政策和各项措施落到实处，减少农民生产的盲目性和无序性；农民通过专业合作社，把自己的愿望和要求及时反映上去，并得到政府发布的准确、可靠的消息。

一个个农业合作社，将农户的小生产和千变万化的大市场联系起来，共同牵手迈向广阔的舞台。

圣雄甘地说过："作为人类，我们的伟大之处与其说是能够改造世界，还不如说是能够改变自我。"王昌寺村人通过精准扶贫，认识了我们的国家，认识了我们的党。王昌寺人学会了感恩，心怀感恩的人有着积极向上的追求。

在感恩的同时，王昌寺人也在改造自己。

早几年去外面闯荡的人回来了。

望着鳞次栉比的高楼大厦，车水马龙的喧嚣街头，熙熙攘攘的人流，姬志军心中泛起阵阵痛楚和伤感。哪里是我的安身之处、立足之地？他所有的思绪都飘落在风中。

——那个下雨天没办法走路的烂泥滩，那个坡地多、粮食产量很低的地方，那里才是自己真正的家。

回家！

回到家的姬志军在王昌寺村办了养猪场。日子就这样慢慢好起来了。自己的日子过好了，就想着带动村子里的人一起养猪，大家共同富裕。

杨永军，54岁，残疾人。他正在猪场喂猪，听说有人采访他，便笑呵呵地走出来。他走路一瘸一拐，但一点也不拖沓。他洗了手，把客人让进屋里。他说自己从小就不是一个安分的人，喜欢折腾。早些年，他一直为填饱肚子而努力，干过很多事：收废品、买钢磨机推磨、做生意……都不成功，2008年开始养猪。那时是小规模养，2016年开始大规模养。没钱，就通过精准扶贫小额贷款贷了5万元。"那5万元让我有了底气，也有了信心。现在养猪有了经验，带动了村里 9 户人养猪，现在都初具规模。”

“有的养猪专业户为一些细节问题，电话打过来，不管多迟、多忙，他都把家里的事丢开，跑去指导。连养猪的饲料、以后的销路都是他联系。”杨永军的妻子插话。

杨永军说：“能帮点就帮点吧。家家都不容易，有的根本就赔不起。我开始养猪的时候，要不是有了那个无息贷款，我还走不到今天呢。我这样做，主要是让村子里的人少走弯路。其实一家富了不算富，真正的富是大家一起富，那样才好呢。”

国家扶贫资金那 5 万元的无息贷款是杨永军创业的第一笔资金，这让他从心底感激党的扶贫政策，更让他学会了感恩。相信他会领着养猪专业户们走得很远！

民心为碑，山川作证。贫困曾经吞噬我们的肌体，毁灭我们的尊严，逼迫我们走上了破坏之路。今天，这一页历史永远翻过去了。世事变迁，沧海桑田。王昌寺村从此走上了小康之路。在云淡风轻中，让我们一起走进王昌寺村，看苹果树林青葱葳蕤，看果农脸上挂着灿烂的笑容。

苹果产业曾经是王昌寺人增加收入的“铁杆庄稼”。栽果树的人家，少则一二亩，多则六七亩。但是，大家缺少技术，不注重果园管理，各自为政，抵御市场风险的能力较差，已经不适应现代农业的需求，果园也面临着经营不下去的命运。长期经营果树的邓玉海不死心，他一直有这样一个心愿，那就是让秋天的王昌寺村苹果飘香。

村委会也不想让这个曾经给王昌寺村带来希望的产业早早夭折，况且很多人的土地都已经栽了果树，总不能把这些才挂果几年的果树连根拔掉吧。对于初次给他们带来希望的产业，人们都有着怀念的心理，也有着感恩的心理。是果树，使他们从“鸡屁股银行”中解脱出来；是果树，使孩子上学不再为学费发愁、老人不再为医药费煎熬。一切都因为果树啊！果树在一代人的记忆里留下的是温暖，是希望。生活在烂泥滩中的王昌寺人能割舍这份温暖吗？

收成不好，肯定有原因。销路？技术？好像这两样都占着。认清了原因，那还等什么？作为乡镇的坚强后盾，合水县政府大力支持固城镇修路。于是，一场轰轰烈烈的劳动开始了。挖土机、碾路机、铺路机轰轰隆隆开进了这道川。大路、小路、田间地头的路，村村通，户户通。

现在，大型机械可以轻松进来，固城镇还修建了灌溉用的水渠，浇果树再也不用为水发愁。村委出钱邀请市县果树专家，理论授课、现场培训，面对面、手把手指导培训，每年平均举办果园管理培训班四期，培训300多人次。“三变”改革以来，王昌寺村整合资源、盘活资金，大力实施老果园标准化提升改造，积极谋划成立果业合作社，努力让苹果产业焕发出“第二春”。曾经愁眉苦脸的果农，现在脸上露出了灿烂的笑容。

合水县盛强蔬菜农民专业合作社，全自动喷灌“嘶嘶”地喷洒着，水雾散落在星罗棋布的菜地里，远处一排排整齐的连栋钢架大棚蔚为壮观。一大早，马善光挨个儿查看大棚里蔬菜的长势，边看边和技术员商讨蔬菜施肥的水肥比例。

看见走进来的我们，马善光介绍说：“这200亩的连栋大棚里种的都是娃娃菜。最近这段时间，娃娃菜行情较好，每亩的产值都在1万元左右，仅这一茬就能收入200多万元，就这还没有算露地蔬菜。”马善光预计全年能收入500多万元。

应该说，马善光是非常满意的，是他发现了王昌寺这片土地，是他把资金带给了王昌寺，给王昌寺注入了新的活力。从另一方面来说，也是王昌寺成就了他，使他在这块土地上开始了纯天然蔬菜的研发，真正地把纯天然蔬菜的种植当作一项事业来做。

王昌寺村村支书杨平洲说：“村上将整合部分涉农项目，为合作社筹建一座600平方米的蔬菜保鲜库，以解决蔬菜储藏难、运输难问题，促进蔬菜产业规模化、产业化发展。同时，保鲜库还可以解决100人的就业。保鲜库也将以资产入股合作社享受分红。”盛强蔬菜农民专业合作社每亩每年支付群众土地流转费600元，每隔3年每亩增加100元，户均可分红3360元。同时，村上每亩另外收取管理费50元作为村集体经济收入，每年可收入10.25万元。

同样高兴的还有文天成。生态农谷项目现在还处于前期投资阶段，但文天成对未来充满了信心："生态农谷主要以销售花卉为主，2020 年预计可销售 10 万盆菊花，收入 200 多万元，维持生态农谷正常运转不成问题。再过一年，农谷的各个区块建设完成，年收入上千万也不是没有可能。"

王昌寺村发展到今天，有地缘的优势，有人为的努力，还有机遇的垂青。徐小鹏是王昌寺村的包村干部，他记不清有多少个夜晚，自己在王昌寺村村部，和村委会的干部们一起熬夜。为了王昌寺的发展，徐小鹏没有给自己留下退路，他也不想给自己留退路。他像一个上紧发条的闹钟，时时提醒和鞭策着自己。从生态农谷的招商引资到开工建设，他都参与其中。他说："我们把生态综合治理、富民产业培育和乡村休闲旅游有机结合，突出'三变'+ 乡村旅游的发展模式，借助自然资源禀赋和村级集体经济发展项目，以荒山宜林地等资源入股企业，由政府负责基础设施，企业开发建设，群众最终参与分红。"

王昌寺村村主任刘兰红说："生态农谷流转山地 1.02 万亩，每年向村集体支付流转费 5 万元，每亩向农民支付 50 元，每隔 3 年每亩增加 50 元。村里还计划将鱼塘、窑洞宾馆、智能温室等资产入股企业，按照占股比例和收益情况进行分红。"

苹果、蔬菜、乡村旅游三大产业撑起了王昌寺村的集体经济。杨平洲认为："集体经济壮大了，村上有钱了，村里的发展就会有更多底气。"

"小康不小康，关键看老乡。"这是全面建成小康社会的底线任务。那么王昌寺人做到了吗？让我们回头看看吧。

杨平洲说："我们村积极推进土地资源向园区、产业集中，使土地资源转化为农民股权和股金，让农民在收取租金和参与企业分红中实现股权收益。在劳务用工方面，合作社和生态农谷优先安排失地农民，从 4 月份开始，两家企业每天用工量在 110 人左右，群众劳务收入年均 5000 元以上，实现了群众挣钱有门路。村民们不出远门，就能和城里人一样拿工资。村里还在文化广场上安装了 LED 显示屏，定时播放新闻和广场舞教程等，丰富群众的精神文化生活。以前是‘无钱办事’，现在‘有钱活用’，我们说话办事也有了底气，基层党组织的服务能力明显增强。”这不仅仅是一个村支书的讲话，也是全村人生活的真实写照。

王昌寺村村民朱海燕将家里的5亩土地流转给驿臻农民专业合作社。农闲时节，除了照料双目失明的公公，她还在村里的盛强蔬菜农民专业合作社打零工。“一个月至少能挣1000元，多了能挣2000多元哩！还领到了村里的400元分红。加上3000元土地流转费，日子明显好过了。家也顾了，钱也挣了，还学到了技术。过几年我打算自己承包大棚种蔬菜。”她坚信，种大棚蔬菜可以让这个小家庭摆脱贫困，走向富裕。

“我把自家的几亩地都流转给了合作社，一年四季都在合作社干活，每天有100块钱工资，带孙子读书、挣钱两不误。”在盛强蔬菜农民专业合作社务工的杨占涛说，“我也算在家门口有了一份务工收入。”

42岁的赵军峰以前一直在外打工，一年四季东奔西跑，收入也不高。2019年，他把自家全部耕地流转给盛强蔬菜农民专业合作社，现在他和妻子都在合作社和生态农谷打工，还可享受股份分红。“以前出去打零工，在外吃住开销大，一年下来也就收入七八千元。如今在村里的合作社和生态农谷打工，我们两口子一年下来能挣两万多元，还可以照顾孩子和老人。”

李娟娟，33岁，全家5口人，丈夫在外打零工，公婆年迈，无劳动能力，患有慢性病，常年依靠吃药控制病情。为了照顾老人，李娟娟选择了在家门口务工。“打工的地方离家只有1公里左右，农闲的时候去上班，一天收入100元，一年下来也有1万元左右的收入。”李娟娟笑着说，“在家门口打工，最主要的是能照顾年迈的公婆和两岁的孩子。”

“农民变股东，坐着都有钱，我对合作社发展产业充满了信心。”拿到分红后，贫困户杨立成心里乐开了花。

这样的例子还有很多。王昌寺的村民生活好了，脸色润了，腰板也挺直了。

一年一度秋风劲，一岁一季一枯荣。王昌寺的山头绿了，蔬菜大棚、日光温室、生态农谷、暖棚养猪、奶山羊养殖基地……原先没路可走愁煞人的地方整个儿“天翻地覆”。村民再也不像十几年前那样，天还没黑就缩在自己家里不出门了；再也不是连头都不敢抬，眼睛不敢正视城里人的人了；再也不担心进了县城一抖擞，浑身往下掉土渣渣了；再也不用为了几担水，苦苦地往山上攀登了；再也不用穿上高筒雨靴“扑通扑通”一天，回家后才发现一双脚皱皱巴巴，惨白异常了。

长出一口气的王昌寺村村民们，开始注重身边的一切。他们清理了淤塞的河道，又发现秋收后地边的杂草堆、沟渠和树枝上随处可见的废旧地膜怎么那么碍眼？影响村容村貌不说，更主要的是污染了环境。

恰在这时，合水县委、县政府把全域无垃圾专项治理行动作为建设美丽家园的重大民生工程，并且与县内振海塑业衔接，出台了农业废旧物资回收的相关政策，既有效减少了农业生产垃圾的污染，又通过回收置换的方式减少了农民的支出。搭乘这缕春风，王昌寺人不但让沟壕里、行道树下、河道边上一片清洁，还在房前屋后栽满了月季、牡丹、芍药、凤仙、蒿子梅、金盏菊……

街道净了，庭院净了，家里的摆设归置整齐了，王昌寺人的目光也更远、更开阔了。他们要求的不仅仅是吃饱穿暖，还时时刻刻注重自己的一言一行。

70岁的老党员杨占祥第一个跑到正气银行兑换“正气商品”，他高兴地说：“我被评为优秀党员，奖励了30分‘正气分’，我用这30分到‘正气银行’兑换了两瓶1.5升装的洗洁精。”

从扶贫车间下班的陈晓社拿着“正气存折”到“正气银行”，用20分“正气币”兑换了一提卫生纸和一瓶洗衣液。她长年伺候瘫痪的婆婆，被村民称赞，被村委会评为“好媳妇”，在孝敬老人、遵纪守法、邻里和睦等方面都有加分。

“正气银行”是王昌寺村委会和驻村帮扶工作队经过四处走访，在“爱心超市”的启发下，借鉴银行运作模式，将平日里村民的“正能量”行为进行评分，评得的积分以“正气币”的形式储存，并通过兑换日常用品的方式进行兑付，以奖励村民参与美好家园建设的积极性的方式之一。

“正气银行”里的陈设和乡村普通超市相似，摆满了洗衣液、洗洁精、毛巾、水杯以及油盐酱醋等日常用品，每件用品都贴上了1分、5分、8分、15分等不同的分值。这些用品不能用钱购买，只有用“正气币”兑换，1分“正气币”相当于1分“正气分”，价值1元钱。

每户村民的“正气存折”里都有50分的基础分，在社会公德、家庭美德、遵纪守法、内生动力、配合工作五个方面作风良好的将给予积分奖励，如果这五个方面做得不好，则扣去相应的分值。如家庭成员举行婚礼，参加集体婚礼的奖励10分，若大操大办则扣去10分；每年被有关部门评为“好媳妇”“好婆婆”“脱贫标兵”等荣誉称号的奖励10分，若被相关部门列入失信黑名单的按次扣除20分。

“正气积分”每月统计两次，上不封顶，但积分低于40分就要提出警告，低于30分将被列入黑名单。“若出现积分下降的情况，村干部和驻村帮扶工作队将上门走访、谈心，用身边的先进事例开展帮扶教育。”王昌寺村第一书记兼驻村帮扶工作队队长王大勇说。

“正气银行”开办以来，王昌寺村村容村貌美了，邻里互助多了，矛盾纠纷少了，行善举、献爱心蔚然成风。

杨平洲说：“随着正能量的不断弘扬和传递，正气银行将会吸引更多的社会爱心人士捐款。同时为补齐正气银行不能用货币交易的短板，村委会将利用集体资金开办超市，超市的盈利将全部投入正气银行，让正气银行有更丰富的日常用品供村民兑换。”

王昌寺村还着眼凝聚群众、引导群众，以文化人、成风化俗，把新时代文明实践所（站）作为综合服务平台，整合各类社会资源，成立5支志愿服务队，弘扬志愿精神，助推乡风文明。以“最美家族”评选为载体，培树了王昌寺村齐氏家族，成立家族理事会，挖掘整理家规家训，推动家风馆建设，以点带面，示范带动，在全镇达到同步推进、同频共振的效果。通过三大载体的创建，达到既“输血”又“造血”，既扶贫又扶志的目的。

赵宇说：“（正气银行）存储的是正能量，兑换的是精气神，积累的是好习惯，弘扬的是新风尚。”

说起正气银行，我们不得不说起王昌寺村驻村工作队。说起驻村工作队，就得说起王大勇、侯立强、王红梅等成员。“正气银行”就是在他们的多次协商下建起来的，他们不光办了“正气银行”，还在王昌寺村村部办了“爱心理发屋”“红梅广场舞队”“留守儿童之家”。

驻村工作队队长王大勇和副队长侯立强引资建立村部和村部前的文化广场，村部门前的大路上安装了太阳能路灯。茶余饭后，乡亲们来到文化广场娱乐、话闲、跳广场舞，把寂寞的山村折腾得红红火火。若逢大事，文化广场更是锣鼓喧天，热闹非凡。看着自己搭起的大舞台，驻村工作队和村委会的干部都乐滋滋的，人生的得意和失意，幸福和不幸都不足挂齿，只有让乡亲们过上好日子才算满足。

如今，在固城镇，新民居盖得最漂亮的是王昌寺村；农户分红最多的是王昌寺村；铺路、修道、架桥力度最大的是王昌寺村；崇尚文明、移风易俗的是王昌寺村；建立村规民约的还是王昌寺村。昔日闭塞落后、贫困愚昧的王昌寺村，在镇村两委和驻村工作队的带动下，依托产业扶持资金，通过招商引资，打造集现代农业、创意农业、农事体验于一体的田园综合体，一跃成为这道川的小康示范村，处处呈现出一派村兴民富的繁荣景象。

走在宽阔洁净的马路上，能看到沿路的规模种植和精心侍弄土地的人；走过一个又一个田间地头，那浩瀚的高原夏菜基地如绿海一样；走进老年幸福院，孤寡老人脸上挂着幸福的笑容；漫步窑洞宾馆、标准化鱼塘、智能温室，农民收获着喜悦与梦想。在向大地凝眸的瞬间，我突然明白，这一方逐渐走向成熟的热土，正翻滚着热腾腾的巨浪。我也明白，王昌寺村的变革扬帆起航了！

走出王昌寺村，从县城到固城镇有一段路正在抢修，固城镇党委书记赵宇和镇长杨超一起站在路边指挥着。

睿智、深邃、冷静，个头不高，站在赵宇面前，你无法探究他的内心世界。可一旦打开话匣子，他思维敏捷，纵横捭阖，却是另一番景象，或许这才是思考者的精神世界。

赵宇说："王昌寺村的人脱贫致富奔小康，就要种植高原夏菜，而这高原夏菜是百分之百的无公害、标准化生产。要走出一条适合自己的特色产业之路，要多建几个扶贫车间，让更多的人在家门口工作、领工资。我们要把固城镇发展成集约化、科技化、现代化的新型农村，要让农户生活在菜园、果园、花园中，为后面的乡村振兴做铺垫。"

回头看着绿汪汪的固城川，在灿烂的阳光下，柏油马路似一条银带，蜿蜒着进入子午岭深处。

有着这样睿智的领导方阵，我们没有理由不相信王昌寺人会安居乐业，我们没有理由不满怀信心、引吭高歌！

越战老兵的扶贫事

1979 年 2 月 17 日，对越自卫还击战爆发了，年仅 22 岁的张占印做梦也没有想到，在兰州军区 21 军 61 师 182 团服役的自己会在 1985 年 12 月参加对越自卫反击战。张占印和战友的任务是驻守前线哨所，每个哨所有 4 个哨卫，张占印便是其中的一个。由于在战场上表现突出，张占印被破格提拔为排长。

战争像一次淬火，张占印在这场锤炼中日渐坚强起来，从班长成长为排长、副连长、连长、副营长。在战场上，他荣立一次三等功，他们排荣立二等功。1987 年 6 月，张占印所在的团从云南前线撤回，返回陇西驻地。在以后的军旅生涯中，他还参加了营房改造、"西部 93"大演习、西宁维稳，随后在团后勤搞生产、养猪、种菜。从战场上回来，他还立了两次三等功，他带的连队多次被评为先进基层连队。

长达 17 年的军旅生涯结束后，张占印于 1997 年转业，在庆阳地区土管局办公室工作。

相对于部队的戎马生涯而言，机关的工作是平淡无奇、冗长单调的。在机关，对张占印来说，一切都意味着重新开始。他从副主任科员到办公室副主任，再到政策法规科的副科长。他的岗位太平凡了，常常让人忽略。

随着中国扶贫工作的不断深入，张占印的身份发生了特殊的转换，虽然在职务上，他依旧是政策法规科的副科长，但是从2014年开始，他的一双脚扎进了泥土，成了一名驻村扶贫队员。第一次驻村，是在正宁县宫河镇彭姚川村，一年以后又转到华池县五蛟镇柳河岔村，随即转到华池县乔川乡艾蒿掌村，2017年8月又转到乔河乡张岔村。单位帮扶的村虽然几经轮换，然而张占印的“驻村队员”身份似乎没有变过。2018年7月，单位驻村第一书记更换，领导和张占印谈话，让他担任。作为一个老同志，张占印知道年轻人在农村生活不方便，自己毕竟熟悉农村生活，也有多年的驻村经验，就爽快地答应了。谁都知道，扶贫工作是一块难啃的硬骨头，从中央到地方，各级都在抓，不但任务重，而且责任也大。他也犯过嘀咕，要是自己干不好，不只单位受牵连，自己也脱不了干系。但扶贫是习近平总书记亲自抓的工作，自己既然答应了，就应该想办法把工作干好。再说，扶贫再难，也没有打仗难吧？猫耳洞那么难驻守，自己不是照样完成任务了吗？这样一想，张占印似乎宽慰了许多。

张岔村属于典型的山区，从乔河乡政府出发，经过火石沟门村，一路都是容易发生塌方和泥石流的山路，群众出行很困难。只要天阴下雨，沿途随时可能发生断路的危险。到张岔村后，张占印的车上始终放着一把小铁锨，遇到塌方和泥石流，不管是火石沟门村还是张岔村，他二话不说，拿起铁锨就去清除路障。遇到群众进村、出村，他都会主动停下来，把群众带上。

到张岔村后不久，他发现这里的群众卖鸡蛋困难，而且价格忽高忽低。经过认真思索，每周星期六回家前，他都会把群众的鸡蛋收起来，带回西峰，给单位的同事和亲戚朋友推销，而且价格是高出市场价的1.5元一斤，不管市场价多低，他给群众的价格都是1.5元一斤。给同事和亲朋好友送鸡蛋的时候，大家都挑大的，留给张占印的通常都是小鸡蛋，他也不计较。

村干部说，张占印是张岔村出了名的“鸡蛋书记”，谁家里的鸡蛋卖不出去都会找他，他的办公室一到周五就挤满了卖鸡蛋的群众。群众一手交鸡蛋，他一手付现钱，从不欠账。回城的时候，鸡蛋难免有磕磕碰碰，打了的，碎了的，都算他的。家里人有时候会嘟囔几句，张占印总是嘿嘿一笑："谁叫我是第一书记哩。"

2020年新冠肺炎疫情期间，许多饭店关门，养鸡场的鸡蛋严重滞销，群众的鸡蛋更是没有销路。为了帮群众卖鸡蛋，张占印天天在微信上、电话上找熟人帮群众推销鸡蛋，弄得好多亲朋好友见了他都绕着走，还有人以为他做鸡蛋生意呢。

除了帮群众卖鸡蛋，张占印还帮群众卖猪肉。2019年底，村上有两个贫困户的猪肉卖不出去，张占印联系了一辆大车，以每斤30元的高价，将这两户群众的猪肉全部卖掉了。群众高兴地说："感谢张书记，今年可以过一个富裕年了。"

张岔村的情况比较特殊，地处林区边缘，几乎每家一个小山头，遇到下雨下雪，道路泥泞，山体滑坡，群众根本无法出行。村里没有义务工，搞卫生、修路等公益事没有人愿意干，也无钱雇人干，许多工作无从下手。

张占印思来想去，扶贫工作不能单打一，一定要依靠抓党建，全面促进。在农村，党建工作要有进展，就必须依靠群众，帮群众解决实际问题，才能取得新突破。为了切实提高党建实效，张占印亲自为党员干部讲党课，给老百姓讲道理、讲政策，号召党员干部要始终走在前面，党的政策要贯彻，党员干部就要做表率，不能光喊不干，否则就不是真党员，群众也有意见。

在发动党员的同时，还要发动贫困户。以前每个贫困户每年分干红800—1600元，啥也不干，群众嘴上不说，心里都不舒服。张占印把贫困户召集起来，对他们说："现在村上要组织党员和贫困户出义务工，投劳干公益事。党员干部没意见，贫困户也不能光拿钱不干事。况且村上环境好了，大家才能开开心心地生活。"经过一番开导，大家都没意见了。

遇到雨季，道路边沟多处塌陷，存在严重的安全隐患。张占印发动老党员捐款5000元，村民王仲金捐款3000元，买了一些水泥和沙子，由张占印带头，贫困户出劳力，忙碌了10多天，将村庄道路40多处存在安全隐患的边沟都修好了。进入汛期后，村子的道路交通情况得到了有效改善，贫困户在村里也有了威信。

过去村子里的卫生无人打扫，遇到领导检查，村干部就发动家属突击应付。现在，村子里的卫生全部由党员和贫困户负责。村里的环境改善了，村民的精神面貌也焕然一新了。村上干部入户，先看环境卫生，再看产业，看养牛、养羊、养鸡的情况。

张岔村是华池县有名的贫困村，贫困人员之多，超出一般人的想象。2013 年建档立卡时，全村 9 个村民小组，245 户，1137 人，其中贫困户就达 130 户，458 人，分别由市国土局（自然资源局）、华池供销社、乔河乡政府 61 名干部帮扶，其中市国土局（自然资源局）帮扶 103 户。光这个数字就足以使人望而却步。

张岔村贫困户多，大家不但不以为耻，而且都觉得当个贫困户，看病、上学不要钱，国家政策处处倾斜，帮扶干部隔三岔五地还送东西，于是许多贫困户变得不思进取，严重影响了本乡本县的脱贫工作进展，其他村民意见也很大。大家都觉得，国家扶贫政策这么好，怎么就养了些懒汉和二流子呢？张占印经过长时间的调研，和贫困户谈心谈话，激励他们积极上进，争取早日脱贫。可是，那些贫困户嘴上答应着，行动上却没有任何变化。这让张占印很犯怵。

村庄要发展，扶贫工作要展开，村风一定要正，陈规陋习就得改。张占印和村组干部一起商议，并听取村上老干部的意见，决定在全村范围内开展移风易俗的道德红黑榜和扶贫扶智积分榜活动。红黑榜分为三个板块——红榜、黑榜和教化转化榜。对于孝敬父母、尊老爱幼、见义勇为、好人好事等品德高尚的村民进行红榜表扬；对于红白喜事大操大办、参与赌博、酗酒、小偷小摸、不孝敬父母、打架骂仗、邻里不睦、不参与集体公益劳动的行为，进行黑榜臊皮（批评）；对于经过劝说、批评有所改进的村民进行教化转化榜鼓励。通过一段时间的实行，村风大为改观，做好人好事的多了，孝敬父母的多了，邻里关系也和睦了，邻村群众对张岔村的印象也转变了。尤其是上了黑榜的村民，在村里感觉到没面子，家里人也感觉低人一等，歪风邪气得到了有效遏制。

扶贫就得先扶智，让贫困户的脑子灵光起来，理解国家的良苦用心。扶贫扶智积分榜，让过去的送钱送物扶贫变成了技术扶贫、产业扶贫。张岔村是山区，养牛、养羊、养驴、养鸡、种玉米、种荞麦等产业大有可为。在扶贫工作会上，张占印让先富起来贫困户现身说法，带动和帮扶后进户，并且实行贫困户帮贫困户，手挽手一起奔小康。

除了国家要求的“两不愁三保障”，要切实挖掉贫困户的穷根，还是要发展产业脱贫的路子，哪怕困难再大，也要把这个思路坚持下去，只有把产业扶持起来，群众才能持久地走上富裕路。这是张占印走到哪里都挂在嘴上的话，他不但在干部会上说，在党课上讲，在贫困户入户中也这样说，在具体工作中也这样干。

张岔村脱贫的主导产业是种植业，主要种植玉米、荞麦。2017 年建办了一个种植合作社，2019 年合作社通过土地流转和辐射，带动种植药材（板蓝根）451.2 亩，其中贫困户自种 221.5 亩；带动 44 户贫困户通过产业到户、企业配股的方式分红 3.48 万元。建办一个养殖合作社，发展湖羊养殖，带动 9 户贫困户养殖 99 只湖羊，通过产业到户配股分红，带动 64 户收入 7.3 万元。通过在甘肃红南梁科技发展有限公司产业到户配股分红，虎洼种养殖农民专业合作社带动 22 户分红 1.093 万元。通过五小产业发展肉鸡养殖 7 户 700 只，发展蜜蜂养殖 1 户 12 箱。通过产业奖补，累计发展蜜蜂养殖 3 户 9 箱，肉牛养殖 12 户，肉羊养殖 12 户。108 户贫困户通过两个合作社加入了中盛公司（华池县富康泰种植农民专业合作社 44 户，华池县富康晟农民养殖专业合作社 65 户），其中中盛配股 86 户 91 万元，陇牛配股 22 户 24 万元，富康晟合作社配股 23 户 46 万元，贫困户入企入社实现全覆盖。发展荞麦种植 516.26 亩，燕麦种植 127.8 亩，甜高粱种植 146 亩。

功夫不负有心人。经过帮扶单位方方面面的努力，经过全体干部的同心协力，经过全体贫困户的辛勤耕耘，张岔村的产业链条终于形成了。许多贫困户争相邀请张占印到家里喝酒吃肉，张占印说：“只要一户没脱贫，这个酒就不能喝。等到张岔村的贫困户全部脱贫了，大家一起再干杯。”

经过几年的奋战，张岔村原有的130户建档立卡贫困户，2018年已经实现整体脱贫，脱贫时村集体经济收入2.3万元，已脱贫122户448人；2019年村集体经济收入达到4.48万元，脱贫7户，1户2人因无劳动力，2020年采取兜底脱贫。

几年的扶贫工作下来，张占印把自己变成了一个彻彻底底的张岔村民，一辆新轿车变成了烂汽车，轮胎一年就要换4条。来张岔村之前，他就有严重的心脏病，为了扶贫，他的衣兜里一直装着丹参滴丸，妻子和女儿一直担心他的身体，可是他一本正经地说：“放心吧，张岔村没有脱贫前，扶贫使命没有完成前，阎王爷不会收我。”

张岔村的扶贫工作走到现在，张占印觉得最应该感谢的是自己的单位——庆阳市自然资源局。没有领导和同事们的大力支持，张岔村的扶贫工作不可能有今天的实效。几年来，单位帮助张岔村实施390万元的土地整理项目2900亩，人均梯田面积达到4亩以上。改善窑渠组通组道路0.3公里，建设完成湫沟大桥1座。完成了张岔村村部改造，维修了22间办公用房，新建文化宣传长廊15米，安装路灯6组。修筑完成砂石道路通组10条60余公里，新修柏油路20余公里，新修石拱桥2条，涵洞17处，挖掘鱼鳞坑10770个，栽植刺槐10770株，实现了硬化路通村，乔河、湫沟、张岔、牛百万山、山腰湾、窑渠、高山畔、朱寺畔、赵畔9个组全部通上了砂石路。

张占印说，作为第一书记，自己的工作就是发挥党建优势，将党员干部的心凝聚在一起，将贫困户的干劲激活，把各个帮扶单位和帮扶干部的力量聚合起来，使大家把心思和气力都汇聚到张岔村的扶贫工作中，这就是第一书记的使命和责任。

展望张岔村的将来，张占印充满激情地说：“扶贫工作接近尾声了。作为一个曾经的军人，这辈子年轻时能参加自卫还击战，退休前能参与党的扶贫战役，我觉得自己的命运和伟大的祖国联系在了一起，这是无上的光荣，也是我40年工作经历的一个圆满收官。今天，张岔村的基础设施、产业格局、干部结构都发生了翻天覆地的变化。我相信，像无数的中国农村一样，经过这场举世瞩目的扶贫战役洗礼，张岔村的明天会更美好，老百姓的日子一定会越来越好。”

大地之上

让我们把庆阳老区扶贫、脱贫的镜头往回倒一段时间。

庆阳是地球上黄土层沉积最厚的大塬，是周祖农耕文明的发祥地，是第二次国内战争后唯一幸存的革命根据地，是享誉全省的陇东粮仓，同时也是贫困人数占比较大的深度贫困区。庆阳市南北差异很大，同在一个市，同在地理上的陇东黄土沟壑区，南北地形不一样，降雨量不一样，土质不一样，产业形式也不一样。

“后稷卒，子不窋立。不窋末年，夏后氏政衰，去稷不务，不窋以失其官而奔戎狄之间”。《史记·周本纪》关于周祖西迁的记载，是周先祖开启中华农耕文明的历史见证。翻开五千年的中华文明史，位于丝绸古道上的庆阳，因其重要的地理位置和文化意蕴，成为任何一段历史都无法忽略的重要符号。

20 世纪 30 年代，在陕北的党中央供给十分困难的情况下，陇东人民节衣缩食、倾其所有，用鲜血和生命哺育了中国革命的果实。从 1941 年到 1949 年，仅陇东分区所交的公粮就达到 44.7 万石。从 1949 年 7 月到 1988 年的 39 年间，庆阳生产的粮食除供养全市 200 多万人口，还为国家提供商品粮 284.531 万吨，商品油 4172.74 万吨，净调出粮食 116.396 万吨，食用油 2707.22 万吨。三年困难时期，原庆阳地区将粮食总产的 45.8% 交给国家，为全省的粮食购销平衡和社会稳定作出了巨大贡献。

改革开放给庆阳的发展带来了千载难逢的机遇，古老的黄土大地从此焕发出无限的生机。21 世纪以来，庆阳更是成为国家西部大开发的重点和甘肃省新的发展极。但由于地理环境造成的自然条件差异，改革深化过程中叠加的各种矛盾，在国家经济发展的转型过程中，庆阳陷入了空前的危机。油气和煤炭资源的过量开采，严重破坏了农业发展的生态环境。大量农民进城务工，良田被撂荒，孤寡老人、留守儿童的生活得不到有效保障，乡村教育、医疗卫生发展滞后，涉农侵农事件时有发生……

镇原县殷家城乡北岔村是一个典型的山区贫困村，全村 1300 亩梯田，人均只有 1.8 亩。村里通行的路均为土路，毛驴、耕牛是农户最主要的生产和交通工具。村里 630 口人，仍然采用人挑驴驮的取水方式；80 户人住在没有任何保障的危房（窑）里；用了多年的电线、电路老化严重，变压器功率太小，群众用电难的问题始终没有得到有效解决。精准扶贫政策实施之前，全村人均纯收入仅为 3060 元 / 年，贫困面高达 69%。

西峰区显胜乡毛寺村，贫困户王喜艳的老伴因为无法筹集到两个儿子结婚所需的高额费用，被迫离家出走。两个身强力壮的儿子长期在附近的小砖瓦厂，靠出苦力、干零活维持生计。在毛寺村及其周围村庄，和王喜艳的儿子一样娶不上媳妇的竟然有 100 多人。

在环县北部，绝大多数村民户均只有 1 口水窖，人畜饮水全部靠水窖收集雨水，一旦遇上持续的干旱，生产和生活就成了非常严重的问题，只能到几十公里之外拉水。合水县的一些村子，由于水质不好，大骨节病、克山病等地方病高发，很多人的一生因此蒙上了阴影。

2016 年 2 月 20 日，中央电视台《焦点访谈》栏目播出了环县八珠乡农民郑久林的贫困状况。郑久林一家 5 口人，只有他一个人是劳动力，居住的是危窑，吃水要到深沟里去挑。儿子上学，妻子残疾，只有逢年过节才能吃一次肉，家里最值钱的就是一辆代步的二手摩托车……

在庆阳，像郑久林这样的特困群众岂止一家。据扶贫部门统计，2013 年，全市共有贫困人口 1815 户 6261 人，占贫困户数的 1.53%，占贫困人口的 1.31%。全市实际饮水不安全人口达到 101.64 万人，占全市农村人口的 44.2%；不通油路的行政村 635 个，占行政村总数的 50.48%；居住危窑、危房的农户 17.18 万户，占全市农户总数的 32.49%；全市 25—49 周岁因贫困未婚男性 2.2196 万人；因婚变形成单身男性人口 1.0082 万人，其中因贫困离异 3702

户 3702 人；因贫困外嫁育龄男性 2389 户 2389 人……

艰苦的生存条件，单调的精神生活，低附加值的农业生产，导致更多的年轻人选择了逃离土地，土地撂荒面积逐年剧增，曾经热火朝天、生机勃勃的农村变得一片沉寂。绝大多数乡村女青年在择偶成婚时不得不选择外嫁。一些成婚多年的妇女，因为接受不了贫困生活的煎熬，甚至扔下孩子和老人，不顾道德的谴责和亲人们的诟病而远赴他乡。有条件的孩子都随父母进城读书，没有条件的只好东借西凑，就近前往县城和乡镇中心学校就读。

“中华人民共和国成立已经快 70 年了，改革开放快 40 年了，整个国家的核心竞争力已经进入世界前列，而为革命和建设做出突出贡献的革命老区，竟然还有这么多穷人。”

这是一个农民发出的感慨，也是沉默的黄土大地对我们党员干部灵魂的拷问。

历史来到 21 世纪的第二个十年，困扰中华民族的绝对贫困问题到了最后解决的时刻：2020 年，我们将全面建成小康社会，实现第一个百年奋斗目标。这是中国共产党为全世界作出的庄严承诺，也是千百万中国人民最真切的渴望。

2015 年 2 月 13 日，陕甘宁革命老区脱贫致富座谈会在延安召开。习近平总书记语重心长地告诉与会干部：“我们实现第一个百年奋斗目标、全面建成小康社会，没有老区的全面小康，特别是没有老区贫困人口脱贫致富，那是不完整的。”各级党委和政府要增强使命感和责任感，把老区发展和老区人民生活改善时刻放在心上，加大投入支持力度，加快老区发展步伐，让老区人民都过上幸福美满的日子，确保老区人民同全国人民一道进入小康社会。

因为贫困面积大、程度深，庆阳老区的脱贫工作一直受到党中央、国务院和甘肃省委、省政府的高度重视。中华人民共和国成立以来，中央领导多次就庆阳人畜饮水、群众用电、资源开发和扶贫等工作作出重要批示，省委、省政府也先后十余次召开老区工作会议，鼓励支持庆阳开展扶贫工作。

20 世纪 90 年代以来，为了增强扶贫工作的针对性，全市确定了中部贫困片（庆城、环县、镇原 13 个乡镇）、北部半农半牧区（环县、华池 20 个乡镇）和子午岭林缘区（正宁、宁县、合水、华池 19 个乡镇）三个特困片带，作为当时扶贫开发工作的重点区域，集中开展帮扶。

2011 年 12 月，中共中央、国务院颁发了第二个《中国农村扶贫开发纲要》，确定 14 个片区为扶贫攻坚主战场。庆阳被列入国家层面的贫困范围，扶贫工作被也被提上议事日程。庆阳市的环县、华池县、镇原县、宁县、合水县、庆城县、正宁县 7 个县为六盘山特困片区县。西峰区后来被列为全省国家片区外“插花型”贫困片区给予扶持。自此，全市 7 个县 1 个区均被纳入扶持范围。

面对难得机遇，庆阳市委书记负建民反复告诫大家：必须按照中央和省委的部署要求，认真贯彻习近平总书记“区域发展必须围绕精准扶贫发力”的重要论述，坚持以脱贫攻坚一号工程统领经济社会发展全局，大力实施精准扶贫精准脱贫行动方略，突出问题导向，以更加精细、精确、精微的措施，深入推进“绣花式”扶贫。

各级部门负责人、全体党员干部在第一时间作出回应。在全市脱贫攻坚誓师大会上，市级领导、县区党委、市直部门的主要负责人当场宣誓并签订责任书，不获全胜绝不收兵。市委、市政府主要领导带头包抓贫困程度最深的县、乡、村，33 名市级领导牵头组成 14 个现场抓落实工作组，强力推行“四不两直”（不发通知、不打招呼、不听汇报、不要陪同，直奔村组、直接到户）工作法，提高调研质量，减少干扰基层。以“解剖麻雀”的方式，与贫困户面对面进行交流 ，身挨身探讨，逐村逐户分析致贫原因，逐条逐项谋划脱贫路径。

在市委、市政府的号召下，全市 1275 个帮扶单位对口帮扶 1028 个村，4.0426 万帮扶干部与 15.5738 万贫困户结成了帮扶对子。

在市委、市政府主要领导的带动下，分管领导、人大、政协、军分区和法检两院等领导各负其责，市县政府及行业部门超前谋划，查缺补漏，研究工作推进举措，倾心尽力向着脱贫目标迈进。各级组织、党员干部积极报名，踊跃参加帮扶工作，声势浩大的精准扶贫工作就此展开。

帮扶初期，贫困群众对帮扶干部的工作始终缺乏信任和配合，认为他们之所以这样做，就是为了搞形式、走过场。有的人对扶贫干部持怀疑态度，有的甚至产生抵触情绪，极端地认为政府工作人员是为了给自己捞政绩。有的甚至直接向帮扶干部要钱，把扶贫当作发放救济款、安排低保。为了打通对接过程中的梗阻，华池县乔河乡党委书记郭丽丽通过“走亲戚”的方式与贫困户密切接触，收到了意想不到的效果。“一台电磁炉、一根新拐杖、一件城里孩子的玩具……”在华池县乔河乡虎洼村的贫困户心愿墙上，一张张蓝色心形的小卡片上写满了生活困难家庭的“微心愿”。在郭丽丽的带动下，乔河乡的帮扶干部让贫困户的这些小小的心愿逐一变成了实现。在他们看来，乡镇干部与群众不能有隔阂，迈过隔阂的最好方式是同他们交流，通过交流打开心结。

把支部建在产业链上，是党建助力扶贫的一大举措。环县环城镇周塬村，在村党支部的带领下，探索出了“支部 + 合作社 + 农户”的发展模式，成立了硕果农林产业合作社、永锋养殖专业合作社和安泽农机专业合作社，引导贫困户参与其中，激发贫困群众的脱贫积极性。

脚下沾有多少泥土，心中就沉淀多少真情。在镇原县临泾镇席沟圈村党支部书记马银萍看来，村里有谁家过得不好，为什么不好，村支书一定要清清楚楚。4年多来，马银萍跑遍了全村，陆续为200多户人家新建和改造了住房，帮13户贫困户完成了易地搬迁，让席沟圈村的乡亲们全都住进了“放心房”。“只要是村里的事情，她都会尽心尽力地去做！她总是非常忙碌，忙着让群众脱贫致富！”村民习惯了这样形容从他们身边走出来的全国人大代表马银萍。

“解放这么多年了，第一次见到这么大的领导！”

“我的中国梦就是能修通门前的路！”

“过去来的干部是干得少说得多，这次来的干部干得多说得少！”

“有人给我们做主、出点子，给钱上项目，真的为解决贫困而来，我们的好日子快来了。”

金杯银杯不如老百姓的口碑，只要你把工作做到位了，把政策宣传明白了，他们的心结也就打开了。市人大帮扶干部张世宗始终怀着一颗“进农家门、听农家言、想农家事、解农家难”的炙热之心，通过多方奔走，为群众争取资金 230 万元，用于发展富民产业和补齐基础设施短板，协助村两委改建村部门前的排水沟、维修下沉路基、补植枯死的油松，使昔日“十山九坡头，耕地滚了牛，晴天一身土，雨天一身泥”的桃李湾村变成了名副其实的美丽乡村。

驻村就要住进群众的心坎里，当干部就要为群众干实事。省社保局办公室副主任、庆城县三十里铺曹塬村第一书记、工作队长李晓霞发挥人社部门的资源优势，利用村集体收入和帮扶资金，为村里建起了一座 4600 平方米的万寿菊收购站，仅 2019 年一年，就为曹塬村村民增加收入 17 万元，为村集体增加收入 6 万元。

镇原县临泾镇路壕村驻村干部申雪黎通过各种渠道积极筹措投资 853 万元，在改善了水、电、路等基础设施的前提下，主动联系赞助商，对贫困家庭和留守儿童进行帮扶，还联系车辆带着本村盲童秦艳艳赴西安、兰州等地求诊，并帮助其圆了上学梦。

镇原县南川乡沟卢村第一书记兼驻村帮扶工作队队长范宏伟除了做好本职工作之外，还自觉主动帮贫困户干农活，被群众视为“不一样的第一书记”。针对沟卢村群众精神文化生活匮乏的问题，范宏伟自筹资金购买音响、话筒、篮球、乒乓球等，每天下午在村文化广场带领村民打球、唱歌、跳广场舞，之前冷冷清清的广场，一下子变成了村里最热闹的地方。

庆阳广播电视台驻镇原县开边镇白马寺第一书记兼驻村工作队队长刘宗刚从赤道几内亚援非回来，就主动请缨前往白马寺驻村扶贫。为了尽快熟悉村情，刘宗和驻村工作队利用一个月的时间，走访了所有建档立卡贫困户，亲手绘制每户的位置图，并对每户的家庭成员情况、住房、饮水、医疗、教育、致贫原因等做了详细的记录，对全村主要道路和到户路用不同的颜色做了标记，对有党员的家庭用党徽图标做了标记，对边缘户、检测户、未脱贫户用红色字体作为重点关注的对象。通过这个手绘位置图，对每户情况做到心中有数。

“老刘，我家的电视没有信号了，你能给看一下吗？”贫困户杨国龙试探着问刚到白马寺村不久的刘宗。

“能成！”刘宗快人快语，让快70岁的老汉把心放进了肚子里。

“刘书记，我的孩子到了上学的年龄，户口还没有着落，你看有啥办法吗？”贫困户张等彦半真半假地问。

“能成，我给你想办法联系！”刘宗爽快地答应了。

“刘队长，下周回家能给我的亲戚捎个东西吗？”任文学恳切地问。

“能成！顺路的事，有啥不行？”刘宗没有二话。

“刘宗，家里的自来水管又漏水了，你能给供水站说一下吗？”

……

在日复一日、年复一年的帮扶过程中，刘宗成了白马寺人心中离不开的“能成人”。

2017年7月大学毕业的沈雪，怀揣改变家乡的梦想参加了全国大学生“村官”考试，被安排到镇原县条件最艰苦的殷家城乡工作。2020年2月，她又被组织通知到镇原县郭原乡西杨村担任专职书记，在收到通知的第二天就投入了新的工作。3年多来，她几乎参与了精准扶贫各项工作，从一个初出茅庐的女大学生，到村民口中亲切的“碎女子”；从对扶贫工作一窍不通，到扶贫业务骨干；从对农村农民农事一无所知，到对三农工作了如指掌；从面对农民时不知道怎么交流，到与村民真正打成一片……走访贫困户，讲解政策，宣传法律知识，指导村民栽植丹参，种植柴胡，开展养殖防疫宣传，鼓励贫困户发展养殖主导产业……她的足迹几乎踏遍了所帮扶贫困村的每一个角落。

合水县卫计局局长李迎春帮扶的是合水县肖咀乡丁家堡子村4户贫困群众。40多岁的丁永红带着3个孩子住在一间不足18平方米的破房子里。因为赌博，老婆和他离了婚，村里人都说他是一摊扶不起的烂泥。李迎春用自己的工资担保，为丁永红建起了新房。为了消除孩子们对丁永红的逆反心理，李迎春不仅承担了孩子们上学的费用，还利用假期带着孩子们到景点旅游，并想方设法方为他们联系到离家出走多年的母亲，及时修复了这个因为离婚而破裂10年的家庭。

在困难群众面前，自己的困难再大也不算困难。交通不便，自己的车就是公车；生活上有问题，就自己想办法解决。

庆城县驿马镇熊家庙办事处女干部张海艳的孩子太小无法上幼儿园，她就带上孩子进村入户干扶贫。每次入户调查前，她就用零食、水杯、小玩具哄孩子，工作时将孩子锁在村民的房子里。晚上加班加点时，就用一条布带子将孩子拴到床头上，好让自己安心地干工作。

因为受河流、洪水剥蚀的切割，地处黄河中游内陆地段的庆阳沟壑纵横，干旱少雨，落后闭塞，自然灾害频发。加上农业生产效益低下，群众思想落后守旧，安于贫困现状，不愿自主发展等原因，要想在短时期内引导群众迅速摆脱贫困，实现全面小康，确实是一件极其艰巨的工作。

庆阳市内三大贫困片带总体发展严重滞后，自然灾害频繁，生存条件差，农村基础设施欠账大，教育文化卫生等社会事业建设落后，贫困问题十分突出。区域内80%的农户居住在梁、峁、沟壑间的土窑洞，道路、饮水等基础条件严重滞后，有68%的行政村不通砂石路，75%的农户不通大车，35%的农户不通农用车，61%的农村人口饮水困难。2/3的村没有文化活动场所，16%的农户看不上电视，82%的农户不通电话，45%的村没有卫生所，劳动力平均受教育程度不足5年，群众因病、因灾、因子女上学返贫的问题比较突出。

作为一个传统意义上的贫困地区，有限的财力除了保障基本的运行之外，很难将更多的资金用在农业发展和扶贫工作上。但这一切显然不能成为工作推诿的理由。为了确保脱贫资金到位，市县两级财政做出重大决策：压缩一般性支出，压缩非民生类项目支出，压缩“三公”经费，将更多的资源向贫困地区倾斜，安排更多的资金用于脱贫攻坚。这些举措不能只写进文件，还要及时纳入财政预算，第一时间拨付，第一时间使用，第一时间发挥效益。2013年以来，在落实上级各类扶贫资金的同时，24.6亿元的市县财政扶贫资金，

10%和15%的增速，为脱贫攻坚推进提供了资金上的支持。

好钢要用在刀刃上，大钱要用在点子上。要想彻底解决广大农村群众面临的诸多问题，必须从安全饮水、危房改造、易地搬迁、通村公路、农网改造、生态扶贫等基础设施方面的问题入手，解决群众在生产生活上存在的实际困难。

西北部的环县山区是典型的资源型、水质型、工程型缺水并存区，人均水资源拥有量仅为全国平均水平的30%，用滴水贵油来比喻环县人畜饮水的困难再恰当不过了。“打我记事起，吃水就难，全村人吃水都要去沟里担。山路窄且陡，经常担到半山腰就只剩下半桶水，来回五里路得走四个小时。”县城东塬北庄村63岁的村民许养贤一说起过去的用水难，总有说不完的话。

负责对口帮扶城关镇的天津南开区得知这一情况后，在一些人口集中的村民小组和易地扶贫搬迁安置点，通过打机井、引黄河水等工程，为民众通上自来水。对于一些引自来水难度大的村组和农户，则通过建设蓄水池、集流场窖等项目，让农户彻底告别了用水难的日子。72岁的城东塬村民杨兴兰说：“以前怀着孩子还得去挑水，水里掺着泥土，有一股土腥味，沉淀好久才能人喝畜饮。现在不仅饮水方便多了，还安装了洗澡设备，不论啥季节都可以洗澡了。”

据环县副县长李东垣介绍，仅2019年，天津南开区在资金上帮扶环县4200万元，其中900多万元用于农村饮水建设，让环县3000多名农户告别了不安全饮用水。为了实施农村饮水安全工程，近年来环县政府累计投资已经达到5.5亿元，建设集中供水点122处，修建水窖5.2万口，打小电井311眼，解决了全县35万名群众的饮水难题。得到实惠的群众见人就高兴地说：“农村饮水安全工程不仅让我们喝上了放心水，还为我们安装了洗澡设备。以后都不用担心天旱用水问题了，生活舒心多了。”

从周先祖古公亶父在黄土大地上凿窑修地坑开始，窑洞在庆阳已经有4000多年的历史。但由于年代久远，加之地震、暴雨等灾害影响，土质疏松，窑洞存在不同程度的安全隐患。

镇原县孟坝镇村民姜科一家原来居住在山大沟深的东庄村的几口老窑洞里，吃水靠人拉畜驮，出门都是崎岖的羊肠小道，连农用三轮车也很难通达，雨雪天更是无法出行，生产生活条件差。通过申请，姜科一家4口只交了1万元，就在城里的安置点分到了76㎡住宅+210㎡院落的独门小院。

鉴于镇内贫困户在住房问题上存在的隐患，镇政府按照“节约用地、少占耕地、集约利用”的原则，充分利用全县“商贸物流、经济文化、教育医疗中心”的独特优势，采取跨区域安置的办法，在孟坝镇建成北部乡镇易地扶贫搬迁安置城，实行修建独门小院和回购商业步行街楼房安置两种模式，积极动员群众自愿到孟坝进行集中安置，从而彻底解决北部山区群众无地可搬的困局。

精准扶贫政策实施以来，在庆阳的很多贫困村经常能看到群众修建楼房的场面，那是政府实施的对贫困户的住房进行新建或者改造的工程。住了多年窑洞的贫困户感慨地说：“突然搬出住了多年的土窑洞，心中总觉得有什么地方不舒服。但仔细一想，搬出了过去的时代，开始了新的生活方式。”

马莲河、葫芦河、蒲河、洪河、四郎河及27条支流、531条沟道，3.3万条毛沟把浑厚的黄土塬分割得沟壑纵横，外面新鲜的东西进不来，里面丰富的物产运不出去，交通不便利对经济造成的制约可想而知。为了改变偏远村组的出行条件，打通群众出行的“最后一公里”，西峰区抢抓脱贫攻坚、美丽乡村建设等契机，全面落实“6873”交通突破大会战精神，在全区范围内掀起了一轮轮农村公路建设高潮。

过去，蒲河村没有油路，坑洼不平的砂石路导致村民发展甜瓜产业受限。为了打破川区群众产业发展瓶颈，西峰区立足“西游”产业布局，于2015年投资6000多万元，实施了毛巴环川公路建设工程，沿川建成三级公路11.8公里。2018年再次投资2478万元，实施显毛公路提质改造工程，建成三级公路10.4公里，实现了与毛巴环川公路的全闭合。如今，新修的西环川公路从毛寺村一直延伸到蒲河村、纸坊村，将一个个景点串联成一体，形成美丽的乡村生态旅游风情线。升级改造后的通村公路，畅通了西甜瓜的外销之路，也为蒲河川区带去了人气、财气。多年从事瓜果种植的蒲河村村民毛金郎说：“我种植甜瓜十几年了。这两年价格好，到村里采摘的游客也多了，每棚能收入五六千元。”因为修路受益的村民岂止毛金郎一个人。随着一条条产业路的打通，如今，蒲河村的西甜瓜、毛寺村的乡村旅游、五郎铺村的辣椒、李庄村的养殖、贺塬村的苗林等，已成为当地群众脱贫致富的重要产业支撑。

2016年底，全市8县区全部通二级公路，119个乡镇通三级公路，1261个行政村全部通沥青（水泥）路，比全省提前1年、比全国提前4年实现“建制村100%通硬化路”的目标。

随着精准扶贫工作的进一步深入，电的问题、生态的问题、田的问题、教育的问题、看病的问题也逐渐显现出来。

大多数山区群众的用电一直处于“看上去有，用起来没有”的尴尬境地。由于电压过低，连照明都很困难，更不用说看电视和使用家用电器了。至于铡草机、粉碎机等生产用电更是想也不敢想的事情。在农村电网改造升级工程中，庆阳市电力局通过对325个供电瓶颈自然村的治理，实现了户户通照明电、组组通动力电。电网改造不仅方便了群众的生活用电，而且为规模化养殖和小型加工提供了充足的电力供应。

为了从根本上改善贫困地区的生活环境，从2014年起，庆阳市开始实施“再造一个子午岭”工程，通过工程造林、荒漠化植树等持之以恒的造林措施，全市森林覆盖率逐年提高，达到了25.83%。生态环境得到迅速改善，北部半农半牧区的气候条件也有了逐年改善。2018年，环县降水量创下了历史新高，昔日荒芜的北部山区变成了风景如画的塞上江南。

庆阳市委、市政府始终坚持把发展教育作为阻断贫困代际传递，解决庆阳“贫在人”的瓶颈制约。他们始终坚持把“不要让一个孩子因贫辍学”当作教育扶贫底线，采用“过筛子”的方式，对适龄人口就学情况进行全面普查，运用控辍保学动态监测系统实时监控学生出勤情况，合力控辍保学，全市义务教育巩固率达到99.5%，高于全省平均水平近3个百分点，义务教育阶段适龄人口无一人因贫失学辍学，贫困学生“有学上”“上得起学”得到切实保障。

市教育局利用教育优势，积极协调争取，投资84.03万元为环县南湫乡代家洼新建村教学点一所，保障适龄儿童就近接受基础教育。通过协调，为南湫乡九年制学校接入集中统一供热管网；安排庆阳五中和东方红小学选派优秀骨干教师到南湫乡开展送教活动，不让一名学生因贫失学、辍学。

2019年，环县教育局在对全县适龄儿童失学、辍学进行全面摸排自查时发现，环县山城乡寨柯村的青年刘兴波，由于出生时早产，智力发育落后，记忆力差，一直辍学在家。针对刘兴波的特殊情况，环县教育局分类施策，采取送教上门的办法，帮助他学知识、学技能，取得了显著的成效。为了保证农村学生不因贫困失学、辍学，环县还采取“以校为主、食堂供餐”的办法，县财政每年列支1000多万元，用来改善农村学校学生营养。

“小病扛，大病拖”，曾一度是贫困群众面对疾病的最无奈的选择。他们并不是不注重健康，而是缺乏健康保健的经济实力。平日里的些微疾患并不重视，等到拖成大病，花费巨大，就影响了正常的生产生活，因病致贫自然成了贫困群众主要的致贫因素之一。为了切实扭转这一情况，市县两级主动出击，工作力量下沉，为570个贫困村建起了村卫生室，并配备了合格的村医。

西峰区显胜乡毛寺村是出了名的深度贫困村。开展精准扶贫工作以来，毛寺村着力实施美丽乡村建设项目，精心打造毛寺古街、乡愁记忆馆、“三变”展示馆、连心桥景观区、龙泉广场等特色景点，成功举办多届油菜花节，创收达750多万元。同时积极争取省投项目资金1250万元，建成黑老锅游客服务中心、步行栈道和生态停车场各一处。成功引进宁夏汇达置业集团有限公司，投资1.2亿元，在毛寺村建成了包括陇东滑雪场、户外拓展训练基地在内的陇东冰雪健身基地，通过发展滑雪、滑草、攀岩、水上乐园等户外体能项目，带领43名贫困群众常年在基地务工，帮助其增加工资性收入200万元以上。

告别绝对对贫困，不仅需要战胜困难的勇气和精神，而且需要扎实的行动和具体的举措。为了攻克扶贫道路上的层层堡垒，庆阳市委、市政府连续三年在全市范围内集中组织开展了三个“百日行动”。

2017年，部署开展了“六查三问一细化”行动，主要是查吃饭、住房、饮水、用电、取暖、就医，问困难、想法、建议，细化“一户一策”方案，为进一步实施精准帮扶奠定坚实基础。

2018年，部署开展了“六查三讲一强化”行动，主要是查“四类分类”政策资金落实、“331+”合作社建办、安全住房、安全饮水、适龄儿童入学及患病人口就医等情况，讲解惠农政策、农业适用技术，强化“一户一策”方案，详细准确核查政策落实和脱贫攻坚的进展情况。

2019年，部署开展了“六查三讲一提升”百日行动，主要是查收入达标、饮水安全、教育扶贫、健康扶贫、住房安全保障、易地扶贫搬迁，讲习近平扶贫工作重要论述、先进典型和致富典型、农业实用技术，提升“一户一策”，巩固脱贫成果，补短板强弱项，确保高质量脱贫。

2017年5月4日，市县两级团委、工会、妇联等相关单位先后为308对低彩礼和零彩礼新婚青年举办集体婚礼12场次，并在所有村成立红白理事会，开办新时代文明实践站。建立“歇帮”惩懒机制，依法严惩子女有安全住房而父母居住危旧房、子女有能力履行赡养义务而父母生活无人照料等行为，实行扶勤戒懒积分制管理，建立“扶贫爱心超市”，教育引导群众靠勤劳致富、以道德持家。

镇原县坚持用“精神扶贫”引领精准扶贫，坚持“扶贫先扶志、扶贫必扶智、扶贫要扶德”的原则，激发贫困群众脱贫致富的内生动力，让贫困群众掌握致富技能，提高自我发展能力，进一步增强脱贫致富的信心，并努力根除农村各种陋习，积极开展“倡移风易俗树文明新风”活动，通过以贫困群众身边人、身边事为素材，树立勤劳致富、脱贫光荣的先进典型，推动精神扶贫广泛深入开展，将治德治愚与扶德扶志同步推进，构建农村思想道德新高地，补足贫困群众精神之“钙”，变“要我脱贫”为“我要脱贫”，促进形成积极向上的社会风气。

为了充分调动贫困群众的发展积极性和主动性，变“输血”为“造血”，最大化激发贫困户脱贫内生动力，宁县利用冬闲时节，多次组织开展“地头式”“院落式”“企社式”培训，通过“农民讲习所”“农民夜校”等，广泛开展精神扶贫宣传教育活动，并组织编排了《扶贫戒懒》《精准扶贫在行动》等扶贫主题小品、歌曲、快板等节目，在乡镇巡回演出，营造“脱贫先立志，致富要自强”的浓厚氛围。

2020年初，新冠肺炎疫情发生后，外出务工人员长时间滞留家中，农业产业又受到严重影响，脱贫攻坚面临着始料未及的困难。市上第一时间做出决定，28名市级领导牵头成立了28个挂牌作战队，对列入国家挂牌督战的镇原县贾山村，列入省上挂牌督战的28个村3.67万“三类人口”一对一开展挂牌督战。通过政策、资金、项目、扶贫力量等资源持续倾斜，28个贫困村的生产和生活开始发生明显的变化。

毕业于广东海洋大学的环县罗山乡山水湾村村主任吴鹏放弃了在大城市工作的机会，利用自家的30亩林地散养土鸡，当年就收入了5万多元。2017年，他被村民推选为村委会主任后，筹措资金引进了100只怀孕的湖羊基础母羊和5只种公羊。谁知，刚引进来的湖羊因为不服水土，出现了食欲不振、精神萎靡的症状，吴鹏多方寻求新技术，科学调配饲草料，湖羊才恢复了健康。有了这次教训，吴鹏对养羊知识、养殖技术等进行了系统的学习，并虚心向父辈们请教传统养羊过程中遇到的突发状况和疾病预防等知识，饲养水平有了很大提高。当年10月，计划出栏的60只湖羊全部出售。现在，吴鹏带动的贫困户达到60多户，占当地整体贫困户的75%。

为了解决群众收入偏低的难题，庆阳市紧紧围绕如何让贫困群众持续稳定增收的问题，把产业整体构建同到户产业培育结合起来，发挥龙头企业、农民专业合作社的带动作用，加快构建以六大主导特色产业为主、“五小”产业为补充的产业扶贫体系。同时，围绕“陇东雨养农业区”功能定位，提出了“北羊南牛、塬果川菜、草畜平衡、农牧循环”的发展思路。

2011年，国务院《中国农村扶贫开发纲要》颁布后，全市累计引进培育龙头企业120多家。通过全流程全链条抓促协调服务，引进培育了中盛、圣农、正大、东方希望和海升等龙头企业。1000 万只肉羊、1.2 亿羽肉鸡、200 万头生猪、100 多万亩苹果产业化项目顺利推进，形成了全产业链、全循环链、全价值链为特征的、具有示范带动效应的环县肉羊产业发展模式、宁县苹果产业发展模式。通过全面推行“331+”产业扶贫模式（第一个“3”，就是围绕创新农业组织形式和经营机制，组建“龙头企业 + 合作社 + 贫困户”的三方产业联合体；第二个“3”，就是围绕创新资源配置和经营方式，推进“资源变资产、资金变股金、农民变股东”的“三变”改革；“1”就是围绕创新扶贫产业发展方式，建立统一科学的品牌化质量管理体系；“+”就是“+ 党建”“+ 保险”“+ 村集体经济”），新引进建办带贫龙头企业 14 家，贫困村建成合作社 2716 个，带贫近 15 万户，分红超过 1 亿元，全市贫困村村均集体收入达到 5.1 万元。

中盛集团在董事长张华的带领下，积极响应国家政策导向，立足庆阳贫困现状，以全产业链带动贫困地区农业发展，引导贫困群众增加收入，取得了非常显著的效果。

2012 年在镇原 15 个乡镇建成养鸡场 36 个；

2016 年启动湖羊全产业链建设项目，建成种羊繁育场 13 个；

2017 年建成 100 万只肉羊屠宰加工生产线；

2019 年建成 15 万只烫毛羊生产线；

2020 年实施的 12 万吨反刍饲料厂即将建成。

2017 年以来，中盛集团每年为加入农民专业合作社的建档立卡贫困户实现产业收入 5021 万元，人均增收 1285 元；带动 38246 户贫困户自主养羊、养鸡，户年均增收 16403 元；每年需要 17.6 万农民从事饲草种植，需要 7000 人进厂务工，在养殖、收购、运输等环节间接带动 10 万人就业。此外，集团还向镇原县捐资 1 亿多元，帮助家乡建修道路、学校、养老院等公益设施。

中盛集团在庆阳的成功发展和壮大，不仅让政府找到了帮助群众致富的钥匙，也让更多企业看到了发展的商机。

2018 年 7 月，庆阳市获悉圣农集团“向外扩张”的消息后，市政府主要负责同志第一时间带队前往圣农集团考察对接，并向圣农集团负责人及董事会成员当场郑重承诺：只要企业落户镇原，市县两级政府会像“店小二”一样做到热情服务，认真研究解决企业提出的每一个问题，倾力支持企业在庆阳的发展。市委、市政府的诚意终于打动了圣农集团的决策层。2018 年 10 月 12 日，圣农集团正式入驻镇原县，集团核心团队同时到位，与中盛集团合作发展白羽肉鸡全产业链项目。该项目全面建成后，实现总产值 250 亿元，直接解决用工 1 万人，间接带动就业 10 万人以上，同时可消化大量玉米、小麦等农产品，带动镇原及周边县区种植养殖、冷链包装、商贸物流、交通运输等一二三产业全面发展。

作为全省 18 个养羊大县之一的环县，天然草场超过 800 多万亩，其出产的陇东黑山羊和环县滩羊因为品质优良，远销国内各大城市、香港及东南亚国家。基于资源、养殖和市场需求上的优势，环县率先确定了种草养羊产业的龙头地位。通过“能人办社、贫困户入社，贫困户跟着能人走；龙头带动，社企联动合作社跟着企业走；特色创品牌、品牌占市场，企业跟着市场走”的思路，已经建办了百万只肉羊屠宰加工厂和两个万只基础母羊繁育场，伟赫乳业建设万只奶山羊和年产 18 万吨的乳制品及果汁饮品加工厂，甘肃德华生物科技公司建设肉羊制种基地。全县羊存栏量超过 300 万只，人均产业收入将近 1 万元。

“331+”产业扶贫模式，不仅给企业发展创造了平台，而且让每一户贫困户得到了实实在在的好处。

宁县瓦斜乡瓦斜村贫困户吴怀智的妻子身体有残疾，只能在家做一些简单的家务，一家人仅靠低保维持生活。就在吴怀智为以后的日子发愁的时候，村里的信合养殖农民专业合作社依托“331+”产业扶贫政策实施的“托管代养”模式让他看到了希望。

吴怀智参加的“托管代养”是宁县为“有一定劳动力在本地打零工，发展产业能力不足”的贫困户量身订制的扶贫模式，即通过构建“专业合作社（企业）+ 贫困户 + 金融扶持”的利益联结方式，为每个贫困户落实 2 万元的奖补资金、3万元的政府贴息贷款，并按实际人口人均落实5000元的奖补资金，全部入股到相关合作社（企业）购买畜禽，由合作社（企业）统一负责饲养、购买保险、进行销售，贫困户每年按入股资金比例享受分红，贷款到期后由合作社（企业）负责偿还本息。

“我将政府给的互助合作资金加上扶贫贷款，全部入股到信合养殖合作社，由合作社买羊养殖，本息不用我们还，羊也不用自己养，一年净享分红就可以了。”现在的吴怀智不仅有了稳定的收入，而且和儿子一起在信合养殖合作社打工。

在很长一段时间里，农产品销售难的问题作为产业发展的最大瓶颈而无法得到解决，有时候甚至会陷入越是丰收亏损越严重的困境。市县乡各级政府积极顺应时代发展，大力发展电商扶贫等新模式，通过现代化营销方式推进农产品销售，带动产业发展和群众增收。

西峰区什社乡任岭村果农张成生家有8亩多苹果园，从2016年开始利用互联网进行苹果销售，每年总产量在4万斤左右，基本上全部在网上销售，预计总收入达到十几万元。张成生告诉我们，通过网络销售获得的收入是线下销售的1～2倍。

宁县电商协会发动和组织电商达人、网红开展“践行乡村振兴，帮助农户增收”农产品现场营销活动，通过抖音、快手、朋友圈等新兴媒体大力宣传推介贫困户种植的红薯、苹果等产品，解决了“卖难”问题，拓宽了贫困群众的增收渠道。

张红艳是镇原县太平镇枣林村咀头组人，家中共有6口人，劳动力很少，村上的“扶贫车间”招工时，优先考虑贫困户，张红艳便到该厂打工。“这个活不辛苦，每个月收入2300元，还能照顾家里和接送孩子上学。”张红艳说。

在枣林村专业合作社联合党支部书记李爱军看来，“扶贫车间”不光就业门槛低，用工方式也很灵活，更主要的是能让从业人员兼顾家务和农活。

2019年11月7日，天津市百家企业陇上行暨产业扶贫座谈会在华池县举行，两地企业现场签约58个项目，项目金额106.17亿元。

作为对口帮扶的城市，天津市委、市政府始终把对革命老区的帮扶放在各项工作的首位，天津市委书记李鸿忠，市委副书记、市长张国清多次带团深入庆阳，实地研究帮扶措施和对策，对接相关工作和任务，并邀请庆阳市委、市政府组织党政考察团前往天津开展交流活动。李鸿忠书记表示，要以对革命先辈的崇高敬仰和对革命老区的感恩感激，守初心、担使命，升级加力，合力攻坚，坚决把庆阳的扶贫脱贫工作做好、做扎实，真情回报老区人民。

2020 年 8 月，镇原县屯子镇闫沟村迎来了有史以来的最大变化，过去的"穷乡僻壤"在天士力控股集团的帮助下，变成了今天集生态居住、特色产业、乡村旅游于一体的美丽乡村示范工程——聚德小镇。

一排排白墙灰瓦的简欧式小洋楼点缀在山坡上，彻底改变了山区群众世世代代居住窑洞的历史；药材种植技术培训中心、专家工作站、窑洞文化展示区等公共服务区，让原始自然村的面貌焕然一新；苹果、中药材、肉羊、万寿菊等特色产业，让越来越多的村民找到了更广阔的致富门路，实现了稳定脱贫增收；互联网医院挂牌上线，患者看病足不出户，能像大城市一样享受在线问诊、在线处方、远程会诊等服务，开的药还能快递到家；告别村头挑水的历史，自来水通到每家每户，拧开水龙头就源源不断；家里正在装宽带，以后上网方便了；广场上有了健身休闲器材，孩子们不再只能玩泥巴；新修的公路通到村里，很多村民已经开上了小汽车。

镇原县孟坝镇贫困户赵攀和张海星有一个共同的亲戚，他就是天津市委副书记阴和俊。因为这门子亲戚，赵攀家养的牛才为他带来了意想不到的收入；张海星的妻子才有了在天津务工的可能，孩子才有了在天津就读高职的机会。

其实在庆阳，像阴和俊这样的"天津亲戚"岂止一个。2016 年以来，天津在庆阳累计投入帮扶资金 7.8 亿元，实施帮扶项目 447 个，落户企业 21 家，建办扶贫车间 42 个，输转 1296 名贫困劳动力在津稳定就业。4 年来，庆阳市组织赴天津及邀请天津参加各类展销对接活动 34 次，实现农特产品销售 3.1 亿元，带动脱贫 4.1 万人。

在天津市倾囊相助、真情帮扶的同时，国家投资集团公司、中央党史和文献研究院、中国化学工程集团公司3家中央单位累计为庆阳投入引进帮扶资金1.1亿元，实施帮扶项目137个。

非公企业的帮扶也是一枝独秀。民主党派、“百企帮百村”和港澳台侨人士积极帮助庆阳的脱贫工作，累计落实各类帮扶资金2.5亿元，安置就业4.5万人。中国光彩事业庆阳行暨民企陇上行为庆阳争取并落实大型公益帮扶项目2个，其中华池县公益帮扶项目为16个贫困村实施蔬菜、畜牧、红色旅游、人畜安全饮水及农民技术培训，惠及贫困户982户；环县光彩水窖项目为4个乡镇11个贫困村新建水窖500口，解决了243户贫困户饮水困难问题。

“整洁的入村马路、热闹的文化广场、宽敞明亮的党员活动室上空党旗飘扬……一幅美丽和谐的乡村图景呈现在眼前。”这是正宁县五顷塬回族乡西渠村崭新的面貌。县乡通过多方争取，筹措东西部扶贫协作资金30万元，扶持正宁县正源中蜂养殖农民专业合作社发展社员108名，养殖规模达到了670箱，从河南协调引进优质中华蜂500箱，采取集中养殖与分散养殖相结合的方式，由合作社统一经营、统一包装、统一销售，提高了养殖户的收入。

与此同时，通过组织驻村帮扶队及村组外出考察学习等方式，提高群众种植和养殖专业技能。为考入大学的学生每人资助学费2000元，支持他们顺利完成学业，阻断贫困代际传递，并通过送医送药等活动，拓宽帮扶渠道，提高帮扶实效。

2016年2月10日，农历正月初三，是一个让人悲痛和难忘的日子。用真心干扶贫、用爱心温暖了千家万户的企业家李杰因病与世长辞。他是合水县吉岘乡宫合村人，曾荣获“全国社会扶贫先进个人”“感动甘肃·陇人骄子”称号，被庆阳各界誉为“合水善人”。他生前是陕西旭隆有限责任公司董事长，幼年时家境非常贫穷，但艰苦的生活环境锻炼了他的坚强意志，经过个人艰辛的努力和奋斗，他获得了事业和人生的成功。

“作为一名民营企业家，作为从山沟里走出来的农民的儿子，帮助乡亲们、回报社会是我义不容辞的责任和义务。”他致富不忘众乡亲，把“帮助他人，回报社会，奉献家乡”作为座右铭，将爱心的种子洒满了整个陇东大地。

从 2004 年开始，他先后投资 6500 万元用于家乡的环境改善、社会事业、扶贫济困、捐资助学等，让几千名学生实现了大学梦，让几万人终身受益。他投资新建了铁李川新村，无偿为家乡群众修建小康别墅住宅，使铁李川群众的生产生活发生了历史性的变化；他每年春节给贫困户、贫困老人发放慰问金，帮助他们度过生活上的一道道难关；他扩建了合水一中教师电子备课室，设立了“李杰助学基金”资助贫困大学生，帮助寒门学子圆了大学梦……

李杰离开了这个世界，可他的爱心和善举被人们怀念着，他用实际行动温暖了铁李川，为扶贫事业贡献了力量。

扶贫，扶的是弱势群体，扶的是生活处于困境中的人。环县天池乡曹李川村村民罗望民 17 岁时意外受伤，右腿高位截肢。他没有因残而颓废，所有正常人能干的农家活他都干，还外出务工，用一条腿爬楼梯，做楼房外墙保温、粉刷……这几年，依靠扶贫政策的扶持，他成为村里养羊、养牛的致富带头人。

2018 年，罗望民选择了回家发展养殖并逐渐扩大规模，后来他担任了村民小组组长，宣传动员村民发展养殖，增加收入，他所在的峁旦组，44 户农户中养牛 5 头以上的达到 10 户，羊存栏 20 只以上的农户达到 11 户。该组牛存栏量达到 100 多头，羊存栏量达到 400 多只。这些发展和变化，对于罗望民来说只是完成了脱贫的第一步，要彻底奔向小康，还要继续做大养殖业和劳务业，稳定已有的收入水平。

合水县肖咀乡胜利肉羊养殖专业合作社负责人张卫东，在养殖湖羊之前和妻子在西峰区打工，夫妻俩开了 13 年出租车。2012 年，考虑到父母年老，生活需要人照顾，夫妻俩开始回乡创业。

张卫东说，当时湖羊是市场上的“抢手货”，自己瞄准商机，于 2013 年引进 300 多只湖羊进行繁殖，并建起养殖场。2014 年，自己又牵头成立了合水县胜利肉羊养殖专业合作社。

“真正干起来，才明白养羊并不是一件简单的事。”张卫东说。创业之初，由于缺乏养殖和管理经验，曾造成不小的损失。后来他认真吸取教训，对羊舍进行了改造、消毒，在饲草选择、营养配比、防疫程序、疾病防治等方面加强管理，才渐渐地摸清了养殖的门道。

为了带领贫困群众脱贫致富，合作社吸纳当地 112 户贫困户的入股资金 112 万元，签订了 5 年托管协议，从甘肃中天羊业按保底价购羊 560 只，采用统一购买、集中饲养的方式，使合作社基础母羊达到 830 只，初步实现了扶贫产业精准培育、贫困户稳定增收、集体经济持续发展的目标。

2020 年 7 月 24 日，庆阳市艺润教师艺术团和庆阳街舞委员会的 30 位老师，在郑晓玲团长的带领下，冒着细雨，不顾泥泞，跋涉 100 多公里，行程近 3 个小时，专程来到环县曲子镇马家河小学开展送艺术、送教育、送温暖公益活动。马家河是环县曲子镇唯一的贫困村，距离镇政府 22 公里，距离县城 65 公里，距离市区 120 公里。这里山大沟深，交通不便，信息闭塞。8 个孩子之中，有好几个连县城都没有去过。老师们为 8 个孩子精心准备了精彩的节目和符合他们实际的课程，给他们捐赠了棉衣、书包、学习用品和防疫物品。活动结束后，他们邀请孩子们共进午餐，和孩子们一起包饺子、玩游戏。

吃着平时吃不到的食品，看着只有在电视上才能看到的节目，孩子们的内心怎能不激动，以至于活动结束的时候，孩子们都不忍离别。

老师们感慨地说："我们这次活动的目的就是在这些山里孩子们的心里种下一颗艺术的种子，一颗爱美的种子，一颗向善的种子，一颗上进的种子。假以时日，沐以和风，这颗种子一定会生根、发芽、开花、结果，最终成就他们美好的未来！"是啊，只要我们种下去的是一颗爱美向善的种子，就一定能够收获幸福美好的未来。

2020 年注定是书写辉煌的一年，庆阳市 8 个县区，7 个摘帽县已经完成脱贫攻坚普查。镇原县的脱贫攻坚也进入了最后的扫尾阶段，并于年底前顺利宣布脱贫。2020 年底，全市 8 县区、570 个贫困村和 60.62 万贫困人口全部实现脱贫目标。6 年多时间，20 多个春夏秋冬，2000 多个日日夜夜，我们的汗水和努力终于赢来了应有的回报。历史将永远铭记这一划时代的壮举，人民将永远铭记这一伟大的转折。

像镇原县殷家城乡李园子村贫困户路建平所说的那样，"精准扶贫给予我们的不是一纸白条，不是空头承诺，而是眼看得见、手摸得着的实实在在的收获和幸福……不管怎么说，还是国家的政策好！国家的政策让我活下来，而且活得安心，活得有希望！”18年前，因为一场意外，路建平的儿子留下了高位瘫痪的后遗症，儿媳妇离家出走。在扶贫政策的支持下，路建平的两个孙子享受到了上学的补助，他自己也在产业扶持政策的帮助下扩大了养殖规模。加上每年的低保金，他们一家人的生活越来越好。

精准脱贫让庆阳所有的乡村经历了一番史无前例的“蜕变”，基础设施、村容村貌、农业生产、副业经营、基层政权建设，无一不展现出新农村应有的精神风貌，每一户贫困户都成了国家精准扶贫政策的受益者。

位于环县西北部、毛乌素沙漠边缘的南湫乡，过去一直被定义为不适宜人类生存的地方之一，用“苦瘠甲天下”来形容一点也不为过。人们提起南湫乡，普遍的印象是“土地多、人口少，荒山多、平田少，风沙多、降雨少，欠账多、收入少”。

如今的南湫乡已成为市县整乡易地扶贫搬迁示范点，贫困落后的面貌荡然无存，新建的326套住宅和16处204间集中安置大院整齐划一，美观大气，配套完成的路网建设、停车场、文化广场等公共服务设施方便了群众的生活，也提升了山里人的幸福指数。昔日的贫困户计生亨激动地说：“没想到我们也能从山沟沟里搬出来，享受易地搬迁带来的幸福生活。”

当年曾经穷出名的西峰区显胜乡毛寺村，如今成为一个依靠文化旅游扶贫扶持起来的新村。这个村的过去就是一个字：穷。现在也可以用一个字来形容，那就是“变”。如今的毛寺村，建成了月亮湾香草园、显胜村3000亩大樱桃基地，黑老锅冰窟景区游客接待中心、步行栈道、生态停车场等基础建设项目一应俱全，乡愁记忆馆、毛寺古街、“三变”展示馆、连心桥等景点，实现了从“单季游”到“全季游”的转变。

六盘山集中连片特困地区的环县白塬村特困户郑久林，过上了与5年前不一样的日子。2016年2月、2018年4月和2019年6月，央视《焦点访谈》乡土中国农村系列调查节目先后播出了《老郑家的日子》《老郑家的希望》

和《老郑家的春天》3 期节目，2020 年 8 月 27 日又播出了《老郑家的变迁》。5 年时间，老郑住进了宽敞明亮的新房子，购买了新家具、新电器，添置了一辆新的三轮摩托车，门前装上了路灯，儿子考上了大学，不但享受低保和各种政策性补助，还纳入到产业带动增收的扶持范围之中，他和更多的贫困群众一样依靠种草养羊“发羊财”。人逢喜事精神爽，他连说话的声音也响亮了。

让我们回过头，看一看工作成绩单吧：

实施危房改造 10.7 万户；

实施易地扶贫搬迁 6.3 万人；

建成集中供水工程 521 处，解决了 90.4 万人的饮水不稳定问题；

8 县区实现了二级公路全覆盖，119 个乡镇通三级公路，1261 个行政村全部通沥青（水泥）路；

实施了农村电网改造升级工程，实现了户户通照明电、组组通动力电、村村通光纤宽带；

累计造林 620.47 万亩，全市森林覆盖率达到 25.83%；

建成并网村级光伏扶贫电站 13 个，惠及建档立卡贫困村 81 个，“十三五”第一批、第二批光伏扶贫项目基本完成；

培育龙头企业 121 家，建办专业合作社 8971 个，带贫近 15 万户，分红超过 1 亿元；

贫困村建成电子商务服务点 464 个，全市 570 个贫困村村均集体经济收入达到 5.54 万元；

培训贫困群众超过 10 万人次，贫困群众外出务工由苦力型向技术型转变。

现在，山区群众的饮水已不是什么解决不了的难题，过去一家几口人共用一瓢水洗脸、因为缺水娶不到媳妇已经成为尘封的记忆。老年人逐渐认识了日间照料中心等养老机构，接受专人照顾，让儿子、儿媳妇腾出时间在家门口务工赚钱；外出务工的人陆续返回了家乡，开始投入到家乡的发展之中；孩子不再频繁更换学校，乡村小学的孩子逐渐多了起来；大家都争着学技术、参加产业合作社，“等靠要”的人越来越少了，不思进取、游手好闲者也开始转变。

光阴似箭。6 年的精准扶贫工作已经接近尾声，8000 多万贫困人口彻底摆脱贫困，幸福和谐的康庄大道正从我们脚下延伸开来。精准扶贫会不会就此结束？国家的扶贫政策会不会继续？对于刚刚脱贫的大多数群众来说，他们的疑惑不是没有道理。因为农村发展的基础还不够牢固，市场的波动时时威胁着老百姓的生活，今后农村的发展将会迎来什么样的变局，又成了我们下一步工作的方向。

贫困是人类历史发展过程中的一大痼疾，绝对不会因为一次失利而偃旗息鼓。全面脱贫，只意味着阶段性工作任务的完成，而不是一劳永逸的完胜。持续发展的路会更加漫长，群众对美好生活的期望会更高。如何坚持“发挥比较优势，聚焦主导产业，打造产业集群，推进乡村振兴”的思路，进一步完善乡村治理体系，创新基层治理模式，推进扶智扶志、乡风文明等重点工作，不断提升乡村治理体系和治理能力现代化水平，让农村更加美丽，农民更加幸福，农业更加现代化，将成为摆在我们全体共产党员面前的新的课题。

“雄关漫道真如铁，而今迈步从头越”。走向未来的路会更长、更曲折，跨越发展的任务会更繁重、更光荣。只要我们携起手来，振奋信心、提足勇气，就没有过不去的坎，没有实现不了的奋斗目标。

第三章

静宁：人类的第四个苹果

站在历史新的制高点，瞩目人类繁衍生息的地球，最耀眼的光环莫过于进入21世纪以来，全球减贫事业所取得的彪炳史册的成就。世界银行有这样一组数据：过去25年，全球减贫事业成就的67%归功于中国，中国8亿多农村贫困人口先后脱贫，2020年，中国将告别绝对贫困，提前10年实现联合国《2030年可持续发展议程》减贫目标，这是人类历史上规模最大、涉及面最广、速度最快、成效最持久的反贫困斗争，创造了人类减贫史上的中国奇迹。

地处六盘山西麓的静宁县，既是红色圣地，又是苹果王国，红色旅游品牌和静宁红苹果，是静宁扶贫攻坚的一大色彩。

"忆往昔，峥嵘岁月稠"，静宁，曾是中国工农红军长征的途经点，是夺取全国胜利的歇息地，是三大红军主力会师的地点之一，红军长征期间三次经过静宁，中央红军（红一方面军）曾在这里休整3日。1935年8月至10月间，程子华、吴焕先、徐海东率领的红25军，毛泽东、彭德怀、周恩来、张闻天、王稼祥、博古等率领的中央红军先后过静宁，发动群众宣传抗日，在静宁南北乡村播下了革命的火种，"红军真好"和"红军是仁义之师"的消息口耳相传，参加红军的老百姓接二连三。英雄的红军战士和朴实的静宁人民结下了浓浓的鱼水深情，同时也使静宁人民懂得了中国革命的道理，为静宁的历史留下了一段美好而珍贵的记忆。关于红军的传奇故事，在当地老百姓口中代代相传，历久弥新。

贫困是人类社会长久以来挥之不去的魔咒和梦魇，是长期困扰人类的一大难题。食不果腹，衣不遮体，房破屋漏，饥寒交迫，病困交加……谁也不愿面对，可又无法彻底摆脱。战胜贫困是中华民族的千年夙愿。千百年来，人类绞尽脑汁、费尽九牛二虎之力破解这道难题。静宁这片红色的土地由于自然条件严酷、生态环境脆弱、基础设施落后等原因，成为国家扶贫开发工作重点县和六盘山片区特困地区、甘肃省 23 个深度贫困县之一，长期以来一直撕不掉“贫穷落后”的标签。伴随着改革开放大潮，一曲终结贫困、改变命运的时代凯歌，不断在葫芦河畔激越奏响。

走进界石铺中央红军长征毛泽东旧居纪念馆，只见红旗招展，一派庄严肃穆的景象。馆堂门前的广场中央，耸立着以“中心基点，胜利指针”为主题的三大红军主力会师雕塑，传递给人们一种力量，一种信念，指引着我们向着新的目标前进。静宁县委、县政府下大力气保护、挖掘、宣传红色文化，使红色文化在静宁这方热土上越来越“红”、越来越“火”，前来静宁界石铺红军长征毛泽东旧居纪念馆瞻仰革命先烈伟大足迹的游客也越来越多。静宁人民传承红色基因，发扬一不怕苦、二不怕死的革命精神，把老一代革命者战胜艰难险阻的奋斗精神传承发扬，让红色精神成为新时代脱贫攻坚的主色调。咬定青山不放松，大力种植苹果，发展产业，让丰收的红色遍布静宁山川大地，老百姓的日子越过越红火，生活幸福指数节节攀升。

2020 年 2 月 28 日，经省政府批准，静宁县为 226 个贫困村摘掉了穷帽子，宣布贫困村全部出列。静宁紧跟全国扶贫节奏，取得了减贫史上最好的成绩。在现行标准下，农村贫困人口从 2013 年底建档立卡的 16.09 万人减少到 7175 人，贫困发生率从 35.88% 下降到 0.78%，贫困人口生活水平大幅提高，贫困地区面貌明显改善，全县人民距离小康目标更进一步。历史从来都不是史实和数据简单冰冷的堆砌，全县整体脱贫摘帽，历史性地告别了绝对贫困。曾经让中国共产党整装待发、成长壮大的静宁，为中国革命做出贡献的静宁人民，从此告别绝对贫困，走上了全面建成小康社会的幸福大道。

静宁，寓意宁静致远、长治久安。静宁昨天的光荣与辉煌已铭刻进历史，新时代脱贫攻坚的奇迹已在勤劳智慧的静宁人民手中描绘成壮美真实的画卷，令人欣慰、陶醉，让人留恋、痴迷。

党的十八大以来，以习近平同志为核心的党中央把消除贫困摆在治国理政更加突出的位置，全面打响了一场史无前例的脱贫攻坚战和瞄准最后的贫困堡垒，向贫困宣战的集中歼灭战，把脱贫攻坚当成一项重大政治任务，向全国各级干部提出了底线任务和标志性指标：确保到 2020 年现行标准下农村贫困人口精准脱贫！全面建成小康社会！

2018 年 2 月 25 日，静宁县委会议室内，气氛庄重肃穆，全县脱贫攻坚誓师动员大会正在召开。这是和平建设时期少有的气氛，这里将发出决战决胜的“总攻令”，动员静宁县上下下定破釜沉舟的决心，笃定滚石上山的意志，抱定战则必胜的信心，抖擞精神，整装出发，以“一级战斗响应”打响总攻的大决战，确保如期顺利实现整县脱贫摘帽。这是誓师大会，也是静宁人民分秒必争、加速疾驰，向贫困发起总攻的庄严时刻。

从县委书记、县长到各乡镇党政主要负责人，每个人的面前都摆着一份军令状。县委书记王晓军的讲话掷地有声：“脱贫攻坚是一场输不起的政治之战，是一场考验能力的作风之战，是一场攻城拔寨的决胜之战，是一场没有退路的背水之战，我们必须提高站位、不胜不休，干群同心、合力攻坚，一鼓作气、强攻硬夺，誓师立令、冲锋向前。”会上还谋划出构建起干群攻坚脱贫、各类资源聚焦脱贫、社会力量共助脱贫的新格局，凝聚强大合力打好“五大战役”的总战略。当天晚上，签下军令状的领导干部依然沉浸在群情激昂、摩拳擦掌的激动之中，又感到肩上的担子很重、很沉，有的同志甚至一夜未眠，陷入深深的思考。

全县随之建立起县、乡、村三级脱贫攻坚组织体系，建立推行帮产业培育、帮难题解决，扶志与扶智结合，促进群众脱贫致富、促进干部作风转变的“一户一策一干部、双帮双扶双促进”的工作措施，健全县、乡、村三选派 5978 名省市县乡四级帮扶干部，集中力量帮扶 1.53 万户贫困户。由县委书记、县长包抓贫困程度最深的乡镇，省市县帮扶单位包抓深度贫困村，各级帮扶干部、驻村工作队员、乡镇包村干部结对帮扶贫困人口，做到深度贫困乡村帮扶全覆盖。制定出台《静宁县脱贫攻坚责任制实施办法》《静宁县脱贫攻坚责任清单及问责办法》等制度规定，县委、县政府与县级分管领导和各乡镇、行业部门签订脱贫攻坚责任书，逐级立下军令状，形成了上下贯通、责任到底、合力攻坚的责任落实体系，构建了县乡村联动共振的大扶贫工作格局。

实现精准脱贫，第一步要做好建档立卡基础工作，只有在调查摸底的基础上，做实做细基本台账，到农户、到个人精准识别，才能精准施策，才能经得起检验和评判，纳入和退出才有依据，才能不怕申诉和上访。中央明确提出扶贫攻坚绝不抛开国情，也绝不超越社会主义初级阶段，贫困地区、贫困群众发展要靠内生动力，“输血又造血”，重在培植产业，鼓励勤劳致富，激发主观能动性，重在激活内生动力，激活贫困地区、贫困群众自我“造血”功能，让贫困群众铁下一颗心，由“要我富”转变成“我要富”，靠自己的聪明智慧和勤劳双手像剜“烂苹果”一样剜除贫穷“病害”。思想转弯，观念变化，是精准扶贫精准施策最难过的第一关。“输血一阵子，造血一辈子”。否则，即使在政府的精心扶持下建设一个新村，生存环境彻底改变，如果全村的内在活力不足，劳动力也不回流，经济上没有持之以恒、绵绵不绝的支撑，脱贫只是眼前，但症结没有从根本上消除，下一步发展还是存在很大问题，如同栽下一棵树，扎不了根，即使水分、养料再充足，存活也成问题。总结几十年来在农村扶贫工作中的经验教训，从前的“大水漫灌”式扶贫显然不能解决实质性问题，向“精准滴灌、靶向治疗”转变是现实所需，也是问题之解。当然，一些精神层面的因素，与之相适应的如民风、伦理、道德等也要兼及考虑，所谓“绣花”，就要求一针一线都马虎不得。

静宁县山大沟深，土地瘠薄，贫困人口多，贫困程度深，空间相对集聚，致贫原因各异且复杂，自然贫困是其要害。改革开放 40 多年来，静宁人民在党的领导下，为尽快改变贫穷落后的面貌，进行了艰苦卓绝的探索实践，特别是改革开放以来，真正步入了聚焦、聚心、聚力摸索脱贫路径阶段。历史上经历了从救济扶贫入手转向开发扶贫，继而实行集约经营、科技发展的扶贫新路子，特别是步入新时代，始终围绕习近平总书记提出的“六个精准”

要求，对标对表“两不愁三保障”目标，全面落实“八个一批”工程，真正实现“村村过硬、户户过硬、全面过硬”。产业扶贫、绿色脱贫、生态脱贫，成为静宁脱贫攻坚的新秘诀。

余湾乡张沟村偏仄于静宁南部山区的一处阳坡上，举目望去，漫山遍野长满了苹果树。2019 年，对于张沟村的文书韩双强来说，是收获满满的一年：2.5 万斤苹果卖了 7 万多元，加上他的村干部补贴和媳妇开理发店赚的钱，全家年收入超过10万元。“我们不仅靠苹果吃饱了肚子，还过上了富足的好日子。”韩双强说，“张沟村已经十多年不种小麦了，果树就是我们的‘铁杆庄稼’。”

在静宁，像张沟村这样靠苹果产业走上致富道路的村子数不胜数。1986年，静宁县委、县政府发出了栽种果树的倡议。1988 年开始，县里以行政力量推动苹果产业发展。截至 2002 年，全县苹果栽植面积达到 20 万亩，出现了第一批苹果“千亩村”“万亩乡”，涌现出了一大批果品收入“万元户”。特别是国家脱贫攻坚工作开展以来，静宁县将扶贫项目与苹果产业发展相结合，整合有关项目资金，多措并举帮助贫困群众发展苹果产业，果树栽种面积以每年数万亩的速度迅速扩张，苹果产业驶入高质量发展的快车道。

苹果树是经济林，在国家退耕还林还草的政策大盘子里有一席之地。对于国家而言，能算生态账；对当地政府来说，能算林草覆盖率的账；对于农民来讲，是一本增收致富的账。因此发展苹果产业四处讨好，各方支持。一片苹果树，几个苹果园，让深沟有了生机，让山梁有了生命，让人们的命运出现了转机。2000 年以来，依靠苹果产业，静宁县累计有 17.6 万人稳定脱贫，贫困发生率由 47.5% 下降到目前的 0.78%，全县 226 个建档立卡贫困村有 112 个发展为果品专业村，苹果产业已经成为静宁富民强县的支柱产业。这些年，静宁先后出台了 30 多项具体的扶贫政策。政策的精准度、覆盖面是改革开放 40 年来最密集的一个时期，其释放出的红利和叠加效应前所未有，困难群众得到的实惠也是最大、最多的。

一树树苹果遍布山野，果实饱满。一个个春华秋实的轮回中，静宁迎来了一个又一个沉甸甸的丰收。一个个小小的苹果，已在静宁大地聚能裂变，延伸出巨大的产业链——目前，静宁已形成种苗繁育、技术推广、贮藏增值、加工转化紧密衔接，产前、产中、产后相互配套的苹果产业体系，培育、带动果品相关企业 160 多家，全县果品年贮藏能力达到 52 万吨，年加工转化能力 12 万吨，纸箱年生产能力 3.1 亿平方米。

“吃遍天下苹果，还是静宁苹果。”走上静秦公路，抬眼便能看到数不清的梁塬沟壑、树木花草和绵延不断的苹果园。正值收获的季节，果园一眼望不到边，果树的树叶大多已经落完，那一个个红红的果实沉沉地压弯了树枝，把一袭山川涂抹成了鲜红的色彩，甜丝丝的馨香在空气中弥漫，让人迷醉不已。有好几家果园外挂出一条条红布横幅：“静宁苹果！致富金果！”“果’真致富啦！”那红布被雨淋湿，显得更加鲜艳，透出了果农掩饰不住的喜悦和期待。静宁县果树果品研究所所长李建明告诉我们，静宁地处北纬 35 度的黄土高原暖温带半湿润气候区，土层深厚，光热资源丰富，年均温度、降雨量、日照时数等气候条件非常适宜苹果生长，是世界公认的苹果“黄金生产带”。静宁苹果以色艳、形正、质脆、味美、耐贮藏和运输等特点，深受市场青睐，由李建明率领的科研团队潜心研究 20 多年，培育出了甘肃省首个具有自主知识产权的苹果新优品种——“成纪 1 号”和“静宁 1 号”。如今，这两个新品种在静宁县的推广面积达到 7.8 万亩，平均亩产值达到 3 多万元，亩增效益 30% 以上。经实验对比，比传统苹果品种亩增收 1 万元。同时，减少建园所需的栽杆拉线等费用近 1 万元。这一增一减，让贫困户不仅有能力建现代化果园，而且两年挂果亩增收 1 万元。经过 30 多年的发展，静宁县先后获得“中国苹果之乡”“中国果菜无公害十强县”等多个国家级荣誉称号。“静宁苹果”获得国家地理标志产品、绿色产品、中国驰名商标等多张国家级名片。2005 年以来，静宁苹果已是国内苹果价格的风向标，成为全国价格最高的苹果。

静宁籍著名经济学家马光远为静宁苹果代言，说世界上有“四个苹果”：一是夏娃的苹果，二是牛顿的苹果，三是乔布斯的苹果，四是静宁的苹果。确实，静宁苹果已成为全国产业扶贫领域中特色产业带动群众脱贫的典型范例，种植面积已覆盖全县 90% 以上的农户，全县农民收入的绝大部分来源于苹果产业，更多的贫困户在苹果产业链上获得了稳定收益。无以计数的苹果树密密层层，连片成海，宛如一个硕大的苹果乐园。2016 年以来，苹果种植面积持续保持在 100 万亩以上。静宁苹果品质优良，果形优美，个大均匀，果面洁净，色泽艳丽，肉质脆密，以其优质与品牌效应畅销全国并出口国外。2020 年 9 月，在广东省举办的第六届中国果业品牌大会及亚洲（广州）果蔬产业大会上，平凉市一举拿下了十一项大奖。品牌的效应托起了平凉苹果签约 14.27 亿元的销售合同大单。这份销售大单是第三届平凉农民丰收节上最耀眼的成绩单。

入秋，又是一个苹果丰收季，在静宁县南部山区最偏远的余湾乡韩店村，像一群工蜂一样的果农们忙得不可开交。在山地果园里，他们忙着取袋摘果，精挑细选，一心要把最好的苹果拿到丰收节上去炫耀，余湾人今天的幸福生活都写在了红红的苹果上。说起韩店村的变化，村支书赵军海百感交集。过去，村里靠种粮吃饭，沟沟洼洼都开荒种地，结果不仅混不饱肚子，而且破坏了生态环境，十年九旱，下雨满沟是水，冲走了肥，也冲走了农民的希望。村贫人穷的韩店，是全县典型的贫困村。从 20 世纪 90 年代开始，村上开始治理小流域，既种树、种草也种苹果。家家户户有了“摇钱树”，果园里每年“长”出来十几万元的收入。

长期以来，面对当地贫困群众普遍受教育程度低、自主创业能力不强的实际，静宁探索采取“企业 +”“合作社 +”的方式，努力提高贫困群众的组织化程度和闯市场、抗风险能力。银行拿出资金作为小额扶贫贷款风险担保抵押金，破解贫困户发展产业资金难题。资金是产业项目的血液，血液良性循环，扶贫开发就有了保障。

杨小亭是农行天津武清支行选派的一名年轻的副科级干部，不远千里来到静宁县支行挂职担任支行党委副书记、副行长，主管零售业务、对公业务及脱贫攻坚工作。2019 年 9 月 7 日，杨小亭走访静宁县界石铺镇继红村甘肃陇上草牧业有限公司时，负责人赵鑫提出了要求：“我们建立了‘龙头公司 +18 个合作社 +440 户贫困户’的扶持模式，公司指导贫困户统一选种、统一耕种、统一防虫防害、统一收购、统一分红。但是公司刚运行不久，比较缺流动资金支持，农行能不能帮帮忙，补一场‘及时雨’？”杨小亭当即答复：“只要是符合条件的带贫企业、能真正帮扶贫困农户的项目，农行全力支持！”目前，静宁支行已为其发放170万元的流动资金贷款。2019年底，静宁县支行全面完成了各项脱贫攻坚任务指标，新增精准扶贫贷款6000余万元，带动建档立卡贫困户1600余户，惠农e贷投放1.21亿元，位居全省农行第一。杨小亭告诉我们，“山顶种苹果、川地种大棚、插空搞养殖”的产业模式带领村民走上了脱贫路。通过资源变资产、资金变股金、农民变股东“三变”模式退耕还林，将荒滩、沟洼和山林地评估定价，折股量化流转到企业，建起了南沟生态农业示范园，农民以土地入股，再到示范园打工，既解决了短期收入问题，还激活了土地资源，让苹果成为贫困群众的脱贫果、致富果、幸福果。

秋天来了，已经摘掉套袋的苹果挂满枝头，沐浴着初秋温和的阳光。“这可是我们的金果果哩！”果园里，静宁县余湾乡王坪村果农王红星正小心翼翼地为苹果摘袋。他家种果树已经有20年了，以前，父母靠着种苹果养大他们弟兄二人，如今他继续靠种苹果供两个孩子上学，过上好日子。在静宁，像王红星家这样靠着种苹果脱贫致富的家庭并不少见，苹果产业已经成为静宁富民强县的支柱产业。以苹果产业一元主导，静宁县打破行政界线，串点连线成片，贯穿静秦公路主线，扶持贫困户新植果园11.2万亩，建成苹果产业脱贫示范带50万亩，辐射雷大、余湾等中南部10乡镇，涉及贫困户4.6万人，人均果品收入1.5万元。

作为苹果主产区的治平镇有古成纪遗址。相传，中华民族始祖伏羲氏居住在古成纪，遗址现位于治平川刘河村东南，东西长600米，南北宽560米，总面积33.6万平方米。“仰则观象于天，俯则观法于地”，伏羲在此创立了太极八卦图及阴阳学理论。作为羲皇故里的成纪古城遗址，1993年被甘肃省人民政府列为省级重点文物保护单位。伴随着苹果产业的开发，自然禀赋差的过去成为历史，生态旅游业的发展和新业态的出现，使治平的人气和群众的日子一日比一日旺。马合村的贫困户王军武说：“我家今年新植了11亩幼苗，政府每亩奖补 200 元。种植了 1 亩蔬菜，奖补了 1000 元。我相信以后的日子会越过越好。汗水从来就没有白流的。用自己的汗水泡过的日子有滋味，格外甜！以前我家住的房子破旧不堪，晴不遮阳，阴不避雨。现在我们住的是二层小洋楼，住得好，吃得也好了，以前愁吃愁穿的日子一去不复返了。”全国劳模、静宁县治平镇雷沟村村委会主任雷托胜告诉我们，改革开放前，人们见面的问候语是“你家的粮食够吃吗”，而现在变成了“你家今年的苹果卖了多少钱”。住宿条件的改善和农民见面问候语的变化，折射出静宁县农民生活的巨大变化。

上下一心铆足劲，齐心摘掉贫困的“帽子”不难，难的是巩固好脱贫之“果”，从根子上剜掉“穷根”，让困难群众永远告别贫困落后，过上好日子。行走在山峦叠翠、万壑葱绿的静宁大地上，有好多景象刻进我的脑海。那天我沿 312 线从界石铺镇经过，看见了万亩白色花海。界石铺地处静宁县西北部，是西出平凉和古丝绸之路的必经之地，平定高速、312 国道穿境而过，素有平凉“西大门”和“中国早酥梨之乡”的美称。这里不仅有梨花，更有梯田。如雪的梨花将山包裹，洁白纯净。循香而至，新发的绿叶衬托着洁白的花瓣，墨黑的梨树枝托着似锦繁花，沐浴在温暖的阳光之中，偶有微风扫过，更似万头攒动，焕发出勃勃生机。在花枝招展的田间阡陌，我看到三四个欢呼雀跃的孩子在通村水泥路上奔跑、嬉闹，有的手里还舞动着不知名的花儿，分外惹眼。生活在我们眼前美好起来，这是生态环境优化带给人们的福祉与喜悦……

看似普普通通的阳光，平平常常的雨露，在人生的关键时候却是一剂熨帖伤口、抚慰生命的良药。2015 年，一项重大的惠及 1000 万人的政策出台了。经过反复论证，中央痛下决心，斥资对不具备生存条件地方的建档立卡贫困户实施易地扶贫搬迁。有组织、有资金、有规划、有配套的 1000 万贫困人口易地扶贫搬迁的浩大世纪工程，是破解脱贫攻坚难题的重大决策，世界罕见。从静宁看，受自然地理条件限制，许多农民群众居住在窄沟、陡坡、塬畔的危旧房中，基础设施薄弱，培植产业没条件，人多地少，收成微薄，生产生活极为不便，吃饭、饮水都成问题。看病难、上学难、挣钱难，祖祖辈辈贫困相袭，“一方水土”难养“一方人”。对于中央提出的“两不愁三保障”的目标来说，任重道远。

这些祖祖辈辈生活在交通不便的大山里的贫困户，是扶贫工作最难啃的“硬骨头”。然而，对于他们来讲，一方面难舍祖宗基业，故土难离，另一方面又无奈于地域偏远、消息闭塞、出行不便、土地贫瘠，所以易地扶贫搬迁，不仅仅是挪个地方那么简单，而是要长远考虑。哪些地方要迁移，新址哪里建，搬迁后怎么就业、怎么上学、怎么生活等等后续一系列问题都要通盘谋划。中央狠下血本，投入巨大，是对生存条件极端恶劣的贫困群众最大的关心，如何把好事办好，公正公平？精准组织实施，是天大的责任！静宁坚持把深入细致的群众工作贯穿于搬迁全过程，数万名干部深入这些村户做工作。在静宁深度贫困乡镇原安镇北部，与宁夏西吉县王民镇隔沟相望的极贫村落坷老村，有一个依山而居，被宁夏地界三面环绕的杨湾社，更是“困中之困”。2013 年以前，偏远的杨湾社 12 户人中 11 户是贫困户，有一半家庭存在不同程度的残疾成员，4 人因患病丧失劳动能力。被大山隔绝的杨湾社就像被时代抛弃般，过着几近与世隔绝的日子。

随着一条通村路的修建，杨湾社开启了划时代的历史巨变。2016 年底，当地政府规划修建了一条打通杨湾社与外界联系的宽阔道路，2017 年马不停蹄地实施了易地搬迁工程，为杨湾社 12 户人家修了新房，并为长远计，配套养殖业，为家家户户修建了整齐划一的牛棚，让村民依托旱作农业养起了红牛。自此，这个被岁月抛弃的村庄得以重新入伍。集体搬迁的日子，政府为每家送上一幅由书法名家、中书协会员杨东亮写就的“中堂”，寄寓村民从此苦尽甘来、过上新生活。搬进新居的杨生元老人激动地说：“做梦也没想到党和政府让我这个快 80 岁的老头子，分文没掏就住进了宽敞明亮的大房子。共产党是真的对穷人好哇！”今天的坷老村已实现整村脱贫，整个原安镇也实现了一步千年的华丽蝶变。

“以原安为代表的西北部乡镇，是静宁县脱贫攻坚的难中之难、坚中之坚。”静宁县扶贫开发办公室主任崔江鸿说，“针对全县 24 个乡镇 333 个行政村的特点，因地制宜地制定了全面打赢脱贫攻坚战的作战计划，从产业扶贫、实施安居工程、组织劳务输出等多方面发力。”

杨湾社巨变的背后，是自“三西”扶贫开发以来静宁扶贫史上掀起全民参战的规模最大、速度最快的反贫斗争。6年来，静宁县抢抓历史机遇，乘势而为，把脱贫攻坚作为首要的政治任务、头等大事和“一号工程”来抓，聚焦“两不愁三保障”目标，举全县之力、集全民之智，全力以赴补短板、强弱项、促提升，全县脱贫攻坚取得了决定性进展，累计减贫35752户152725人，实现贫困村全部退出。80多岁的退休干部李怀仁说：“这几年，静宁的经济社会发展成就有目共睹，特别是精准扶贫工作成效显著，取得的成就史无前例。”69岁的李智学、尹桂花老两口，家住静宁县西北部深度贫困片带的灵芝乡车李村。虽然他们家乡的名字叫灵芝乡，但徒有虚名，世代居住于此的人们过着面朝黄土背朝天的苦日子。车李村各社289户中，直到2017年仍有139户是贫困户。像其他守不住穷的村民一样，尹桂花的儿子、媳妇也常年在外打工，留下老两口守着一院危房恓惶度日。2017年，车李村开始实施易地搬迁工程。2018年底，有不少村民急不可耐地搬进了新院子，住上了窗明几净的新房舍。“没想到我们会和城里人一样吃上自来水，过上可以洗澡的生活。”搬进新家的尹桂花笑得合不拢嘴。虽然腿脚不利索，但她每天都要去新修的村文化广场上转转，她觉得眼前这一切简直像做梦。“光搬进新居不行，要想让群众住得踏实，还得为他们拓宽增收渠道，保障收入。”据车李村帮扶工作队队长、第一书记李仕诚介绍，在实施安居工程的同时，各级政府部门、驻村工作队和帮扶企业把工作重心盯在谋产业、拓展致富门路上，帮助车李村理清以特色种植、养殖等为主的多元增收渠道的新思路。2018年底，全村农民人均纯收入达到4290元，彻底告别了出门无路、吃水沟里挑、有病只能熬、孩子上学远、青年娶亲难等问题。

车李村的变迁，只是静宁易地扶贫搬迁助力脱贫奔小康的缩影。脱贫攻坚以来，静宁县按照制定的《打赢脱贫攻坚战三年行动的实施意见》《静宁县脱贫攻坚实施方案（2018-2020年）》等政策文件和产业扶贫等9个专项方案，投入资金 50316.35 万元，实施危房改造 38155 户；投入资金 6.4 亿元，实施易地扶贫搬迁 3482 户，农村危房实现清零。“均衡南北”的发展口号，静宁喊了很多年，但真正见成效还是近 6 年的事，作为全县深贫片区的西北部贫困群众彻底告别了穷窝窝，迎来了新生活。“和贫穷缠斗了一辈子，好运气说来就来，一年胜过几千年。”界石铺镇大河村的杨福伟老人说，他 20 岁那年，共产党来了，他才吃上人生第一顿饱饭。70 年过去了，如今 90 岁的他搬下山脱了贫，出门有硬化路，进门能洗热水澡，做饭用上天燃气。遗憾的是，这样的新生活，他那些过世早的老伙计们没享受到。

易地扶贫搬迁只是脱贫攻坚的举措之一，静宁按照“六精六准六结合”的要求和“远抓苹果近抓牛，当年脱贫抓劳务”的思路，大力发展多元富民产业，推行“五种模式”抓培训、提技能，实施“六个一批”抓输转、促增收，建劳务基地、办“扶贫车间”、输转贫困劳动力、规范发展农民专业合作社……“果牛劳”三大产业收入占贫困群众人均可支配收入的 80% 以上，实现了村有当家产业、户有致富门路、人有一技之长的发展目标。正是有了上述一系列扶到点上、扶到根上的针对性举措，才有了静宁年均减贫超 25454 人的成绩单。

摘掉穷帽子后，如何巩固脱贫成果，使产业实现永续发展，让贫困群众源源不断增收呢？静宁有自己的答案。

在“政府引导、市场主导、企业运作、农户（贫困户）参与”的思路下，静宁县创新农村“三变”改革模式，组建了县农业投资发展公司和 24 乡镇产业扶贫公司，大力推行“行政部门 + 乡镇产业办公室 + 村两委班子”的行政管理和“国有平台公司 + 龙头企业 + 专业合作社 + 基地 + 农户（贫困户）”的市场运作“双轨”运行体系，扶持 68 家龙头企业联结合作社 200 个，带动贫困户 7600 户，实现了企业、农户和村集体互利共赢。

“通过创新扶贫模式，让贫困户增收致富。接下来要推动合作社实体经济发展，为‘空壳村’注入活力，实现村集体经济零突破。”县长陈景春说，将培育富民产业与发展村集体经济紧密结合，打造“一支能扎根、走不了的扶贫工作队”，让贫困地区从脱贫摘帽走向全面振兴。截至 2020 年 11 月底，全县333个村的村级集体经济收入达到726.59万元，226个贫困村集体经济收入560.13万元，跑出了脱贫攻坚“加速度”，开启了乡村振兴的“静宁模式”。针对乡情村情差异化特点，各乡镇因地制宜探索推广的“乡镇产业公司+龙头企业+合作社+贫困户”“乡镇产业公司+合作社（联合社）+贫困户”“乡镇产业公司+致富带头人+合作社+贫困户”“村集体+合作社+贫困户”“合作社（合作联社）+贫困户”等多种发展模式，通过积极发挥各类主体作用，经集体商议、共同商定生产经营事项，宜果则果、宜牛则牛、宜游则游，避免行政干预，增加市场经营自主权。

58岁的田积林是土生土长的静宁人。改革开放后，为了摆脱贫困，他一个人打拼天下，毕十年之功，倾心打造了一家集现代农业、商贸流通、餐饮服务、电子商务为一体的陇上知名企业——德美集团。2014年，正当他在房地产开发领域干得风生水起的时候，做出了一个近乎众叛亲离的决定，那就是转战农业，在全国建立销售网，将静宁苹果卖到全球高端市场。用他的自己的话说：“当我看到静宁的好果子卖不上好价钱，农民的辛苦得不到丰厚的报偿，心里就有种强烈的使命感。我希望能做一个对家乡有贡献的人，也想让自己的生命更有厚度。”他想好就干，当机立断，一次性拿出2000多万元，率先在北京、重庆、西安、兰州等城市开设静宁苹果品牌形象店，成为全国第一家销售单一水果的实体店。在外部拓展外延的同时，也在内部拓展理念，提升内涵，成立专业合作社，吸纳当地果农，管理、收购、销售一体化，建成了甘肃省国家苹果种苗繁育基地、矮砧密植现代有机苹果示范园和集冷链物流、电商仓储、分拣车间、苹果深加工等多功能于一体的农产品冷链物流产业园，发展储备农民技术员，延长苹果产业链，改变了人工分选成本高、效率低的劣势，提高了“静宁苹果”商品率，特别是全省首批、全市首家苹果交割仓库的建成，引进“保险+期货”等金融手段，有效规避了“果贱伤农”市场风险，2018年、2019年为贫困果农承保苹果5500吨，赔付1571户190万元，户均获赔1676元，保障了果农特别是贫困户的稳定收益，实现了现货增收、保险理赔的双赢效果，实现了传统农业与资本市场的融合，带动果农脱贫致富奔小康。田积林带领他的企业走上了一条全产业链的现代农业之路，打出了一套科学育苗、有机种植、存储分选、终端销售的“组合拳”，塑造出了“静宁苹果”的金字招牌，让静宁苹果有了“高颜值”，与静宁30万果农共享资本市场发展红利。

“以市场化、法治化方式，规范入股经营、股权收益，将国有平台公司、龙头企业、专业合作组织和贫困户联结到共同的利益链条，推动国有平台公司融资监管、龙头企业市场营销、合作社生产管理、贫困户参与经营，建立市场主体与贫困户‘保底分红’和‘按比例分红’股份联结机制，分工更加明确，责权更加清晰，打破单家独户封闭经营桎梏，防范生产经营风险发生，实现生产与市场的紧密对接。”扯起话头，田积林滔滔不绝。这些充满活力的产业组团发展模式，为农村经济发展引入了源头活水。截至目前，全县贫困户实现分红991.81万元。

国家“三西”建设会议、全国打赢教育脱贫攻坚战现场会先后在静宁进行了实地观摩。省市先后在静宁召开了全省富民产业提升农户收入现场会、全省果品产业扶贫现场推进会、全市精准扶贫现场会及全市精神扶贫工程现场推进会。同时，静宁县精准扶贫、“三变”改革、易地扶贫搬迁等工作，先后在全省精准扶贫示范工作现场会、全省产业扶贫暨乡村产业发展推进会、全市农村“三变”改革现场观摩交流推进会及全市易地扶贫搬迁现场会上作了交流发言。2015年至2017年，在全省贫困县党政领导班子和党政正职经济社会发展实绩考核中，静宁连续3年被评为“好”的等次，2018年在国家扶贫资金绩效评价中被评为“优秀”等次。

扶贫必扶智，只有让贫困山区的孩子们受到良好的教育，让梦想和知识成为他们不断奋进、实现自我价值的原动力，才能彻底摆脱广大农村代代贫、代代穷的恶性循环。在斩断贫困的代际传递方面，静宁县不遗余力，十分重视加强对贫困户子女的就业转移培训，让他们同其他孩子站在同一条起跑线上，用自己的力量向着美好生活奋力奔跑。家有良田万顷，不如薄技在身。现就读于平凉机电工程学校（即静宁县职业技术教育中心）农牧系园艺（151）

班的王伏帅，从小就喜欢听父亲讲果园管理方面的知识。来到学校后，她惊喜地发现，学校建立了静宁苹果产学研联盟实习实训基地，园艺专业学生每学期都有校外实践机会，能把课堂知识和生产技术有机结合起来。每次回家，王伏帅都会与父亲交流果园管理方面的知识和经验。在她的技术支持下，父亲建起了3个日光温室，栽上了油桃、杏子，利用反季节栽培，家里的收入增加了几万元，不久就翻新了房子。

在扶贫攻坚的主战场，职业教育发挥了不可替代的作用。作为最根本、最长远的扶贫举措，静宁县推动职业教育与主导产业发展良性互动，为地方产业发展培养了大批“留得住、用得上、可发展”的人才，为打赢脱贫攻坚战、促进县域经济发展提供了有力支撑。为了对接市场需求，优化专业设置，县上投资2.6亿元，建起了占地266亩的新校区。围绕苹果、建筑两大富民产业，设置果蔬花卉生产技术专业和工程施工、工程造价、设备安装、楼宇智能化设备安装与运行等建筑类专业，每年输送毕业生300人以上，培训果农和建筑从业人员1.2万余人次。学校还与省内外30余家企业深度合作，建立了贫困家庭学生就业援助机制。近三年，毕业生一次性就业率达到99%，其中贫困家庭学生就业率达到100%，实现了“输出一人、脱贫一户”的目标。

走进平凉机电工程学校，一排排新栽的柳树沐浴着初秋的阳光，傲然挺立。苹果实验基地里，一棵棵苹果树上挂满了红彤彤的果子。孩子们琅琅的读书声传遍校园。这座校区一次建成教学楼、实训楼等14幢，装配理实一体实训室76个，开辟校内外实训基地18个，成为全国贫困地区办学条件最好的学校之一。“我们主动适应新技术、新业态对现代高技能人才的需求，在原有专业的基础上，增设了BIM（建筑信息模型）技术、新能源汽车、现代农艺技术等专业方向，同时加大与大企业、大集团的对接联系，先后与国内16家企业联合举办25个订单培养班，与20多家大中型单位建立长期用人合作关系，为学生高质量就业、长远发展打下坚实的基础。”平凉机电工程学校党委书记、校长王多利说。据他介绍，该校还开展创业体验项目，建立创业实践基地，近年来，有300多名毕业生带着技术自主创业致富，其中40多名业绩突出，在致富的同时，辐射带动了当地贫困群众就业脱贫。静宁县将教育扶贫与产业扶贫相结合，推动职业教育与产业开发深度融合，走好产学研联盟与精准脱贫一体化的发展道路。据统计，2016 年以来，静宁县累计开展职业技能培训 5.77 万人次，其中培训果农 2.2 万人次，让每家每户都有了“科技明白人”，有效提升了家庭脱贫致富的能力。

甘沟镇祁川幼儿园是一所公办日托制村级幼儿园，覆盖了祁川、张著、靳马三个行政村，2015 年 9 月建成接纳幼儿，设施齐全，空调、消毒保温桶、智能电子屏等应有尽有。“我们这里是全村条件最好的地方。”园长李小华说。幼儿园现占地 1248 平方米，各类设施设备配备齐全，满足当地适龄幼儿入园需求。2018 年秋季学期起，根据地域特点和当地百姓的需求，幼儿园还创办了日托园，采取集中加工、分点配送的方式为幼儿提供两餐一点，家长农忙时，孩子可以在学校温馨舒适的小床上午休，目前日托幼儿 26 名。“孩子们可以受到优质的教育，但费用并不高。”李小华说。2016 年以来，幼儿园全面实施甘肃省减免学前教育保教费政策，非建档立卡贫困户幼儿每学年减免 1000 元保教费，建档立卡贫困户幼儿保教费全部免除。甘沟镇祁川幼儿园是静宁县以阻断贫困代际传递为目标，确保贫困家庭子女接受公平有质量的教育的一个缩影。

2014 年以来，静宁县累计投入资金 1.1 亿元，高标准建成行政村幼儿园 154 所，实现有需求的行政村幼儿园全覆盖，通过实施特岗计划、培训转岗等多种方式选派幼儿园专业教师，使农村适龄幼儿能上好园，保障教育起点公平。“我们累计投入资金 5.5 亿元，对全县所有义务教育学校基础设施进行升级改造，构建了‘联片互动、资源共享、捆绑考核、协作提高’的城乡一体管理格局，城乡义务教育实现了‘道路通’‘信息通’‘教研通’的一体化均衡发展。”静宁县教育局有关负责人表示。

威戎，顾名思义即“威震西戎”，是一个因民族纷争、民族融合而得名的地方。独坐月光之下，任思绪在万籁俱寂之时不经意地开启心灵之门，行走在静宁大地上。如今，威戎纷争的历史早已掩入岁月的烟尘，美丽和谐已经成为它的主色调。向往美好生活的静宁人民，以众志成城、永不言弃的精神，攻克了一个又一个“困中之困”“艰中之艰”，在巩固脱贫成果的同时，加快实施乡村振兴战略，向党和人民坚决兑现小康路上“不落一户一人”的庄严承诺，确保每个静宁人不掉队。

“梁马村真的是变了样！看道路两旁的小花园、风景树，哪还能看出以前那些垃圾乱堆乱放、车辆难行的模样。”“这些文明宣传画真是漂亮，那些花和真的一样，只是开在墙上……”外出几个月的威戎镇梁马村村民一回到村口，顿时被眼前旧貌换新颜的景象惊呆了。短短一段时间，村里竟然发生了翻天覆地的变化。

从问题不断到干群齐心，从环境脏乱差到“蓝天白云、青山绿地、红瓦白墙、果香四溢”，借着人居环境改善及乡村振兴的东风，梁马、李沟、张齐 3 村，在威戎镇党委、政府以及村两委的共同努力下强势逆袭，走出了一条经济发展、党建工作及社会各项事业共同发展的多赢之路，完成了从“问题村”“后进村”到“示范村”“幸福村”的完美蝶变。穿行在梁马村的田间地头，蓝天白云下，苹果花香沁人心脾，村子里红瓦白墙相衬，门前巷道干净整洁，有些人正在忙着修建卫生厕所及门前的小花园。河西三村，一座座依山就势、错落有致、村景相融的村民新居拔地而起，路网、水网、电网和机耕道合理配置，呈现出一派“田成方、渠相通、路相连”的新农村景象。李沟村 70 多岁的李甫军笑着感叹：“活了大半辈子，哪想到村子能变成这个样子！土房子换成了二层楼，烂泥路硬化成了水泥路，村子漂亮得跟画一样，你说咱还有啥不满意？”李大爷还这样总结自己的好日子：“咱住的是城里人都羡慕的农家院，吃的是城里人都稀罕的农家饭，过的是和城里人一样的好光景，咱这村里的日子不比城里的差。”

静宁县委书记王晓军说：“静宁牢牢把握习近平总书记‘精准脱贫’这个方针，重整行装再出发，沿着符合静宁实际的绿色脱贫之路走下去，一定再创新业绩！”一串串数字背后，一张张表格下面，一单单成绩之中，站立的是活生生的人，凝结的是沉甸甸的汗珠。对于各级党委政府的干部、驻村帮扶队员、各级各部门的负责人来说，打赢脱贫攻坚战，尽管艰辛、艰难，但只要大胆解放思想，不断创新方式方法，善于抓住机遇，将真心和真情投入其中，以好的理念、好的作风、好的方法为群众服务，旧貌终会换新颜。对群众来说，因天灾人祸、重大疾病造成的暂时的贫穷不足为惧，只有缺乏知识、游手好闲、懒人思想、精神空虚、不求上进、以贫为荣才是最大的敌人。只有通过树立新观念，接受新事物，掌握新知识、新技能，笃定脱贫的决心，坚定致富的信心，筑牢精神堤坝，才能滋生个体的力量，搬走贫穷的大山，抵御命运一波又一波的风吹浪打。总结成绩，细数果实，即便是一行行小小的数字、一幅幅简单的照片、与扶贫干部交谈的一句句对话、一个个看似平淡无奇的小故事，都能让我感动和震撼，让我常有一股股暖流传遍全身。我相信贫困群众脸上的微笑和舒展开的皱纹，还有悄然流出的泪水，是无声却最有说服力和穿透力的语言。

2020 年岁末，国家的抽检已经全面完成，我们已经一一搬掉了那些“拦路虎”，啃下了那些“硬骨头”。积小胜为大胜，回头看，扶贫真的是一场没有硝烟却生死攸关的革命。往前看，有的队伍已走远，有的队伍还落后。贫困问题解决了，如何把人留住，让人气旺起来？如何让生态美起来？如何完善乡村社会治理结构和城乡互动的经济社会关系，启动人的内生动力，带来素质的提升？只有真正实现乡村振兴，才能书写出新的答案。

习近平总书记在 2018 年的新年贺词中说：“千千万万普通人最伟大。”脱贫致富奔小康是亿万人民自己的事业，终究要靠干部群众同心干。静宁能够实现整村脱贫，固然离不开各级各方面的大力扶持，但起决定作用的还是贫困村的干部群众。随着一项项政策落地、一个个项目实施、一笔笔收入增加，村里干部群众的点子、办法越来越多，干部群众的内生动力得以激发，主观能动性得以调动，创造活力得以释放。现在，村里各方面的“能人”越来越多，不少村出现外出务工和经商者纷纷回村创业的景象。实践证明，人民既是奇迹的最终评判者，又是成果的共享者。千言万语一句话：无论什么大事、急事、难事，只要党群同心、同向、同力，必定剑锋所指，所向披靡，无往不胜。

静宁，饱经风霜酷雨的静宁！让我们满怀期待，在中国共产党成立100周年的庄严时刻，美丽的静宁抖掉满身黄土，身着一身清新飘逸的红装彩衣，光彩耀眼，盛装出席！

一个苹果里的余湾

苹果熟了，去摘苹果！

山野的阳光美美地照耀在一片茂盛的苹果园里。山里的阳光是纯粹的，打在一个个迎风而笑的苹果上，苹果羞涩的脸庞上竟然有了山村清晰的影子……我看到，一个叫余湾的地方，像一幕水幕电影，正从波光水影的苹果上升起。

秋日的王坪山头，果园一望无际，青蛇般蜿蜒的山路褶皱里，是新建的农宅群，那亮晃晃的，是屋顶的热水器正对着日头热情地打着招呼，我突然想知道，瓦宇下那些崭新的屋子里，包裹了怎样新鲜的日子……前几年，这个位于静宁南部的山乡，分明是被丢在山里的一块土疙瘩，像它的名字——犄角旮旯的一个山湾湾，且多余着。那几年，因为修路，我三番五次地来，要么从县城翻越海拔较高的雷大梁，颠簸近两个小时；要么从庄浪阳川借道而来。群山起伏，沟壑纵横，黄土漫漫中山石突兀，坚硬、寂冷，长相和气质俨然20世纪的遗物。每次来，我干渴的喉咙始终在冒烟。

一个苹果的风雅颂，开启了余湾的文化之旅……这一次，我是循着苹果的芬芳和光亮而来的。

站在余湾最大的村——王坪村的半山腰，我看到白墙红瓦的民房掩映在绿色葱茏的画卷中。想想，若是春天，该是怎样一幅山花烂漫的景象。半山腰，是余湾苹果文化园，这里有静宁民俗专家王知三先生关于静宁苹果的神话记载和人物造型，《圣果衍人类》刻在石碑上："静宁是伏羲、女娲的降生圣地，葫芦河是人类文明的摇篮。上古，河畔有一只石狮，每天要吃一个红山果，于是伏羲、女娲就天天喂它一个，喂到81个时，石狮不吃了，眼睛血红，催他俩赶紧钻进自己的肚子里。伏羲、女娲刚钻进石狮的肚子，天就破了个窟窿，洪水淹没了人类，只留下他们兄妹二人。伏羲、女娲就靠吃石狮肚子里的红山果活了下来，从此，他们开始了繁衍人类的巨大工程。后来，静宁人为了纪念红果挽救伏羲、女娲的生命，就把它叫作平果，即‘苹果’。人们认为苹果能‘镇邪恶’‘保平安’‘增进健康’‘延年益寿’而一直种到了现在。如今，人们常说，苹果是老祖宗留给静宁人发家致富的金果。”当然，这只是个神话传说，并不可考，事实上，又有多少神话是可考的呢？神话寄托着当地群众对于美好生活的向往，让我们凡俗的生活充满了艺术的神奇与瑰丽。

久旱逢甘霖。一块龟裂的田，总有生命的气息蛰伏，哪怕一滴泪，也会在心田激起热浪。走进秋天的王坪，我看到的是不一样的余湾——广袤的田野，随风舞动的地膜玉米，长长的果带，宽阔平坦的道路……苹果是物质也是精神，是食材也是风景。有人说：“棵棵树上挂着钱串子。”我说：“每一个苹果的脸上都写满了诗歌与爱情。”王坪人把艺术家的名字利用套袋着色技术印在了苹果上，以实名采摘比赛的形式让苹果们纳入艺术家的视野，赋予艺术的光彩。我看到我的名字融汇在余湾的风景里，我竟然也有了从来没有过的美丽，叫我的名字，便也有了甜丝丝的味道。当一个苹果在余湾生长并成熟的时候，余湾的心灵就变得与众不同了。一朵花芳香盈满，一缕风清新怡人，果树长向天空，攀缘的是绿意盎然、硕果累累的枝叶；梦想深入大地，伸展的是遒劲有力的根须。这多么像余湾的成长——一边是面向尘世的世故与坚强，一边是对话心灵的智慧和思索。

一个苹果从余湾的心口长出来，我们找到了余湾的前世——青草滩。多么诗意的名字，只是被我们遗忘了太久。且看今日的青草滩，房前屋后的果树围拢了古老的村庄，人们因为热爱苹果而热爱起自己的家园。没有大拆大建，不曾整齐切块，旧有的文化形态因为小小的苹果而一脉相承。不一样的院落，不一样的围墙，或是泥巴砌，或者篱笆扎。你家柴扉，我家铁门，他家木户，原生态的村庄，心灵的栖息地，现代文明喧嚣中难得一觅的宁静与质朴在这里伸手可及。这样的环境里的人们是安详的，也是平和的。走在王坪宽宽窄窄的小巷里，探寻两旁的风景，巷口或者家门前，三三两两的男人、女人，做鞋垫、下棋、喝茶，还有老人席地而坐，一边说闲话，一边手拿麦秸秆编织麦辫，这濒临绝迹的成纪手工技艺，在余湾老人的手里绝处逢生，一枝独秀。

王坪文化广场的落成，让文明伴随着茁壮成长的苹果树而摇曳生姿，金秋余湾苹果文艺大联欢活动在这里举行。秋寒袭人的夜晚，余湾人涌满了王坪村的文化广场，农民歌手的引吭歌唱，乡村大嫂广场舞的摇曳多姿，来自省城艺术家的真情献艺，让王坪的夜晚成为一条热闹的河流……夜灯微黄，我和诗人高凯、小说家弋舟在王坪村支书家里吃农家饭。血糖偏高的高凯对余湾的荞麦油圈情有独钟。余湾土地里长出的风景，是余湾心灵的依赖。支书王安界对我们说："进不去的城市，回不去的故乡。"这句话用在王坪的年轻人身上并不恰当，因为这里很少有出去打工的，每年果园到了用工高峰期，倒是周围好多人来他们这里打工。他的话让我深思：田园将芜，胡不归？人们都在千方百计从空壳村、老人村中寻找真正充满温情的村庄，余湾在他们的心里种了一棵苹果，其实是在呵护另一个自己。苹果树的生长总会经历风雨，总会遭遇饥渴干旱，如何才能保持自己的风骨？如何才能始终活力向上？我们不只是询问心中的树，更是在追问自己的内心。

一个苹果里的余湾，已经不是丢在旮旯里的一个多余的山湾湾，而是一个山有余木、水有余波、家有余财、人有余情的避风湾。其实不只是余湾，就是整个静宁，整个平凉，整个陇东高原，种一棵苹果树在心里，收获的岂止是苹果？一棵拥有无边美丽的果树，会撑起一片属于自己的天空，它会将自己身体中盎然的绿意和甜蜜在天空中蒸腾为云，在大地上汇流成溪，营造出一个美不胜收的、属于自己的世界。把我的名字烙在你的心里，你的心灵也便不再空空荡荡。你的心灵有多么广阔高远，我的生命就会有多么深邃，我的身影也会有多么挺拔。我盈满你的心灵，你润泽我的生命，这就是你与我、我们与这个世界的美好爱情。

三个作家和一个养牛老汉

2019年春夏之交，平凉市崇信县要搞一个论坛，邀请国内各界名家参加，商讨崇信脱贫以及后续发展大计，我受邀出任论坛主持人。论坛结束后，县委书记希望我多留一些时日，在崇信走走看看。我想，在20年间，我来过崇信多次，也写过一些东西，上一年来崇信，写作的散文《国之槐》一经发表，国内各大媒体便纷纷转载，还被选入当年全国最佳散文阵容，所以我觉得关于崇信，我可能再没有什么可写的了。心里这样想，但还是答应了，看看崇信在脱贫攻坚方面的一些亮点也是不错的。于是在那个中午，我来到了锦屏镇平头沟村。当我看见一个老人在窑洞养牛后，眼前不觉一亮。

黄土高原的人在窑洞养牛并不稀罕，当地人从西周先民开始，就居住在窑洞里。人住在窑洞里，饲养的家禽家畜当然也居住在窑洞里，区别只在于，先前养在窑洞里的牛是耕牛，一家一户也就是一两头牛，当下是商品牛，牛的用途不一样，养殖规模也有差异。改革开放以后，当地人的生活观念发生了巨大的变化，生活水平也在逐年提高，年轻的一代觉得住窑洞有些土气，纷纷搬进砖瓦房里。窑洞被冷落，以至废弃。一些有心人眼看众多完好的窑洞被废弃，痛心疾首，奔走呼吁，想尽办法予以保护。可是，窑洞是要有烟火气的，无人居住的单纯保护，窑洞很容易坍塌甚至再度废弃。窑洞养牛，既保护了窑洞，又节省了牛栏投资，一举多得。另外，牛与土地有着天然的亲和力，窑洞冬暖夏凉，牛住在窑洞里，接地气，心情舒畅，身体健康，牛肉的品质格外优良。

我与养牛人梁老汉攀谈了一会儿，又在当地干部那里了解了一些情况，回到兰州后，写成《平头沟的朝气》一文，很快发表在2019年6月11日的《甘肃日报》上。未承想，这篇小文得到国内许多媒体的注意，各大网站转发，北京、天津等地的纸媒也不断转发。过了一段时间，当地政府将这篇文章立碑刻文，供人们参观取经，而窑洞养牛也蔚成风气，在崇信县已有2000家养牛场。继之，周边各县也兴办了许多窑洞养牛场，养牛业成为许多县和乡镇的一项支柱产业。

随后，许多作家同行，还有诸多媒体跟进，撰写了许多有关窑洞养牛的文章、通讯，窑洞养牛成为黄土高原许多地区脱贫攻坚的亮点。我不敢贪天之功为己有，我、作家同行、媒体记者，只是对这桩新鲜事物起到了宣介和推波助澜的作用，创作的源头，创作的灵感，永远来自现实生活，而现实生活是现实生活中的群众发明创造的。为了保存历史资料，我将我和另外两位作家同行写的文章转帖在这里，而我们共同书写的是那位给了我们创作灵感的梁老汉。

平头沟的朝气

马步升

天终于放晴了。久雨乍晴的崇信，天色明媚，山川秀丽，在那个下午，我走进了锦屏镇一个名叫平头沟的村庄。

平头沟村距离崇信县城大约七八里路程，来这个村庄完全出于偶然。整体脱贫以后的崇信县举办了一场规模盛大的论坛，我作为受邀嘉宾，亲身感受到了崇信上下对发展的渴望。会议期间，有人说，崇信的一个村庄将原来的土窑洞改造为养牛场。我心下为之一喜。我是在土窑洞长大的，离开老家几十年了，对土窑洞有着磨洗不去的记忆，也对土窑洞的诸多优越性有着相当深刻的体验。在几千年间，土窑洞是整个黄土高原地区最为常见的居住形式，可以说，窑洞文化博大精深，土窑洞不仅是黄土高原民众的安身立命之所，从土窑洞中也走出了无数的民族精英。可是，在这二三十年间，我去过黄土高原的许多村庄，让我倍感无奈的是，土窑洞差不多都废弃了，它们像是一只只干涩迷茫的眼睛，在怅惘着时代的车轮绝尘而去，而窑洞，在有些人眼里，几乎是贫穷落后的象征物了。固然，时代在发展，人们对居住条件有了更高的要求，非但无可厚非，而且理所应当。但是，在新时代，土窑洞真的一无是处了吗？

走进平头沟村，当我一眼看见一头头牛在一座座土庄院的空地上徜徉时，眼前为之一亮。养牛的土庄院大多为“崖（ai）庄子”，即利用自然地势，将黄土悬崖斩削齐整，挖出窑洞，留出一定空地，版筑起黄土院墙，一座漂亮的土庄院便形成了。这是黄土高原最常见的庄院形式，一般都是坐北朝南，背风向阳，采光好，保暖，因是在黄土沟畔修造，省工，不用浪费可开辟为耕地的平缓坡地，还可让本无利用价值的黄土悬崖变废为宝。如此便引出了另一个优点：安全。这种形制的土庄院，三面贴着几丈高的悬崖，留出的一面又是高大的院墙，野兽很难得手。大门出去便是黄土深沟，一旦有危险，全家人便可从容躲入深沟。我曾看见一些文章说，黄土高原的居民穴居窑洞，是因为缺少建筑材料，这真是强作解人之语。窑洞的起源可以上推到周先祖，从那时候开始，先民们便“陶复陶穴”。想想看，那时候的黄土高原还是林木遍地，走兽成群，怎么会缺少建筑材料呢？以土窑洞为主要居住形式，正是因地制宜的智慧选择。平头沟村的窑洞高大敞亮，院落平坦开阔，久雨后的阳光遍洒向阳的院落，一头头牛沐浴在阳光下，分外欢快。

在这里，我遇见了梁老汉。他是在人群中那种格外有范儿，气场十足的男人。身材瘦削却挺拔，戴着一顶无法考证年代和来历的宽边圆顶帽，一身沾满黄土的粗布衣，外罩一件已经被黄土遮去本色的马甲。有意思的是，他的肩膀上搭着一根旱烟锅，垂挂在胸前，铜头、铁杆、玛瑙嘴。我解下来，拿在手中沉甸甸的。我问：“你怎么还用这种古老的玩意儿？”他笑着说：“香烟抽上没劲嘛。”他给自己栽种旱烟，自己采摘自己抽。他相当自负地说：“我这旱烟锅还有别的用处哩，哪头牛要是调皮捣蛋，我用旱烟锅教训它。碰上恶狗咬人，我这烟锅还是防身武器哩。”其实这些我都知道，长辈们大都有这样一件随身装备，男人基本都有，一些上了年纪的女人也抽旱烟。我说胸前挂着长杆旱烟锅的梁老汉格外威风，精气神都有了，像是一位全副武装的战士。梁老汉还戴着一副石头眼镜，古朴而高贵，我问：“你这眼镜有年月了吧？”他说：“这是家父留给我的，大概百年上下了吧。戴着老人用过的眼镜，也是一份念想。”

说起养牛，梁老汉兴致大增。他已经 79 岁了，四代同堂，有四个孙子，还有了一个重孙子。本来生活不成问题，儿孙们都反对他养牛，都想让他一心不操颐养天年。但他不愿闲着，以他的话说，不养牛，没精神，和牛在一起，精神就来了。确实，与牛在一起的梁老汉，像牛那样精神。在乡村，梁老汉可是个能人，童年时读过两年私塾。他笑着说："娃娃家的贪玩，不好好念书。"我问他："还认得字不？"他有些得意地说："当然认得的。"我问他："能读下去报纸吗？"他说："那没问题。"他还会木工，年轻时盖房、打造各种木质器具都很在行。在大集体时代，他还当过两年饲养员，为生产队养牛。土地承包后，他家一直养着两头母牛，主要是耕地和积肥。为啥只养两头牛，还都是母牛呢？他说："多了养不起，母牛可以生产牛犊。"在很长的岁月里，他每年都可以出售一头牛犊，给家里换来日常花销。

梁老汉当下养的牛与先前完全不同了，他养的都是商品牛。这是优质牛种"秦川牛"的改良种，被命名为"平凉红牛"。这种牛个头大，成牛大都在千斤以上，加之品种优良，肉质好，在国际国内市场上大受欢迎。"平凉红牛"成为平凉农村的一个新兴的支柱产业。而利用废弃的土窑洞养牛，大约出自平头沟人的无心插柳吧。牛这种大牲畜，自从与人类结缘后，便和农民一样，对土地有着一种天然的亲近感。住在土窑洞里，行走在土地上，踏实，健康，阳光，完全不像关进水泥牛栏那样，或无精打采，或狂躁不安。在土窑洞养牛，可以减少建造牛栏资金 2/3 以上，还可以节省土地，将废弃闲置的土窑洞利用起来，真是一举数得。在平头沟，养牛人不是梁老汉一人，而是一项普惠农户的现代农业产业，也不是以前那种自养自用自销的自然经济模式，而是由公司提供基础母牛，统一配给饲料，科学化和模式化管理，生出牛犊归农户所有，成牛后，由公司按市场价统一收购。这种兜底运行方式，解除了农户的经营风险，也保证了产品的质量。梁老汉在自己的院落里独自养牛，仅去年，他一人便卖出一头成牛、四头牛犊，收入不菲。我说："你为家里贡献不小啊！"他笑着说："娃娃们都看不上我这点收入，我主要是为了自己高兴。人老了，做一些自己喜欢做的事情，精神。"

确实，梁老汉看起来很精神，比起像他这种年纪的人要有精神得多。

平头沟是一个很大的村庄，开辟为养牛场的部分只占了村庄的一角。原有的村民都搬到了公路边，住在整洁的水泥房或砖瓦房里了，形成一个很大的聚落。闲置的老村庄，除了养牛场这一片外，一条洪水沟的另一边还有很长的一条沟，沟的两边排列着一孔孔土窑洞和一座座废弃的土庄院。这里几乎是窑洞博物馆，各种形制的窑洞庄院一应俱全，诸如“半明半暗庄”“高窑子”“拐窑子”“地坑院”“箍窑子”等等，当然，最普遍的还是“崖窑子”。人是土窑洞的灵魂，有人居住，土窑洞看起来朴素粗糙，但使用几代都不会坍塌。平头沟的人搬离土窑洞的时间并不长，原来被刮削齐整的黄土崖面已经生满了各种灌木和杂草，院落里、庄院前的空地上杂树疯长，杂草凄迷，一派破败感。

时代的脚步从来都是这样匆忙而凌乱，在抛弃陈旧无用的事物时，往往将可以变废为宝的东西一并抛弃了。忽然有一天，当地的有识之士看到了窑洞村落的价值，便立即行动起来，拿出规章制度，打响了乡村保卫战。他们将原来横亘在村庄间的洪水沟筑成梯级水坝，汇集洪水，在向来缺水的黄土山乡，已算得上一方有水的风景。水沟的那边，与养牛场遥遥相望的是那片已经废弃的杂树掩映的窑洞村落。聪明的商家也已经嗅到商机，正在与政府部门制定合作开发计划，总的思路是绝不能破坏村庄的原貌。他们从无数被改造得面目全非的传统村落那里获得了新的灵感，他们深知，所谓的农家乐，绝不是把城里的饭店搬到乡村。是农家，就得有田园风光，有自产的农产品，有家畜家禽，有牧童横吹，有真实的乡村生活，让人体验到农家生活的真谛，这才是农家乐。

现在到处都在说乡愁，留住乡愁的愿望无比强烈，但是，究竟什么是乡愁，却很少有人给出一个清晰的回答。其实，乡愁的本义不是对乡村的留守者而言的，而是给离乡者留存一些乡村记忆。中华文明之光是从大地深处迸发出来的，不懂得中国农村，很难真正理解中华文化精髓。再者，让那些生长于城市的新一代人，在课余，在作业之余，在繁忙而烦乱的工作之余，有一个亲近土地的场所，借以换一换心境，补充继续前行的能量。说得再远一点，随着老龄化社会的到来，老人们在清风明月的乡村养老，花费少，接地气，在一个闲适宽松的活动场所里做一些简单快乐的农活儿，比如种菜、种花，比如像梁老汉那样与牛为友，似乎更有利于身心健康，而介入平头沟开发的商家，正是以这样的理念勾画未来的。

离开平头沟时，正是夕阳西下时分。阳光仍然明亮，梁老汉弯腰与他的牛在说着什么，离得老远，都能看到他志得意满的神情。另一些老人也在养牛场不紧不慢地忙活着，个个兴致勃勃的样子。在如今普遍缺少年轻人的村庄里，时而会弥漫暮气，而同样缺少年轻人的平头沟村，散发的却是朝气。

朝阳升起的平头沟

杜旭元

2019 年，一行作家来平头沟采风的时候，马步升老师写了一篇《平头沟的朝气》，刻在村中的石头上。前后就两年时间，平头沟就朝气蓬勃了，就成了花木葱茏、瑞气氤氲、红牛满栏、产业兴起的平头沟。因为我是当地人，家在平头沟上边，和平头沟两沟之隔，去县城需要途经的缘故，对平头沟的过去和现在可以说是了如指掌。本来，或者多年以来，平头沟就是一条“沟”，一条普通的黄泥沟渠：即两崖夹一水，临水栖人家。人都住在沟湾里，沿路上下只见沟不见人。后来，新农村建设，人都搬到了新村，又是两舍（两边村舍）夹一路，一路通东西。

平头沟迎来了新时代。

不知是哪位决策者的妙手高招，把沟渠里废弃的村子、老旧的窑洞更新换代，变废为宝，用以养牛。这样既节省资源，又冬暖夏凉。既不占耕地，又不影响环境，两全其美。应该说，平头沟的窑洞养牛 + 乡村旅游，是大创新，是一个好的开端。

前几天，我跟锦屏镇的张云刚镇长说想去村上走走，让他给点启示。今天下午，镇上的文化中心主任朱小娟就约我去平头沟看窑洞养牛，还特别推介了一个叫朱海萍的养牛户。牛曾经是农村人的魂魄，是山乡的声音和身影。

我从小就是农民，喂过牛，也放过牛，对牛有一种由衷的感情。尽管现在的牛不是用来耕地的，但不管到什么时候，养牛都是实实在在的事情，都是农村的一条致富途经，所以叫我去看养牛，是找对人了。

朱海萍，一个40岁左右的农村妇女，中等个儿，身体壮壮的，脸庞黧黑，一看就是一个下得厨房上得厅堂，可以下苦又实在的人。她说自己是从窑洞养牛开始的时候就开始养牛的，最初养了10头牛，现在已经有130多头牛了，5月这一茬子就下了40多只小牛。听听！短短几年时间，就有这么大成果，真是令人惊讶又佩服，难怪朱主任要叫我去看呢。从这一户我就看出了平头沟窑洞养牛的成功和崇信红牛养殖的前景。

听了朱海萍的简单介绍，我问她：“你的牛没有卖几头，一直在积累，那你的日常开销哪里来？”她说：“牛除了吃草，再不用花钱。”她的丈夫在山上流转了1000多亩地，种玉米，还为收割饲草专门买了一台玉米收割机，一次就把一年的饲料储备下了。再就是雇了两个人。雇人的原因一是忙不过来，二是这里是景区，产业加旅游，天天有人来游玩，他们在沟渠的水坝边上开了个小商店，为游客提供烧烤等服务。沟渠里还游着一群鹅，也是他们家的。

同样是乡村旅游，平头沟与其他地方不同的是，有一沟湾的牛栏支撑着，有牛，有人，有产业，有生活的气息，有劳动的身影，有牛粪的味道，有牛哞的声音，不是硬邦邦的人工山水和平面的乡村旅游，也不是除了外边的来人就什么也没有了的地方。我已经不是第一次来这里了，来了就是走走看看，玩玩谝谝。每次来，都碰见有年轻女子带着小孩，有游人开着小车来到平头沟。虽然来玩耍的大多是本村和邻村的，但这种乡村旅游本来就是为村民休闲而开设的，兼顾接待外面来的游客。我觉得，平头沟的乡村游模式是对的，有人烟在里面，这块地方就有了吸引力，有人打理，有人养护，有人气，有生机，再加上有一个天天如一的产业在运转，就没有衰败的季节。

平头沟的这一个沟湾曾经很热闹，有1000多人居住着，有鸡鸣狗咬，有牛羊成群，有小孩打闹。现在依然很热闹，有数栏的牛豢养着，有数家专业户成天忙碌着，有来来去去的游人攘踏着。人是越来越多，路是越踏越实。

看看，一个向阳的沟湾，藏风得水，聚脉聚气，又借地势打造成景观，建了游乐园，做了雕塑，再倚树造景，聚坝为湖。还随处植树，逢路种花，使人根本想不到也看不出，这是一个窑洞养牛的地方。

现在的平头沟，已成为全县乡村旅游和养牛业的亮点。

眼前，路边的几百亩万寿菊已经在零星开放，映衬着一个村庄的明天和村里人脸上的喜悦。明天，我们就可以一边赏花，一边采药。因为，万寿菊不光是看的。

梁老汉养牛

马宇龙

牛爷姓梁。梁是甘肃崇信县的大姓，位于县城西郊的锦屏镇平头沟村，有许多人姓梁。

牛爷的名号一时响亮，就连省里都来过人上门拜访牛爷。这名号顾名思义，与牛有关。耄耋之年的人，养了12头牛，前不久刚卖了两头牛犊，收入两万多元。收牛人慕名来找牛爷，一眼就瞅上了窑洞门前那两头晒着太阳、毛发闪亮的牛犊。牛爷看他盯着牛犊的眼神，心里一紧一紧的。对方连着伸了三遍手指头，牛爷摇了三遍头。收牛人勾着头，思谋了半天，仰脸咬紧嘴唇，最后一次伸出了指头，一副豁出命的表情。牛爷望着那指头也是半天，最终紧闭眼皮，狠狠点了一下头，也是一副豁出命去的架势。

收牛人甩下两摞子百元钞票，牵着牛吹着口哨出了平头沟。牛爷没有顾上数那两摞钱，撵到村口，望着两头牛犊扑踏扑踏地远去，牛爷的眼窝里湿湿的。往回走的路上，牛爷的嘴里不停地念叨：“还是个牛娃呢，还是个牛娃呢！”当初镇上给他投放基础母牛，就是让他培育肉牛，发展平凉红牛产业的。牛出栏上市，就是为了卖钱致富的。理儿是这个理儿，可是牛爷心上就是过不去这道坎儿。

牛爷爱在广播匣子里听戏，可是这段时间，他明显听得少了，原因是从前悠闲安静的日子突然被打破了。去年有个作家来平头沟转了一圈，在他家里坐了坐。牛爷原来以为这人是看上了他的长烟锅，因为那人把烟锅要过去拿在手里，翻来覆去地看，半天不放下。后来他又以为是看上了他的牛，他不停地问牛说牛看牛，问得仔细，看得也仔细，一看就是个懂家子，他的手里肯定攥着好买家。等到作家的文章登上了报纸的时候，牛爷才知道，原来人家是看上了他的故事。

文章是做出来了，惹得来访的人踏破了牛爷家的门槛。他和他的窑洞不断地上报纸，上电视。人家说，是他发明了利用废旧窑洞发展红牛产业的新法子，全县好多乡镇都来取经，纷纷效仿，改造废弃窑洞800多孔，现在全县窑洞养牛已经有3000多头了。牛爷想，窑洞以前不也养牛吗？别人说，人和牛一起住窑洞那是几百年前的事。平头沟搞新农村建设，人不都搬出了窑洞？牛爷想想也是，他在窑洞门口修了砖瓦房，人住房里了，把牛又迁回了窑里。牛住进来把蹄子踩进松软的黄土里，他看牛舒坦，牛也看他舒坦。

牛爷的儿子跟着平头沟的后生一窝蜂外出打工了，两个孙子也在外面。近几年，孙子们回来得越来越勤。牛爷倒也没什么要孙子们操心的。跟同龄人相比，牛爷身子骨硬朗得很，眼不花耳不聋，背也不驼，说话中气十足，有条有理。每天早上5点起来给牛添草，清理圈舍。伺候完牛，他就在那里编筐子、背篓、担笼。他年轻时当过木匠，老功夫还在呢，三四天就能编一个，编了自己用，也卖给别的养牛户。

80岁的牛爷，还有一身的力气和本领。牛爷说，除了养牛有补贴，村里每月都给他们这些高龄老人发钱呢。有点闲钱，也没啥干的，还是养牛呗。牛爷就是牛爷，去年养牛挣了4万，今年大半年已经挣了2万元。牛爷爱牛，养牛又很有一套，久而久之，村里人就叫他“牛爷”，亲切又贴切。

不久，那位作家又来了，还带了好几个人，和他一一合影留念。牛爷怡然自得，谈笑风生。大伙儿忽然看到牛爷的长烟锅下面原来还吊着一个荷包烟袋，上面还绣着花呢，一朵好看的牵牛花刚刚绽放，仿佛能闻见清香。大家一时来了兴趣，纷纷上前，把那荷包烟袋捏在手里把玩。有人好奇，发问：“这是谁绣的呀？”

牛爷亮堂的眼眸忽然暗了一下，他吸了一口烟说：“老伴么，走了十年咧。”原来，牛爷心里有一个温柔的念想。

马宇龙的这篇文章发表在《人民日报》上。确实，正如马宇龙在文章中所说，2020年的初夏，我随作家采风团又去了一趟平头沟，也去梁老汉的窑洞养牛场参观过。这个村庄以及梁老汉，已是我心头之念。头天夜里到崇信，新任的县委书记问我想看些什么，我点名要去平头沟。他笑着说："你的平头沟要看，我建议你多看一些地方，窑洞养牛现在已是我们崇信的重要产业。”我也看到了崇信窑洞牛场的分布图，那可真是遍及崇信大地啊。

春回大雁归

平凉市庄浪县阳川村，上千名村民熙熙攘攘地汇聚在村委会门前的文化广场上，惊起了大树上的鸟巢里沉睡着的山雀，它睁开了惺忪的眼睛，好奇地望着树下发生的一切。太安静了，安静了不知多少年，忽然的热闹与喧哗让它吓了一跳，它不知道这里发生了什么。忽然，一只铁鸟飞上来，在村民的头顶盘旋。有人认出来，嚷道："那是播撒种子的小飞机。”还有人说："给张队长说一说，把咱绑在上面，也在天上飞一飞。”山雀听到，差点笑出声来，它抖抖羽毛上的尘土，一展翅膀，飞向天空，和那只铁鸟比翼齐飞起来。飞出鸟巢，它这才看到，树上的绿芽已经鼓起来了。奇怪，往年这时候，村里的人都走完了呀！

山雀的奇怪也是我的奇怪。阳川村位置偏僻，山高皇帝远，甭说离庄浪县城了，就是与赵墩乡街道也有20多公里路，还要翻山越岭，凭一双脚走，是需要费些时间的。前后左右的山梁梁挟裹着这个看不见房屋的村子，安静得只能听见自己的脚步声。与时下的很多村庄一样，大白天，村庄里空荡荡的，像一间敞开着大门的老屋。敲开门来，走进去，院内荒草萋萋，迎接你的是不是老弱，便是妇孺。2019年，驻村扶贫工作队队长老张带着我去认帮扶户，走了七八家，锁门户就有四家。他告诉我，这些户，他已经跑了四五趟了，一次都没见到人。我问支书程开新这是怎么回事。程开新一笑，不吭声。老张说：“你问他算是问着了，他在银川有生意，挣大钱呢，正准备打报告不干支书呢。”

连支书都打算放弃生他养他的阳川村，何况老百姓呢。精准扶贫扶什么？没有人了，向谁精准去？我看着风尘仆仆的老张，预感到扶贫工作的艰难已经摆在了我们面前。

翻过一道山梁，去七社里。路过一个水库，这里碧水悠悠，幽静极了，让这个偏僻、孤独的小村子添上了世外桃源的色彩。老张举起脖子上的相机，啪啪地拍照。他是市文联干部，中国摄影家协会会员，平凉摄影家协会主席，在他的镜头下，任何司空见惯的事物都有着别具一格的美。

“不行，我得让人都回来。”

他说，像给我又像是给自己说，一双登山鞋在干旱的地头上挖出了深深的脚印。我跟在他后面暗自想：凭什么让人家回来呢？正如支书程开新所说，村里发展产业多年，都形不成气候。洋芋卖不上价，种苹果没劳力，就是世代栽植的大蒜，也因为种子价格年年疯长，现在已经涨到了一亩2000块，种不起了。我打趣老张说：“看来这贫没法扶了，干脆弄根鱼竿，在水库边上垂钓吧，这真是个修身养性的好所在呢。”一句话还没把他从刚才的思考里拉回来，他反问：“你说既然是修身养性的好所在，为啥人都走光了呢？”

转眼快到春节了，离巢的鸟开始一只一只地往回飞，阳川村将要迎来团圆日。因为过年，整个村庄开始饱满起来。老张并没有去水库边上垂钓，而是带着十几个人再次走进了阳川村。他做出一个看似幼稚的举动——要为全村500多户人拍全家福。听到这个消息，我笑了，觉得我们的张队长实在是太好笑了。在当下社会，拍张照片、合张影是再简单不过的事了，就算相机没普及，现在哪个手机没有拍照功能？而且像素一个比一个高。上门去给村民拍照片，也不过是剃头担子一头热，出力不讨好的事。果然不出所料，刚走了一两户人家，闭门羹就送了上来：“照相干什么？要钱吗？”被告知完全免费时，他们的脸上还是一副怀疑的表情。还有一些见过世面的人反问：

“用我的肖像做照片，给我给钱吗？”老张哭笑不得，一再强调一分钱不收，照片也都是他们的。当摄影家们冒着腊月的严寒想尽一切办法设置场景、变换角度，把刚刚团圆的一家人聚拢在镜头下时，老百姓已经从最初的怀疑、不配合到好奇地尝试着参与了。十社王社长的母亲已经90岁了，王社长说，母亲这辈子没照过一张标准照，一旦去世了，灵堂前连个肖像都没有。去照相馆不方便，叫人来拍，人家都嫌远，这下好了，除了全家福，看能不能给他的老母亲拍一张标准照。这个要求提醒了老张，他让支书统计了一下村里过了65岁的老人，安排大家给这些老人每人拍一张标准照。王社长的母亲年事已高，身体非常虚弱，王社长把她从炕上抱出来问在哪里拍。彼时屋外北风呼啸，尘土飞扬，老张就在大门门洞里，躲避着呼啸的北风，给他们家拍了全家福和老人的标准照。

在老张的带领下，11个人跑遍了位于几个山坳里的11个社，整整两天时间，拍了500多户。这时候我才知道，照相是块敲门砖，通过拍照，老张完全掌握了这11个社家家户户的情况：谁家富裕些，谁家更贫困，谁家家口大，谁家是五保户，谁家有病人拖累，谁家的孩子上学、债务缠身……他们都忘不了，一个残疾单身村民情绪低落，根本没有心思照相，摄影家与他交心，还把吃草的羊牵到了他跟前，算是给他与羊合拍了一张“全家福”。在王进学家，一大家子人都已经穿戴整齐站好了，摄影家正要按下快门，王进学的小女儿忽然急急地叫停：“等一下，等一下，全家福不能没有哥哥。”原来王进学的儿子患小儿麻痹，不能下炕。在女儿的请求下，大家七手八脚给孩子穿暖和，抱出来跟全家人一起拍了全家福。精准扶贫工作要求“一户一策”，只有深入了解每家每户的情况，才能因户施策。我们之前屡次去的那些锁门户，这次基本上都见到主人了，他们的情况也掌握得一清二楚。给一家一户拍照，插诨打科间，老张已经跟村民打成了一片，村民完全把他当成了自己人。事实上，拍照本身并没有激起大家多少热情，来了也就来了，拍了也就拍了，真正的群情激荡是在春节后的这一天。

这一天是正月二十五，年味还没有散尽，一场村级全家福摄影展在阳川村的文化广场举行。听到消息的村民们呼朋引伴赶来，聚集在广场上。他们没有想到，这些照片会拍得这么清晰，更没有想到，他们自己会成为主角，像大明星一样“晒”在广场上，成为大家欣赏的对象。500多张照片挂在墙上，微笑挨着微笑，花花绿绿，琳琅满目，人们挤在跟前，焦急又兴奋地寻找自己。找到了，一把拉住旁边的人，激动得话都说不出来，只是一个劲地说：“看！我，我！”妇女们看看自己，再看看别的女人，开始在心里偷偷攀比颜值了。一个说：“照在像上才知道咱也好看呢。”另一个说：“难怪他李家爸牛皮哄哄，李家嫂子长了一对毛眼眼么。”我在人群中逡巡，听着他们的对话，心想：不管是什么人，除了物质的获得感，精神和尊严的获得感和强烈的自我意识更是他们的追求。村民们长期处于无人关注的状态，已被冷落得太久了。在一张四个男人的合影前，老张告诉我：“这一家情况特殊。王麦旦弟兄四个，都年过半百，只有老三家有子女，其他三个单身，独自生活。我们撑起相机架子，他们就是不愿意拍。我们了解了情况后，就设计了场景，发动老三家的子女，拉着伯叔父一起来，并承诺将来照片出来洗四张给他们。这样，每个单身汉都有了这张温暖的全家福。”这时候，我看到十社的王社长在他母亲的照片前伫立无言，表情很不好。我撵过去问情况，他说：“老人正月十三已经去世了。”村支书程开新走过来说：“你们照完相这一个月，已经有三个老人去世了——王社长的娘，四社赵娟娟他爸，还有九社谢龙发他妈。你们给照了相，老人们再没有遗憾了。”这话极大地震动了我。村庄是人间烟火的另一个代名词，既迎接新生，也接纳死亡，一张小小的照片所承载的已经不是留个影那么简单了。在老百姓眼里，人生绵延，血脉相续，父母就是他们的天和地，把“父母”挂在中堂上，显示的是他们对孝贤和生命的传承与敬仰。一张照片的背后，传达的是一种传统文化的公序良俗，透射的是一个乡土社会血缘与地缘的光芒。

驻村工作队为了烘托气氛，联系了县剧团的秦腔戏在广场舞台上演出，顿时，小小的文化广场成了欢乐的海洋，一边是锣鼓喧天，唱腔激越，一边是摄影展，人声鼎沸。老人们说，好像从农业学大寨到现在，就没有聚集过这么多的人了。一个小小的文化活动，竟然有着超乎寻常的吸引力，这让我忽然明白，村庄的空心化、农户的空巢化不仅仅是土地瘠薄、生活贫困，更重要的是我们的村庄形虽在，魂已散，因为文化与精神的缺失而失去了生机与活力，没有了精气神的村民，给再多的钱又有什么用呢？说阳川人没文化，但家家户户的墙上挂满了字画条幅、中堂，我还在一家人的茶几上看到了余华的书。我有个同学在距离阳川不远的南湖镇中学教书，业余爱写毛笔字，他告诉我，每年寒假在农贸市场摆摊卖字，收入有上万元，这在其他地方是不可想象的。一只蝴蝶可以引发一场飓风，一行诗句可以点燃一个时代，这就是文化的力量。文化吸引了他们回来，吸引了他们聚集在寂寞了许久的家园，像身处一个和睦的大家庭，其乐融融。热烈的气氛触动了老张，他搬出了航拍旋翼机，又做出一个让人惊讶的举动：拍全村福！

既然要绣花，就要绣花蕊。旋翼机在老张的掌控下嗡嗡叫着飞起来了，近千名群众怀里抱着自己的全家福和标准照，整齐划一地站在戏台子前，他们的面前是高高低低的“长枪短炮”，头顶是盘旋着的无人机，所有的镜头都聚焦到了他们身上，此刻他们是阳川也是这个时代真正的主人。一张别具特色的“全村福”留在了画面上，随即在网络上、在每一个人的手机上快速地传播。一张全村福，集聚了全村的人气，拉近了全村人的关系。我看到，守望相助、携手消灭贫困的美好祈愿已开花结果。

冰河消融，春暖花开，一只只南归的大雁飞回来了。一个小伙子缠住老张，说他不想出去了，要跟老张学摄影，要在家乡开影楼。支书程开新也对我说，要把银川的预制厂转给人，他要留下来，继续当支书，带领大家脱贫致富。我坐在大树下，觉得阳川的春天特别美，美的不仅仅是自然山水，还有天人合一的精气神。忽然，呼啦啦一声响，树上那只山雀又飞起来了，在空中舞出一条弧线，我仿佛听到它说：“回来了，都回来了！我们的巢再也不空了。”

从田凤兰到果小五

庄浪，历史上曾是吐蕃放牧的地方，“庄浪”二字在藏语中是野牛出没的意思，可见其荒凉。这里山大沟深，地陡土瘠，上百万亩坡地散落在山梁丘顶，畏缩在2000多条沟壑当中。30多年来，两代人用一双双手、一把把老镢头、一个个背篓、一辆辆小推车、一柄柄铁铲，让百万亩水平梯田横空出世。有人计算，移动的这些土方，如果堆成一米见方的一条长堤，完全可以绕地球六圈半。从此，这个位于六盘山西麓崇山峻岭之间的国家重点扶贫县，成为“中国梯田化模范县”。可以说，庄浪是伴随着梯田建设的巨大影响而被世人所知的。

走进庄浪，从几代人的故事里了解庄浪的前世今生，我们欣喜地发现，庄浪人在摆脱贫困的路上完成了改造梯田、绿化梯田、经营梯田的迷人三级跳。而在这三级跳中，有两个关键人物颇具代表性，一个代表了艰苦卓绝的过去，一个代表着欣欣向荣的当下和未来，他们是80岁的田凤兰和20岁的果小五。

田凤兰的一生伴随着改天换地、治田整地的岁月。

20世纪70年代，田凤兰是远近闻名的“铁姑娘”，在赵墩乡的梯田大会战中是个不服输的主儿。她说自己永远也忘不了那天，她正在毒日头下装架子车，忽然头顶半坎上一大块土方垮塌下来，黄土夹带沙石飞溅而来，她飞快地往旁边一闪，举起铁锹护住了脑袋。土方没压着她，一把地上飞溅起来的砂石砸在了她的腰上。她住进了医院，大夫从她的腰部取出四五个玉米粒大小的石子，告诉她，外伤没啥问题，休养一段时间就痊愈了，只是她的子宫损伤了，今后怕是怀不了孩子。她从此失去了做母亲的权利。

她和丈夫四处求医问药无果，决定收养一个女儿。养女进门后，两口子高兴极了，把她当作亲闺女一样抚养成人。到女儿待嫁的年龄，两口子又筹钱招了一个女婿上门，有儿有女的生活一度让人艳羡。可是，女儿怀孕8个多月的时候意外流产，田凤兰怪自己没有经验，未能保住孙子。在预谋已久的女婿的怂恿下，女儿得知自己并非田凤兰亲生，于是两口子不告而别，从此杳无音讯。田凤兰突遇灭顶之灾，她不相信养育了10多年的女儿会不告而别，于是每天都呆呆站在门口等着，这一等就是几十年。

田凤兰的弟弟看在眼里，急在心上，他想把自己一个朋友刚生下不久的女儿过继给姐姐。起初，田凤兰死活不愿意，但是架不住弟弟一家的反复劝说，这个小女儿走进了她的家门。失去女儿的伤痛被这个小娃娃的到来抚平了，可谁又能料到，只过了短短两三年，小娃娃的亲生父母反悔了，无情地带走了孩子。想起这两三年陪伴孩子的幸福时光，50 多岁的田凤兰两口子又一次被悲哀淹没。老伴 73 岁那年离开了人世。

精准扶贫、精准脱贫的春风吹进了赵墩乡阳川村，田凤兰成为文联干部赵睿的帮扶户。田凤兰把小赵当成了自己的亲孙女，给小赵讲那些过去的故事。如果不是修梯田，她就不会落下不孕症，就不会遭遇后来的一切苦难。她是给人们做过牺牲和贡献的人，理应比别人得到政府更多的扶持和关爱。在党的扶贫政策的关怀下，她住的房屋被定为危房改造项目，重新翻修。她已独居 7 年，虽然身体状况不好，但是屋子里收拾得井井有条，炕上整齐有序，衣服也很整洁，她说得最多的，是感谢现在的好政策让她老有所养、老有所扶、老有所依，让一个年逾八旬的老人有尊严地活着。面对一个个来访者，她流下了百感交集的泪水，这泪水更多的是出于内心的感动。

田凤兰的一生记录了从 20 世纪 60 年代开始到 1998 年，庄浪将陡峭、破碎的山地变成了 98.6 万亩平整耕地的悲壮故事。

大庄，这个赵墩乡的小山村是全县第一个开始修梯田的地方，也是第一个实现梯田化的地方。可以毫不夸张地说，没有大庄村，就没有“梯田王国”，就没有今天的庄浪。上了年纪的人还记得，1970 年，告别军旅生涯的王继业回到故乡，当上了赵墩公社的革委会主任。离家日久，故乡的破败和贫困让他心痛。看到世代耕种的坡耕地被暴雨分割成条条沟渠，十田九沟头，耕地滚了牛，哪里还有肥土可言？王继业和那些在北风中稀稀疏疏的庄稼一样，身心一阵阵发抖。共产党员的使命感和责任感让他下定决心，只要依靠人民群众的力量，就没有战胜不了的困难！路，还得从自己脚下走出！穷帽子，还得靠自己摘掉！这位老军人频频出现在农家的田间、炕头。深入了解调研后，王继业在党委会上提出，赵墩乡要摆脱贫穷落后的困境，必须把大搞农田基本建设当成一项战略性的措施，坚持不懈地进行下去，而且要扎扎实实地搞。他掷地有声的话得到了党委书记的赞同和支持。很快，赵墩乡抽调全公社 17 个大队基干民兵成立了农田建设专业队，2000 多人常年治田改土，每到秋冬农闲，户不漏人一起上。王继业作为总指挥，一年 365 天，没黑没明地奔波在每个改土工地上，从施工区的规划到每块地开挖线的选定、移动土方量的测算和劳动力的组织配备，他都身先士卒。1980 年，王继业离开了赵墩乡，走上了全县农田基本建设的指挥岗位，留给他的是一顶“王铁人”的帽子和多年后依然出现在他梦境里的 1.5 万亩高标准水平梯田。

土在人的身上留下伤疤，人在土的心上留下刻痕。大庄安家洼社的社长高国仓就是一个与土搏命的主儿，他对大伙说：“一个人穷了可以逃荒要饭，全村穷了咋办？只要干不死，就往死里干，只有把地修平，才是出路。”每天夜晚，星辰升空，梯田上十几盏马灯依次亮起，与天上的繁星交相辉映，一远一近的光芒和温暖驱赶着他们枯燥的日子，照亮他们的希望和未来。他们习惯了吃饭两头不见太阳，习惯了低头、弓背，习惯了两手老茧、肩膀瘀青。田地是他们的舞台，也是他们的幕布，从落地出生到入土完结，他们最终与田地融为一体，化作梯田的骨殖和养分。母亲去了，儿子替上；父亲老了，孙子接过笼担……终于到了 20 世纪 80 年代末，在一口又一口长长、粗粗的出气声里，700 多亩水平梯田渐次铺开在山塬上。

《周易》云：“裁成天地之道，辅相天地之宜。”就是说要在遵循自然规律的基础上对自然界的变化加以辅助或协调，以成就天地化育之功，既要改革自然，也要顺应自然，使其符合人类的愿望。大庄梯田工程正是“辅相天地之宜”的生动实践。40 多年来，大庄浪拉动黄土近 3 亿方，上百人的血肉之躯不同程度负伤致残。修成的水平梯田占耕地总面积的 95%，谁能不说这些都是血肉筑成的呢？随着生态环境的改变，每一块田地、每一寸土地都尽情释放出旺盛的生命力。

穿过层层叠叠、绿云漫卷的梯田，走进大庄村，步入新修的梯田农耕文化园，庄浪县梯田化第一村的纪念碑赫然在目。那些古老的农具排列着，一一诉说着尘封的历史，情景还原的农耕场景让人感受到血脉的偾张，我们仿佛看到了那些如火如荼的岁月，这些简陋的劳动工具在朴实的庄稼人手中挥舞的情形。解说员小蒙带我们到一组黑色的雕像前，讲述这些雕塑人物的故事。三个人物，一个是当年大庄村党支部书记杜万山，一个是生产队队长高国仓，而那个女社员，正是年仅 38 岁的造田烈士闫凤英。

相比闫凤英，田凤兰还是幸运的，因为她活了下来，成为那个年代的见证者。1976 年 1 月 12 日，天气干冷，闫凤英和程玉梅几个人早早赶到工地开始劳动，阳光照在她们汗水湿透的脊背上，有了些许暖意。坐下休息的时候，闫凤英边吃菜焪面边对大家说，早晨出门，她担心小儿子醒来跌到炕下，只好用绳子将他拦腰拴在窗框上。还说她每次回来，孩子不是饿得哇哇哭，就是哭累了睡着了。想起孩子，大家都想尽早完成当日的任务回家。没等嚼完最后一口菜焪面，她们又干了起来。就在这时，一块半米厚的冻土皮轰然坍塌，将她们三人压在下面。程玉英、程玉梅严重受伤，而闫凤英却长眠在了这块土地上。姐妹们清楚地记得，10 天前，闫凤英的手脚皲裂，让 13 岁的女儿用缝衣服的针线帮她缝合了手脚上的皲口。她就是带着这些用针线缝起来的伤口，永远离开了人世。那个被她拴在窗框上的小儿子，再也看不到自己的妈妈了。

闫凤英、田凤兰不是个例，突击队队长罗翻调、陈英等等奋战在梯田建设一线的“铁姑娘”们曾创下的“一天能背 128 篓土，18 个小时就能推完 240 辆架子车土”的修梯田记录没人刷新，将来也不会有人超越。罗翻调英年早逝，陈英活着，在 2018 年“魅力中国城”的城市名片互动环节中，她为平凉代言，充满深情的讲述感动了整个中国。

百万亩梯田百万亩绿，这震撼世人的百万亩绿，都是她们这样任劳任怨、勤劳朴实的乡亲们，用血肉之躯，甚至用生命换来的。

“打梯田牌，走梯田路，创梯田业，享梯田福”，这是他们提出的口号。民俗窑洞、碾磨体验、果品采摘园……这是梯田衍生出来的旅游商机。在大庄村委会里，有一本特殊的功劳簿，上面有每一位参与治田改土的村干部的名字，相信没有哪一个村子会把每一届的村干部记得那么牢，而大庄却记下了40多年来每一位村干部的名字。他们是这块土地上不倒的汉子，无论多少年，无论活着还是死去，他们都是庄浪梯田的精魂，是这块热土上的不死鸟。

土能生万物，地可载山川，通山川之利而万物殖。治田之初，大庄只是为了解决庄稼人的温饱，通过改造地形地貌，除害兴利，提高粮食产量，发展农业。而如今的梯田，却在其物质功用外，成为人类遵循人、自然、社会和谐发展而结出的物质与精神的丰硕之果，并驰而不息。“庄浪精神”给了庄浪一个脱胎换骨的诠释——“庄严峻美的山，翻着浪花的水”。难怪，日本、以色列、美国等十几个国家的专家考察庄浪梯田后，情不自禁地称赞：“这是庄浪人民在黄土高原上精心描绘的一幅迷人风景！”翻着浪花的水颠覆了“野牛出没”的概念，那些最初只能在万泉、南湖、郑河、试雨等地名中出现的美好的梦中的水，如今已成为庄浪生态农业园的一景，200万平方米的水面波光粼粼，观景亭、休闲亭、钓鱼台点缀其间……昔日的贫困山区，依靠生态扶贫，充分享受到“金山银山”带来的实惠，全面脱贫、稳定脱贫，已经在这一代人手中实现。

1998年，梯田全面修建完成，庄浪人也走出了“吃不饱”的泥沼。“修梯田就是修灶台，是为了不再挨饿。”看着如今这片被绿色染尽了的家园河山，已经步入70岁的刘进有感慨万千。他是上寨村的支书，这个支书，他干了20年。当年，他就是在这里打响了庄浪梯田建设的“第一炮”。为了乡亲的灶台上有粮食，他们一代接着一代干，硬是凭着锲而不舍的精神，把跑水、跑土、跑肥的“三跑田”化为一亩亩保水、保土、保肥的“三保田”。

这就是“实事求是、崇尚科学、自强不息、艰苦创业”的庄浪精神。在扶贫攻坚的主战场，庄浪人拿出这股精神继续探索，最终使梯田成为植树播绿的“平台”，实现了“百万亩梯田百万亩绿”的二级跳。20年后的2018年，凭借梯田和山地苹果，凭借遍布各个乡镇的养牛场，凭借盛名远播的种薯繁育，庄浪勇夺全国脱贫攻坚组织创新奖，让“崇尚科学、自强不息”的庄浪精神再次令世人瞩目。

正如平凉市文联主席李世恩在歌曲《百万亩梯田百万亩绿》里这样写：

一辈子流了几辈子的汗，
才把这荒山陡凸重装扮。
梁峁栽树把帽（儿）戴，
山弯造田把腰缠，
地埂种草锁边边（儿），
还有那沟底筑坝映笑颜。
……
一代人许下一代人的愿，
要把这绿色接力代代传。
苹果满园笑红（了）脸，
红牛遍野正撒欢，
洋芋开花赛牡丹，
引来了八方宾朋看不倦。

当初，修梯田的规划口号是“山顶沙棘戴帽，山间梯田缠腰，埂坝牧草锁边，沟底清泉穿鞋”。当年的建设者不知是否设想过，这样的规划实现之后，正是梯田颜值最高时？

上百亩万寿菊在永宁的土地上热烈开放，村民像辛勤的蜜蜂，从早到晚钻在花海里采摘。这里不得不提永宁镇漫湾那个叫银银子的人。银银子大名柳双银，是当地的名人。作为永盈联合社的社长，他养过牛，贩过粮食，足迹踏遍西北五省，虽然吃过不少苦，但是眼界大大开阔，学到了很多东西。就是他，在永宁种下了百亩万寿菊，打造了梯田新的景观。

万寿菊是药用花卉，平肝解热，祛风化痰，是药材，还可以提炼黄色素和芳香剂。山东总公司的老板从采摘、青贮、运输等各个环节对永宁的万寿菊产业予以指导和支持，采一斤万寿菊，人工费仅0.15元。银银子定购了几十个手工编成的竹篮，供游客采摘花卉时使用。他还决定把永宁的两个湾子都变成一片花海，金灿灿的万寿菊就是金灿灿的黄金呢。从漫湾到许湾再到赵湾，他指着这边的一个山洼说："这是260亩洋芋。"又指着那边的山头说："那是三五百亩玉米。"一湾一洼的加起来，玉米有3000多亩，洋芋1000多亩，苜蓿3000多亩，中药材100多亩。胡麻也有，大豌豆也有，不计其数。

要么发展合作社集体种植，要么土地荒芜。这是摆在不发达农村地区的一道严峻的选择题。自给自足的小农经济早已结束，规模化养殖、种植成为必然。合作社的出现，是政府和农民的共同选择，也是生产力发展的必然趋势。这个联合社，给漫湾、给永宁的乡亲带去了实实在在的好处，是一朵盛开在人们心头、盛放在大地上的幸福之花。

史六斤曾任庄浪县建筑设计室主任，中国建设筑学会会员，水洛镇经济委员会主任，政协第四届、第五届常委，委员。他满含深情地说："我们世代生长在黄土地上，喜欢土、热爱土，住在用土建造的房子里，爱吃黄土地上长出的粮食。黄土是我们的上帝，我们是黄土的子孙，相互捧着、敬着，谁也离不开谁。但是，脑海里发家致富的念头，浸透在一腔热血中，一刻也没有减弱过！斗转星移，黄土地只种庄稼的时代，在政府推动的产业结构调整政策中一去不返了，如今，山川遍野是苹果园了。"

梯田是庄浪的标志，更是庄浪经济发展的保障，昔日建成的百万亩优质梯田，如今正发挥着它强大的农业经济效益。庄浪苹果是庄浪梯田农业综合经济效益显现的产业代表，也是庄浪县四大主导产业之一，更是庄浪农民实现农业稳定增收，脱贫致富的"金蛋蛋"。有这样一组数据：全县18个乡镇293个行政村，种植苹果60多万亩，其中挂果园30多万亩，基本普及到家家户户，成了农民致富增收的重要依靠。庄浪县地处黄土高原黄土深植区，土壤肥沃，光照充足，气候温和，种植出来的苹果个大质优，色泽鲜亮，口味甜美，含糖量高，深受国内外客商和广大消费者的青睐，被国家农业部划分为全国优质苹果生产基地。庄浪县培育种植的品牌红富士苹果“紫荆一品红”，取得了国家注册商标和地理认证标志，近年来更是连续荣获多项殊荣——2015 年，荣获国家绿色食品认证；2018 年，荣获中华品牌商标博览会金奖；2019 年，再度荣获北京世园会金奖。庄浪苹果不但俏销全国各地，而且走出了国门，走向了国际市场。

走进朱店镇，跟苹果种植农户老朱交谈。据他回忆，14 年前，村里人一直议论万泉、阳川人家家户户种植苹果，不少人买了小车，住了洋楼。2006 年，他尝试着栽种了 1 亩苹果，细心照看 3 年后，第一次挂果就收入 3000 元，比种小麦等农作物的收入高许多。现在，他的果园发展到了 10 亩，生活相比之前发生了很大变化。他说：“就像一场梦，真有点不敢相信。村里有些人一开始也是观望、犹豫、不太情愿，当看到我赚了钱后，才动手种了。”据他介绍，五六年来，他家一直保持着 10 亩规模的果园，年份好的时候，苹果产量高，价钱也高，最高一斤卖到了 5 元，一年能收入近 20 万元。就算年份不好，减产低价，年收入也不下 10 万元。虽然苹果种植很辛苦，但回报率高，比种庄稼强太多，他现在已经开始和村里几户农户商量，联合承包其他户的苹果园，有钱大家赚，一起赚更多的钱。

可以说，苹果产业在很大程度上弥补了部分农户劳务经济收入的不足，带动农村面貌发生了日新月异的变化。现在的庄浪，70% 以上的农户都有果园，特别是朱店、万泉、阳川 3 个乡镇，果园化程度达到了 90% 以上。近几年，大庄、卧龙、赵墩等乡镇的果园化程度也在相继提高，农民的认识也从原来的被动接受变为主动出击，学技术、务果园，蔚然成风，在脱贫致富奔小康的路上你追我赶。

中秋节临近，树上的苹果俏如闺阁中待嫁的姑娘，只等佳期露面，脱去包裹的袋衣。妇女们三五成群地在果树下忙活，摘取套在苹果上的袋子。为了把它们打扮得更加漂亮（增加色度），果农们在果树下铺设了一层银白色的反光膜，脱去袋衣的苹果经太阳照射，地面反光、增温，不出半月便由嫩白色变粉红色，镶嵌在绿色的枝叶中，如刚出浴的美人，香气四溢。

男人外出打工，留守妇女们心里盘算着苹果丰收后的计划，掰着手指头谋算能卖多少价钱，好圆了心中的致富梦，让家里的土坯房变楼房，接通上下水，再安上太阳能热水器，劳作后能痛快地洗个热水澡。还期盼着在城里买套楼房，让子女在城里读书，享受优质教育资源，考个好大学。还要光彩地与老公坐上小汽车常转娘家，让辛苦了一辈子的父母看到女儿过上了好日子，要为父母尽一尽孝心。

这些梦真的变成了现实！在广袤的山川大地上，村与村、镇与镇、县与县、国与国绘制成了一幅人间最美的画面。由政府出面搭建的产品推销会，北到首都、南下广州，为自家的苹果在全国果品鉴定会上争来了“紫荆红”的品名，引来无数客商，带动了一批产业，建设冷藏果库，修建纸箱加工企业，大批劳动力就近就业，还出现了好多劳动力小市场。妇女们成了摘果、装箱的行家里手，情急之时，还要客商车接车送。大路小路，到外闪动着她们的身影，她们的脸盘和苹果一样红，满怀喜悦之情；她们用脚步丈量，用双手绘制出一幅发家致富的彩色画卷。

“各位亲，我的家乡梯田美，梯田苹果甜又脆……”返乡创业者邵子斌在这碧绿的“阶梯”上玩着新花活——直播带货。不到半个小时，他就接到200多份订单。远远看去，正在直播的邵子斌就像绿水青山中的主角，脚下的梯田就像舞台，一棵棵硕果累累的果树，仿佛手持“红灯笼”的演员。邵坪村曾是庄浪最穷的村之一，过去这里色彩单调，每亩麦子的收入不足千元。“梯田这么好，咱们得再上一个台阶。”邵坪村村支书邵富贵说。2001年，邵坪村党支部反复做工作，决定在梯田上大规模推广苹果种植。如今，这个村郁郁葱葱，到处都是果树。村民邵旭周抱着试一试的心态，试种了3亩苹果。因为习惯了传统种植方法，邵旭周得从头开始学习化肥使用等专业知识。当地请来农技专家手把手指导，从栽种、施肥、套袋到采摘，让农户明明白白种苹果。有了技术保障，邵旭周的苹果有质也有量。尝到了甜头的他，把家里的10亩地都种上了苹果。靠着红彤彤的苹果，2015年，这个八口之家顺利实现了脱贫的目标。

随着大地变绿，一批有想法的年轻人返乡了。万泉的大学生邵子斌就是其中一个。2015 年，邵子斌看着梯田上种的苹果又大又甜，却卖不上好价钱，便拿着 1300 元买来的二手相机，开始了电商生涯：没有包装盒，就买别人的纸箱；缺少货源，就自己去和乡亲谈；缺乏快递服务，就自己把货送到快递点……裸露的黄土都能变绿，那么绿也一定能生金。那一年，邵子斌有了人生的许多“第一次”，2 万多公斤苹果销售额达 12 万元左右。2019 年，他在电商平台卖出了 15 万公斤左右的苹果，销售额达 160 万元左右。

这些大学生中，“90 后”的网络达人果小五就是一名远近闻名的网红。如果说，田凤兰、闫凤英那一代人靠体力与大自然搏斗，改变严酷的现实和生存状态，现如今，邵子斌、果小五他们则凭借现代科技知识改变命运，走向未来。

考上大学、跳出农门、在大城市上班是贫困山区的人梦寐以求的朴素愿望，可是谁也没有想到，这个杜家家族史上第一位大学生果小五却离经叛道，大学毕业后放弃了北京城里的工作，回到老家卖苹果。他的爸爸及众多乡亲恼怒不已，“辛辛苦苦把你养大，砸锅卖铁供你上大学，你跑回家干什么？”“你在大北京，全家都光荣。现在蹲在家，你怎么去赚钱！你怎么会有出息！”

但果小五有自己的专业优势，属于知识改变命运的那一类青年。2014 年，他从甘肃农业大学毕业后到北京发展，搞农产品网上销售。通过对北京、上海、重庆、长沙及省城兰州的农产品批发市场的销售情况进行考察了解和对全国各个产区的苹果进行比较，他得出了“家乡苹果品质好、外形周正、光滑红艳、有天然果香味”的结论，这些都是网络销售的优势。这个发现让他激动不已，于是他做出了一个大胆的决定：辞职回乡，搞电商，卖苹果。当时的果小五大名杜小斌，因为在镇上开了一家叫“果小五”的生鲜水果同城配送公司，大家索性叫他“果小五”了。万事开头难，2017 年底回乡第一次创业，果小五就遭遇惨败，产品无人问津，一天只能接十几个单，赚的钱连吃饭都不够。传统电商需要一个成熟的销售渠道和大量的推广资金，这些他都不具备。眼看着苹果卖不出去烂掉，果小五心里特别难受。

面对压力，他选择苦果自咽。那段日子，他度日如年，失眠、焦虑，苦苦寻求出路。苍天不负有心人，有一天零点，他的店铺出现一条好评："果小五的苹果确实不错，味道、口感与超市货不一样，可谓货真价廉。"这一句普通的评语，却像一剂强心针，让果小五兴奋起来，他第一时间截图，广发朋友圈。从此，他的店开始有了转机。浏览今日头条，他又发现不少"大V"都在利用人脉资源，在平台上卖当地农产品，他也萌生了这个念头。但是他没有平台运营经验，完全是从零开始，别人动不动就有 10 万 + 的浏览量，而他的视频基本都是几百次播放量。2018 年 8 月，他参加了扶贫达人网上训练营，每节课都复习好几遍，有时候晚上研究课程到 12 点。勤能补拙，他的视频成绩大大提高，播放量一下子升上到 4.5 万。以优异成绩拿到"扶贫达人"培训认证的果小五，卖的又是贫困县的优质农产品，于是成功申请到了山货商家资格，在头条上有了自己的店铺，开店才几天，他就卖出了 200 多单的成绩。

"要感谢训练营，是这个平台凝聚了大家的力量。训练营里的队友帮了我不少忙。我拍好素材，联合了 10 个开通抽奖功能的同学，每人提供 5 件小包装苹果作为抽奖奖品，让大伙帮忙卖苹果。这个想法得到了大家的赞同，销量增加了，一天销出去了 150 单苹果呢。"果小五苹果店的销量从 2019 年 11 月开始逐步向好，最多的一天卖出 1500 多单，2 万多斤。打开了销路，果小五开始帮助村里人，并赢得了乡亲们的信赖。大庄镇上李村 70 多岁的张栓虎是五保户，身体常年有病，1 亩多苹果是他唯一的收入来源。2019 年苹果丰收，他愁销路，是果小五帮着他销了大部分苹果。

打响了"果小五"的品牌，网店取得了近 3000 单、17 万元销售额的好成绩。网上苹果销量的增加和乡亲们的认可，让果小五更有信心了。新冠肺炎疫情期间，人们闭门不出，一些大城市单品生活物资供应不上，一些乡村农产品销售不出去。面对这种困境，一些网络平台审时度势，联合推出"共同抗疫、八方助农"的促销活动，通过直播、小视频等方式，把全国各地的优质农产品在网络平台上推送，果小五的庄浪苹果也被选为助推的优质农产品。不到

15天时间，果小五通过今日头条、西瓜视频、抖音等平台卖出去了11万斤苹果。

果小五火了。2020年3月27日，副省长张世珍慕名而来，看望了这个带领乡村致富的大学生，鼓励他继续努力，发挥所长，更好地引领与帮助乡亲脱贫致富。果小五不辱使命，至今已网销苹果20多万斤，仅今日头条的网店就销售了1.98万单苹果，2万多箱。面对未来，果小五很有信心，他想通过自己努力，让更多的人吃到平凉的好苹果，买到平凉的好产品。同时，他也希望自己的头条号粉丝早日过50万，真正成为网络大V，把庄浪的梯田苹果做成一个响当当的网上品牌！

果小五说，2020年，他给自己定了一个小小的目标：力争网上销售6万单，让庄浪梯田苹果销出去，叫得响。

如今的庄浪梯田，不仅是直播带货的舞台，也是山地农业机械化、现代化苹果种植的舞台，更是践行“绿水青山就是金山银山”理念的舞台……百姓吃饱了肚子，过上了好日子。南湖镇汪家村陈山社的13户人家分布在3层梯田上，每一层的高差是四层楼高。陈进科老人当村干部30多年，他感慨这几年主干路从架子车路变成了汽车路，汽车路从土路变成了砂石路，再变成了水泥路，静宁到庄浪的高速公路就在山下。南湖隧道里挖出的土把门前的沟填了，垫了一个小广场。汪家村村民的爷爷辈是修梯田的，父辈是梯田里栽苹果树的，孙辈是在网上销售苹果的。

是的，第一代人挖田整地打基础，第二代人栽植苹果育产业，第三代人网上销售挖穷根。这种“崇尚科学、自强不息”的庄浪精神代际传承，是庄浪打赢脱贫攻坚战的力量之源。在赵墩，人们听得最多的还是大庄人修田改地的历史记忆。如今的大庄村安静、安闲、安详，这三个词让人体会到生活富足后的精神状态，这是喧哗过后的宁静，是生命极度张扬之后的安详。早先零散错落的土地，如今变得平整硕大，一块动辄几十亩，一梯一梯依偎着排下去，轮廓分明，景象壮观。眼前都是生命的色彩，到处都是生命的呼吸。放眼远眺，远处青山如黛，层峦叠嶂，一座座淤地坝镶嵌其间，宛如翡翠。坐落于青山绿水间的山乡村落，炊烟袅袅，鸡犬相闻，一派祥和安宁的景象。

赵墩乡年轻的李安稳书记说："看到我们大庄村的变化，谁能不惊叹？"几十年来，一代又一代的大庄人，人背畜驮，肩挑车推，削山填沟，修田造地，硬是把那些水土流失严重的陡峭山沟改造得春染层层绿带，夏滚波波麦浪，秋绘斑斓色彩，冬描黑白版画，四季各异，神韵尽显。如今的庄浪，苹果树漫山遍野，形成了65万亩苹果种植基地，带来了20亿元左右的产值，助力扶贫对象年人均增收1900元左右。一个昔日黄土裸露的贫困县，如今森林覆盖率达28.72%，人均享有绿地11.4平方米，实现了经济、生态效益双丰收。

对于石万顺来说，团聚就是女儿回来了。

第一次核定贫困户的时候，他家不属于深度贫困户，第二次精准摸底的时候才把他家纳入进来。走进他家，宽敞的院子、崭新敞亮的上房，一切都收拾得一尘不染。问起他家的贫困，主要是特殊的家庭情况造成的。20年前，石万顺的老婆扔下两个女儿走了，这成了这个男人心上一辈子过不去的坎。20年来，两个嗷嗷待哺的女儿被他拉扯成人。如今，大女儿已经远嫁宁夏，生儿育女，小女儿石瑞利在张掖读书，家中日月，只有石万顺一人独守。摸摸他的家底，给他算一笔账，最大的开支莫过于两项，一是供小女儿读大学的学费和生活费支出。小女儿学的是美术专业的室内设计，经常要到各地见习、实习，费用要比其他专业的学生高出许多。另外一个致贫原因是他的病。5年前的冬天，他的右眼突然很怕光，不停地流眼泪，看东西模糊不清，去眼科医院检查，被诊断为葡萄膜炎。这种病并无好的治疗方法，四处寻医问药也毫无起色，每逢节气必犯。他说："现在右眼已经完全失明，一旦犯病，左眼也就看不见了，节气过了，视力才能恢复到模糊状态。这时候你们要是进来，我只能看见一团影子，就这也要长期服药维持。"说起这些，他黑黑的脸上罩满了愁云。

"在精准扶贫的路上，不能落下一个贫困家庭、丢下一个贫困群众。"每当想起这句话，我就想起石万顺。再看到他的时候，他已经开始历数自己的红利了：小女儿的助学贷款批下来了，他也拿到了村上的公益性岗位指标，负责打扫村部及附近的卫生，每月有几百元钱。为了长期买药治疗眼疾，他还申报了门诊救助。后来，村上推行支柱产业，培植经济收入增长点，养牛、种果树。征求他的意见时，他十分积极，表示要种苹果。有人担心他的身体状况，他却说："眼睛不犯病的时候，我跟正常人一样，不缺胳膊不少腿的。坐等政府救济，不嫌丢人？"2020年，我再次走进石万顺家，分明感受到一种新的气象——装饰一新的门楣，扎好的红灯笼，院子里挂着丰收的玉米棒……一切都在讲述着，这一年来，这个家从里到外焕发出的生机。上大三的小女儿已经开始实习了，说是开学就要去杭州。

夜晚的乡村舞台热闹非凡，台上歌舞喧天，台下热情高涨，虽是数九寒天，却如沐春风。这是平凉市文联在这里搞的乡村春晚。前排，石瑞利挽着父亲的胳膊，头依在他的肩上，一脸幸福的表情。经村干部介绍，石瑞利在张掖找了一个男朋友，家是山东的，人在张掖当兵，两个人的关系基本确定了，等石瑞利一毕业就结婚。人们为石万顺的未来设想出无数可能：在某个城市的楼上，石万顺手里牵着一个孩子，嬉戏、玩闹；在绿地公园里，石万顺和女儿、女婿一边散步，一边看着大屏幕上五光十色的新世界；在乡村的文化广场上，石万顺和大爷大妈们一起跳着《走进新时代》……我想，不管是哪一种可能，他跟阳川村的所有人一样，他一定是幸福的！

庄浪为黄土高原丘陵地形，境内有大大小小3000多个山包沟壑，所以庄浪人不稀罕山，也不稀罕沟，就爱平展展的川。过去，山里女子嫁到川里，只要极少的嫁妆和彩礼，而川里女子很少有嫁到山里的。稍微能和川较劲儿的，是塬，所以大塬显得尤为珍贵。大塬大梯田，能承载庄浪人安居乐业的梦想。梯田人家，必定是山里人家。因为梯田，山里人家成了梯田人家。梯田人家依然是山里人家，只是比山里人家多了一份精致，少了一份寒凉。

走进杜菊梅的家，看到了4个圆圆的草编垫子。大的两个，龙纹鞭痕凹凸有致，交错起伏，盖着两口缸，一口用来装面，一口用来贮水。小的两个，放在红漆柜子上，一个放着花卷，一个盛放苹果，小小的房子因为这些手工制品而显得与众不同。杜菊梅66岁，30年前丈夫不幸亡故，她一个人把两个儿子拉扯成人，成家立业。本该颐养天年，却因为2019年的一场大病，让她在鬼门关走了一遭。高额的医疗费用，把她拽入了贫困的深渊。我准备了一脸的同情和一肚子的安慰，却没有想到，这简陋的小房子里两对精致的手工草编，诉说了她生活的世界。她说："没事的时候我就编草编，有活儿在手里，病痛啥的也就忘了。"在庄浪县的农村，几乎每个女人都有掐草辫、编草编的技能，她们从麦熟季节就开始收拾小麦秆，储备材料。当然，这些闲情逸致多属于现世安稳的女人们，一遇屋漏家殇，岁月不再静好，这些手工活就会被弃置一边。2020 年是扶贫攻坚冲刺清零年，挂牌督战，攻破壁垒，压力下移，这些字眼凸显出扶贫对象脱贫的艰苦卓绝，而走进杜菊梅的家，看到她的生活，发现这个细节，就让人对决胜脱贫有了足够的信心。这两对草编就像两对触摸庄稼的眼睛，田野上所有逝去的风景，都被它们照亮了。

走出院子，门口一畦菜地是新开垦出来的，刚刚栽植的蔬菜苗长势良好，欣欣向荣。菜园墙角有一簇新栽植的竹子，郁郁葱葱，别具风情。她说，这是她前两天从别人家地里移栽来的。一个挂牌督战户，她的生活是困顿的，可她的心灵却是饱满的而有诗意的。有了对美好生活的向往，我们就没有理由让乡村凋敝。这就是她摆脱贫困、走向美好生活的原动力。

孙现明家大门口有一棵国槐，枝叶繁茂，高大巍然。树干上覆满了爬山虎，叶片纷繁，簇拥在一起，从根部一直攀缘到树梢上，负势竞上、力争上游的姿态让人感奋。孙现明是一个有功劳的男人，培养了 3 个读书郎——一个大学生，两个高中生。大学生读大一，学的是航空运输。高中生一个读高三，一个读高二。最近月考，高二的考了 580 分。听说帮扶干部要来，孙现明早早就出门迎接，说："我们自己把日子没过好，把你们干部害完了。我当年没把书念出来，外出打工，落下风湿病，干不了重活，就想着咬牙也要让后人们把书读出来，有个出息。"现在老婆在城里陪读，他在家里养牛。说起扶贫政策，他一连说："几个孩子的学杂费都免了，高中生每年还有 2000 块的助学金。老大上了省里的大学，还领了 5000 块呢。就是我的身体不争气，给国家添麻烦了。"这几句由衷的话，袒露了他真诚而朴实的心态。他也想把日子过得风生水起，可是不幸因病、因学跌入了生活的低谷。尽管如此，他仍然没有丢掉自强不息的品质，想凭自己的双手把日子过到人前头去。这才是彻底摘掉穷帽子、振兴乡村的根本所在。真正的扶贫不是“要你富”，而是“我要富”，所有的小康都是自己干出来的。他的牛圈里，几头牛被他养得精精神神，红光满身。带着对新生活的希冀，他们的劳作从未停止。

在他家大门边上，有一个玉米芯子堆起来的垛子，小山一样，整整齐齐，一律小头朝外，像是用机器裁过一样，齐刷刷的，构成了层层叠叠的生活气场。显然，这是用双手一个一个摆出来的。这个有严重风湿病的男人，把凡俗又艰辛的日子过得如此富有诗意。这些玉米芯带给我们劳动的温暖。这样的温暖，风吹不去，雨也抹不去。固然，贫困是落后的，而贫困之中的努力和用心的经营，却是美好而打动人心的。

阳坡川像一只腾飞的大鸟，身上层层叠叠的梯田绿意葱茏。苹果花儿开得灼灼，这是阳坡川春天的妆容。甬道院落变得干净整洁，家里的土厕所都改成了水冲式的。门口用丝网围成的小花坛里不时有芍药探头出来，香气撩人。生活中这些平常与微小，竟一律泛着高贵的光彩。有了这些有诗意的扶贫户，阳坡川将要步入的小康也一定是诗意盎然的。

美好的事物都有相通之处。比如壮美的庄浪梯田，就是一幅美丽的织锦，一幅画在大地上的壮丽的画，一首回荡在天地间的雄壮的歌，一位健硕美丽而慷慨的慈母，一位坚韧有力的父亲……把人类的希望、意志、灵魂与大自然的坚韧、包容、丰富完美融合起来。庄浪梯田蕴含着的审美价值无限广阔，无限深沉，值得无限地探索、描绘。当时光把记忆美化成了一幅幅水墨画，留在记忆里的家乡，就成了最美的家乡，最美的风景。

梯田环拱，洛河环绕，高楼林立，绿树成荫，这就是新时代的新生活。庄浪沿着碧绿的梯田“拾级而上”，实现整体脱贫，正稳步向全面小康走来。

走向光明的朱家涧

一场秋雨过后，阳光洒满崭新、整洁的小区，小区门口用烫金字书写着“朱家涧移民新村”，靠里面是四幢六层楼，门口的两层是社区服务中心，也就是之前的村委会。一个穿白衬衣、戴眼镜、脸庞方正且略带几分黝黑的中年男子在门口喊：“秉娃爷！秉娃爷！”一个穿着松松垮垮的短袖衫的瘦高个老人扛着铁锨走过来：“喊什么喊？又不给我介绍活儿干。”

穿白衬衣的是平凉市工信局下派第一书记兼驻村工作队队长杨苍龙，他拍着秉娃爷的肩膀说：“还没介绍活儿？产业园砌墙的活儿还不是我介绍你去的？你家的小甜瓜还不是我给你拉出去摆摊卖的？”秉娃爷嬉皮笑脸，说：“你当书记呢，门子比我广。”秉娃爷是朱家涧移民新村的搬迁户，名叫朱秉，从山沟里搬出来不久，还不太适应，在田地里钻惯了，这一猛子扎在楼上，觉得闷得慌。

其实，这些搬迁户并不是一搬了之，对口帮扶的天津市武清区和泾川县已经下好了先手棋，用活 700 多万元的东西部扶贫资金，建成蔬菜园区、日光温室和 300 座钢架大棚，无偿分配给各家各户。山地里广种薄收惯了的朱家涧人不太会侍弄这些新鲜玩意儿，但不要紧，有人替他们想到了——武清派来的专业人才，全天候在蔬菜园里手把手地教他们种菜、种瓜，引导他们上路。杨苍龙说的“卖甜瓜”就是今年甜瓜丰收，杨苍龙充分利用自己的娘家单位——平凉市工信局的资源优势，让单位职工认购，还利用知青文化园乡村旅游点，带领大家在路边摆摊设点，还拉着甜瓜、蔬菜进泾川城、平凉城和附近的崇信县城发放传单，以扶贫农产品销售的方式扩大宣传推销，仅仅甜瓜一项，就押车配送 3 万多斤，收入 10 余万。杨苍龙说起这些，一脸的得意。

单元楼下的花坛边上，四五个女人在做针线，纳鞋底、绣鞋垫，一边忙手里的活，一边叽叽喳喳地交谈。看到杨苍龙过来，打趣道：“杨书记这是找谁啊？”杨苍龙指着一个中等身材的女人说：“就找你。去你家里。来了作家，要去家里喝茶。”跟着女人上了楼，进门，两室一厅一厨一卫，崭新的家具摆设让人耳目一新，这完全是城里人的生活。坐在沙发上，女人提出一大袋子新收的向日葵籽招待来客。她叫信小玲，入股了养牛合作社，自己顾不上，便雇人看管，还种了蔬菜，闲了就到附近打零工，挣俩小钱。她说现在生活真的好了，回想两个孩子小时候上学，那真是把罪受了。

信小玲开始讲述两个女儿小时候上学跑山路、顿顿吃咸菜的光景。从她的口中，我听到了朱家涧的前世。

她说，多年前，一个亲戚生病，家人拉着架子车，从山沟里往出送。雨后泥泞，走不出来，等好不容易赶到镇上的卫生院，人已经不行了。她说："要是现在，命肯定救下了。"然后说两个女儿，那时候在 2.5 公里地外的章村上小学，一来一回要爬两个多小时山路，下雨下雪时得手脚并用，几乎半滑半趴着去。每逢雨天，学校里常常钻着一群泥猴子，现在一想，真是心酸。好不容易到镇里读初中，能住校了，可是学校没有灶，带的干粮两天以后就不能吃了，馒头咸菜不是变质长绿毛，就是硬成铁疙瘩，冬天的腌菜被冰碴子填满，咬在嘴里咔嚓响，回家跑一趟背吃的，来去又得一个小时。现在孩子都大学毕业了，在城里各自有了家，农村的福她们也没享受上。看看现在农村的学校多好——有公寓，有食堂，还有免费的营养餐。

如今的朱家涧，那些"夹"在山旮旯里的院落已经完全看不到了，旧庄复垦全部完成，代之以漫山满洼的核桃树苗，郁郁葱葱。核桃地里隐约可见套种的黄豆和大葱，一条盘山路沿着河沟逶迤而上，新修的水库聚起绿莹莹的水，像一块翡翠。这就是传说中的朱家涧。杨苍龙开自己的车带我上来，站在山峁远眺，只见山连山，沟套沟。他指着远处说："进村有七沟八梁，涧河七道，125 户人家分住十几个山头，最南的一家去最北的一家得走 40 多分钟。人在山峁上住，水在山沟地里流，肩挑驴驮两桶水，来回一趟要一个多小时。"

难怪朱家涧会成为泾川县的深度贫困村，也成为 2020 年国务院挂牌督战的平凉市唯一的未脱贫村。直到 2020 年 2 月，朱家涧村贫困发生率仍超过 18%。"山大沟深路不平，十年九旱地绝收。"说起朱家涧村，人们常常这样描述。其实朱家涧并没有被遗忘，而是因为甘肃贫穷落后的地方太多，从 2014 年脱贫攻坚战打响以来，各级党委、政府动员了各方力量，在国家精准扶贫政策扶持下，对全省贫穷村庄各个击破，朱家涧由于自然环境恶劣，长期封闭，交通不便，上山驴驮下坡溜，基础设施太过薄弱，所以扶贫投入巨大，就地脱贫困难，返贫率高。这些都是摆在朱家涧面前的活生生的现实，也是一个个脱贫致富的“拦路虎”和“绊脚石”。党的易地搬迁安置政策和东西协作、对口帮扶扶贫模式给朱家涧带来了生机，市工信局、县能源中心、县委办公室、县农业农村局、县工信局等帮扶单位抽组的精兵强将先后在这里集结，向贫困发起挑战。天津市武清区也响应号召派来了一支援军，凝心聚力为朱家涧打赢脱贫攻坚战，叩响幸福小康之门。

一个重大决策的落地，成为改变朱家涧命运的一个百年红利，那就是——朱家涧村被列为整村搬迁对象。王村镇党委、政府上手，征用土地 20 亩，投资 2800 万元，将新生的朱家涧村确定在王村镇街道北侧的黄金地段。从前的朱家涧人做梦都想把女儿嫁到交通方便、土地平坦的川道里。而如今，朱家涧人整村都要“嫁”到川道里，不，是移民搬迁成为川道里人。朱家涧人记下了这几个特殊的时间：

2017 年 5 月，移民新村开工建设；

2019 年 3 月，移民新村建成安置楼 4 幢；

2019 年 6 月，全村 125 户群众全部告别窑洞迁入新居，住上了新楼房。

防盗门、天然气、自来水……朱家涧人几辈子梦都梦不到的生活真真切切地实现了。一并配套的党群服务中心、村史馆、便民中心、图书室、卫生室等让村民形成了抱团取暖的生活方式和社区化管理模式，他们去镇政府办事，去幼儿园、小学接孩子也就一根烟的工夫。老朱说，以前政府开会叫人难集中，现在一声吼，全村人都听见了，难怪人说自打到了朱家涧，杨苍龙的嗓门变得越来越大了。

看信小玲手上针线活不停，我说：“现在能做这些针线活的女人不多了，30 岁以下的估计都不会。”杨苍龙说：“村上办了熔喷布生产车间，她是里面的骨干呢。”一问才知道，熔喷布就是生产口罩的原材料之一。这个扶贫车间由江苏商人谭明龙投资所建，有 6 条生产线，每天两班生产，可日产熔喷布近千公斤。全村有 20 多人在扶贫车间上班，月工资都在 2000 元以上。出了信小玲家，我们被秉娃爷叫家里喝啤酒。秉娃爷性格好，开朗幽默，一边忙乎一边和杨苍龙抬杠。跟信小玲不同的是，信小玲的钢架大棚租给别人经营，秉娃爷家里的自己种，大棚里有甜瓜，有西红柿，有辣椒和黄瓜，一个大棚年收入万儿八千。有些人还有两个棚，政府一个棚补贴 1000 元。还有的年轻人在扶贫车间、乡村旅游点就近务工，收入远远比以前多得多。

从某种意义上讲，脱贫攻坚并不是简单的吃饱穿暖，其更深层次的意义是现代化在广阔的中国土地上的延伸。除了必需的生产生活设施的现代化，社会制度特别是乡村治理体系与治理能力的现代化，更重要的是精神世界的现代化。改变硬件容易，修一幢楼，建一个大棚、产业园不难，但是要改变人们的思想和精神世界真的很难。在朱家涧移民新村搬迁之初，好多人根深蒂固的“固穷不移”思想作祟，抵触情绪很强。好政策不见得人人都会响应。穷不思变，山里人的固定思维容易受贫穷的桎梏。他们说：“一辈子置办个庄子不容易。庄稼人没了地，搬出去以后可咋办？”这不仅仅是一个人的声音，而是一个群体的呼声。普遍的贫困，让朱家涧人产生了安于现状的思想。反正生活从来如此，祖祖辈辈也都过了，他们还将继续过下去。他们生活在泥土里，卑微在尘埃里。他们认为这一切理所当然。

村民们喜气洋洋地搬进了新家。在最初的喜悦之后，朱家涧人却不习惯了。靠什么生活、怎么生活？在楼房里望天、望山顶，百无聊赖，他们又想起了山沟的那个已经消失不在的家。有的人趁着回去种大葱，又悄悄搬开了封堵窑洞的砖块。还有人干脆聚在小区里以分配不公为由闹意见、拉是非、说闲话，故意砸门破窗，酗酒闹事。作为第一书记，杨苍龙看在眼里，急在心上。“攻心就是共产党的看家本领——群众工作。把群众的思想做通了，就能一通百通。”杨苍龙发挥了一个党员做群众工作的优势——上门做工作。有时候他也气愤，发脾气。这个秉娃爷，起初死活不肯搬迁，杨苍龙先后 13 次跟他谈，由吵到论理，到最后的交心，不打不相识，两人发展成了忘年交。他说：“你们每户掏 1 万元就住上了单元楼，现在连擦屁股纸都有人送你，福还享得不够吗？”这句话是真的。武清区在村上建了爱心小超市，东西都是无偿捐赠的，每月送一次货，生活日用品优先分送建档立卡贫困户。杨苍龙对村干部说：“总有一年大家都会脱贫，总有一天不再有人对他们的生活大包大揽，自立自强意识和艰苦奋斗精神不能丢。”他和村委班子，山里一趟，楼上一趟，地里一趟，棚里一趟，处处可见他们的身影。好在早些年，他在乡镇工作过几年，跟群众打交道有经验。跟群众说话，他幽默的同时，故意带了山里人爱说的口语，有意把自己变成朱家涧人。在处理某些问题上，好像有些简单粗放，却行之有效。有个叫王永海的村民，因装修改水，房屋渗漏，湿了楼下邻居的家，两人发生纠纷，闹得不可开交。本来是两个社的人，忽然走得这么近，给矛盾纠纷创造了便利。劝说无果后，他发现朱家涧人很重视家族意见，因此找了他家族里的能人来“唱双簧”，一个讲法律政策，一个讲人品道德，终于让问题得到解决。在院子里，杨苍龙和他的帮扶队员们，连要去上学的孩子们脸洗没洗干净都要督促、过问，那不是一个人干净不干净的问题，而是一个家庭精神面貌的外在表现。

生存环境改变了，与之相适应的精神文明和阳光心态也要及时跟上来。物质扶贫是一时的问题，而精神扶贫却是长期的任务。在各级帮扶单位的共同努力下，朱家涧村图书室建立起来了，有来自天津和平区捐赠的儿童图书，有来自北京光华基金会捐赠的种植类图书，有来自县总工会捐赠的文艺类图书，林林总总，先后汇集在这里，有近万册，成为全县村级图书室藏书量数一数一的村。当然，图书不是藏的，而是发挥作用的，这些书里，关于种植类的 5000 册科技实用图书成为种植户培训的必读教材。这不能不提到一个新鲜的事物——肖建中名师工作室。

57 岁的肖建中是天津农业专家，已退休在家养病。本该颐养天年的他临危受命，于 2020 年 4 月 19 日和同事王晖奔赴甘肃，任务是在这里带出一支懂技术、善经营的行家队伍。在这里的 3 个月，他每天早上 6 点起床，7 点准时入棚，直到晚上七八点才回到宿舍，之后梳理一天的工作，做好第二天的工作准备。说起这个远方带着使命来的“亲戚”，朱玉岚、朱良峰这些受益于肖建中帮扶的农户感念于心，肖建中已经成为大家的贴心大哥。他努力克服语言沟通上的困难，帮助种植户解决实际问题。在他的帮助下，朱家涧村的甜瓜不仅个头长大了，2020年还喜获丰收。武清区又帮忙助销，大家心里乐开了花，对他的称呼也从客气的“肖老师”变成了亲朋般的“老肖”。6月19日，泾川县肖建中名师工作室在朱家涧挂牌成立，当场招收了5名徒弟，鱼渔兼授，志智双扶。帮穷帮一时，攻心才是根本，人心向上才能行远。人才培养、健康讲座、教育扶持、阅读活动……让朱家涧人的抱团取暖意识渐渐树立，与人合作共事的能力得到提升，长年在山坳里养成的自私、狭隘的毛病在大集体的熔炉里得到淬炼和摒弃，10年娶不上媳妇的朱家涧人，不到1年，就有三个小伙子风风光光地举办了婚礼。随着村容村貌、产业发展、基础设施的蜕变，朱家涧人摆脱贫困的强烈意识与追求幸福新生活的热烈向往开始抬头，这更加令人欣喜。

其实，朱家涧人并非天生就是“钻山豹”和当地人口中的“土锤”。朱家涧这个名字听起来蛮有诗意，一条小溪从山谷里流过，诉说着百年颠沛流离的历史。关于朱家涧的由来，66岁的党支部书记朱存录向我们娓娓道来。朱家涧的人大都姓朱，据说是明代的韩王后裔。明代朱氏韩王就藩平凉200余年，其子嗣长期生存于这方土地。清朝同治年间，原居住于平凉白沙石滩的朱氏家族为躲避战乱，一部分逃难至花所，一部分逃到王寨。民国时期，花所这一脉顺泾河东奔，发现朱家涧山大沟深，便于隐藏，待探路者勘察好之后，便分批搬迁至此。那时候这个山沟没有名字，因为朱家在此落户，遂名朱家涧。朱存录是朱家涧的种葱能手，人送外号“老芽葱”，他告诉我，因为马家军不时来骚扰，朱家涧人养成了习武护家之风，那几年，村里还有老人耍马刀。看着朱存录人高马大的样子，身上似有一股孔武之力。问及现在能否找到习武的人，朱存录说：“很少了，老的一个个去世后，年轻人都不学，因为用不上了。”

全面建成小康社会，是中国共产党对全国人民的庄严承诺。如今，千千万万个“武清区”与“朱家涧”正咬定目标、苦干实干，携手决战决胜脱贫攻坚，迈向幸福美好新生活。是啊，一个王族因为战乱而没落，因为苦难而畏缩于山沟，几辈子不得翻身，忽然就拨云见日，朱家涧人全部搬出了山沟。这个光明的时代给了朱家涧一个光明的前景。“王师北定中原日，家祭无忘告乃翁。”朱存录是移民安置楼上面积最大的一户，因为他家口大、人多。相信朱存录一定告诉了他的先人，朱家人虽然在他手里没有回归王族的地位，但他们这一代乃至后代人所享受的福祉，岂是一个王族堪比？

看着有序、奉献之风在朱家涧慢慢形成，杨苍龙掩饰不住的高兴。他说，肖建中名师工作室还引进了田水铺萝卜、津秀二号白菜、豇豆、韭菜等新品蔬菜，打造朱家涧品牌。武清区和王村镇大手拉小手，以“公司 + 合作社（基地）+ 贫困户”的精准扶贫生产方式，为朱家涧村蹚出一条产业脱贫之路。朱家涧村正从过去单家独户、各自占山头，日出而作、日落而息的小农经济，一步步转型成现代化农业生产经营的新模式。

脱贫摘帽，顺利验收，杨苍龙也该打道回府了。几年的扶贫生活，让他成为朱家涧的一棵风景树，根上有了朱家涧的泥土，叶上有了朱家涧的雨露。朱家涧的前世他见过，朱家涧的今生他来过，走向光明的朱家涧将一直伴随着他今后的日子，一起成长、葱茏……

马峡忘忧草

位于平凉市华亭西北的关山幽处，有一个小镇子叫马峡。这里有漫山遍野的草木，一丛丛，一簇簇，挤挤挨挨，浓密的金黄、紫红、淡蓝的花儿，仰着脸向天空绽放。走在马峡的山间，常常会在乱石野径碰到一种高大的草木，它们枝干壮硕，叶片厚实，外形颇似芭蕉，伟岸、气派，很像队伍中的将军。

它还就是一个将军呢。有本古医书叫《药性赋》，书里专门写了它，说它“味苦、性寒、无毒”“其性沉而不浮，其用走而不守，夺土郁而通壅滞，定祸乱而致太平，因名之曰将军”。它就是中药家族里的大黄。

马峡属于高寒阴湿山区，土地瘠薄，广种薄收，老百姓自古以采药、贩药为生。马峡历史上曾是屯兵、牧马之地，大黄对于跌打损伤、活血化瘀疗效明显，战时用以疗伤除疾。如今，当地百姓虽然已经免除了战乱之苦，衣食无忧，但与全面建成小康社会的目标相比，还算是比较贫困的。在新时代脱贫攻坚的征程上，将军“大黄”再一次执戈上马，由疗疾转而治贫，成为当地老百姓的“幸福花”和“忘忧草”。

深沟村 70 多岁的郭老汉是典型的山里人，他家的老房子白墙黛瓦，四周竹木掩映，鸟鸣此起彼伏，白云丝丝缕缕。讲起童年的经历，郭老汉感慨良多，他说自己是吃山里的野菜长大的，小时候，母亲经常领着他去山里采摘野菜。他 10 来岁的时候，母亲得了一种大骨节病，腿脚不便，就把菜篮子交给了他。记得有一次，他采完一大筐野菜回家，捎带摘了不少好看的野草，还开着奇异的花儿。他把它们栽在自家的院子里，被母亲看到了。母亲说，这些野草里有大黄、独活和板蓝根，都是野生中药材，能治病。后来母亲的大骨节病用山里的草药治好了。那时候他就知道，家乡盛产药材，约有 200 多种。现在，马峡镇已经被人们称为“千年药乡”和“陇东药库”。如今的郭老汉，在乡村干部的鼓励下加入了向阳种植养殖农民专业合作社，用 5 亩土地入股，第一次分红就挣回了 5 万元。郭老汉高兴地逢人就说：“没想到老了老了还能挣来钱了。”

如果说，马峡的大黄是马峡药材军团里的“将军”，那么独活就是“先锋”。独活，多么霸气的名字，听之元气沛然。药书名典《本草纲目·卷十三》里有记载独活的专篇，原文说“一茎之上，不为风摇，故曰独活”。也就是说，一茎之上，伞状的叶，有风吹来不摇曳，无风偏偏自己动，不听任自然环境的左右和摆布，甚至一味反其道而行，一副你奈我何的表情。

独活有一种境界，它收拢自己的伞，守护内心，不问前身后世，不求流芳百世，不慕荣华，不屑富贵，心无挂碍，出世超然。然而，在脱贫攻坚的主战场，独活却一反常态，放下身段，在时代的大潮之中，不再置身事外。它应时应世，成了老百姓寄予众望的生力军。在那些不断茂盛起来的扶贫车间里，它们经过净选、炮炙、润切、化验和最后的包装，随雪片一样的订单被发往陇东地区及宁夏、陕西等周边省市。马峡的药商说，当地独活库存不多，商家戏称“独货”，主要是因为采挖的成本比较高，货源流动也很快，所以量不多，价格一直很“硬”，一公斤一直在十六七块左右徘徊。特别是县乡政府一直在鼓励栽种，每亩补贴200多元，还派技术员上门培训、指导。郭老汉的小儿子老郭住在山下的新农村里，距郭老汉家不远。他家是两层独院，完全现代化的建筑。院子里独活堆成了小山，隐隐散发着芳香。一根根独活根条粗肥，断面茬子白生生的，在阳光下特别惹眼。老郭告诉我们，2019年，自己种药收入了1万多元，买了三轮摩托，冬闲搞贩运，2020年又把山里的6亩地全部种上了独活，1亩收药3000斤，按最低15元一斤的市场价出售，能卖两万多元呢。子承父业，自立门户，他已经成了名副其实的“独活王”。

如今，“华亭大黄”“华亭独活”的品牌已经深入人心。相较大黄和独活，在马峡的药材军团里，板蓝根却是一个个矮小的士兵。虽然矮小，战斗力却不弱。它的根扎得又深又执拗，枝叶吸收太阳的光芒，一旦病毒入侵肉体，即可紧急动员，游走于人体经络，尽力释放根中的所有光明，让黯淡的日子再度雨霁天晴，因贫困而起的阴郁被荡涤一尽。贫困户们内心的喜悦铺满一地，闪亮如生命的茁壮与安康。在马峡人的心里，无论大黄、独活、板蓝根，还是川芎、黄芪、党参，马峡盛产的这些药材，都寄托着茂盛的乡愁，是马峡人走出马峡又回望马峡的念想，是马峡人走出山里、改变生存状态的希望。

小小的药材，担负重大的使命。马峡的蒋庄村已经规划建成了县级中药材标准化育苗基地，一个靠山吃山的“健康产业”撑起了山区贫困人家的“致富钱囊”。药材公司纷纷上门，倡导老百姓推行订单化种植，为建档立卡贫困户开辟增收门路。2019年一年，马峡及周边山寨乡400多名贫困户，在药材公司带动下，年底分红10万元。

时下，走进马峡乃至华亭的山川田野、沟壑梁峁，那一垄垄绿茵茵的田地里，人们劳作如蚁，刚采挖出的药材堆满田间地头，在微风的吹拂下散发着沁人心脾的药香。白居易有诗曰：“杜康能散闷，萱草解忘忧。”那弥漫的药香掩盖了贫穷的味道。对于疾病，医者可望、闻、问、切。被贫困困扰了几百年的马峡人，也学会了望、闻、问、切。那些浓香和纯正散开在舌尖上，深入肺腑，成为一泓持久的清凉，让病困交加的愁容渐渐散去。“独活，独活……”他们一遍遍默念这含香的名字时，一柄伞正在缓缓打开。一阵风吹来，呵气如兰，那些骨骼里的安贫乐道与大山留下的封闭自足的观念顷刻被吹得一干二净，属于他们“独活”的日子正扣响门环。打开梦想之门迎接他们的，是那一簇葱茏不减的繁华…

崔仁杰和他的战友们

中国开展脱贫攻坚以来，扶贫风景、扶贫故事无处不在。

位于陇东黄土高原南缘的灵台县，黄土深厚，沟壑纵横，远古即有先民生息，商周之际建立古密须国、密国，《诗经》有文王伐密筑灵台的记载，灵台因此得名。这里人杰地灵，英才辈出，西晋皇甫谧著《针灸甲乙经》，被称为针灸医学鼻祖；隋代名臣牛弘博学多闻、贯通古今，官居吏部尚书；名相牛僧孺为官清正，著作等身，其《玄怪录》在古代文学史上享有盛誉。现任平凉市委常委、灵台县委书记刘凯，是一个高学历、高颜值的“80后”，拥有北大博士学位，从北京来到灵台担任县长时还不满30岁。也许以后会有机会专门写一写有关他的事迹，这里，让我们暂时把关注点放在他的搭档崔仁杰那里吧。

在新时代的长征路上，灵台这方热土迎来了千载难逢的发展之机，这里和全国一道，进行着同一场如火如荼的战役——脱贫攻坚战。

贫困是中国之痛，是灵台之痛，更是灵台每一个党政干部、共产党员的心灵之痛。作为六盘山集中连片特困地区扶贫开发重点县，2013年，全县建档立卡贫困村79个，贫困人口1.55万户5.83万人，贫困发生率高达27.39%，贫困面积大、贫困人口多、贫困程度深是灵台县情的真实写照，也是全面建成小康社会所必须迈过的一道坎。

人类从愚昧走向文明，主要是通过劳动和知识获得财富和尊严。大多数贫困群众因病、因残、因学、因灾或因缺技术、缺劳力、缺资金而致贫，落后的交通条件，思想上的发展动力不足进一步限制了扶贫工作的开展。除客观自然条件和不可抗拒的因素外，还在于一些群众自身的消极、懒惰、依赖，缺乏进取心，习惯于等、靠和向政府伸手。

助民发展，终于从“扶贫”来到“脱贫”，改动了一个字，内涵却彻底发生了变化。

2018 年 7 月 23 日，一个底气十足、音域浑厚的声音在灵台县脱贫攻坚誓师大会上响起：“以全面精准的对标对表推进决战脱贫攻坚，以敢死拼命的工作作风落实决战脱贫攻坚，以舍我其谁的责任担当保障决战脱贫攻坚，以全员参战的工作合力共促决战脱贫攻坚，切实立下‘愚公志’，打出‘组合拳’，形成‘合围势’，坚决打赢打好精准脱贫攻坚战，确保顺利实现整县脱贫目标！”

这个一字一顿，敢教灵台换新天的人，就是灵台县委副书记、县长崔仁杰。

也就是在这次全县脱贫攻坚誓师大会上，作为政府主要领导的他向全县人民立下军令状，接受全县人民监督，郑重承诺，完不成任务引咎辞职！

沙场秋点精兵，弦翻大地回声！

灵台继续坚持全面落实习近平总书记对甘肃重要讲话和指示精神，按照省市决策部署，坚持用脱贫攻坚“一号工程”统揽经济社会发展全局，下定破釜沉舟的决心，笃定滚石上山的意志，鼓足敢死拼命的勇气，保定战则必胜的信心，举全县之力，向贫困问题发起总攻，推动脱贫攻坚取得最终胜利。2019 年 4 月，灵台县正式退出贫困县行列！到 2019 年底，全县新达标退出贫困村 3 个，贫困户 654 户 1749 人，贫困发生率降至 0.29%。至此，全县 79 个建档立卡贫困村全部达标退出，下剩贫困人口不足 600 人，也在 2020 年 10 月全部达标退出，灵台人民和全国人民一道共圆小康梦想。

2019 年 9 月，灵台县正式退出贫困县行列 4 个多月之后，崔仁杰被诊断出髋关节肿瘤，不得已住院治疗……其实早在 2018 年，他的腿就开始隐隐作痛了，身体的红灯一再亮起。初步检查后，医生建议他住院深入诊疗。但当时全县脱贫攻坚正值摘帽验收的关键时刻，他根本抽不出时间住院详细检查，更不愿意因为治疗自己的病而耽搁全县工作，所以他只是简单地吃药、理疗便带病上阵，腿疼的时候硬是咬紧牙关忍着，因为他深知脱贫攻坚就是一场决不能输的战役，停不得也等不起，每分每秒都是战机。

灵台县脱贫了，群众认可度达到97.31%，错退率全省最低、零漏评的成绩来之不易。这个成绩单背后，凝结着23万灵台人民的汗水与努力，也见证了崔仁杰奔着目标，从贫困县到脱帽，一步一个脚印，踏实前进的步伐。

“我听说崔县长生病住院了，也不知道在哪个医院，病情怎么样，很想去看看他！”灵台县什字镇饮马咀村村民李香梅转过身，用手擦了擦眼泪。稍微平静后，她告诉笔者，她家是崔县长的帮扶户。崔县长来到她家的次数多得数不清，却没吃过一次饭。她多想带句话给崔县长：“村民们的日子一天比一天好，请县长安心治病，早日康复，再来家里，一定要吃上一碗汤清面细的涎水面！”

李香梅至今记得崔仁杰第一次到她家时的情形。“多大年龄了？家里几口人？”“地里种的什么？有果园吗？”“生活来源主要靠什么？家里穷困的原因是什么？”头一次见这么大的领导，李香梅非常紧张，可看到崔仁杰没一点官架子地嘘寒问暖时，她紧张的情绪一下子松弛下来了。

崔仁杰走一路、看一路、问一路、记一路、想一路。在经过深入调研后，他给什字镇饮马咀村开出了脱贫的“方子”——坚定信心，多条腿走路，发展劳务、养殖、种植产业，拓宽增收渠道。

转眼几年时间过去了，饮马咀村的路、水、电、房等基础设施发生了巨大变化，果园面积从无到有，逐步扩大，已经种了300亩；“扶贫车间”这个新鲜事物也应运而生，县长亲自当起“劳务红娘”，让贫困群众搭上了就业快车，让挣钱、顾家、尽孝“三不误”，这是普通老百姓最理想的生活状态，他们终于实现了。村里人永远记得，那年在村委会，崔仁杰掏出自己提前备好的3000元钱，办起了“光荣积分超市”，引导贫困户们发挥内生动力，自立自强，用一点一滴的劳动来积分，用积分换取日常用品。后来他还带动帮扶单位干部职工捐款2.7万多元，对这一帮扶新模式给予了强有力的支持，逐渐点亮了贫困群众的文明风尚之灯。经过几年时间，全村“脱贫靠自己、勤劳很光荣”的理念已经深入人心，勤勤恳恳、你追我赶、大踏步致富蔚然成风，新的农村文明风尚已经遍布饮马咀的角角落落。

崔仁杰出生农家，又多年在基层工作，深知老百姓的不易，也懂得老百姓的所需所求所想。“己所不欲，勿施于人”，只有换位思考才能产生同理心，才能找准对方的需求和着力点。在农村工作中，崔仁杰总能做到换位思考，替对方着想，“吃饭难、吃水难、行路难、住房难、上学难”，不当农民不知农民难，不是贫困户便不懂贫困的难肠。传统的穷人与现代的穷人也不能等同。传统的穷人有条件自食其力，现代的穷人却必须支付必要的生活成本。“扶”，本意是用手支撑人或物使其不倒。“扶贫”，是指扶助贫困户或贫困地区发展生产，改变穷困面貌。“扶”更多强调外力，而脱贫更关注内生动力与外力的协同，是自救和自助。

“得一官不荣，失一官不辱，勿说一官无用，地方全靠一官；穿百姓之衣，吃百姓之饭，莫以百姓可欺，自己也是百姓。”崔仁杰经常用这类格言勉励自己。灵台贫困落后的局面，让崔仁杰在经常检讨自己的同时，加深了对贫困群众的深情。

那是一个春寒料峭的日子，积雪初融的路上，一行人踩着泥泞进了村。天擦黑的时候，他们敲开了村民李金泰简陋的家门。村主任曹根善指着身边一位面带微笑的中年人对李金泰介绍：“这是崔县长，今天专门来看看大家！”

李金泰居于原什字镇所辖的三村林场三村村，村子所处的台地下有涧河淙淙，上有沟壑纵横，上百户400多人散居在30多个山头，东西相望，一去30公里。崔仁杰他们走的这一条蜿蜒曲折的山路，是这里通往外界唯一的路。在李金泰家，崔仁杰一屁股坐在落满灰尘的炕边，亲切地拉起家常：“身体好吗？家里几口人？收入靠什么？”李金泰看到县长来到自己家，既意外又感动。

一个四口之家，祖辈住在山里，五孔20世纪五六十年代的窑洞，三孔已坍塌，也没有什么增收产业，李金泰的日子和村里其他村民一样——“难肠得很！”

崔仁杰眉头紧锁，边听边记，不时插话询问。

“早上8点出县城，晚上8点回来，一天时间，走访了4户。”说起第一次跟县长去三村村调研，灵台县扶贫办副主任郭恩民很是感慨，“村子没一点人气，全是老弱病残。大部分住着摇摇欲坠的土坯房，还有一些住在窑洞里。回来的路上，崔县长一句话都没说，心情很沉重。”

“由于历史、自然条件、体制的原因，三村村包括北河村脱贫攻坚的任务异常艰巨。我们说，小康路上一户都不能少，一人都不能落，三村村是最需要我们的地方！”调研结束后，崔仁杰马上主持召开政府常务会专题研究。随后，一场“啃硬骨头”的战役在两个村同步打响——积极向上汇报、恢复行政村建制、纳入国扶系统；密集实施道路硬化、易地扶贫搬迁、危房改造、自来水入户等涉及上千万元的民心工程。2019年国庆日，是值得三村村人永远铭记的幸福时刻。当天，三村村张家庄扶贫搬迁安置点热闹非凡，鞭炮声震耳欲聋，人人笑逐颜开。东庄社、西庄社和张家庄社19户群众顺利搬迁入住宽敞明亮的易地扶贫安置点，彻底告别了几辈人生活的旧地方，住窑洞、喝泉水、走泥路的苦日子彻底结束，新的生活开始了。

搬得出，还要住得下，富起来。村上在崔仁杰的谋划和指导下，因地制宜，大力发展养殖及种植业，依托灵台县美润庄园药材种植农民专业合作社，为贫困户配股资金，实现分红，贫困户年人均增收508元。通过专业合作社管理模式对村原有330亩山楂林进行管理，带动贫困户发展林果产业，增加村级集体经济收入10万元。“要不是党的好政策，不是崔县长，这辈子想都不敢想能搬到塬上，还能住这么敞亮的新房子。我们这个落后的小村庄在不到两年的时间里发生了翻天覆地的变化，做梦都想不到！”李金泰逢人就说。

2020年从支部书记岗位上退下来的64岁的赵志杰，讲述了崔仁杰帮扶时的点点滴滴：遇到年长的人，总是嘘寒问暖，逢年过节上门慰问；对一些特殊困难户，叮嘱乡村干部要格外关照；深入田间地头，和群众一起干活，俨然一个务农的“老把式”。“他是一个真正为老百姓办事的人，能和群众打成一片，一起干、一起苦。”赵志杰说。

“他工作起来完全是一副不要命的样子，把事业看得比生命还重，心中只有工作和群众，唯独没有自己和家人。”一起搭班子数年的同志说。崔仁杰担任领导干部那么多年，走过了那么多地方，赢得了干部群众的好口碑，生动树立了一个“好干部”形象，留给人们的是亲切的回忆和由衷的敬佩。5 年来，崔仁杰抓得最多的是脱贫攻坚，走得最多的是贫困村，入得最多的是贫困户。对群众反映的每一件急事、难事，他都时刻挂在心上，及时协调解决，让群众第一时间得到满意的结果。正是带着这份深厚的为民情怀，灵台经过几年努力，从一个积贫积弱的贫困县按期高质量实现了脱贫摘帽，在反贫困史上书写了浓墨重彩的一笔。能够取得这样的成绩，干部群众普遍反映，这与崔仁杰同志抓扶贫认识明确、用力集中、抓法务实、一心为民是分不开的。

北张村是上良镇最北边的一个贫困村，自然条件差，贫困面大，建档立卡时全村有贫困户 64 户 240 人，贫困发生率 52.2%。支书姚军福和村两委经过不断探索实践，确定了养牛、种果的产业发展思路。为了打消群众在养牛这条道路上的顾虑，他决定建场养牛。说起来容易干起来难，要建养牛场，摆在面前的困难和问题很多，无用地、缺资金、没经验。经过四处联系汇报，姚军福没想到自己居然惊动了“大人物”，得到了县长崔仁杰的信赖和支持，积极帮助他联系贷款，落实了资金 50 万元。依靠这来之不易的启动资金，姚军福只用了两个多月时间，就建成了饲养设施齐全的养殖场，第三个月就开始买肉牛、雇工人，迅速走上了“养牛路”。

在崔仁杰等县上领导的支持下，姚军福建办的盛丰公司成为灵台县首批挂牌的精准扶贫精准脱贫劳动力培训基地。培训室依托公司现有基地和北张挂果园示范区，邀请牛果产业专业技术人员、“土专家”，采取理论培训、现场讲解、基地实训等方式，每年为全镇培训贫困户劳动力 300 多人（次），帮助贫困户掌握致富技能，实现稳定脱贫。通过盛丰公司带动和辐射，周边村农户养牛 75 户 284 头，其中贫困户 32 户 156 头，推动了牛产业规模的持续壮大。

“不光是县里的养殖户来培训，泾川、崇信和崆峒区等周边地区的养殖大户也到我们这里来培训。还有好多人经常打电话问我呢，这都得感谢崔县长的点拨！”姚军福快人快语。

姚军福所说的“县长的点拨”，是崔仁杰提出的“龙头企业＋实训基地＋劳务公司”的“三合一”机制。作为旱涝保收的“铁杆庄稼”，劳务产业在决战脱贫攻坚中发挥着重要的支撑作用。但是这两年，外出打工的性价比越来越低，如何将劳务产业这块“蛋糕”越做越大呢？

崔仁杰注意到，随着近年来狠抓产业扶贫，全县牛果菜主导产业链上需要的农民工越来越多。可别看许多农民种了多少年地，但在一些特色产业上掌握的技术并不多。外出学习培训耗费人力物力，如何就地取材，既能让身边事带动身边人，又能让培训出实效，崔仁杰带领大家进行了积极探索。在县内，有影响力、有担当的龙头企业不少，发挥它们的作用，以龙头企业带村域，又以村域带周边，在群众能看得见、能信任的基础上依托龙头企业建立实训基地，姚军福就是其中一个成功的典型。培训一人，就业一人，脱贫一家。实训基地建起来了，劳动技能培训质量提高了，劳务公司与贫困农户联手，龙头企业与周边群众双赢，姚军福无疑是最成功的一个带头人。现在他的牛场已有7座牛棚，占地50亩，牛存栏560头，年产值500多万元，盈利80万元以上，成为远近闻名的“牛专家”。

为全方位利用好农村劳动力的人力和时间，着力解决培训内容与市场需求脱节的问题，崔仁杰又通过调研，探索出了“党组织＋劳务公司＋企业＋贫困户”的劳务产业助推脱贫攻坚“灵台模式”，充分挖掘贫困群众身边的用工岗位，采取农事钟点工模式，让贫困群众随来随就业、随时有活干、有事随时走、活能带回家，使“碎片化”时间得以有效利用和变现增收，使他们在家门口实现了灵活就业。通过借助产业平台和股权纽带，让“资源变股权、资金变股金、农民变股民”的“三变”改革既为贫困户带来了收入分红，又将贫困劳动力从单家独户的“小农”生产模式中解放出来，实现了就近就便就业，取得了“三变”稳赚、就近务工多赚的双重增收效果，激发了贫困户自主脱贫内生动力，夯实了打赢脱贫攻坚战的基础。

以上成功的做法在 2019 年 4 月全省脱贫攻坚重点领域固强补弱现场推进会中作为典型经验得以推广。近年来，全县年均就近就便输转贫困劳动力 1.6 万人次，年人均收入达到 1.5 万元，全县挂牌命名培训基地 3 家、就业实训基地 20 家、累计培育建成扶贫车间 39 个；注册成立劳务公司（服务中心）30 家、发展劳务经纪人 122 人、村级劳务信息员 186 人。

习近平总书记强调："发展产业是实现脱贫的根本之策。"遵循这一重要指示精神，灵台县以村有主导产业、户有增收项目为目标，精准对接村情实际、户内现状和脱贫需求，因村制宜，大力发展牛、果、劳务主导产业；因户施策，积极培育设施蔬菜、中药材、小杂粮等多元产业，确保精准扶贫真正扶在根子上，精准脱贫真正脱到关键处。推动主导产业向贫困村覆盖。按照"远抓苹果近抓牛、当年脱贫抓劳务"的思路，全面加快主导产业向贫困村覆盖进程。截至 2019 年底，全县贫困村养牛 3.4 万头、栽植果园 5.08 万亩、种植蔬菜 1.8 万亩，实现了贫困村主导产业、贫困户增收项目全覆盖。

按照资金向产业聚拢，产业向贫困村和贫困户倾斜的思路，紧贴贫困群众发展意愿、发展能力和实现可能，精准配置到村到户产业，将省上下达的财政专项扶贫资金主要用于"一户一策"梳理出来的种养产业增收项目，确保贫困群众户户都有一项稳定的增收产业。5 年来，贫困户年均种植全膜玉米 3.8 万亩、马铃薯 1.8 万亩、中药材 2457 亩，贫困村建成电子商务服务点 79 个、旅游示范村 6 个，产业收入占到贫困户可支配收入的 45% 以上，实现了贫困村增收产业、贫困户致富项目全覆盖。

全面搭建起"三台一司一会"（即：管理服务平台、融资平台、担保平台，国有产业扶贫投资公司，行业协会）农业产业投融资体系，国有产业扶贫投资公司积极履行社会责任，以"三变"改革为抓手，为 8 家龙头企业和农民专业合作社融资 2650 万元，联结带动贫困户 2161 户 6141 人；对于一无龙头企业、二无规范化农民合作组织的贫困村，特别是深度贫困村，由产业扶贫投资公司独资建办脱贫攻坚产业园 4 处，打破行政区域界限，联结带动贫困户2637户。2018年利用财政专项扶贫资金和东西部扶贫协作帮扶资金，为6517户贫困户配股5180.5万元，实现分红485万元，户均744元。坚持两年任务一年完成，建成光伏电站27座2053千瓦，联结带动27村598户贫困户，户年均可实现分红2300元，其中2018年后三个月已分红276.3元。

所有这些举措，既有力助推和保障了整县脱贫，又为决胜全面小康提供了有益借鉴。更为重要的是，5年的苦干和实干，提振了各级干部干事创业的精气神，锻造了实干攻坚的硬作风，砥砺了勇于担当的好品格，这对将来全县实现乡村振兴奔小康起到了基础性、关键性的作用。

灵台地处偏隅，离最近的高速公路也有50多公里，对外通达能力不畅，交通不便已成为严重制约发展的一个强力因子。从手提肩挑的心酸，到穷居一方的抱残守缺，同步实现小康，灵台穷不起也等不起。多年的发展历程告诉我们：路不通，发展就深陷困境，只有走出交通的制约，才能迎来一条发展的畅途。

"要想富，先修路，这是喊了多少年且形成共识、行之有效的东西，却始终没有惠及灵台。"崔仁杰多次和政府班子成员、有关部门负责同志一起，研究谋划打通灵台的交通瓶颈，为此先后多次赴省市汇报衔接。目前S28灵华高速公路一期工程开工建设，S320线雷家河至白崖段建成通车，S203启动前期工作，新灵蒲三级公路全线贯通……他在任这5年，累计投入5亿多元，先后实施了县乡道改造工程700公里，改造危桥7座，让"隔山不远隔河远"成为历史。实施建制村通畅工程300多公里，全县基本实现县通二级、乡通三级、建制村通公路水泥（沥青）路和县有客运站、乡有汽车站和村有停靠亭的目标……交通路网四通八达，便利交通服务万民，交通发展让经济腾飞变得一路无阻。

围绕破解工业"短腿"问题，崔仁杰根据自己在崇信县任县长期间抓工业经济的成功经验，结合灵台丰富的煤炭资源实际，坚持煤电产业和非煤工业同步推进，加快工业经济发展步伐。2017年12月，经过崔仁杰的谋划推动，灵台县与陕西能源麟北电厂合作的热电联产集中供热项目开工，打破了全国跨省供热的先例。经过一年多的紧张建设，灵台县城 3.5 万群众用上了 24 小时恒温供暖，彻底解决了多年困扰城区的冬季供暖突出问题。坚定煤炭资源开发信心不动摇，全面深化与山东能源集团、中煤大屯煤电集团合作，煤电开发取得重大突破。特别是邵寨煤矿项目的建设，对推进陇东能源基地开发，优化全省煤炭产业结构，促进陇东地区经济发展具有重要意义。2012 年 8 月矿井开工建设，2015 年 8 月因国家相关政策收紧而停止建设。项目停建后，崔仁杰一连几个月茶饭不思、睡不踏实，利用自己在崇信抓煤电产业期间结识的人脉，多次赴省进京，汇报争取，加快推进矿区规划工作。“在崔县长的心里，始终认为灵台经济发展的最大潜力是探明储量为 42 亿吨的煤炭，走煤电一体化、工业强县的路子。这个思路从来没有动摇过。”灵台县能源局局长马永发说。

2019 年 3 月，国家能源局批复，正式核准灵台矿区邵寨煤矿建设项目，标志着邵寨煤矿全面复工。重点设施、重点工程加快推进，2019 年完成投资达 5 亿元。“陇电入鲁”项目进展顺利，灵台 4×100 万千瓦燃煤电厂项目初步可研报告通过评审，唐家河、南川河煤矿完成资源重新配置和矿权转让，安家庄、灵北煤矿前期工作取得积极进展。

工作的时候，崔仁杰朝气蓬勃，干劲十足，那时候没有人知道他也有病痛，也有软弱和无助的时候。他是一个活生生的人，也有血有肉有疼痛，一个个夜晚，他是怎样躺在公寓的床上辗转反侧，忍着疼痛坚持到天亮的？由于超负荷的工作和长期的劳累，他的病痛一直在加重。自从来到县里工作，他的双休日都是在工作中度过的。除夕夜、中秋节、国庆节都是在村里和孤寡老人、困难群众一起度过的。他也有机会经常去市里办事、开会，可是每次都太忙，只能过家门而不入。一件事接一件事，都需要和时间赛跑，他哪里舍得时间上医院？所以他只能靠吃药止疼、消炎。

在具体工作中，崔仁杰提倡“过筛子”精神和与问题“对着干”的态度，缺什么补什么，压茬推进贫困村路、电、水、房等基础设施建设和教育、医疗、养老等公共服务保障，不断提高群众满意度和获得感。基础设施重覆盖，以贫困村为主，兼顾非贫困村，大力推进道路硬化、饮水安全、危房改造、易地搬迁等工程，累计建成硬化道路850公里，实施农村饮水安全巩固提升项目8个，改造提升农村供水工程43处，完成自来水入户53983户，改造农电线路432.3公里，实施危旧房改造6530户、易地扶贫搬迁1682户5829人，全县行政村硬化路覆盖率、自然村动力电覆盖率、住房安全率、饮水安全率均达到100%，真正让贫困群众走上了硬化路、吃上了放心水、用上了稳定电、住上了安全房。

穷家难当！“在崔县长眼里，恨不得一分钱掰成八瓣用！”身边的同事纷纷说起崔仁杰的“抠门”。

崔仁杰的“抠”，自有他的道理——开源节流，把有限的财力用在“刀刃”上。灵台税源基础薄弱，结构单一，筹融资渠道窄，可用财力非常紧张，2015年地方财政收入仅完成9364万元，而财政支出高达15.3亿元，特别是随着民生保障等刚性支出的不断加大，收支矛盾更加突出，用于重大项目、重点工程的财力十分有限。

崔仁杰调动一切资源、挖掘一切潜力、穷尽一切措施，整合各类资金为脱贫攻坚保驾护航，力求这些长期困扰灵台群众生产生活、影响经济社会发展的短板难题得到有效解决。

“一年4万公里，不是下乡就是跑省市。”司机安军学跟随崔仁杰多年，车后座一直放着两个枕头，“他在车上困了眯一会儿，腿疼时垫腿，下车后又是精神焕发。”5年时间，崔仁杰多方争取，坚持按县财政每年收入增量的20%增列扶贫资金，当年清理收回存量财政资金中可统筹使用资金的60%以上用于脱贫攻坚，累计整合财政资金5.55亿元，集中用于贫困村基础设施建设。

“他一直在带病工作，拄着拐杖上班、下乡。”工作搭档说。“崔县长都是为了让我们过上好日子，耽搁了治疗！”消息传开后，街头百姓说。

任何事，在局外呐喊、议论总是无益，必须躬身入局、挺胸负责，乃有成事之可冀。大家都记得，崔仁杰刚到灵台上任伊始，就开始深入基层搞调研，走村入户、访贫问苦。车能去的地方车去，车到不了的地方步行。“短短几个月，他就跑遍了全县80%以上的村子。”县政府办副主任周海平说。通过实地调研，崔仁杰全面摸清了贫困分布、致贫原因等底数，研究形成了精准扶贫精准脱贫的思路对策。

熟悉他的人都知道，崔仁杰注重理论学习，勤于思考，能够主动研究工作中遇到的新情况、新问题。“纸上得来终觉浅，绝知此事要躬行。”喜欢独立思考、勤奋学习的他，面对习近平总书记提出的“2020年全面建成小康社会，实现第一个百年奋斗目标”，结合灵台两省交界、七县接壤、山多塬少的县情，“灵台怎么干”，是他思考最多的问题。

随手翻开他的工作笔记，满满当当的日程表就是他的日常——

7月17日早上8时，在办公室协调解决帮扶村“扶贫车间”建设事宜；

8时30分，参加全县旅游产业发展大会；

10时，主持召开全县加快推进新型工业化工作会议；

14时30分，研究部署2018年中国·灵台《针灸甲乙经》学术思想传承国际研讨会暨皇甫谧文化节相关工作；

16时，督查城区环境综合治理；

17时，主持召开县安委会2018年第三次全体（扩大）会议；

19时30分至22时30分，与县直有关部门负责人一起，研究整县脱贫摘帽工作；

……

这一个接一个时间节点的连接，构成了崔仁杰忙碌而普通的一天，也见证了一位县长在全县脱贫攻坚工作中紧锣密鼓的日常工作。

而这，仅仅是崔仁杰平时工作的一个缩影。2019年初，在一次下乡时，时任灵台县农业农村局局长的王重民发现，一向走路很快的崔县长，行动变得迟缓，右腿出现拖拉，有时会停在路边，用右手在右腿髋关节处按一阵，再接着走。“后来我们才知道他生病了，劝他抓紧时间去看看。可他对我们说没啥事，不要紧，工作太忙，抽不开身。”这一忙，又是半年多。

直到2019年9月11日，县上召开“不忘初心、牢记使命”主题教育动员部署会议，大家看到，一位拄着拐杖、步履蹒跚的人走上主席台，会场一下子静了，大家默默地注视着这位受人尊敬的县长，不约而同地湿了眼眶。

打好脱贫攻坚战，关键在人。全国广大扶贫干部奋战在脱贫攻坚一线，为民献策，书写这新时代最辉煌灿烂的时代书典。

在全国脱贫攻坚的大背景下，有那么一群人，默默无闻，不分寒暑春秋，不管刮风下雨，常年奔波于县城与村庄之间，不辞劳苦，他们就是长期坚守、奋战在脱贫攻坚一线的基层扶贫干部。在灵台，崔仁杰的精神感动着、激励着更多的党员干部义无反顾地向脱贫攻坚一线冲刺，奋不顾身地投入这场必须打赢的必胜之战。

县委、县政府建立了市县乡村“四级书记”抓扶贫工作机制。全县所有县级领导带头包抓脱贫任务重、难度大的村户，驻村蹲点、调查研究，亲力亲为、以上率下。153 名县级后备干部、1807 名优秀干部担任第一书记，2.69 万名市县乡三级干部尽锐出战，与贫困群众同呼吸共命运，真正成为攻坚拔寨的前沿和坚强的战斗堡垒。

灵台县的脱贫攻坚，灵台人责无旁贷地负有重要的历史使命。

王立平是灵台县扶贫办主任，在全县脱贫攻坚最紧要的关头临危受命，当起了全县脱贫攻坚的“急先锋”。全县 186 个行政村，他走了个遍，79 个贫困村、26 个深度贫困村的村情烂熟于心，全县 70% 以上的贫困户，他都进过门、访过贫。对一头牛的收益、一亩果园的效益、一名务工人员的信息、一条路、一座桥，都能置身群众的感受去论证思考，并进行周密的需求测算。长期的熬夜加班，使他的腰椎突出，胃、胆囊多次发病，他却抽不出时间去专门诊疗，只能在疼痛时靠止疼药撑着。没有周末，没有假期，“家”对于他而言成了一个符号。两个孩子都还小，正是需要父亲陪伴的时候。他的大儿子因为疾病需要长期住院治疗，为了方便照顾孩子，妻子在医院附近租房带孩子看病，而他忙起来，孩子有时一两个月都见不到他的面，缺失的父爱与陪伴，常常让他黯然神伤。看着独自承担生活重任的妻子，听到母亲连续三次住院手术都因自己不能陪伴而流露出的失落，还有为了自己的家事忙里忙外的亲戚邻居，他只能打个电话安慰、道歉。每当听到妻子的抱怨，他总说：“看看人家崔县长，都拄上拐杖了，还在拼命！我这点辛苦又算什么？”

说起原上良镇党委书记王建平，全县上下一本账，好评如潮。他初到上良便走进农户，走近群众，了解村情民情。为摸清贫困现状和脱贫底子，他走遍了全镇 12 个行政村 92 社贫困户 1620 余户，累计组织召开党委会议研究脱贫攻坚工作 80 多次，召开脱贫攻坚工作专题会议 20 多场次，带着问题落实帮扶措施，帮助解决具体问题。好的谋划才能有好的发展，好的思路才能实现快速发展。结合外出贵州学习体会，充分思考，围绕“三变”改革，在灵台县盛丰农牧业发展有限责任公司践行“党组织 + 国有公司 + 龙头企业 + 合作社 + 贫困户”发展模式，得到了省委、市委、县委主要领导的肯定，并被甘肃卫视、甘肃经济频道、省委信息等媒体集中宣传。

什字镇扶贫干部景转玲在饮马咀村驻扎第三个年头了，三年对她来说不长也不短。每天天不亮就急忙洗漱，7 点集合，点完名，骑上电动车，带着她的老搭档张瑞，行色匆匆地赶往饮马咀。这三年，她从最初的生疏到熟稔，这个村子里的人已经像她的亲人一样，融进了她的生活。全村的情况她再熟悉不过了，50 户贫困户住在哪里，什么情况，她都掌握得一清二楚。记得那一次，她听说韩长林的妻子李锁女在镇卫生院参加免费“两癌”筛查时，情况不太乐观，需要去县妇幼保健院进一步确诊，但本人怎么也不愿意去。景转玲一深究，才知道李锁女因为不识字，害怕去医院东碰西碰，找不见地方，儿子在外务工，她也不想麻烦女儿，加之害怕检查出来患病就要花钱，她就更加抵触。了解了事情的原委，景转玲便联系了她的女儿，至于花钱的事，景转玲讲清了医疗保险报销的政策，李锁女终于愿意去医院就诊了。这让景转玲心里充满了成就感，当然让她开心的事远不止于此。比如曹彩成家新购的基础母牛有小牛犊了，曹建勤家新购的仔猪能出栏了，曹文发家新购的鸡苗长大了不少，曹小平家的玉米长势不错，李爱堂家要添孙子了，曹拴梅家的儿子找到工作了，王培新住院治疗后病情有所好转了……这些都让她忙碌又踏实。而她也是一个一岁半孩子的妈妈了。想起自己偶尔回家又急着离开时孩子哭闹的样子，她的心里很难过。

灵台县梁原乡马家沟小学校长马步祥给小月月讲完数学课后，又仔细询问了她的身体情况，之后顾不上喝口水就急忙赶回。小月月是马家沟村的残疾儿童马新月，从小患小儿麻痹症，双腿不能行走，无法和其他孩子一样到学校上学。从2018年春季开学起，马步祥和王拴虎两位老师便成为给小月月送教上门的特定老师。在这之前，小月月的教育问题让灵台县教育局的领导班子非常焦急。全面实施九年义务教育，不让一个适龄儿童辍学，是所有教育工作者义不容辞的责任。马步祥说："当时我们的想法很朴素，一定要让孩子接受应有的教育。如果孩子实在无法去学校上课，我们就安排老师送教上门。"

76岁的杨志秀是灵台县独店镇吊街村的一名老党员、贫困户，曾做过两次心脏搭桥手术，身体大不如前，走几步路就得休息一会，不方便去县里的医院，他的签约医生郭大夫定期上门为他检查身体。老人笑着说："这几年共产党的政策就是好啊，时刻不忘记我们农民。路修好了，自来水接通了，连生病也有医生上门免费看。没想到送医上门还有这么多检查项目，还有医生现场耐心问诊，解读检查结果，确实是一件惠民的大好事啊。"杨志秀说，自己对送医上门活动非常满意。

西屯镇柳家铺村因产业基础薄弱、群众思想观念保守，发展落后于周边村。刘培枢老支书见证了村子发展的各个阶段，包括三起三落的苹果产业，丰富的经历磨砺了他的斗志。2008年，60多岁的刘培枢带头翻了自家的3亩地栽植红富士，并发动村两委班子和党员带头种植，为大伙儿做样板。他领大伙儿去静宁、礼泉等苹果优势产区参观，一有空闲便戴着老花镜细细研读苹果种植技术读本，果树终于挂果见效。2012年，他又承包了8亩果园，每年都能带来不错的收益。党员孙虎林是跟着刘培枢在村里率先种果树的，他一次性定植了5亩。2014年，孙虎林脱贫了。那一年，村里的苹果种植面积已达1740亩，让一大批人有了致富的奔头。也就是那一年，年逾古稀的刘培枢退休了，专心在家务起了果子。村里剩下的未脱贫户基本都处于或无资金，或缺乏劳力，或年迈多病的困境，接任刘培枢的孙贵学，把本村及附近 6 村的 82 户贫困户吸纳进来，带头成立了农民养种专业合作社，并建办了生猪养殖场，贫困户以财政帮扶资金入股，柳家铺村集体入股 10 万元，帮扶单位帮扶资金 20 万元，吸纳绿源公司债权投入 40 万元，一共筹资 1802 万元，共同发展养猪产业。当月，第一批能繁母猪进场养殖，股东们首批半年分红 600 多元，后来达到了上千元，就连村里的残疾人、孤寡老人也有了一份固定收益。两个支书的勤奋接力，救活了一个村，激活了全村的致富链条。

星火乡程家塬村党支部书记白小平说："精准扶贫工作开展以来，我逐渐改变了村民的看法，只要能让大家伙儿的日子越过越好，我的工作就没白干。"57 岁的白小平，从村上的会计、文书一路干起，1988 年干到村党支部书记岗位，到现在已经有 30 个年头了。在他的带领下，村里先后实施了新农村建设、易地扶贫搬迁和危房改造，有 117 户人家住上了"一砖到顶"的新房;面对社道"晴通雨阻"，村里的 6 条社道已完成硬化 5 条：面对产业致富渠道单一，引导村民栽植苹果树 911 亩，人均接近 1 亩。老骥伏枥，志在千里，白小平以这样的工作劲头坚守并付出，得到了乡党委的肯定，连续几年，程家塬村的工作考核在全乡遥遥领先。

县乡（镇）村三级同向同力，如一股绳将古老的灵台拔出了贫困的泥淖。而"外援"这道美丽的风景，为灵台县的脱贫提供了另一种源源不断的力量。

冯恩元是甘肃省统计局下派到灵台县百里镇路家沟村的第一书记、驻村帮扶工作队队长。说起路家沟这几年的变化，冯恩元如数家珍：联系温州商会爱心人士万鹏炉先生捐赠价值 24 万元的衣物 400 多件，联系兰州电信企业为村民赠送价值 2.5 万元的包月亲情电话卡，联系甘肃省爱心捐助基金会为村民捐助 120 套价值 3.9 万余元的床上用品，为路家沟村砂化村道、帮助改厕、安装太阳能路灯……在偌大的变化面前，他却并不是别人所看见的那样，总是乐观地面对一切。每当望着村委会四周的山峰，他也会想起故乡，有时会湿润眼眶。当初想着两年时间将在此度过，心里觉得漫长。但等快要收官的时候回看，又觉得时间过得太快，灵台已经成为他的第二个故乡了。

在灵台县海拔最高（1520 米）的冲天塬附近，有一个偏远的山村——龙门乡代家庄村，《平凉日报》的李晓明初次来到这里的时候，虽然感到自然环境优美，但交通信息闭塞，大多数村民都是留守老人，孤寡病残的占绝大多数，单门独户的村民几乎占半数以上，李晓明压力倍增。数年过去，报社在这里通自来水、修路，村子的面貌焕然一新。贫困户马得海已经 75 岁了，孤身一人住在峙峪社山上的窑洞里，拒不接受精准扶贫易地搬迁。为了攻克脱贫路上这道最后的难题，李晓明先后 20 多次带着自购的生活用品入户走访，每次来回 5.5 公里路程，有一次归途中恰遇暴雨，车子差点滑下山去。经过一年多的持续努力，马得海终于搬下了山。

李晓明为村民的生活奔走忙碌，却不能很好地为自己的父母陪护尽孝。母亲因为胆囊的特殊病情，先后在市人民医院和兰大二院做手术，父亲又患病在平凉做手术，两位老人先后三次手术，他却只是陪着做完手术就匆匆返回村子，心里充满遗憾……村民看在眼里，记在心上。60 多岁的村民景天才开着三轮车送来半袋子玉米棒，年逾七旬的李文星老汉拄着拐杖远路送来一袋洋芋，村民的情谊让李晓明心里温暖。

挂职的干部、下派锻炼的干部，每个人心里都揣着一团火。他们相互温暖又相互鼓励，何况与他们并肩战斗的还有一批“努力到无能为力，拼搏到感动自己”的基层干部。

榜样的力量是无穷的。在灵台县脱贫攻坚的大战中，一支支队伍从四面八方赶来。东西部协作的天津市津南区帮扶工作队来了，省、市、县、乡四级帮扶工作队来了……他们上下“一条心”，拧成“一股绳”，下好“一盘棋”，住在村里，走进群众家，和贫困户心手相连。4 个省直、18 个市直、122 个县直单位常驻 13 个乡镇 79 个贫困村，一起为脱贫致富出谋划策，勠力同心战贫困。

当你走进百里镇崖湾村，等到学生放学的时间，就会看到排着队的孩子们走进村部，会听到一个好听的女声开始领唱：“小兔子乖乖，把门开开，妈妈已回来……”她是甘肃省统计局的驻村干部宋雨霏。这些孩子的父母都在外打工，能唱会画的宋雨霏自觉承担起了课外带孩子的担子，教他们画画、写字、唱歌，辅导功课。村民丁金科说，不只是留守儿童，慢慢地，一些有父母照顾的孩子也跟着去了，“临时阿姨”不仅让孩子学到知识，还让家长有更多时间和精力发展生产、增加收入。

在龙门乡枣子川村，国网平凉供电公司、灵台县供电公司驻村帮扶工作队通过开展“童伴计划”，参与支部联建活动，公司党组织负责人上党课，结对帮扶龙门小学25名学生，先后捐赠书籍100余册，书包等学习用品60余套，鼓励他们好好学习，让孩子们真真切切地感受到了来自社会大家庭的温暖和关怀。几年前，枣子川村建档立卡贫困户学生李含荣考上了大学，家里只有她和奶奶相依为命，学费和生活费没有着落。供电公司驻村帮扶工作队了解情况后，主动帮她办理了生源地助学贷款，并资助了她大学四年的生活费。如今李含荣已顺利完成学业，她的人生履历上多了一份沉甸甸的记忆，这个记忆里，是满满的感恩和责任。

开展帮扶工作以来，省统计局、省政府国资委、人保财险甘肃分公司和兰州职业技术学院先后帮扶灵台县百里镇、什字镇12个贫困村，4家省直帮扶单位投入到产业、教育、保险、合作社建设、基础设施和改善人居环境等方面，共精准实施帮扶项目173项。特别是自2018年东西部扶贫协作和对口支援工作开展以来，县委、县政府主要领导多次带队赴天津市津南区洽谈对接，围绕人才交流、资金使用、产业合作、劳务协作、携手奔康等领域，衔接落实帮扶资金9018万元，实施项目140个。

回首几年来的帮扶工作，省内省外，各级各部门，用真实的帮扶行动交出了一份群众满意的答卷。

当然，除了这些典型人物，还有好多奋战在扶贫一线的人，郭恩民、贺玉涛、姚立峰、宋睿、周建霞、冯巧叶、何建华……他们的故事在灵台老百姓的口中久久传颂。

当人们在爬坡迈坎、负重前行、压力叠加、两腿发软、即将放弃的关键时刻，多么渴望有一双助力的手。在脱贫工作中，广大扶贫干部深知，既要调动和激发贫困地区和贫困人口内生动力，唤醒脱贫的愿望，更要带领贫困群众树立“宁愿苦干、不愿苦熬”的观念，靠勤劳的双手和辛勤的汗水改变贫困落后面貌。他们从前期的深入研究政策、全面摸底调研的基础上，提出紧盯贫困群众收入达标和“两不愁三保障”目标，实施富民产业培育、基础设施改善、公共服务提升“三大工程”，落实对象、目标、内容、方式、考评、保障“六个精准”，强化组织领导、责任落实、典型引领、统计监测、督查考核、队伍建设“六大保证”的工作思路。明确了精准扶贫启动之初是摸清底数、建档立卡，推进之中是对照指标、精准施策，收尾之际是补齐短板、弥补欠账的“三步走”系统抓法，牢牢掌握了全县脱贫攻坚工作的主动权……相继部署开展了“七净一规范”“四项教育”、村庄环境整治、信访问题集中化解、行政村帮扶力量全覆盖、决胜脱贫“六大战役”等务实举措，探索采取了常年督查、暗访巡查等工作机制和授旗激励、挂牌警示等奖惩措施，推动了脱贫攻坚任务高效落实。

说起成绩一件件，提起喜事一桩桩，这些都是崔仁杰和他的战友们坚守的责任、行进的动力，也是他带领全县人民完成的一份圆满的答卷。习近平总书记指出，当干部就要有担当，有多大担当才能干多大事业，尽多大责任才会有多大成就。农村脱贫攻坚关键在于“领头雁”担当作为，“作为”正是他们的亮点。2020年国庆节前夕，国务院发布全国脱贫攻坚奖获奖建议名单，崔仁杰作为全省5人中的一人，名字赫然在列，荣获全国脱贫攻坚贡献奖。

“春风浩荡潮头立，又踏灵台望眼开。”这里，曾是周文王伐密须、筑灵台昭告天下的地方；这里，是威仪天下、人间大同的象征。昔日的灵台早已湮没于历史的尘烟，唯有今日之灵台，高高伫立在世人的心中。交给你承诺和未来的人，永远值得信赖，崔仁杰和他的战友们，是这块土地上的精魂，是他们，以不忘初心、方得始终的重托，给了我们大道之行、天下为公的荣光，我们当永远铭记并毕生实践！

通向山外的地道

知道田沛和他的地道已经很久了。

在我的印象里，曾经的苦难和愚公挖山的生活已经把他折磨得变了形，70多岁的人，肯定要比一般的老年人看上去更羸弱，沧桑感更深、更重。当我在红河乡的女乡长朱红娟的带领下来到田赵村口见到他时，根本没认出他来，直到乡长介绍说是田沛，我才从失神中回过劲来。这么挺拔的身板，锐利的目光，洪亮的嗓音，哪里像个曾经挖地道的人！那一瞬间，我甚至无法把他与“愚公”两个字联系起来。

见田沛，自然是为看他几十年前挖的地道，好在之前我已经在多处文字里见过关于这条地道的描述。尽管已经不是那么好奇，可是在他的带领下，从一个叫作岭岭子的山的一面钻进冰冷的地道口，我还是臣服于视觉、触觉和嗅觉带来的奇幻感，像穿越了时光隧道。曾经走进了文字的创造，此刻却呈现出一种走出文字的真实。地道里一路都悬挂着电灯，光滑的墙壁清晰可见，要知道，他挖的时候可是没有电的，点煤油灯燃出的油烟又散不出去，会把人呛死。他说自己用了一片镜子，在拐角处折射太阳光，照亮弯道之后的黑暗，解决了挖洞照明的问题。我们走得越深，来自地底下的冰凉感便越浓重，这种冰凉感逐步把我推向了1980年。我看到了32岁的田沛，浑身都是使不完的力气，想法多，点子多，想到就干，干就干到底。那一年，他突发奇想，跑到庆阳西峰承包了3年苹果园。这件事，现在看起来稀松平常，但是在那个时候却是离经叛道的事。想想看，刚刚包产到户，老百姓的手脚还没有完全从惯性思维中解放出来，哪个不是走一步看一步，走走看看，看看走走，才走到今天的。

“我挖这条地道，就是给自己一个出路！”

我顺着地道一边走，一边驻足看着左侧开挖出来的偏窑，每隔三四米就有一个。偏窑里有泥塑，塑的是田沛和他的老婆挖山洞、栽果园的场景。有他们当年自制的工具——镐头、铁锹、笼担和手推车，还有挖出的零碎文物，也有多年来县、市、省乃至国务院颁发给他的荣誉证书、锦旗和各种报纸的宣传报道原件。“给自己一个出路！”多好的理由！那时候，人民公社刚刚解散，老百姓第一次有了自己的承包地，但是一穷二白的生活让他们很茫然。出路在哪里？他的家乡大部分土地位于岭岭子山梁南坡的台地上，耕作条件很差，而且全村40来户近200人，川地人均不足1亩，大部分土地都在山顶上，山高坡陡，人称鬼子沟。因此，第一次有了土地的田赵人，陷入了没有出路的尴尬境地。对于田沛来说，3年的异地承包果园就是财富，他先走了一步，也成了田赵村第一个种苹果树的人。大多数人还在坐而论道，他却已经奋而起行。

分土地的时候，他分到了位于鬼子沟北边山坡上的一小块地，计划在这里种苹果树。因为有过务作苹果的经验，他知道苹果树适宜在向阳背风的地方生长，充足的阳光让苹果色泽艳丽，香甜可口；倒春寒来临时，背风的地方可让开花的果树躲避霜冻。他这二亩二分地正好适宜栽苹果树。300棵苹果树苗被他栽在了岭岭子梁的阴坡上。可是新的问题又来了——栽植后的前两天，树苗子老被人惦记，前脚栽，后脚就被人偷。连树苗子都偷，要是结了果子，更是防不胜防，得一时三刻守在跟前盯着呢。他住在岭岭子梁北，而苹果地在梁南，每天都要翻过岭岭子来苹果园。岭岭子虽说不高，但山前山后来回要走十里羊肠小道，狭窄坡多，一来一去得40多分钟。于是田沛心里冒出一个大胆的想法——他要在山下钻个洞子，打一条通道出来。望着横在家与果园之间的大山，这个念头就像那峭立的山头一样，在弥漫的黄土中浮现出来，越来越清晰。

这就是田沛所说的他得给他自己找一个出路。

一找30多年过去了，田赵村已经成了远近闻名的省列“千村美丽”示范村。如今红河乡以田沛打出的愚公洞景观为中心，倾力打造出了一个生态种植、绿色养殖的特色乡村，可闻鸟语，能嗅花香，更有可供采摘的绿色环保农产品和可供品尝的精美特色食品。谁也没想到，田沛当年的一个“出路”，也给 30 年后田赵村的脱贫攻坚找到了一条崭新的属于自己的出路。一路听着田沛生动的讲述，听着这些之前看过多少遍但毫无感觉的数据：全长 198 米，宽 1.8 米、高约 2.3 米，移动土方 1000 多立方米 1600 吨，我切身体会到一个人找出路找得多么不容易，敢想是一方面，敢想又敢干的人更值得人敬佩。穿过地道，柳暗花明，只见青山环绕，碧水荡漾，山上的绿色成堆成团，如烟似雾，沟底草木丛生，一片青翠，还有叫不上名的鸟儿飞起落下，叫声清越……

抬头望着陡峭的山崖，我真想再走走这 40 分钟的山路。田沛说："那条羊肠小道早就被灌木淹没了，你再走，怕就不是 40 分钟了。"难怪，有了新的出路，谁还再走旁门左道呢？地道这边就是田沛劳作的故土，曾经的两亩田地，现如今已改造成一方池塘，有沙滩、鱼池、草坪，"山水田赵"的美誉由此而来。我们徘徊在一个精致的鱼池旁，发现池中金鱼三三两两，并没有我想象的那种成群结队、追波逐浪的欢快场面。田沛告诉我，刚开始养的鱼不少，最近却一天比一天少，他暗自纳闷，难道有人偷鱼？经过暗中观察，他发现，原来最近这里的鱼狗忽然非常多，一直在池边偷鱼吃，还没办法处理。我第一次听到"鱼狗"这种动物，问了随行的人，都表示不知道。我惊讶于田沛的见多识广，连专门吃鱼的鱼狗都知道。他说："有几次我试图捕捉，人家扑棱棱就从树上上去了。"我愈加称奇，还有能飞的狗？想到此，顿觉惊悚。后来查了百度百科才知道，鱼狗是普通翠鸟的别称，因其常直挺挺地停息在近水的低枝或者石头上，伺机捕食鱼虾，因而有鱼虎、鱼狗之称。从前看山、看苹果的田沛，如今过起了观鱼赏花、和鱼狗斗智斗勇的日子。

地道打了 3 年。田沛清楚地记得，那是 1987 年的端阳节，随着他手中的镐头奋力一击，一束亮光透了进来，地道终于挖通了。熬了一千个日夜的田沛终于在地道的尽头看到了光，他成功了。他有了出路，也给全村人包括全县人打通了出路。这片贫瘠的土地种什么才能让人不挨饿？红河人一直在寻求脱贫的路子。他们种过苹果，种过烤烟，种过药材，种过蔬菜，也充分利用龙王桥的自然资源，挖掘过乡村旅游资源。现在建成的美丽乡村集生态观光、人文体验、特色养殖、休闲垂钓于一体，让人感受到乡村文化的“磁场”。沟底流出的清泉不再孤独寂寞，慕名而来的远客愉悦身心，留住乡愁，将老愚公的故事传得很远很远。红河人化身景点“点睛”者，导游、歌唱、舞蹈，展露厨艺、茶艺。种植、采摘、养鸡驯鹅，所谓抬头是诗、低头是词的雅致，岂是田沛年代的田赵人可比？一眼望不尽的山峦，昔日的秃山穷水变成了百亩花海和水上乐园，村民以资金、土地、劳力入股投资，加盟公司，在家门口就业，奔走相告地领工资，笑声朗朗地分红。

这就是田赵的出路，也是红河的出路。

任何寻求出路的缘起都不是盲打莽撞和毫无胜算的，就像田沛，他打地道是有底气的，因为他是一个挖窑行家。他告诉我，在打地道之前，他曾打过十余孔窑洞，尤其值得一提的是他分家后打的那孔窑，深有三丈六尺（约12 米），宽达一丈（约 10 米），高一丈二（约 4 米），他一个人用了十几天打好。他在生产队时，羊圈和养牲口的饲养圈没少打，三四个人用五六天也就打完了，所以挖地道的谋划并不是盲目的。除了有实践经验，田沛打地道还是有帮手的，并不是个人英雄主义。起初他是一个干，后来老婆位玲娃心疼他，帮着他干，成了打地道的主力队员，也是他的精神力量。

田沛钻山打洞，是做足了准备工作的。他先是反反复复在山两边目测丈量，拿山两边、山梁上的大树作参照物，最终确定洞口的位置和走向。之后，他又买回材料，自己动手生起火炉子当铁匠，镢头、洋镐等一些必备工具都是他自己一手打制的。然后他拨弄墨斗、推刨当木匠，赶造了小推车、铁锨把、木簸箕等木制品。从1983年计划，到1984年钻山打洞，他准备了将近一年时间。开挖时，村里人得知消息，议论纷纷，劝停的、嘲笑的、讽刺的、使坏的，什么人都有。反正就是一句话，田沛夫妇神经有问题，舒坦日子不过，瞎折腾。对此，田沛漠然置之，你说你的，我干我的，方向丝毫不变，靶心一点不散，阳光透进来的那一声轰响，撼动的又岂止是一片荒山坡，还有那板结的体制和僵化的思想。虽然当时还不能说这是一个时代的结束，却已然是另一个时代的开始。

一条地道的打通，让田赵走向了开放的未来。人生又何尝不是在出进之间行走或徘徊。从某种意义上说，田沛和他的地道是当地农业产业结构调整的第一个声响。随着在承包地搞果园建设序幕的拉开，黄土坡上几十年的农业生产禁区被打破。

田赵村的脱贫致富，其实也是从憋着一口气到憋着一股劲儿干起来的。田赵历来经营种植小麦、玉米、土豆等低产值的传统农业。20 世纪 90 年代的田赵是田沛治理下的田赵，从 1991 年到 1999 年，田沛干了近 10 年村党支部书记。他带领村干部结合村情，想办法，创条件，大胆尝试发展果品、蔬菜、花卉等特色增收产业。在他和后任者的不懈努力下，村上的产业路子越走越宽，近几年新建苹果园 230 亩，栽植山地核桃 380 亩，间作套种油用牡丹 380 亩，种植露地地膜洋芋 156 亩、辣椒 74 亩；引导贫困户种植常夏石竹、滨菊、天仁菊等特色花卉 110 亩。群众致富的路子彻底打通，终于在 2019 年实现了整村脱贫。走在田赵整齐有序的小康屋群里，我不由得感慨岁月如斯，时代巨变。道路宽阔，花坛吐香，随处可见的大棚内瓜果飘香，我发现有些日光温室还配套上了电动化浇灌水设施、电动化卷帘，安装了电照保暖灯，在温室设置了前“店”后“厂”，前“店”育苗，后“厂”栽菜……古老的土地散发出新的勃勃生机。

离开田沛和他的地道，我去了田赵村前的龙王桥。红河大峡谷从龙王桥下横穿而过，绵延数十公里，河水长年流淌，清澈见底，两旁石崖陡直，被河水冲刷留下的道道痕迹新旧累加，写满了岁月的沧桑。河谷上空，层层堆叠的秋日云朵似乎以跪拜的方式匍匐在日光的缝隙中，像喷发的火山口一样，镶上了火红的金边。站在龙王桥前，朱乡长给我讲了一个传说：很早以前，一个放羊娃在红河岸边放牧，突然漫天黑云翻滚，雷声阵阵，大雨瞬间而下。正在这时，放羊娃忽然看见离自己不远的红河两岸，有两块巨石相向延伸，快要合拢，河床受到挤压，河水淹没了周边的耕地和庄稼。放羊娃见此高喊一声：“快来看呐，这里有两块石头往一块长呢！”话音刚落，正在合拢的石头戛然而止，中间留出一条缝隙，河水慢慢回归河道流淌。后人感恩，疑其为龙王现身，遂在此建一石拱桥，起名“龙王桥”，并在旁边建起了规模宏大的龙王庙，每年农历二月二都有庙会，以感谢红河龙王所给予当地的恩赐，并祈求五谷丰登、风调雨顺。

听完这个传说，我突发奇想，那个不老的田沛是不是龙王的化身？不，他就是当代的龙王！时代的巨变不仅发生在物理空间，更是一种精神场域的崛起，一个村庄的蝶变必先有精神的蝶变，来自深厚黄土的底色给田赵的骨子里注入了一种先锋景色。从田沛等一代代田赵人的身上，我们能感受到一种在意识深处流淌的东西，它成就了今天独特的价值传统。这种价值传统不会随着一个时代的结束而结束，而会多维度、多角度地延续下去，生生不息。这也就是愚公洞被授予“青少年思想道德教育基地”的意义所在。

此时已是 2020 年春夏之交。回望岭岭山，望着田沛老人挺拔的身影，从田赵村到红河，再到整个泾川，乃至平凉的广大乡村，生机仿佛正静悄悄地勃发，勃发得仪态万方，如生命一样鲜亮多姿。这绝不是一块只有高天厚土的地方，你会为一个小山村展现出的灵性和智慧而震撼。这一切都源自敢为人先的精神，源自生生不息的万物生灵。你能感觉到，一个个新乡村正在静悄悄地积聚力量，等待新一轮的振兴。

苍莽苍沟

一夜雨声缠绵后，天色大亮，我去了那个叫苍沟的地方。

苍沟出过好几个文人，我从他们的口中抑或文字里知道了这个带有几分神秘色彩的地方。我想象他们的家应该是在很深的山野林子里，有一座由几行密密的柳树围起的小院，院门是木栅栏做成的。屋子不大不小，石基土坯墙，屋顶上铺了厚厚的草苫子和石棉瓦，里面有一张大炕，冬天的时候滚烫滚烫。是的，他们就是这样说的，也是这样写的。

进山的沟里正在修路，又下过一场雨，磕磕绊绊，泥泞不堪，还要绕过滞留在路当中的铲车。看到这些庞大的机械，我想，写下苍沟文字的他们的老家应该早就无宁日了。我走走停停，看着一溪流水回忆着那些文字里关于他们童年的事。望着漫山开始转红的绿叶，我开始有一些共鸣产生。

沟很深，苍沟的味道越来越浓。四周是无边的林子，沿途看不见一座房屋，我怀疑这里曾经有村庄，人怎么会住在这样一个阴暗潮湿的地方？走到半山腰的时候，太阳出来了，沟底的溪水边多了几头牛，黄色的，黄白相间的。再往里走，又是几头牛，路边蹲着放牛人，大口大口地吸烟。昔日人住的地方，竟然成了天然牧场？终于走到了沟里，正是传说中的大马滩。苍沟有大马滩和小马滩之说，听名字应该就是沟里面比较宽阔、平坦的两处地方，适合安家落户。大马滩并不大，一条小河撩拨着脚面，一面大山抵着脊背，人就住在这里了。看样子这里曾有一些房子，可能就是我读到的文字中他们的家。家，不在了，不知道他们看到老房子全部被夷为平地后会不会失声惊叫。看得出，这是最近几个月的事，难怪一路进来，很少看到老房子。苍沟人整体搬迁后，老房子一夜之间就消失得一干二净了。

不过，靠山的这处桩基隐约还能看见当初老房子的样子。可惜了这个以前的家，它的里面一定装了许多秘密——父辈的爱恨，缝补不完的破衣衫，贫穷与饥饿衍生的诸多来自本能的坏脾气……抬步上了房基的二级台面，我看到那里有一眼泉，上面盖着一块大石头。原来，那时候他们就是喝着这泉里的水长大的。那么，谁又破坏了这泉眼呢？这时候，我看到前面数十步之外有一间小房子，门口用废木钉成的长凳子上坐着一个老者，正在抽旱烟，旁边蹲着一个中年人，望着眼前树木掩映处的四五头牛。终于看到房子、看到人了，没准就是原住村民呢。我走过去和老人搭讪，这才发现，老人的身边有四五只箱子，蜜蜂嗡嗡着。老人姓姚，果然是这里的老住户，10 年前，村子整体移民，搬到山下的蒋庄了。这间小屋子并不是他原来的家，只是一间简易的小泥屋。

我误以为老姚和旁边蹲着的中年人是一家，结果不是，只是临时搭伴在这儿的。我一屁股坐在他的长凳子上，不料废木头钉得不结实，凳子腿折了，我一屁股坐在了地上。老姚尴尬地笑笑，给我换了一个结实的小方凳。他是来放蜂的，早来晚归，房子并不是他的。这时候，我听到那间小房子里有响动，随即听到女人说话的声音，这才知道这间房子是那个放牛的中年人的。他是刘店村的回族群众，以放牛为生，用放牛的钱供养了两个大学生，现在都在省城。房间里的是他的妻子。男人说："下了几天雨，出不去了，就住这里了。"我看了一眼，心想里面一定是有一张大炕的，而且肯定是滚烫滚烫的。我问："黑里睡这里不怕？"男人说："不怕。"我说："听说有豹子。"男人说："有啊，能听见走路、喘息。"我的毛发竖起来了，想起一篇苍沟人写苍沟的文章里提到过这么一件事，说是那一年豹子叼了他们家的猪，蹿到树上去了。猪圈里一大片血，母亲顺着血迹一路找到了树上，豹子在树上把那头猪吃完了，骨头一块一块掉下来。母亲跳起来骂，那可是家里辛苦喂了一年的猪，全家过年全指望它呢。我第一次听说豹子吃东西是在树上。因为这个情节，那篇文章让我印象深刻。放牛人说："苍沟还有狼、野猪，躲在树上吃东西是怕其他的野兽抢。"

苍沟满山都是宝，除了野兽，野菜、药材满山都是，所以苍沟最不缺的就是采药人和猎户。他们进出林子时会到人家歇歇脚，喝一碗水，抽一会儿烟。这些人有时会送一点儿东西：一条鱼或一只野兔。放牛人告诉我，那眼泉并没有破坏，依然是他们的饮用水源，他拿石头盖住，就是怕被污染。我还是很奇怪，这么偏僻的沟里，人怎么就能住得惯呢？一问，住的竟然都是不简单的人。苍沟的人姓氏杂乱，不像其他村子，一窝子一个姓，都是本家。这就显出苍沟的历史来。马峡镇历史上就是一个牧马屯兵的地方，并不是庄户人住家的。那些能工巧匠、经商能人和读书人从五湖四海来到这里，后来有些人走了，有些人生了根，走不了，就成了苍沟人。老姚的老婆就是其中之一，她是很小的时候随父母从庆阳迁徙来的，父母要返回故土的时候，她已经看上了天水来的放蜂人老姚于是两人在苍沟生儿育女，就是一辈子。老姚说自己是 1947 年生的，但样子没有那么老，耳朵、眼睛、身子一点问题都没有。

我听了放牛人讲的故事，就盼望他能再讲一讲林子里的奇遇，比如碰到一只怪鸟或一只从未见过的四蹄动物，还有奇形怪状的人，爱爱恨恨的事，要么就是吃了什么野果、喝了什么怪水。可是他没有，三言两语说完，就望着自己的牛出神。顺着他的目光，我看到不远处的树下有一辆红色的小汽车。我说："谁的车在那？"男人说："我的。晴天的时候开进来，下了雨，停这里好几天了。"我好奇，开小汽车放牛，我还是头一次见。其实，老姚和男人都不是缺钱的人，但刚开始核定贫困户的时候，两人都是。男人说，自己刚成了建档立卡贫困户，买了这车，就脱贫了。我说："那还是牛供养的，车是牛换的。"他说："学生上学也是牛供养的。"然后一笑，有些自得。老姚这个贫困户就不一样了，除了养蜂，还种了大黄和独活两种药材，虽然脱贫了，帮扶单位还一直不忘他。他头也没抬，抽着烟说："这里的药材多，蜂采的蜜里含有药香味，这是其他地方的蜂蜜所不能比的。"老姚放了一辈子蜂，真是个老行家了。他磕着烟锅对我说："大马滩的人搬走后，再没有人回来，但小马滩又有人修房子了。最早的时候，苦难太多，人熬不过去，就逃到了山里。后来形势好了，人都搬到开阔亮堂的地方了。这一两年，又有人在山里修房子了。"我说："现代人修房子肯定不是为了长久住。就说这网络信号，一天没有可以，十天呢？一年呢？"老姚说："人到了我这个年纪，想法就不一样了。现在养蜂的人都在蜂房里加白糖，大块大块地加，加了之后，产蜜的周期短，卖得多，卖得快。所以你们都吃不上好蜂蜜。"我看到他的四只蜂箱里蜜蜂并不多，嗡嗡地在边上飞旋着。我问："你不加白糖？"老姚说："不敢干那缺德事。我的蜂蜜卖的都是熟人，不比那些跑江湖的放蜂人，抬头不见低头见。再说，我两个儿子在城里都有事干，挣着钱呢，我放蜂、种药材是止心慌呢。趁还能动弹，自己养活自己，再给孙子挣几个年钱。"老姚的话让我感叹，古稀之年的人了，活得率真质朴，不简单。想起超市里买的蜂蜜，积淀了半瓶子的白糖，我说："就凭你这话，我得买些你的蜂蜜。"老姚说蜂蜜在家里，在蒋庄，一会儿可随他去家里。蒋庄是苍沟的今生，也就是说，苍沟村整体搬到了蒋庄，保留村建制，苍沟村委会和蒋庄村委会都在蒋庄。人走出了大山，聚集在更多的人里，形成村落，形成集市，形成社区，我们生活的地方就是这样发展繁荣起来的。正好，来了苍沟的前世，我还想去看看它的今生。我对老姚说：“你先放放你的蜂，我去去小马滩，一会儿就走。”

蹚过小河，爬上一个高坡土坎，就看到了小马滩。映入眼帘的小马滩被一片长势蓬勃的药材占满。马峡镇的药材有合作社种植，合作社往下有互助小组，联系着农户和基地，往上是联合社，直通龙头企业和市场，形成相对完整、立体的药材产业链条。苍沟的500亩大黄基地就在这里。马峡号称“中国大黄城”是有底气的，位于关山林缘区，高寒阴湿的气候条件，让马峡大黄品质上乘，大黄素含量远超过国家标准，品质和价格在市场上独领风骚。连老姚这样年龄的人都在种植大黄和独活，可见苍沟的药材的确是当地百姓发家致富的金疙瘩。我穿过枝干壮硕的药材林，看到掩映在药材地里的两处宅院孤独又傲然地并列在一起，这就是老姚说的“又回来修了房子”的两户。一家锁着门，一家门半掩，可见院内光景。果如我所想，这里只是他们在老家的“行宫”，并非长住之所。这房子寄托着他们对苍沟的乡愁。乡愁只能用来“愁”，因为活在“愁”里，那个心目中的“乡”才会一直美好。

我相信，苍沟最早的居民应该是一位采药人，那种情形类似于今天看到的放牛人和放蜂人。放牛人为了放牛所需，在大马滩又搭了简易房子，当年的采药人肯定也是这样，为了采药方便，就在一条逼仄的沟里搭建茅屋，堆石垒灶，修建了自己的住所，让寂寞千年的山沟升起了第一缕炊烟。有了炊烟就有了风向标，那些远徙而来的逃荒要饭者、背负冤讼者，乃至躲避战乱、遭遇流放者……都被这缕烟所吸引，人越来越多。老姚说，他来的时候，苍沟的常住人口已经多达200人了。我想，苍沟名字的由来必定是因为这里自古森林茂盛、堆绿叠翠，这群南来北往的人，把这条苍翠的山沟当作了自己的故乡，在此刀耕火种，披荆斩棘，拓荒为田，战风雨雷电，斗野兽虫蠡，创造出了一个美丽的小山村。10年前，政府开始实施关山林区移民搬迁工程，在省道304线蒋庄段统一规划修建了整齐漂亮、独门独院的新农村，水电暖齐全，道路通畅。其实这时候，苍沟的人已经不足200人了。上学、打工、投亲靠友……随着山外世界的日新月异，苍沟不断有人走出去。毕竟，人们再怎么奋斗，苍沟的土地也打不出粮食，这是无奈的现实，所以只能种洋麦、荞麦、燕麦和洋芋，而且产量很低，雨水过多的年份，连种子都收不回来，一代一代人都是吃着山里诸多的野菜、野果长大的。从早春二月树木萌生的嫩芽刺椿头、野香椿、五爪子开始，到地面上生长的芨芨菜、筒筒菜、鹿耳韭、马缨子……一直到六七月里的蕨菜，都是养活了他们的丰富食粮。八九月里，野菜逐渐没有了，野果子又不失时机地成熟了：松果、毛榛子、酸梨、面梨、山丁子以及钻出地面的蘑菇，足以填饱苍沟人的肚子。当然，还有偶尔打到或者捡拾到的野鸡、野兔、獾之类的可以让人们沾点荤腥。

困难的日子里，大家都挨饿，苍沟人就更加艰苦，生产队里一年种的粮食连半年都不够吃。当时苍沟人能撑下来多亏了大黄。生产队每年能收获几万斤大黄，卖给国家能收入几千块钱，年终分红的时候，劳力多的人家能分到好几百块钱呢。当年苍沟的大黄救了人们的命，如今苍沟的大黄让人们发了家。因为贫瘠，20 世纪六七十年代之后出生的人大多数选择了逃离，先是勤奋努力地去县城、省城甚至全国各地求学，经见世面，出了校门后去从事各种各样的营生。他们的孩子们出生在城镇，彻底断了那条来自苍沟的脐带。所以，搬迁的时候，只剩那些老弱病残且故土难离的百十来户人了。

寂静的小马滩真正成了药材园，真正适合苍沟生长的植物在这里要风得风，要雨得雨，肆无忌惮地成长、成熟，养育着这方水土上的这方人，至于那些带着浓浓乡愁回来修房的人，也不过是为了找回当年的记忆而已。人走草生，烟灭树长，看看今天的苍沟，已经是一片林海，那些搬迁户遗留下来的土坯房已经随着新一轮政府消除“视觉贫困”的行动而永久地消失在森林之中了。我在返回大马滩的时候，看到一片笔直、直插天穹的箭杆杨林，后来听说，这片林是苍沟的一位老人亲手所植，老人的妻子英年早逝，就安葬在这里，老人每年在这里植一棵树，守护妻子亡灵。20 年后，老人去世，也埋在这里，后人也每年在这里栽一棵树，直到把这片林地栽满。如今，这里的树木密密挨挨，像一群孩子守护着夫妻二人，这片林地因之得名夫妻林。苍沟的老一辈人，给后人留下了那么多美好的故事和温暖的情感，让人回味。

返回大马滩，老姚已经收拾好蜂箱，等我随他去蒋庄。走在正在开拓的山路上，我疑惑人都搬走了，为什么还要开拓一条这么宽的路。老姚说："苍沟建设了林区，纳入了自然保护区域，修这条路是为了森林防火的需要。"我们一边走一边说话，我想，从前只有一条弯弯曲曲如羊肠子一般的山道连接着山外的世界，除过一月半月的出山赶集、磨面、寻医看病必须外出，这条 20 多公里的山道上很少有行人的踪影。如今甭说小车，连大型机械车都能进入了。一路上，老姚看我还在为这么偏僻的地方能接纳二三百人居住而纳闷，又说："你甭看这里没人烟，庙会那天可热闹呢，凡是在这里出生、长大的苍沟人，不管有多远，当多大的官，干多大的事，都会回来，热热闹闹唱几天戏，上香、祭祖，缅怀过去，追思故人，是我们苍沟最大的民间集会。"老姚讲述的场景热气腾腾，我无法想象真实的情形。这次没来得及去庙里，也没到山顶上去，老姚的讲述给了我新的想象，我想有机会一定要见识一下苍沟的庙会。庙会在，说明苍沟人的根就在。

出了沟，就是省道 304 线。走了将近一个小时，我真佩服这个 70 多岁的老人，他步伐坚定，走得并不比我慢，那是常年走山路才有的体魄。他说，刚上门那几年，自己就靠采野药、割毛竹给家里增加收入。我说："你如今都这个年龄了，还在给家里增加收入。"站在路边上，老姚说有公交车通行。于是等。忽然沟里出来一辆拉独活的农用车，驾车的是苍沟人，老姚相熟，我跟他一起上了农用车，坐在车厢里，和那些独活一起，很快就"突突"着到了蒋庄。新苍沟是一家一户的独院，整整齐齐，清洁干净，老姚老两口还在院子里种了蔬菜和鲜花。我见到了老姚的老伴，一个十分清瘦的老人。说起儿子，两口子有话说了。苍沟人虽然都来自天南海北，很少有一个姓的，但是大家都是背井离乡之人，并且以识文断字的人居多，使得苍沟和众多的山村有了明显的不同，没有宗族观念，也不排外欺生，邻里和睦，民风淳朴，路不拾遗，尤其崇尚知识。他们这一代人节衣缩食、勒紧裤带把孩子们送进学堂，在村小学读完小学，又沿着山道步行 30 多公里到中学读书，再到更远的县城读高中……

孩子们长大了，又有了孩子，就连蒋庄都来得少，更不用说苍沟了。老姚两口子却自得其乐，就是放蜂，也舍不得去别处放，就要去苍沟，那么远的路，驴子驮着蜂箱就进去了。老姚一边给我装蜂蜜，一边夸赞政府，他说：“我2017年就脱贫了，帮扶我的农办还一直关心我，打电话，上门送蜂蜜包装瓶子、标签，联系买家。这个精准扶贫还真不是哄人的。”我看到他家的墙上贴着一张表：华亭县精准帮扶连心卡，帮扶责任人是县委农办的苗永清，上面还贴着苗永青的照片，留着电话号码呢。像老姚这样的脱贫户是真的脱贫了，物质上的自产自足，精神上的自力更生，热爱生活，积极向上，这就是一个脱贫农户应该有的样子。

我抱着两瓶蜂蜜告辞的时候，老姚硬要留我吃饭，我婉言推辞。走出院子，看着整齐划一的苍沟新村，我忽然觉得，新的苍沟怎么看都不像是苍沟了，至少在名字上已经名不副实了。苍沟那些土坯房子都不在了，却有新的房子建成了。我想象自己再来苍沟，睡在苍沟房子里那张大炕上的情形。不知怎么，我也想起了童年，想起了那些我跟外婆在乡下的日子。我喜欢荻草的草秆上爬着的七星瓢虫，喜欢在枝头蹦跳的柳莺，喜欢路径上不经意窜过的松鼠……我知道，老姚，还有那个跟我同龄的放牛人，他们不停地往苍沟跑，肯定是跟我一样，喜欢荻草的草秆上爬着的七星瓢虫，喜欢在枝头蹦跳的柳莺，喜欢路径上不经意窜过的松鼠，当然还有睡梦里，山豹隐隐约约喘息、行走的声音。

檐下有猪

到赵家村是来看猪的。

都说2020年猪价一直上扬，泾川县党原塬上几乎家家养猪。就这么着，嗅着一路的万寿菊香，车开进赵家村，走进了赵双宏的家。这些年走村入户，看惯了老人、娃娃守空房的日月光景。赵双宏家的庭院让人颇感意外，大小8口人，一个不差，全部住在一起，齐刷刷的，人气满满。农家庭院，院子里有上房、东房和西屋，二层还有个戴帽的筒子间。这种庭院一看就是10年前新农村建设时规划的，因为靠里面连续着开有两道门，第一道门进去是猪圈，100多头猪膘肥体壮，红光满面。最大的那头，少说也有300斤，嘴一动，全身的肉一鼓拥一鼓拥的。往里走，穿过一个甬道，再进入一道门就看到一片玉米地，茂密的玉米挤在一起，一眼望不出去。

这就是农家，有种有养，有丁有口，延续着乡村文化的基本形态，也延续着四世同堂的家族血脉。沿一道窄窄的踏步楼梯上了屋顶的筒子间，才知道那是布置出来的一间小小的祠堂。赵双宏说，老父亲80岁了，还能掰玉米。从他记事起，爷爷每顿饭都把第一碗端给老先人。父亲把第二碗饭端给爷爷，自己才端了吃第三碗。一辈辈效仿，一代代承传。修房子也一样，上房是修给爷爷奶奶住的，地位不可撼动，是权威也是依靠。东房是老大的，长兄为父，父母有心无力了，他们就得接棒主事。西房属于老二，剩下向阴的南、北房才是老三、老四的。年少的时候与享受无关，而是学怎么做人，将来一旦主事，也不至于败家。当然，这些秩序多年间从没有人破坏，地位没人争、没人抢，吃住也从不乱了方向，井然有序，辈辈相传。筒子间的小祠堂里，香火味隐约可闻，他们认为，祖先就在冥冥之中保佑着六畜的兴旺、子孙的繁衍，也保佑世代风调雨顺，国泰民安。

四世同堂的家才像个家，有耕有读有牲畜相伴的农家才像个农家。每天早上，头遍鸡叫过，便可听到猪在翻身，接着是猪们的走动，再接着就是猪们的叫唤。主人“唧唧唧”地喊，是从喉咙里发出来的，猪们“吱吱吱”地应，是从鼻子里发出来的，一唱一和，像撒娇。我在他们二道门里的猪圈里，看到了猪们的新生活，自动饮水嘴、无人进料机和定时清扫器，让猪们享受到了现代科技带来的幸福。我一抬头，看到了挂在墙上的空调，猪也怕中暑啊！忽然想起去年闹的猪瘟。我问：“这么多的猪，生病了怎么办？”随同的村主任赵守璧说：“双宏养猪这么多年，都是半个兽医了，小病小灾，喂药打针他都能来。”我不由向憨憨笑着的赵双宏投去佩服的目光。真所谓钻一行爱一行，他把养猪当成自己的事业了。正是有了贴心周到的照料，猪们才无忧无虑，心宽体胖。同行的党原镇政府的小杨说：“冬天下了猪娃怕冻着，都是把它们抱在热炕上，焐在被窝里的。”我问赵双宏：“真的是这样吗？”赵双宏说：“一次生猪娃八九头，最多的时候超过15头。去年开始，生猪收购价节节攀升，那就跟个金疙瘩一样，不敢折啊。”说话间，他的脸上有了一丝难为情，害怕人说他厚猪薄人。赵守璧看出了他的尴尬，说：“不敢折不敢折，那真是不敢折。上个月他卖了22万元呢。”这个数一出口吓倒了我，我连问了几遍。赵守璧是村里为数不多的高中生，做过多年村上的会计，账算得很清，他说：“何止20万？今年卖了四五次了，这是最近的一次。”我惊叹，开玩笑说：“一台豪车的钱哪！谁给我换这么多钱，我也把它们抱炕上，搂怀里。”说实话，我真想冬天赶紧来，好看看和人一起拱在被窝里的猪娃们，是怎样一副幸福的媚态。城里人不养人，养宠物，赵双宏家的这100多头肉猪，谁又说不是他们家的宠物呢？

说起喂猪的饲料来源，赵双宏把我领到位于大门口的简易棚子里。我看到里面有一台电动拌料机，装玉米的麻袋半敞着，露出黄澄澄的玉米颗粒。电闸一开，放进玉米、麸皮等，一会儿就拌一大盆。连饲料都是自家产自家拌，节省成本又环保，难怪能被猪贩子看好呢。我疑惑大量的农村青壮年外出进城务工，他们家怎么没人出去。赵双宏说，早在20世纪80年代，他也去过新疆，当过砖瓦工，没挣下多少钱不说，应该给的工钱也拖着好几年要不来，家里四处是窟窿，负债累累。说起来不怕人笑话，为买一袋化肥，连20块钱都在信用社贷款呢。20世纪90年代，儿子又去兰州搞建筑，没几年也跑了回来。2014年精准扶贫政策实施，他家被确定为建档立卡贫困户，第二年就领到了5万元的养殖启动资金，紧接着又扶持他栽植了18亩苹果。种果养猪，2016年，他家就顺利脱贫了。我笑着说：“从贷款20元到一个月拿回20多万，这种改变是天上地下的。你如今不只是脱贫户，摇身一变完全是个产业大户。”赵双宏笑呵呵地，打开冰箱拿出红牛热情地招呼我，一脸的光彩。

一条狗卧在猪圈门口，呼哧呼哧地吐着舌头。两只鸡在大门口啄食。学步的重孙子在院子里扑蝴蝶。其实村庄脱没脱贫，不仅要看吃、住，更关键的是青年人是不是回来了。有老人、有年轻人、有孩子，这才是正常的村庄，才是有后劲和发展前景的村庄。赵守璧指着沿路一排样式差不多的院子说:“赵家村打工的人都回来了，家家户户热闹得很，养猪养牛，栽苹果，种万寿菊，连有些吃了公家饭的人都千方百计想回乡来发展庭院经济。”党原的土地平展展的，一望无际地肥沃，地与人唇齿相依、相互依存，人与畜有分有离、彼此呼应，这才是乡村振兴的前提和基础。

长幼有序，孝悌持家。党原的猪让家回到了“家”字的本来意义:檐下有猪。这就是真正意义上的家，四世同堂，猪同堂！

第四章

石节子村的问号

离开陇东的庆阳、平凉，让我们一同走进天水吧。

天水市有个秦安县，向来人多地少，秦安人也以勤劳能干闻名。可是，勤劳能干享誉数百年，头上的穷帽子照样甩不掉。

也就是这几年，秦安的穷帽子甩掉了。怎么甩掉的，真可谓八仙过海各显神通，秦安人有的是本事。

可是，你是否想到，在秦安这个山大沟深的地方，有一个村庄的脱贫却与艺术有关。这个村庄名叫石节子村，我前后去过几次。

从外表看，这个村子与贫穷有关，那是理所当然的，却怎么着也不会与艺术沾边儿。一面陡峭的山坡上，“悬挂”着几十户人家，一头牛转身都很困难的台地，一片片挂在陡坡上，这就是村民赖以生存的农田。水泉在沟底，一条取水路几乎呈垂直状，如果不是行走山路的惯手，别说负重上下了，空手走，不失足跌落悬崖，都是万分的幸运。

而这个村庄之所以成为一个扬名国内国际的艺术村，只因为他们的子弟中走出了一位画家靳勒，他是兰州一所大学的美术老师，心系故乡，再无其他救助乡亲的门路，只好靠艺术、吃艺术。

念念不忘必有回响，艺术没有亏待他，没有亏待养育他成长的故乡。

此后，我为了研究这个村庄，找来美日一些国家关于大地艺术的许多书籍。国情不同，路径不同，形式不同，目标不同，但都有各自的价值。

我们一同去石节子村看看吧。

首先，让我们带着一个问题进村：艺术能改变贫困吗?

甘肃是一个艺术传统厚重的省份。数千年来的绚烂和斑驳，令人目不暇接。以敦煌为例，敦者大也，煌者盛也。敦煌曾是古丝绸之路上最著名的交通重镇之一。

在敦煌大街上，常见外国人行走，言语里不时夹杂“莫高、莫高”之名，莫高窟从来就不缺乏不远万里的追寻者。敦煌石窟和遗书使得国内外众多学者前来造访，不断研究，形成了一个专门学科“敦煌学”。敦煌艺术是甘肃艺术的一个制高点。莫高窟，繁华宛如一场大而盛的梦境。

历经战乱，岁月变迁，今天在1.5公里长的鸣沙山石壁上，我们依旧可以看到十六国、北魏、西魏、北周、隋、唐、五代、宋、西夏、元等数个朝代，高低错落开凿的490多个洞窟，彩塑像2000身，壁画4.5万平方米，是世界现存佛教艺术最伟大的宝库。如果将这些壁画一方方排列起来，能够伸展30多公里，是世界上最长、规模最大、内容最丰富的一个画廊。

莫高窟最醒目、最高大的窟与唐代女皇武则天有关。红色楼阁气势雄浑。朱红，那是唐朝的颜色。一个朝代的朱红之下，四海宾服。莫高窟里住着许多霓裳飘飘的飞天女子。因为她们，甘肃被称作飞天的故乡。

然而，历史上艺术的富足并不代表今日艺术的繁荣，也不能保证今日的经济繁荣。2018年，全国31个省市生产总值排名，甘肃排在第27位。甘肃省农村居民人均可支配收入为9629元，和全国农村居民人均可支配收入16021元相比，还有很大的差距。

艺术能改变贫困吗？

天水秦安石节子村的村长靳勒坚信：艺术能改变贫困！

石节子村位于北纬34° 54’，东经105° 40’，在中国的中部，甘肃之东，秦安之北。石节子村很小，可是石节子村很有名。石节子村做了大量艺术活动。可是，石节子村还没有富起来。

石节子村村民与艺术、艺术家有着各种关系，他们面对面交流，村民们有了去大都市考察的机会，并有所思、有所想，重新认识自己，减小了差距。

村长靳勒觉得艺术能改变村庄，让更多的人来关注村民，关注村民的生活，村庄就会改变。石节子村为乡村振兴提供了一种新的可能性，为村民们脱贫提供了一条新的途径。

出秦安县城向北不远，顺公路右边上山便到了石节子村。远远看见崖壁上“石节子美术馆”五个大字，十分拙朴。这是村民何蠢蠢写的。

石节子村以前叫王家下湾，王家搬走了孙家来了，张家也来了。现只有13户人家，大多姓靳，都是弯弯绕的亲戚。

石节子村的南边有一条小溪，西边是渭河的支流葫芦河。葫芦河穿流于黑龙洼与唐帽山之峡，名曰锁子峡。传说伏羲、女娲生活于此地。2000年前这里森林茂密，雨水充足，气候湿润。100年前有一姓李的道士圆寂于此，村民建了神仙塔道观。有了神仙塔道观的石节子村依然贫穷。

耕地少，多山地，十年九旱。山太陡了，存不下水，种不了啥。靠天吃饭，一年的收成完全取决于雨水是否充沛。雨水好时，土豆亩产在1500斤左右，小麦亩产不超过300斤。遇到干旱少雨，连种子都收不回来。村民的年均收入不到1000块钱。

生产队解体、分田后，村庄很安静，村里的青壮年待不住，出门打工讨生活去了，村里留守的多是老人和孩子。退耕还林后，许多地里不再种庄稼了，让栽树，务好树就可以了，国家给发粮、发补贴。

60多年前，李家坪村的一个小姑娘因父亲去世、母亲改嫁，12岁便来到了石节子村，当了梳子匠的儿媳妇，她就是村民何蠢蠢。她24岁的时候生了一个男孩。后来男孩长大了，在生产队放羊、割草、担粪、挖地，可以挣5个工分。

再后来，男孩离开了石节子村，外出求学。再后来，他成为西北师范大学美术学院的副教授，雕塑家。这个男孩就是村长靳勒。靳勒觉得自己从来没有真的离开这里，无论走多远，他总觉得自己的根在这里。

石节子村因村边有花岗岩而得名，也有人说曾有一块陨石落于村口，“石节子”是为纪念这天上飞来之石，可至今也没有村民寻找到陨石。

村边的这些花岗岩，曾经是村里人的活路。20 世纪 70 年代，村里人每年靠炸山、卖石头养家糊口。这活不仅累，还危险，既要放炸药点炮，又得来回躲石头。靳勒的二叔炸了好多年的石头，一车石头由 1980 年的 2.5 元涨到前几年的 25 元，但也没有看到他们家有多富裕，仅仅是多了一台电视机而已。可是他最后却让没来得及躲过的石头要了命。

村子沟里有个温泉，但垂直距离有 100 米，所以一直也没能开发利用。有温泉，有男人，就是缺媳妇，光棍也遗传。上一代跑了娘妇，下一代跟着跑。

靳勒还记得，小时候，村里生产队养牲口，还种了好几亩苜蓿，给驴、牛、骡子吃。春天苜蓿发芽了，他和村里的小孩一手拿小铲，一手拿蒲篮，掐苜蓿回来让母亲投菜缸榨浆水。一啤酒瓶胡麻油用半年还吃不完，也不敢吃完，吃完了日子没法过。每次炒菜时，用筷子蘸两滴，再用一小块黑亮的油布快速地在锅里蹭几下，倒菜一炒。

靳勒觉得自己算幸运的，上了大学，当了老师，学了艺术，娶了媳妇，后来还被村民选上当了村长。这是村民们对他的信任，于是，他有了第二职业，除了当好老师，他还要带领这一个村庄的老百姓脱贫致富。

村庄老了吗？村庄似乎不再有生机了。村庄不能代表着原始，代表着落后，代表着贫穷与愚昧。靳勒始终觉得，自己走得再远也是村庄的，他要为村庄付出所有的努力。

村长靳勒开始考虑一座村庄的走向。

谁来为村庄服务，为村民服务？艺术可以吗？艺术能改变家乡的贫困面貌吗？

第二个问题：雨水重要还是艺术重要

石节子村每年都做一些跟艺术有关的交流，让艺术家能够来这个村庄，或者让村民走出去。雨水和艺术，哪个更重要？村民靳女女说雨水比艺术重要。

靳勒只有自己和自己的艺术。他尝试着，希望你和我，还有更多的人参与进来，来到石节子，来建设我们的村庄，关注村庄，关注村民。

“用生命点亮艺术，让艺术改变村庄。”几十年来，他全心全意致力于这件事情。

一进石节子村，首先看到的黑色雕塑，是一条长着村长靳勒的脸的大鱼。那条黑色的鱼，望着这个只有 13 户人家的小村庄。

一幢幢破旧的老房子立在时光里。家家房前屋后都有各种各样的雕塑作品。在村长靳勒的眼中，整个村庄就是石节子美术馆，每家又是各具特色的艺术分馆……在这 13 个分馆中，每家堂屋墙上挂满了村民与艺术家的合影、各类艺术作品以及村民奔赴各地参加艺术展的留影。地上、炕头上堆放着村民自制的艺术品。

靳勒家的小院，正中是一个硕大的案子，很多画家在上面画过画。院子一角放了一张大大的矮桌，围了一圈长条椅，全国很多艺术家都坐在这里喝过茶。

来石节子村的艺术家很多，这里有着浓厚的艺术气息，以艺术之名前来参观的人也很多。这个村庄越来越有名。

每家的大门上贴着原本鲜艳但现在已经掉色的“一起飞”的海报，主题语是：“艺术和雨水一样重要。”

可是，石节子村民靳女女在德国卡塞尔的一家艺术馆说：“雨水比艺术重要。”

那是 2007 年，靳勒村长带着 5 个人去了卡塞尔参加一个叫“童话”的艺术活动。卡塞尔对他们来说，是一个真正的“童话”，他们做梦也梦不到会去一个想都没想过，听也没听过的地方，此行归来，对他们的一生都有影响。他们回来就一直谈论卡塞尔，马路、房子、城市……虽然他们只用了一两个字来表达，说“好”，或者说“很好”。

神仙塔道观的道长临出发的时候放弃了，他觉得自己身体不好，怕长时间乘坐飞机会出事，结果浪费了一个名额，后来每当提起这件事，他都很内疚，也很后悔。

那年秦安县大半年都没有下雨。靳勒带着靳女女他们在德国观看一个展览时，下起了瓢泼大雨。靳女女的注意力立即从艺术品上转向窗外。当地记者敏锐地捕捉到靳女女的目光，问他：“你喜欢下雨？”

靳女女：“我的家乡半年没有下过一滴雨了。”

记者：“你觉得艺术和雨水哪个重要？”

靳女女：“艺术重要，雨水更重要。”

从德国回来，石节子村的村民们开始把“艺术”两个字时时挂在嘴边，但是他们始终只是西北农村的普通农民。

从石节子前往德国的靳女女是一个农民，从德国回来的靳女女依然是个农民。他关心自己的土地。看到下雨的那一刻，他多么希望卡塞尔的那场雨能够落在自己的家乡。

从卡塞尔回来后的那个春节，艺术家赵半狄第一个来到石节子村。他在这里做了一次春节晚会。

赵半狄带领熊猫团队来石节子村那一年，正巧遇上几十年不遇的寒冷。可是，他们来给村民拜年，奉献了一台温暖而热情的春节晚会。他们离开村庄时，村民们反复说：“明年再来啊。”

也就是那个春节，全体村民一致选举靳勒当了村长，他们期望靳勒和艺术可以引领他们前行。

靳勒每年都在石节子做一些跟艺术有关的交流，就是让艺术家能够来这个村庄，或者把愿意帮助村民的艺术家请到村里来，让村民有机会走出去。

2008 年 10 月，村民们很积极踊跃地跟靳勒去了北京，来到了 798，与热闹的北京艺术界有了交流。靳勒发起了“人人都成了艺术家”的活动，从热闹富有的北京，到边远落后的石节子村，村民们也在认真思考：艺术是什么？艺术能干什么？艺术能否与村庄有关？或者，他们的希望很现实：村里不要再喝窖水了。

有个旅英的女艺术家叫索菲亚，也来到了村里，拍电影。后来，和石节子有关的电影越来越多，靳勒就在石节子做了一次电影展。

路径：一起飞

“一起飞——石节子村艺术实践”项目邀请25位艺术家和村民组成“一对一”的合作搭档，共同实现自己的一个艺术梦想。来的人多了，交流也多了，村民们更了解外面的世界，也自信起来了。石节子村虽然有了名气，可是依旧很穷。

上述“一起飞——石节子村艺术实践”项目，是北京“造空间”创办人、艺术家琴嘎和靳勒一起策划发起的，时间是2015年。这是“人人都成为艺术家”观念的身体力行。

在石节子村，人人都成了艺术家，村民与艺术家合作完成了很多艺术品。

与靳女女合作的艺术家，给村子里每家每户送了一个保险箱。去靳女女家时，他拄着拐杖慢慢出来迎接。他的腿脚不好。他的母亲生了四个儿子，他是老四，于是给他取名叫靳女女，有点像生了女儿取名叫“招弟”一样。

他家里很简陋，门框低，要低着头进去。

一张土炕占据了屋子一半的面积，与门正对的墙上挂着一张毛主席立着挥手的画。画的下面是一张简陋的木桌子，桌子上摆着座钟和几只杯子。墙上挂着和艺术有关的照片。照片都是一样大小，装着黑色的塑料边框，照片下面用铅笔写着时间、地点、人物，谁来过、做过什么。

靳女女的保险箱放在炕和桌子之间的空隙中，原装的纸盒子还套在箱子上，钥匙在靳女女腰上别着，他插入钥匙，转动后按密码。

他的保险箱里空着许多地方。他一件件地拿出保险箱里锁着的东西给来访者看。

第一件是他的护照。他说办护照挺麻烦的，得到乡里去开证明，再到县上、市上，却怎么也办不下来，最后德国方面给他们出具了一份邀请函，他们才拿上那个小本本。

他拿出来的第二件物品是一本卡塞尔的纪念册，是当地的记者送给他的，他带着一丝炫耀的口吻说：“只有我一个人有。”还有几张崭新的外国钱币，他说是德国马克，还有几张德国的邮票和去德国的飞机票。他说从北京起飞，足足飞了9个半小时。

和德国之行无关的物品是一本土地所有证。这些都是靳女女珍视的物品，连同这个保险箱。

我问："艺术是否改变了你的生活？"靳女女沉默了片刻，才说没有。他依然那么贫穷，他和妻子依然为了生计而劳作。艺术改变他们看生活的目光的同时，留给他们的似乎只有墙上的照片。

艺术家高峰与石节子村50多岁的农家妇女靳彩琴是合作搭档。2016年4月，靳彩琴给高峰讲金马跑过锁子峡的传说。她指着前面的山，锁子峡就在那座山那里。金马长什么样？靳彩琴就在纸上画给高峰看。一张从作业本上撕下来的纸，用蓝色的圆珠笔画，金马的肚子圆鼓鼓的，金色的眼睛瞪得又圆又大，整匹马正在飞奔，马嘴张开，不是在嘶吼，而是微笑的模样。

一匹巨大的泥塑马在石节子村入口处的土壁上扬蹄奔腾。高峰以靳彩琴画的金马为设计原图，创作了雕塑作品《是我的也是你的》。一匹在黄土墙壁上的奔跑的马，它笑的模样让人心里变得温暖柔和。

靳彩琴白天在山里忙农活，她家有专门为远道而来的艺术家们准备的被褥。上次来了一批上海的艺术家，在她家住了几个。她说以后来的人越来越多，就会挣到钱了。

艺术家琴嘎和村民李保元是合作搭档。在一年多的时间里，俩人多次沟通和协商，最后定下在村里修一段路，并命名为"我们都是艺术家——公民之路" 计划。2017年4月，该计划通过网络平台"轻松筹"筹集善款2.7万多元。7月23日，在村民们的共同努力下，一条总长60.8米，普通又独特的"公民之路"诞生了。那是一条用各色石子铺成的路，每一块石头都是一个彩色的心愿。

2016年11月，琴嘎和李保元带着他们共同完成的作品《我们都是艺术家——被遗忘的疼痛》赴北京民生美术馆参展。展出结束后，李保元被授予"农民艺术家"称号。

"一起飞"项目还有梁硕与王娇女的《小生意》、闫冰与靳同生的《村庄画展》、葛磊与雒发儿的《路灯》等近 30 项当代艺术创作。

靳红强胖嘟嘟的，像一个上小学或者初一的孩子。他的祖父叫靳同生，曾经是这里的村长。一位大娘坐在门口的小板凳上，专心地忙着手里的活计。她的手很大，手上有厚厚的茧子。她是靳红强的祖母。

靳同生说自己的孙子："快 20 岁的人了，脑子和七八岁的娃娃一样，连钱都不认识。"靳红强小的时候就不会说话，走路也不稳当。他母亲是一个外地女人。有一天，她做了一个梦，梦见自己的傻儿子靳红强喝了农药。她醒来之后看看在炕上睡得好好的儿子，松了口气。后来她一声不吭地就去了神仙塔，道士说他儿子的阳寿到了，得有人给他换命。她从神仙塔回来依然一声不吭，找出家里的农药就喝了。当家里人发现她不对劲的时候，她才告诉家里人，自己喝了农药给儿子换了命。拉她的车还没有到县医院，人就没了。她为自己的愚昧买了单。不知道靳红强还记不记得母亲，他的母亲为了他视死如归。

靳红强不说话，进门不说话，走的时候也不说话，一不留神就不见人了。

靳红强喜欢画画，靳勒在自家小院的大案子上常备着笔墨，红强一来就自觉地趴在那里画画。一张接着一张，一画一下午，也不知道累。

没有人教红强画画，可是他的画里透着本真的神奇。靳勒在石节子艺术节的时候专门给红强办了一个画展，一张画卖 500 元，展览结束时竟然卖了十几张。

红强不识钱数，可是他看到钱会很开心。买他画的多半是外地的艺术家，红强的画里有一种天生的朴拙，如这座村庄。

红强还是不怎么说话，走路也不稳当，可是因为骨子里的本真，他做着最为艺术的事情。

靳勒不停在把红强的新画放在网上，给越来越多的全国甚至国外的艺术家看，有许多人看了觉得惊叹。艺术改变了红强的生活，对他来说，画画一定比种地强。

"一起飞"项目中，艺术家张兆宏从北京来到石节子村，他与靳海禄结对做“家庭旅馆”。

在搜狐网站青年艺术家访谈中，张兆宏的简介是这样写的：中央美术学院雕塑系公共艺术工作室讲师，从事公共艺术研究与实践，是当代公共艺术概念的倡导者。访谈文章的题目是：我还有很多好玩的想法。没才的人觉得艺术是件苦差事，苦巴巴的，弄不上道。张兆宏是一个以艺术为事业的人，有才的人觉得艺术就是玩，玩着玩着就玩出了大成就。

在张兆宏的眼里，这个村子就是艺术，让他惊叹。“家庭旅馆”的构想给了他无限的艺术遐想。3 年时间，他画了无数张草图，每一张草图都是一个完整的艺术构想。有时候，做着别的事情，思路忽然转到这里，他就停下来，找一张纸，把最新的想法画下来。

一个构想完成，下一个更好的构想成形，再来推翻这个构想。3 年了，他甚至有点不想定下来这个构想。“家庭旅馆”有点像魔术，下一刻会有什么想法，他自己也不知道。这是一个有趣的游戏，可以安放他的乡村梦想。

现在，“家庭旅馆”终于破土动工开建了，打下了 6 个深深的井桩。

一进村，远远就能望到“家庭旅馆”的位置。中国西北农村最普通的夯土结构的房子，装着旧木门窗，窄窄高高的台阶，屋里是整面墙那么宽的一张土坑，冬天可以烧麦秸秆取暖。屋子的另一半是透明的玻璃，伸向峭壁。躺在炕上，你可以看到风从绝壁吹过，山梁上的灌木挥舞着手臂。从土炕向前走到玻璃处，你的脚下是突兀的悬空，峭壁高且陡峭，令人惊惧而没有安全感。

卫生间在玻璃悬空处，所有住进这间家庭旅馆的人都必须到这里去。卫生间的马桶和淋浴是世界最为顶尖的产品和设计，有可冲洗和烘干的马桶盖，也有多向喷淋头。卫生间的玻璃可以瞬间加热雾化成不透明的，方便使用。屋里装了看似简单却可以声控的灯和可以自动测温并开启和停止的空调，屋里的四季并没有室外分明。可以烧麦秸秆取暖的土坑只是多了一种功能和怀旧的情怀。

这座有着最古朴的乡村化的建筑里，有着最为高科技的物件。从乡村到城市，德国的美丽乡村用了25年时间，而你在家庭旅馆这不足20平方米的屋里转一圈，就可以体验到这种跨度和区别。中国农村的现状与大都市最前卫的高科技集合在一起，这种瞬间的时空转化是艺术带来的。

张兆宏想象了“家庭旅馆”将来营业的各种可能性：完全是三星级宾馆的服务与管理。要住得提前预订，一年里每一天的房价各不相同。它看起来会是一家运营很用心的宾馆，但是所有的收入都会用来回馈村民，看着是生意，其实还是艺术。

雕塑家张兆宏带来了一摞图纸，一面说着话，一面用泥拍打出一个55∶1的家庭旅馆模型。

他想每年留出一定的时间，让村民们轮流住进家庭旅馆，让他们也来体验一下从生活到艺术的变化。

“艺术是什么”，靳勒村长说，“艺术可能就是一种生活方式吧，一种你所选择的生活方式。”

“原来村里一年到头没外人来，现在一年下来也能来1000多人。”靳勒的父亲靳海禄感叹道。艺术村庄带来的变化正在慢慢发生。“以前村民总觉得自己比不上外面的人，有时见到外人连话都不敢说。有了美术馆之后，来的人多了，交流也多了，他们更了解外面的世界，也自信起来了。”

吃过饭，靳海禄在院子里晒太阳，旁边是中央美院的孩子来实习时为他做的雕塑，真的靳海禄和雕塑的靳海禄在一起，有一种突兀的逼真感。村庄中立着的雕塑，和村民们一起注视着他们的生活。他们依然种着苹果、核桃、梨、花椒。

2020年春天，花开了，一场倒春寒让村里遭了灾。靳勒感叹：“绝收了。”原本一斤花椒能卖到60元左右的价格。过了一会儿，他不由自主地又说了一遍。

这是一件多么令人痛惜的事情啊。

答卷：怎么脱贫？

石节子村虽然有这么大的名气，可是村子依旧没有脱贫。

石节子村怎么脱贫?

美国社会心理学家马斯洛的需求层次理论把人类的生存需求分成生理、安全、社交、尊重和自我实现 5 层，依次由较低层次到较高层次。

按照他的理论，村民们对食物、水、空气、住房和穿着等需求都是人的生理需要，是最低一层的需求。而人们寻求精神生活的乐趣，比如艺术与艺术的需求，则是自我实现，是更高一层的需求。

它们之间还隔着安全、社交和尊重的需求，是错层的。

贫困的村民们要通过艺术脱贫，也就是说，他们要在艺术的提领下，经历一个跨越式发展的过程。

因为艺术给村子带来的知名度，这里有了太阳能的路灯，有了硬化的道路，并且每年都有各种艺术交流活动在这里开展，国外、国内的艺术家们络绎不绝。

接下来，石节子村要成立石节子美术馆，并注册成立石节子艺术有限公司，艺术将带动村子发展。

在这里，村民重视农业，也同样重视各种艺术活动。生活重要，过日子重要，艺术也同样重要，艺术进村让他们眼界开阔，胆子变大了。

石节子村需要艺术，更多的村子也需要艺术。富裕的村庄、贫瘠的村庄、漂亮的村庄、丑陋的村庄。

靳勒村长和村民们想要改造生活环境，把沟底的温泉水引上来，有个图书馆，有个新学校。他们想要吸引更多的人来石节子村，发展旅游业，开发艺术产品，做好特色产业。

当然，这只是一个答卷，而非最后的答案。

石节子村，重要的是一个启示。

清水，一个湿润的名字

天水市的清水县，对于我而言，也许是除了故乡，迄今为止，我去的次数最多的一个县，我去过它所有的乡镇和绝大多数行政村，它也是在我的文章中出现最多的县。只因这里是我所在单位的扶贫点，时间跨度长达10多年，最早开始扶贫的两个村脱贫后，我们又承担了另外一个镇两个村的帮扶任务。我无法准确想起到底去过清水县境多少趟，而在2019年6月份，我受清水县委、县政府之托，以甘肃省文联和甘肃省社科院的名义，主持筹办了一场“写意清水”的作家采风活动，从国内、省内各地受邀而来的作家朋友40多名，其中不乏国内文学界的知名之士。采风团成员先后发表的有关清水的文字大约有200篇（首），清水一时广受外界瞩目，也成为当年全国文学界“文化扶贫”的亮点。我因为要筹备活动，前后数次冒着春天的冷雨前去踩点，走遍了县内各个重要的居民点和风景点，因负责组织和参与采风活动，多次去过先前已经去过的地方。对于我而言，不敢说辛苦，作为一个写作者，却有着另外一种幸运，就是“假公济私”，有了更多了解清水的机会。从我前后为清水写作的文字中可以看见一个扶贫工作者的心态变化，以及扶贫工作本身的变化。

1. 扶贫笔记

8月上旬，西北地区到了一年雨水最为丰沛的季节，兰州的一场小雨后，我所在的单位，轮到我下乡扶贫了。

越野车在高速路上行驶4小时后拐上了省道，又走了1个小时，余下的路段全是乡村大路。或宽，或窄，或平坦，或崎岖，宽且平坦的路面总是那么奢侈。昨天刚下过一场大雨，路面到处都是被洪水侵蚀的水洼，还有人畜车辆挣扎过的泥坑。

蹒跚通过数十里这样的山路后，我来到了峡口村。这是我的扶贫点。正是午后，被雨水清洗过的天空阳光明净，被雨水润泽过的山川空气清新。要是没有什么任务，纯粹做一个浪荡闲人，这倒是一个好去处。开展扶贫工作之前，先接受大自然的扶贫吧。在城市，谁享受过这样的阳光、这样的空气？

两面山坡夹着一条河，从深邃处鼓荡而出，又钻进另一深邃处。带路的人说这是响水河。一个飞步可以跨过去的小河，十几里外都可以听得见水流的喧哗声。以水量而言，河床足够宽阔，也足够平坦，没有瀑布，也没有巨石阻截水流的通道，区区涓流为什么会闹出那么大的动静呢？我住在黄河边，如此浩荡的大河，白天夜晚却很难听见波涛声。也许是山乡太寂静了，河水成为唯一持续不断的声音。或许，任何生命都有向世界宣示自己存在的愿望，越是容易被人忽视的人，越是要声张自己的存在。

这都是我的揣测。

村民们将家安置在紧靠河边的一个山坳中，不算宽敞的响水河谷在这里突然收紧，这恐怕就是峡口村得名的原因。左面的山头名叫女娲山，河水绕山脚石崖而过。山体是岩石，数十米高低。不是那种森严壁垒般的岩石，大小石头像是被谁一块块堆摞起来的。是喜鹊堆摞起来的。山顶有一座破败的庙宇，里面供奉的是中华民族共同的老祖母女娲。女娲生在别处，葬在这里，是喜鹊衔来巨石，为她老人家堆摞而起的陵丘。喜鹊衔巨石积山当然是源于人们的想象，而女娲的有无，生于何时何地，葬于何处，既不可无来由相信，亦不可无来由不信。百里外的天水城，伏羲庙的香火已经氤氲许多个世纪了，十几里外的大地湾先民遗迹，八千年前先民制造出来的水泥，与时下水泥的质量不相上下，已让全世界侧目。

与女娲山隔河相对的是堡子山。两座山头的山根是连在一起的，被河水截断了，所以，两山本无距离，只是到了高处，两山中间相距着一片开阔的天空。堡子山比女娲山高出3倍以上，也是直上直下，也是嵯峨乱石堆砌的山。转过山脚，山体却是黄土堆砌的，山坡比较平缓，从山底到山头，一层层梯田拼接上去，像是天梯。沿着天梯往上爬，爬一层，天空扩大一片。返身鸟瞰，女娲山下挫一截，佝偻着腰，沮丧了脸，像是一个挨打受气的小媳妇。

堡子山得名于山头有一座巨大的土堡。黄土筑起的土堡，土墙两丈高低，有着山头自然高度和坡度的衬托，土堡足以傲岸四方。墙圈内早已被开辟为耕地，平展展五六亩地。麦子已经收割了，麦茬还留在地里。地里还残留着旧时的瓦片。村中老人说："谁见过这么大的堡子？旧年间，风闻土匪要来，周围村庄的人赶着牲口，驮着粮食和水，都往堡子里爬，少壮男人把住城门，土匪哪里能打得进来！"

土堡确实是用来对抗土匪的。堡子山是一眼能望得见的周遭数十里无数山头中最险峻的一座，而别的山头也有这样的土堡。这样一块僻壤，曾经是土匪肆虐之地。良民依靠土地百业存活，土匪依靠良民存活，良民和土匪在这一块地方，来来往往多少代人，至少说明在多少代人的漫长岁月里，这块土地足以养活人，包括良民，包括土匪。

而今，我却是来扶贫的。

河边平地上种着玉米，长势茂盛。高一点的平台是收割以后的麦地，大多犁过了，正在翻晒，等待秋凉后继续种植冬小麦。再往上便是梯田了，一层层逐级升高，直到山头。这是种植五谷杂粮、油料、果树的农田。看得出来，这是一座有些年份的村庄，一大片房屋依据地势，修建在一面缓坡上。几条村巷道路隐藏在一圈圈围墙下，将整个村庄串联为一体，深入其中，如在迷宫，却总能走出一条通道来。新修的院落色彩艳丽，老旧的院落一片灰暗，无论新旧，都有一棵或几棵大树掩映环绕。随手推开任何一座院落的门，院内和院外情形大为不同，一律水泥铺地，一律杵着一座太阳灶和一口电视信号接收锅，一律有农用车，至少也有一辆摩托车。进了屋，家用电器齐全。进了库房，各种粮食足够一家人几年使用。

不贫嘛！我不由得在心里暗叫一声，一者为农民兄弟生活的富足高兴，一者也为自己扶贫任务的不甚艰难庆幸。接下来便是调查。正好是农闲时节，天也正热，村中大树下随时都聚集着乘凉休闲的人，说话对象源源不断。说了一会儿穷富问题，大家或许看出了我的疑虑，异口同声地笑道：“再啥都不缺，就是缺钱花。”年轻人大都出外打工了，有的在省内，大多在省外，北上广，“新西兰”，到处都有，做什么活路的都有。留守在村里的都是老年人，还有中年人，再就是孩子。一个有劳动能力但完全没有手艺的中年男子在附近村镇做工，管吃管喝，供烟供酒，每天工钱120元，当日支给，早出晚归，不用吃家里的饭，也不用交房租，是净收入。如此，还常常闹用工荒，农户日常的用工，常常为找不到人发愁。家里粮食充足，自己种植的蔬菜瓜果基本可以满足自家需要，学生学费全免，药费大部分可以报销，进钱的渠道不算多，也没有多少出钱的渠道啊。我问他们缺钱主要缺在哪儿，大家七嘴八舌，有建了新房的，有给几个儿子娶了媳妇的，有买了车的，有供养大学生的，少数是因为家有病人。

熟悉了之后，有人问我月工资是多少，我说了一个数字，他们坚决表示不信，说不可能只有那么一点儿。我说："多少就是多少，我又不可能问你们借钱，也不可能借钱给你们，没有必要千里迢迢为这事来骗你们。"他们终于信了，有的低头暗笑，有的眉宇间隐藏着不屑，心直口快的人脱口而出："才挣那么一点儿，还……"我笑着补充说："还好意思扶别人的贫，是吧？"他说："我们都以为你们干部天天都在数票子玩呢，到处是进钱的路，一分钱不用花，啥花销都由公家包了。"我说："你们都去过城市吧？你们说说，城市干什么不花钱？吃饭要花钱，拉屎也得花钱是吧？我们就那一点死工资，进钱的路只有一条，出钱的路四通八达。绝大多数吃公家饭的人，都是我这样过日子的。"

大家沉默了，暂时不再嚷嚷缺钱花了。

我需要知道他们为什么觉得自己缺钱花。

个人的生活经验和从各种渠道得来的信息，让他们觉得自己是这个世界上吃亏最多的人，从而认定城里人一个个都坐拥金银，国家的财富，包括他们创造的财富，都让城里人侵夺享用了。他们从国家那里，从别人那里，得到多少都是应该的，不拿白不拿，多拿少吃亏，少拿吃大亏。他们没有给自己的生活设置上限，或者预设了很高的上限，同时又没有给自己的生活设置底线，或者设置了一个很高的底线。如此，永远觉得自己比别人钱少，永远觉得自己是应该受到扶助的弱势群体。

这是我对村民普遍走访后得到的总体印象，而普查本不属于我的工作范围，算是我的"自选动作"。当然，没有明确禁止这样做，便可视为被默认。

给我确定的重点帮扶对象有两家，我的任务是：3 年之内必须帮助他们的生活水平达到小康。下乡扶贫是有上面规定的"动作要领"的，必须严格执行。第一步是入户调查，详细了解帮扶对象的家庭生产生活情况。

我先去了老周家。老周 60 岁，老伴 53 岁，一个儿子和新婚的儿媳都在兰州打工，搞装修，月工资 2500 元左右。我对兰州市民的基本生活水平有一些了解，两个人 5000 元的月收入是可以保证基本生活需要的。平时在家生活的只有老周夫妇。他们的承包地共有 12 亩，2 亩平地种植小麦，10 亩坡地种植五谷杂粮和经济作物。积存的口粮几年也吃不完。他家有 2 栋 7 间房屋，1 栋 5 间房屋修建于 5 年前，耗资 7 万余元，老两口住在厢房，其余房间分别为客厅、伙房、库房，还有一些临时建筑，比如车棚、柴房等，加起来大约有 200 多平方米。1 栋 2 间房屋修建于去年，是儿子儿媳的婚房，耗资 2 万余元，小两口过年回来住几天，平时闲置。家用电器一应俱全，有农用车、摩托车各一辆。

看起来和听起来，日子似乎不算贫困。老周也许也觉出了什么，急忙声明，修造这些房屋时借了一些钱，还没有还完，儿子儿媳打算在兰州落户，没钱买房子。我笑说："儿子儿媳大概还要买车吧？兰州的城市居民大多是按揭买房的。"老周是木匠，远近闻名。木匠在山区很吃香，造房、造家具，修修补补，谁家都离不开。当地农村修造房屋很讲究，雕梁画栋，工艺复杂，木匠的工钱很高。老周是这方面的高手。可他说，他的腰椎间盘突出，干不了重活了，只能带徒弟，在现场指挥徒弟干活。我问："带徒弟和指挥徒弟干活有报酬吗？"他说："那当然有了。"我没问是多少，因为行情我已经掌握了，最少也是一个小工日工资的两倍。小工的日工资为 120 元。

我不知道该说什么，也不知道怎样去扶贫。

我的另一个扶贫对象是小刘，37 岁，家里 5 口人——夫妇俩和 3 个孩子。老大、老二是儿子，在镇初中读书，学习成绩不错，小刘有些兴奋地带我参观贴在墙上的各种奖状。女儿在本村小学读书，走读，在家食宿。小刘很有见识，小两口曾在上海打工 7 年，深得老板信任，算是立足了。可他们最后还是选择了回家，理由是照顾老家代价太大。他们每年至少要回两趟家，一趟是春节，全家团圆，这没说的；另一趟是收割小麦。小刘家只有 4 亩承包地，媳妇嫁过来前，新一轮土地承包已经结束，媳妇没有土地，儿女自然也没有土地。我问：“收成最好的年份，小麦亩产有多少？”他说：“山坡地，撑死也就300斤。”我问：“你和媳妇回一趟家，路途花销大概有多少？”他说：“那就没数了。车费不用说了，总得给亲戚朋友带一点礼物吧？你知道的，现在除了粮食不值钱，再哪有便宜的东西。”我笑说：“你每年收获的这千把斤小麦可是值了大钱了啊。”他苦笑，说：“这笔账我也是算得出来的。可是人得有根啊，我把全家都带走，在外面生存下去估计问题不大，可是将来呢？不是谁唱的吗：有一天，当我老无所依……”

我笑说：“你想的可真长远。那么，现在呢？”

小刘说，他打算养牛。3年前，他花2000元买回一头小乳牛。这头牛真争气，每年生一头小牛，去年他卖了小乳牛生的头胎小犍牛，获利4500元。他决定扩大养牛规模，达到20头，因此需要贷款7万元，用于扩建牛棚和买种牛。我问：“牛饲料怎么解决？”他指着屋后的山坡说：“我住在村边，荒地多，可以给牛割野草吃。”我说：“这么多牛，需要的草料可不是小数目。”他说：“夏秋季牛吃青草，冬季吃干草。”他要饲养的不是肉牛，而是耕牛。我想：现在农机那么多，耕牛会有那么大的需要量吗？小刘说：“在我们山区，农家养耕牛是最划算的。积肥、耕地、从农田来回运送东西，用起来很顺手，所以销路不成问题。”他打算每年卖出10头牛，每头牛大约5000元。扣除饲养成本2000元左右，收益还是可以的。

小刘正在读有关养牛的书籍资料。

小刘对即将付诸行动的养牛事业信心满满。

小刘希望自己的3个孩子都能有出息。有出息的标志是离开农村，变成城里人，而他已经做了7年上海人，现在又重新做起农村人了。

小刘说：“等3个孩子都在城市定居后，我给他们留守老家的根。”

按规定，我必须给我的扶贫户每户提供至少一项脱贫致富门路，并拟定详细的扶持计划，上交主管部门，这是要接受有关部门考核的。

我在扶贫点住了5天，全村的基本情况都有所了解，与两个重点扶持对象也产生了一些友谊。可是，我想不出扶持他们的办法，我也无法确定，他们的生活水平到了什么程度就算是脱贫致富了，参照系是什么，绝对值又是什么。以城市为参照系吗？显然是不可能的，农村有农村的生活特点，有天然的优势，也有永远的劣势，永远不可能有城市生活那么方便或热闹。相反地，城市也永远不可能有农村那样的清风明月。那么，达到什么生活指标才算脱贫了？

我和几位有过打工经历的村民讨论过一回关于穷富的问题。正午时分，屋子里热，离得老远，就可以看见河边树荫下的凉快。那里散坐着几位村民，抽烟，品茶，说话，很是悠闲。我凑上去，他们也欢迎我的加入。我是在农村长大的，工作后又去过天南地北无数的农村。我知道怎么和农民打交道，怎么和农民说话。农民最反感的是那种对农村事务一窍不通，却喜欢以导师的嘴脸对他们指手画脚的城里人。我在国内任何一个农村都没有遇到沟通起来困难的农民。中国农民的心是相通的，有着共同的情感倾向，无论东西南北中。我给他们每人敬了一支烟。他们笑着急忙接过去，立即点着。是那种亲切的笑。一位年轻村民问了一个几年前我在农村被农民多次问过的问题，不等我回答，他又说了许多别的话。

他说："马老师，我听你的同事说，你挺有钱的，怎么抽这么便宜的烟？我是抽烟人，我理解的是，这种烟你抽顺口了，可是，有些爱抽劣质烟的人，是自己躲起来抽的，出门，或在人面前，掏出来的可都是高档烟。你知道我最佩服你的是什么吗？无论面前有什么人，你都很坦然地掏出你的烟，也不怕人笑话。尤其让我感动的是，那天我给你敬了一支一盒才两元钱的那种烟，你很自然地接受了，而且抽得只剩了把儿。我可从来不给干部和城里人敬烟。高档烟咱没有，劣质烟人家不愿意抽，既为难人家，又伤咱的脸，何必呢。我们村长抽的至少是'吉祥兰州'，我们村民小组长抽的是'黑兰州'，你却抽的是'蓝兰州'。"他说的是三种不同的香烟，分别是每包 27 元、15 元、5 元。

我说："我抽烟，包括吃饭穿衣，一是取我自己喜欢的，我又不是演员，没有给人表演的义务。再者，吃什么，穿什么，用什么，一定要与自己的实际能力相对应，你只能挣一千元钱，心里想的却是一万元的生活，这不是自寻烦恼吗？”

香烟是男人间的友谊桥梁。路上碰见一个陌生人，你敬他一支烟，他接受了，就说明他愿意跟你交往。朋友间产生矛盾了，一方抽烟时也敬对方一支，对方接受了，说明已经和解了。我们抽着烟，无话不谈。说着说着，居然涉及了穷富观。是一位村民问我的，我顺口说：“我觉得这个世界上有两种人最缺钱，一是钱最多的人，是钱多到早已超出自身需要的人，为了实用而获得的钱变成概念意义的钱，这个时候，钱事实上对自己已经没有实际意义了，人对钱的期望值达到上不封顶的程度，让钱垛子压死，还觉得缺钱；一是钱最少的人，即下不保底的人。真正的穷人，明天的早餐在哪里经常成为未知数。这是真正缺钱，并且需要扶持、救助的人。大量处在中间生活状态的人，其实是人生的正常态。也许，有一段日子手头紧些，但手头紧与穷人是两码事。有一段日子收入不错，但手头宽松与富人是两码事。根据自己在某个阶段的收入情况，由自己调整自己的生活状态，也许才是一种正常的人生。”

他们都认为我说得很有道理。

又一场大雨，村中搭建在响水河上的一座便桥被洪水冲垮了，而我要离开扶贫点，回去拟定扶贫计划了。

这是我最早写成的关于清水扶贫的文章，可以看出，那时候我对扶贫工作有着许多困惑。这种困惑既有自己的认识问题，也有扶贫工作本身的问题。这也是我在具体的扶贫实践中，继续开动习近平总书记号召的“脚力眼力脑力笔力”的动力。

随即，我们的扶贫村转移到了山门镇关山村，我去过多次以后，找到了想要表达的亮点，这就是《四十二年村官路》，该作在《人民日报·海外版》一经发表，便引起强烈反响，各路媒体纷纷跟进采访报道，我所写的主人公雷得有一时成为名人。据说，前来采访报道的国内媒体多达数十家，前来视察参观的各级领导更多。我去清水扶贫时，遇到了该县的县委书记，他说，自《人民日报》创办以来，关于清水的消息只有一次，是一张关于春耕生产的图片，大约有小孩手掌大小。我大惊失色：这怎么可能呢？继而心下了然。《人民日报》是党报，是全国的第一大报，而清水只不过是西北的一个小县，这也让我清醒地认识到，清水不仅是经济欠发达，社会各方面，包括对外宣介，都缺课很多。县委书记笑着说："我们清水的春天非常漂亮，欢迎你常来看看，你有作家朋友，也可请来看看。"

我不假思索地答应了。清水的春天确实风景优美。事实上，清水的四季都是美的，各有各的美。

2. 四十二年村官路

大雪中，我提前来到关山村。这是我供职的甘肃省社科院的帮扶村，一会儿，单位将组织人员前来慰问村民。关山村正如其村名一样，大山深处，丝绸古道，是古代从关中平原进入大西北腹地的一条支线，属于甘肃省天水市清水县管辖，距离兰州 400 多公里，再往东走几公里，就进入陕西地界了。从县城到关山村，几十公里路程，车辆或在峡谷中穿行，或在山顶上颠簸，而关山村与所在的山门乡还隔着一座高山。刚才翻山的时候，乡村公路窄而陡，站在山顶张望，林海茫茫，风雪凄迷，不由得生出"关山难越，谁悲失路之人"的感慨。

雪还在下，村支书雷得有正在组织村民清扫院落，准备迎接慰问队。深秋季节，我们见过一面，因为我有急事，没有来得及深入交流。此后，关于他的情况从各个渠道进入我的视野中，与他面对面交流的愿望日甚一日：一个连续担任 42 年村干部，每次到了卸任期，全体村民都要深情挽留，这究竟是怎样的一个人？其实，他是一个再普通不过的山区农民，而正是这样一个普通的农民，让这一片山区燃烧着希望，延续着走向未来的梦。生于 1960 年的雷得有已年届花甲了。1977 年，17 岁的他出任生产大队文书，因为全大队只有他一个高中生。那时候，现在的关山村所辖的 8 个自然村分别属于 3 个生产大队，雷得有担任罗垣大队文书。接着，他娶妻生子，接着土地承包，1983 年，他入党，担任罗垣村党支部书记。当时村支书的工资报酬是什么呢：

多给一亩承包地。熟悉山区情况的人都知道，山区不缺地，缺的是种地人，缺的是土地带来的收获。而他擅长做生意，即便风调雨顺，一亩地的收入也抵不上他跑外面一趟。他要面对的工作任务是什么呢：全村没有一个富裕户，都是缺吃少穿；没有一个读中学的学生，男孩最多读完小学，家长就不让上学了，大多数女孩，家里纯粹不让上学。

既然组织信任，既然村民信任，个人利益就得无条件退居其次。雷得有跑生意时去过一些地方，他深知自己之所以敢于出去闯，也闯出了一些名堂，就在于读过书，有见识。眼下，发展家乡的根本在于两条路，一是办学——要致富，先治愚；二是修路——要治愚，先让大家睁眼看世界。罗垣村是有一所小学的，但已经名存实亡。雷得有组织村民去几十里之外，依靠人挑驴驮，花了半个月时间，运回一万多块砖瓦，建起了校舍，这也是当时全村唯一的一栋砖瓦房。村民不愿让孩子上学怎么办？好办，土办法虽然土，却是管用的办法。先是一家一户动员。苦口婆心不管用，就强迫命令，甚至恐吓威胁，谁家不让适龄孩子入学，就会影响享受国家福利和土地承包等方面的权益。还有另外一种办法，谁家孩子入了学，学习好，考上中学、大学，村里给相应的奖励。山区的农民是最看重眼前利益的，有一个人站出来做某件事，并且有所收获，大家会群起效仿。雷得有带头把自己的孩子送进学校，而那些先前读书较多的村民，日子也率先有了起色。罗垣村的小学一时红红火火。在邻近的几个村，全村没有一个中学生的时间段里，从罗垣村走出了一个大学生、三个中专生。过来人都知道，在20世纪八九十年代，考上大学或中专是多么重大的事情，尤其是在教育落后的山区。

要致富，先修路，这是一个时代强劲的口号，而对于大山深处来说，修路不仅与致富有关，还要让闭目塞听的村民便于接受外来信息，敢于走出去，改变落后愚昧的思维方式和生活方式。进入21世纪，原来的8个自然村合并为关山行政村，上级让雷得有担任村支书。此时，雷得有真的不想再干了。以自己的利益考量，孩子们长大了，一个考入大学，一个学会了做生意，他也人到中年了，也该专心过自己的日子了。贫困山区的村支书实在不好当，出不完的力，受不尽的烦恼，几乎等于义务劳动，没有个人利益可言。村支书当时的工资，一年仅有 1200 元，还真不够他跑一趟小生意，而他又是一个擅长做生意的人。关山村总面积几十平方公里，全部走一遍需要 3 天，他平均每半个月就要走一遍。时代在发展，所有人的生活半径都在扩大。村里外出的年轻人多了，长了见识，他们看见雷得有不愿担任村支书，觉得他要是卸任了，这个村子就失去了最合适的当家人，这可是大家祖祖辈辈赖以生存的地方啊。一波波，一趟趟，在大家的反复挽留下，雷得有想着自己是老党员，应该有最起码的组织观念和群众观念，再说了，乡亲们的日子过不好，自己的日子过得再好也没有什么意思。他又接过了支部书记的重任。关山村距离最近的乡镇有十几里路程，隔着一座高山，而那个乡镇仍然在大山深处。这条山路在天气晴好时，勉强可以通过架子车，遇到雨雪天气，要么被洪水冲毁，要么大雪封山，完全与外界隔绝。外面的农资产品进不来，村里的土特产运不出去。仅靠村民的力量是完成不了一条硬化公路的。正好国家也有了打通乡村公路的计划，雷得有拿到了项目，政府出资、出技术，村民出力，很快，关山村与广阔的外部世界连为一体。

合并而成的关山村，摆在雷得有面前的境况仍然不容半点乐观。最大的短板还是教育落后，适龄儿童入学率很低。村里只有一所三年制小学，男孩勉强毕业，家长就让他们回家参加劳动了，大多数孩子则没有机会上学。长大成人后，因为文化程度太低，出门打工只能干苦力。女孩长大后，家长狠捞一笔彩礼，随便嫁人了事。对此，雷得有既痛心，又颇感无奈。长此以往，何谈乡村振兴。文明的办法就是登门劝说，大道理、小道理，反复说。土办法就是强迫命令。好在，雷得有是大家选出来的支书，是大家深情留任的支书，在村民中拥有很高的威望和号召力。他的工作有了成效，适龄儿童全部入学了。后来，人们看到了受教育带来的好处，为了让孩子上学，年轻的父母大都选择一边在城镇打工，一边陪孩子上学。近几年，从关山村走出的大学生多达十几名，仅 2018 年，考出去的大学生就有 4 名。正好是寒假，我见到了这 4 名大一学生，一个远在沈阳，三个在兰州，一个女孩，三个男孩。受过良好教育的、见过世面的年轻人，与待在村里或外出做苦工的年轻人站在一起，精神面貌判然有别。这就是榜样，不言自明的榜样，现代教育的根系已经扎在关山大地深处。

我与雷得有相谈正欢，甘肃省社科院慰问队冒着风雪赶来了，整个关山村喜气洋洋。慰问结束，社科院领导专门留下4名大一学生，与他们交流学习生活情况，谈未来，谈理想，主动提出为他们联系勤工俭学岗位。关山村自然环境优良，满山都是青冈树，关山河清流淙淙。绿水青山就是金山银山，社科院扶持的养殖大棚已经建成，春天就可以生产了。而雷得有主导成立的合作社已经运行几年，山区的木耳、土蜂蜜，种种农副土特产，通过电商行销远近。看到一个个农户宣告脱贫，整体脱贫很快就会实现，雷得有沧桑的脸上露出了欣慰的笑容。42年啊，由风华少年渐入老境，雷得有在这条山路上，不知磨破了多少双鞋，不知流过多少汗水，不知付出过多少心血。种种辛劳，归结为欣慰一笑，也算是壮志得酬了。

大雪此时恰好停了，太阳从云层中露出头来，关山大地一派明丽。整体脱贫只是近期目标，雷得有还有长远打算，他指着风光秀丽的山川对我说："到了春天，我们这里山花烂漫，风景非常好，请你带几个作家朋友来看看，我们这里最适合开发乡村旅游了，真是天堂一样美丽。"我说："咱们春天见。"

雷得有只是清水大地上一位普通的村干部，他的身上浓缩了清水人走过的改革开放之路，艰难，执着。42年村官路，就是一条摆脱贫穷奔小康之路。在那次采风活动中，关于清水，我还写过两篇文章，不揣浅陋，一并移于此处，共赏。

1. 景彩彩的精彩

2019年的春夏之交，清水地界的雨水格外多。雨水好像在天空一直处于整装待发状态，说来立即就来了。5月中旬，我在为6月份作家采风团的到来踩点时，5天时间，只有半天晴天。在这5天中，我几乎走遍了清水境内的所有乡镇，目睹了清水人在脱贫攻坚战役中的精神风貌。雨水带来了行动不便，可是，单纯从游赏的角度看去，雨中的清水真是太美了，雨打清水，清水洗尘，天上地下都是清水，茂密的草木枝叶上垂挂着清水，山坡田园中，各种农作物在清水的滋润下竞相成长。

6月中旬，采风团如期集结于清水大地，天南地北的作家朋友乍到清水，说出的第一句话几乎都是:“这是清水吗？没想到甘肃还有这样美丽的地方！”是的，这是清水，甘肃的清水县。清水的美，既是天造地设，也是几代人艰苦卓绝的奋斗得来的。采风团在清水的5天里，一半时间在下雨，一半时间阳光普照。雨水与阳光的反复晕染，让清水举目是景，天地流彩。因景，因彩，我想起了一个清水女性的名字——景彩彩。

一夜都在下雨，早上天晴了，阳光羞涩而迷人。我赶到郭川镇宋川村，那个名叫景彩彩的女人，正在自家的果园边伫立远望。她身穿一件浅蓝色的外套，在明媚的阳光下，在苹果园汹涌的绿意中，自成一方风景。看不出，她今年已经54岁了，是4个孩子的母亲，也是有了孙儿孙女的奶奶。她的丈夫去世十几年了，她一手将4个孩子拉扯大，他们都在外地有了工作。如今，她独自一人在家，带着一个上幼儿园的孙女，经管着自家6亩多地的苹果园。景彩彩可算得上一方名人。她只读过小学四年级，早年学到的些许文化，大多还给漫长而艰辛的生活了。但她却学会了拼音打字，利用网络手段销售自己的苹果。2018年，她仅从网上就卖出去700多箱苹果。她在自家的苹果树下视频直播，消费者看上哪些苹果，她当即采摘、装箱，呼叫镇上的快递公司。如果一次发货多，就由快递公司上门接货，一箱两箱的，她就开着自己的电动助力车，直接送到几公里外的镇上去。

在生存面前，任何人都不敢夸口自己有多大能耐，哪怕是多么微小的成功，背后都是难描难述的艰辛付出。景彩彩家的苹果个大、品相好、甘甜、信誉良好，为远近消费者所青睐，每一个苹果都是她用一滴滴汗水浇灌出来的。要种出一个好苹果，就意味着一年四季都得在果园中劳作。请允许我简单描述一下一个苹果的诞生过程吧：冬季剪枝，需要仔细甄别哪根树枝的存留，还要储备农家肥。春季疏花，在千千万万的苹果花中，决定哪朵花该留下，哪朵花要清除，然后便是施肥、除草、灌溉。挂果后，要站在木凳上，给一个个苹果套上防护袋，那可是千千万万个苹果啊。接着又是除草。等苹果再长大些，将原来的套袋一一取下来，再一一套上新袋。到采摘期，那更是惊人的劳动量。为防止苹果互相磕碰，就要像护理婴儿一样，真是小心翼翼。装箱时，又怕苹果把儿刺伤果皮，还得一一剪去。这都是正常工作，还不算自然灾害发生时的各项应对措施。

6 亩多地的果园，大多数工序都是景彩彩独立完成的，她还得照顾一个 4 岁多的小孙女。提起身边的这个小孙女，景彩彩满脸都盛开着苹果花儿，她的汉语拼音正是这个孙女教的。郭川镇在山区，农田大多是山地，种粮食容易受自然灾害侵袭。这些年，政府大力扶持苹果产业，绝大多数农田都变成了果园，景彩彩就是积极响应政府号召的人。她一个人独立撑起一个家，独自承担繁重的劳动任务，其中的艰难困苦自不用说。可是，生活给了她一条坎坷的路，她便以自己的双脚踏平眼前的坎坷，把所有苦涩留给夜深人静的自己，甘愿以笑脸面对生活。按说，一个挑着人生的重担，在风雨中不懈奔跑了几十年的农村女性，仅从外表便会传递给人们全部沧桑。一位文友说：“你看上去像三四十岁的人。”景彩彩羞涩一笑，眼睛立即有了湿意。我知道她压在心里的苦楚不会比任何人少，但她羞涩一笑后，只是仰脸向天，强压住那即将喷涌而出的泪水，清澈的目光与明媚的天色两两相照。在生活的洪流中打拼的人，谁没有跌过跤、湿过鞋呢？区别只在于，以什么样的姿态对待人生。饱尝酸甜苦辣的景彩彩心头始终悬着一轮太阳，她的内心是敞亮的，随时能够感知世界的温暖。以前，苹果成熟后，外地客商来到地头收购，往往压价很低。在外地工作的子女教会了她如何利用网络平台直销，再加上当地政府组织的合作社销售渠道，景彩彩家的苹果，连续几年都是采摘完基本也销售完了。

经历过苦难和奋斗的景彩彩，一直都在相对偏远的乡村生活，却是一个眼界开阔的农村女性，能够及时响应时代的召唤，修正自己的生存方略。同时，她又是一个识大体的农村女性。政府为果农免费提供技术服务和装运苹果的纸箱，景彩彩把这份情义都记在心里。她反复表示，这都是国家政策好，个人的本事再大，也大不过一个好政策。正应了一句古语：衣食足而知荣辱。脱离贫困的宋川村，在政府的资助下，在村头修建了一个广场，花草树木、健身器材一应俱全，各家各户内外整洁。已经废弃的农具挂在廊檐下，时时提醒人们不要忘记艰苦岁月，要珍惜当下的幸福生活。在山坡果园告别时，我主动与景彩彩加上微信，我笑着说："苹果成熟时，我在朋友圈给你发广告。"她一脸灿烂。她刚给苹果套完护袋，说自己都清闲几天了，要给我擀手工面吃。我婉拒："下次来一定要尝尝你的厨艺。"

离开村庄时，我回望那一片名叫马庙坡的山地，景彩彩家的果园就在那里。阳光渐趋浓烈，整个山地一片华彩，景彩彩挥手作别，她的明媚笑脸和浅蓝色外套与天地景色融为一体。许久，我的脑海中蹦出一句话：景彩彩是一个有志气把灰暗生活过得精彩的农村女性。

2. 夜宿关山村

关山村是我们单位的帮扶点，几年来，我多次来过，或在艳阳下，或在大雪中，或在冷雨中。这次前来，正赶上一场冷雨。

每次都想在关山村住一个晚上，每次都不能够，我的几位同事，还有别的单位的帮扶干部，都挤在一间阴暗潮湿的平房里。这次有了住宿条件，村里兴办了农家乐，吃住都可以。清水县要办一场全国知名作家采风团活动，我任团长，也参与了整个采风活动。按照采风团的规划，每个成员都可在采访点所在的村庄留宿，以便贴近采访对象。

虽然是 6 月中旬，雨后的关山村仍是很冷的。两面青山绿树覆盖了每一寸土地，中间一条两步宽的关山河，从青山绿树中来，向青山绿树中去。雨中的关山村，像是装进了一块巨大的满绿翡翠，关山河、田园屋舍、雨滴，像是翡翠体中的絮状物，两相比衬，各生各色。对这里的一切，我都非常熟悉了，便以主人的身份给采风团的朋友们一一介绍了这里的主人。关山村雷得有支书，就是我写的《四十二年村官路》的主人公。这篇小文自从在《人民日报·海外版》发表以来，年届花甲的雷支书精神焕发，整日奔波在为村民脱贫致富的道路上。已经驻村一年多的省社科院驻村帮扶干部、关山村第一书记任浩，春天到任的省社科院驻村队员李振东和冯乐安两位博士都是我的同事，在单位相遇时倒也寻常，在这里见面便格外亲切。

许多人都知道采风团的作家队伍中有人兼修书法，便远远近近赶来求墨宝。外面有雨，出不去，马青山和王若冰便挥毫泼墨，两个小时笔不停歇。诗人第广龙坐在一边，低头在手机上写诗。这几天，他诗情迸发，已完成了15首诗的草稿，总标题据说要定为《清水诗篇》。有几首拿给我看，着实不错。应大家的要求，我也“刷”了几幅毛笔字，助兴而已。村头广场上正在上演秦腔皮影戏，喇叭声高亢，与风声、雨声、林涛声和鸣，正好应了“鸟鸣山更幽”之意。巨大的幽静让关山村回到了最初的幽静中。“相公啊，人常说，救人出水火，胜似那烧香念弥陀。”这是戏文，声音可以穿透夜幕雨幕，可以穿透幽静，传达那种古老而永不过时的信息。

夜已深了，雨还在下，我被安排在一座民居中。主人不在，房屋是政府资助建造的乡村别墅，此夜，我是这栋别墅的主人。6月下旬，屋子很冷，穿上羽绒服背心仍感凉意。李振东和冯乐安生怕冻着他们的同事老大哥，帮我插上电褥，又搬来自己用的电暖气，烧好开水，锁好院门，告别而去。一会儿，有人敲门吆喝我去喝酒，我说在帮扶点不能喝酒。尽管酒是自带的，但我认为，慎独精神是纪律的真正保障。

皮影戏散场了，一切都静了，只有淅沥的雨声敲打着关山的夜晚。村中有好几条狗，白天没有听见它们叫，晚上也不叫，没有生人或意外发生的村庄，狗们也学会了沉默如金。我们几个生人进入村庄，它们也很自然地与我们成了熟人。它们知道，来到关山村的人，无论谁，都是要当成主人接待的。毕竟，任何生灵都是不喜欢寂寞的。

其实，为热闹所伤的人需要用寂寞疗伤，而常处寂寞的人则迫切需要用热闹克服生活的无助感。人们一般都是这样想的，可是实际情况并不尽然。热闹与寂寞从来都是伴生的，大热闹往往是大寂寞的同义语，当然，大寂寞偶遇大热闹，何尝不是对大寂寞的一种稀释呢？当都市的聒噪让人不堪其扰时，乍然来到无语空山，短暂的安静过后，竟是无来由的恐慌。一切都是遥远，一切都是虚空，一切都是无来由。我来到了哪儿？我为什么要来这儿？我何时离开这儿？一切平时不存在的问题，初到任何一个新地方，都会不经意地从脑海中蹦出来。也许，人都有作为“别人”的体验，我来到了别人的地方，我只是一个别人，如同进了别人的家门，主人再热情，你也得牢记，自己只是一个别人。不把自己当外人，这是讥讽那些不懂得主客区别者的精确用语。

我原以为自己是关山村的主人，至少是半个主人。当然，对采风团的其他文友而言，我是做了半天主人的。当与真正的主人接洽完毕，我也变身为客人，享受主人的客气，接受主人的服务。现在，主人以主人的姿态安享夜晚了，而我这个客人却操上了主人的心。大山深处的关山村到底何去何从？方圆百里只有零落的一些村庄，居民原本就不多，现在绝大多数年轻人出门打工了，许多已定居城市，政府为村民援建的乡村别墅十室九空，只有几个老人还在留守。平日里，外来的帮扶干部以及各种检查团、参观团远多于本村的居民。帮扶单位筹措资金建造的便民桥、整修的道路，平时并无多少人使用，帮扶单位耗费几十万元建起 8 座木耳大棚，如果不走特殊销售渠道，完全以市场原则运行，真的能有经济效益吗？昨晚的皮影戏唱得空前热闹，直至零时，但偌大的空地上，却始终只有三两个无心听戏的观众。

人类在进入移动时代以后，人的移动方向便是财富汇聚之所，原本拥挤的地区会越来越拥挤，原本清冷的地区会愈加清冷，直至人去地空。关山村是人口出移之地，而非人口归宿之所，把自己的家人都留不住的地方，能否对外来人口产生吸引力，这一切都是未知数。而以关山村所处的地理环境以及当下的情况来看，村庄遭到废弃只是早晚的结局。

在细雨中一夜无眠。我以为乡村的公鸡会把我叫醒，然而，我醒了许久，公鸡都没有叫。出了院门，只见几条狗在小河边无情无绪地溜达，外来援建的工人已经开始工作了，本村的村民却在毫无目标地闲逛。直到日上三竿时，一家院落前的公鸡叫了一声，那是毫无嘹亮感的嘶哑叫声，也只带有礼节性地叫了那么一声。

夜宿关山村，我一夜无眠。

人，总是多少有些本位主义想法的。按说，清水只是甘肃省75个脱贫县中的一个县，而我撰写的是有关甘肃省脱贫攻坚的整体情况，清水本不应该占有一本书很多的分量。但这是文学作品，不是政府工作报告，而文学作品之关键，在于作者对写作对象了解的程度。在针对脱贫攻坚这一主题时，完全可以从某个角度切入，写深、写透，取管中窥豹之效。而且，这是我所在单位的扶贫点，为之倾注更多的情感，投以更多的笔墨，都是可以理解的。当然，我一个人的眼界，一个人的感受，一个人的笔墨，都是有限的。

在此，我征得三位文友的同意，将他们写清水的文章一并转发于此，冀望从不同的角度观察清水，透视甘肃的脱贫攻坚行动。近年来，描写清水的文学作品很多，为什么选择他们的文章？一是他们的文章与本书主题有关，二是与他们的身份有关。刘梅花，甘肃当红散文家；李晓东，从小生长于清水山门镇；保建元，他所在单位的扶贫点也在清水。三个人，三篇文章，不同的角度，一样的情怀。

林家有好女

车入深峡，青山夹道，群峰葱茏，这是通往清水县城的一条公路。两侧的刺槐、杨柳、白杨树，一例的绿。蓝天打底，让这夏日里最舒爽的一天变得更加美好。过了小泉，坦途无碍，峰回路转，“红堡”两个大字赫然在目。

距清水县城7公里的红堡镇，是清水的西大门，与麦积区社棠镇毗邻，牛头河、白驼河、后川河交汇于此。桐（林湾）温（泉）、红（堡）社（棠）公路过境，可谓四通八达。镇政府所在地红堡村，此刻街市如常，人来车往，熙熙攘攘。下了车，穿行在乡音亲切的人群中，眼瞅着老人手挽竹篮，青菜碧绿，芫荽幽香。路边摊点上，带泥的青皮大萝卜圆圆滚滚，白生生的葱根上缀着长长的须子，洋芋憨厚，豆角修长。年轻人衣着时尚，宽沿遮阳帽下，各种款式的太阳镜将一张脸遮住了大半……若不是还有正事，我真有些流连忘返了。

此行的目的地就在红堡村中心地带的一处农家小院里，年轻的女主人林慧娟早已候在门前。说起林慧娟，在红堡村可算是名人了，我也正是慕名而来。

虽说早有思想准备，但是林慧娟的出现，还是让我眼前一亮。她身穿一件剪裁合体的乳白色小西装，黑色方领衬衫打底，黑色西裤，中等个头，身材苗条，化着淡妆的脸上五官开阔，眉目疏朗，一双含笑的大眼睛。看到我，她微微有些羞涩，快步迎上前来。在她的引领下，我步入小院，还没来得及欣赏院子里怒放的各色鲜花，我的视线就被迎面洞开的房门吸引了，几个大大的红底白字映入眼帘：红堡镇电商服务站。

货架上，苹果、食醋、核桃、花椒等等都做了精心包装，整整齐齐地摆放着。办公桌上一溜排开几台平板电脑，几个人正聚精会神地盯着荧屏，手点鼠标。我凑近一看，他们正在签发订单。林慧娟指着货架说："这些都是我们店里经销的，最近卖得最好的是核桃。"我说："这个销售量是不是和季节有关系？"林慧娟笑着说："嗯，最近不是核桃成熟了嘛，咱们清水核桃质量特别好，所以订购的人相对就多。"有人插话说："山区核桃、浅山苹果、河谷蔬菜、川区药材、峡谷葡萄，适宜养殖。"这是红堡镇产业布局的总体思路。林慧娟连连点头说："对对对，红堡山上，几乎各家各户都种了核桃和苹果，红堡的大棚蔬菜、大棚草莓，这两年销量也越来越大。"我说："是啊，这里的大棚草莓名气很大，每年草莓还没大量上市的时候，我的一些朋友都要约起，来红堡草莓园现摘现买呢。"林慧娟抬手拨拉了一下额头的刘海，眼睛弯成了月牙儿，声音清亮："明年你来的时候，提前给我说一声，我领你去摘草莓。"

说话间，有店员叫林慧娟。林慧娟闻声走到办公桌旁，弯下腰，看着电脑，一边伸手指点着。我随意在店里走动，仔细观察货架，发现蜂蜜的种类很多，不下十余种，占据了货架的半壁江山。随手拿起一本彩色印刷的小册子，我发现，册子里重点宣传的是清水土蜂蜜。我好奇地翻开，仔细阅读：纯天然土蜂蜜是土蜂采集森林野山花蜜充分酿制而成的蜂蜜。味道甜润，略带微酸，口感绵软细腻，爽口柔和，喉感略带辣味，余味清香悠久，含有多种能被人体直接吸收的微量元素，《本草纲目》中记述其对人体健康价值高，是药引的首选蜜，堪称“蜜中精品”，也由于酿蜜周期长、蜜源稀少被誉为“蜜之珍品”。含有丰富的有机酸、蛋白质、维生素、酶和生物活性物质等多种营养成分，具有润肠、润肺、解毒、养颜、增强人体免疫力等功效。近几年来，我国医药卫生工作者经过反复的临床试验证明，蜂蜜对心脏病、肝脏病、高血压、肺病、眼病、糖尿病、痢疾、便秘、贫血、胃及十二指肠溃疡、关节炎、神经系统疾病、皮肤病、烫伤、冻伤等都有不同程度的疗效。主要有以下几点好处：1. 延年益寿：全面调理身体机能；2. 促进儿童生长发育，防止营养不良；3. 美容养颜、润肤、防皱去斑；4. 促进消化吸收，增加食欲；5. 抗菌作用，增强免疫力；6. 调节心血管系统功能；7. 护肝作用：对慢性肝炎有调理作用；8. 催眠作用：对失眠多梦有效；9. 通便作用：清热解毒，通肠润胃；10. 消除疲劳，增强体力。

这时，林慧娟走了过来。我赶忙问她：“看这册子上介绍的土蜂蜜营养价值这么高，是真的吗？”林慧娟抿嘴一乐：“很多人都问过我这个问题。说实话，没有接触电商之前，我也对这些一无所知，虽然有时候也喝蜂蜜，但是从来没有深想过，喝了也就喝了。直到 2015 年，县上在红堡村成立了电子商务服务点，我参加了县商务局举办的电商培训，开始琢磨开网店、卖土特产之后，这才开始真正了解蜂蜜，特别是土蜂蜜。册子上的宣传没有夸大其词，土蜂蜜确实有一般蜂蜜比不了的优势。”我还是不解，追问：“蜂蜜就是蜂蜜，怎么还有土洋之说呢？”林慧娟一边往另一间屋子走，一边示意我跟上。原来那是一间贮藏室，几个大缸一字排开，弥漫着甜蜜的香味，不用说，这缸里装的都是蜂蜜了。林慧娟拿一把长柄勺子伸进缸里，舀起一勺，如丝般顺滑的金黄色缓缓倾泻。她说：“你仔细看看蜂蜜的色泽和黏稠度。蜜蜂的养殖环境决定了蜂蜜的品质。很多蜂场为了方便运输，都是把蜂箱放在大马路边上，工厂企业排出的废气、汽车尾气、居民的生活垃圾，都会间接影响蜂蜜的质量。只有生产在深山老林里的土蜂蜜，才具备纯天然的环境，才最有营养价值和活性物质。清水山清水秀，空气质量好，植被覆盖率高，污染少，生态环境优美，蜜源好，在这些自然条件的综合作用下，产出的土蜂蜜品质当然好。”

听着她娓娓道来，看着她文静端庄的气质，我不禁说：“你的谈吐和一般农民不一样，我猜你的文化程度肯定不低。”她的脸上划过一丝惆怅，说：“我是上过学，西北师大，读了个大专。”我忍不住感叹道：“难怪啊，你说起话来井井有条，思路清晰。”让我困惑的是，一个大专毕业生，怎么就安于当农民呢？但是我没好意思问出口，倒是林慧娟爽朗地一笑说：“我知道你在想啥。怎么说呢，按时下的流行说法，我算是留守妇女吧。既然没法出去，那我不如就地想办法发家致富。身体不自由，可是我的灵魂是自由的呀。”这句话可真让我自愧不如了。她的自信，她的乐观，是那样自然而然地流淌着，就像村边的小溪，明净清亮。我迫不及待地想要更深入地了解她，走近她。

坐在葡萄架下，风自峡谷来。辗转到小院时，风中已然有了村庄的烟火之气，林慧娟大大方方地向我敞开了心扉。

5 年前，林慧娟和村里所有的留守妇女一样，带带孩子，聊聊天，做做饭，生活简单而平静。2015 年 5 天时间的电商培训，像是给她的世界打开了一扇小窗。凭着较高的文化素养和善于钻研的天性，她很快就理解了电子商务的概念，成为村子里第一个蠢蠢欲动的创业者。

连续几个不眠之夜的思考，她决定自己开一家淘宝店，专卖清水土特产。消息传出，小小的村庄炸锅了，姐妹们纷纷找上门来劝她赶紧打消念头，老老实实在家干家务。有人说：“电商电商，那到底是个啥玩意？咱们几辈人听都没听说过，你能弄明白？”有人说：“我就不信，就靠一根电线、一台电脑就能卖东西？那咋靠得住嘛。”面对大家的质疑，林慧娟脸上笑意盈盈，并不反驳，心里却拿定了主意。就在一片反对声中，“清水土特产”淘宝店注册成功了。

说是店铺，其实店里只有她一个人，既是店员又是老板。虽然满怀希望地每天守在电脑旁，可是连续好几天都不开张，连一个单子都接不上。饶是她再有定力，心里也有些沉不住气了。好在林慧娟脑子灵活，绝对不会傻等干坐，她主动上门，找到了红堡镇的电商专干。经过手把手的指导，林慧娟这才知道，网店的网络营销手段非常重要。首先要给自己的网店装修门面，设计漂亮的网页，吸引网民的眼球。另外，宣传吆喝也很重要。林慧娟给自己的土特产品精心拍照，上传到网上，同时联系了清水微帮、天水在线等媒体帮忙宣传，她的淘宝店终于开张了。慢慢地，订单从一单、两单到几十单、上百单，最多的一个月，她挣了4000多元。

生意终于打开了局面，林慧娟心里又开始琢磨了，她认为自己做生意一定要有特色，这样才能在大海一般的网店中脱颖而出。有特色，就要有主打，不能面面俱到，似乎什么都卖，但是没有亮点。2016年，家乡的土蜂蜜出现了滞销，很多指望养殖土蜂致富的贫困户陷入了困境，有些蜂农面对着堆成小山的蜂蜜哭天抹泪。林慧娟看在眼里疼在心上，她的心底迅速产生了一个思路：以家乡的土蜂蜜为主打，这是一个双赢的选择，既解决了蜂农的销路问题，又给自己的网店蹚出了一条特色之路。想到就干！林慧娟立即动身，走街串巷深入农家收购土蜂蜜，仅在当年，她就为本村及周边各村蜂农销售土蜂蜜625斤。

甜蜜的事业，其实充满艰辛。为了采到最优质的蜂蜜，林慧娟经常深入林区，跋山涉水，攀高崖，入深谷。一次，林慧娟发现，在一个陡峭的悬崖崖壁上有一窝老蜂，心中大喜，待她快要接近时，身上已经被荆棘划得血痕累累。眼看着就要够着了，脚下一滑，她仰面朝天摔了下去。那一瞬间，她的大脑一片空白，万幸的是，除了脸上和腿上有轻微的擦伤，其他部位均无大碍。缓过神来，林慧娟躺在铺满树叶的谷底半天没有起身，心里一阵阵后怕。跌跌撞撞回到家，孩子看着妈妈脸上的血迹，吓哭了。林慧娟忍住眼泪，把孩子搂在怀里说："妈妈没事，宝宝不哭，妈妈只不过是去采最好的蜂蜜，不小心摔了一下。"事实证明，以土蜂蜜为主打、其他土特产为辅的销售思路是正确的，本地丰富优质的土蜂蜜资源给林慧娟保证了货源，她的网店一举两得，创收的同时也解决了蜂农们的后顾之忧。

量足质优的商品吸引了越来越多的顾客，网店生意一天比一天红火，订单如雪片一样飞来，良好的信誉为林慧娟打开了更广阔的市场。红堡土蜂蜜除了入驻淘宝，还在微店、快手等网络平台一一亮相，线上下单，线下交易，"互联网+电子商务"的创新驱动战略政策更给林慧娟带来了前所未有的机遇，她终于走出了一条集土蜂蜜收购、包装、销售为一体的特色农产品电子商务发展之路，创新了消费模式，缩短了流通环节，节约了销售成本，有效缓解了农产品销售难的问题，为农民增收开辟了崭新的途径。

2018年6月，林慧娟被任命为红堡镇电商服务站负责人。8月，县人大代表团和商务局一行来到服务站观摩指导，林慧娟和大家现场交流，思想上的碰撞、精神上的鼓舞给她增添了无穷的动力，当年"双十一"一天的营业额就达到了2000多元。随着"资源变资产、资产变股金、农民变股东"政策的出台，林慧娟率先加入红堡村成立的"好水源"农民农业专业合作社，并带动全村61户贫困户以劳力、资金等形式加入合作社。以醋业加工、销售、家禽家畜养殖等服务为主题，计划3年内建成组织健全、配置齐备、功能完善、运行合理的实体机构。鉴于林慧娟在电子商务方面的引领作用，村两委班子研究决定，将林慧娟吸收进入"好水源"合作社理事会。

红堡历来有酿醋的传统，当地农户几乎家家都有醋缸，但是本地产醋业设施和淋醋工艺相对落后，生产能力严重不足，经营粗放，生产经营成本较高，社会效益和经济效益十分有限。为了获得更好的社会效益和经济效益，林慧娟大胆提出建立红堡村自己的醋厂，扩大规模，积极采用"企业+专业合作社+农户"的经营模式，引导和带动更多农户加盟生产，开拓更为广阔的市场，走产业化发展的路子，带动当地农民共同致富。

太坪片区的核桃苹果、小泉峡谷的葡萄柿子、三河流域的蔬菜药材这些产业基地，成为林慧娟土特产销售的庞大仓库。2019年初秋，伴随着满村果香，林慧娟把红彤彤的大苹果销往四面八方。10月21日20点开始至22日14点，短短18个小时，下单量就突破500件大关，单日销售总额突破2.5万元，推广宣传受众面达到30万人左右，高峰期平均45秒下单一次，网上交易使果农平均每斤苹果增收 1.2 元左右。这次为贫困户和低保户义卖苹果的活动是红堡镇推行电子商务营销方式的大胆尝试和创新。越来越多的农民尝到了甜头，看到了希望，林慧娟也不失时机地教授村民如何利用网络平台推销自家的土特产，手把手地教村民在手机上吆喝叫卖，一个步骤一个步骤地指导他们操作手机。

果树下的林慧娟，披肩长发在阳光下泛着温润的光泽，白皙的脸颊上点洒着斑斑驳驳的碎金，无论形象、气质、谈吐还是见识、观念、追求，她早已不是传统意义上的农民了，完全颠覆了延续几千年的面朝黄土背朝天的农民概念，和生活在钢筋水泥丛林中的城里人相比，她的身上更多了几分青山绿水赋予的灵秀聪慧。

在她的手机相册里，我看到一张照片：一身黑色西服套装、肩披红色绶带的林慧娟，手捧鲜花和荣誉证书，满面春风地看着我。她看我盯着照片，不好意思地一笑，说："这是 2018 年，我被评为全县十佳电商先锋，在颁奖典礼上拍的，没有拍好看。"我说："我觉得很漂亮啊！"她伸手指指白衬衣的领子说："你看这里，领子有点翻卷，我当时太紧张了，应该整理一下的。"我哈哈大笑说："女人都一样啊，都爱臭美哦！"她也拊掌大笑。

林慧娟的电商服务站业务太忙，总是有店员不时过来叫她，我也不好再久留，于是告别了她，独自上了山。

这是峡谷出口与红堡相接之处，高耸的山峰如斧劈刀削，直入云天。方圆数里山连着山、岭连着岭，万木绿透，山泉淙淙，深林掩映中有庙宇点缀其间。此地有巫山之秀，华山之险，故称"小华山"。此刻，林木幽深，寂静无人，登高望远，红堡村尽收眼底。一个紧挨着一个的蔬菜大棚、硕果满枝的果园、灿灿如红豆的花椒、白墙青瓦整齐排列的小别墅、笔直宽阔的柏油马路、优哉游哉的老人、平坦漂亮的广场、蹒跚学步的孩子、闪着银光的太阳能路灯……好一幅温馨美好的新农村画卷！

就在这幸福的新家园里，有多少个人像林慧娟一样，用心爱着自己，爱着亲人朋友，爱着生活，爱着所有的美好。林家有好女，好女逢盛世。就让这弥漫着甜蜜的微风，带给她们更多更美的祝福吧。

清水，走过一村又一村

张杨村

清水是一个县，属于甘肃省天水市，当年杜甫骑驴路过的地方。

清水出芙蓉——那芙蓉，是一个个村庄，是我深深喜欢的村庄。张杨村、黄湾村、关山村、白河村。多么美好的村落。远游的人走到这样的村庄，可以忘记乡愁。

张杨村位于永清镇北部高山地带，距清水县城 12 公里，东北与新城相连，西南与雍陈村相接，是一个地地道道的边远山区村。全村有 7 个自然村，5 个村民小组，总人口 223 户 1017 人。

小小的村落，梦幻一般的美。花繁，从院子里探出来，想开一串开一串，想开一朵开一朵。半开的花苞一点点拆开自己，过于细微，让人感觉不到。开透了的枝子，拖延着，描着影子，随着意思摇摆。那些凋谢的花瓣，在微雨里凌乱——我老了，已经过了对残红满地伤感的年纪。

喜欢那些树枝子篱笆，斜斜的，曲虬着，也随着意思围住草木。白墙也好，灰墙也好，都没关系，反正是个陪衬。花影摇曳，一朵花让墙当陪衬，是游人的意思，都说看花，谁看墙呢。

在村庄里慢慢走，数一数路边的蚂蚁。一只只黑蚂蚁很壮实，有多大呢？不好说，燕麦那么大足足有。这些蚂蚁并不忙着干活，比我还闲，也在闲逛。我得小心翼翼地走，这是它们的地盘。

鸟儿真是太多了，布谷叫出来的声音真是“布——谷——”我老家的布谷鸟叫出来的声音是“种——勾——”，我们叫种勾鸟。嗯，地域不同，鸟儿的方言也不一样。还有一种鸟儿也在啼叫——“饱饱——吃——”，我们那儿叫饱饱吃鸟，不知道张杨村的人们叫它什么名字。

我在清水县的张杨小村庄里讲着我的古浪土话，跟草木说了会儿话，草木能听懂，因为我天天写它们。然后又吃了张杨村的土豆和玉米。土豆和玉米刚刚从地里拿回来，新鲜得让人觉得自己的嘴不干净——这句话是阿城说的，我借来用用。

我独自走来走去，内心的欢愉摁不住。想起古人那几句话——路不拾遗，夜不闭户。这是唐朝的村庄，从时光深处嫣然返回。

村里第一书记马丽迎是个美丽的女孩。她告诉我们，张杨村是张湾和杨庙两个村合取的名字。她说张杨村有 7 个自然村，崖湾里、曹家河、盘头老庄、盘头新庄这 4 个村庄在一条石沟峡里，村前一排山就像一道长城墙，隔绝了村庄同外界的联系。而张家湾、杨家庙、涝池湾 3 个村庄又在半山腰。山大沟深，就是张杨村的地貌特征。

张杨村历史悠久，紧紧挨着上邽古城。这个古朴的村落，至少在汉唐之际就诗意地栖息在清水大地。

马丽迎刚来张杨村的时候，老支书告诉她，张杨村人祖祖辈辈走的是羊肠道。秋后七八月，雨水一多，人根本走不出小山村。20 世纪 70 年代，张杨村人用镢头、钢钎，在石沟峡里辟出了一条车路，长年农田基建队修通了山上 3 个庄的车路。新时代，乘着扶贫攻坚政策的东风，政府掏钱，张杨村通往县城的路，村庄和村庄之间 18 公里多的路全硬化了。这些年启动实施了以张杨村为主的石沟河万亩梯田建设工作，张杨村新修梯田面积 6000 多亩。

马丽迎说，到了春天，她就同村民讲，农民就要守着农民的本色，不能躺在土地边上买粮吃。群众响应，张杨村里的土地上，6 月里有滚滚的麦浪，有蓝格茵茵的胡麻花，有根茎肥硕的洋芋。

世界上有各式各样的村子，都长成了自己的样子，光阴就是这些村落攒起来的。张杨村不张扬，低调却奢华，有点儿欧美乡村的浪漫。

村口的一户人家，白墙，青瓦，本色的木头庄门，青灰的门楼高高耸立。木门半开，有老人抱着小孩子走出来。门前几丛竹，枝叶索索。一畦菜地，用树枝子栅栏围了，圈住青葱蒜苗。蔬菜的叶子从栅栏缝隙里挤出来，那栅栏看上去就疏朗起来。

菜畦对面还有大丛大丛的花，蜀葵、月季发了疯一般盛开，花朵繁密得叫人忧伤——开得这样不管不顾，摁都摁不住，可如何是好啊。

马丽迎说：“张杨村民风淳朴。”她在微信群里宣讲村上出台的婚丧嫁娶不得大操大办、不得赌博酗酒、不得参与迷信活动、不得涉嫌违法犯罪、发现有违规现象要向村委会报告等规定，还对村民进行遵守社会公德、树立乡村新风方面的宣讲教育，一次讲一个主题。比如，讲卫生，告诉家庭主妇，不光要把自己打扮体面，还要把家里收拾干净。家里讲卫生，还要讲村庄里的卫生，村子也是我的家，不乱扔垃圾……

原来这美好恬静的背后，是大家在一起努力。

另一户人家，木头庄门很老了，看上去有点古旧的感觉。可是，蔷薇却猛然之间蹿出来似的，沉甸甸地在墙头上垂着，足足有可怀抱的那么多。花朵美得不能多看——红花红得要破哩，粉花粉得耀眼哩。生命如此疯狂，整个墙头费力地驮着一垛繁花，简直让人有点束手无策。花儿呀，你慢些开呀，省点力气开呀。

“梅花最怕开，开了便没话说。”可是蔷薇和月季才不管这些幽愁凄清，就是拼命要开。花开富贵，好日子是开出来的。

走到村子中间，一户人家门口堆着劈柴——也不完全是劈柴，是树皮。树皮被几根粗木头横着围起来，粮仓那样，鼓尖地冒着。人间烟火，有柴火，才有村庄的味道。柴火堆一侧的墙上挂着一个矮栅栏做的筐子，几枝玫瑰斜斜升起来，只有三五朵，颤巍巍的，仿佛吹一口气就谢了。我抬高了脚步走过那筐玫瑰。

倘若我是古代的士兵，打败我的不是对方的弓箭，只需要给我一个张杨村，我就逃之夭夭了。太美的东西，难免会让人心生诚恐。张杨村，你藏着多少美，叫人落荒而逃？

陪同我们的村干部讲，早先，杨家庙村的水质很差，留给老辈人的是大骨节病、腿疼和肿大的甲状腺。现在的水质特别好。

村民张长竹的父母是大骨节病，张长竹也是大骨节病，行走不便，他的妻子智力有问题，大儿子难以行走，一家人的生活十分艰难。一座房屋墙体倾斜，用木杠顶着还住着人。政府出钱，拆了旧房，建了三间彩钢房，住房宽敞了，安全了。院子硬化了，院墙砌成砖围墙，政府全部兜底，连家具和取暖设备都是政府埋单。全家享受了一级低保，加上残疾人补贴，单位送温暖，节日里送来的米面油，帮扶干部献爱心，张长竹一家过上了住房、医疗、上学有保障的日子。

我们为张长竹一家的变化感到高兴。每个人都有自己的生活，尤其是陷在困顿中的人，多么渴望能得到帮助。

再走，来到村子中间一棵巨大的树底下——到底是什么树呢？椿树，核桃树，还是槐树？记不清了，反正极高，树冠铺开，树下一窝清凉。不不，不是清凉，我们来的时候下小雨，树下是一窝雨点。如果我有足够的力气，我想扛走这棵树，栽到我家门前，歇歇凉呀，看看树叶呀。不不，我最想听鸟鸣。这棵树上住着无数鸟儿，那声音清亮亮的，能治愈我内心的烦躁。我在一个没有鸟鸣的小城里住了十几年，非常孤单。

村干部告诉我们，张杨村积极打造花村建设，2013 年完成了所有通行政村和自然村的巷道硬化工程，先后硬化巷道 37 条 4700 米，群众出行不再受到天气的影响。村两委再接再厉，按照镇党委和政府的要求，新栽植月季 1500 株、绿化小叶黄杨 5000 多株，柳树 150 多株、整个村子都在树荫和花朵里美丽着。

前人栽树后人乘凉，尽管我是个过路人。在张杨村，我的梦想是做一个大盗贼，胆子特别大的那种，趁着月黑风高，来扛走那棵树，再捎带上无数丛竹子，搬走花儿和所有的美——可是搬到哪儿去呢？此心安处是吾乡。只有张杨村，才可以安放如此盛大的美。只有张杨村，让我忍不住胡思乱想。

村庄里的人们，在雨的间隙里，站在庄门前三三两两地聊天。其实我是嫉妒他们的，不不，确切地说是敬重，他们创造了这样幽致奢华的田园生活。这奢华不是金钱，是心中有爱，是手中有花，是热爱生活的一往情深。任何的美，都比不过人的内心。

张杨村的人家，屋子里码着高高的粮食袋子，足足可以吃几年。老人们说，家有余粮，心中不慌。真的是呀。粮食是村庄的心，有粮食在，村庄才能够底气十足。

我们了解到，张杨村为了增加群众收入，这些年大力发展农业，套种双垄沟播玉米1500亩、黄豆500亩、胡麻500亩、优质马铃薯1000亩，以提高土地收益。同时组织外出务工人员306人，年增收303万元，发展5头以上暖棚养牛户25户，建设养羊小区4个、养牛小区1个，并配套建设青贮窖，全村牛羊饲养量达到860头（只），有力地带动了该村富民产业的发展。

这样的发展，不愁村民过不上好日子。

村委会旁边，有一个极古风的园子。若有若无的几截矮土墙被杂草淹没了。杂草里爬出几枝藤花，有点儿“一枝斜好，幽香不知甚处”的深沉可爱。巨大的椿树当作栅栏，圈住一园子玉米，不不，还有蔬菜。

那道门，或者说柴扉也行，简直是从陶渊明家里撬来的——就那么孤零零的一道门，没有墙挨着，绝韵孤高。土坯砌的门框框住门扇，顶着青瓦门楼。门楼上的青瓦顶着苔藓、杂草，似乎雀儿跺跺脚就能跳塌。只有风才可以穿门而过。那是一种相当古朴的感觉，简单而讲究，村子随手丢的一点诗意。

门扇也不是真正的门扇，是柴扉，巴掌宽的木条钉的，牛肋巴似的，杵在草木当中，有说不出的远古之意。田园，田园，那扇柴扉便是田字，守着一个香椿园子。这园子却不适合陶渊明。适合谁呢？蒲松龄吧，他那些古怪的故事，可以住在园子里，荒蛮生长，把玉米们都挤走，挤出几个小妖精来。

村民们感叹：现在日子确实好了。种粮有粮食补贴，栽树有退耕还林补贴，买农机有农机补贴，看病有医保，老人有养老保险，学生娃娃上学免学费、免书费，还给学生生活补助、营养补助，现在感觉活在蜜罐里。

其实张杨村变化最大的还是住房的改善。风雨几十年，张杨人慢慢告别了窑洞、茅草房，住进了土坯青瓦房。后来，光阴好的人建成了砖房。2013年，张杨村依托原地改建项目和危房改造项目，全村223户中101户村民的房屋进行了改造，从此家家有了安全住房。一些富起来的农户还自建了二层小洋楼。

就连家家的厕所都是政府掏钱改造的。

近几年，张杨村实施了石沟河万亩梯田建设项目工程，新修梯田面积6000多亩。在曹河自然村投资25万元，建成饲养量达100多头牛的标准化养牛场一处。2018年，7户养牛户户均养殖能繁母牛2头，马铃薯种植户户均种植马铃薯10亩。按照政策，3户政策兜底户依托合作社代种薄荷7亩。养殖产业和种植产业为贫困户增收提供了保证。

张杨村经济发展了，村民富足了。村两委班子顺应历史潮流，把满足人民群众对美好生活的向往纳入扶贫攻坚的工作范围。清水出芙蓉，也出美好的情缘。世界种种美好，叫人心生眷恋。一路踏花涉水到张杨村，因为美，让人心生欢喜，当然也心生一些妄念。这不能怪我啊，都怪张杨村自己，这盛世美颜，叫人如何抵挡？

长沟村

村口一块大石头，上书两个字——秦源。

秦人在这儿牧马，等马儿肥了，就骑马驰骋，谁也打不过他们。倘若溯了时空，我是一个西域胡女，走在秦人的旷野里——我的外祖父是凉州人，长着匈奴人的特征——宽脸、颧骨高、鼻翼宽、粗眉、小眼睛、窄额头、大耳朵。于是我常常给别人吹，我的满月脸颇有胡风。

在长沟村，我一心一意做这件事情——找秦人。秦人长什么样子？不知道。但是我固执地认为，兵马俑的样子就是拓着秦人的样子复制出来的。

我在岷县见过秦人的样子，他们步履飒飒，神态温和而冷，身形不胖也不瘦，大骨架，脸型方长，有些凝神沉思状。街上正走着，迎面遇见的男子浓眉大眼，阔额宽腮，一撮胡子英气飒飒——倘若蹲下去拿起弓箭，简直和兵马俑一模一样。真是难以置信，岷县，居然和遥远的秦朝脉脉呼应。

可是在长沟村，我觉得遇见的都不是秦人，男子们不是秦人那种方脸、吊梢眉、单眼皮、眼角往上飞的长相。相反，他们的脸廓很柔和，下巴稍尖，嘴唇薄，多是杏仁眼。

在福瑞源二层木楼上闲聊，对面是长沟村的一个男子，他说妻子在南方打工，他在天水打工，儿女在上学，家里老人种了几亩地，收入还好，总是有田鼠祸害庄稼。话说远了，他的眉心攒着一点愁，却全是真情。

这几年，长沟村大力发展乡村旅游，发展金银花、畜牧养殖等致富产业，在彻底改善村容村貌、改善贫困群众居住面貌等方面做了大量的工作，成绩斐然。同时针对长沟村地理位置的优势，谋划了长沟河流域治理项目，计划新修乡村旅游道路 10 公里，接通县城到关山景区的二级公路也在积极争取，清陇高速公路贯穿长沟村而过，也在开展前期工作。

乡村有乡村的诚实，只盼望游人像水一样涌到长沟村来，让远方打工的人回到自己的村落里，经营农家院。只盼望踮起脚尖够得着梦想，方可不浪费这深闺里的绝世美景。

在长沟村一户人家采访，突然发现有一位乡镇干部很“秦人”：浓眉，眉梢上挑，眼神冷而肃穆，脸颊长，棱角分明。若是给他一匹马，真正是秦人的逸韵无疑。于是我一直盯着他看，看得那位先生逃之夭夭。其实我是想问问他是不是清水本地人，结果他躲得好远。

我一遍遍嘀咕：“没有遇见秦人。”马孟廉老师解释：“长沟村这个地方是古代战略要地，兵家来往，所以人口变化比较大。无数次征战，秦人绝无可能一直住在这里——他们又不傻，白等着挨打。稍有风吹草动早跑了。”

想来确实如此。清水和一个人有千丝万缕的关系，那就是成吉思汗。一般认为成吉思汗死于六盘山附近的清水县，而且有人推测，他就埋葬在清水县。说不定长沟村这条河边，成吉思汗的人马曾驻扎过。他们的人喊马嘶都湮没在历史的尘埃里，只留给后世人各种猜测——后人们也够闲的，没事干琢磨一代天骄干什么。

村干部告诉我们，这 3 年来开展帮扶工作，协调落实各类项目资金 1000 多万元，涉及基础设施建设、住房建设、产业发展、贫困学生救助、特殊困难群众关爱等各个方面。实施了 20 户易地扶贫搬迁项目，发展乡村旅游农家乐 11 户，栽植金银花 460 亩，规范运营两个党社联建合作社，老百姓的日子越来越好。

长沟村特别适合度假——是有一点乡愁，有一点古风，有一点远方的村落。

村口有一座长亭子，黄草披垂，蓑衣那样，有点萧瑟感，有点宋朝的感觉。可惜柱子是水泥的，不够古风。倘若是竹篱笆，被人靠着，吹一支埙，多少愁绪梗在心里的样子，那就古朴地直奔宋朝去了。

长沟村没有遇见秦人，却遇见了深山藏着的十万木叶。雨呀，水呀，庄稼呀，推开了村子里透明的门。树木那么多，多得简直不像话。尤其是核桃树，肥硕的叶子撑开，好看得心里打战。园子用粗木棍做栅栏，枝枝叶叶从栅栏上空闪过来，叶子上滴着水，滴答，滴答。轩窗栏杆，残红满地，村子在雨水里甜蜜地寂静。

长沟村是秦非子牧马的地方，有堡子山，有长沟河。河水流入渭河。河滩里，青石头、白石头随意堆着。石头堆里也许藏着蛇——都是很懒的蛇，不想自己打洞，就盘踞在石头堆里，让人类不敢坐上去。

我们了解到，通过帮扶干部的帮扶，长沟村贫困人口从2017年初的97人下降到4人，2019年整村脱贫，圆满完成了驻村帮扶工作任务。

古人说要静坐幽僻青石，看对岸花开，打开自己的内心。我可不敢到河滩里的石头上去坐，那就坐在高处看风景呗。村子里有好多农家院。欢乐谷、福瑞源，一家比一家美。二层木楼、露台，庭花乱红，满足了我对乡村诗意的所有向往。

雨停了。木楼门前的草木离离疏影，那复古的窗棂和萱草，在阳光下勾勒成一幅镂空的剪影，细致、温存。藤花从墙头垂下，老枝子上吐出几朵蕾，有点跳，香气拂散。这个时候，敛住气，真正地适合想一个人，不是苏东坡，也不是李时珍。

关山村，夜深千帐灯

村落不大，也许几十户人家，没有细细数过，散落在天水市清水县的山谷里。山谷狭长，山也不是很高——当然是跟我们游牧的大雪山比的。但是非常绿，草木们长得蓬蓬勃勃，要蹿起来的样子。细细瞅了一圈，没有发现田地，不知道庄稼们藏在哪里——可能躲在山野绿色的大袍子里。想来麦子应该灌浆了。沿途看到玉米，半人高，还没有穗子。

没来之前，就听说过关山村党支部书记雷得有的先进事迹，听说他从事农村基层工作 40 多年。自任职以来，他克服重重困难，努力为关山村的老百姓干实事，用实际行动践行了一个共产党员的坚守。村党支部多次被评为清水县先进基层党组织，个人先后被评为天水市科技人才、清水县十佳先进个人、清水县优秀共产党员。

我们在黑木耳大棚里见到了雷书记。好几座大棚，黑木耳快要采收了。雷书记为我们介绍了关山村的情况。关山村采取“党支部+合作社+基地+农户”的“党社联建”发展模式，结合村产业优势，积极协调帮扶单位省社科院投资 42.76 万元，建设关山村黑木耳种植基地，投放 3.5 万株木耳菌棒，培育、生产特色“高原木耳”，带动 95 户贫困户户均年增收 2800 元。以村党支部为引领，全面开展农村“三变”改革，采取“村集体+合作社+农户”经营模式，推进规模化种植、标准化管理、市场化营销，增加农户收入，实现关山村稳步脱贫。

听完雷书记的话，我们确实对他非常佩服。跟着他看了好几座大棚的黑木耳生长情况，每座大棚的木耳长势都特别好。

晚饭就在关山村的农家院吃。一家叫“关山人家”的小院，院子倒也不大，留着一个喝茶的小厅，前后打通，一边是院子，一边是后街巷子。巷子里堆着青沙，有人慢吞吞地砌墙，时不时停下来喝水。两三个小孩跑来跑去，也不怕生人。

大概还没有正式营业，我们是第一批游客。老板是个非常帅气的小伙子，亲自端菜。乡野的菜真是好吃，各种植物的嫩梢鲜绿鲜绿的，拌了调料端到桌子上，清淡可口。面食是荞麦面搅团，还有饸饹面，老远就香气扑鼻。同行的老师一气儿吃下两碗。

农家院老板告诉我们，雷书记对工作非常认真，紧盯“两不愁三保障”，义务教育、就医保障、住房安全。这是基础，也是关键。雷书记遍访全村167户，谁家的孩子该上学了，谁家的老人、孩子生病住院了，谁家的房子不安全了，他心中有一本账，并全力解决好。

这样的书记有一种忘我的奉献精神，叫人心里感动。

饭后在巷子里闲逛。天色渐暗，极安静，没有人说话，只有一盏一盏的灯渐次亮起来，在暮色里突然让人感动。为啥叫关山村呢？不知道，只是碎碎地念叨着，莫名就想起纳兰那句词：山一程，水一程，身向榆关那畔行，夜深千帐灯。

那一盏一盏的灯，像是从旧时光里漏下来的，微微泛着古色的黄，看上去极柔和。而村子后面的山野，草木绿色隐去了，黑沉沉的那种墨色弥散在天地之间。

只一会儿，薄薄的雾气就浮起来，山野变得模糊混沌，灯盏也加了一点儿迷离感。村子对面的山脚下，一河水淌着，声音很小，几乎听不见。奇怪，河水怎么会没有声音？也许草木太浓，把声音吸附掉了。黑夜里也看不清石头，隐约有点黑色，大约就是石头。我在山里河边长大，看见石头，总想要去坐坐才好。天黑了，就算了。

大路是水泥路，小路也是。即便在夜里，也能看清小路从大路上岔开，泛着一层弱灰的光，有意无意地斜斜伸进村庄里，伸到那一盏盏灯火中去了。我就是从小路上走过来的。

只是片刻工夫，小雨淅淅沥沥落下，落在青草里，有一种轻微的唰唰声。有人在村口咳嗽了几声，大声问了一句什么。大概是与我们同行的老师，准备要回去了。本来打算夜宿关山村，他们临时改变了主意，可能是怕太打扰那家人。他们一家忙到上灯时分还没吃晚饭呢，大家觉得歉意，留下来，真不知道怎么叨扰呢。

小路边的野花刚开完，留下带着花丝的几撮蓬乱的花头。我打开手机手电筒细细看了一阵，雨丝挂在草叶上，纤弱，幽清。路边的小碎花，最不招惹人的，但别有孤寂的滋味。看到那花朵儿，便看到自己的人生也在里面，朴实得有点呆，默默无闻地开了，又谢了，全凭内心牵动光阴——看上去随意，其实却拼尽了全部力气。

有人高声说："回去啦，上车啦。"只有这一声，搅乱了雨丝落下的细微脚步声。村子里也听不到犬吠，实在是太安静了。我们的车突然轰鸣，车灯倏然辐射开，那种橘黄的光芒里，还是斜斜的雨丝，斜斜地落下。

关山村的一盏盏灯，孤独地对着一天一地的细雨。苍穹并不苍茫高远，而是很低，比山还要低，低得几乎要压住屋檐了。屋檐下的窗台上，几盆花草披拂枝叶，被雨丝坠得枝子低低的。对门人家窗内的女子，大概刚披散了头发，低垂了脸，看了一眼屋角——屋角可能有一只猫儿。没有犬吠，猫儿总有吧。

跑进屋里去取包，却见老奶奶抱着两个小孩儿，才坐到凳子上喂饭。菜没有添，还是大家吃剩下的，都凉了。老奶奶挑起新煮的饸饹面，两个小孩儿伸长脖子张大嘴巴，等着奶奶吹凉面条。

猝不及防的愧疚，令我快快逃离了"关山人家"。他们把最好的食物给我们吃，而我们能给他们带来什么？什么也不能，文字是天底下最无用的东西。那一刻，我不敢和老奶奶道别，也不敢看那两个小孩儿清澈的眼睛，惶然奔到巷子里。

一路上都在沉默，只有车窗外的雨，一阵疾一阵疏。回头看，关山村的千帐灯，像古诗词，遥远而孤独。

牛头河畔是清水

六月的清水，山川锦绣，天蓝地绿。

牛头河清清爽爽地向西流去，流经之处草木葱茏，风光秀美。

我们慕名而来，怀着虔诚的心，走进美丽清水的青山绿水，探寻生态清水的秀丽风光，寻觅文化清水的活水源头。

牛头河，古称西江、清水，又名桥水。它起源于关山西侧的旺兴乡芦子滩，倒流而下，南折入渭。这是一条自东向西流淌的神奇的河流，干流全长84.6

公里，流域面积 1836 平方公里。

出清水县城东行，沿着牛头河逆流而上，两岸风景如画，令人心旷神怡。公路在峻岭深处穿行，缥缈的云雾飘浮在山间，一呼吸，水汪汪的。

清水历史文化悠久，西汉元鼎二年（前 115）置清水县，古称上邽，因“清泉四注”而得县名，素有关陇要冲、陇坂屏障、丝路咽喉之称，是中华人文初祖轩辕黄帝的诞生地，秦统一中国的发祥地，西汉名将赵充国的故里。

山门镇东南 10 公里处的白河村，是三皇谷森林公园的腹地，也是牛头河的发源地，有“百里林海，森林浴场”之称。

2019 年 12 月 25 日，白河村被评为国家森林乡村。走进白河村，就走进了幽静清凉的绿色海洋，只听见鸟鸣和水流的声音，满坡坡绿，鸟语花香，溪水潺潺，松风阵阵。

轩辕谷，东毗磻溪水，西望画卦台，南对仙人崖，北依崆峒山，山环水抱，景色宜人。从山脚看上去，此处极为古雅，三山合围，一座秀美的山峰独自伸出。山下就是轩辕殿。殿堂典雅肃穆，气势恢宏。

轩辕殿正前方是修缮一新的戏台，民间祭祀轩辕黄帝的活动每年在这里举行，笙歌锣鼓，乐声不绝。戏台前，是一架照原样移建的水磨，仿古的水车，随潺潺溪水缓缓转动，把我们的思绪带入历史的深处。

轩辕殿右侧的凉亭下有一眼圣泉，揭开井盖，但见泉水清澈，寒意层生。就是这一眼接纳天地灵气，浸润上古文明的涓涓源流，从白河村的某处草地涌出，缓缓流出轩辕谷，吸纳万千条小溪，汇聚成温柔的牛头河，流经 1836 平方公里的清水大地。牛头河水一路奔腾，蜿蜒西流，驰进渭河、汇入黄河、流向大海……

牛头河穿越清水全境，穿县城而过的那一段，被打造成十里风情线，全长 3760 米的景观绿化将县城装扮得华美艳丽。清水县依托中国民间文化艺术之乡、轩辕文化之乡的美誉，正全力打造轩辕文化、温泉养生、生态休闲三大文化旅游品牌，努力争创省级全域旅游示范县。

清水又是全国村庄清洁行动先进县，牛头河断面水质连续 5 年达到地表水三类水质标准。2020年，清水启动实施了牛头河重点流域生态建设工程和“山水田林”综合治理项目，正全力争创国家生态文明建设示范县。

轩辕殿左侧，是白河村村民的农舍。阳光照耀下的沟谷里，一只大公鸡和几只小鸡正在觅食。村民正在田地里辛勤劳作。中午时分，炊烟四起，轩辕谷里气象万千。

白河村是省委政策研究室的帮扶点。在他们的帮扶下，白河村发生了翻天覆地的变化，修建了从山门镇到白河村12.8公里的乡村道路，为打造轩辕谷这一旅游名片奠定了基础。通过实施易地扶贫搬迁工程，十几户散居在轩辕谷地的农户搬到了地势相对平坦的白河村口，住进了漂亮的大瓦房，开起了农家乐。据说农家院开张的时候十分火爆，每天宾客如流。我们看到，农家院的主人正在修缮花园，准备迎接参加轩辕黄帝民间祭祀的中外游客。

离开村子时，一辆旅游中巴载着一批客人前来轩辕谷观光。同行的县人大常委会副主任蔡友平介绍，为表彰先进，鼓励优秀，清水县组织开展了“百名好人游清水”活动，来自全县各行各业的优秀工作者，在七一前游清水的著名景点，白河村轩辕故里就是第一站。

我突然明白，牛头河就是清水的母亲河，也是清水脱贫致富奔小康的幸福河。

斜坡的高度

从天水市城区乘车一路向西，山峦叠翠，绿林夹道，车行不到一小时，一个“白屋连绵成片，黛瓦参差错落”的小村落映入眼帘，这就是省级非遗传承项目“秦州鞭杆舞”的故乡——秦岭镇斜坡村。

清晨一场小雨之后，碧空如洗，林木纯净，空气中飘逸着花香，深吸一口，顿觉肺腑涤荡，神清气爽。群山环抱的斜坡村掩映在绿波中，崭新的民居依山而建，鳞次栉比，家家房前屋后杂花生树，绿影婆娑。一例的白墙黛瓦，屋顶上的太阳能热水器银光闪闪，四通八达的水泥路面一尘不染，路边是一字排开的高高的路灯。文化广场、柴草堆放场、垃圾分类投放点、花坛……

这些布置有序的场点，真让人不敢相信这是大山深处的偏远乡村。

“环境整治不难，最难解决的是人们长期以来形成的行为习惯。究其根本，还是因为大多数村民维护卫生环境的意识不强。”村党支部书记张继明说。44 岁的他说起斜坡村的前世今生如数家珍。

斜坡村位于秦岭镇西南部，距镇政府 6 公里，辖斜坡 1 个自然村，1 个村民小组，是一个保持着原始生态风貌的村落，全村共有 91 户 384 人，耕地面积 1627 亩，2013 年建档立卡贫困户 42 户 180 人，贫困面大，是秦岭镇 5 个贫困村之一，也是深度贫困村之一。

张继明当上村党支部书记之后，在和村两委班子谋划发展前景时，首先明确了这样一个思路：一个人一天不洗脸就不舒服，环境卫生就是村子的脸面，只有把村子的“脸”洗干净了，村子的形象才会好，人住在里面才感觉舒服，心情才好。曾经的斜坡村，村道陡峭，垃圾成堆，人居环境差，生产生活不便，村民多有抱怨。村委会确定的思路正抓住了村民的心，所以整治村容村貌成为所有人的共识。

首先要解决的是道路交通问题。和所有的农村一样，晴天一身土，雨天一身泥是斜坡村的写照。特别是旱季，路上的尘土能淹过脚面，踩上去“扑哧扑哧”直响。虽然村子里绿树环绕，可是大风扬尘，树叶上都是一层厚厚的尘土，几乎看不出本来的颜色，遮天蔽日的大树蔫头耷脑全无精神，出入的村民更不消说了，个个灰头土脸。张继明看在眼里急在心上。他多方奔走，争取到了国家扶贫款，开始整修道路。为了保证工程质量，村里成立了村民监工小组，由大家负责监督，他每天都要抽出时间到工地查看进度，并再三告诫施工方：“如果工程质量出现问题，那就是拿着国家的钱欺骗老百姓，欺骗自己的良心。”在他的严格要求下，村内巷道硬化工程保质保量如期完成，共铺设水泥路 8400 平方米，实现了全村道路硬化。从此，村里人结束了肩挑驴驮种庄稼的日子，拖拉机、摩托车、汽车能直接开到家门口。

路通了，可是晚上还是黑灯瞎火的，张继明又动起了脑筋。当 100 多盏路灯拔地而起、光芒四射时，村里人彻底信服了这个书记。70 多岁的张礼学老人由衷地感慨：“我们祖祖辈辈都是靠月亮照明走夜路。用路灯照明，那是几辈人想都不敢想的事情，没想到，这样的好事让我赶上了。这 100 多盏路灯，每天晚上把村子照得跟白天一样，再也不用黑灯瞎火摸黑走路了，书记给大家干了一件大好事啊！”路灯不但照亮了村路，也点亮了人心。

张继明一鼓作气趁热打铁，相继修建了两个文化广场、柴草堆放场 3 处、垃圾分类投放点 4 处、花坛 9 处，设置垃圾桶 18 个，拆除残墙 700 米，改造卫生厕所 30 户，并安排专人每天清扫村内巷道、清除杂草。同时，帮扶工作队和村两委也通过广播、入户走访动员等方式，让群众积极参与到环境保护工作中来，形成了人人爱护环境、保护环境的良好意识，村容村貌有了天翻地覆的变化，处处焕然一新。

以前垃圾随手扔，脏水随处泼，到处臭气熏天。如今政府花钱购置了垃圾桶，垃圾有了固定的投放点，没有人再乱扔乱倒了。村庄颜值不断刷新，潜移默化中，村民的卫生习惯也悄悄发生了改变，人干净了，气质也在悄然发生变化。

路通了，人居环境变美了，张继明还不满足：村内办公室没有新建，陡坡地没有变平，群众无钱发展、后劲不足的问题还没有解决。于是他和村两委成员积极争取项目支持，最后协调秦岭学区，将原先的村学进行了装修，完善了办公室设施，巩固了党组织的活动阵地，为凝聚党员、服务群众提供了有力保障。硬化了 700 平方米的活动场地，办起了村级卫生所和电子商务网店。接下来，一个重大的课题摆在张继明眼前：如何让村里人的腰包鼓起来？

栽核桃，种连翘！当张继明将这个想法摆到桌面上时，村里人都沉默了。村里不是没种过核桃，可是种一次失败一次，现在，一听书记又要让大家种核桃，所有人都持怀疑态度。张继明之所以产生这个想法，也是经过深思熟虑的。他多方走访，向农业技术人员请教，知道了核桃适宜在温暖、土层深厚、排水良好的沙壤和黑壤土上生长，宜在阳坡和背风处栽植。在荒山丘陵地区发展核桃，应先修梯田，挖大鱼鳞坑，做好水土保持。对照斜坡村的自然条件，发展核桃种植是完全可行的，所以他才胸有成竹。但是，他深深地知道，村民的思想工作没有做通，仅靠他一己之力，独木绝对不能成林。于是，他每天抽出时间，挨家挨户上门与农户交谈，推心置腹和大家拉家常，掰着手指头算账。白天组织发动群众，与请来的技术人员现场交流，听他们讲解核桃栽植技术和管理技术，晚上举办培训班。渐渐地，村里人心头的疑虑开始消除。在农技人员的指导下，大家严格按照技术要领栽植核桃 409 亩，为脱贫致富奠定了坚实基础。

连翘种植结合了退耕还林，共完成 338 亩。与此同时，协助天水茂丰药材有限公司流转土地 500 亩，种植中药材二花套种板蓝根，填补了村产业的空白。部分农户种植大蒜 100 亩，遏制了土地撂荒现象。

说起带领大伙儿养猪的经历，张继明记忆尤深。2016 年春，他东挪西凑并通过银行贷款筹集 40 多万元，修筑猪舍、厂舍 200 平方米，占地面积 1700 多平方米，年可生产生猪 200 多头。基地建好了，他购进 50 头仔猪，开始学着养猪。

最理想的猪舍应该是东西走向，这样会有比较好的采光度，修建方式坐北朝南，冬季暖和夏季凉快。要设置一些通风口，方便随时通风，可以设立窗户或者卷帘等，再用水泥把地面修葺好。不但要把地面修建得有坡度，还要有粪尿沟，以利于排出粪尿，方便猪圈清理。一般猪圈在 25 平方米左右，需要有隔间，可以使用铁栏杆或者砖进行隔离，不但有很好的透气性，管理也会方便很多。可是，对张继明来说，养猪可是大姑娘上轿——头一遭。由于没有经验，他建的猪舍无论是采光还是卫生条件都不尽如人意，再加上那一年养猪市场行情不景气，买来的仔猪品种质量又不好，一年下来，钱没赚着，反倒贴了本。他的家底本来就薄，这下子真是雪上加霜，家里人对他都有怨气，劝他别再养猪赔钱了。张继明却不为所动。他从书店购买了养猪技术的书，边学边干，慢慢摸索猪的生活习性，掌握猪的生长特点，仔猪生下来以后，什么时间打什么针，吃什么药，如何预防疾病，如何配制饲料配方，他都虚心向养猪专业技术人员和当地老兽医请教，并结合自己以前养猪的教训，逐步积累了丰富的养猪经验。

2017 年初，他硬着头皮从亲属、朋友家借钱，又买了 100 头仔猪。经过 4 个月的苦心经营，第一批育肥的小猪出栏了，他看在眼里，美在心里。虽然猪养好了，但是销售是一个大问题。肉猪市场面临激烈的竞争，特别是市场供过于求，价格一度跌了再跌，照此价格，亏损严重。为此，他积极外出跑市场，了解行情，将生猪运往价格高的地方出售，在市场不景气的情况下变亏为盈。

有了张继明率先垂范，村里其他养殖户信心大增。但是，有些人思想观念落后，市场信息渠道不通，加上养殖设施条件差，盲目跟风，导致养殖效果不好。张继明主动聘请了养殖专业人士上门解决技术难题，又组织部分人去其他地方取经。在他的努力下，养殖户的养殖技术得到了大幅提高，养猪效率提速明显。目前村内养羊大户有 3 家，规模养猪场一处，向社会提供无公害肉 1 万余斤，创利 12 万余元，户均收益 1.3 万余元，村民的腰包鼓起来了。

为了加强资金流动，张继明又组织成立了斜坡村互助资金协会，争取到位资金 70 万元，简化借款手续，第一次让村里人在家门口借到了款。一系列货真价实的帮扶引领，大家得到了看得见摸得到的实惠，对于张继明，村里人心悦诚服，打心眼里感激他、信任他。昔日的贫困户、今日拥有 3000 多只鸡的养殖大户张恒都说："现在村里人吃的和城里人没啥两样，收入也每年翻番，这样的日子全靠了党的好政策。"

聚焦脱贫攻坚，特别是通过易地搬迁，14 户存在危房隐患的贫困户住上了崭新的洋楼；在饮水安全方面，争取到秦州区残联"健康饮水进万家"项目，为 10 户贫困残疾人安装了净水机，提高了饮水标准；教育保障方面，27 名义务教育阶段学生享受"两免一补"、寄宿补贴、助学金等教育优惠政策……全村实现了医疗全面保障，危房全部消除，教育无一辍学，产业稳定发展。雍长代是斜坡村的贫困户，在党和政府的帮扶下，他不但脱了贫，住进了易地搬迁新房，改善了生活条件，而且建了 2 亩苹果园，种了 1 亩中药材冬花，有了致富产业。

扶贫更要扶智。物质丰富了，张继明的目光投向更高级的精神领域。秦州鞭杆舞分布在天水市秦州区西南的秦岭等乡镇，尤以斜坡村最为集中。斜坡村人的鞭杆舞在数代人的薪火相传与抢救性挖掘整理下，特别是自2008年被列入甘肃省第二批非物质文化遗产后，走向空前的繁荣。

秦人先祖非子因在天水放马滩及秦岭山脉一带为周王室牧马有功，被封为周王室的附庸，秦人在长期牧马的过程中将拿鞭子的动作演化成一种舞蹈，后来逐渐形成了约定俗成的套路，成为秦人亦牧亦兵，利用天水这个远离战火的“西垂之地”休养生息，不断自我发展、自我壮大的真实写照。斜坡村的44名鞭杆舞传承人曾经接受过区文化系统的集中培训，在保持民俗性和保留养马、放牧、武术动作的基础上，对表演中的单一队形进行了调整，加入了新的舞蹈元素，一扫传统表演中缓慢、呆板、单一的节奏，增强了舞蹈的节奏感和队形的多样化，曾多次参加“中国天水伏羲文化旅游节”等活动的演出。张继明宣传和动员村上的青年积极参加到鞭杆舞的行列，不断壮大舞蹈队伍。2008年春节，他们应邀赴北京西城区历代帝王庙演出，5天演出多达20余场次，被中央电视台、甘肃文化频道、天水电视台等多家媒体宣传报道。2018年，秦州鞭杆舞在“纪念香港回归二十周年春节联欢晚会”中荣获银奖。

以鞭杆舞的日益活跃为契机，张继明又引领大家开始了斜坡村美丽乡村和“大象天水·西秦古镇”旅游综合体的项目建设。

旅游扶贫方式灵活、受益面广、拉动性强、效果良好，成为当前农村经济发展的重要支柱之一。张继明利用“大象天水·西秦古镇”民宿旅游项目，抢抓农村“三变”改革的政策机遇，以农民为主体，以乡村风貌和民俗文化体验为吸引力，按照“不大拆大建、就地改造提升”为设计原则，计划全力打造集民俗文化体验、特色民宿、乡村景观、风味小吃、采摘体验、生活风俗为一体的乡村民宿文化体验旅游基地。

在打造民宿院落时，很多人迟迟下不了决心。张继明心里清楚，大家都是怕投了钱，改造了房子，万一没有效益，那不是竹篮打水一场空嘛。在做群众工作无果后，张继明毅然决定先从自家院落的改造开始。家里人一听都急了，异口同声坚决反对。张继明顶着压力把工程队直接引进家门，妻子气坏了，开始和他打冷战。忙前忙后一个多月后，民宿院落初具规模。看着焕然一新、充满田园风情的院落，妻子紧皱的眉头也慢慢舒展开了。在张继明的带动下，民宿院落改造工作迅速铺开。村里人都说："环境越来越美，我们每天就像住在公园里。"

如今的斜坡村，以"绿色生态"作为最大财富、最大优势、最大品牌，走出了一条经济发展和生态文明水平提高相辅相成、相得益彰的路子，各项工作位列全镇前列，多次受到镇党委、政府的表彰。"斜坡样板"真正让绿水青山变成了金山银山，"生态 +"效应让这座大山深处的小村落与时俱进，让信守初心的斜坡人插上了腾飞的翅膀。

第五章

定西全境如期宣布脱贫，定西人长出一口气，甘肃人长出一口气，全中国长出一口气，也许，世界上相当多的人都为此长出一口气。只因为，定西之穷，全省闻名，全国闻名，在世界上也颇有穷名。定西，曾是贫穷的代名词。这让当今生活在定西的人，哪怕是本身并不缺钱的人，说起话来都底气不足。

一个穷字，如同一座大山压在定西人的身上，几代人都在背着大山负重而行。关于定西之穷，自从左宗棠说出“苦甲天下”几个字以后，几乎盖棺定论，此后百年间，所有关于定西的言谈文章，这几个字几乎都是核心词汇。关于定西之穷，无数的文章都曾描述过，无论是短章小品还是鸿篇巨制，绕来绕去都在一个“穷”字上做文章。这类文章太多了，因此，对于定西的过去，这里就不再浪费笔墨了。

让我们把关注点放在当下吧。

对于定西，我还是有所了解的，因为距离兰州较近，或路过，或工作调研，或节假日游玩，多有涉足。最为系统的一次，还是世纪初，受省上有关机构委派，在两个月的时间里，走过定西所辖 4/5 以上的乡镇，还有更多的村庄，为此也写过不少文章。可是在我看来，定西之穷，多少有些名不副实。事实上，定西与当时全国、全省大多数农村大致处在同一发展水平。那时候，我也去过国内、省内许多乡村，现实的观感让我深切地体会到，一个地方如果因“穷”出了名，那就得付出十倍百倍的努力，才可改变人们的看法。

不怕穷，只怕被穷压扁了，只怕甘于穷，只怕人穷志短。

而定西人，正是以“人一之，我十之，人十之，我百之”的不屈精神，改造山河，因地制宜，振兴产业。几代人，几十年如一日，同一种命运，同一种梦想。而今，这个梦想变成了现实。

这个现实就是：定西脱贫了！

无疑，这是一个伟大的现实，穷尽语言也无法全面准确描述的伟大现实。

我们先看一则关于定西的报道吧。

从“苦甲天下”到“蝶变新生”

定西曾因“苦甲天下”闻名，是全省乃至全国脱贫攻坚的主战场之一。近40年来，定西市先后经历了救济式扶贫、开发式扶贫、综合式扶贫和精准扶贫精准脱贫。到2019年底，贫困人口减少到4.16万人，贫困发生率下降到1.58%。全市1101个贫困村有982个脱贫摘帽，安定、陇西、临洮等5个县区实现脱贫，通渭县、岷县将于2020年实现脱贫。

构建产业体系 筑牢脱贫之本

发展产业是实现脱贫、巩固脱贫成果的根本之策。定西市把产业扶贫作为推动脱贫攻坚的根本出路，因地制宜，聚力精准施策，总结推广产业扶贫模式，全面构建产业覆盖体系，为如期打赢脱贫攻坚战提供了坚强有力的支撑。

通渭县常家河镇便是全市以产业促脱贫的一个缩影。

该镇位于通渭县最南端，距县城约47公里，属于温带干旱半干旱气候。过去，全镇种植结构单一，农民增收困难。

选准产业，是产业扶贫最关键的一步。根据当地的自然和气候条件，近年来，经甘肃和山东两地农业专家考察，常家河镇大力引进山楂、花椒、樱桃等经济作物，建设千亩山楂基地、樱桃采摘园等种植基地。

据常家河镇党委书记穆维强介绍，全镇通过引进企业带动投资，培育促进产业，通过基地建设发展壮大产业。以千亩山楂基地为例，最初建园时流转了当地1200亩土地，这些土地按照每年每亩400元给村民支付流转费用。此外，山楂挂果后，合作社与农户按照7∶3的比例进行分红，预计带动42

户贫困户户均年增收 3500 元以上，实现农户与合作社双赢。

据统计，2014 年以来，定西市有 75% 以上的农户依靠发展产业有了稳定的收入来源，其中 59 万余贫困人口通过发展种养产业实现稳定脱贫，占全市建档立卡贫困人口的近七成，实现了特色产业对贫困村、脱贫人口的全覆盖。

保障饮水安全 润泽陇中群众

曾几何时，陇中群众望天祈雨。能畅快地喝上一碗干净水，是定西人民的夙愿。

渭源县西南部农村供水中心负责人文书龙说，以前当地群众都是靠天吃水。遇到干旱年份，饮水难以保障，远离水源地的群众还要用三轮车拉水。有些村子水质不达标，不少人得了粗脖子病或软骨病。

从 20 世纪 90 年代起，全市兴建集雨水窖，实施人饮解困、氟病改水、饮水安全工程，建成引洮一期农村供水工程，初步解决了全市农村群众吃水难、饮水不安全的问题。

2005 年，在规划农村饮水安全项目过程中，经过科学论证，定西市及时转变思路，树立“大水源”理念，按照“一次规划，分批分步实施”的原则，以骨干工程、大中型水库等稳定水源为依托，实施远距离、跨区域、跨流域调水，发展规模化集中供水工程，从根本上解决全市农村饮水不安全问题。

2005 年至 2015 年期间，先后建成渭源北部、临洮南部农村饮水安全工程和引洮一期四项配套农村供水工程等一大批万人以上规模化供水工程，初步建成农村供水保障体系。

目前，全市建成农村集中供水工程 163 处，农村集中供水率达到 93% 以上，以集中供水工程为主、分散供水工程为辅的农村供水保障体系已基本建成。

关注困难群众 强化就业扶贫

在临洮县，有一家按摩中心，按摩师都是盲人，其中不乏建档立卡贫困户。临洮县残联理事长孙碧兰介绍，这家按摩中心采取公建民营的方式，吸纳有视力缺陷的人就业。县残联积极开展技术培训，让有视力缺陷的人拥有一技之长，靠自己的双手寻求人生的光亮。

临洮县康家集乡中庄村的朱玉萍在17岁那年视网膜脱落。说起往事，朱玉萍的泪水禁不住流了下来。命运的转变发生在2019年，在临洮县残联的帮助下，她不仅学会了按摩技术，还有了工作。“我以前在家里待着特别烦，现在在团队里和大家说说笑笑，很快乐。”朱玉萍说，“回到婆家地位也提高了，上次回家，我婆婆破天荒地一大早起床给我做馍馍了。”朱玉萍感到自己的生活里有了阳光。

就业扶贫，不仅帮助贫困群众增加了收入，成为最有效、最直接的脱贫方式，还有利于激发贫困群众的内生动力，让贫困群众转变思想观念，实现人生价值。

脱贫路上一个都不能少。定西市统筹抓好劳务输转、劳动力培训、扶贫车间建设、公益性岗位开发等4方面重点工作，着力促进贫困群众就业增收。2018年以来，全市累计创建扶贫车间259家，吸纳带动建档立卡贫困人口3000余人；开发乡村公益性岗位1.3万余个，帮助1万余户建档立卡贫困家庭户均年增收6000元。

定西、福州扶贫劳务协作工作还形成具有特色的“福定模式”。2019年10月17日，“通过实施劳动力季节性转移实现贫困人口增收——定西市与福州市劳务合作案例”入选全球减贫案例，也是全国东西部扶贫劳务协作入选的唯一案例。

任何文字都无法准确全面描述定西实现脱贫这个现实的伟大，这篇报道当然也一样，只是对定西脱贫之路和脱贫现实的一种扫描。

关于定西，我们不能回避渭源县的元古堆。2013年2月3日，对于元古堆来说是一个历史性的日子，其实也是定西人，甘肃人，以及中国所有尚未脱贫的乡村的历史性日子。这是中国传统的小年，这一天，习近平总书记来到元古堆，看望慰问干部群众，指示：“咱们一块儿努力，把日子越过越红火。”

朴素的语言，接地气的语言，一个掷地作金石声的号召！

从此，元古堆走进了新时代，中国广大贫困农村赢来了新机遇。

循着习近平总书记的足迹，我曾两次跟随作家采风团到过元古堆，很想就此写一篇文章。但是，当我看到甘肃籍天津作家秦岭撰写的长篇纪实文学作品《高高的元古堆》后，只能发出“眼前有景道不得”的感慨。秦岭是我的朋友，才华横溢，著作等身，对现实问题很敏感，这几年佳作迭出。在此，我们不妨节选一段，从一个村庄入手，观察定西的脱贫之路吧。

蝶变元古堆

“定西苦甲天下。”老话了。

但是，同样的老话“元古堆苦甲定西”，也许只有定西人才知道。村穷与民苦，是元古堆穷根上结出的两个苦瓜。

“一元复始，千古一变。”元古堆神奇的蝶变始于2013年腊月二十三，也就是中国传统节日——农历小年。那天，中共中央总书记习近平来到了高高的元古堆。在元古堆，心系着贫困群众的习近平总书记访贫问苦，殷殷嘱咐干部群众：“咱们一块儿努力，把日子越过越红火。”

元古堆的脱贫攻坚由此全面提速。元，有了肇始之意；古，有了旷远之释；堆，有了夯筑之势。

“南有十八洞，北有元古堆。”几年间，蝶变的元古堆像一曲韵味浓郁的“甘肃花儿”，唱响了大江南北。

从“苦甲定西”到枯木逢春

元古堆这个名字，乍一听，疑似古风浩荡，遗韵盎然，其实它早先叫圆咕堆。

“咱不是穷幽默，只因咱村50岁以上的文盲、半文盲太多了。元字比圆字少了些没用的皮子、瓤子，古字比咕字还少了一张吃饭的嘴哩。”一位老人对我说完，随口唱起了“甘肃花儿”中的《穷人歌》：“穿了个烂皮袄呀，虱子比虮子多。搭到那墙头上呀，麻雀儿垒了窝。世上的穷人多，哪一个就像我……”

有元古堆“小百科”之称的村主任郭连兵对我讲：“过去，中国最穷数甘肃，甘肃最穷数定西，定西最穷数渭源，渭源最穷数田家河乡，田家河乡最穷数……唉！”郭连兵的罗列和对比，像极了一位饱经风霜的历史老人守着古老的石磨筛玉米粉，筛完头遍筛二遍，筛完二遍筛三遍，筛完三遍筛……

剩下的最后一撮秕糠，成了“元古堆苦甲定西”的注解。

而农业专家是这样对我讲的：“只有元古堆脱贫了，定西才算真脱贫；只有定西脱贫了，甘肃才算真脱贫；只有甘肃脱贫了，中国大概就真正脱贫了。”

元古堆—定西—甘肃—中国，这几个关键词构成了共和国脱贫攻坚历史上一个绵长而特殊的链条。

作为行政村，元古堆由元一社、元二社、窎地社等 13 个自然村组成，总共 447 户 1917 人。“三里不同天”，所有的自然村被黄土丘壑阻隔、切割得支离破碎，孤零零地掖在漫长岁月的深处。

元古堆位于甘肃省定西市渭源县田家河乡，地处海拔 2400 米的山区，总面积 12.4 平方公里。这里高寒阴湿，沟壑纵横，是著名的深度贫困地区。脱贫攻坚后，元古堆发生了翻天覆地的变化，荣列甘肃省十大美丽乡村。

2012 年底，元古堆有低保户 151 户 491 人，五保户 8 户 9 人，扶贫对象 221 户 1098 人，贫困面达 57.3%。人均从农业产业中获得的收入仅为 660 元，全村农民人均纯收入仅为 1465.8 元。

“有女不嫁元古堆。”当年，元古堆的光棍就有 40 多个。

大年小年都是年，但所有的元古堆人都记住了 2013 年的农历小年。瑞雪过后的上午，村口来了一拨轻车简从的人。村民们一眼就认出来了，走在前面的就是中共中央总书记习近平。习近平总书记看望了 80 岁高龄的老党员、贫困户马岗和群众，还嘱咐大家共同努力，摆脱贫困，争取早日过上好日子。

从此，13 个自然村变成了脱贫攻坚的 13 个主战场。“众人拾柴火焰高”，国务院扶贫办将渭源县确定为直接联系县，为元古堆下派驻村帮扶工作队队长并担任村党支部第一书记。省、市、县、乡共同发力，组建了驻村帮扶工作队。田家河乡先后选派4名副科级干部、副科级后备干部担任村党总支书记，形成了领导带头、单位牵手、干群联合、社会助力的扶贫开发新格局。

“扶贫工作务实、脱贫过程扎实、脱贫结果真实。”按照习近平总书记确保三个“实”的要求，脱贫攻坚如火如荼地展开：工程、项目、产业、美化……小阵地、大阵地，大会战、小会战。

“梧桐引得凤凰来。”元古堆的小伙子终于不用当光棍了。

青年农民陈广明的媳妇杜文文就来自被誉为“陇上江南”的天水。听说我也是天水籍，杜文文说：“当初我要嫁到元古堆，把咱天水的亲友吓坏了。他们来元古堆看过后，才晓得嫁对了。”

2016年，在第二届“绚丽甘肃·美丽乡村”评选活动中，元古堆荣获甘肃“十大美丽乡村”称号。

“咱元古堆枯木逢春！这是借了脱贫攻坚的东风。”村民杨树才说。

6年多来，元古堆跨过了脱贫攻坚的“硬杠杠”：“两不愁三保障”。整体搬迁后的元古堆小学不光新增了幼儿园，教学及办公用房增加到了1210平方米，建档立卡在校学生111人，入学率达100%；新建医疗卫生室占地60平方米，贫困人口家庭“一人一策”签约率达100%；脱贫户年人均纯收入达到3500元，建档立卡贫困户年人均可支配收入达到6970元，全村年人均可支配收入达到1.0085万元，6年增加了近6倍。

也就是说，元古堆整村提前两年实现脱贫。

高高的元古堆，一跃成为全国脱贫攻坚示范村之一。

“您知道‘北元南十’吗？”有村民故意考我。

我马上反应过来，元，指元古堆；十，指十八洞。十八洞村位于湖南省湘西土家族苗族自治州的花垣县。2013年11月，习近平总书记在十八洞村考察调研时，首次提出了“精准扶贫”。在精准扶贫的步履和成效上，元古堆和十八洞既有神奇的相似性，又各有千秋。

2019年3月7日下午，习近平总书记来到全国人大甘肃代表团参加审议，当天第一个发言的就是定西市委书记唐晓明。他向习近平总书记报告，元古堆村 2018 年已经整体脱贫，引洮二期工程正在加快建设。

元古堆，是习近平总书记十分牵挂的地方。

共和国大地上的两个村庄，一个在陇中，一个在湘西，一北一南，犹如一曲跨越万水千山、遥相呼应的合唱。

踏平坎坷成大道

路，是要用脚走的；脚，是要穿鞋的。

没错！提起元古堆早先的道路，元古堆人首先想到的是岁月深处的一种鞋——牛皮窝子。

一尺半见方的一张牛皮，用温水泡软后，沿边打好孔，先把脚踩上去，再四角对折至脚踝，于是牛皮形成一个“窝子”。下一步，细麻绳穿孔而过，轻轻拢住四角，然后往“窝子”里塞燕麦草，直到燕麦草填实了牛皮与脚之间的所有空隙，再一点点抽紧麻绳，最后在脚踝处束一个活口结……至此，人脚变成了一个巨大的“牛蹄子”。

因为穷，也因为元古堆的“晴天扬尘路，雨天烂泥路，冬天溜冰路”。

某自然村一户村民的小娃儿得了急性脑膜炎，心急如焚的家人和邻居送娃儿去会川镇抢救，架子车却深深陷入烂泥里。娃儿最终失去了最佳的抢救时限，落下了终身残疾。

天气稍一变脸，元古堆的当归、党参、黄芪等中药材就运不出去，外地的客商也进不来。

在老支书刘海东家，我见到了他当年陪同习近平总书记考察元古堆时的照片。他说：“习近平总书记离开元古堆不久，咱村的修路战役就打响了。”

84 岁高龄的朱桂英老人对我说：“修路时，征用了我家的一些耕地，我就给后人娃娃们说了，咱一分钱的补偿都不要，就要一条好路。”

“打仗亲兄弟，上阵父子兵。”但当年的村党总支书记、包村干部吴海娟却给我介绍了一对“父女兵”——梁上社社长白海红和女儿白月娥。

56 岁的白海红是元古堆的老党员、老社长。修建梁上社主干道时，白海红因劳累过度，再加上肺炎复发，先后 4 次在会川镇医院接受手术治疗。他听说工程因征用部分村民的耕地和补偿问题而受阻，出院第二天就在女儿白月娥的搀扶下，拄着拐棍进东家门、出西家院做动员。白海红说话吃力，白月娥就在一旁帮腔。

“脱贫攻坚越到紧要关头，越要坚定必胜的信心，越要有一鼓作气的决心，尽锐出战、迎难而上。”习近平总书记的话语振奋人心。

“踏平坎坷成大道”。不到 3 年，元古堆完成通村道路油化 13.5 公里，硬化社内巷道 16.99 公里，实现道路硬化全覆盖。

修长、笔直的行道树分立道路两旁，清风徐来，树叶婆娑，如吟如歌。一个个司机紫铜色的脸上洋溢着自豪的表情，一看就是元古堆人。如今全村拥有各类小轿车 90 辆，客货两用小车 43 辆。路的前头，是梦一样的远方。

村头，一座漂亮的客运站平地而起。

“咱村，有一站哩。”在元古堆人眼里，这是尊严的回归。

在水一方

水，生命之源。

元古堆在渭源——渭河的源头，却偏偏与渭河擦肩而过，不光被崇山峻岭远远“甩”到了洮河流域，而且位居洮河流域的偏远地带。毗邻的索爷林山、包家岵坡尽管富含水源，却因矿物质复杂，不能完全成为生活用水。

村医张桂峰说：“早先元古堆人的饮用水问题比较多，全村患有‘大脖子病’‘大骨节病’、克山病等地方病的村民比比皆是，30 多年前普查获知的 50 多名地方病患者，如今还有 10 人。”

有一年，某自然村一家农户办婚宴，几位远道而来的亲戚主动承担了担水的活儿。其中一位亲戚正在挑担爬坡，正好迎面下来一头毛驴。驴刚刚和他擦肩而过，突然后蹄子凌空一蹬，当场把亲戚踹了个人仰马翻，连人带木桶直滚到坡底。人，顿时头破血流；桶，当场四分五裂。

“幸亏抢救过来了，‘红事情’差点就变成‘白事情’了。”村民们聊起这件事至今心有余悸。

一盆水，往往“一水四用”：第一遍，洗菜，然后沉淀；第二遍，用沉淀后的水洗碗，然后再沉淀；第三遍，用沉淀后的水洗脸，然后再沉淀；第四遍，用沉淀后的水饮驴，然后……水就没了。

缺水是贫困之源，治贫就要引水。

在苍茫的三千里陇原，谁不知道引洮工程？

1958 年，引洮工程开工建设。限于技术水平和经济条件，1961 年，工程被迫停建。

2006 年 11 月，引洮工程再次启动。

2013年，在考察定西市渭源县引洮工程时，习近平总书记强调：“民生为上，治水为要，要尊重科学、审慎决策、精心施工，把这项惠及甘肃几百万人民群众的圆梦工程、民生工程切实搞好，让老百姓早日喝上干净甘甜的洮河水。”

2014 年引洮工程全线正式通水时，元古堆人已经提前饮用了整一年。

自来水进村了，入户了，用元古堆人的话说，就是“感觉身上的气血两旺了”。

“一水兴六畜”。分散在元古堆农户家的 500 多头大家畜——犏牛、骡子、毛驴……从此摆脱了饮用不洁水的历史。

南山上，绿意盎然，云岚飞挂。3.8 万只放养虫草鸡吃完虫子，品完青草，该喝水了。老远望去，漫山遍野的鸡向水槽聚拢过来，像条条长龙上波光粼粼的片甲。

“一水兴百业”。元古堆以百合农民专业合作社、种植农民专业合作社、兴元苗木繁育专业合作社等 5 个合作社为平台，大力发展第一、第二产业，这些产业因水而生，因水而兴，因水而旺。

那天午后，我在一户农家饮酒，品牌曰：元古堆。

“这酒咋样？”村民问我。

“好酒。”

“水好了，酒就好。”

酒，以水为媒；水，以酒为荣。喝元古堆酒，别有一番滋味在心头。

安得广厦千万间

2013年以前，元古堆有C级危房115户，D级危房223户，危房户数占全村农户数的69.1%。如此规模的危房数量，在当时的渭源县已是罕见。

“共圆安居梦”。2013年，元古堆的危房改造战役全面打响。

“这项工程，是精准扶贫工作的重中之重，也是我们面向2020年‘迎大考’。”当年的元古堆村党总支书记、田家河乡政府干部黄满强说。

元古堆在加快3个集中安置点建设的同时，协调甘肃酒泉钢铁集团有限责任公司投资145万元对集中安置点进行了坡屋顶改造，修建了130套安置房，并为每户配套建设52平方米养殖圈舍，配套建设62座养殖暖棚，扶持农民发展养羊业。

元古堆人习惯把那130套漂亮的安置房叫“新农村”。

在脱贫攻坚的“硝烟”中，共建设、改造危旧房屋338户，“五保老人”集中供养8户。

当年的村党总支书记、田家河乡政府干部贾元平告诉我：“为了做通下滩下社某一家农户的思想工作，驻村工作队登门拜访不下五六十次。”他说，“阻力不止这些，不过，办法总比阻力多。”

元古堆的村史馆里，分栏目陈列着几个大板块，展示着元古堆危房改造前后的变化。两相对比，分明两重天。

2017年6月23日，习近平总书记在山西太原主持召开深度贫困地区脱贫攻坚座谈会，定西市委书记唐晓明是11位发言代表之一，他说：“总书记问得很细，十分牵挂。”

那次会上，习近平总书记强调：深度贫困地区脱贫攻坚是这场硬仗中的硬仗。我们务必深刻认识深度贫困地区如期完成脱贫攻坚任务的艰巨性、重要性、紧迫性，采取更加集中的支持、更加有效的举措、更加有力的工作，扎实推进深度贫困地区脱贫攻坚。

“会当凌绝顶”。高高的元古堆东侧山梁上，有一个精致的观景台。

观景台距离新建的300千瓦光伏电站不远，飞檐展翼，四角翘翅，如天地之间的一处琼台玉阁，朝迎日出，暮送晚霞。每次登上观景台，我都要放眼远眺元古堆。

视野里，最醒目的是山下的元古堆村貌：那温婉的一抹抹白，是墙面；那热烈的一片片红，是屋顶。新培植的景观树和花草，把红白相间的新居烘托出百花盛开的模样……

2016年6月，投资达240万元的300千瓦村级光伏电站在元古堆落成。电站采取“光伏+农户+公益性岗位+集体经济”的发展模式，村委会占股67%，成为助推元古堆脱贫攻坚的主动力之一，被元古堆人称作“大日头”。

走进村民王焕平家的院子，首先扑入眼帘的，竟然是一棵又高又大的百年白牡丹，这样的“艳遇”让我始料未及。

王焕平的母亲说：“其实，早先还有一棵黑牡丹哩。姊妹牡丹开花的时候，半个村子香哩。”

我暗吃一惊，问：“那……黑牡丹呢？”

王焕平母亲的表情黯淡下来，说：“都挖掉20多年了，原地苫了两间土坯房。早知如今有好院子、好房子，说啥也得让那棵黑牡丹留下来。”

当初挖掉黑牡丹，是因为房子；如今保护白牡丹，也是因为房子。

“咱都是股东”

“你们当中，有在企业里当股东的吗？”

那天和元古堆的部分村民围炉夜话时，我随口问了一句。

“咱都是股东。”回应几乎异口同声。

后来我看到一段录像，反映的是元古堆2018年度产业带动暨企业入股分红大会的盛况。一些村民在文化广场排起了长队，有的在等待分红，有的在确认合同，有的在领取现金。广场中央的桌子上，100元、50元、10元的钞票码得整整齐齐，像一溜儿长长的“长城”微缩景观。

股东是谁？元古堆的村民。那次分红大会，共有 7 家企业、合作社为 444 家农户分红，分红总额达到 51.7 万元。

2013 年是元古堆人身份大转换的“元年”。有人戏言：“那一年，咱元古堆差点叫成了元股东。”

提起刚刚入股的情景，下滩上社的建档立卡户郭春辉至今记忆犹新。当时，张婉婷、张军平、黄满强等驻村、包村干部和刘海东等人挨家挨户讲政策，动员村民自主选择村里的企业入股，可他就是听不进去。“我当时忽视了一点，那就是脱贫攻坚的大背景和扶贫助困的政策。”

郭春辉共拿出 3000 元存款，他担心“在一根绳上吊死”，于是分别在砖厂入股 500 元，在砂场入股 500 元，在圣源公司入股 2000 元。

“现在看来，我当时购买的股份太少了。人没有前后眼，如果有，我会多买几股。”郭春辉对我说。

下滩下社的黄郁春拿出 2000 元，入股砂场、砖厂；

土城门社的王喜俊拿出 2000 元，入股砂场、砖厂、矿泉水厂；

元五社的张云财拿出 700 元，入股矿泉水厂、农光互补羊肚菌种植标准化产业基地；

鸾地社的……

元古堆人把这种入股方式叫“公司 + 农户 + 现金入股”模式。也就是说，由公司建成经济实体，吸纳群众资金融资发展优势产业。

村民闫霞亮入股入的不是资金，而是家里的羊。入股协议上白纸黑字：每只羊年分红 160 元，每年按股份的 20% 分红。

这种以羊入股的模式，元古堆人谓之“公司 + 农户 + 羊只入股”模式。这一模式已带动全村 172 户投入 472 只羊，企业每年为群众发放入股分红 8.35 万元。其中有 40 户贫困户，每户年分红 1000 元。

村民把这种增收方式叫“‘羊’关大道”。

民宅也能入股。马琴芳投资 40 多万元创办农家乐时，就是看准了 3 家农户住宅周边的环境优势。在她的动员下，3 位户主慨然同意。农家乐开张之后，马琴芳每年给 3 位股东分红 5000 元。

圈舍——元古堆人口中的羊圈，也能入股。

率先以羊圈入股的，是村支部副书记董建新。在他的带动下，62 户农户的闲置圈舍作为资产全部入股元古堆良种羊繁育合作社，由合作社集中使用并带动分红。“圈舍入股”每年向农户分红 3.72 万元，农户户均年分红 600 元。

一个个圈舍终于全部盘活，最终盘活的，是“圈舍入股”模式。

而以土地入股，农民由此变成了另一种股东，这种模式叫“公司投资 + 农户土地入股”。截至 2018 年底，元古堆整合闲置、荒芜土地 300 亩，先后有 128 户农户的土地入股到甘肃田地农业科技有限责任公司。

“入股，就是当土地的主人哩。”一位村民说。

改厕“短平快”

2017 年 11 月，习近平总书记再次就“厕所革命”作出批示：坚持不懈推进“厕所革命”，努力补齐这块影响群众生活品质的短板。

元古堆的“改厕”可谓“短平快”，只用了 5 个月的时间就宣告凯旋。

早先在元古堆，“出恭”之处谓之“三茅”：茅子、茅坑、茅房。

无论有坑无坑、有房无房，都可以统称为茅子。有坑无房，就不能叫茅房；有房无坑，就不能叫茅坑。无坑无房，就只能叫茅子。

很多农户家的猪圈就在茅房内。人和猪面对面，眼对眼。

“白天蹲茅坑，夜晚蹴尿盆。”一屋子的臭。

茅坑变厕所，谈何容易！

“厕所革命”之初，很多元古堆人不敢相信自己的耳朵：“是城里人的那种厕所？”

也有坚决反对的。

“风水先生说了，动茅坑要看黄道吉日哩。”

“茅坑变厕所，我惜疼那一坑好粪，我要靠粪务庄稼哩。”

实际上，脱贫摘帽之后的元古堆，早已成立了 5 家农民专业合作社，其中养殖业2家，种植业3家，特别是通过大力发展以中药材当归、党参、黄芪为主的种植业，多数农户家的土地得到合理流转。另外，“改厕”不仅不是“一刀切”，而且照顾到了部分农户的积肥需求，更何况“改厕”成本有财政补贴资金，可一些人就是走不出传统思维和生活惯性。

不少农户终于在等待和观望中转过弯来，工程队趁热打铁，及时跟进。“改厕”每成功一处，就像“样板间”一样向全体村民进行展示。

我曾走进二十几户家庭，家家都有了新式厕所。

大石头河畔

流经元古堆的大石头河，如今成了元古堆的又一张名片。

董建新说：“习近平总书记说过‘我们既要绿水青山，也要金山银山’。我们坚持山水田林路草综合治理，投资132万元实施了元古堆小流域水土保持综合治理工程，完成生态造林5900亩，营造乔木林750亩，实施退耕还林1194.3亩，建设封禁围栏10公里，如今山青了，水绿了，在青山绿水中，大石头河更像一条河了……”

曾几何时，大石头河畔垃圾遍地，各种废旧塑料袋、地膜在墙头、树梢随风招摇，这一切在《田家河乡元古堆村美丽乡村规划》实施之后，全被送进了历史的“垃圾箱”。

一位妇女对我讲，有一次她领着宠物狗沿大石头河遛早，发现河滩上有几只白鹭——长腿，雪白的身子，黄黄的长嘴巴尖尖的。她赶紧停下来，担心把白鹭惊着了。她没有想到，小狗也像通人性似的，乖乖趴了下来，一动也不动。

2019年7月，大石头河畔迎来了一场轰动全国的赛事——马拉松。

那天，在“西北花儿皇后”——渭源县峡城乡门楼寺土牌村民间花儿歌手汪莲莲的歌声里，来自北京、广东、福建、山东、四川、湖北等地的1000多名长跑健儿云集元古堆。

元古堆既是起点，也是终点。

每当华灯初上，大石头河畔变成了“不夜城”，元古堆的舞蹈队翩翩起舞。

“你是我的小呀小苹果，怎么爱你都不嫌多……”跳起来，舞起来，动起来，唱起来，乐起来，笑起来……

那灵巧的舞步，因为带着行走山川大地的笃实而显得别有韵味；那挥舞的双手，因为留有当归、百合和庄稼的余香而显得分外曼妙；那一张张笑脸，因为经过风吹日晒而显得更加本真，更加妩媚，更加灿烂。

“万事开头难。”2016年，安晓东等包村干部决定以元古堆妇联为依托，组建元古堆表演健身广场舞队伍，结果报名者寥寥无几。村妇联主席王调香尽管预料到了这一点，但她没想到连闺蜜也坚决不答应。她挨家挨户做思想工作，却往往吃了“闭门羹”。媳妇、姑娘们给出的理由五花八门：

“那是城里女人跳的，咱乡里人跳那干啥？”

“咱是种地的身子，跳舞难看死了。”

……

包村干部管娇娇、鲁文霞、边亚琴当起了“领头羊”，率先跳了起来。

媳妇、姑娘们渐渐心热了，先是好奇、围观。终于，下滩下社妇女乔淑琴开始跳了，下滩上社妇女漆雪琴开始跳了……30个、40个……5支舞蹈队横空出世，分别是阴屲社、元一社、元二社、元三社、元四社舞蹈队。

村两委还重组了3支社火队，并纳入文化扶贫范畴，每年都要举办声势浩大的元古堆文化艺术节……

元古堆开辟了历史的新纪元！

习近平总书记指出：“打赢脱贫攻坚战，中华民族千百年来存在的绝对贫困问题，将在我们这一代人的手里历史性地得到解决。这是我们人生之大幸。”“不获全胜、决不收兵！”

大石头河涛声依旧，人们的梦想如彩蝶新飞。

同样是定西的渭源县，关于元古堆，在我看来，秦岭兄的大作已经穷尽其妙，留给我的，是关于定西和渭源的另外一些感受。前面说过，我几乎走遍了定西的山山水水，渭源当然也不例外。在这里，我说说自己二上马家山和寻访花儿歌手的事儿吧，奢望从两个微小的窗口，去观察定西的文化底色。

二上马家山

这个秋天，我再次来到马家山。许多年前，我还是一个毛头小伙时，就曾来过这里。那也是一个秋天。两个秋天，两个时代，同一段长城，同一个马家山。彼时的马家山，村庄鸡犬扰攘，孩童疯闹，村民依靠种地过活，家家光景窘迫，一条黄土小路伸向遥远不可及处，一个村庄就是一个几乎与外界隔绝的独立世界。村民挖去长城老土，撒在自家农田里，以此肥地，却只见长城日渐萎缩，难见农田五谷丰登。

那个秋天，我是随导师徒步考察战国秦长城的。所谓战国秦长城，就是在秦始皇统一四海前，他的祖辈、父辈修筑的长城。这道长城西起临洮的杀王坡，距离马家山不过数十公里之遥。古老的长城只是一个古老的存在，当战争防御功能弱化或失去后，长城便像一个失去使用价值的老物件，怀旧的人当成宝贝珍藏，趋时的人便弃之如敝屣。在那个秋天，我和导师是怀旧的人。

那时的村庄一年半载也难得一见完全陌生的人光顾，当我们从黄土坡上露头时，整个村庄的人都聚集在自家庄院前，目不转睛地盯视着这两个莫名其妙的人。当得知我们是为了考察长城，从千里之外跋涉而来时，那种村庄式的古老的警惕性，在我们面前霎时构筑起了一道新的长城。没有人相信这是真的。当看见这伙人真的只是在断壁残垣上指指画画，而没有另外的举动时，大多数人终于相信了。有的人相信这是一些脑子有问题的人，有的人相信世间真的存在吃饱了没事干的人，个别有思想的人心里会生出若干不足为外人道也的重大猜测，而他们相信，自己的猜测在不久的将来一定会成为事实，到事实摆在眼前时，他们也一定会向懵懂的人们宣布自己那时的非凡见识。他们的全部猜测去粗取精，集中在：这是一些心怀重大企图的人，他们带给村庄的一定不会是什么好事。

我们在考察长城，依长城而居的人们在考察我们。在互相考察中，历史在这里狭路相逢，时空紧缩为长城上的一条条夯土层。只有时间是永恒的，别的，所有的，在永恒的时间那里，都是一桩似真似幻、亦真亦假、人云亦云、语焉不详的传说。

这个秋天，我又来到马家山，还是为了长城。中巴车可以直接开到长城脚下，原本看似只有将羊肠小道跋涉到永远的黄土山梁，原来是可以修筑起宽阔平坦的大路的。这就是时代。一个时代依靠人力，在不可能修筑伟大工程的地块筑起了万里长城。另一个时代，在逼仄凶险之地开通了飞驰远方的坦途。我们来到了一个这样的时代：只要想得到，便可做得到，只有想不到，没有做不到。大路朝天，天地缩小，外面的可以随意进来，里面的亦可随心出去，世界不再是一条彼此严防的鸿沟。村庄的居民，愿意走的和能走的都走了。他们别离了严峻的生活，也别离了祖祖辈辈依偎的长城。没有孩童嬉闹，没有鸡犬游荡，只有无处可去的老人。没有对外界保持了千年警惕的眼神，有人来了，哦，村里来人了。来人又走了，哦，他们走了。世界原本就是，有人来了，有人走了，来了的不必迎，走了的无须送。

这里是渭河的源头，顺渭河谷地可以直抵长安。河流划拉出来的河谷，本就是造物主为生命开辟的天然通道。通自己，也通别人，通朋友，也通敌人，造物主原本没有你我敌友的界限。而长城的修造，却是为了阻截一方，保卫一方。直抵长安的通道，筑起一道长城拦截，便显得那么重要。一里一小燧，十里一大燧，八百里渭河道上烽燧相接。而马家山是周遭的制高点，以残城的规模看，这里显然不仅仅是烽燧，而是障城，屯兵屯粮的所在。当老物件损毁或消失得差不多时，保护便是那么必要和庄严。一座国家级的保护碑立于残破的城头，铁丝网将整个残墙圈起来。居民人走屋空，屋子却比多年前结实许多，一片片紧贴着长城根儿。青壮年远赴他乡了，田园还在，依然有人耕种。这是根啊，如同这道长城，不再金戈铁马，却须对坐相望。一圈残墙内，原本是有一所小学的，没有学生的学校，只是一排废弃的平房，原本的操场变身为草场。荒草离离，任其岁枯岁荣，无人窃据私有，而操场的旁边是一块几亩地横阔的平地。这是城内用地，不知何时已化为农田。我初次来这里时，这里就是农田，如今仍然是农田。麦收以后的麦茬还平铺在地，下一季种什么，还种不种，这不是我要关心的。残墙的两边都是深沟，那种瀑布一般倾泻的黄土沟。战国秦长城都是依地势而修造，因地制宜，因高而置险，因险而置隘，遇陡坡则斩削为悬崖，遇缓坡则筑城而横隔。站在墙圈内远望，沟壑纵横，天地苍茫，一道忽隐忽现的土墙从遥远处来，向遥远处去。而在沟壑的夹缝中，梯田层层，一如层层叠叠的历史烟云。

长城内外曾经都是田地，如今仍是田地。秋天是收获的季节，收割的扁豆一捆捆成圈儿地摆在地里，像一堆堆聚饮的闲人。也许因为近些年这个向来以干旱著称的地区雨水格外地多，扁豆捆已变成黑色，许多扁豆粒儿都发芽了，一颗颗黄白色的扁豆芽儿向外伸头探脑，似乎在向主人询问自己的归宿。只有一个农人，身背一捆胡麻，一脸漠然。我递给他一支香烟，他接住了，放下身上的重物。在这些地方，香烟是男人间的通行证、信用券，对方接受你的敬烟，等于接受了你。我常年行走在荒野之地，所有的语言都是苍白的，只有香烟是通达彼此的公共桥梁。他说："到家里坐坐吧。"我说："不坐了。"我指着扁豆捆问："怎么不收回去打碾？都发芽了。"他说："顾不上，没人嘛。"我还想问：既然没有劳动力打碾，干吗又要费劲耕种呢？话到口边，我收住了。我是农民的后代，我知道，收成好坏，有无收成，种地是本分，这是自己还活着，活着还有用的象征，而且，如果在自己的手里撂荒祖先披荆斩棘开辟的田园，那是一个敬业的农民背不起的罪孽。

看一看就离开吧，马家山的长城已经安静千百年了，依偎在长城脚下的农人，也许更需要一种不与世界做比较的生活。

寻访花儿歌手

"人说岷州花儿窝，花比山里野花多，一天要唱一大坡。你一声我一声，唱得石崖裸一层。石崖石崖你莫裸，底下还有你连我。"这段歌词是人们用来形容岷县花儿之盛的。其实这里面没有形容词，全是写实之语。

岷县位于甘肃南部，岷山深处。岷山就是毛泽东诗中“更喜岷山千里雪”的那座山，东西横亘，一山隔出了甘川二省，也隔出了一方民风。黄河上游最大的支流洮河，挟藏地草原之犷悍，一路冲突西来，叠藏河依岷山地势，自南而北奔泻而下，两条激情澎湃的水流在二郎山下狭路相逢，撞出了一片河谷平地。四面皆山，岷县一城而控两水，弹丸之地，山水交错，五路通衢，从来都是要津。二郎山是一座名山，俏立县城西南方，圆圆整整，莽莽苍苍。脚踏两河口，头顶白云天，据高鸟瞰，岷县县城呈扇形在脚下散开，街衢人物，历历毕现。这是一座不用借助航拍手段即可拍到全景的、拥有10万居民的大县城。当然，二郎山的有名，不仅因为其山势峻峭，还因为这是洮岷花儿的主会场。每年5月17日，周边数十州县的人潮涌而来，满城的人，满城的歌，满山的人，满山的歌。

这一唱，就是3天。

这3天，在城里走出百步地，往往需要一天时间，山上就更不用说了，除非你是提前几天上山的。二郎山是用花儿堆积起来的一座山，无论是谁，能在这3天的二郎山上，面朝人山人海一展歌喉，而且赢得了喝彩声，那便是一生的荣耀。哪怕身在困境，哪怕生命之烛摇曳不定，想起这3天的风光，便会觉得人生无憾了。二郎山的花儿会，在人们心上的分量超过了任何一个盛大的节日。这3天，把所有的艰难撂下，把所有的烦恼撇开，把所有的清规戒律砸碎，把人世间的一切都化为歌声。这是中国式的狂欢节，这3天，人们丢弃了一切，留下的只有彻底的自由。一年当中有过这么3天，所有的苦难和烦忧都不算什么了。

二郎山花儿会的场景是不能用任何语言进行描述的。这是歌手们的擂台，一切以歌声品评、取舍人物，谁的歌声盖过了对方，谁把对方唱得口中没词了，谁就是英雄。谁用歌声唱动了对方的心，谁就会得到尊重、追捧，还有爱情。这3天是彻底自由的，而且是民主的。上了山的人，尽情尽性，与天地自然水乳交融，歌声是天下至尊，是评判一切的标准。败下擂台的也不丢人，也用不着沮丧，因为总有一个他或她会属意于你；唱遍满山无对手的人，披红挂彩，尽情地风光吧，一副好嗓子让你赢得了宽广的自由空间。

那么，过了这 3 天，洮岷大地就没有歌声了吗？

花儿是生长于群山漠野中的自由之花，天地风雨在，花儿便满山遍野盛开；花儿歌手是生活中的人，他们和所有人一样，要生老病死，要油盐酱醋。和常人有所不同的是，他们生活着，唱着，欢乐着，唱着，痛苦着，唱着。欢乐时，越唱越欢乐，痛苦时，向着天地苍茫吼几嗓子，痛苦便会减轻一些。他们是生活中的人，除了一年当中在二郎山尽情尽兴地唱 3 天花儿外，他们的歌声始终是与生活搅和在一起的。不是花儿会期间，谁实在想听花儿，便要去寻访，去花儿歌手生活的场所去听，看他们手不停地劳作，脚不停地跋涉，嘴不停地歌唱。

二郎山下的洮河大堤上有一个相当固定的花儿会场，无论农忙农闲，在每日的夕阳西下时分，爱唱花儿的，爱听花儿的，骑自行车的，步行的，男女老少，从近处的田野或集市赶来，面对滔滔河水一展歌喉。洮河是一条大河，夹峙在连绵大山中，水清流急，自西而来，于此折而北去。爱花儿的人散坐河边，目送河水，一曲曲或高亢激越，或婉转千回的调子随口而出，那音色，那唱词，便荡漾在清澈喧闹的流水中，飘向比远方更远的所在。把夕阳唱进深山，把流水唱向遥远，把一天的欢快唱尽，把一天的疲累赶走，歌手们就该回家了，明天还有明天的事情。岷县被国家命名为“中国民歌之乡”，歌手很多，都是业余歌手，都是生活中的人。要听他们唱歌，就得进入他们的生活场所。

我踏上了寻访花儿歌手之旅，我要寻访的是几位经常在花儿会上问鼎夺标的歌手。正是初冬季节，岷山大地早晚寒气袭人，而白天却红日当头，温暖如春，清凌凌的洮河水穿行在群山中，阳光洒下来，明澈可鉴。县委宣传部派对花儿一往情深的包海燕女士为向导。董明巧是我们要寻访的第一位歌手。她家住南川寺沟乡，是南路花儿的歌后。南路花儿又叫“阿欧怜儿”。为什么叫这样一个名字呢？岷山自古为藏汉杂居之地，数千年风雨，数千年融合，自由取舍，互相补充，使得你中有我，我中有你。“阿欧”便是藏语“英俊少年”或“少年朋友”之意，“怜儿”则含有“我的爱”之意，合起来便是“我心爱的少年俊友”。有人干脆把“阿欧怜儿”称作“扎刀令”，是说这种花儿曲调高亢悲凄，一声喊出，穿云裂帛，山鸣谷应，听起来有挣破嗓子、扎在心上之感。可惜，那天董明巧赴亲戚家奔丧，未能听到她的歌声。

我要寻找的另一位花儿歌手是姜照娃，她住在洮河边的西江镇农村。洮河从岷县县城折而向北，沿河北走 9 公里是岷县第一大镇——梅川镇，“岷归”乃天下名产，主要由这里集散于世界各地，“世界当归之乡”的牌子高悬于梅川镇头。从这里过洮河，北去 10 公里，便是姜照娃的家乡西江镇草滩村。约好中午见面的，一早上时间干点什么呢？小包提议去西郊药材市场找刘氏兄弟。在药山人海中找了半早上，人没找着，已到了与姜照娃会面的时间。挤出市场，刚转过一个街角，小包发现了刘尕文。原来他早已卖完药材，吃了早餐，准备回家呢。听说我们找了他好半天，他有些过意不去。小包笑着说：“这不正应了你唱的几句歌词：石头打到浪上了，没寻着撞上了，两家走到一个向上了。”我们约定，下午 3 时，他带上哥哥一块儿来宾馆与我们会面。

中午赶到梅川镇，姜照娃早已等在那里了，她上午 10 点就来了。我们感到很过意不去，她却慨然一笑说：“没啥，你们想听我唱，我很高兴。”刚满 40 岁的姜照娃可是个忙人、苦人，丈夫去千里外的酒泉打工了，女儿出嫁了，儿子在县城读高中，她一个人伺候 4 亩地，全部种了当归，现在正是挖药季节，一个壮劳力一天只能挖一分地。见面握手时，我感到她的手很粗糙，像一首诗中写的那样：十指如钢锉，茧花铜钱厚。我知道此时药农家家都雇人挖药，问她为何不雇人，话一出口，我就明白自己说的话有多么傻。她笑着说：“雇一个人，每天管吃管喝管烟抽，还得付 22 元工钱呢，还不如自个儿慢慢干。药材不像庄稼，迟收几天没关系。”姜照娃除了衣着打扮像个农妇，说话做事却是一副见过大世面的气派。她一天书没读过，一个大字不识，可要是即兴编起歌词来，我在文化圈里混了这么多年，还真没见过此等捷才。她从小就爱唱花儿，看见什么唱什么，即兴编词，毫无迟疑。她母亲是有名的歌手，对她影响很大。不过，母亲唱的是本子花儿，就是像本子戏那样大铺排的花儿，她唱的是散花儿。

西江在县城以北，流行北路花儿。北路花儿被称为“两怜儿”，或“阿花儿”。“两怜儿”，意为“两个爱怜的人”，是这种曲调送声、和腔的称谓句，又因曲调拖腔、起腔多以“啊”字打头，故名“阿花儿”。与南路的“阿欧怜儿”相比，“两怜儿”旋律舒缓有致，音韵悠长规整，长于叙事倾诉，一唱三叹，委婉动听。姜照娃的嗓音是没得说了，我要看看她即兴编词的能力。我出的第一个题目是：“假如咱俩是联手（相好），久别重逢，你如何唱？”她不假思索，张口就是一段，词曰：

常没见着也见了，
见了一面想颤了，
活把人心想烂了。
场里碌碡转圆了，
你成园里的茄莲了，
我们到一搭不须顾（意为不期而遇），
立刻想得站不住。

我们坐在路边的一个小饭馆，边吃饭边唱花儿。我看见路边有一溜宣传标语，她不识字，我说一段标语的内容，请她以此为题来一曲，她不假思索，张口就来，歌词非常生动具体。

当然这只是为了活跃气氛做的游戏，与所有花儿歌手一样，姜照娃所唱的一律是情歌。自小，她唱的就是情歌，在山上打柴唱，拾猪草唱，下地劳动唱，一天不唱几曲，好像一件重要的活儿没干完。不开心的时候，一唱就云破天开，啥事都没了。她 14 岁订婚，20 岁嫁人。丈夫怕她的歌声引来麻烦，不让她唱，她还唱，起初一个人悄悄唱，后来大大方方地唱，边吵架边唱。丈夫发现她是一个顾家的女人，什么事都没耽搁，也没出什么感情风波，就不再干涉她了。到了二郎山花儿会那几天，哪怕有天大的事，她都要上山去。唱出名声了，主办者让她担任擂主。这怎么行？混到人群里唱着玩玩还行，站到高台上，向成千上万的人唱，她可不敢。听到这个消息，一想那场合，她全身抖个不停。第二天就要上阵了，她还在抖。主办者说："你今晚抖一晚上，明天就抖不动了。上了台，你权当是面对高山大河唱歌，就不怕了。"这一次，她荣获三等奖。有了这一次，以后多大的场合她都不怕了，又获了两届一等奖，获奖的都是即兴编的情歌。花儿歌手是不记歌词的，随编随唱，随唱随忘，可姜照娃至今清楚地记得第一次获奖所唱的歌词：

场里的碌碡没有脐，
想你一晚心悬起，
黑了夜饭吃不及，
我把馍馍手里提；
镰刀割下柴着哩，
远方来下人着哩，
忙得我倒穿鞋着哩；
心上想下疙瘩了，
想得不由自家了，
把淘气的根根栽下了。

姜照娃就是这样一位民歌手。告别我们，风尘仆仆的她在第一时间从民歌的愉悦中抽身而出，回到安身立命的那片土地，为每天的生活奔波。

民歌手都是这样，唱歌只是个人爱好，是对艰苦生活的一点调剂。他们的歌声是生活重压下的一声声喘息和叹息，与其说放声一唱是因为高兴，倒不如说是因为劳苦，他们需要身体和心灵的休息，需要情感的宣泄，需要暂时的忘情和忘却，哪怕是一种短暂的、虚拟的快乐，对于他们的精神调整，都是雪中之炭、旱时之雨。而唱歌对于他们来说只是纯精神的，卓越的歌声并不能给他们带来多少现实的物质利益，喜欢听他们唱歌的人很多，但愿意像给三流歌手那样付酬的人——哪怕仅付一点误工费、车船费——都是凤毛麟角，好像他们的艺术真的那样至纯至洁，并不需要起码的物质滋养。而实际情形是，物质保障在他们那里方可显出其不可或缺性和神圣性。在所有的花儿歌手中，几乎找不出来一个富人。当然，真正的民歌手是不追求这些的，有人喜欢他们的歌声，是他们最大的欢乐和荣耀。正如他们唱的那样：

杆一根，两根杆，
唱个花儿心上宽；
不是图的吃和穿，
哪怕没有一分钱，
喝口凉水也喜欢。
铧一页，一页铧，
唱起花儿胆子大；
心里有啥就唱啥，
不怕钢刀把头杀。

下午 3 点，我准时赶回县城，刘国成、刘尕文兄弟也如约来到宾馆。他们都是骑了 5 公里山路的自行车，从瓦窑沟村赶来的。早上约定后，他们赶回家挖了一会儿药材，又赶回来了。我感到很过意不去，而他们却说我从千里路上来听他们唱歌，他们心里高兴得说不成。说实话，我见过的名扬四海的歌手不少，可让我喜欢、感动和心生敬意者不多。那一天，我在僻居一隅的岷县见到的几位灰头土脸的民歌手，让我喜欢，让我感动，让我对他们心生敬意。

刘国成刚满 40 岁，头脸上、一身蓝布衣服上还沾着尘土，身材消瘦，腰过早地弯了，这些都在提醒着我他生活的艰辛。可一说起花儿，他立即两眼放光，精神抖擞。他算是花儿歌手中的知识分子，曾读过小学。他也是从小就与花儿结缘的，因为父亲是有名的歌手。父亲爱唱，他跟着唱，还带着两个弟弟一起唱。长大后，弟兄三个都是有名的花儿歌手。在花儿界，他们算是门里出身。不过，花儿歌手是天生的，是无法互相教的，父亲只是培养了他们对花儿的兴趣。他说，他家现在的生活水准是能吃饱饭，可这并不影响他唱歌。闲时唱，忙时唱，差不多每天黄昏都要在洮河大堤上与人对唱一阵花儿。他家共有 4 口人——夫妻俩和两个儿子。两个儿子都在外地打工，他往年也给人打工，挖一天药材能拿到 20 元工钱。今年他自己种了 4 亩黄芪，这种药根扎得深，挖起来很费劲。当下正是挖药材的要紧时节，家里还等着卖药材的钱开支呢，可这依然不影响他唱花儿。手不停，嘴不停，几个山头都是挖药人。你一句，我一句，我唱你和，你问我答，把太阳从东山唱出来，又从西山唱下去，一天又一天。有时唱上劲了，只顾唱了，忘了挖药，自个儿不后悔，老婆也不埋怨他。老婆就是喜欢听他的花儿才喜欢他的，多少年过去了，他还是那样喜欢花儿，老婆还是那样喜欢听他唱歌。有时，老婆真的生气了，他开口一唱，还没唱出声来，老婆已经笑花了脸。他唱的是南路花儿——被叫作“阿欧怜儿”或“扎刀令”的那种。确实，花儿是扎在他心口上的一把刀，让他的心口常带着一种锐利的情感，他为之痛着、爱着，让他爱的人和爱他的人也为之痛着、爱着。

刘国成从 1985 年登上二郎山花儿会擂台以来，再也没有下来过，每年 5 月 17 日的前一个月，主办方就通知他做登擂的准备。所谓准备，也就是安顿地里的活路、家里的琐事，唱歌这档子事，是没有什么好准备的，到了场合，想起什么，看见什么，即兴编词，随口唱出罢了。有人问他刚才唱了什么，他一句词儿也记不起来。花儿不是学着唱的，学来的，到了对唱时，一点用都没有。如今，他的家里常是高朋满座，有的是从县城来的，有的是从市上来的，有的是从别的村子来的，还有从省城和更远的地方来的，都是喜欢听他唱花儿的人。他呢，来的都是客，无论忙闲，无论心情如何，来者不拒，一嗓子唱出，天大的事都忘了。有的人要给他钱，他死活不要，认为这是羞辱他，当众打他的脸哩。他唱花儿是因为他喜欢，与钱无关，他也喜欢别人把他的花儿与钱分开。他也做些小生意，缺少本钱，联手（朋友）也不让他摊本，他是以花儿做股本的。他俩合租一间铺面收购药材，租金由联手付，生意由联手做，他什么事都不用管，躺在床上唱花儿。联手太爱听他的花儿了，别的人也太爱听他的花儿了，更要紧的是，他太爱唱花儿了。他觉得这种日子简直美死了，啥心不操，歌唱着，钱挣着。前年，他做生意赚了五六千元呢。他是二郎山花儿会的常客，获过很多奖，还参加过在银川举办的西部民歌大赛。

刘尕文 29 岁，是刘国成的亲弟弟，家里共 4 口人——他、媳妇、一儿一女。他家只有一亩地，媳妇嫁过来时，土地已承包过了，儿女当然更赶不上趟了，他的生活压力便格外大些。今年，他将一亩地全种了黄芪，收了 1300 斤，却正赶上药价走低，每斤只卖了 8 角钱。自家地里的活拾掇干净了，他便去帮人挖药材，或打零工，一天 20 元工钱，这项收入一年可达到 2000 元，他说自己与村里其他人的生活水平差不多。生活压力大，可他对花儿的迷恋却丝毫不逊于父兄。再说，他是从花儿中得到过“好处”的，且不说他出过的无数风头，获过的 4 次奖，赢得的无数笑脸和尊重，他的媳妇就是他唱来的，说歌中自有颜如玉一点都不过分。岷县南部有个糜子川，每年 5 月 13 日开花儿会，规模也不小。有一年，他去赶会，离家上百里路呢，他骑自行车去了。登台一唱，一个姑娘对他有了好感，两个人就好上了，好成了两口子，现在还像当初那样好，他照样喜欢唱歌，她还是那样喜欢听他唱歌。有时，她听得忘了做饭，他唱得忘了吃饭，吃罢饭，又唱，又听。他说：“我们这里的人，无论穷富，会唱歌，就会得到人的怜惜。素不相识的人，一曲唱罢，就成朋友了，用当地话说是：投心病了。”

我住在宾馆三楼房间，弟兄俩你一曲，我一曲，你唱我和，你问我答，南路花儿高亢澎湃的旋律从两副瘦胸腔里喷薄而出，贮满房间后，又从窗口激射出去，对面就是那座高入云霄的二郎山，我仿佛看见，花儿的旋律、音色化为一片片祥云，在岷县上空随风飘荡。而这一天的岷县，阳光灿烂，万里无云。宾馆楼前有一大片空地，此时寂然无声，但我感觉到了某种喧嚣，悄悄伸头往外一看，一地的人都在那儿静静地听着。花儿确实会让陌生的人“投心病”啊。

枇杷开花满山红，大眼了着我的人，

眼泪又淌心又疼，腿子打软走不成。

刘家兄弟，莫愁前路无知己，腿别软，一路走好。

夜幕降临后，小包带我去拜访景生魁老人，他老人家可是花儿界的“大哥大”了。此前，我读过他搜集出版的花儿本子，读过他写的花儿专论，我还知道，他编剧的很多戏公演过，写的一部长篇小说在北京拿过奖。景生魁老人已混到“爷”字辈了，不仅是年龄资历，更多的是因为他的无形资产。小包叫他景爷，提起他的人都这样叫，我便也这样叫。景爷自身就是一本大书，一座二郎山。他住在县城南侧的二郎山根，面山而居，出门走出三步，就可摸着山了。二郎山在这里，是纯粹的悬崖绝壁，抬头，一座大山搁在头顶上。周围都是三层或更高的小楼，景家住在一个低矮破旧的四合院里，院子比门外的通道低出一米。进了大门，是简陋些，却不寒碜，非但如此，相形之下，那些高门大户倒显得俗了。

景爷从小住在二郎山下，浸淫于独特的乡风民俗中。在就读岷县师范时，他就加入了地下党，成为岷县最早的共产党员之一。爱舞文弄墨是他的天性，早在上小学时，他就在报纸上发表作品。1949 年，西北野战军打到了岷县，他参了军，后又参加抗美援朝。转业不久，一生的噩运开始了。两度家破人亡后，他忍痛把几个月大的小儿子搁在路边送了人，背着大儿子踏上了流浪之途，这一走，就是整整 10 年。他逃进了藏汉杂居、人烟稀少且民风古朴的卓尼、临潭山区，靠唱花儿为生，走到哪儿，唱到哪儿，人们都爱听他唱。当地人没有付钱的习惯，看他们父子俩可怜，就给碗饭吃。唱出了名气，每到路上碰见人，每到一个村庄，他开口就唱：

远路人问一声你是谁，我是蚂蚱沟的景生魁；

走到哪里哪里站，哪里都是爷的歇马店。

那年月，花儿是不许唱的，谁唱花儿，轻则批斗、坐班房，重则当场暴打。深山老林有深山老林的好处，正所谓天高皇帝远。景爷背着儿子，自由地流浪，自由地唱。唱着唱着，唱出胆子了，在路上碰见一个女子，他张口就是一段调情的歌：

路上走的尕娘娘，
蛤蟆背篼我背上，
尕娘娘走在我心上。

那位“尕娘娘”不会认为这人不正经，男人需要一唱吐露心声，女子也要用歌声排解旅途的困顿与枯寂，于是，接口对上了：

路上走的光棍汉，
眼馋嘴也馋，
三天吃不上一顿稀汤饭。

两个人你一段，我一段，机锋迭出，妙语连珠，走一路，对唱一路，直到分手，或把一方唱得肚里没词、甘拜下风为止。

景爷说：“讨上三年饭，给个县长也不干。”这话包含了多么深重的人生苦难。大山深处缺医少药，人生了病，要不就眼睁睁等死，要不就求神问鬼，把活下来的希望托付给鬼神。一天医没学过的景爷便黑红一把抓，遇上啥病治啥病。“病”治得多了，“鬼”赶得多了，也混出了不小的名头，于是，他走到一地，便像叫卖东西一样，先来这么几句：

人说我是那个牛鬼蛇神，
我说我就是的，
弄鬼哩，装神哩，

黑的红的都成哩。

每逢给人驱鬼时，景爷便精神抖擞，手舞足蹈，上蹿下跳，口中念念有词，一时灯火摇曳，煞有介事。一次，他“作法”时正好让老同学撞上了，事后，老同学问：“你在装神弄鬼？”他说：“就是。”同学又问他嘴里念叨些什么，他悄声说：“《长恨歌》《琵琶行》。”这里没人懂得这些名堂，只见他嘴皮大风卷纸片般乱动，又听他说出的话，音韵铿锵意思古奥，都以为是说神话、鬼话呢。

风暴过后是平静，热闹过后是淡泊。如今，景爷与第三任景奶住在二郎山根这座小院里。提起往事，所有的苦难，经过了岁月的风吹雨打，就像一张张发黄的旧照片，笼罩着一层历史的烟云和沧海桑田的凄美。会唱花儿的人叫花儿爱好者，唱得好的叫花儿歌手，唱得好且懂得花儿精髓的，便是花儿艺术家。景爷便是这样一位花儿艺术家。在血水里闯荡过，在盐水里沐浴过，在碱水里浸泡过，在风里、火里磨炼过，似乎这是一个艺术家的宿命。说来也怪，善于编造风花雪月故事的艺术家，却往往与风花雪月的生活无缘。景爷紧紧抓住人生的落日余晖，潜心研究花儿的源流脉系，为花儿正名，激扬花儿的艺术价值。他要让花儿走出相对狭小的地域，变成全中国乃至全人类都能接受的精神财富。他唱了近 70 年花儿，现在还在唱，还在揣摸花儿的妙处，他想让洮岷大地的花儿长上翅膀，飞向遥远的地方，与更多的人分享这道遗世独立的精神大餐。

与景爷、景奶依依作别时，岷山大地已是沉沉黑夜。抬头远望，月隐空宇，星疏河汉，二郎山虎踞龙盘，当头眈视。稍远处，洮河滔滔喧闹，叠藏河声声断断，好似那或狂狷，或优柔的花儿旋律，在向无尽的远方洇濡渲染。

我写这样一些亲历的小故事，无非是要说，定西是一个历史文化传承颇为深厚的地方，在这样的地方，贫穷从来不是其本来面目，而贫穷必须被扔进历史，也必然会被扔进历史。

第六章

三江口的芦苇

秋高气爽。我们来到西固达川三江口，1000亩芦苇在飒飒秋风中浩浩荡荡。

站在三江口，我惊叹黄河的平静。此刻，狂野的大通河，不羁的湟水河，雄浑的黄河汇聚于此，不见激流，却能感受到穿越千山万壑，雷霆万钧的洪荒之力，不闻惊涛，滚滚暗流，令人震撼。

黄河流经永靖县的刘家峡、盐锅峡进入达川镇；湟水河流经红古区海石湾到达达川镇；大通河流经窑街，在海石湾注入湟水后到达达川镇。以黄河为主干，在达川镇岔路村交汇形成宽阔的河面，淤积为三江口湿地，一眼望不到边。

达川，是三条河流的交汇点，是鸡鸣闻三县的临界点。中国北方三条最血性的河流，穿越无数高山深谷，积蓄万钧力量，一路奔腾不息，猛然在达川汇合。河面舒展开阔，河流平静缓慢，如不细看，那水似乎没有流动。可你穿过湿地，越过河堤，站在三河交汇的堤岸畔，看看金黄金黄的芦苇丛，突然飞离的野鸭子，你不得不惊叹三江口的神秘、辽阔和美艳。

凝神远望，奔腾的湟水河和大通河在峡谷间蜿蜒，在两条河之间，横亘着一座苍黑突兀的石山，远方是更高远的天空。石山的中间，突兀形成了一座长满芦苇的岛屿，像一柄长剑伸向达川，剑锋指处，三条河以极其平静的方式碰撞交汇在一起，没有惊涛，没有骇浪，不动声色，不露锋芒。

在三江口湿地，你听不到黄河的怒吼，但你会在万顷芦苇中，感受到这条河的霸气和胸襟。

1000 亩水生芦苇，是三江口的标志形象。我们登上三江口湿地小岛，这里是黄河沿线最大的沼泽地，芦苇就生长在灌溉沟渠旁，茎干直立，植株高大，迎风摇曳，野趣横生。芦苇已将小岛包围，村民在岛上修了一条砖道，把芦苇和枣园隔开，可芦苇还是在一年一度的秋风中，将种子飞扬到小岛的每一片土地。只要春风一吹，它们就吐出嫩芽，长出茎干，一寸一寸，长成一片芦苇林，一年一年，在三江口湿地等待迁徙水鸟的到来。

这些芦苇，是三江口春去秋来、时序转换的标志，是无数水鸟江湖流转、迁徙漂泊的家乡。这里的水鸟在芦苇荡安家，把湿地当成了故乡。秋风吹过，高低起伏的芦苇丛中会飞起成群的野鸭，贴着河面，飞向更远的芦苇荡。在三江口，你能感受到江湖逍遥的隐逸情趣，蓬户苇壁、清贫自守的操守志节。

三江口湿地的人们很勤劳，岛上是大片的枣林，足有 2000 多亩。林间会间种上玉米，玉米高不过芦苇，却也茂密异常。深秋，它们和芦苇一道退去绿色，换成与季节相符的金黄色，整个三江口湿地变成了童话般的金黄世界。流动的，是黄色的河；起伏的，是经霜的芦苇荡和玉米林。

湿地中间的枣树，枝干苍老遒劲，斑驳沧桑，枝丫间还挂着晚熟的枣子，像红红的小灯笼。每棵枣树的枝丫间，都安放了一个木质鸟笼，春天一到，那些迁徙的水鸟就会在开满枣花的树上安家。湿地的农民一直恪守着人与自然和谐相处的古训，他们用实际行动践行着“关爱生灵，保护鸟类”“同一片蓝天，同一个家园”的传统美德，令人动容。

下午，阳光明媚，辽阔的湿地一片金黄，蓝天白云下，到处硕果累累，空气沁人心脾。在岛上逗留了一阵，我们在芦苇丛旁的枣树下休息。一阵风过，满地落枣。我们捡了几个落在草丛里的红枣，擦擦上面的泥土，尝一口，真甜。

远山的呼唤

2020 年的除夕夜，100 盏高亮度、低能耗的太阳能路灯在永登县七山乡偏僻的官川村依次亮起，官川村的老百姓过了一个灯火通明的春节。从此，他们不用再摸黑赶路了。

此刻，远在兰州的黄河风情线大景区执法支队四大队大队长、官川村驻村第一书记王伟收到了一份特殊的新春祝福——官川村支书钱承运转来村民发的微信，几户村民聚拢在路灯下，由衷地说："官川村的路通了，官川村的路灯亮了，官川村的春天来了，官川人民给帮扶干部拜年啦。"

这一年的春节，五保户白玉成戒酒了。过完年，他决定到中庄社养殖户刘建业家中去放羊，他要以实际行动回报驻村工作队的关心。

白玉成是官川村官川社的五保户，除了爱喝酒，也没什么坏毛病，人挺老实的。事情还得从两年前黄河风情线大景区的帮扶干部到他家家访说起。初冬的早上 10 点，驻村工作队队长陈风奎和帮扶干部席东红来家访，白玉成还在睡大觉，满身的酒气。村委会帮他新建的三间房比外面还冷，冰锅冷灶的，过冬的煤也还没着落。席东红把自己带来的棉衣披在瑟瑟发抖的白玉成身上，又拿出 200 元钱让他买点煤。两个月以后，席东红回访时，白玉成已将 200 元钱换成了散酒，喝酒后还扭伤了脚，躺在床上。因为把买煤的钱喝了酒，他见到帮扶干部老觉得不好意思。

席东红和陈风奎商量了一下，决定过冬的煤以后让村上代买，得想办法让白玉成戒酒。在村委会的帮助协调下，白玉成被安排到村委会旁边的上房社养殖户张元生家去放羊，管吃管住，还发点零花钱。刚去，白玉成表现得特别卖力，按时上下班，把羊也操心得很好。可是好景不长，有一天，他偷偷喝了一斤酒，从山梁上滚落下来，摔折了一只胳膊。席东红和陈风奎去看他，他不知藏到哪儿去了，一直不敢出来见人。后来，帮扶干部给养殖户做工作，好说歹说，最终答应让他养好伤后继续放羊。再后来，白玉成彻底戒了酒，每天按时赶着羊群出现在官川村的山沟里。他私下给村上的人说："再喝酒，就对不起黄河风情线的帮扶干部了。"

这一年，官川社的康民太经历了人生的至暗时刻——正在上初二的他突然双目失明。他到兰州的医院进行了全面检查，发现是脑部肿瘤压迫视神经造成失明。86 岁的老奶奶一夜愁白了头发，见人就哭哭啼啼，整日说胡话。

帮扶工作队听到消息后，第一时间去兰州的盲聋哑职业学校，联系协调康民太上学的事，学校答应等孩子的病情稳定后，可以免费到按摩专业学习。帮扶工作队还积极为康民太申请办理残疾人证件并联系住院看病事宜，协调让康民太的父亲康逢俊到村上的清洁队公益性岗位上班，每月可拿到500元的补助。这些细碎平凡的小事，让这个遭遇重大变故的家庭切切实实感受到了党和政府的温暖。

两年的时间，陈风奎跑遍了官川村的沟沟梁梁、村村社社，精准识别了52户贫困对象，精准实施一户一策帮扶计划。白天，他开着私家车去官川村的10个自然社了解情况，一去就是一天。夜晚，他在村委会冷清的办公室里核对资料，一直干到月上中天。夜深人静的时候，他躺在床上，看天上明亮的星星，想远在黄河边的妻儿，间或听几声狗吠。官川村的夜，静啊。

王伟是2019年5月主动要求到官川村担任驻村第一书记的。刚到官川村时，他发现村里道路泥泞，断墙残壁较多，垃圾乱堆、污水乱倒现象横生，厕所简易，气味难闻。他下决心一户一户地走访，和村委会干部一社一社地整治，还倡导建立了环境卫生“门前三包”和网格化管理长效保洁机制，村容村貌明显改善，人居环境显著提升。

官川村山大沟深，生态环境好。山上到处是羊爱吃的沙葱、碱柴、枸杞、羊胡子、车前子、甘草等野生中草药材，适宜养殖肉质细嫩、营养丰富的七山羊。沟里土地平整肥沃，灌溉条件便利，适宜种植双垄沟播玉米和小杂粮。

王伟和官川村支部一班人认准了官川村的脱贫之路：要围绕“土”字做文章，支持发展七山羊、土种猪养殖，发展玉米、小杂粮种植等特色扶贫产业。教技术、帮贷款、找销路，让贫困农民安下心来，联手走上致富之路。

深秋时节，王伟和村干部去小钱家社了解帮扶情况。通向小钱家社的村道是新铺的沙路，仅容一辆三马子通行，盘山路曲里拐弯，蜿蜒而上，十几户村民星星点点地散居在山沟谷底。一到村上，手机就没信号，有急事，得爬到半山腰搜索信号才能接通电话。但这里却是七山羊养殖的绝佳之地，建档立卡户陈明仁家的羊圈就在向阳的沟谷旁，午后的阳光洒在成堆成堆的玉米棒子上，把小钱家社染成了金黄色。2019年开春，陈明仁抓了60只母羊，除自家8亩耕地外，又租种了别人家的12亩土地，全部种上了玉米。两年下来，羊发展到200只，还清了欠账不说，还略有结余。

王伟看了新建的标准化养殖场后，伸出了大拇指，“建成羊舍是脱贫致富的第一步，好日子还在后头呢。”临走，王伟告诉陈明仁：“你负责养羊，我们帮你销售。”

工作之余，王伟成了官川村的义务销售员，一有闲暇，他便一户户地上门问询，今天帮这家卖出去几只农家土鸡，明天帮那家销售出去几百个土鸡蛋，问好了以后，王伟用私家车帮农户送货到买主那里。他联系各单位帮助七山乡销售农产品，销售西瓜24500斤、辣椒1755斤、大接杏2144斤，合计收入2.62万元。秋收时节，王伟的朋友圈里全是农产品的出售信息，一度让好多朋友都以为他弃职下海，去农村发展农产品了。

刚驻村的时候，王伟白白胖胖，体重200斤。2020年10月，他黝黑黝黑，体重180斤。他自嘲地说：“瘦了20斤，誓要官川早脱贫。”

2020年9月28日，黄河风情线大景区管委会组织文艺演出小分队赴官川村慰问演出，演职人员惊喜地发现：村庄道路两旁新植的槐树、柳树长势不错，村上组织成立的保洁队伍正在清理雨后的淤泥，乱堆乱放乱扔的现象减少了，原先破旧残败的围墙粉刷一新，村民团结和睦，新风正气浓厚。

这一天，官川村换上了节日的盛装，村级文化广场装点一新，人们从四面八方赶来了。音乐响起来，歌声唱起来，欢快的舞蹈跳起来。

此刻，富饶而又丰厚的官川大地阳光灿烂。

葛元林的心事

深秋时节，永登县七山乡官川村的玉米黄了，成片的玉米把官川村染成了金黄色。

葛元林在自家的猪圈旁砌围墙，猪圈里20多头猪欢快地生长。他的目光从猪圈旁废弃的鲁土司马场的旧庄窠越过，从五保户白玉成新建的房屋顶上的电视天线越过，从聋哑人闫承成家堆成小山一样的玉米垛旁越过，一直望到山的那一边。妻子赵积秀正在那金黄的玉米地里掰玉米。他给猪们扔了一把吃的，便高一脚低一脚地向玉米地里走去。

葛元林是土生土长的官川人。只有初中文化的他心灵手巧，加上勤劳能干，小日子过得不错。2012 年 9 月，葛元林突患脑膜炎，辗转到北京的医院做了开颅手术，花去了 15 万元。一夜之间，他成了贫困户。脑膜炎除了留给他生活不能自理的后遗症外，还让他欠了一屁股债。

回到官川村，夫妻俩看着嗷嗷待哺的猪仔，互相鼓励：再难，猪得养；再苦，玉米得种。他强打精神，开春时又抓了 4 头小母猪，除自家 8 亩耕地外，又租种了别人家的 12 亩土地，全部种上了玉米。因缺乏养殖技术，生猪出栏率低，影响收入。但两口子硬是坚持播种玉米、饲养生猪。几年下来，他们不但还清了欠账，还略有结余。

屋漏偏逢连阴雨。2017 年 11 月，葛元林因脑梗又住进了永登县盛安医院。儿子、儿媳在外打工所挣的钱全部用于他看病治疗。病情稍稍好转，葛元林又匆忙回到了家中。他放心不下圈里的 20 头猪，放心不下患高血压的妻子赵积秀。

2018 年春节，一家人开了一个家庭会。葛元林还是坚持养猪、种玉米。他说："官川的土地能养人，我就不信养不好猪。"儿子、儿媳也表示赞同。妻子赵积秀早就准备好了 20 亩地的玉米苗，开春就风风火火地种上了。

葛元林在村口碰上了帮扶工作队的陈凤奎，这位来自黄河风情线大景区的年轻小伙子已在官川村驻村帮扶一年多了，这次来主要是了解葛元林的医疗报销及进一步检查治疗的事，看看五保户白玉成过冬的煤拉了没有，掌握一下聋哑人闫承成家的粮食直补落实了没有。

葛元林向陈凤奎挥了挥手，"陈队，这两天忙，我得抓紧掰玉米。人一忙，病倒减轻了。"

"你要注意身体呀。"陈凤奎担心地说。

午后的阳光洒在官川村金黄的玉米地里。陈风奎在一眼望不透的山沟里开着私家车继续入户，了解精准脱贫户的情况。

山路崎岖，沟深坡陡，葛元林磕磕绊绊地向前赶路，山风轻轻地吹在他黝黑的脸上。“收了这茬玉米，今年的猪娃子兴许会卖个好价钱。”葛元林心里想着，不禁哼起了小曲。

远处的玉米地里，妻子赵积秀正满怀希望地等着他。

刘家峡抒情

“蓝蓝的黄河等你来，弯弯的太极等你来，红红的太阳等你来……”穿过兰州的西大门，走过甘肃最美的旅游公路，一路向西，悠扬的歌声从天边飘入耳畔，愈发清晰，仿佛在吟唱这片土地上那些不朽的传奇。

亿万年前，这里是湖泊沙滩，是草地原野，是古生物的伊甸园。

亿万年后，这里是山水画卷，是资源沃土，是璀璨耀眼的明珠。

上天仿佛给予了永靖这片土地特别的厚爱，有意让中华民族的母亲河在这里放缓了脚步，舒展了婀娜的身姿。带着亘古的深情，奔腾不息的母亲河像一曲婉转的长歌，自雪域高原蜿蜒而来，在这片厚土之上穿山绕谷，萦绕回环，造就了神奇美丽的黄河三峡，也孕育出深厚宏博的黄河文化。

怀着探究的心情，我再次踏上了前往永靖的路途，走向这里的神奇与深沉，走向这里的希望与梦想，去重新发现和感受这片土地带给我的无数个震撼与感动——

走进永靖，就走进了历史和文明的深处。

永靖，是上古时期大禹治水的源头；

永靖，是古“丝绸之路”和唐蕃古道的必经之地；

永靖，是张骞出使西域渡过黄河的地方；

永靖，是骠骑将军霍去病西征匈奴经过的地方；

永靖，是东晋高僧法显写下墨书题记的地方；

永靖，是北魏郦道元的《水经注》中描述的地方；

永靖，是隋炀帝西巡途中经过的地方；

永靖，是高僧玄奘赴天竺取经路过的地方；

永靖，是文成公主进藏和亲路上居住过的地方；

永靖，是被大唐名将李靖誉为“天下第一奇观”的地方；

永靖，是诗人杜甫诗笔描述的地方；

永靖，是张鷟、李靖、解缙、郭沫若、郑振铎、吴作人、张仃、李可染等古今名人留下珍贵墨宝的地方……

行走在这古老的大地上，一亿七千万年前古老的生命之谜，至今仍深深地印刻在这片土地的纹理当中。这里曾是一个古湖泊的沙滩，一支庞大的恐龙家族，在亿万年前经过这片潮湿松软的沙滩，留下了难以复刻的足印，令后人惊叹。10 类 172 组 1831 个恐龙足印化石，其属种之多、足印之大、遗存之完好、清晰度之高，举世罕见。

黄河上游，永靖县内，五千年前的华夏先民在这片土地上创造出了辉煌灿烂的彩陶文化和古代文明。这里是黄河上游最早开展考古发掘的地方，也是中国新石器文化遗存最集中、考古发掘最多的地区之一。这里出土的马家窑文化旋涡纹彩陶瓮，其精美绝伦的造型和图案，被誉为中国的“彩陶王”。

在黄河三峡之畔的群山中，在群山间翻滚的麦浪中，拥有数千年历史，被誉为中国舞蹈“活化石”的傩舞，至今仍在这片土地上传承不衰，成为研究傩文化宝贵的非物质文化遗产；在热闹非凡的“花儿会”上，在宽阔平坦的农村公路上，被誉为“活着的《诗经》”“大西北之魂”的民歌花儿越唱越嘹亮，越唱越高亢，歌声更是响彻祖国大江南北……这些流传至今的古老民间文化，诉说着乡民内心的纯朴本真，承载着他们对于美好生活的向往，也传承并延续着中华民族从古至今的人文精神。

走进永靖，就走进了自然与人文的画卷。

河流是缔造文明的血脉。

黄河自青海流入甘肃，在流经永靖县境内 107 公里的黄河主道上转向西去，呈独特的“S”形穿境而过，奇迹般地造化出了炳灵峡、刘家峡、盐锅峡三大峡谷，也造就了风光无限的黄河三峡。

这或许是大自然对这片土地最好的恩赐。

这里有世界文化遗产、国家首批重点文物保护单位、全国著名六大石窟之一的——炳灵寺石窟；

这里有“天然雕塑博物馆”——炳灵石林；

这里有西北地区最大的人工淡水湖——炳灵湖、太极湖、毛公湖三座高峡平湖；

这里有黄河中上游最大的自然湿地——太极岛；

这里有亚洲第一、世界第三的中国首座百万千瓦级水电站——刘家峡水电站；

这里有全国唯一的治水文化主题景区——黄河水电博览园；

这里，郭沫若先生写下了著名的诗篇——《满江红·浏览刘家峡水电站》。

在这片1863.6平方公里的土地上，雄浑壮美的幽深峡谷、洮黄交汇的黄河奇景、鬼斧神工的雅丹地貌、灵秀隽美的清澈湖泊、飞鸟翔集的芦苇湿地，巍然屹立的水电大坝……无时无刻有一种直抵人心的震撼。

一方水土养一方人。

千百年来，大美不言的黄河三峡，在历史的变迁中见证着这片土地的过往与沧桑，也孕育出了这片土地的精神和风骨。

回望历史，从文人志士到名将贤臣再到能工巧匠，在历代王朝戍边的辉煌之中，在各地古建筑的建造和修缮中，都有永靖人民的见证和参与。纵观现代，在刘家峡、盐锅峡、八盘峡三座大中型水电站的建设当中，永靖人民付出了绝大的努力和牺牲，创造了一个又一个奇迹。今天，在国防、航天、水电、医学、科研、交通、建筑、环境保护等各个领域，都闪耀着当代永靖儿女的身影。他们是勇于创新的开拓者，是上下求索的探路者。

无论是旅游、访友还是就业，越来越多来到永靖这片土地的人，都会为这座西北县城的发展和变化感到惊叹和惊喜。

“恐龙之乡”“彩陶之乡”“傩舞之乡”“花儿之乡”“水电之乡”“工匠之乡”“中国傩文化研究基地”“联合国教科文组织民歌考察采录基地”“全国工业旅游示范点和全省爱国主义教育基地”“中国县域旅游品牌百强县”……如今，乘着国家“一带一路”倡议的东风，永靖县以开放促开发，以开发促发展，积极打造“丝绸之路·唐蕃古道”旅游名县，创建全域旅游示范区。源远流长的黄河文化，多姿多彩的旅游资源，极具特色的民俗风情，得天独厚的区位优势，四通八达的交通运输，琳琅满目的名优特产，蕴藏丰富的矿产资源，方便快捷的电子商务，优质高效的配套服务，互惠互利的招商政策，为永靖的发展开辟了广阔的天地。一座壮阔兼有秀丽，现代而不失古朴的西部水乡如画卷般舒展在黄河之畔。

“开发西部的新永靖，三峡里有的是人才。蓝天上飘起的白云彩，好像是波涛的云海……”远处的河岸边飘来永靖花儿悠扬的曲调。在婉转奔放、壮美舒畅的旋律中，永靖正以其更加独特的魅力，更加舒适的环境，更加开阔的胸襟，更加热情的诚意，迎接着你的到来。

关山记

按行政区划，关山不在兰州的版图内，但地界与兰州市西固区的南山错杂相连，地貌无甚区别，说话也是兰州近郊口音，风俗习惯也差不多，究竟与紧邻的兰州近郊人有什么区别，大约也只有当地人分得清。至于地界，当然也只有当地人脚下有分寸，像我们这种偶尔出来溜达一圈的人，一律说成是去郊区溜达溜达，反正都是本国本省的地盘。

不要卖关子了，这里是临夏回族自治州永靖县的关山乡。

最初只是偶尔溜达一圈，没想到成了经常来的地方，四季都曾来过。一者是距离兰州很近，一者是好玩。说是很近，是按现在的交通条件衡量的，在几十年前，这个可以望见兰州城的地方，谁要是去过一趟兰州城，那是一生的造化。说是好玩，这是依照我的喜好说的，要按通行的游玩标准，则是要啥没啥，不要的却啥都有，比如举目荒寒、举步维艰。

我喜欢人烟稀少的地方，一个地方为何人烟稀少，当然是因为环境恶劣、生存艰难所致。天下叫关山的地方很多，仅我所在的省份，仅我去过的关山都好几处了。兰州南山的关山是一个乡级建制。从兰州城区，贴着黄河边的公路到达西固，拐进一条通往刘家峡水库的峡谷里，两边悬崖壁立，抬头看不到山顶，低头看见的是横在前面的山崖。顺着峡谷公路转着胳膊肘子样的弯道走，偶尔会瞥见公路旁有岔口。试着从一个岔口拐进去，在更逼仄的峡谷里还有道路相通。因是县乡公路，车子可以开得慢一些，还可以停靠在路旁看风景。这样便看见了一条路。若不细看，是看不见那条路的，在五六十度的陡坡上，还能修出一条车路？这种路是供当地人走的，或者只有顶尖高手才敢在这种路上开车。试着开上去，刚够一个车道，一边是陡坡，一边是修路削斩而成的悬崖，一盘盘，像是一根藤条缠绕在大树上。

我是不会开车的，不知开车的难度，便无知者无畏。朋友问："敢不敢开上去？"我说："敢！既然是路，别人敢走，我们为什么不敢。"一旦上路，只有一条路走到头，没有掉头的地方，更不可能倒车回来。手艺是练出来的，也是逼出来的，对于一个平常只在城区大街和高速公路上开车的私家车司机来说，这条路的每一米都是在考驾照。一路顺利开到山顶，停车四望，呀，偌大的兰州城不过是一片房屋，浩浩黄河原来只是一线水渠，而周围群山，浮尘与浮云混同，山包与云朵杂处，真可谓大天大地大光阴。

大西北之大，既在于大地域，也在于大气象。大地域当然不用说了，何为大气象，你不妨低头审视一下脚边的那蓬狗尾草吧。黄土干硬，看得出好久没有雨水滋润了，茎叶枯黄，不用说是缺少营养。置身黄土悬崖边，松散的黄土遇到一场小雨都有可能垮塌。但是你看那支茎，向天而立，不蜷不缩，被蔑称为"狗尾"的束穗，如农家田地里的谷穗，圆锥花序紧密呈柱状，籽实相依，大有石榴"千房同膜，千子如一"的风范。关山的狗尾草生长在寒天酷地上，一岁一枯荣，周而复始，从不发哀怨之声，无风小招摇，有风大招摇。苔花如米小，也学牡丹开，而狗尾草之花比米还小，到了开放时节，也大模大样开满山野。狗尾草自古以来称之为莠草，“良莠不齐”这个成语，明目张胆地让它站到了好草的反面。《本草纲目》也一样，将其界定为“秀而不实”，只因其茎可以治目痛，才有了光明草、阿罗汉草的美丽称谓。

不攀比，不顾影自怜，不畏寒风冷雨，不舍脚下大地，这就是我说的大西北的大气象。生活在关山的人也一样。这里的人从来都以农业为生，在陡坡上开辟了或宽或窄的梯田，种植着各色农作物，现在也种百合。关山不在兰州地界，种出的百合也叫作兰州百合。正如许多兰州牛肉面馆并非兰州人经营，也一律叫作兰州牛肉面，表示的只是一个地标，还有所经营产品的基本标准，不是假冒名产，不是蹭名产热度而牟利。关山百合的品质与兰州百合一般无二，本来就在同一片山地嘛，只是行政区划将一地分属两地了。我随机去几家农户看看，生活都很艰苦，但他们说，比多少多少年前好到天上了，烧的是液化气，吃的是自来水，开的是汽车，饭管饱吃，衣管够穿，还要上天吗？唯一让他们烦恼的是男孩子娶媳妇难。女孩子漂亮点的、身体好的、头脑清楚的，大都进城了。本村男孩子好容易找到对象了，女方不愿意在本村居住，基本条件是在兰州西固区买一套住房，好赖要一辆汽车。这些花销要好几十万呢，算上彩礼钱、酒席钱等等，经济实力稍弱的家庭可真是负担不了。

一般来说，女孩子的择偶标准代表着一个时代民众的价值取向，她们看好哪类人，那类人便是时代潮流的引领者。女孩子向往美好生活，愿意生活在繁华热闹的城市里，这都可以理解。难题是，农村，尤其是自然条件较差的农村，对女孩子失去了吸引力，导致每个村都有许多光棍。关山的一位扶贫干部对我说，他帮扶的那个村，几个光棍是他开展帮扶工作最大的难题。到农忙季节，比如挖百合，本村的单身妇女出工钱请他们帮忙，他们宁愿没钱花也不愿去，因为对生活没有希望，没有希望就没有动力。而邻村的单身妇女叫他们帮忙，不开工钱，他们也会一溜烟就跑去。不用解释都明白，他们与本村妇女一般都沾亲带故，没办法发展感情。扶贫干部感叹：“人性啊，在任何时候都是人生的原动力。”

每到关山，我都要找个山坡蹲下来，细细品味一番狗尾草。一株株狗尾草生长在无望之地，那是命运的安排，确实不由自主。可是，愿不愿活下去，能不能活下去，能不能活出精气神来，原动力却在于自身。我遇到一位百合种植大户，年纪都花甲开外了，儿女都定居在城里，他和老伴仍然在经营家里的十几亩地，一年四季忙个不停，收入很是可观。他们不是为了收入，而是不愿闲着。老人说："生活这么好，闲着干啥？人只要活着，就得动弹嘛。能动弹，才算是活人嘛。"

真可谓，一个"动弹"，境界全出矣！

春到布楞沟

循着习近平总书记在陇上的足迹，我一路来到临夏州东乡县布楞沟村。在此之前，我没有到过布楞沟，但多次来过东乡县。西北不缺山，东乡全是山。西北缺少水，东乡格外缺。东乡，向来与贫困落后有缘，而布楞沟村，又是贫困、落后的代名词。这一切，在 2013 年 2 月 3 日发生了历史性的改变。这一天是中国传统的小年，临近春节，也就是说，春天快要到了。而在那个小年里，布楞沟的人过上了大年。

2013 年 2 月 3 日，习近平总书记来到布楞沟村，看望慰问贫困群众，调研指导扶贫开发工作，嘱托要"把水引来，把路修通，把新农村建设好，让贫困群众尽早脱贫过上小康生活"，极大地鼓舞了全县上下打赢打好脱贫攻坚战的信心决心。如今，在甘肃省委省政府、临夏州委州政府的领导下和中石化、厦门市湖里区、方大集团等社会各界的帮扶下，布楞沟村已发生了翻天覆地的变化。

"如果不是那年总书记来视察，下半年我就搬走了，连宅基地都买好了！"走进布楞沟村，村民马进才向记者回忆过去。

当年，布楞沟有马进才这种想法的人不在少数。

布楞沟村位于东乡族自治县高山乡北部干旱山区，境内山大沟深，土地贫瘠，植被稀疏。“出行就是山上的一条土路，吃水靠天下雨、靠人背水，气候好收成就好，否则就什么都没有。”连马进才自己也承认，过去的布楞沟“不适合人类居住”。

谁人不说家乡好，这话本来是外人说的，自己亲口说出来，多少辛酸，多少无奈，非当事人难以体会。

2019 年的夏天，在一个月内，我连续两次来到布楞沟村。要不是有老图片资料和村民的述说，谁也无法还原布楞沟以前的样子。但我根据以前在东乡县境以及甘肃中部干旱贫困区的见闻，可以想象出布楞沟以前的基本面貌。

过去，布楞沟村大多数群众住的都是土坯房，防灾抗灾能力弱，“天不下雨没水吃，下了雨院子里是泥，屋里是泥水”。如今新房子建起来了，清澈的自来水也流进了村民院落，村民们用肩膀背水、骡子驮水、水窖集雨的日子一去不复返。以前，人畜用水依靠雨水集流，一场大雨，土窖内半窖水半窖泥。泥水充足已经算是很奢侈了，这里干旱少雨，一年没有几场有效降雨。土窖里存不上水，怎么办？就得去十几里外的洮河拉水。困难还不限于此，去洮河只有一条烂泥路，真可谓道阻且长，常常难以通行。

现在，自来水接到了自家院子，村前的公路也打通了，村民出行再也不用翻山越岭走羊肠小道，折红二级公路穿村而过，连接着布楞沟村与外界。“以前都不去县城。”76 岁的马仲成回忆说。尽管村子离县城只有 25 公里，但受限于没路、没车的条件，县城的一切都似乎与村里无关。“如今一切都好了，去县城，在马路边就能搭到车，半个小时就到了。”马仲成说。

这是每个村民做梦都没有梦见过的生活。

羊肠小道变康庄大道，更成财富大道。从 16 岁开始放羊的马大吾德告诉记者：“以前外面的羊进不来，自家羊也销不出去。现在路通了，成本降低了，销路也不愁了。”他算了算，一只羊的成本可节约 20 ～ 30 元。如今马大吾德已成为布楞沟村养殖农民专业合作社理事长，该社 2019 年销售羊 8300 余只，带动农户 26 户，每户每年可分红 2000 ～ 2500 元。马进才也借交通之便发展土鸡养殖，妻子在扶贫车间打工。家中无闲人，村中无闲人，在家门口，大家都有活干，都有钱挣。

2018年4月，东乡县投资建设布楞沟流域巾帼扶贫车间，采取“政府引导、企业运营、妇女参与”的模式，吸纳布楞沟村及周边妇女培训就业，解决布楞沟村33名贫困妇女就业，就业妇女月均收入达1500～3000元。2019年9月，方大集团在布楞沟投资建立甘肃悦容巾帼扶贫车间，进一步拓展妇女就业渠道。“不出远门就可以挣钱给孩子买新衣服，给家里添小家电，很高兴。”一位东乡族女工对大家说。

水的问题，路的问题，就业的问题，这些问题解决了，布楞沟就盘活了，孩子上学也有保障了。2012年，村里仅有一所三年制教学点，只有4名老师，3间简易平房作教室，两个年级的学生挤在一间教室上课。高年级学生只能到邻近乡镇借宿就读，家长也甚少过问孩子的学习。如今布楞沟小学和幼儿园都建起来了，篮球场、乒乓球台、图书室等各类教学设施器材配备齐全，并通过实施“腾笼换鸟”“女童希望工程”等措施改善办学条件。东乡人善于经营餐饮业，兰州到处都是东乡饭馆，在西北大地，也时时可见东乡饭馆，而在每一家饭馆里，几乎都可以看见十一二岁的小男孩在忙里忙外。东乡人道出了原委：“以前人觉得孩子上学，家里就少了劳动力，不支持孩子上学。”不支持孩子上学，并非单纯的不重视孩子的教育，这与上学条件太差有关。现在这一切都发生了可喜的变化，布楞沟适龄学生全部入学就读，家长们也开始关心和过问孩子的成绩排名了。

村民的日子美了，人居环境也大为改善。过去的布楞沟村，年均降水量仅有290毫米，年蒸发量却高达1485毫米，土地贫瘠，生态脆弱。为改善生态，自2013年以来，东乡县政府在布楞沟村累计完成造林5750亩，如今布楞沟流域年均降水量达到535毫米左右。“以前白刮刮，现在绿茵茵了！”马仲成感叹。与此同时，县政府把生态环境修复与促农增收结合起来，积极发展以啤特果、核桃、杏子、花椒、枸杞、金银花等为主的经济林。村委会有一个记账本，里面详细记录了每个农户采摘的金银花量与收益情况。仅以打工收入而言，有的一天能挣120元，高的可达170元。村委会按照24元／公斤的价格进行统一收购、销售，农户可凭此增收，也可自家食用。

2012 年底，布楞沟村农民人均纯收入仅为 1624 元，贫困面高达 96%。通过一系列扶贫措施，布楞沟村 2014 年底实现了整村脱贫，2018 年底人均可支配收入达到 6815 元，是 2012 年收入的 4.2 倍。

让我们以布楞沟村为第一站，逐步走进东乡人的生活吧。

东乡优尔塔

“优尔塔”是马成海给自己的合作社和销售的羊肉品牌取的名字，意思是做优秀的东乡人。本书要讲述两个东乡“优尔塔”，在扶贫政策和相关部门的支持下，他们努力发展东乡的特色产业和品牌，不仅改变了自己的生活，也带领家乡老百姓过上了有尊严的生活。

马成海是东乡族人，他的家乡在临夏东乡县。

700 多年前，临夏一带为蒙古军驻守、屯田之地。13 世纪末，镇抚陕西、甘肃、宁夏等地的元朝安西王阿难答皈依伊斯兰教，其属下蒙古人大部相从。不久，阿难答谋划政变，事泄被杀。东乡穷乡僻壤，成为阿难答属下的避难之地。他们就是后来的东乡人。

五麦寺、巴苏池、纳伦光、库麦土、胡拉松、锁合土……东乡有很多奇僻的地名，又有马、买、牙、丁、胡、卡、妥、包、驼等各种姓，一派异域风情。

临夏州贫困发生率高达 25.28%。国家高度重视民族地区的脱贫攻坚，把临夏州纳入深度贫困地区，在政策、资金、项目上都给予了特殊的支持。

东乡穷困是由来已久的。东乡族是 6 个全国特困民族之一。甘肃临夏州东乡族自治县居住着 20 多万以东乡族为主的群众，自然条件严酷，耕地资源匮乏，人口密度大。这里四面环水，中间高高突起，小小的东乡县城坐落在山巅之上。六条山脉夹着六条山沟，山大而沟深。

自然生态环境恶劣，土壤肥力极差，气候寒冷干燥，制约了农业生产的发展。东乡的老百姓除了种粮食、种洋芋就是养羊。单一的产业结构，是导致东乡贫困人口收入低下的主要原因。

东乡还有一个导致贫困的重要原因是人口上学读书率较低。“四普”和“五普”的资料显示，东乡县成人教育水平均为全国倒数第一。1990年，全国成人文盲率为22.2%，其中，东乡族82.6%，是全国文盲率最高的少数民族。2000年人口普查时，全国成人文盲率下降到9.1%，东乡族成人文盲率仍然居全国之首，为62.9%。

中国消灭贫困的重点在西北地区，西北地区的重点是甘肃，甘肃的重点之一是临夏东乡县，深度贫困村和建档立卡贫困村占全县229个行政村的69.3%。

2020年，马成海创建的优尔塔农牧业农民专业合作社好事连连。

先说第一件，马成海签了一张6000多万元出售东乡羊的订单，对方采购藏羊公羔8万只、寒羊2万只，分5年供货。5年里，优尔塔合作社的羊不愁卖了。马成海才35岁，他几天没睡好觉，有点不相信这事是真的。他翻来覆去地想，天上真有掉馅饼的时候。2015年，他还拉着一大堆的饥荒，不知道要拿什么还。这才3年时间，优尔塔就成长为东乡县的核心农牧业合作社，不仅养殖棚里养着几百只羊，还带动大家分散养羊，辐射带动全县的24个乡镇贫困村，578户贫困户。销售的羊从几百只到几千只，成倍数地增长。2019年，优尔塔售出8900多只羊，2020年估计能收购加工销售1.5万只羊，帮助1000户贫困户脱贫。

马成海是兰州师范学校毕业的，是家里的老大。这几年临夏州开展专项控辍保学工作，保证8年的义务教育，不得中途辍学。难得马成海的父母当年能坚持供他上学。他上学的时候，周遭的孩子常有辍学的。他们会问他：“上学有什么用？上出来能挣多少钱？我现在就要去挣钱。”他们忙着帮家里养羊，去饭馆里端盘子，当搬运工，去青海挖虫草，也有的做点小生意。马成海毕业后，回东乡当了老师。他的书读出来算是有了用处，在东乡，有个“铁饭碗”是受人看重的。可惜，这个“铁饭碗”，马成海并没能端多久。

马成海上班没两年，父亲突患肝癌。马成海带着父亲去了兰州和北京的几个大医院，可是父亲的病最终没有治好，家里拉下了一堆的饥荒，还有母亲和两个上学的弟妹要养，生计一下子成了问题。光靠工资，日子是过不下去了。马成海辞了公职，外出打工去了。

打工的日子很辛苦，马成海干过各种活。后来，他在天祝松山镇给人养羊，算是安定了下来。头一年市场行情不错，公司扩大了养殖规模，从 280 多只羊增加到了 570 多只。

那是 2014 年，全国出现小反刍兽疫疫情，俗称羊瘟。农业部办公厅下发防控通知，跨省调运监管，外省的贩羊大户不再来甘收购。

天祝松山镇往年 70% 的羊都调运到省外，这一年，截至 8 月底，天祝县羊饲养量达到 145.39 万只，外运量却只有往年的 1/3。收购价下浮 3 成以上，还是很少有人来收。松山镇建了养殖场的专业养殖户有 100 多户，还有大量家庭散养的羊。这一年，镇上至少有 40 万只羊滞销。大量已经出栏的羊压在农户手中急需收购，羊肉降价滞销。

羊滞销，但玉米、小麦、豆粕、饲草料价格持续走高，饲养成本增加了。看着满圈的羊，马成海他们心急如焚。

关键时刻，媒体发挥了桥梁的作用。《兰州晚报》连续报道了天祝县松山镇 40 万只羊滞销的消息，引起了人们的关注。兰州华联超市伸出援手，通过农超对接的方式，直接采购天祝羊肉，在兰州华联的 6 家门店销售，羊肉就这样直接“走上”了市民餐桌。此举不但解决了天祝农牧民的卖羊难问题，还降低了这个冬天兰州羊肉的销售价格，市民收到实惠，实现多赢。马成海打工的公司也成功与兰州市 12 家超市签订了羊肉销售合同。这一年，他们销售出 7000 多只羊，销售额达到 450 万元。

这一轮的危机平安度过。市场教育了马成海。有了优质的产品，农户、商家和消费者的流通方式越便捷越能实现共赢。

一切看起来变好了，马成海依旧每天忙个不停。公司花 20 万元买了一辆皮卡车，连保险都没有来得及买，马成海就开着车去兰州买饲料。车停在彭家坪，看了货出来就丢了。这可把马成海急坏了，他四处寻找，还报了案，每天去派出所问，但是好多天也没消息。因为没有买保险，保险公司不赔偿。公司不依不饶地让马成海赔，马成海哪里拿得出这么多钱，借都没处借啊。

公司最后同意让马成海用这几年的工资和提成顶了这辆车。忙活了几年，马成海两手空空地铩羽回了东乡。这真是令人沮丧的返乡啊。

东乡县达板镇党委书记马玉忠听说马成海回家来了，跑来找他，问：“东乡羊好还是河西羊好？”

马成海想了想：“东乡羊应该更好。东乡羊肉在历史上就很有名气，早在南北朝前后就是帝王的贡品。明嘉靖《河州志》还有‘贡汤羊八十七只’的记载。进贡的羊就是东乡羊。”

马书记说：“对，你对家乡的羊还是很有感情啊！这么多年的学没白上，羊也没有白养。养羊这个行业前景很好，东乡会养羊的人多，但都没你养得好。你与其在河西养羊，为什么不回乡创业呢？”

马成海说：“我没资金。”

马书记说：“我来帮你协调扶贫贷款。”

就这样，在东乡县达板镇和东乡县农牧局的帮助下，2015 年秋天，马成海创立了“甘肃优尔塔农牧业农民专业合作社”。

说到羊，马成海就是东乡的“羊状元”。从养羊到分装再到销售，他都是多年练就的行家里手。

优尔塔合作社销售的羊有两种，一种是马成海一只只从东乡本地羊中精选的小公羊，就是羯羊，一般生长周期在 1 年左右口感最好。

优尔塔合作社的养殖棚里养了几百只羊，却没有一点异味，棚与后面的场院是通的。人一进去，羊很警惕，争先恐后地往场院里跑，带起淡绿色的粉尘，小小的门被挤得砰砰作响。有一只跳得高的，撞在门上，又立即钻了出去。跑出去后，又不跑远，挤在门口向人张望。马成海说：“越活泼调皮的越是好羊。”

不一样的饲料，喂出来的羊也是不一样的。只吃草料和粮食的羊，棚里才能这样干净。仓库里存着给羊吃的豌豆和苞谷，新鲜、颗粒饱满。周围种着大片大片喂羊的苜蓿，长过膝。马成海喂羊的饲料很讲究，除了粮食、苜蓿、玉米秸秆和麦麸，还加了小白蒿、百里香、野葱、野蒜等各种牧草，搅拌后精心饲养，喂养三四个月后进行阉割，戴上笼头，不让它东奔西窜。再过几个月，小公羊长得膘肥体壮，毛重二十五六斤时就可以出栏了。

优尔塔合作社还卖东乡一种特有的叫“羖䍽”的放牧山羊，也叫“冰碴羊”。羖䍽大多是白色的，产量少，而且必须要放养，早晨起来打开圈门，让它自己去山里觅食，如果圈养，它就会绝食。羖䍽喜欢清洁、干燥，厌恶污浊、潮湿。它的嗅觉很发达，采食前总是先用鼻子嗅一嗅，凡是有异味的水或被其他动物践踏过的草，宁愿受渴挨饿也不吃。傍晚太阳落山，它们就会自己乖乖回圈里睡觉。东乡的老乡们说，羖䍽是山里跑的，肌肉结实，有嚼劲。

东乡地区海拔 2500 米左右，土质属于山地大白土、白麻土、红黏土，含有多种微量元素，虽然降雨量少，但牧草却有 8000 多种，属于干旱草原植被。羖䍽特殊的生活习性加上东乡特殊的生长环境，使其肉质细腻无腥膻，味道鲜美香甜，属羊肉中的极品。

羖䍽之所以叫“冰碴羊”，一种说法是寒冬季节吃“冰碴羊”最补，新鲜肥美；另一种说法是半野生状态的羖䍽，每天自己到山间觅食，初冬季节，山上的牧草多被冰霜覆盖，羖䍽在冰缝之间吃的都是带着冰碴的草料，所以叫“冰碴羊”。

东乡的羖䍽是宝，可是养在深闺人不知，售价还不如普通羊肉。马成海一遍遍地跑媒体，推介东乡的羖䍽。扶贫助困，媒体义不容辞，《兰州晚报》多方考察之后，大力推介东乡羖䍽，爱心企业马大胡子餐饮集团助阵，提供自提点，帮东乡农户搭起直销平台。2017 年冬天，东乡的羖䍽持续走俏，以每斤高出普通羊肉 5 元的价格在兰州出售，还供不应求。

先是自提点自提，接着是快递运输。羖䍽卖完了，继续卖东乡的小尾寒羊，优尔塔商标上一只笑模样、有对称的卷卷角的山羊尽人皆知。优尔塔东乡羊热销兰州城之后热度不减，又一路通过电商平台卖去了北上广。

“现在不仅西北人爱吃羊肉，广东、浙江的订单也多得很呢。你看，这又是浙江的一个老客户。”马成海指着响起的手机，眉眼中满是喜悦。

马成海的第二件好事是他拿到了世界银行的 300 万元扶贫贷款。他挑选购进了优质种羊和母羊，发给那勒寺镇、坪庄乡、董岭乡、龙泉乡的建档立卡贫困户，让他们养殖，他负责包销。

世界银行的牧业综合发展项目扶贫货款是无息的，目的就是帮助减少和消灭贫困。世行贷款有着严格的要求，款贷给企业，他们会监督和检查货币的使用，一个细节也不放过，放贷的门槛很高。世行贷款国家会配套相应的资金支持，这是扶贫开发的重大惠民政策。给有畜牧开发实践经验的合作社和企业资金支持，让他们发展起来，带动周围的村民共同发展。拿到世行贷款项目，马成海像是过五关斩六将的赵子龙，很是高兴，这是大好事啊。

每户贫困户发 15 只基础羊，提前用不同的颜色做好标记，贫困户们聚在一起抓阄，抓上哪个颜色就是哪个颜色。他们多少年都在深度贫困的日子里掏摸着生活。现在，国家派了帮扶工作队的人来了，外地帮扶的人也来了。马成海觉得现在是遇上好时候了。路修好了，水和电通上了，马成海给大家送羊，不要钱，只要好好地养就行。东乡乡亲们的日子变了，只要圈里养着羊，日子就会一天天地好起来，苦就可以变甜。

也有把羊糟蹋了的。以前有帮扶干部给那勒寺镇的对口帮扶户送了两只羊，让他养。养了没多久，剩下一只。问他，他说这羊不好好吃草，瘦得不成了，只好杀了吃掉了。帮扶干部告诉他，这是小尾寒羊，两只小羊就要一千多块钱，不能光吃草，要加饲料。帮扶干部又买了两袋饲料送给他。结果下次再去，剩下的那只羊又不见了。问他，他说饲料吃完了，没钱买，他知道这羊贵，没舍得吃，牵到市场上卖了 500 块钱。帮扶干部无可奈何，摇着头不知道说什么好。

马成海笑着说：“羊养上，你要管呢。”他给养殖户统一提供饲料，还定时去看大家养的时候有没有遇到什么问题，好帮助大家解决。

“我们现在也养萨福克羊和陶赛特羊，这些羊比我们的小尾寒羊出栏时间短，还容易长膘。一只大羊，最少多七八斤肉。”这些听起来有些拗口的外国种羊名称，马成海不经意间就很顺溜地说出来了。

马进福两口子 2019 年种黑枸杞赔了 20 多万元。看到他们，马成海就想起自己当年两手空空回到家乡，所有的努力都变成了零。他理解创业失败的苦痛，世界都变成了黑色的，满心的绝望。现在马进福两口子都在优尔塔合作社养羊，把养羊场当成了家。

东西部扶贫政策给优尔塔的发展带来了新的机遇，这是优尔塔合作社的第三件大好事。12 月，厦门湖里区政府、厦门湖里国投集团与优尔塔农牧业专业农民合作社共同投资，筹备建设了半年的东乡羊业扶贫车间试投产运营，优尔塔有了现代化企业的格局和模样。

优尔塔还建起了全县规模最大、设施配套最完善的羊业扶贫车间。经过厂房基础建设、车间设施设备安装调试、人员招聘培训一系列繁忙的工作之后，2020 年 12 月正式试生产了。

1200 多平方米的车间里，有排酸间、速冻室、冷藏室、羊肉产品加工生产流水线，从屠宰场送至车间的白条羊，先要经过 12—24 小时严格的排酸处理，然后挂上挂钩，在车间的传送装置上缓缓移动。着白色工作服、全副武装的操作人员迅速依次取下挂钩上的白条羊，放上操作台，剔骨的剔骨，分割的分割，手起刀落，几分钟内，整只羊就变成了羊排、羊蝎子、羊脖子、前后腿，分门别类地进行包装。鲜肉再精分割，冷冻后放上刨床，哗哗哗，精品羊肉卷就花儿一样盛开了。

庖丁解牛，目无完牛。在他们眼里，大概是目无完羊吧。

好事一件接着一件，这个东乡县曾经最贫困、最干旱的山村，处处是新的生机、新的憧憬。未来，马成海希望优尔塔能够吸引更多的投资，将东乡的羊肉做成更好的品牌，带着东乡的乡亲们一块儿，更快更早地脱贫致富。

马成海就是优尔塔，他就是东乡人里优秀的你我他的结合体。

有一篇《东乡族女性婚姻家族研究》的论文，作者深入东乡，发放 400 多份调查问卷，得出结论：东乡族女性的初婚年龄集中在 16 至 18 岁。

作为一个有相当一部分群众信仰伊斯兰教的民族，结婚时考虑的第一个因素是民族，女子一般不可嫁外族男子，大多为父母包办婚姻。女人除了忙地里的活以外，家务也要一力承担，东乡族的传统就是男主外、女主内。

27 岁的女孩马娟是本书要讲述的第二位“优尔塔”。

马娟是甘肃伊禾城商贸有限责任公司董事长，也是一位土生土长的东乡族女孩。见她的那天，是在布楞沟的扶贫车间。车间里，数名东乡族女子正热火朝天地赶着炸花馃馃，胡麻油的香气弥漫着。马娟提着几礼品盒花馃馃从车间出来，栗色长发，一袭修身黑衫，甜美而干练。

东乡女人的文化程度低，像马娟这样上了本科又上了研究生的寥寥无几。

如果不是上大学，不是创业，马娟的人生和生长在这贫瘠大山里的草一样，一辈子匍匐在地，与贫穷为伍，终日为生计奔波。

马娟说自己不想要这样的人生。她从小学习努力，拼命想考上大学，离开家乡，这是她当时想到自我解救的唯一方式。她家境贫寒，家族里历来就没有出过大学生。

小时候，她调皮时，奶奶就会跟她讲，如果不好好学习，就早早把她嫁到布楞沟，吃水困难、外出困难、生活困难……布楞沟村是东乡县典型的贫困村。

大学，在马娟的眼里就是色彩波澜的新生活。功夫不负有心人，2010 年 9 月，马娟考上了兰州城市学院，2014 年毕业后，她顺利考入西安建筑科技大学，成为一名研究生。2016 年 9 月，她赴台湾中国文化大学进行了半年的交流学习。外面的世界繁花似锦。当她长发飘飘、裙裾翻飞地穿行在台湾码头小吃街时，周围人声鼎沸，热闹异常，琳琅满目的小吃在两边排开。她忽然想起了家乡的女人，此刻，她们可能正烧着土炕，围着灶台忙碌，永远伸不直腰。

目睹了大山外面丰富多彩的繁华世界，她的心里放不下那片贫瘠的故土。

游学结束，她没有选择去大城市就业，而是毅然决然地返回了家乡东乡，一如当年考上大学离去时。那一刻，她曾恨不得马上逃离这块贫瘠的土地，永远不再回来。

2017 年底，经多方考察之后，马娟在临夏东乡县成立了甘肃伊禾城商贸有限责任公司，主要通过电商平台销售东乡本地的花馃馃等特色产品。

油香、馓子、花馃馃，一直被视作象征吉祥如意的东乡族传统食品，每逢开斋节、古尔邦节、东乡族人家的婚丧嫁娶，家家都要炸制待客。这些油炸面食仿佛东乡人过节的符号，不可替代。

马娟的奶奶就是做花馃馃的行家。小时候，每到过节，奶奶一大早就起来忙活个不停，“面起子”发面，花椒水和面，再在面里加入蜂蜜、鸡蛋、牛奶等各种原料。马娟就在一边帮着揉面、卷面，还帮忙用筷子把花馃馃的生坯夹出蝴蝶的形状，再或者帮忙盘馓子。

最后，架上一锅胡麻油开炸。各家炸出来的花馃馃都不一样，花样繁多。马娟小时候，村里的女孩子们会将各家的花馃馃放在一起看谁家的更好看。马娟奶奶炸的酥软香甜，大家都说好吃。

那是马娟关于儿时最为香甜的记忆。

马娟的奶奶说：“人，像花馃馃一样，从一粒麦子经过无数道工序，还要经过油锅炸的磨难，最后才端出看得也吃得的花馃馃。”

马娟说：“如果说东乡是一片大海，那我发现的花馃馃仅仅是大海里的一滴水。等这滴水放大后，我看到了创业的可能和决心。”

东乡族的女人心灵手巧，几乎人人都会制作花馃馃。做花馃馃是展示她们聪明与智慧的最好方式。现在，马娟想用花馃馃来改变东乡女人的生活。

创业初期是艰难的。通过不断的沟通和抗争，马娟得到了家人的支持和理解。然后她又挨家挨户耐心说服待在家的东乡女人，让她们抱着试一试的态度来公司做花馃馃。企业制作不同于家庭制作，马娟通过不停地尝试改良制作工艺，制订了统一的加工标准和包装样式，使花馃馃的口感和观感满足市场需求。

为了设计出精美便携的包装，马娟甚至跑到义乌包装市场，一连在那里蹲守了好几天，她想看看哪种食品好卖，好卖的食品包装是什么样。

马娟眼里的东乡花馃馃是独一无二的。慢工出细活，虽然产量不高，但做出的花馃馃个个小巧、精致、美味，从选料到制作都下足了功夫。用什么油，用哪种蜂蜜，饧多久的面，她都精益求精，力求做到最好。

一个个花馃馃，有牡丹盛开的形状，也有龙凤的形状。这哪里是制作花馃馃，这是东乡女人的梦想。

马娟说："我是赶上好时候、好机遇了。"

在东乡政府和扶贫对口帮扶单位的帮助下，东乡花馃馃项目在众多创业项目中到了肯定，"东乡花馃馃"被列入扶贫项目，马娟也被东乡县妇联评为巾帼创业能人。在布楞沟村，他们帮助马娟建立了第一个巾帼扶贫车间。

扶贫车间经过两个多月的运营，产品于 2018 年 1 月 19 日正式在电商平台上线，一经推出，很受欢迎，线上线下订单不断，女工们加班加点，商品还是供不应求。在短短一个多月里，累计销售 4000 余份，销售额 38 万多元。

布楞沟村 50 多户贫困家庭的妇女在家门口的扶贫车间制作花馃馃，月收入 2500 元至 4500 元，有了一份稳定的收入。

提起马娟，牛特丽哈老人赞不绝口。2020 年初，她被马娟聘请为花馃馃制作师，每月能拿到 3000 元工资。她说自己当了一辈子家庭妇女，过去一直在家务农、带孩子、做家务，家庭条件很差。她甚至从来没有出过远门，没想到这把岁数了还能挣工资。农忙的时候回家干活，闲下来就做花馃馃。她从来没有挣过这么多钱，对现在的工作非常满意。

一些大企业也和马娟达成初步协议，她的产品可以向这些企业订单供货。最令马娟惊喜的是，有航空公司也有合作意向，花馃馃有可能上飞机。马娟对未来充满了信心。

随着公司的运营步入正轨，现在马娟的扶贫车间每个月可生产花馃馃 4 万斤左右，销售额达到 100 多万元。在甘肃省妇联牵线下，马娟的公司在敦煌文博会上接到了新的订单。目前有 100 多户贫困家庭的 100 多名妇女被吸纳到车间进行生产加工。

马娟希望把花馃馃做成东乡的一个产业，一个品牌，让外界的人更多地知道东乡县，了解东乡族。同时，希望贫困的东乡族妇女能更漂亮、更自信地走出家门，通过努力改变自己的生活。

藏乡舟曲的新生

走进舟曲前，朋友，您是否还记得这样一件事：

2010 年 8 月 7 日 22 时左右，甘南藏族自治州舟曲县城东北部山区突降特大暴雨，降雨量达 97 毫米，持续 40 多分钟，引发三眼峪、罗家峪等四条沟系特大山洪地质灾害，泥石流长约 5000 米，平均宽度 300 米，平均厚度 5 米，总体积 750 万立方米，流经区域被夷为平地。

截至 2010 年 9 月 7 日，舟曲 8•7 特大泥石流灾害中遇难 1557 人，失踪 284 人，累计门诊治疗 2315 人。

2010 年 8 月 14 日 10:00，国务院对外宣布 8 月 15 日为全国哀悼日。

8 月 15 日上午，北京天安门、新华门和全国人大常委会、国务院、全国政协、中央军事委员会、最高人民法院、最高人民检察院所在地，全国和驻外使领馆都下半旗志哀，全国停止公共娱乐活动，以表达对甘肃舟曲特大山洪泥石流遇难同胞的深切哀悼。

8 月 15 日 0 时至 8 月 16 日零时，全国所有电视台的台标变为黑白。

10 年的时光并不远，地质灾害造成的遗迹可以被岁月磨平，自然山体、河道和建筑可以被当下卓越的工程力量修复，但那些蒙难者与我们永远阴阳相隔，在另一个世界关注着这片土地的命运。而那些在灾难中失去亲朋好友的人们，心灵的伤痕将伴随一生。

然而，逝去的人已然逝去，活着的人还得继续活着。而且，只有活得更好，才是对逝者在天之灵的慰藉。

历史上的贫困，又遭天灾的致命一击，舟曲人民在那一刻的忧伤和绝望，任何言语都无法表达。贫困是历史留给舟曲人沉重的包袱，天灾是谁也不愿遭遇的不幸。然而，舟曲人是幸运的，因为身处一个伟大的时代，共和国是舟曲人坚强的后盾，全国人民是舟曲人的主心骨，舟曲人从来都是不甘向命运低头的勇敢者。

我查到了一长串为舟曲捐款的名单，我真想将这些名单罗列于此。还是算了，无论是机构还是个人，捐款的原因只有一个，那就是：舟曲的灾难不仅是舟曲人的灾难，那是国家的灾难，是全国人民的灾难，是全人类的灾难。

山河异域，日月同天，天下共情，风雨同舟。

舟曲的人们就是在这种大灾难的背景下，走上了重建家园、创造幸福美好生活之路的。

不说那场灾难了，来看看舟曲人当下的生活吧。

我们先看一个基本的事实：

2020 年 2 月 28 日，甘肃省人民政府正式批准舟曲县退出贫困县。

距离那场泥石流灾难，正好是 10 年时间。

10 年，舟曲救灾重建，脱贫攻坚，然后脱胎换骨，重获新生。

在年过古稀的藏族老人王六十五的人生图谱里，舟曲县城是一个看上去近在眼前，走起来却要跋山涉水 3 个小时才可抵达的地方。他家住江盘镇马土山村，直到前几年，村里所需的各种物资还是全靠畜驮人背。去一趟县城，来回耗时一个白天。幽深蜿蜒的山路上，骡马脖铃的声音悠长而沉重，人的喘息声此起彼伏，而旅程足够艰苦漫长，运送的物资却总是少得可怜。

不在大路边，不在水流边，人居高山，人的脚步为大山所阻挡，人与幸福生活之间隔了重重大山。这条蜿蜒崎岖的山路，王六十五走了大半辈子，也苦了大半辈子。而村子是什么情形呢？一下雨满身泥泞，年轻人外出务工，剩下老人和孩子，土地大部分撂荒。

年轻人可以离开村庄，走向远方，王六十五却只能生活在祖辈留下的村庄里。

舟曲地处白龙江畔，因山水而灵动，素有“藏乡江南”之称。看起来很美，活下去却不易。曾经，有山水美景，却无民之富庶。山大沟深、人多地少、生态脆弱、灾害频发，绝对贫困，千百年来始终困扰着舟曲人民。

这一切，如今成为翻过去的一页黄历。现在，从马土山村的村口到县城，坐车 20 分钟就到了。

来到王六十五的家里，一座藏式小院，窗明几净，整洁如新。右侧房梁下，腊肉挂得满满当当，左手边的房间里，麻袋里是粮食，坛子里是土酒，房梁上也是腊肉。酒香、肉香浑然一体，别具风味。

不用问，王五十六的满心欢喜都在一张布满皱纹的脸上。但他还是要用语言将内心的高兴表达出来："搁给谁，谁都高兴啊！这么好、这么新的房子，家门口就有硬化道路，农民还有养老金可以按时领取，村里有村医，看病都不用花钱。说实话，这样的好生活，再给我一个脑子，我都想象不出来。"

通往县城的道路修通了，马土山的村民却不用去县城购买日用品了，蔬菜、肉蛋和各类生活用品都可以送货上门，老百姓日常所需都可以满足。

放眼今日之舟曲，马土山村不是个例，全县所有的村庄都是这样。

藏乡江南，看起来很美，生活在这里也很美。

云朵里的尕秀村

出碌曲县城，沿国道 213 线行进 23 公里，海拔 3000 多米处，一个美丽的高原生态藏家村寨在云朵里成长，甚是醒目。这里，就是甘肃碌曲尕海镇尕秀村。

尕秀村 392 户 1885 人，是典型的纯牧业村，十几年前，全村 300 多户村民都以牧业为生，人均年收入只有 2000 余元。成为生态旅游样板村以来，村民们的收入像是坐上直升机般上升。2018 年，尕秀村实现整村脱贫。

村党支部书记拉毛加是一个黑黑瘦瘦的藏族汉子，一早起来就在村子里忙碌着，总有各种忙不完的事。群众说他是草原雄鹰，亲切地叫他"尕秀爸爸"，他朴实且略带腼腆地笑，说："这是牧民群众信任我。"

拉毛加高中毕业后，在尕秀村当村会计，后来，他把家安在了这里，被群众全票推选为尕秀村党支部书记。20 多年了，不管谁家遇到困难，他都主动帮忙，小到代办户口、开具证明，大到调解纠纷、发展村里的集体经济。他总是带着一个小本子，上面记满了村里的大小事情。这些年，他攒了厚厚的十几本了。

2015年，他的小本子上记的最重要的一件事情，是甘南州全域无垃圾综合治理。甘南州开展全域无垃圾专项治理工作，这是从来没有过的。

干部们张贴和发放宣传材料，拉毛加拿着大喇叭，在村民大会上作组织动员，给大家反复讲要打扫卫生，把公路周边和村子里打扫干净，干净了才能发展旅游致富。又把全村划成3片，分给3个村民小组，明确了责任区域，成立了村民卫生队。然后，干部们分头入户，挨家挨户给村民做工作。

在牧村搞环境卫生整治，用牧民们的话说，这是“给马加汽油呢”，意思是多此一举。

和碌曲别的牧村一样，尕秀村300多户世世代代以畜牧业为生的群众逐水草而居，一年四季随着畜群搬迁转场。在冬夏不同的牧场上，牲畜放到哪里，主人就跟随到哪里，牧民们零星地居住在偌大的草原上。行路难，吃水远，不通电，信息闭塞，手机联络不畅，远居草原深处的人们，过着近乎原始的闭塞生活。你要是问他怎么生活，他很可能说：“下苦。”是啊，生活在草原上的牧民，日子就是黄连般的苦。

养的牛羊多了，草场沙化严重，国家实施退牧还草政策，不能再无序扩大养殖。发展生态旅游，这可是一件带领大家脱贫的大好事啊！

周一一大早，带队的干部就来了，说安排村民卫生队沿213国道捡垃圾，但群众一个也没有来。拉毛加只好带着干部，一个一个上门去做工作。一大圈跑下来，已经是中午了。他再和大家一起，带上工具，带头去捡垃圾。

尕秀村在国道边上，是最佳自驾游线路兰州—夏河拉卜楞寺—九寨沟旅游线的必经之路。路过的人们打开车窗，什么都往外扔。烟盒、饮料瓶、尿不湿、塑料袋、包装纸……

干部们捡着捡着就有了情绪：“我们班不上了，工作就是捡垃圾？”群众袖手旁观，说：“哪有垃圾？我看干净得很呢。”

工作推进艰难，拉毛加翻来覆去睡不好。他反复看着小本子上记的，重点都画上了杠杠。

拉毛吉 9 岁那年，在放学回家的路上被一辆皮卡车撞伤，是拉毛加及时赶到，把孩子送到了县医院。孩子的父母都在冬牧场，家里只有拉毛吉的奶奶。拉毛加日夜在医院里陪护，照顾孩子，直到她转危为安。拉毛吉的奶奶说：“拉毛加书记，你说干什么，我就干什么。”

这样的事情，20 多年来，拉毛加做了无数件，他自己都不记得了。

拉毛加做事公道，也得人心。这些年，党的惠民政策越来越多，拉毛加给自己定了一个硬要求：必须公平、公正，让群众实实在在享受到惠民阳光。对涉及村民切身利益的，如低保户、五保户的申报，新型合作医保、新农保都要落实到位，村民各项社会保障资金全部实现了“一折统”，按要求把生活困难的村民选为救助对象，从来没有一户因为这些事产生不满或上访。

拉毛加带头捡垃圾和打扫卫生，大多数群众点着头：“噢呀。”

2015 年底，碌曲尕海镇副镇长王麟被派到尕秀村担任包村工作组组长。他原本是碌曲县公安局的干部，妻子也是公安干警。可能是多年的职业习惯，夫妻俩都是干脆、内敛的个性，有什么话也不太说。他要去驻村时，儿子刚满月。临走那天，孩子睡在小床上，妻子在床上坐着，转头看到他收拾好的东西，眼泪就下来了。王麟连忙把行李拿出去，用抽纸给妻子擦眼泪，一边擦一边劝：“你刚出月子，不能哭，对眼睛不好。”

王麟舍不得家和孩子，可是工作更需要他。

驻村的事情辛苦、具体而繁杂，既然做就做好。每周的一、三、五，王麟带着尕秀村的村民，沿着国道捡垃圾。周二、四、六就入户讲政策。王麟说：“群众叫我们是‘垃圾干部’。天天捡垃圾、说垃圾，不就是‘垃圾干部’吗？”

国道两边还有游客随地大小便，村民不愿意打扫，王麟就带头打扫干净。他说：“这是我们的家乡，我们要把它当成自己家一样爱惜。家里的马桶和下水道，你不是也要清理得干干净净吗？”河里的树枝上挂着破塑料袋子，他也下河去捞出来。摔碎的酒瓶从土里一片片撬出来，看到什么捡什么，一个烟头也不放过。附近路边的垃圾捡完了，就再往远处走，一点点向前延伸。一开始捡垃圾，一天得拉几车，后来就少多了，国道边越来越干净了。

周五干完活已是下午，王麟一直弯着腰，抬起头的瞬间有片刻眩晕。高原的阳光无遮无拦地照下来，国道箭一般射向远方。尕海在尕秀村的左侧，有成群的水鸟起起落落；家在尕秀村的另一侧，他有多久没有见过儿子了？今天是周末，还有一堆材料要处理，处理完了就可以回家了。那天他到家，儿子已经睡了，他在儿子的小床边看了又看，不敢出声不敢动，甚至呼吸也要轻。

王麟说：“那一刻，我忽然觉得，幸福是需要屏住呼吸的。”

2017 年 3 月，尕秀村被甘南州确定为精准扶贫生态文明小康村的样板村，开始了 100 天的大会战。夏天，这里将开门纳客，成为旅游村。

环境卫生整治不再只是马路边和村容村貌的打造，而是深入尕秀村的每家每户。

村内基础设施建设如火如荼地展开，户内配套设施的改造要同步进行，最最关键的，是要劝说牧民改变生活习惯。这是一场改变人的革命。

尕秀村只有 9 个村干部，加上帮扶单位的驻村干部，一共是十几个人。干部们要入户去讲，也就是说，一个干部要做二三十户牧民的工作，讲清楚每家每户已经享受的基本优惠政策，你不讲清楚，群众是不知道的。可是，干部们一遍又一遍讲政策，去得多了，牧民们也很烦，开始说自己知道了。后来生气了，知道的也说弄不清。讲完政策，要求村民们把房前屋后的东西收拾整齐，不得乱堆乱放，乱搭乱建的也要拆了。还要给村民们改造家中的厨房、厕所，告诉他们要讲卫生，要洗澡，要剪指甲，头发也要洗干净。

牧民们说：“你管得多得很。我就这么舒服，我不想洗澡。你装的那个厕所我也不会用。”

牧民们觉得干部们是不务正业。还有不会说藏语的干部，因语言不通，沟通不便，比比画画半天，直接被轰出来都是常事。

那 3 个月，拉毛加和村干部们没有休息过一天。王麟带的包村工作组的干部住在村里，没有回过一次家。

时间这么紧，眼看就到旅游季节了，施工和改造任务很重。这是硬件，工期可以夜以继日地赶。可是群众抵触、不配合、执行缓慢，工作怎么做？拉毛加又开始翻来覆去睡不着觉了。

70 多岁的桑吉加木措老人脾气最大，上门去做工作的人总是被他赶回来。他家的房子背后堆着一大堆牛粪和羊粪，他说：“这是我冬天烧炉子的时候用的。”干部们说：“房子里都装上暖气了，炉子在哪里烧？”他说：“那我不管，下雪了我就要生炉子烧炕。”

拉毛加骑上摩托车去了牧场，找他的儿子和儿媳来做老人家的工作。

好不容易给桑吉加木措老人说好，第二天村里派车帮他家拉走堆成山的牛粪和羊粪。第二天一大早，村干部就跑来找拉毛加。牛粪和羊粪已经装上了“兰驼”，可是桑吉加木措扑到车头上，拦住车，说什么也不让走，儿子也说不动他。人多，拉扯着，不小心把兰驼车的后视镜给撞了下来。

司机跳下车来，拉着桑吉加木措老人，非要让他赔。桑吉加木措又急又怒，黝黑的脸涨成了酱紫色。拉毛加拉开司机，说：“别说了，我赔给你。”

大家静了下来。

那天，拉毛加坚持把后视镜的钱赔给了兰驼车司机。桑吉加木措家屋后堆成山的牛粪和羊粪也拉走了，一共装了 30 多辆兰驼车。

现在你要是见了桑吉加木措老人，一定不认识他了，他会笑呵呵地告诉你，现在的尕秀村，不光环境发生了翻天覆地的变化，方方面面全变了。以前大家不讲卫生，现在大家都讲究了，打扫卫生的事，大家都抢着干。

站在自家牧家乐的吧台前，桑吉加木措老人说，自己家的牧家乐开业以后，生意很是火爆，两三个月就挣了几万块钱。

说到幸福生活，桑吉加木措老人的笑声更加爽朗：“跟佛爷一样了！好得很！”

夕阳中，尕秀村广场上悠扬动听的弹唱声里，游客们和村民们跳起了优美而奔放的锅庄。

这里有百兆光网、免费WIFI，草原联通世界。尕秀村新建的帐篷城，白布上绘了各种吉祥八宝图案，莲花般散落在晒银滩草原上。82户贫困户每家都分有一顶帐篷，到了年底可以分红。这是尕秀村的集体经济，由村里统一经营管理，拉毛加说：“集体经济有了钱，个人的事情就更好办了。”

王麟又是很久没有回家了。驻村干部仇庵拉平时工作认真，从没请过假，这个周末说要请两个小时假。两个小时后，小仇回来了，说：“队长，我看你很久没回家了，床单都破了，也没有时间买，我去县城给你买了条床单换上。”

王麟的儿子已经两岁多了。王麟每次回家都看着表，他给自己定了时间，只能待15分钟，到点就得走，不管孩子怎么哭也得走。村里的工作忙，离不开他。

在生态文明小康村的引领带动下，旅游天堂日渐呈现出它本该有的样子。甘南生态环境城乡综合整治的经验正在甘肃全省乃至全国推广践行。

远处，鹰张开翅膀傲然滑翔，偶尔扇两下翅膀。汽车追赶着尕海大片大片的水奔跑。尕海宁静，如一面加入白银的镜子，在曙光中越擦越亮。不时有来往的车停下来，尕海边有水鸟起起落落。

第七章

从大岭到黄花滩

沿着曲曲折折的大土沟，一直向南行进。没有正经的路，淌水的是这条沟，走人的也是这条沟。夏天发过几次洪水，洪水裹挟着泥沙，填平了沟底的坑坑洼洼，也冲出了大大小小的石块。秋冬季节，路面经过车碾、牲口踏，成为一个溏土包，脚踩上去，扑哧扑哧几下，皮鞋里被灌进了细细的土。懊恼之余，忽然瞥见一丛狗蹄子刺爬在崖湾顶上看热闹，贼贼地掩口暗笑。

好在坐骑是一辆越野车，动力算是强劲，没掉链子，吼吼吼地憋着一股劲儿驰骋，撇下一道弯又一道弯，给咱人类长足了脸。可车子的张狂样也惹下麻烦，一条土黄色的巨龙不大服气，一路滚动着追咬它的屁股，一直追到白石头河还不依不饶。车子便颠颠簸簸、气喘吁吁地奔命，后来，它还未来得及喘一口气，就发现将我们带入了祁连山余脉的重重包围中。在童山秃岭硕大空寂的背景下，我们如蝼蚁般渺小、无助。

这是三九时令下的一个上午，天空被冻云塞得满满当当。西北没有足够的水汽供养，便不见雪花盛开的景象。扬起脑袋，会有针尖般的霜芒临空飞下，扎得裸露在外的额头和脸颊生疼。河岸边、山坡上，偶尔趴着几处矮墩墩的房子，孤零零地瑟瑟发抖。有两个小孩穿得圆滚滚的，不怕冷，在一棵老沙枣树下丢沙包。见我们的车到跟前，忙捡起地上的沙包，跑到小院低矮的院墙下，俯身猫起来。不知是我没注意，还是树极少，这沙枣树好像是我们一路上遇到的第一棵树——铁杆、虬枝，枝头挂着一串串淡黄干瘪的沙枣，不招摇，也无法招摇。

这山放过那山拦，车子便围绕着山岭左冲右突。置身于山的江湖，我所知道的地名都与山有关：头沟岭、夹山岭、大岭、岘子、火烧沟、摩天岭……心里正嘀咕咋没水呢，转过一个山嘴，忽然瞧见前面有一条细细的冰河蜿蜒而下，只是气力不足，流不多远便戛然而止。一个村妇凿冰取了水，挑着两只铁桶，两手一前一后抓着桶系，缓步上坡。水不见洒出，人不见吃力。上游有泉呢。想必造物主垂怜苍生，见这儿山大沟深，十年九旱，众生活着不易，心中不忍，手一指，便有一股清泉汩汩涌出，令其劳作时饮用，居家时洗涮。

再走，估摸到了大岭。众人正犯嘀咕，恰有一老者赶着20余只羊迎面过来。羊是本地的品种，圆蛋蛋儿，蹴在地上永远长不大似的。带头的照例是山羊，尖尖的角，长长的胡须，笑眯眯的眼神，越看越像个精怪。便不再和它对视。司机师傅停下车，给羊群让路，顺便向老人打问赵林山家住在哪处。老人裹在肥大的羊皮袄里，也留着山羊般的胡子，脸上沟壑纵横，全是当地的山形地貌。他憨憨地一笑，露出两颗氟斑门牙，仰仰下巴，说："赵文书家吗？那——就是。他家的三轮车不在，他八成也不在。这几天他正往黄花滩移民点搬新家呢。"他把"那"字拖长了音，表示还有点距离。顺着他羊鞭指的方向，我们看到了山腰上的几间房子。赵林山以前是大岭村的文书，现在不是了，但这儿的人们习惯把他称为"文书"。

我问他："老人家，您家怎么还没搬？"

老人捋一下花白的胡须，道："儿子们一个月前就搬下去了。我有这些羊要放呢，和老婆子就没搬。赶过年，这些羊处理得差不多，也搬。国家政策，我们整村搬迁，谁都搬。"

去山腰的路是一道长长的"之"字形斜坡，坡度有点大，越野车爬坡时吭哧吭哧显得吃力——也不知道赵林山是如何将他的三轮车"扛"上去的。我们替车子捏了一把汗，心底里替它使劲，希望它挺住别熄火，也希望司机师傅届时踩准刹车。

赵林山家建房时，先挖去丈余高的山体，而后紧贴山崖而建。没有院墙，屋前的院子显得空空荡荡。坐北向南五间土坯房，有三间拆了屋顶，仅留下残垣断壁；旁边两间尚在，一间挂着棉门帘，看样子住人；另一间有烟熏火燎的痕迹，看样子是厨房。厨房门紧闭，对我们这些不速之客拉长了冷冰冰的脸。褪了色的门神为尉迟敬德，以其之心度我们之腹，手持钢鞭，也朝我们怒目相向。

好在赵林山的老婆在家。听见车响人语，她掀开门帘，从屋里出来。她穿着一件略显旧的黑羽绒服，上下打量着不速之客，一边将我们让进屋内烤火，一边说赵林山在黄花滩移民点新家，刚搭建的养殖暖棚空着，他要去"羊银行"贷些羊自己养。

房子建的年代有点早，低、矮、窄、小、破，一行四人进去，就觉得屋里转不过身，令人蓦地想起儿时和伙伴们常去躲猫猫的破场院。

主角不在，我们怅然若失地原路返回。途中，司机指着头顶沟壁上垂下的刺条对我说："瞧那塑料袋，夏天发洪水时挂上的。啧啧，水大着呢，有一丈多高哩！"我一看，刺条上果然呼呼飘动着几绺塑料膜。想了想，问他："发洪水时，要是沟里有人咋办啊？"他指指一处缓坡说："那就找这样的坡，脱了鞋袜手脚并用，赶快往高处爬呗。要是泥水太滑爬不上去，洪水一到，除非神仙救你。"

这话冰冷得如河滩里的石头，听得人浑身直起鸡皮疙瘩。我下意识地回头望望车后，还好，除了那条土龙重新追着跑之外，并无洪流席卷着柴末杂草拍打着岸壁山坡涌来。国字号的西北干旱县，又不行舟撑船，水流的路、人走的路怎么能是一条路呢！这种紧张的感觉竟像梦魇一样挥之不去，直到车子跃出大土沟，摆脱紧追不舍的土龙，平稳地奔驰在通往黄花滩生态移民区的金大高速通道上，看到各型车辆精神抖擞地迎面驶来，看到脱去盛装的道旁树呼呼地向后急速退去时，我紧攥成一疙瘩的心才渐渐放宽。

行不多远，就到了黄花滩生态移民区。这儿地处腾格里沙漠南缘，荒滩广袤，有数十万亩，东临景电二期灌区，调水方便。县上为破解南部山区"生态难民"脱贫致富的难题，动员组织人们整乡整村地迁居于此，并扶持他们发展"戈壁农业"。

赵林山所在的新村位于金大高速通道路北，近千户人家来自山区不同的乡镇。一律的路灯、景观树、水泥马路，一律的前庭后院、铁艺大门、别墅样式，一律的白墙、碧瓦、铝合金拔廊房……不同的是，每家院外屋脊下有斗大的数字标识，以区分你是张三家，我是李四家。身为“房奴”，想想贫困的移民们住在装潢一新的房子里，想想他们迅速地跟上时代节拍，融入现代社会，既叫人眼羡，又让人欣慰。

居民区以北是荒漠，土层较厚，土质较好，每户居民分到 4 亩地——两亩作口粮田，两亩种经济林。政府还给每户帮建一座蔬菜大棚，让他们搬下来，留得住，能致富，红红火火过日子。居民区的东部全是养殖区，一排排，一行行，目力所及，全是标准化的蓝色彩钢畜棚。在灰蒙蒙、阴沉沉的天穹下，这儿同居民区屋顶的碧瓦一样，是一抹抹耀眼的亮色。

人家大致入住，养殖棚陆续启用。有恋恋不舍者，赶了自家的土种羊下山，让羊们也享受一下从未有过的待遇，只是养殖棚中养多胎羊更划算。他们的脑筋还未来得及转弯，想节省饲料，便偷偷将羊赶到邻近的农田里。那儿的甜高粱已被收割青储，但留下许多高粱叶。挨饿的年代，因城里的饭中有肉，人们讨饭也要到城里去。对于这些曾爬山涉岖寻觅草叶、啃食草茎的羊们来说，玉米田便是它们的城市。它们饿了吃“口到擒来”的高粱叶，渴了喝不使口齿长氟斑的自来水，闲了咩咩地唱两句山歌，好不便捷而舒适。这仅仅是个开始，它们的小康生活还在后面。

大岭到马路滩，不到 20 公里的距离，竟然给人以恍如隔世的感觉！

赵林山 50 来岁，国字形的脸，长氟斑的门牙，刀刻的皱纹，结实的身板。他将我们迎进装修不久的客厅。让我惊讶的是，城里居民家有的设施，他这儿都有：素雅的瓷砖地板，组合布艺沙发、大理石电视柜和茶几、液晶高清彩电……自家有小锅炉供暖，室内温暖如春。

各自落座，和赵林山攀谈起来。起初，他有点拘谨，正襟危坐在我们对面，不知将一双粗糙的手放在何处是好。但几句话之后，他不再拘束，偶尔还打起手势。他谈起生活在山中的种种不便，谈起供一双儿女读高中、上大学的艰辛，谈起帮扶干部对他精神上的鼓励，谈起申请精准扶贫贷款及妇女小额创业贷款的事儿……这个大半辈子被困在深山里，靠刨土坷垃谋生的中年汉子，梦一般地迁入这宽天宽地的移民区，毫不掩饰自己重新创业、发家致富的动机，他的话语里充满了对好政策的感激，眼睛里洋溢着对未来幸福生活的期盼："现在啥都捋顺头了，过两天挑个好日子正式搬下来，好好过个年。开春，我们就种甜高粱，种枸杞，种大棚蔬菜。闲了，抽空到旁边的产业园区去打临工，每天少不了百儿八十的，这在以前，想都不敢想。以后啊，日子保准一年比一年强……"

这个苦寒的冬季，在黄花滩移民区新村中，我忽然嗅到了一股浓浓的春天气息！这股气息发轫于精准扶贫精准脱贫的行动中，弥漫于贫困群众干涸焦灼的心田上，如大土沟河里汇聚的各山各峃、各沟各岔的洪水，从大岭奔涌至黄花滩，浩浩荡荡，势不可挡！

黄花滩蝶变密码

如果没有周边的沙漠——尽管沙漠上覆盖着郁郁葱葱的绿植，黄花滩生态移民区的人居环境简直无可挑剔。

一条条整齐、平坦、宽阔的水泥路，一行行绿荫婆娑的景观树，一幢幢白墙黛瓦的拔廊房，一块块平整有序的长条田，构成了一个个祥和安宁的新村落。

庭院整洁。农家讲究实用，地面多为红砖铺砌，夏天下雨渗水快，冬季降雪防跌跤。院内空地开辟菜园，栽几架刀豆，植几窝葫芦，培几畦辣椒，种几行西红柿……到成熟季，家常吃的菜蔬也就够了。

为防风沙，屋舍、拔廊、走廊装了铝合金门窗，焕然一新，城里人怎么装修，他们就怎么装修。自己又不比城里人短腿少胳膊，现在啥年代了，只要能吃下苦，票子就哗哗哗捋到手，凭什么自己克扣自己呢？一套千年不漏的瓦房，自家才出1万元，其余的国家补助，不装修好一点都对不起国家呢。

房屋用木龙骨 PVC 板吊顶，地面用 80 厘米见方的地板砖铺就，再安装上暖色调的实木门，素雅大方的背景墙上挂着大彩电，有液晶的、高清的、等离子的，自己喜欢哪种就买哪种。做饭用电磁炉、液化气，用抽油烟机，彻底告别了烟熏火燎的昨天。

每个村落都有幼儿园、完全小学，孩子们再也不必早出晚归、翻山越岭去上学了，家长们再也不用担心突降暴雨后山沟里发洪水了。幼儿园里有滑梯、秋千、迷宫、蹦蹦床、跷跷板、电子琴、饮水机等等，小学里有投影仪、交互式白板（竟然不是黑板）、多媒体讲台、液晶触控一体机、大体操垫、塑胶跑道、小足球场……有些设备，就连古浪县城的孩子都没见过呢。

老人们再不会为几亩贫瘠的山田，去背驮黄天老日头。他们不会随意坐靠，沾一身一屁股灰土，回去让老婆、儿媳妇嫌弃，而是各自提溜一个小马扎，三五成群凑一处，下棋的下棋，玩牌的玩牌，讲古的讲古。古人讲的颐养天年，该是这个样子吧。

村落有村名。不是冰沟墩、黄泥岗、磨石沟、尖山子、横梁山、青土坡那些让人怀念而又伤脑的原名，而是富民、阳光、圆梦、为民、感恩、惠民这些烙上时代印记的新名。新的村名少了乡土气、文艺范，但绝不缺乏真诚。

也许是曾经苦豆花开遍野黄的缘故，人们将腾格里大漠南缘这一大片沙漠荒滩称之为“黄花滩”。

伟人诗云：“战地黄花分外香。”但“战地”福建上杭处于亚热带季风气候区，适逢重阳，黄花繁盛，香气四溢，那是自然。可黄花滩移民区只有耐旱的白刺，东一株、西一墩蜷伏于地，在风沙的肆虐下奄奄一息。

仅旱魃飞扬跋扈也就够了，碾轱辘一样的沙丘也从天际滚来，吞噬着人们赖以生存的田畴和村庄。为了活下去，每年春秋两季，古浪举全县之力，挥锹治沙奋臂抗争，方格本一样规整的稻草方格，从反方向铺向天尽头。治沙人在稻草方格里工工整整地书写绿色的诗行，也一直写到天尽头。

草方格变成林海、草海、花海，变成黄羊、野兔、沙狐、金雕等野生动物的乐园，让“古浪”这个藏语里黄羊出没的地方实至名归。

大漠也由桀骜不驯的莽汉，嬗变成风情万种的公子。那一团粉红的身影，是穿越时空邂逅到的埃及艳后——沙拐枣舒展开细长柔韧的枝条，自在地摇曳，开出沙漠中最艳的花。那一股浓郁的花香，定是乾隆帝的维吾尔族香妃莅临——铁杆银叶的沙枣树，摇响金黄色的小风铃，摇动红尘中最薰暖的风。那一半儿干巴枯黄、一半儿水灵翠绿的植物，是大漠中的君子——黄毛柴决不匍匐于地、苟延残喘，让家族成员精气神十足地笑傲江湖，自己自断其腕，刚烈地死去。

那些在稻草方格里书写诗行的人群中，最著名的是八步沙“六老汉”三代英雄群体。他们吹响集结号，挥锹镐，上沙梁，缚黄龙，造春光，日月将沧桑布满他们的面容，风沙将沟壑刻上他们额头。父辈老去，儿孙接替，团结协作，治沙不止，构绿帐于塞外，筑长城于漠上，三代人裁诗剪画，卅九年植翠播红，将沙魔封印在八步沙、黑岗沙、漠迷沙、五道沟、七道沟等风沙口。

一部沙漠史，向来是沙进人退的历史。古浪治沙人绝地反击，与大漠沙尘暴抗争，硬生生将风沙线后移 20 公里，直到甘蒙边界，编就了一个个绿色摇篮。

于是，6 万多山区生态移民方得走出不适宜人类居住的大山，才得以舒适地憩息在黄花滩生态移民区的绿色摇篮里。

中华民族生生不息五千年，是因为无论危难之时还是复兴之际，总有人挺身而出，或为家国脊梁，或为稻草方格。

少时，在武威东郊看到十几座、几十座连片种植的蔬菜大棚，觉得人类太了不起，竟能反季节改造自然、利用自然。成年后去兰州，在雁滩看到百十座、几百座的蔬菜大棚连成一片，在冬日的暖阳下熠熠生辉，以为叹为观止。前几天，当我在黄花滩移民区看到 6000 多座蔬菜大棚，犯了密集恐惧症，只觉得眼晕发困。

见识限制了我的想象。

12 个村子另加一个绿洲小城镇，6 万多山区贫困人口脱贫致富，生产用地是沙漠化严重的沙地。土壤结构差，漏水漏肥严重，不修建这么多保水节水的蔬菜大棚，怎么行？

大棚同村落一样，建在被绿植固定的沙漠中。

西北隆冬季节，大棚外北风呼啸，大雪纷飞，大棚内阴阳两重天。在织物棉被、厚实土墙的精心呵护下，来自育苗车间的植物精华们潜心静修。这儿有植入沙土的电石火光，这儿有此起彼落的氤氲水汽，这儿有祁连山雄峰的万年冰雪，这儿有腾格里大漠的千里风云。它们守护着各自的秘密，平衡着体内阴阳，白了青丝，绿了时光，用梦飞翔，用心歌唱，孕育出一树树灼灼花朵，打造出自家一片天地。江湖侠客来，它们走八卦阵，论太极剑；文人骚客来，它们喝青梅酒，吟田园诗；少女村姑来，它们唱桔梗谣，赠桃花扇……

一俟出关，自然是卓尔不群。

樱桃西红柿从翠枝绿蔓间探出身体，葡萄串一般垂下，红的鲜红，绿的正绿，整齐而有精神，像天安门国旗班的仪仗兵，列队从金水桥上走来。酱紫色的茄子，个个粗而短，成了精似的挂在枝间，满棚都是。正纳闷怎么吃下这家伙，有人答疑，说是专供烧烤，当下释然——也只有烧烤这种烹调方式才能降服它们。火龙果生活在中美洲的沙漠，由台湾客商引进。驻足黄花滩，它们如同回到故土，类似令箭荷花的植株，娇柔地攀着支架，滚圆红润的果实披着火舌般的绿色鳞片……

自习近平总书记视察后，60 多岁的李应川信心满满，又是暖棚养羊，又是大棚种辣椒，忙个不停。也许是棚内气温高，也许是健康本色，他黝黑的脸膛红扑扑的。聊起大棚种植，他说得头头是道，用语也挺专业。我觉得他应该读过初中，就向他证实。他摇着头，搓着手，羞赧地说：“我们山区能吃饱肚子就不错了，哪里有条件念书？我上过识字班，睁开了眼，也就会写自己的名字……现在种大棚，知识都是县上来的技术员教的。”

古浪没有中国银行、建设银行、交通银行、招商银行，更没有汇丰银行、花旗银行、渣打银行、东亚银行，但有一家响当当的“羊银行”。

“羊银行”不是职场噱头，而是县上产业扶贫的一种模式：注资 5000 万元，组建国有黄花滩移民区兴盛种羊繁育有限公司，引进了一大批种羊。您若是贫困户，且有养殖能力，政府给您提供 1 万元产业贷款，您拿这 1 万元作保证金，兴盛公司就“贷”给您 20 只活蹦乱跳的基础母羊和 1 只公羊，让您扩大种群，发展羊产业。等 3 年期限一到，您向公司返还同等标准的羊 21 只，公司退还您 1 万元保证金。这时，您家羊圈里剩余的羊只全是您自家的，也是您脱贫致富路上顺利采掘到的第一桶金。自此，您不必“空手套白狼”，可仗“剑”走天涯，在羊产业的江湖大展身手。若您没有养殖能力，完全可以当“甩手掌柜”，加入当地乡镇政府考察确定的专业合作社，用政府提供的 1 万元产业发展资金入股，您贷到的 21 只种羊由合作社统一管理，由“羊银行”专门的“柜员”饲养，合作社按照每年不低于 2000 元的标准向您分红。

他叫胡丛斌，出生在原岘子乡一个叫西岔的小山村。因为出生地，川区的人叫他“山里人”；因为是公司负责人，官方称他“胡经理”；因为是“羊银行”的管理者，群众称他“胡行长”；因为公司饲养着 10 万只种羊，他称自己为“古浪最大的羊倌”。

县上组建兴盛公司的初衷，就是让山区贫困户们搬得出、稳得住、能致富。两年后的今天，4000 多户贫困人家或从公司“贷羊”就近从事养殖业，或当“甩手掌柜”，或当“柜员”打工，将政府的输血功能转化为自身的造血功能，依托“羊银行”，喜上眉梢发“羊财”。“羊银行”则通过滚动繁育，现在种羊总存栏量超过 10 万只。

10 万只种羊，10 万台扶贫机器。所产公羔长大育肥出售赚钱，母羔继续扩大种群……这种规模优势会在黄花滩生态移民区产生多少联合效应，不可想象。

当年陈毅被困梅岭，思忖着“旌旗十万斩阎罗”。胡丛斌呢，手握 10 万“雄兵”，心潮逐浪高，想当好古浪“羊掌门”，从源头上大规模培育新品种，一步步淘汰原有品种，培育出古浪自己的羊品种品牌。这是“羊银行”的外溢效应，是对做大古浪羊产业的深度考量。

黄花滩生态移民区有个“沙洲城”的传说家喻户晓。很久很久以前，这儿有个沙洲城，城周边水草丰茂，五谷飘香，人们日出而作，日入而息，安居乐业。不幸的是，一天晚上，一场特大沙尘暴袭来，全城被埋在沙丘之下。人们说：埋了沙州城，才显出凉州城。

也许是冥冥之中有一双无形的手操持，不知过了多少年，在沙洲城的原址上，一座绿洲小城镇拔地而起。宽阔的马路两边，一盏盏太阳能路灯彻夜明亮；典雅的花园当中，一座座居民楼错落矗立。山区居民入住后，前来帮扶的城里干部不由得眼羡：建设得比城里还漂亮，装修得比城里还豪华，哪像贫困户嘛！

居民们心里却发慌。山里种土豆、种麦子、种蚕豆，吃吃喝喝要求不高，随便拿什么填饱肚子就行。楼房固然干净卫生、住着舒坦，可什么都得买，连喝口水、吃根葱都得花钱。

赚钱的路早有人替他们铺开，只是他们得改变思维。

黄花滩镇的扶贫车间产业园就是其中一条路。绿洲小城镇建设之初，近邻黄花滩镇的“一把手”苏天泽意识到了这个问题。别人考虑的是“搬得出、稳得住、能致富”，他想的是“留得住、能就业、去致富”。他带领班子突破属地管理的禁忌，在绿洲小城镇西北侧的原马路滩林场，将废弃的獭兔养殖棚和挂面车间进行改造，建成扶贫车间产业园，引进服装公司和食品加工公司，面向移民群众，尤其是贫困户招工。

黄花滩镇先行一步，沿沙移民乡镇也各自施展绝招。西靖镇的村集体经济产业园，单养殖暖棚就达到1万多座，饲养着猪、牛、羊、鸡、鸽子，动辄以数千、数万计。在这儿，海福特、崇信红牛、西蒙塔尔、安格斯等品牌肉牛，或卧在干燥的沙地上，眯着眼款款地反刍，或走出棚外晒着暖阳，甩着尾巴悠闲地散步。鸡呢，良凤花、土杂鸡、柳州麻、芙蓉凰长寿鸡，放养的时段里，它们在领地的沙丘间到处溜达，锻炼脚力，或上蹿下跳找回原始的飞翔意识，顺便寻找沙蒿籽、沙米、沙棘果和各种碱草开胃，捡食沙漠壁虎、甲虫、蚂蚱解馋……

在黄花滩移民区，所出政策全为移民布局。不由得想起习近平总书记看望富民新村建档立卡户李应川一家时说过的那句话：老百姓的幸福就是共产党的事业。

2019年，古浪有1000多家建档立卡户领到了“文明股”分红。“文明股”是县上将扶贫与扶志相结合的举措，对脱贫先进典型进行精神文明鼓励。1000多股“文明股”，意味着1000多贫困户自觉地奔走在脱贫路上。

说到“文明股”，不得不说说我的一个帮扶户。2020年春节前，我到他的新家入户，坐在崭新宽大的沙发上，补填他家的国扶手册，见资料明细表上有一项收入：文明股分红73.4元。

钱不多，形式大于实质，但那字眼很温暖，很养眼。我知道，对他个人而言，不啻人生的一个转折。

第一次到他家，是4年前的一个冬天。一个老式铁炉上咕嘟嘟地煮着小半锅软面拨疙瘩，里面有酸菜，看样子是他的午饭。旁边则是一口砂锅，散发出的中药苦香洇染着整个屋子。见我看到了锅里的内容，他有点小尴尬，搬过一把掉漆的椅子，扯一件破衣服，擦擦上面的灰，一边请我落座烤火，一边憨笑着解释：“老婆去看新生的外孙，家里只有我一个人，就凑合一顿。”

从村干部口中得知他懒散，没想到还真是。闲聊几句，扯到搬迁，他指着药锅说：“成了个药罐子，没钱搬么。”我诧异：“你儿子自高中开始到上高职，一直免学费，贷助学贷款，享受雨露计划，花不了你多少钱。1万元的自筹资金你没有？搬迁政策今年有，明年可能就没有了，错过这个村就没有那个店。你是不是蹲在墙根晒太阳，等着政府送瓦房？”

他嗫嚅着说：“哪里，哪里……手头也有几个钱，我考虑着一搬家就折腾光了。儿子大了，要给他说媳妇。”我打量着他家糊着报纸的顶棚，道：“鸭子过去鹅过去，孙娃子过去爷过去。别人能搬到移民区住新家，你就不能？钱花出去了再挣。就你山沟沟里这几间破老鸦架，谁家姑娘能看上？”

话戳到他的痛处，他脸红绛绛地无话可说，端起砂锅清药汤。砂锅里熬着一把茵陈和几节甘草，上面飘着一层焦小米。

次年春暖花开时再去他家，见铁锁将军把门，便拨通了他的电话。他说地流转给别人种了，自己和老婆到新疆阿克苏，跟着一位亲戚搞市政绿化。我放下心来，觉得他能行动起来，就有望脱贫。再问搬迁的事考虑得如何，他说已报了名，也交齐了自筹金。

那年直到入冬抓阄分新楼房，他和老婆才回家。

后来，他主动申请退出建档立卡户。我开玩笑："还是儿媳妇魅力大，一提给儿子说媳妇，怀里的药罐子也砸了，脸上的胡子也刮了，思想也先进了，跑得比谁都欢实！"

他哈哈一笑，不好意思地说："这两年打工收入还行，儿子毕业也找到了工作，我不能揣着明白装糊涂，占国家的便宜。麻雀虽小，也有个麻子大的脸呢。"

在农村，要是雨后路上出现小水洼，有人拿平头锹将积水铲向树坑，这肯定是古浪的情景。古浪的每一株草，每一棵苗，每一块石头，每一粒沙子，都在喊："渴！渴！渴！"

让沦为或即将沦为生态难民的山区居民搬到沙子都喊渴的黄花滩移民区生活，在产业园区里生产，是不是天方夜谭之推入火坑？

来水有限，降水有限，库水有限，地下水也有限，古浪是真缺水，不然，也绝不会经年累月在全国有名的干旱县榜上挂号。前期，将川区灌溉用水调剂出一部分供移民区居民日常饮用，这已经是"医得眼前疮，剜却心头肉"的无奈之举。

野百合也有春天啊，希冀在质疑中出现。

一个、两个、三个……像沙漠中的海子出现在丰雨年份一样，在产业园区周边，一些大大小小的水池次第睁开它们清澈的眼。云影轻轻地擦拭着它，漠风温柔地吹拂着它，水鸟款款地拍打着它……当然，太阳也恶狠狠地炙烤着它。

其实，它并不在意这些小意思呢。它在意黄河的丰水季，届时，它会将自己的肚皮喝得滚圆，把来水尽可能地储存起来。当大棚里的菜苗喊渴之际，它将倾囊相助，为它们送去生命的甘醴。

它知道自己的今天来之不易，一举一动须对得起命中贵人的不懈提携。且不说习近平总书记的亲切关怀，且不说相关部委的考察调研，且不说黄河委员会的许可审批，只说甘肃水务古浪供水公司的那位技术员——他本来矮胖，大漠的风霜又给他的脸镀上了一层古铜色，可他说话的语气、所说的话，简直帅呆了：“公司投资修调蓄水池，也是企业的社会责任……”

当时它的思想开了小差。它在想啊，要是经过自己的不懈努力，移民区满滩遍野的一树树枸杞灿烂像霞，大棚温室中一颗颗火龙果热情似火……人们随便埋一粒种子就会梦想成真，随便逮一个居民就行进在小康路上——自己会不会同样帅呆？会不会吟出“水不在深，用在刀刃”的诗句？会不会贯彻“绿水青山就是金山银山”的理念？

古浪之路

古浪是甘肃省23个深度贫困县之一，地跨祁连山区、河西走廊、腾格里沙漠三大地貌单元，地势南高北低。南部为山地丘陵沟壑区，高寒亚干旱，属祁连山国家级自然保护区，是“青藏高原生态屏障”的一部分，分布有7个乡镇。山区居民坡地耕种，过度樵采，对土地、草场资源进行过度开发，使得山地植被裸露，涵养水源能力不足，水土流失加重，土壤肥力降低，生态环境持续恶化，已不具备人类生存条件，当地群众实际上已沦为“生态难民”，群众行路难、就医难、上学难、饮水难、就业难、增收难的问题突出。

一、李兴林拉麦

深夜两点多，横梁乡石梁子村的李兴林觉得自己还没睡稳，耳缝里就听见父亲隔着窗户叫：“兴林，起床了！”

麦收时节，全家人起早贪黑连轴转，才把尺把高的旱麦子拔完了，捆成麦捆，敝帚自珍似的码放整齐，等着他拉到家门口的打麦场上打碾归仓，让家人勉强糊口度日。有啥办法呢？家里的承包地都在山坡上，平时没法子涵养水源，地里干旱得直冒烟；一旦下暴雨，表层的肥土就哗啦啦地让雨水冲走了，田地越来越贫瘠，哪能好好地长庄稼？

近来好多天没下雨，麦田里没一点儿湿气。昨天早上太困，起床有点迟，等他套着驴车来到麦田，太阳已经冒头，麦捆附吸的露水开始蒸发，父子俩紧赶慢赶装了一架子车麦捆。父亲吆喝着毛驴在前拉车，李兴林架在车辕里掌握方向。出麦田拐向车路时，架子车失去重心，左侧车轮悬起，一下子翻车了。他爹看着倒在地上的麦捆，看着洒落在土里的麦粒，心疼得直抽气。重新装车上路，父亲不放心，让李兴林吆驴，自己驾车。谁料这回问题出在毛驴身上——上打麦场的斜坡，除了他们父子俩使劲拉之外，毛驴更是将全身的劲儿攒在四蹄，鼻孔喷着粗气，终究因力气不济，拉不动，前蹄一闪，跪在地上。半坡上的架子车失去最大的动力，从坡上退了下去，侧翻在坡底坑坑洼洼的河滩里。干燥的麦穗哪里经得住这般磕碰？等父子俩在众人的帮助下，把麦捆拉运到打麦场，一车麦捆里面的麦粒，一少半已经洒落在地上。

李兴林伸了一个长长的懒腰，想：这样的日子什么时候到头啊，干吗要生在这个地方！他一边抱怨自己的命运不济，一边起床下地，洗脸出门。秋意浓浓，月色如水，经凉风一吹，他一个激灵，完全清醒过来。因怕毛驴在关键时候掉链子，父亲借了别人的大黑骡，打算今天早起，趁着露水微微潮湿麦捆，多拉几趟。

父子俩套着骡车，车轮在凹凸不平的路上颠簸着，赶到麦田，已过了凌晨三点。俩人在月亮的映照下装好车，父亲在前驾驭骡子，李兴林在后掌握架子车，拉着满当当一车麦捆上路。

路上大体顺当，只是下一个大坡时，架子车的车速有点快，李兴林像往常那样扬起车头，让车尾用报废的架子车车轮外胎做的“刹车”拖在地面上，给车减速。哪料到“刹车片”使用时间过长，磨损严重，作用有限。在麦捆重力的作用下，架子车越来越快，推着李兴林跑起来。李兴林使劲抬起车辕，试图减速，但于事无补。他放弃了努力，朝父亲大叫一声示警，惊恐地松开车辕上骡子的拉绳，下意识地靠向山坡内侧，架子车就呼啸着从他身上压过，翻向山坡外侧的谷底……

李兴林的腰椎当下被压断，麦捆们七零八落撒满了山坡，架子车翻了几滚后碎成片片，大黑骡惊得立在山路边打着“咴咴”的响鼻……

二、刘国选家的房子

李兴林家是不幸的，刘国选家也是不幸的，但不幸的结局大不一样……

2018 年夏秋时节，雨水来得特别勤，三天两头就有一场中到大雨落下。横梁乡的酸刺沟雨水如注，山头水淋淋的，草木水淋淋，道路也水淋淋的……完全是一幅南方水乡的景致。

“下雨天，睡觉天。”在山村，一旦下雨，任何农活都做不了，意味着老天给人放假。60 多岁的刘国选和老伴吃过午饭躺在炕上，听着雨脚啪啦啦地在屋顶上行走，听着房檐水啪嗒嗒地倾泻在地面上，睡意昏昏，眼皮不由得合上。

“哗……”刘国选耳缝里突然听得一声奇怪的响。他并不在意，以为是屋梁檩子受潮所致。但紧接着，他听见“轰隆”一声响，觉得身下的炕似乎摇晃了一下。莫非是地震了？他一个激灵，睡意全无，骨碌一下翻起身，用手推推身边熟睡的老伴：“快点起，地震了！”

俩人赶紧下炕，地震却没发生。刘国选站在屋子中央侧耳细听，再没有听见什么声响。可他的眼睛却意外发现：后墙裂开了一道芨芨棍粗细的缝隙！通过这道缝隙，光亮透进来了，冷风吹进来了！

在酸刺沟，满河坝都是青石头，人们在盖房时，为了节省土坯，会因陋就简，随地取材，挑选一些适合做建材的青石头，用架子车拉来，和泥巴砌筑不打眼的后墙。往往砌到一人多高时，才在上面放土坯。这样的墙，泥巴和石头结合不紧，雨水容易从石头与石头的间隙渗入，有时会导致墙体垮塌。

刘国选知道这个危险，对老伴说：“不好了，房子要塌了，赶紧收拾要紧的东西！”

他一边说，一边把屋里值钱的东西往院子中央搬的搬，扔的扔。老伴的家庭职责主要是做饭，认为面柜最要紧，忙去搬面柜，又觉得面柜太沉搬不动，就挖了一盆面粉端出来。她觉得至少今天的晚饭有了着落。

要紧的东西抢出来了，但任其堆在院里淋雨却不是农家的好做派。刘国选拉来架子车，和老伴一道，将那些物什拉到邻居家暂存。

他俩去运第二趟时，发现自家的后墙已经垮掉，雨点斜斜地落进屋里。幸亏当时屋子是按四梁八柱的结构修建，柱子顶着梁和檩条，不大受墙体的影响。屋顶由梁和檩条担着，看上去摇摇欲坠，并没有当即坍塌下来，但住人已无可能。

刘国选万万没想到自己精心修建的房屋，被雨一浸，会变成这副破败模样。他心疼极了，抹了一把头上的雨珠，狠狠甩在地上。老伴无可奈何地叹了口气，忽然想起来什么，湿淋淋的心情放晴了，乐呵呵地开导他说："幸好政府让我们整村搬迁，给我们在移民点新修了房子。千年不漏的瓦房呢，一砖到顶，上下圈梁，听包村的赵主任说能抗大地震。大地震都不怕，看这点雨水能把它淋坏！"

一语惊醒梦中人，刘国选的心里一下子轻松起来。是啊，守着十几亩"十年九不收"的山田勉强度日，在最好的年景，全家人扑在地里，毛收入也不过几千元。加上儿子一年到头外出打工的收入，才能勉强维持一家的生计。自家的这几间土坯房，自从建好到现在，一直无力翻修，至多在屋漏后给房顶抹一层新泥。自己干吗让坚固美观的瓦房闲置着，一定要住在这破蔽的旧屋？

三、未雨绸缪谋项目

哪有什么岁月静好，不过是有人替你负重前行。不幸的刘国选家失去了庇护之所，但心情能向好放晴的根源，可追溯到10年前的古浪县委、县政府的重大布局。

2009年9月，甘肃省水利厅厅长康国玺到古浪县黄花滩一带调研。他看到诸多荒滩地势平坦，广袤数十万亩，且靠近景电二期灌区，调水方便，觉得任其荒芜太可惜，便向陪同自己一同调研的县长杨得中明确表示，将支持开发黄花滩。

杨得中认为这是古浪县继景电二期工程之后的一个千载难逢的机遇，迅速谋划，马上召开领导班子会议，讨论利用黄河水开发黄花滩的可行性。同年 11 月，张延保担任县委书记，责成有关部门起草开发黄花滩的报告，并于 12 月 24 日向省水利厅上报了《关于请求利用景电二期工程古浪灌区节余水量开发黄花滩的报告》，拉开了古浪县生态移民暨扶贫开发的序幕。

2010 年，古浪县委、县政府多次召开常委会议和常务会议，研讨黄花滩项目前期工作，审定工作方案，并积极向武威市政府进行报告，谋划生态移民暨扶贫开发黄花滩项目。

好事多磨。2011 年 2 月初，古浪编制完成了《古浪县生态移民暨扶贫开发黄花滩项目可研报告》，并于 3 月初通过武威市发改委上报甘肃省发改委。可过了 3 天，省发改委的意见出炉：该项目是一项综合性工程，资金数额大，涉及部门多，无法批复。

省发改委对古浪县这项民生工程较为重视，没有将其完全否决，而从关怀的角度提醒市发改委：水利骨干工程以外的资金，可由古浪县拿出筹措方案。

张延保闻讯，立即召集县委领导班子，针对省发改委的善意提醒，研究制定可行办法，随后召开资金筹措方案协调会议，将需要各部门筹措的 8.5 亿元资金分配到了有关成员单位，利用 5 年时间，向省、市对口部门争取项目资金。

古浪县生态移民暨扶贫开发黄花滩项目得到了省市领导的大力支持。早在 2010 年 7 月中旬，副省长泽巴足带领相关部门领导亲自到黄花滩视察，要求省上有关部门给予大力支持。2011 年 3 月底，在武威市发改委向省发改委上报可研报告的文件上，泽巴足副省长做了重要批示。

刘伟平时任甘肃省委副书记、省长，赵春时任甘肃省发改委主任。

2011 年 10 月中旬，省发改委批复同意古浪县生态移民暨扶贫开发黄花滩项目立项建设。一个月后，在西靖乡漫水滩（南提灌泵站）举行了隆重的项目开工奠基仪式。

为进一步加强对古浪县生态移民暨扶贫开发黄花滩项目工作的组织领导，做好项目的建设和管理工作，确保全面完成项目建设各项工作任务，2011 年底，古浪县成立黄花滩项目工作领导小组，具体负责制定生态移民的重大方针、政策，审定规划实施方案，协调整合建设资金，研究解决重大事宜。县上相关部门和乡镇也成立了相应的领导机构，确保生态移民由规划变为现实。

2012 年，古浪整合国家易地扶贫专项资金、公租房建设、整村推进、土地整理、石羊河流域重点治理、生态功能区转移支付、易地占补平衡等项目资金 1.3 亿元，建成第一个移民点：感恩新村（5 号点）。当年末，来自山区 47 个村的 900 余户贫困群众乔迁新居。

2013 年 5 月 16 日，黄花滩项目水利骨干工程从民调渠开闸引水。经过三个半昼夜的试运行，一股黄河水从南分干渠末端出口喷涌而出，为数万山区生态移民易地扶贫提供了可靠的水资源保障。

四、钉子精神为移民

2014 年初，正当古浪易地扶贫方兴未艾之际，李万岳接任古浪县委书记。

没有人知道他的压力有多大。那年，习近平总书记的“精准扶贫”思想落地，随后强调要科学谋划好“十三五”时期扶贫开发工作，确保贫困人口到 2020 年如期脱贫。那时，古浪全县居住在南部高深山区建档立卡的贫困人口有 6 万多人，且因灾因病返贫现象严重。作为“当家人”，压在他肩上的扶贫脱贫担子有多重可想而知。

之前，尽管往届古浪县委、县政府谋划争取到了生态移民暨扶贫开发黄花滩项目，但只建成感恩、阳光两个移民村，搬迁贫困群众 9000 多人。怎样将中央的头号工程和县情完美结合，打造出古浪特色的易地扶贫之路；怎样与上届领导班子的构想深度衔接，建设好构想中的其他 8 个移民村（在具体实施过程中，共兴建移民村 12 个，另建 1 个小城镇）；怎样在移民村开展设施农牧业和特色林果业，使移民群众搬离穷山窝，融入新农村，脱贫获得新生活，成为李万岳朝思暮想的第一要务。

李万岳认为，易地扶贫搬迁是古浪南部山区贫困群众脱贫致富的关键，需要一届接着一届干、一任接着一任干，才能取得最后的胜利（这与后来习近平总书记的“钉钉子精神”不谋而合），因此，他责无旁贷地担任了生态移民暨扶贫开发黄花滩项目工作领导小组组长之职。为形成相关部门齐抓共管局面和强有力的工作合力，他要求相关部门加强协作，分工负责，齐抓共建，分别做好示范点建设的各项具体工作，并建立工作责任考核评价体系，将示范点建设纳入相关部门和乡镇绩效考核指标，进行动态考核。

他统一干部队伍的思想认识，创新移民新村社会管理和服务，带领干部队伍深入扶贫攻坚一线，夯实基础建设移民新村，提升生态移民自身素质，着力发展“戈壁农业”，让更多祖祖辈辈生活在大山深处的群众告别恶劣的生存环境，摆脱生态难民的身份，迁居到基础设施配套齐全、综合服务功能完善、人居环境优美的新村，实现农业生产方式和农民生活方式的根本性变革。

李万岳不仅操持全县精准扶贫精准脱贫的大局，还以身作则，拿出“麻袋上绣花”的功夫，带头做起贫困户的帮扶责任人。

2016 年的一天，他到横梁乡横梁山村下乡，恰好天下起雨来。山间的小道没有硬化，不下雨，黄土埋住鞋口，一下雨便泥泞不堪。他撑着雨伞，两脚沾满泥巴，一步一滑地挨家挨户走访，了解群众的生产生活情况。当走到村民王维金的家里，看到他家低矮的土坯房，屋内空空荡荡，没一件值钱的东西，心中十分沉重，就问王维金：“老王，你们横梁山这地方怎么样？”

王维金嗫嚅着厚实的嘴唇，实话实说道：“不好，我们这里靠天吃饭。地里肥料不够，下雨又兜不住水。遇到天旱，地里长的麦子连口粮都不够。晴天一身土，雨天一身泥，上学、看病也不方便得很。”

“你家领上低保没有？”

“领上着哩，全家 5 口人都领上着哩。没有低保，这日子就没法过了。”

李万岳盯着他的眼睛，继续关切地问他：“想过好日子不想？”

“好日子谁不想呢？想！”

李万岳告诉王维金："想过好日子，但守在这山窝窝里不行。'树挪死，人挪活'，要想脱贫就先要搬下山，到移民点上去！"

为了帮助王维金尽快脱贫，李万岳成了他的帮扶责任人。在他的大力动员和帮扶下，王维金鼓起勇气，抛家舍业，于2017年搬迁到西靖镇惠民新村，住上了新房，掌握了日光温室种植技术，并利用闲暇到家门口务工，很快脱贫致富。

五、吴立海和他的同事们

"一分部署，九分落实"，一张科学的、切合实际的、符合人民愿望的蓝图，需要一批脚踏实地的干部队伍将它变为现实，吴立海就是这些干部中的一位。

当一抹微薄的晨曦透过窗户映入办公室时，当一声清脆的鸟鸣从楼侧的树林响起时，发改局的干部吴立海才知道，又一个不眠之夜过去了。他揉揉布满血丝的眼睛，从办公桌前站起身，伸了一个长长的懒腰，去水房洗脸，开始新一天的工作。

他这个工作状态，不仅是发改局多年来的一个缩影，也是古浪县精准扶贫相关部门多年来的一个缩影。

令吴立海不能忘记的，是他高中时和同学们的一次闲聊。一位同学眉飞色舞地说自己的父亲："大笔一挥，几百万的资金就拨出去了……"他当时想，什么时候，自己也能潇洒那么一下。

机会来了，局里将易地扶贫搬迁这个最重的任务交给他负责。让他经手的资金岂止几百万，动辄就上亿，尤其是"十三五"易地扶贫搬迁工程，仅国家下达资金就有十多个亿！他该大笔一挥，把这些钱款拨付出去了。

吴立海却潇洒不起来。他心里没底，感到了前所未有的压力。全县脱贫攻坚的大部分任务围绕易地扶贫搬迁工作开展，而他所处的就是心脏位置。如何将这么一大笔资金输送到相关地方，然后精准地到人到户，最大限度地助力全县的脱贫攻坚行动，成为他的挠头事。

吴立海从熟悉"十三五"易地扶贫搬迁政策做起，省发改委印发的

《“十三五”易地扶贫搬迁政策汇编》成为他的“指南针”，遇到吃不准的问题时，他随时拿出来查看。将政策烂熟于心后，他组织同事对县上的“十三五”易地扶贫搬迁工程方案进行调整。白天，吴立海和同事们到移民搬迁乡镇指导政策，晚上回来后，他们加班加点汇总乡镇上报的搬迁数据。遇到困难，就打电话及时和相关乡镇的移民专干进行沟通，或者邀请他们前来，面对面进行交流，每天都干到凌晨三四点，甚至有几个晚上做到通宵。刚开始，同事们和相关乡镇的移民专干还能抗得住这样高强度的工作，到后来，吴立海看同事们过于劳累，就不断地给他们鼓劲打气，甚至自掏腰包买来功能饮料，让大伙儿提神。这样一直持续了 40 天左右，他们终于完成了对“十三五”易地扶贫搬迁规划的调整和细化，让那笔巨款找到了最合适的“娘家”。

在执行政策的过程中，吴立海严格执行国家出台的“四条红线”政策，尤其在搬迁对象精准方面，好多不属于搬迁范围的建档立卡群众，通过找关系、打招呼的方式想要享受这个政策。吴立海他们知道，如果政策执行不严，出现优亲厚友、个别搬迁群众多享受政策红利现象，政府的公信力将会打折扣。因此，一旦遇到这些不当现象，吴立海和同事们都婉言拒绝。

一次，一个乡镇为了完成年初上报的任务，想把交通条件便利、有水浇地、不属于县上规划搬迁的村组纳入搬迁范围，刚好这个村是吴立海舅舅所属的村组，乡镇领导打电话给吴立海，让他放宽搬迁条件，将这个依山的村纳入规划，完成本乡镇的搬迁任务。吴立海清楚，要是自己顺水推舟，趁势批准，好几家不太富裕的亲戚就会沾上自己的光，享受到优惠政策，更好地改善生活环境，但他想到这么做会违反移民政策，便没有答应那位领导的请求。后来，他将这个乡镇的搬迁名额调剂到其他急需要搬迁的山区乡镇。

迄今为止，让吴立海问心无愧的是，自己和同事们没有将任何一户不符合条件的群众纳入易地扶贫搬迁规划。

更让我感叹的是，局长杨玉云太“佛系”，只为吴立海他们创造良好的条件，却从来不掣肘他们的工作。能在这样的领导麾下愉快工作，真是福分。

六、两位书记

吴立海他们做出规划，并将资金拨付到位，移民村按部就班地建设。具体执行移民搬迁任务并为移民后续发展服务的，是相关的各个乡镇政府，比如黄羊川和黄花滩两镇。

黄羊川镇有十多个自然村分布在大山深处，因一方水土养不了一方人，一些村子需要整村搬迁。作为黄羊川镇的党委书记，张斌坚定不移地实施古浪县委、县政府的生态移民搬迁决策。但让这些群众搬离祖祖辈辈居住的故土，迁居到设施完备的新村居住生活，就像把他们往火坑里推一般艰难。

搬迁伊始，镇村大小动员会是少不了的，走家串户劝说是常用手段，包车参观是必经之路，贷款扶贫是高招，住房补贴、暖棚补贴是定心丸，帮扶单位、驻村工作队的谈心疏导也是非常措施……三十六板斧使尽，才让被纳入整体搬迁村的绝大多数居民迁至移民新村。但是每个村都会出现几家特困户，他们因自身能力不足，无法搬迁。张斌召开领导班子会议，将这些困难户尽数分解，精准到每个班子成员身上，让他们各尽其能。

张斌承担了两户，其中一户户主叫张开基，是井儿沟村的，70 多岁，有两个智障儿子，一个 50 多岁，一个 40 多岁。张开基是一名老党员，当村里确定要整体搬迁时，他挺高兴，动员那些在搬与不搬之间的摇摆者说："搬吧，搬去穷一时，不搬穷一世。我们这儿山高坡陡，走路靠的是三轮车，种地靠的是牛抬杠，吃水盼的是天下雨，打手机还要爬到高高的山头上找信号。移民新村除了春天沙尘暴多一点、夏天热一点外，其他啥都比我们这儿好。那儿有暖棚，养殖有大棚，出门坐大巴，炕上打电话。"说得好多人动了心。但到后来，看见人们都搬走了，他变哑巴了，和儿子闷在自家破旧的屋里，大门不出，二门不迈。当张斌找到他时，他正在为家人做午饭：将土豆切块，放进开水锅中煮烂，撒上面粉，再调盐调醋，就停当了。张斌一看就明白了，他注视着老人的眼睛，诚恳地问："老人家，移民新村里有过渡房，政府免费为你们修建的，您搬不搬？"

张开基灰暗的眼睛里有了光亮，有点哽咽："不是我不搬给政府添乱，家里困难啊……”

多善解人意的长者啊，可惜生活成这样！张斌心里也挺堵，他停顿了一下，继续问：“您还有什么要求？”

“也没啥要求……能不能……给我们盘个土炕？”老人望着这个胖胖的、略带倦容的年轻书记，吞吞吐吐地说。

张斌明白老人的意思：土炕大，睡一起好照顾儿子们。他当即答应，并带领工作人员到移民新村，给老人脱土坯、脱炕面、盘土炕。盘好土炕，张斌见秋末天气渐凉，怕入住时炕面未干透，便叫上司机，拉上草末、羊粪末，一起去给老人烧炕除湿。这还不算完，张斌还用政府补贴老人的钱，自作主张为老人一家添办了沙发、茶几、电视、电视柜等日常用品。

张开基老人入住时，到这房间转转，到那房间瞧瞧，冷不丁掐一下自己的胳膊，看疼不疼。他以为自己在做梦。

移民搬迁到黄花滩移民区 12 个村及绿洲小城镇后，生活和生存成为迫在眉睫的大问题。“中国人总是被他们之中最勇敢的人保护得很好”（基辛格《论中国》），这问题早有人布局解决，大棚种植、暖棚养殖、光伏产业、药材经济、扶贫车间……就是政府采取的种种措施。黄花滩镇的扶贫车间产业园也是其中之一。

绿洲小城镇紧邻黄花滩镇。建设之初，黄花滩镇书记苏天泽意识到，要让移民“稳得住”的后续手段是“能就业、去致富”。他带领班子突破属地管理的禁忌，在绿洲小城镇西北侧，将原马路滩林场废弃的獭兔养殖棚和挂面车间进行改造，配套完善水、电、路等基础设施，建成扶贫车间产业园，并引进古浪龙福绣服装有限公司、甘肃甄程农牧业科技有限公司黄花滩分公司从事生产经营。两家公司共吸纳劳动力 100 余人（其中建档立卡贫困劳动力 63 人），务工人员人均可增收 2.5 万元，解决了部分家庭的燃眉之急。

扶贫车间产业园是苏天泽帮扶措施的一条腿。为了走得更稳当、更长久、更具效果，苏天泽还建设了扶贫产业基地，用两条腿走路。他按照“公司 + 合作社 + 基地 + 农户”的发展模式，由黄花滩扶贫开发有限公司经营管理，古浪彤汇农牧专业合作社承租，吸引社会资本投资，对马路滩村36栋原有废弃养殖棚进行改造建设，建成黄花滩镇扶贫产业基地。目前该基地羊存栏量达到1.3万只，已出栏5000只，产生经济效益100万元。他还利用金滩村长期闲置的日光温室，改造建设标准化养殖暖棚15座，建成鸡鸽产业园，发展鸡鸽养殖，目前产业园肉鸽存栏9000羽、土鸡存栏1万只，已出栏肉鸽1000多羽、土鸡3万多只，实现纯利润60多万元。

苏天泽熟诵的古诗词不是太多，郑板桥的这首却是其中之一：

衙斋卧听萧萧竹，疑是民间疾苦声；

些小吾曹州县吏，一枝一叶总关情。

七、扶贫专干赵飞

早晨，横梁乡扶贫专干赵飞刚到自己包的村上，就看到一位村民在村委会门口探头探脑。赵飞觉得那人面生，主动上前问他："您找谁？"

那人见有人搭理自己，将身子站直绷紧，扯着嗓子道："我找赵主任！"

村上的群众为办成事，常常在口头上突击提拔乡镇的领导，把干事称呼为"主任"，把主任称呼为"乡长"。赵飞知道这套路，也知道他无事不登三宝殿，问他："我就是。您有事吗？"

"别的人家都分了房子，怎么就没我家的份？"

"您是谁？全村的男女老少我都认识，怎么没见过你？"

这时村上的书记过来，给他介绍说："这人就是村上刘老三的兄弟刘四，以前在外面打工，一直没回过家，现在回来了。分家时分得两间土坯房，让刘老三住着，户口还在这儿。"

赵飞一听，明白了。移民新村院落排列整齐，屋舍一律青瓦白墙；院落间水泥马路纵横交通，笔直平坦；马路两边是国槐、云杉、新疆杨和红柳，它们初发新叶，迎风茁壮成长；路边的光伏路灯造型美观，入夜明亮如昼……和山区以前的面貌相比，简直是天上地下。原先跑到外地谋生的人们，通过微信、快手、抖音等了解到家乡现状，纷纷回来报名，让当地乡镇政府将自已纳入搬迁计划。赵飞对刘四说：“别人在新村分了房，那是人家一开始就报了名搬迁。你没报名搬迁，哪里有你的房子？你要是想搬，就先报名登记，等下一轮。”

刘四没办法，就缠住赵飞，用威胁的口吻说：“这回不让我搬，下回你们八抬大轿抬我，我也不搬！反正县上让我们横梁整乡搬迁，看你能把我落下！”

赵飞觉得之前给他说得够清楚了，他还是不明事理，就给他打比方说：“你也是到外面闯世界的人，怎么不讲道理了？你看不上人家的姑娘，人家把姑娘嫁给别人了，现在你又来找，你说有那个可能吗？”

话有点糙，但道理浅显，那人听懂了，讪讪地打问怎么去报名的事。

有些群众搬迁至移民新村后，没能及时适应新的生活方式，时时不习惯。在山村里，有钱想花都没地方；在这儿，天天得花钱，处处得花钱，甚至吃水也得花钱，口袋里装上 100 元，不知道干了啥就没影儿了，心中感到焦虑不安。有时大家聚在一起就前后比较，越说越后悔，越说对乡政府的怨气越大，远远地看见工作人员，鼻孔里就吹起哨哨。

谁的怨气大，赵飞就上门找谁谈心。

他谈心的方式很独特，先提要求：“烧一壶茶喝。”

工作人员到自己家里喝茶，那可是给了自己一个面子，村民心里发暖，也就拉近了彼此的距离。茶倒上来，一边喝茶，一边拉家常，赵飞将话题自然引入，开导起来：“你住这样的房子，祖祖辈辈谁见过？你走这样平坦的路，谁能想到？习主席给我们花了大价钱，你周边是漂亮的学校、正规的医院，你人在移民新村，观念仍停留在你那破烂的小山村里。现在你坐的是小车，却想掏三轮车的钱，天下哪有这样的道理！”

村民理亏，不好意思地笑起来。赵飞见状，借机给他做起思想工作：“现在这么好的年代，人们只要动弹，出去打工就能挣到钱。钱花掉了再挣。最近摘枸杞，每天 80 多元到 100 元，这不是钱？躺到床上谁给一毛钱？评上一类低保能有多少钱？”

那村民顿时觉得眼前云开雾散。

这仅仅是赵飞处理移民搬迁事宜的冰山一角，也是像赵飞一样普通的包村干部的日常功课。

八、“羊银行”进行曲

2019年6月的一天早晨，太阳刚从远处连绵的沙丘顶上冒出，郭忠元和妻子朱梅花就起床了。简单洗漱毕，迎着习习清风，径直向养殖暖棚走去，开始一天的工作。

郭忠元嗅着熟悉的羊膻味，细细查看有没有羊只发蔫卧地不起，有没有羊只咳嗽、腹泻。见羊只个个无虞后，他放下心来，和朱梅花一起，给羊们投放饲料和清水。待羊群吃饱喝足卧在地上，眯着眼睛反刍时，他提起方头铁锹，朱梅花拿上扫帚，清理圈里的羊粪。

郭忠元和妻子到这儿来已经有一年时间了。这一年来，在技术人员的口传手授下，他俩学会了对羊只进行简单的望闻问切，学会了配置碱水或石灰水对羊圈消毒，学会了如何为难产的母羊助产。

他俩这样尽心尽力，照料的羊群并非自家的，而是属于兴盛种羊繁育有限公司。这家公司为古浪县国有扶贫产业开发公司下属的养殖企业，移民区群众形象地称其为“羊银行”。

当初设置扶贫产业开发公司，源于古浪县委、县政府对移民区后续发展的思考。“搬得出、稳得住、能致富”靠什么？靠富民产业，让群众的“钱袋子”鼓起来，实现脱贫致富奔小康。为此，县委、县政府把富民产业培育作为群众脱贫致富的根本途径和关键举措，组建成立县扶贫产业开发有限公司，下设农业、林业、新兴产业3个子公司，带动贫困户大力培育牛、羊、菜、果、薯、药等农业特色产业，助力脱贫攻坚，“羊银行”也就应时而生了，贫困户就近从事养殖业或打工，依托“羊银行”发“羊财”。

年已半百的贫困户郭忠元和朱梅花就是这家“羊银行”的“柜员”。他们一家之前住在山区，以种植旱地作物为生，闲时外出打工，用他的话说是：

种庄稼就是靠天吃饭，风调雨顺了人就吃得饱；遇上天灾，农民就两眼一抹黑，傻眼了。现在搬迁到移民新村，郭忠元和妻子每人管护一个羊棚，通过提供劳务服务，每人每月可获得2700元的工资，相比搬迁之前，收入稳定且丰厚。由于两个孩子都在外地上大学，这笔钱对他们非常重要，因此他们对这份工作特别珍惜，若是遇上母羊晚上下羊羔，他俩就要忙活一晚上，生怕有差池，对不起公司，对不起那份工资。

党保珍一家是从南部山区的干城乡搬迁到古浪县西靖镇圆梦新村的，64岁的他打算通过养羊实现脱贫致富，但家中劳动力少，缺乏现代化的养殖技术和资金让他的梦想一直未能实现。“羊银行”让他心里有了底，如今已有了属于自己的21只羊。

30多岁的朱红梅从山上搬下来后也在该公司打工，并入股合作社将羊托管，统一饲养。她在家门口打工，既能顾家又能赚钱，在养羊方面还能当“甩手掌柜”，不用操心羊群，每年就能拿到不低于2000元的分红。

在很短的时间内，“羊银行”辐射带动移民区及周边乡镇4000多户1.5万名贫困群众实现稳定增收。

九、张海琴的蔬菜大棚

养殖暖棚为移民群众增收，作为设施农牧业的日光温室成效如何呢？我们去了为民新村（3号点）蔬菜大棚区。

大中午灼灼烈日扔下万千道光的针芒，让人不敢向头顶上乱望。大棚又在沙漠边缘，气温很高，人们象征性地在大棚的门上吊一把防君子的小锁，回家吃午饭歇凉。站在塑料网隔开的围墙外，从掀开换气的小通风口看见一座棚里种着西红柿，樱桃大小，葡萄串一般垂下，红的鲜红，绿的翠绿，特别打眼。我想将它们纳入镜头，就拦下一辆拉茄子的电动三轮车，向驾车的小伙子询问这家人的电话号码，想请主人前来开门。

还没说上几句，两辆小三轮风驰电掣地奔来，见我们堵在路中间，驾驶三轮车的妇女远远叫道：“快让开一下，我们抢时间呢！”

我问小伙子："她们急着去干什么？"他说："赶着摘茄子卖呢。"

让开路，各走各的。小三轮消失在望不到边的大棚尽头，我们则顺着小伙子的指引，绕道来到大棚另一侧的两间板房前。板房坐东向西，挂着一袭粉红的纱帘挡蚊蝇，却依旧让铁锁守门。

见大棚这头没有围栏，我们就下地穿过一座待种的大棚，来到那座种有西红柿的大棚前，弯下腰，将目光顺着空缺处探入。棚内翠绿的西红柿秧蔓均被吊起来，显得整齐而精神，像国旗班的仪仗兵。那些樱桃西红柿则将自己拽在叶子的腋下，一串一串地老了时光，美丽着自己。

整齐的不仅仅是西红柿，后来到茄子棚、西瓜棚、蘑菇棚……也是这样。那些酱紫色的茄子，与平常所见的大不相同，个个粗而短，挂在枝间，满大棚都是。那绿纹西瓜，碗口大小，富含硒元素，怕拽断瓜秧，每个都装在细眼网袋里，悬在大棚的钢梁上。还有蘑菇，这些可爱的小伞，金鸡独立于菌棒上，舞姿翩翩……

顺路找了好大一阵，才发现一个大棚有人。侍弄大棚的叫张海琴，干城乡青土坡村人氏，2016 年搬迁到这儿，30 多岁，壮实憨厚。也许是棚内气温高，也许是健康的本色，她的脸红扑扑的，给人一种久违了的亲和感。征得她的允许，我们进了她家的大棚，和满大棚的黄瓜零距离接触。

这些水嫩的小黄瓜从翠枝绿蔓间探出身体，好奇地打量着我们这些不速之客，彼此用目光交流着自己的发现。这些黄瓜也和我们平时吃的不一样，浑身长着小刺儿，你若采摘不当，它就会"突"地扎你一下。我问张海琴："这黄瓜身上怎么长小刺呢？"

"这不是普通的黄瓜，是旱黄瓜，从葫芦根上嫁接的，每株苗 8 角，比普通的要贵呢。"张海琴话多，把自己所知道的毫无保留地告诉了我们。

我们比那些小旱黄瓜还要好奇呢，继续问："那它的价格肯定也高？"

"比普通黄瓜高不少呢！精品瓜——像这么直溜的，没疤痕的，保底价每斤 1 元，最高时每斤卖到 1.8 元。"张海琴一边说，一边顺手摘下一只长弯的旱黄瓜给我们比对，"像这样的，是次品瓜，不会收购的。"

“您这棚能收入多少钱呢？”

“7 月份卖了 8000 元，估计这个月有 5000 元多，下个月还能卖些，总共能收入 1.5 万左右。”

我们听了，感叹她的收入高。为了让我们心理平衡，她开始说道自己的辛苦：“一棚 5000 棵苗子，每天得操 5000 个心。每个畦沟里要跑 4 趟，下瓜、降秧、打叶、施肥、浇水、摘瓜须……都得干完。天黑回家，晚上 10 点才吃饭！”

“别人家的大棚收入怎么样呢？”我们想了解其他人家的情况。

她思忖一下道：“得看他们棚里种的什么。销路好的菜蔬，价格自然就高。再就是看管理，管理跟上去，自己又吃得了苦，菜蔬产量就高，收入也就多了。人不哄地，地不哄人呢！”

十、李军武的盼头

干城乡青土坡村的张海琴不是高中生，横梁乡中泉村的李军武却是地地道道的高中生。

20 世纪 80 年代初，李军武毕业于古浪三中，成绩不俗，但没挤上“独木桥”。那时，高中生也稀罕，但由于家庭条件不好，没人肯把姑娘嫁给他，他的婚事一直就拖着，快 40 岁才娶了身有残疾的老婆。现在一张口，成语就从嘴里歪歪扭扭地蹦跶出来，好像不用成语，他就不会说话似的。他一开口，就势如长江之水，滔滔不绝，三峡大坝也拦不住：

“我是 2017 年从山上搬下来的。不搬不行，横梁中学搬下来了，大姑娘要上初一，这学校教学质量高，得跟着娃娃们转。人活着，除了让自己活得悠闲自得，其他不就为了娃娃们？我起码得供两个丫头念个书，将来有个稳定点的工作。

“大姑娘报名那天，我到新修的横梁中学（古浪四中）看了一下教学楼和教室。乖乖，富丽堂皇啊！再看看宿舍，像宾馆一样，我半辈子都没住过这样的房子！我就对姑娘说：你不好好学习，别说对不起父母，都对不起这样的学校！”

说到这儿，他打量了一下自家的客厅，继续道：

“说起房子，现在我心满意足。你们看看，白墙碧瓦，窗明几净，谁能想到我李军武也能住上一院瓦房呢？我山里住的房子还是包产到户后盖的，报纸糊的顶棚，还给熏得黑乎乎的。房子很矮，进门得低头。进深3米，横宽2.5米，地下支了个写字台后，进去3个人就转不过身了，还不如现在给我们盖的两间附属房（他指着窗外的厨房和储物间）！唉，以前家徒四壁啊，现在好得很，没说头。共产党给你修好了，你进门就睡下了，自己的房子自己不出一把力，这么舒坦，说啥哩！

“叫我不满意的是我把地面铺成红砖了，没像别人家那样铺成地板砖。这也没办法，红砖吸水快，地上倒下点水，很快就渗掉了，我老婆腿脚不便利，滑不倒，摔不坏。

“来到移民新村，给我把心病去掉了。以前，我去田地里干活，总是提心吊胆。一怕老婆出事，怕她出门走路不稳跌倒，滚到山沟底下；二怕下雨，怕两个丫头放学回家被山沟里的洪水卷走。现在好了，这儿平坦，再也不担心老婆。两个丫头呢，下雨时最多让雨淋一下。

“不担心她们，我就能腾出手脚，贷了精准扶贫的款，种大棚蔬菜。本来要种两个大棚，但我还得照顾她们娘儿仨，就种了一个。大棚是全钢结构，电动卷帘，技术员随时在田间地头指导。我也不笨，很快就掌握了种植管理要领，今年头茬种西红柿，净收入8000块，现在二茬又茁壮成长，冬天价钱肯定不错。以前我出不了门，没法打工，黄天背着老日头，蚂蚁一样忙。天旱时，来水小，安苗水浇不上，解决温饱都是个问题。现在我搬到这里，第一年的收入，山区几年都比不了。像今年卖完西红柿，我都没见过那么多钱！

“还有吃水问题，现在是自来水，水龙头一拧，水就哗哗哗到了锅里。以前，吃水要到沟底的压井，井深六七十米，咯吱咯吱地压，老婆根本打不上来水……唉，天壤之别啊！

“我有两个女儿，按政策由政府兜底，我可以一分钱不掏就住兜底房。当初我心累了，觉得没盼头。乡上的赵飞主任鼓励我，建议我报名住正常户型，给两个丫头做表率，让她们在别人跟前抬起头。我想我有能力脱贫，为啥要兜底靠政府养老？自己不动弹靠政府，我成了个啥？那样与动物有啥两样？我就报了名。现在这么好的形势，我自己奋斗着挣上些，党给上些低保和残疾救助金，小日子不就嗖嗖嗖上去了？”

李军武说到激动处，眼睛绷成个圆圈，手舞足蹈，神采飞扬，让人不由得感叹：谁给他打了鸡血啊，让他信心满满！

十一、武威市最好的初中

李军武的大女儿就读的学校是古浪四中。

当初，古浪县委、县政府筹划将山区干城、横梁、新堡三乡整乡搬迁，为发挥“扶智”在扶贫领域的重要作用，将古浪四中、横梁初级中学、新堡初级中学 3 所山区学校合并，为移民区建了一所一流的寄宿制学校，让山区移民的孩子接受全县最好的教育，以解决贫困代际传递的智育问题。

占地 100 亩的校园、设备先进的教学楼、宽敞明亮的教室、带卫生间的学生宿舍、绿茵足球场、室内篮球场、舞蹈教室、音乐教室、计算机教室……一所功能齐全的新型现代化学校赫然矗立在广阔的农村乡间，其硬件设施远超古浪县任何一所学校，在武威市初级中学内也是名列前茅。

在软件设施方面，这所学校也大有来头。领导班子以原横梁初级中学为班底组建，而横梁初级中学以管理严格、教学质量好、升学率高驰名全县。

施工队还没走，时任校长邸光琦（现任县教育局局长）就进了校。他深感自己肩上的责任重大，得统筹考量新校的方方面面，包括整合人员、采购设备、建设校园、学校招生、水电暖宿，吃喝拉撒等等。最紧张的时候，他连续三天三夜没有睡觉，带领学校领导班子及部分教师，将各种教学设备背上楼，为每间教室、每间办公室安置教学用具，保证了学校准时开学开课。

古浪四中是县直学校，在邸光琦看来，办学规模、办学期望、办学品位都必须高于山区的原横梁初级中学。他和班子成员一起，一手抓硬件建设，一手抓质量管理，精心梳理办学理念，精心制定管理制度，精心涵养校园文化。

2018年5月，古浪四中迎来迁建后的第一次大考。在省级义务教育均衡督导评估中，学校的建设和管理，从理念制度到教育实践，从教学活动到生活起居，都受到省、市督导组的高度评价。6月中旬，以山区移民孩子为主体的毕业班，中考取得了各科平均成绩、高中录取上线率、综合成绩均居全县第一的好成绩。

8月底，古浪四中迎来迁建后的第二个招生季。开学前一天傍晚，天空下着冷雨，密匝匝地一阵紧似一阵。古浪四中服务区外的乡镇学生家长，穿着雨衣打着伞，在校门口排起长队，为自己孩子的未来拼一把。尚未迁入的山区群众也纷纷带着孩子赶来。这一年，学校规模从2017年的800余人剧增到1300人，“教育先行”在移民搬迁脱贫致富奔小康的征途上发挥了积极的作用。

令人不解的是，学校建在家门口，为啥还要寄宿？邸光琦这样解释：“孩子们住校，家长周一到周五安心打工，可以把更多精力用在致富上。”

从干城村易地搬迁的贫困户仲贵堂家到学校，走路只要10分钟，但他还是让孩子在学校住宿，他这样考量：“以前山区靠天吃饭，年景不好时一亩地只收二三十斤粮食，有时甚至绝收，家里几乎顿顿吃土豆。现在，娃娃住校不仅吃得花样多、有营养，还有老师指导功课，很省心！”

邸光琦对仲贵堂的话进行了补充：“伙食费每人每学期830元，全校1314个孩子，有900多个享受家庭困难寄宿生生活补助，每学期625元，家长们只要承担买文具等学习资料支出。有609个孩子来自精准扶贫户，免收住宿费。四中在干城时，全校只有3台电脑，都是给老师查资料用的，网络也经常断。现在我们的老师人手一台电脑备课，教学手段也已实现多媒体化。以前学生甚至没见过电脑，现在学生们在计算机室里，不仅会打字，还会制作PPT课件和相册。最让我高兴的是，以前，这些山区的孩子见到老师要么绕路走，要么不说话撒腿就跑。现在，明显感觉到他们自信了，阳光了，上课都抢着发言……”

说这些话时，邸光琦看着教学楼外进行课间活动的学生们，像父亲欣赏自己子女那样，笑眯眯地一点也不加掩饰。

十二、二十四年再牵手

学生有了自信，当校长的非常高兴，因为他知道美国文艺复兴领袖艾默生曾说过：自信是成功的第一秘诀。一个人只要拥有了自信，就能在以后崎岖的人生之路上，为自己撑起一片精神的晴空。

对于这一点，横梁乡朱家墩村的窦学润深有体会。

那是 1996 年，窦学润的妻子因病去世，留下 3 岁的女儿。时年 35 岁的窦学润埋葬了爱妻之后，抱着懵懂无知的女儿欲哭无泪。亲戚朋友、左邻右舍看着这爷儿俩，看着那冷灰死灶的家，私下里从侧面悄悄劝他："学润，娃娃还小，需要个妈……"

窦学润淡淡一笑，摇摇头，说："她奶奶搭个帮手，我能照顾得了她。"

人们见点拨不开他，过些时日逮着机会直接劝他："学润，你才 35 岁，身边需要个知冷知热的人。趁年轻，再找一个，还能生个娃！"

窦学润仍然摇摇头，叹一口气说："算了，习惯了，一个人过着也挺好，还是一个人过吧。再说，添一个娃娃多一张嘴呢。"

人们就不再劝他，身边有了合适的女性，也不考虑介绍给他，他再婚的事就这么渐渐地冷下来了。

其实人们并不了解窦学润内心的苦楚。他结婚时，因为家境不大富裕，已属于大龄青年。结婚后，小两口在山里的薄田里苦死累活，刚把结婚时的彩礼钱还完，自己还没有缓过气来，就出了这茬事。办丧事又借了钱，自己哪有气力续弦？一分钱难死英雄汉呢，自卑便油然而生，他从心底里打消了那个念头，悉心抚养女儿长大成人，即便在以后的生活中碰到自己心仪的寡居妇女，也只能将心事深埋在心底。

新的转机是从窦学润搬迁到移民村开始的。他从山村里自家逼仄的土坯房搬出，住进像城里的楼房一般装修的砖瓦房，觉得自己也一下子成了"城里人"。城里人就得有城里人的样子，他淘汰了自己的旧衣裤，置办了几身新衣服，每天洗漱得干干净净，将自己打扮得精精神神。为了给自己单调的生活增添点情趣，给家里平添些生气，他还从花店里买来几盆孔雀竹芋、杜鹃花、茉莉花等，养眼兼做装饰。而这些家居的变化，挤压掉了他背负多年的自卑感，使他的心气一下子拔高了许多。

女儿出嫁之后，他孤身一人居住，乡上领导见他识大体，又能说会道，是个热心肠，就让他到绿洲小城镇，担任新安新村一幢居民楼的“楼长”，管理 48 家兜底户居民。

为了管理好这些特殊群体，他量身定做了一些规矩：比如外出得向他请假，玩牌时不得带“彩”，晚上 12 点以后不能敲别人家的门……为了更好地向他们提供服务，他将大家的联系方式按楼层整整齐齐地抄录在表格中，要是隔一两天不见他们的人影，他不是打电话就是登门拜访，去落实究竟怎么回事，需不需要帮忙。

这时，他的人生焕发出了第二个春天。有位老人觉得这位“领导”各方面都挺好的，看他孤身一人，想起自己在张家墩的外甥女，趁他进来嘘寒问暖之际，说：“窦楼长，我在黄羊川有个外甥女，前几年老头子没了，年龄和你差不多，现在去新疆打工，薅草、摘核桃、洗碗……没您挑剔的，您考虑一下，要是行，你们一起过好了。”

老人的建议让窦学润沉寂的内心活泛起来，他不再像以前那样直接拒绝，没说行，也没说不行。老人见他不说话，继续劝道：“年轻时怎么都好过。眼下您姑娘成人出嫁了，自己无牵无挂，找个老伴一起过吧。老伴，老伴，老来的伴儿，闲了可以互相说说话，解解闷；生病了可以互相照应，端茶递水……现在这么好的社会嘛，别给糟蹋掉了！”

老人像是从窦学润的心里走出来一般，每句话都说到他的心坎坎上了。那年腊月，窦学润挺起胸，收拾一新，真和老人的外甥女牵了手。

十三、西口回来的李应川

这个李应川正是习近平总书记接见过的那个李应川。

以前，在横梁乡的横梁村，问谁家最富，大家会掰着手指头罗列出个一二三，但要是问谁家最穷，大家会异口同声指向李应川家。李应川穷到什么程度？有位知情人告诉我：“穷得都叮当响不起来！”

横梁村位于古浪东南部的干旱山区，是古浪这个有名的贫困县中有名的贫困村。这儿沟壑纵横，梁茆起伏，村里的田地就分布在那梁茆上。土地有黑土的，也有红黏土、红沙土的。黑土的较为肥沃，红黏土、红沙土的就贫瘠多了。李应川一家就在这样的环境中，靠着这样的 7 亩山旱地生活。每年春天，他将小麦、洋芋、豌豆种播到地里，就把全家的饭碗交给老天爷。雨多的年份，饭碗里稠一些；雨少的年份，饭碗里清一些。

靠山吃山，靠水吃水。李应川靠着山，却指望不上山。24 岁那年，他开始外出谋生，赚钱养家。他打的第一份工，是在“四块石头夹一块肉”的挖煤行当。他头戴矿灯，抱着风镐，从井巷煤巷钻出钻进，时时担心冒顶、透水和瓦斯爆炸。好在这些危险他没遇到，这营生让他一直干到脸膛变得更黑，让他将两个儿子养到门扇般大小，直到他年逾半百的矮瘦身体刨不动煤块为止。

挖煤是重体力活，挖不动煤还能干别的。农村里没有退休吃闲饭的说法，哪一天跳弹不动，哪一天才能歇一口气。

还能干什么呢？横梁村每天只过一趟班车，去县城办事，一个来回就得两三天，花费的时间和从古浪坐火车去新疆的时间差不多。地方偏僻不消说，明显养活不了人嘛。自己下煤窑，老婆种庄稼，两口子累死累活，除了傍山盖下几间土坯房，砌起院墙，再有个啥结果？总不能让儿子们也走自己的老路吧。

李应川带着全家人“走西口”——上新疆了。甘肃人，遇到灾荒年，走西口；重新活一回人，走西口。走西口走习惯了。

他们到新疆哈密、呼图壁等地，先找地儿打工，后来看见平坦的水浇地，几十年来被压抑的对土地的热情一下子被点燃，就承包下土地种植葡萄，直到横梁乡整乡搬迁黄花滩移民区的事敲定，他们觉得到哪里都是种地，况且“井底的蛤蟆井底里好”，这才收拾家当，返回老家。

政府补助和易地扶贫搬迁长期住房贷款，让李应川没花多少钱就住上了

90 多平方米的大瓦房。这是他做梦都没想到的美事儿。因此，搬家一年后，当习近平总书记到他家，同他们一家拉家常，听到李应川的讲述，欣慰地对他说“这日子过得好啊”时，他由衷地笑着回答习近平总书记：“幸福得很！”

李应川这种幸福的感觉，随着生活质量的不断提升逐渐加强。习近平总书记走后一个月，村里新一批日光温室修建完毕，李应川在自家的大棚里种了辣椒。在县上农技员的指导下，李应川和妻子很快掌握了辣椒吊绳、施肥、温室通风等生产技能和要求。随着辣椒的陆续出售，他们在这座大棚中挣了 1 万多元。与土地打了大半辈子交道，李应川从未见过种 1 亩地能挣这么多钱。

2019 年 12 月，李应川觉得自己和老伴的身板还硬朗，就从胡丛斌的“羊银行”里“贷”出数十只母羊，进行家庭养殖，产羔后又能为家里增添一笔收入。家里稳定下来，宝贝孙子孙女也在村里新修的小学上学，他的大儿子放心地到新疆的工地上开铲车，挣到了可观的工资……

小日子一步一个台阶，李应川常年在外务工的大儿媳次仁普尺也快回家团聚了吧。到时候，李应川这位咬牙走了西口，又从西口返乡的汉子，心里不知又该甜蜜成什么样儿。

“十年磨一剑”。在古浪县委、县政府的不懈努力下，至 2020 年 3 月，生活在自然条件恶劣的南部山区 6 万多“生态难民”告别了靠天吃饭的历史，应搬尽搬至配备了富民产业的黄花滩移民区，一步到位发展现代高效节水农业，实现了由传统农民向现代农民的转变，由粗放传统农业向精细现代农业的转变，搬迁群众收入提高，各种难题也迎刃而解。古浪举全县之力，打赢了一场持久的深度贫困地区脱贫攻坚战，走出了一条属于自己的生态移民扶贫道路——

古浪之路！

黄羊川的“多功能”书记

黄羊川位于祁连山脉干旱半干旱地带，境内山峦起伏，峡谷平川相间，是甘肃省的一个贫困乡镇。2000年初，爱国台商温世仁访问黄羊川，看到当地居民贫困的生活，不由得潸然泪下。随后，他在黄羊川建造了一座五星级标准的国际会议中心，想利用网络联络城乡，改变当地落后的经济面貌。但随着温世仁的突然离世，他的梦想遭遇搁浅。几年后，随着脱贫攻坚浪潮的推动，黄羊川这艘大船得以重新扬帆起航，在精准扶贫、精准脱贫的大海上乘风破浪，越走越远，赢得人们的齐声喝彩。

驾驶这艘航船的舵手就是该镇党委书记张斌。让我们来看看他是怎样一个人，他身体里释放的究竟是一种怎样的能量……

之一：大棚书记

沿着古浪河谷东行，一进入黄羊川地界的菜子口村，让你眼睛一亮的，是大片大片的日光暖棚。这些大棚坐北向南，整整齐齐、精精神神地等待您的检阅。沿途郁郁苍苍的树荫下，三五村姑坐在小凳上，面前摆放着几只塑料桶，桶里是穿着黄底紫色条纹衣裙的人参果，水灵灵的，散发出诱人的甘美清香，微笑着向您推荐自己。

菜子口村是张斌的帮扶村之一，但翻开菜子口村这些大棚的建造史，起初写满了苦涩的味道。

黄羊川多山，山挤山，山驮山，是山的天下。河谷地带有不多的平坦区域，那是基本农田。既要执行市委、市政府搭建大棚，让农民发家致富的地方政策，又不能碰触基本农田不动的国家战略红线，难坏了这位地方官。他带领班子成员逐村考察，调查土地使用情况，每到一地，他都要亲自去了解村里的边角地。一天，他望着河谷边低缓的山坡，一个大胆的构想在脑海中逐渐清晰起来：愚公一家可以移山开路，我们为什么不能移山造田？他兴冲冲地掏出电话，叫上其他负责人，到有移山条件的菜子口等村进行二次考察，看大小，看方位，看地势，一座山一座山进行敲定。移山造田的辛苦不必言说，村民们头脑中小富即安、怕担风险的观念也在作祟。当他和镇上的工作人员动员他们搭棚种植人参果时，他们将头摇得像拨浪鼓，把手伸进裤兜里，慌忙走开了。有的还说："打一年工，比种两年大棚还合算呢，谁愿意种谁种！"有的还说起风凉话："领导还不是为了搞自己的政绩工程嘛，种上卖不掉，他给我们卖？"

多年来的乡镇工作经验告诉张斌，这很正常。他不愠不火，有空就和村民们促膝谈心，不断做他们的思想工作。他告诉村民，种大棚主要是在冬季，那时工程队停工，无工可打，与其在家看电视、玩牌、胡扯淡，不如种棚再挣一份钱。他让事实说话，率镇上干部组织菜子口村民代表，乘坐大巴到凉州区张义镇人参果基地观摩，改变他们的观念。等点燃村民们的试种欲望后，他趁热打铁，积极联系补助资金，联系精准扶贫贷款，督促村民们尽快搭建钢架大棚。

时令不等人。留给村民的种植时间不多了，误了农时又得等一年，这一年村民得损失多少，还不算其中隐藏的变数。张斌加快了工作节奏。搭棚需要电力，他联系当地供电所架设线路；种植人参果需要技术，他联系县农技站对村民进行技术培训；运输需要通公路，他联系交通管理局修路；当地不生产人参果苗，他联系外地苗圃签合同订购；现代化的大棚需要现代化的水源，他联系古浪新落地的达华节水公司，给大棚装置滴灌、喷灌设施……做这一切需要大量额外的劳动力，好说，从镇政府工作人员内抽调精兵强将，同村民们同吃同喝，帮他们干活。

山区的冬季来得早，张斌紧抓秋天的尾巴不松手，终于赶在第一场雪落之前，完成了菜子口村 90 多座钢架大棚的建棚及定植任务。

一位老奶奶为在自家大棚内忙碌的人们送开水、送馍。她不谙事，以为这些卖力挥锹的人受雇于哪个公司，一边招呼身边一位年轻的工作人员喝水，一边问他："尕小伙，你这么干活，每天能挣多少钱呢？"

那工作人员明白老奶奶的意思，想想自己的工资，半认真半逗她地说：“八九十元。”

老奶奶递给他一块馍，看着他沾满泥巴的鞋子，叹了一口气，劝他：“这么苦、这么累才挣八九十元啊？我孙子和你差不多大，在外地开挖掘机，每天都能挣二百多，明年你也跟着他开挖掘机去吧！”

她的话让一边的张斌感慨万千，他不由得想起作家未名《珍珠与蚌》中的句子：“世人都赞叹珍珠的光华和美丽，有谁想起孕育出珍珠的蚌。”他觉得自己和同事们就是那蚌，为了珍珠无怨无悔。

不同的是，得到实惠的群众，现在都知道这些大棚是怎么来的，也知道镇内其他钢架大棚是怎么来的。

之二：项目书记

我们读《三国演义》，每每为刘备三顾茅庐、思贤若渴的精神所折服。在现实中，张斌为我们演绎了一出五赴兰州招商引资的故事。

黄羊川夏季气温不高，境内小平川又因大山阻隔外界，病虫害少，种植娃娃菜、蒜苗、紫叶莴笋等高原夏菜具有得天独厚的地理环境优势。自21世纪初，一棵树村试种高原夏菜以来，已经形成了辐射连片的规模种植，川区7个村全部种植高原夏菜，效益较传统农作物有了很大提升。但由于受市场供求影响，高原夏菜价格波动大，群众收入不稳定。张斌倾听各方呼声，吸收多方意见，他想，要是建成农畜产品冷藏保鲜库，拉长产业链条，解决夏菜销售难的问题，为群众吃上定心丸，开开心心奔小康，那该多好。他将保鲜库确定在自己的另一个帮扶村——周家庄。

张斌是个将想法付之行动的人，他当即把构想汇报给黄羊川镇的帮扶单位——省纪委、市纪委。他的想法可行性很高，得到省市纪委及县上领导的充分肯定。在他们的牵线搭桥下，他与甘肃华盛农牧开发有限公司取得了联系。

师父领进门，修行在个人。张斌第一次赴兰州，与华盛公司项目部进行对接，介绍了在黄羊川建立农畜产品冷藏保鲜库与交易市场的地缘优势及便利条件，并肯定地说：“这项投资会给我们的群众带来收益，也会给您的公司带去更大的效益，它是双赢。”

项目部经理聆听着他铿锵坚定的讲述，想象着他描绘的动人前景，眉宇间流露出投资的浓厚兴趣。张斌见有成效，紧锣密鼓地计划着第二次赴兰。这次他做了更充分的准备，不但拿出了翔实的蔬菜种植方案，背上娃娃菜、蒜苗、紫叶莴笋等蔬菜，还带上了周家庄村支书、主任等。华盛公司项目部经理被他的诚心打动，当即让公司的技术员对他们带来的蔬菜进行成分及农药残留鉴定，并答应他请公司老总前去黄羊川周家庄村考察。考察那天，蓝天之下白云朵朵，华盛公司总经理带着项目部经理等人，望着整块整块的夏菜，在高原明亮的阳光照耀下，在煦暖的微风轻抚下，甩着小胳膊小腿儿茁壮成长，微蹙的眉头舒展开来，慨然答应投资。

张斌第三次、第四次赴兰，华盛公司老总及项目部经理均不在公司总部，张斌怀揣小心向公司办公室打探，却又问不出个所以然，他的心又忐忑不安起来。直到第五次赴兰，经过仔细协商细节问题，周家庄村顺利地同华盛公司签订了投资协议。张斌悬了好多天的心放回原处，晚上回到办公室，他一挨枕头，便美美地睡到了次日天光四亮。

这次招商引资中，华盛公司向黄羊川镇周家庄村投资近一亿元，新建冷藏保鲜库、冷冻库、冷冻池、养殖暖棚、温室大棚等，购置压缩机、风机、装载机、运输车辆等，并建设交易大棚、车间、库房、住宿及办公用房等配套设施。项目的建成延长了农产品的保鲜时长，提高了农畜产品附加值，带动本乡镇及周边地区果蔬种植和畜禽养殖，效益在望。

引进华盛农牧开发有限公司项目，不过是张斌争取项目的一个缩影。他把谋划争取项目作为解决发展资金、改善基础设施、培育优势产业的重中之重。自他赴任黄羊川以来，黄羊川镇累积申报项目 80 项左右。他用项目资金硬化、砂化道路，解决当地群众“晴天一身土、雨天一身泥”的出行难题；他用项目资金治理河道、维修提灌，解决了川区 7 个村 5000 多亩农田灌溉用水利用率不高的问题；他用项目资金改造旧日光温室、修建养殖暖棚近 600 座，把群众引上了致富大道……

需要一书的是，张斌还协调帮助菜子口村养殖专业合作社与兰州华润万家超市签订农超对接协议，为超市提供优质羊肉和特色农产品。我们在电视上、网络上看到的新型销售模式，在黄羊川变成现实。

之三：救火书记

2015 年 8 月 27 日深夜，忙碌了一天的张斌刚睡下，手机响了。张斌接通一听，睡意全无，忙穿衣趿鞋，往办公楼下飞奔，一边大声叫起值班的工作人员，并拨打“119”火警电话报警。

镇上的祥和餐厅发生了火情。路过的群众发现后，不知道报火警，却习惯性地把电话打给张斌。因为他们知道，电话打给张斌“最管用”。

来不及叫车，张斌带着几名值班人员跑步前进，直奔火灾现场。当他们气喘吁吁地跑到时，见餐厅内噼啪作响，丈把高的红亮火舌嘶嘶叫着，伴着滚滚浓烟不断舔舐门窗，窗下堆积的木材经不住炙烤，也开始呼呼燃烧。餐厅老板见张斌一行来到，像溺水的人瞧见救生圈，一把抓住他的胳膊，颤抖着嘴唇，央求张斌想办法帮他救火。

张斌见群众越聚越多，怕餐厅内有爆炸物，造成大范围的伤亡事故，赶忙让值班人员疏散人群，回头问餐厅老板：“餐厅里有啥易爆物没有？”

餐厅老板哭丧着脸说：“有两个液化气罐，几箱白酒。”

张斌见餐厅内没有与水发生剧烈反应的物品，便组织值班人员和餐厅周围相关人员提水灭火。两周前，天津滨海新区危险品仓库发生剧烈爆炸，惨状让人们心有余悸。张斌为打消他们的顾虑，端起一盆水跑过去泼向火海。众人纷纷上前，提水桶的提水桶，端水盆的端水盆，从窗口、门口向餐厅内泼水。火势渐渐得到控制，直到消防车从县城鸣笛呼啸赶来，张斌才带着众人退到一边，擦汗歇息。

大火扑灭后，消防车离去了，但张斌并没有走，他继续察看火场，见窗边的那堆木头还在冒烟，就招呼工作人员将木头搬到空地上，二次用水浇泼，防止死灰复燃。

当他们做完这一切，拖着疲惫的身躯回去时，东方已经发白。稍事休息，张斌便召开全镇党政工作扩大会议，以此为警示，要求各包村领导与各村干部加强火灾防范意识，及时排除火灾隐患。

但又一起火灾发生了。一个初冬之夜，突然响起的电话把他从睡梦中叫醒。

火情让张斌万分恼火和紧张。高架棚集中连片，刚产生了效益，关系着20多户人家的幸福，千万别“火烧连营”，令群众因灾返贫！他忙让村支书拨打“119”报火警，又叫上司机赵师傅和值班人员，驱车前往火灾现场。黑夜行驶在乡间的砂石路上，天空还飘着雪花。好在赵师傅熟悉路况，将车尽可能地开得又快又稳。

大棚棚膜的主要成分是聚乙烯和醋酸乙烯酯，一旦燃烧便释放出大量热量，火势不可阻挡。远远地，张斌就看见红光照亮了半边天，到跟前10米左右，就炙热得不能近前。好在着火的大棚在下风向，后面仅有两座棚，火势来得凶猛，去得也快，烧了三座棚后就自动熄灭了。

张斌沿着火场走了一圈，见棚内的蔬菜苗在高温炙烤下已发蔫枯萎。再看看头顶阴沉沉的天空降下的雪花，心情异常沉重。但坏情绪不能在聚在身边的受灾户面前表露出来，他得为他们点燃致富路上一盏希望的灯。他指着屹立在田间的钢架梁，指导他们生产自救，口气挺轻松：“好在烧掉的是棚膜，又刚入冬，从明天起重新扣棚、重新补苗，什么都还来得及！至于资金，主要是自己解决。另外，我跟民政局汇报一下，争取一点救灾资金……”

第二天一早，他再次召开全镇党政工作扩大会议，责令各村，特别是川内7个村的帮扶单位、精准扶贫工作队、包村干部和村委会，立即对火灾隐患进行彻底摸排，及时消除隐患，并签订火情防范责任书，明确责任。会场里山雨欲来，气氛降到冰点。张斌努力克制着情绪，面色凝重：“各位，上次会议安排的工作，你们做扎实了没有？做到位了没有？是有令不行，还是思想麻痹？一家餐厅失火，损失十几万；一座棚失火，棚钱5.7万，加上苗钱，一般家庭根本损失不起——严重失职啊！我们搞精准扶贫，就要搞到每个细节上……”

以后，镇内再没有发生类似的火灾，但张斌多了一个习惯：定期检查大棚。特别是在冬日深夜，他会不定时地去自己帮扶村的大棚（也去其他村的大棚），一是查查棚内温度是否过低，二是看看棚内有无火灾隐患。

之四：搬迁书记

要是您坐车经过金大快速通道或营双高速公路，就会发现腾格里沙漠边缘地带新建或正建一些村庄。村庄内院落排列整齐，屋舍一律青瓦白墙；院落间水泥马路纵横交通，笔直平坦；马路两边是国槐、云杉、新疆杨和红柳，它们初发新叶，迎风茁壮成长；路边的光伏路灯造型美观，入夜明亮如昼……您也许会诧异：究竟发生了什么事，会让这些人背井离乡，搬到“沙上墙，羊上房，风吹沙子锅里扬”的沙漠里居住？

这些村民中，有许多是黄羊川人，是张斌带着他们搬迁到这儿的。

黄羊川镇除了川内的 7 个自然村条件较好一点之外，其他的十几个自然村都分布在大山深处，村子海拔高，自然环境恶劣，生活条件艰苦，行路难、就医难、上学难、饮水难、增收难，一方水土养不起一方人。针对这一实际，张斌坚定不移实施古浪县委、县政府“下山入川”生态移民的决策，制定精准扶贫移民搬迁计划，从根本上帮村民们斩断穷根。

现在您随意走进一户寻常百姓家，主人都会为您泡上一杯热茶，端上几个蒸馍，情不自禁地向您述说新生活，喜悦之情溢于言表。但在下山入川之前，让他们搬离祖祖辈辈居住的故土，迁到新村的任何一个点里生活，就像把他们往火坑里推一般艰难。

搬迁伊始，同引进大棚、种植人参果等工作一样，大会小会动员是少不了的，走家串户劝说是常用手段，包车游览查看是必经之路，扶贫贷款是高招，住房补贴、暖棚补贴是定心丸，帮扶单位、精准扶贫工作队的谈心疏导也是非常措施……但是每个村都会出现一两户特殊人家，他们因自身能力不足，无法下山。

这个新命题把张斌难住了。这些人是拖了全镇脱贫的后腿，但全镇脱贫奔小康不能把这些人扔下不管，这体现不出社会主义制度共同富裕的优越性，也达不到精准扶贫“扶贫精准到人、精准到户”的要求。他召开班子会议，将这些困难户分解到每个成员身上，给政策，让他们各尽其能，将这些群众妥善地迁移到移民新村去。

他承担了两户。一户户主叫张开基，一户户主叫毛生玲。

张开基的故事，我们之前讲过，这里讲讲毛生玲的故事。

毛生玲寡居在火家湾，靠放羊供儿子到北京读大学，去她家只能坐镇上的皮卡车。皮卡车战战兢兢沿着陡峭的山路开到一座大山脚下，余下的6公里多路，只好依仗双脚和心脏了。好在张斌身体棒，爬这段山路没问题，每趟上山下山，只需要付出一身淋淋漓漓的汗水。但为了成功地将她家搬迁到移民新村，张斌在这条路上跑了十几趟！

他帮做的事概括起来很简单：说服毛生玲卖了她那群土种羊，帮她在移民新村的养殖大棚里买了多胎羊。为此，他自己做了两次羊贩子。按经济利益至上的观点，这么辛苦的活儿，傻子才做。但张斌牛撞南墙不回头，做了。其间甘苦，只有他自己知道。

之五：“穷”“忙”书记

张斌给我第一印象是“忙”，第二印象是“穷”。

8月3日8点，我到镇政府找他时，他正在办公室跟人谈工作，而后召开全镇精准扶贫工作会议，向市县各单位驻村精准扶贫工作人员布置近期工作任务：调查今年迁入迁出具体人口，入户调查核实养殖大棚投畜情况，确定低保人员名单。会议结束后，有3个人在会场里和他进行工作上的沟通。

轮到接受我的采访时，他却为难起来：没有完整的时间跟我“务虚”，跟我商量能否把采访的时间推迟到周六。就在这当口，有两个人候在门口，一人向他汇报大南冲村村容村貌提升改造进展情况，一人向他征求办公桌椅采购意见。他将我推给办公室的小俞，送我出来时，又发现镇长办公室坐着前来检查工作的市纪委人员。

采访完小俞等几位熟悉张斌的人后已到中午饭点，司机赵师傅催我们去食堂吃饭，说是 12 点半要去移民新村。到食堂，我发现一圈人围着拼接的一张大桌子吃饭，张斌就在其中。他见我进来，招呼我坐下吃饭。饭是臊子面，基层食堂里的常见快餐。面条是压面机压制的，臊子汤上飘着些青菜叶，很少见肉，内容多是豆腐和山药蛋丁。

吃过饭，站在食堂屋檐下乘凉。我以小人之心度君子之腹，悄悄问旁边的一位干事："张书记也天天上灶吃这啊？"

他觉得我问的话有点怪，挺诧异地看我一眼，道："他不吃这，吃啥呢？"

本以为赵师傅要拉什么人去移民新村，没想到是张斌，我便跟着去了。

坐上车刚要走，镇政府大院内进来一辆私家车。赵师傅熟悉驾驶者，打招呼说要去移民新村，下午返回。张斌听见，对赵师傅说："这不就顺头了？我们的车留下，坐他的车走。回来你开垃圾车，让小俞按计划到他扶贫的村入户。"坐到车里才弄明白，他们本打算去移民新村 9 号点解决一起纠纷，顺便要回借给西靖镇的一辆垃圾车。有车缺司机，便硬拽小俞去。这下有了便车，就蹭车。一方"诸侯"因工作蹭车，真叫人开眼界。

张斌不但蹭车，还蹭手机。

路上，我向张斌证实了他身上发生的几件事后，因习惯午休，眼皮开始打架。这时，张斌突然想起一件事，掏手机拨打电话，里面一个女声说电话已停机。他有点纳闷：走之前托人交了话费，怎么还停机？翻开手机看，有一条交费短信写着：已交话费 200 元，余额是 0 元。看样子，他的话费欠多了。但工作还得做，没法子，他便蹭手机。蹭了这个的，又蹭那个的，蹭来蹭去，一中午便蹭了 6 个电话。堂堂一个书记，蹭打电话，真是件怪事，我的瞌睡虫便被他蹭的电话声惊跑了。

中午两点稍过，车到了移民工作站。一开车门，没了空调，我们直接进入炙烤模式。阳光白花花一片，毫无遮拦地倾泻着，沙漠中名扬天下的热浪哗啦啦汹涌而至，周身的汗水便噌噌地冒出来。张斌询问了镇派驻移民工作站的负责人一些情况，又安顿了他们以后注意的几项事宜后，便一手拿报纸扇风纳凉，一手拿笔修改黄羊川镇移民点精准扶贫的汇报材料。

工作站的工作结束后，在暑气蒸腾中，我们去移民新村 9 号点解决纠纷。到地一看，真像村民反映的那样，一段院墙墙基下沉，两米多的墙体开裂。那村民见着张斌，天塌下来一般，越发不得了。他双目圆睁，梗着脖颈，跳着蹦子，气咻咻地说："书记，你要是不给我解决，我非搬回黄羊川不可！"

这时，承接工程的老板赶来，对张斌解释说："院墙我们是按图纸修的，问题是他加盖了彩钢房，房檐的出水贴墙根落下，把墙根的沙土冲走，才导致墙基下沉。要是他不加盖彩钢房，要是他把出水留好，哪来的这事？"

张斌听见，绷着脸对那村民道："听见没有？问题出在你身上，你跳什么蹦蹦？按理说，一切后果都由你承担。我折中一下，重新砌墙的料你自己备。哪天备好了，让老板派人手给你砌起来。你别在这小事上纠缠了，回头赶紧用扶贫贷款把棚里的羊投进去，抓紧挣大钱！"

村民嘟囔着，但接受了他的建议。老板觉得自己吃亏，苦笑着嚷嚷。张斌朝他一摆手，说："现在全国上下都在搞精准扶贫，你就当搞了一次精准扶贫怎么了？"

随后，张斌又冒着酷热跑了两个移民点，督促新建工程加快进度，顺便回访自己的帮扶户，看看他家的生活状况。下午 4 点钟左右，接到镇上一个电话通知，他便匆匆返回。

想想，如此高强度的工作，公务员应该对得起自己那份聊以养家糊口的薪水了。

之六："无家"书记

张斌家在民勤县城，工作在古浪南端的黄羊川，相距 100 多公里，不远也不近。

他是武威市委组织部选拔的优秀干部，2013 年 5 月被派到古浪县的山区乡镇工作。他坚决服从组织分配，但他没想到黄羊川基础条件这么差，同他在民勤工作过的乡镇没法相比。要让这样的贫困乡镇脱贫奔小康，难度巨大，他这担子怎么挑啊？第一个夜晚，他整夜无眠，办公室的灯一直亮到天明。但随着东方那轮朝阳的喷薄而出，他迈过了那道心坎。他想，作为一名中共党员，应当勇于接受挑战，为党分忧解难！

那年，精准扶贫工作紧锣密鼓地开展起来。精准扶贫讲究的是"点穴手法"，张斌仔细潜修，终于炼出"三昧真火"。他将精准扶贫的政策、措施和资源高度融合，把基础项目建设、培育富民产业、惠民政策落实结合在一起，带领黄羊川党政班子，打出一套"脱贫形意拳"，取得了有目共睹的扶贫成绩。

"失之东隅，收之桑榆"，得与失是互相转换的。太阳落下，我们欣赏到满天的繁星；绿色褪下，我们收获丰硕的金秋；青春逝去，我们走进成熟的殿堂。古浪的扶贫工作细致而繁重，加之张斌一心扑在工作上，很少有回家的机会，基本上一个月回一次，周六去，周日返。这个牺牲对他个人来说实在沉重。

孩子 10 岁了，爸爸对他来说似乎是个概念。见着张斌，他知道自己的爸爸回来了，但从不像别人家的孩子那样同爸爸腻歪。张斌很内疚，尽可能地去和孩子沟通，但收效甚微。是的，孩子生病的时候，陪他去医院的是妈妈；每天上学放学，接送孩子的是妈妈；孩子要听故事，给他读书的是妈妈；孩子有了烦恼，倾听孩子诉说的是妈妈；孩子有了欢乐，与孩子分享的还是妈妈……他在干吗呢？他关心的是村民们的孩子全吃到免费的营养餐没有，因山高路远辍学的孩子全住进学校没有，帮扶村学校的危房改造好了没有……

爱人呢，除了晚上有时和他通过电话、微信以解相思之苦，其他时候统统指望不上他。家里的煤气罐空了，扛下扛上买气的是她；家里的水电坏了，拆换修理的是她；公婆身体不舒服，嘘寒问暖、买药送医的是她；亲戚家有红白事，前去帮忙的还是她……他在干吗呢？他牵挂的是帮扶村妇女们的手工编织品卖出去没有，对留守妇女种植养殖的培训效果如何，各村妇女健身的场所建成没有，联系户李小平生的三胞胎怎么样了……

他年迈的双亲也没法指望他。母亲双腿患有严重的关节炎，发病时每走一步都是一身的汗，他不在身边，没法背母亲下楼去医院，母亲只能在家靠镇痛药物来缓解疼痛。父亲身子骨还算硬朗，但反应明显跟不上。一次骑自行车外出，眼睁睁地看着一个毛头小子骑摩托车把自己撞翻——好在只是受了皮外伤，筋骨没什么大碍。张斌回到家里，已是半个多月之后，见父亲脸上有一块触目惊心的疤，忙问，父亲才道出实情。他埋怨妻子、母亲为什么不给他打电话，妻子白了他一眼说："打给你，你能马上赶来吗？赶来了能有什么用？"

他无语。他在干吗呢？为解决精神病人王月秀、闵登弟在精神病院的治疗费用而四处奔波，为困难户王恒山联系民政局、残联进行结对帮扶，为郭岐山老人的孙子联系职业学校，将黄羊川镇所有的孤寡老人送往敬老院……

8 月 3 日那天，我和张斌相处的短短几个小时里，一共接到 5 个电话，4 个是家里的。我回过 3 个电话，两个是家里的。张斌接打了 N 个电话，但没有一个是家里的。我问张斌，这魁梧的汉子眼圈红了，将头仰起，枕在座椅背上好一阵，待心情平静了些，才笑笑说："自古忠孝难两全啊。"

星星点灯

在张掖市山丹县位奇镇汪庄村，从 2015 年至今，驻村帮扶工作队换了一茬又一茬，但他们的工作从未断线，标准从未降低，硬是把一个贫困村拉升到了先进村行列。虽然驻村帮扶工作队的队员们一再说自己能力有限，大都是省、市、县、乡的支持和帮扶，但他们每个人都是一粒星火，在扶贫攻坚的战场上尽其所能，发光发热。农村群众最务实，真心为他们办好事、实事的人，他们心里自有一杆秤。刚入村时，群众对他们不理解、不信任，今天，说起工作队的情况，汪庄村的群众无不竖起拇指称赞。

到群众中去，打通“最后一公里”

2015年5月初，按照山丹县委组织部和扶贫办《关于在全县13个贫困村组建驻村帮扶工作队的通知》安排，汪庄村驻村帮扶工作队的5名成员先后到位，他们是：队长张奎民，由县农委选派；队员夏俊杰，从县统计局抽调的挂职干部，担任村党支部常务副书记；队员宋福超，市委组织部选派的“墩苗计划”干部，担任村党支部副书记；队员周锐，2013年招考的大学生村官，担任村党支部书记助理；队员杜秀丽，2015年招考的大学生村官，担任村委会主任助理。同时，位奇镇还委派了帮扶干部——计生站站长何多生。他已经在这个村包村3年，对村里的情况了如指掌。

5月中旬，帮扶工作队成员全部到位。在何多生和村干部介绍下，张奎民和队员们了解了汪庄村的情况。这个村由汪家庄、任家寨、蒲家寨3个自然村寨形成，位于山丹县中部，距县城20公里，东接20世纪80年代就闻名全省的富裕村——芦堡村，西靠山丹煤区，南连新开村，北望山丹县城；东有瘭山，西有楼儿山，西南有峡子山，北有瞭高山，是一个典型的适宜农耕放牧的山村。该村下设8个社，共418户1739人，有草场面积2.28万亩，耕地面积4367亩，属马营河灌区，保灌面积3000亩。由于自然条件恶劣、基础设施薄弱、群众思想观念落后，致使产业发展滞后、致富渠道单一、经济增长缓慢，被列为全县13个贫困村之一，建档立卡的贫困户共38户，贫困人口133人。

张奎民清楚地记得，那是2015年5月中旬的一天，工作队第一次在村里召开党员大会。晚饭后，党员陆续来到会议室，一些党员听说工作队一下子派来5个人，在下面窃窃私语，有的说：“派这么多人，图热闹啊？”也有的说：“派再多的人也没办法，村里就这么个样，能绣出花来？”还有的说：“不过是做做样子，走个过场。”总之，大家对工作队既质疑，又不理解。队员们听到后，心里都有怨气。张奎民看在眼里，急在心里，他突然觉得自己肩上的担子有点沉重，既要带好工作队，又要做好群众的工作，未来的日子将是对自己最大的考验。

会后，他把队员们留下来谈心，说：“大家听了群众的话，肯定有想法吧？

干部的思想永远要比群众的先行几步，不要被一时的不理解所困扰。行胜于言，组织既然把我们派到这里来，就要干出个样子来，让群众看到实实在在的成效。虽然我们个人的能力有限，但只要努力，总会见效。有首歌唱得好：星星点灯，照亮我的家门。我们就是要让群众有梦想，有追求，汇聚起发展的正能量。”

张奎民是个务实的人。他是从山丹农村出来的，熟悉农村生活，有着与生俱来的乡村情结。在县农委工作时，他很会做群众工作，下乡检查指导工作期间和农户接触多，对群众的诉求和愿望心中有数。现在到了汪庄村，他想，要努力把工作做到群众心坎上，必须一如既往地坚持走群众路线，从群众中来，到群众中去。

于是，工作队在他的带领下，从入户调查开始，走进群众中去。他们列出走访对象，两人一组，对村里的老党员、老干部、现任村干部、贫困户等进行挨家挨户摸底，既问计于民，听取群众对汪庄村发展的看法和对策，又认真核实贫困户的家庭情况、致贫原因、诉求愿望等，力求做到底数清、问题清、任务清、责任清，为下一步攻坚克难打下基础。

一开始，群众对他们敷衍了事，不大理睬，有时还吃闭门羹，他们只好两次、三次地去走访。好在镇上的帮扶干部何多生在这里包村 3 年多，了解家家户户的情况，时常能帮大家顺利地完成任务。张奎民和队员宋福超去访问 20 世纪 90 年代末曾担任过汪庄村支部书记的李新民，一开始和他拉家常，聊他过去的“政绩”，聊村里的情况，这位能说会道的老干部说：“汪庄村就这么个自然条件，干旱缺水，交通不便，再咋用劲也改变不了多少了。”他给张奎民和宋福超讲自编的顺口溜：“汪庄背靠楼儿山，多数劳力把煤采。煤窑多为人开采，每天能赚百十块。挣下钱儿要不来，追要紧了是三角债。要不上钱币没办法，老婆姑娘拾发菜。老汉围着锅台转，又挑水来又做饭。喂猪喂狗还不算，养下牛驴把草拌。学生中午按时的饭，一有空闲就择菜。眼瞅发菜手捡柴，耳朵只听电视台。发菜捡完电视完，内容听了没看来。”他说的是汪庄村实情。张奎民又问：“老书记对村子下一步的发展有啥想法？”李新民说：“我琢磨着，有两点想法，一是把村里的主干产业培育起来，让群众有奔头；二是实行土地流转。村里的壮劳力越来越少，只有流转土地才能更好地发挥土地的价值。”

张奎民和队员们就采取这种拉家常的办法，逐家逐户“解剖麻雀”，一家家嘘寒问暖，一户户求证问计。帮扶工作队一开始住在镇上，每天往村里跑，往返10多公里，十分不便，后来便搬到村上，自行解决吃住，和群众的距离越来越近，“最后一公里”也打通了。有的群众一有想法，就跑到村委会找他们。

2015年9月25日，汪庄一社的雷作勤、雷达、雷克义前来“献计”：拿出部分资金改造村委会前的涝池，造福于民。当天下午，工作队和村委会召开会议，研究决定，筹集资金硬化涝池边的空地，建一段文化长廊连接涝池中心的亭子，便于群众到亭子中心活动，再修建一座彩钢棚，用于召集社员开会。诸如此类的建议，时时启发工作队的思路。顺应民心，工作队越干越有劲。

张奎民和队员们摸清了村情，赢得了民心，开始全面实施扶贫脱贫规划。虽然汪庄村属于全省“插花型”扶贫村，但按照县上要求，要实现当年脱贫、三年巩固目标，仍然任重道远。

因户施策，共筑脱贫梦

扶贫攻坚没有统一的模式，也没有共性的经验，各村各户贫困的原因迥异，基本是一村一计，一户一策，只有把准了脉，对准了症，才能药到病除，立竿见影。张奎民和队员们经过一次又一次的讨论，一场又一场的论证，规划越来越清晰，思路越来越明确。在采访中，我看到他们整理的一摞摞材料，突然明白，那绝不是应付检查，每一张纸都凝聚着他们的智慧和心血。

按照精准识别的要求，他们经过仔细分析，把汪庄村38户贫困户133人的致贫原因分为发展环境薄弱致贫、因病致贫、家庭结构致贫、智力能力致贫4种，针对不同的致贫原因制定相应的措施，全力实现精准脱贫。

针对贫困户中普遍存在的由于水资源匮乏、土地撂荒等原因导致农业收入低、土地流转难的问题，张奎民和队员们积极协调马营河水管处，增加汪庄村灌溉流量，因缺水导致的撂荒耕地逐步恢复，干旱缺水问题得到有效解决。其中最典型的是让能人承包撂荒地，带动贫困群众发展。采访时，张奎民首先带我去看汪庄四社蒋华复垦的120亩撂荒地，那里新植的枸杞已经挂果，蒋华喜滋滋地告诉我："没想到，当年定植，当年就有收成。"

说起蒋华复垦荒地种枸杞的事，陪同我采访的、新当选位奇镇副镇长的何多生说："当初蒋华也是犹豫不决，我们做了不少工作呢。"

30多岁的蒋华是当地的建筑工程老板，这几年在外面打拼有了点积蓄。正逢建筑行业不景气，他也在选择投资方向。何多生听说后，跟张奎民找他商量，能不能在家乡投资农业，带动大家共同致富。这一问，正中他的心意，只是不知道该干什么好。张奎民多年从事农业工作，他也看到了汪庄村发展林果业的有利条件，于是提议他引种枸杞。蒋华初听觉得新鲜，但对市场行情还心存疑虑。

过了几天，张奎民帮他找了一些有关枸杞产业发展的材料，送给他参考。蒋华看完后，对这个产业有了初步了解，决心考察一下市场再作决定。张奎民通过同学、同事和朋友的关系，联系到临泽、瓜州、定西、宁夏等地的枸杞种植基地，陪同他前往考察。通过实地考察学习，蒋华心里有了底。

但土地从哪里来？又怎么灌溉呢？张奎民和何多生在蒋华投资在建的养殖场附近看到了一片撂荒地，马上有了主意。他们出面向村委会提议，把这些撂荒地转租给蒋华，一来盘活撂荒土地，二来解决蒋华没地的问题，同时带动贫困户务工。一举三得的好事，村里没理由不同意。很快，蒋华和村社达成协议，承租30年。灌溉的问题也解决了。在何多生和张奎民协调下，顺利地引来渠水，保证了灌溉用水。

那段时间，工作队的工作大都围绕蒋华的养殖场和枸杞基地开展，帮他申报项目、立项、环评等，报表填了一份又一份，规划做了一个又一个。同时，张奎民还陪着蒋华找县畜牧局、林业局，全力以赴落实项目事宜。众人拾柴火焰高，在各方共同努力下，蒋华的项目顺利通过并开工。

修建养殖场和种植枸杞都需要大批劳力。在用工方面，工作队向蒋华提出，首先考虑贫困户，让那些年龄较大、身体有残疾、无法外出务工的贫困户到他的工地务工，增加经营性收入。蒋华考虑的是这些人未必前来干活。张奎民说：“群众的工作我们来做，你只要保证给人家按时结算工钱就行。”当天晚上，张奎民就和工作队队员分组去做精准扶贫户的工作。张奎民的联系户叫李正明，在汪庄五社，其母亲和妹妹常年有病，因病致贫。张奎民想，动员李正明的母亲和妹妹到蒋华的工地上务工，多少能挣一点钱，也是他联系帮扶能尽心尽力的一点实事。一开始，她们都说不能下地劳动，张奎民耐心地给她们做工作，最终说服了她们。如今，蒋华的工地上经常务工的有 20 多人，其中贫困户 4 户，一位叫郭正林的老头和他常年生病的老伴前来打工，男的干一天 100 元，女的 90 元，当日结清，老两口干了七八个月，收入 1 万多元。郭正林时常念叨：“帮扶工作队就是好啊，要不是他们，谁会要我们死老头老太太干活，上哪里挣这么多钱去！”

像蒋华这样的能人带动典型，汪庄村还有不少，如种植能人吴兴家指导贫困户种植 50 亩洋芋，从选种、栽种、田间管理到收获，一直手把手地给予帮教，使 5 户人家当年实现脱贫。任家寨养殖能人李志国指导贫困户养羊，累计为贫困户接羔 45 只，成活率达到 100%。在镇政府支持建筑材料的前提下，劳务能人李文喜无偿为孤寡老人卓成香翻修了危旧住房，在电视台采访时，老人感激说：“过去穷帮穷、富帮富，现在这风气真好！”

张奎民和帮扶工作队员除了依托能人带动，还结合自身优势，激活村里贫困户的“造血功能”。采取培训养殖技术，投放基础母羊、肉鸽、鸡等畜禽，利用汪庄村土地广、农作物秸秆资源丰富、养殖业发展基础较好的优势，帮扶发展养殖业，稳步增加收入来源。张奎民利用县农委工作的优势，计划在村里做双孢菇示范种植。2015 年 7 月 27 日，县农委在汪庄村召开精准扶贫座谈会，会上，张奎民谈了自己的想法，县农委主任王建生当即决定，由农委提供资金和技术支持，吸纳精准扶贫户参与，带动他们脱贫。

好的想法立即付诸实践，这是张奎民多年来务实的作风。

第二天，高温 39 摄氏度，地面像着了火，四处都是炙人的热，但双孢菇种植的时节不等人。张奎民顶着炎炎烈日，专题考察种植场地，落实务工人员。他看中了学校的废弃教室，稍加改造即可用来种植双孢菇。同时，他走访了雷作勤、梁国义等4户贫困户，动员他们有偿务工。这几户都是老弱多病人员，正愁无力挣钱，非常高兴地答了。下午，张奎民又驱车赶往县城，联系爱福食用菌公司落实菌料、菌种事宜。他跟爱福公司管理人员谈判后，菌料由每吨800元优惠到600元，菌种每个4元。一切谈妥后，爱福公司当即安排将80吨菌料送到了村上。

第三天一早，张奎民、工作队队员和雷作勤、梁国义等人开始打扫教室，准备种植。8间教室，因弃用几年，四处灰尘堆积，既要清扫，又要用纸板糊窗户。张奎民和队员们尽管满身灰土、热汗淋漓，但满怀憧憬，信心十足。

菌种运来了，覆土运来了，马上开始种植。

对于汪庄村来说，种植蘑菇还是破天荒的头一次，不少群众前来围观。毕竟是新生事物，人们对此评说不一，有的说："还不知道行不行呢，赔了咋办？"有的说："张队长懂技术，一定行的。"张奎民听到了，一笑了之。他心中有数，前几天已经和农委的农艺师张春讨论了可行性、具体事宜和细节，按流程操作应该不会出问题。

种植后，张奎民几乎每天都去测温度、湿度，指导雷作勤、梁国义等4位老人及时喷水、消毒。

短短几天，白色的双孢菇从菌料中钻出头来，细嫩可爱，十分喜人。之后，双孢菇一天一个样，长势出人意料得好。

9月10日首次采摘蘑菇。工作队队员满怀丰收的喜悦参加了采摘，共采摘150斤。张奎民看着自己指导种植的成果，内心有说不出的激动。

接下来的几天，每天都有好收成：9月11日，120斤；9月14日，200斤；9月15日，320斤；9月18日，680斤……张奎民四处联系销路，双孢菇部分被爱福公司回收，部分销售到外地，还有一部分进行晾晒。一茬种植结束，取得了每平方米产菇33斤的良好成效。

双孢菇示范种植成功，既让帮扶户得到了实惠，又让群众看到了希望。

72 岁的雷作勤老汉实实在在地给我算了一笔账：“过去老两口种 6 亩地，一年收入 1800 元左右，还累得要死。今年在示范基础上务工，轻轻松松收入 4000 多元。”

过去常看到经验总结中写着“带着群众干，干给群众看”，在汪庄村，我切实感受到了一种示范的力量。这种力量汇聚起来，就会形成共筑致富梦的滚滚洪流。

因村施策，共圆小康梦

人心齐，泰山移。一个村庄的发展，不仅是让群众物质上脱贫，更重要的是思想上补钙。汪庄村的落后，表面上是自然因素，实质是人的因素。张奎民和工作队从进村开始就感觉了这一点，此后的工作始终坚持以凝聚人心、提升精神为切入点，从大处着眼，从小事做起，一件一件抓落实。

张奎民在农村长大，最清楚乡村走向富裕文明的难点。他首先看到的是环境。农村的环境治理一直是个老大难问题，司空见惯的脏乱差环境，影响着人们的生活方式和生活理念。帮扶工作队刚进入汪庄村时，硬化的路面上牛粪、羊粪遍地都是，路两边柴草、沙土堆积，一些农户的破墙、篱笆墙随处可见，影响村容村貌。张奎民和队员们讨论时认为，凭自己的能力，想给村里做些大事显然不行，但从这些小事做起，久久为功，积健为雄，或许能给村里带来一点新气象。

2015 年 7 月 2 日，工作队分组对影响全村环境的问题进行排查，排查出烂墙及篱笆墙 1500 米，卫生死角 30 多处，垃圾乱倒的情况家家户户都存在，主要是没有垃圾投放点。随后，工作队与村支书梁有勤、村主任王永昌等人商议，在村里建立多处集中垃圾点，督促村民拆除烂墙、篱笆墙和打扫自家门前卫生。开始，村委会个别干部意见也不统一，总认为这是鸡毛蒜皮的事，不值得大动干戈。张奎民就给他们做工作：“这些看似小事，却是村子的脸面。到邻近的村比一比，比如最近的芦堡村，干部觉得脸红，群众也觉得没面子。环境整治好了，一方面群众生活舒心，另一方面群众的观念就不一样了。”

思想是统一了，但行动并不一致，群众的观念一时还转变不过来。工作队队员心里着急，只有先干起来再说。他们与村里施工的一支建筑队商量好，派出人手，由工作队员牵头，分组清理沿街的柴草堆、石头堆、沙堆，打扫主干道的泥巴、畜粪等杂物。镇上的帮扶干部何多生，工作队队员宋福超、夏俊杰、周锐、杜秀丽，各自按分工路段，带着建筑队的人员干得热火朝天。一些群众开始还是观望，后来自觉加入，清理自家门前的垃圾。

村委会前的涝池，群众平常当成柴草堆放点使用，动员清理时没人响应，一些群众还有抵触情绪。张奎民与村上商议，让工作队与村干部来干。村委会很支持，动员了部分群众与工作队一起清理。陈年的垃圾堆，清理起来可不是那么容易，他们干了 3 天，才清理得有点样子。而工作队清理之后，那些曾有意见的群众也默认了。

正是工作队带头先干，让群众看到了差距。蔺璞壁是刚开始最有意见的群众之一，他家要拆除 300 米的烂墙，便要求村里补助水泥和铁丝网。后来，村里按规定兑现了补助事项，他很快完成了自家的烂墙重建。在整治环境卫生时，他反过来给大家做工作："村容村貌是我们自己的环境，工作队都这么卖力地帮我们干，我们咋好意思旁观？"

经过几次集中整治，群众发动起来了，但要形成长效机制，还必须有制度约束。于是，工作队把环境卫生整治作为一项重要工作，制定了《汪庄村村规民约》和《汪庄村环境卫生管理制度》，明确了卫生整治的主体责任，采取召开动员大会、发放宣传单等形式动员群众参与环境卫生整治，并采取"每月集中整治、每月互查考评、每月排名奖惩"的形式，对家家户户的环境整治情况进行评比，督促大家形成良好的习惯。与此同时，汪庄村分别在汪庄、蒲寨、任寨三个社区各建了一个垃圾集中堆放场，对村内、村外的柴草堆、粪土堆、垃圾堆以及废旧农膜、有色垃圾等集中堆放，安排专人集中清理，村内"脏乱差"的现象得到了彻底整治，村容村貌有了明显改观。

好的环境还得有相应的配套设施。张奎民和工作队一边抓环境整治，一边谋划基础设施建设，围绕农田水利、道路交通、人饮管网等领域全方位争取项目，多层次实施项目：计划利用两年时间，基本完成保灌区渠系配套建设；全面完成居民点主街道及巷道道路硬化，实现通村道路建设及居民点巷道硬化全面覆盖；自来水入户率达到100%，基本实现水、电、路等基础设施全覆盖。仅半年多时间，他们完成了村内主街道美化工程3公里，铺设路沿石、面包砖；架设护栏1500米、太阳能路灯130盏；改造农村危旧房17户；按照“白墙灰瓦坡屋面”的总体风格，改造沿路沿线门面300户；新建占地面积5500㎡的任寨社区农民文化活动广场1处，配套了文体器材。依托这些设施，他们组织举办了汪庄村趣味运动会暨“最美家庭”及个人表彰大会，评选了8户“最美家庭”和8名“最美家庭成员”，凝聚了人心，激发了群众向善向美的追求。84岁的老党员张国儒居住在任寨社区旁，现在每天都能和老年人在日间照料中心下下棋、聊聊天，再也没有以前的孤独感，他高兴地说：“这两年村里变化真大啊！别的不说，就这道路、卫生、广场还有这活动室，过去想都想不到的事，现在我们享受上了。”

张奎民和工作队在协调联系市、县帮扶单位做好基础设施建设的同时，将更多的精力投入到产业扶贫上。他们认识得很清楚，一个村庄的发展，必须有主导产业带动，不然将始终在原地徘徊。根据汪庄村的实际，张奎民提出了发展林果经济的思路。

汪庄村地处偏远，又干旱缺水，周边最多的树木是沙枣、榆树、杨树，远远看去，绿色植被十分稀疏，花果树也只是零星的一些杏树、梨树，传统种植的农作物也是玉米、小麦之类，要让群众认识到发展林果经济的意义，并非做做宣传就能见效，必须让大家看到实实在在的效益。

于是，张奎民他们组织村社干部和部分群众代表外出参观学习，在张掖的老寺庙农场、九公里园艺场、寺大隆红梨基地、新墩苗圃等处实地观摩，开阔视野，又联系县委党校老师进行专题辅导，让群众从理论到实践逐步转变观念。

与此同时，张奎民根据汪庄村实际，初步选中仁用杏、文冠果、枸杞、水晶杏、红梨等几个品种，通过向林业技术人员请教、从网络上学习，搞清楚了这些林果的适应性和经济效益，一有机会就向群众宣传。他听说汪庄四社的河西学院毕业学生常任国四处打工，但他有发展林果的兴趣，便和工作队的队员去看他，鼓励他大胆去干，去闯，协助他办理土地流转、苗木引进等事宜。

为了让群众看到林果种植的实效，张奎民和队员们利用废弃学校的花池、空地作为试验田，自己动手翻耕土地，从网上购买了仁用杏、枸杞、文冠果等树苗进行试种。在他们的精心管理下，树苗成活率达 80% 以上。同时，动员村支书梁有勤承包复垦后没人耕种的 120 亩荒地，帮他联系县林业局支持林果苗木，带头试种。梁有勤是村里有名的民营企业家，20 世纪八九十年代曾组织劳务工程队在青海创业，获“全国创业之星”“全省创业明星”等称号。多年来，他致富不忘乡亲，为村里的公益事业投入了上百万元。这片荒地定植树苗后，渠水却无法灌溉。在这种情况下，这位 60 多岁的村支书自己引水管一棵棵浇灌，硬是让一片荒滩长出了嫩绿的果树苗，焕发了新的生机。

正是工作队和村干部的示范引领，群众看到了实实在在的成效，观念也转变了。2020 年春天，一些群众主动向他们咨询林果苗木种植的信息，有些还从外面引种了梨树、杏树等。

群众的观念转变了，技能培训就必须跟上。张奎民和工作队队员们开始有计划地实施“造血式”扶贫，以“培训一人、输出一人、就业一人、富裕一户”为目标，充分了解和掌握了贫困户的培训需求，积极同农业、畜牧、安监等部门协调，组织技术骨干，针对农作物种植、肉羊养殖、电焊工、砌筑工等实用技术进行了分类培训，共举办精准扶贫专项培训 6 场（次），累计培训劳动力 120 人（次）。凡有一定劳动能力的贫困户，凭一技之长当年便实现脱贫。

一茬接着一茬干，力促汪庄换新颜

时隔 5 年，我再次来到汪庄村。

通向汪庄村的水泥路随地势高低起伏，在绿野的映衬下，像一条银白的飘带。道路两旁的荒野里，芨芨草、滨藜、蒿子、大针茅等旱生植物没心没肺地生长。没有多少高大的乔木，甚至连像样的灌木也少见。远远看到一洼绿树掩映的房子，便是汪庄村了。

一进村委会，就看到几张年轻而陌生的面孔，他们好奇地打量着我。我想，他们应该是驻村工作队的队员们吧。因是周末，我怕没有人，前来采访时，曾咨询过山县丹农业农村局的张奎民，他说："你就直接去，驻村工作队的队员们肯定都在，周末不休息。"我还有点不相信，怕落了空，见不到人。现在看来，当时的担心是多余的。

我说明来意，工作队的队长孙玉婷，队员高军、王应华、钱万建一一作了自我介绍。他们都很年轻，孙玉婷30岁出头，是一个身材修长的美女，2019年从县委办公室委派到这里担任驻村第一书记兼帮扶工作队队长，干练、飒爽，英姿勃发。钱万建年龄最小，还没成家，说话有点腼腆。高军驻村时间最长，近两年了，朴实，健谈。王应华大约40岁出头，从县妇幼保健院抽调过来驻村帮扶。说起村里的情况，他们不管驻村时间长短，一个个都侃侃而谈，对村情和贫困户"一口清"，对扶贫政策落实"一本清"，甚至哪家哪户养了几只羊、几头牛，种了几亩麦子，都能一一道出。他们每个人心里都有一本账，每个人都像是在村里扎了根，融进了汪庄村百姓的生活中。位奇镇的党委副书记陈文亮说："镇上要求工作队吃住在村，工作到户，每周对全村建档立卡户走访一遍。实际呢，他们一周何止一遍，有的户可能三遍五遍地上门，小路子都蹚出来了。"

闲谈时，我翻看他们的钉钉打卡记录。从2020年3月份以来，他们每月只有三两天没打卡，几乎都是全勤，也就是说，4个多月来，他们没有节假日，没有双休日，每天守候在这个村子里。因为钉钉签到打卡必须是本人在工作岗位附近，否则打卡无效，他们的打卡记录肯定没有水分。我问他们一天到晚吃住在村里都忙些什么，高军掰着指头说了"八大员"职责：常态化疫情工作的防控员、村级事务参谋员、村民发展的指导员、村民矛盾纠纷的调解员、村民困难的服务员、政策落实的监督员、补短板强弱项督导员、稳定脱贫和乡村振兴有效衔接的战斗员。我又问："好几个月不回家，家中有事怎么办？"高军苦笑一下说："除非有大事，其他情况下谁也不能离开岗位，这是纪律。"6月的一天晚上，孙玉婷因孩子生病，心急如焚，想趁晚上休息的时间回家看一眼孩子，结果开车出村不远，洪水冲断了路面，她的车差点冲进洪水中。道路不通，她尽管心里急，但更担心村子的安危，急忙把电话打给位奇镇的葛镇长，汇报了意外情况。葛镇长听后，嘱咐她原地待命，随后就和乡干部赶了过来，一见面就不客气地批评她："工作纪律哪里去了？这么晚跑哪里去？"孙玉婷想辩解，却又张不开口，因为她确实是违纪在先。在一线工作的锻炼中，驻村工作队的队员们已经形成了较强的自律观念，他们能安下心、扎下根，沉得下、干得实，与群众打成一片、干在一起。

家里有困难，他们尽量克服着，而老百姓有了困难，他们随叫随到，尽心尽力。贫困户雷克胜家危房改造后收拾新家，临时找不到人，正好高军晚饭后走访，雷克胜就叫住他帮忙打顶棚，高军便叫来工作队的队员，连夜帮他打好了顶棚。建档立卡户郭爱林的妻子在地里干活时意外摔伤，住院期间又查出了神经纤维瘤等病症，两项手术花费了3万多元，原本贫困的生活雪上加霜。驻村工作队得知情况，安排王应华一对一帮扶解决问题。从卫生系统下来的王应华即刻找熟人、朋友联系协调，落实建档立卡户大病报销政策，并多次往返城乡，为郭爱林的妻子解决了3万元的住院费难题，又向镇上申请了临时救助4000元，解了燃眉之急。诸如此类的小事，在每个队员身上都有无数件。

位奇镇党委副书记陈文亮说，驻村工作队的确是一支扎根脱贫攻坚一线的生力军。从2015年派驻工作队以来，汪庄村已换了5茬人，从第一任帮扶工作队队长张奎民、第二任队长史保民、第三任队长毛钰、第四任队长张连瑞到现在的队长孙玉婷，工作队员也换了10多人，但5年来，扶贫目标一致，脱贫计划延续。别的不说，从张奎民发展黑木耳产业和暖棚养殖开始，五任队长的队员一直坚持。目前，汪庄已经有黑木耳大棚72座，有规模有暖棚羊舍户30多户，直接带动建档立卡户年人均收益达5000元以上。

走在汪庄村的街上，道路平坦干净，绿化、美化、亮化蔚然一新，村风正，邻里和，家家户户都自觉向更加文明、更加美好的方向发展，昔日的落后村一跃而成为美丽乡村，驻村帮扶工作队的帮扶成效实实在在写在大地上。

张大财的家园情怀

一早起来，披件衣衫走出院门，沿着村道一路“巡视”。这是民乐县南丰镇张连庄村村支书张大财每天雷打不动的“早课”。

看到一段路卫生打扫不彻底，张大财即刻掏出电话，打给张定鹏：“还睡懒觉？赶快的，打扫你的路段来。”张定鹏是享受低保的建档立卡户，村里规定，凡是享受低保的人员，必须义务承担打扫街道的公益劳动，每户一段，包干到人。又走了一段，远远看到张大兴赶着羊群经过村道，洒下一路的羊粪蛋子，他刚要呵斥，随即看到张大兴的老婆提着扫帚风风火火地走出家门，“刷刷刷”清理起了路面。他欣慰地笑了笑，走到跟前说：“嗯，觉悟不错，以后都要这样。”张大兴的老婆笑道：“不这样，还等书记你骂街啊。”前不久，因为她家的羊群影响了街道卫生，张大财当着一街群众的面“收拾”过他们，可把他们臊坏了，往后他们前脚赶羊出圈，后脚就跟着扫街。张大财笑呵呵地说：“好，记事就行。”村里人都知道，张大财把这条路当宝贝一样守护着。

这条村道是张大财当选村支书记后主持建设的第一项脱贫工程，也是张连庄村有史以来翻天覆地的大事件。多少年了，村里只有一条尘土飞扬的狭窄土路，每逢下雨下雪，一路泥水横流，连出租车司机都不愿进村。有时下大雨，山洪一下来，整个村子就无法进出。张大财从儿时看着甘青公路从村子旁修通，就幻想着有朝一日村里能够通上公路，可盼了50年依然如故。2014年，张连庄村被确定为民乐县的“插花型”贫困村之一，52岁的张大财也在这一年当选为村支书。他当着镇上领导的面立下“军令状”：如果不能实现一年脱贫、两年巩固、三年建成美丽乡村的目标，自愿辞职。

当帮扶工作队进驻村子帮助他们制定脱贫计划时，张大财首先想到的就是修路。以他20多年当村干部的经验，只有瞅中、干好一件老百姓都期盼的事，其他问题才能迎刃而解。帮扶工作队听了他的分析，认可了修路是脱贫攻坚的当务之急。于是，在张大财主持下，村两委班子和帮扶工作队的同志分工负责，打报告、搞测算、跑部门、筹资金，开始了村道建设。

第二年开春，张连庄村的村道建设列入扶贫支持项目，县财政列支70万元，剩余的自筹。张大财粗略算了一笔账，全长7.8公里的主干道，再加上两旁的绿化带，少说也得130多万，近一半的资金不到位，压力山大。他便带着村干部四处“化缘”，找镇上解决一点、企业帮一点、联系帮扶单位支持一点，基本化解了资金压力。施工企业开工后，他亲自担任监理员，每一道工序都严格把关，不合格的坚决返工。施工人员觉得他过分，开玩笑地说：“张书记，一条村路而已，你也太认真了吧。”他一改平时嘻嘻哈哈的模样，严肃地说：“老百姓盼了大半辈子的事，咱要干就干好，不能让后人骂脊梁骨。”施工人员一听，肃然起敬，后面的施工中再也不敢打马虎眼。

眼看着村子的主干道修成，通往家家户户门前的路还是坑坑洼洼的土路，群众有意见，想把路修到家门口。张大财便召开村社干部会，明确提出，村里没有资金积累，群众要想修路，就得自己掏腰包，让各社社长去做工作。结果没几天，全村7个社的群众都愿意自筹资金，修通到家门前的水泥路。张大财便定了一条规则：各社的路由各社筹资，建设由各社监理，村里不经手一分钱。就这样，把全村人的积极性都调动起来了，家家户户门前的路，每天都人有看着，生怕施工方偷工减料。短短3个月，张连庄村的道路全面完工，外出打工的人一进村子，差点认不出自己的家门。

对张连庄村人来说，村路的建成，仿佛带了天大的好运气，随后，危旧房改造、绿化亮化、修建文化广场等一系列配套项目落地，原先破旧不堪的泥土房全部改建成红瓦粉壁的新房，街道两旁栽植了云杉、松柏，种上了鲜花，架起了路灯，再加上环绕村庄的大片油菜花，远远望去，张连庄村像端坐在鲜花铺就的花床上，遍地流光，四野溢彩，吸引着国道227线的过路游客纷纷停驻留影，一些摄影家以张连庄村为背景拍摄的美片，屡屡出现在《人民画报》《读者》等大报大刊上。

村子变美了，变亮了，产业发展随之提上日程。尽管全村有8000多亩耕地，但因地处祁连山脚下，干旱缺水一直制约着村子的发展。前些年，村里以种植油菜为主，靠天吃饭，家里的主要劳力全都外出务工，剩下的老弱病残大多是建档立卡的贫困人员。怎么带动这些人富起来，成了张大财最为苦恼的问题。

他和村两委班子、帮扶工作队规划过发展乡村旅游的事，但地处山区，受季节性影响，旅游周期短，也形不成特色。后来引进中草药种植订单，结果种植的当归、黄芪产量高、质量好，群众增收明显。一个叫徐明的建档立卡户，2016年种植黄芪30亩，收入12万元。第二年，他与村主任张大辉联合7个股东，投资成立了辉明种植合作社，流转了村里的3050亩土地，全部种植黄芪和当归，不仅自己脱了贫，还带动乡亲走上了致富路。于是，张大财与村干部因势利导，调整产业结构，走“企业（合作社）+特色基地+农户”的产业发展模式，整体流转全村土地，2018年与辉明种植专业合作社和安徽的井泉药业公司签订了5200亩的土地流转合同，每亩350元。流转了土地的群众，主要劳力可以安心外出打工，本村的剩余劳动力、出不去门的贫困户在家门前打工就能增加收入。王保女是建档立卡户，她说：“早上家里的活也就干完了，到地上打工就能把钱挣上，一天120元，家里也就照管住了，多好的事。”60多岁的张永民算了一笔账，以前自己种20多亩地，年收入也就一万多元，如今把土地流转给种植大户，地租再加上平时到种植大户的合作社打工，一年的收入差不多是以前的两倍。一些农户一开始不愿流转土地，结果种了一年，收入少了不说，又操心又累人，第二年赶着找村干部签订土地流转合同。目前，张连庄村8200亩耕地全部流转种植了中药材和饲草，“解放”了的劳动力，除了外出打工的，大都在家门前找到了事做，村子里几乎找不到一个闲人。

张大财为了脱贫路上不让一个人掉队，针对每家每户的情况分类施策。

没有劳动能力的，村里提供公益岗位，或采取政策兜底的方式，保障建档立卡户有固定收入；对于有劳动力的，扶贫先扶志，支持他们满怀信心地走好劳动致富之路。二社的张大兴一家5口人，3个孩子，因供孩子上学致贫，原先住在一个三角子的破平房中，无钱无力改变现状。2015年，张大财多方协调，让两户人家腾出了地方，又申请危房改造项目，为张大兴新建了住房。房子一修，张大兴立马有了信心，打算搞养殖。张大财便帮他申请了5万元贴息贷款，当年就养殖了五六十只羊。2017年11月30日，省委书记林铎到张连庄村调研，走进张大兴的家，看到新修的房子和新置的家具，高兴地说："跟城里人一样啊。"然后跟张大兴夫妇拉家常，询问他们的收入情况，细细一算账，每年都收入五六万元，已经有了10万元的存款。林书记惊讶地问："这是真的吗？"张大兴憨笑着点点头。林书记连连叫好，对大家说："如果所有的贫困户都能像他们家一样，所有的贫困村都能像张连庄这样，全省的脱贫攻坚就无往而不胜。"临走的时候，林书记拉着张大财的手说："好好带着大伙儿干，让每一户人家都过上幸福生活。"张大财郑重地点点头说："不负书记的期望。"

3年过去了，祁连山脚下这个贫穷落后的村庄实现了美丽蝶变，全村63户建档立卡户提前实现了脱贫，张连庄村被命名为全省美丽乡村示范点。

易湾村的攻坚战

驱车行至祁连山脚下，两旁起伏不平的荒野渐渐淡出视野，眼前呈现出一幅优美的山村画卷：宛若苍龙的山峰下，赤橙黄绿的色块错落有致，一片片红瓦白壁的村落若隐若现，绿树环抱的上空升腾着袅袅炊烟。远远望去，大有"不知有汉，无论魏晋"的古远之风。

同行的王登学先生说，进了山，处处有美景，可惜过去交通不便，群众增收困难。有五六个村子都在山里，再走一段就到易湾村了。

易湾村是张掖市民乐县的贫困村之一，地处祁连山沿山地区，全村人多地少，且全部是山旱地。2014年建档立卡贫困户128户491人，贫困发生率

33.86%。

汽车沿着一条平整的水泥路前行，山路随着地势起伏跌宕，一会儿爬坡，一会儿下坡，七拐八拐的，让坐车的人手心里捏了一把汗。可以想见，这条公路通行前，山村百姓的进出多么不易，若遇雨雪天气，原先的泥土路根本难以出行。王登学说："这条路是2015年脱贫攻坚时修的，贯通了卧马村、何庄村、易湾村、张家湾、冰沟村等几个山村。这几个村都是过去的贫困村，因为出行不便，县上规划了一条既可便民通行，又可发展乡村旅游的祁连山环线旅游线路，让山里的老百姓终于走上了公路。"

沿硬化的山路行驶了半个多小时，终于到达了易湾村。站在村前高处朝下看，远处的县城、近处的村野，全都匍匐在脚下。粗略估算，这里的海拔在3000米左右。村舍修建在相对平坦的高地上，农田因山势而垦殖，有的山地一片绿色，有的是收割过的枯黄，起伏不平的山地像偌大的多彩地毯，从半山腰直挂到山脚下。据村支书记王录天介绍，易湾村过去靠天吃饭，只能种点小麦、青稞、杂粮，种下的东西卖不出去，老百姓主要靠外出打工增加收入，好多土地都撂荒了。实施脱贫攻坚以来，县上修通了公路，帮扶工作队下决心为易湾的土地找出路，依托有机、无公害的土质禀赋，与银河粉皮厂和几家中药材公司、养殖公司等签订订单农业，建立起有机豌豆、紫花苜蓿、中药材种植基地，2020年已经稳定种植有机豌豆1200亩、紫花苜蓿1200亩、中药材200亩、其他作物315亩；依托饲草丰富的资源发展养殖业，扶持饲养畜禽1000头（只）、养殖场2个、扶贫车间2个；鼓励发展家庭养殖业，动员引导25户新建分散养殖暖棚圈舍102间，其中贫困户10户40间，大多数建档立卡立户两三年就实现了脱贫。

我感慨地说："思路一变天地宽啊。"王录天却说："应该说是党的政策换新天。"

他又带我去看了两户脱贫户。一户叫张建礼，全家原先每年人均收入不足3000元，2014年开始养羊，先是养几十只，后来发展到350多只，这几年每年人均收入2万多元，新建的住房宽敞明亮，房前屋后绿树杨荫、鲜花绽放。

张建礼说起自己的发展，一再说：“没有国家政策扶持，我现在还穷得叮当响呢。”还有一户叫赵慧英，48 岁，因患有股骨头坏死，什么活都干不了，常年需要婆婆伺候，丈夫外出打工，每月有 5000 元的收入，全都用来给她治病。2018 年、2019 年，她在兰州做了两次手术，花费 10 多万元，个人仅仅负担了 6000 元，手术后身体恢复良好，如今已经能够下地劳动。儿子考上大学，每年享受 5000 元的补助，2021 年毕业。赵慧英掰着指头算着这几年得到的“实惠”，发自肺腑地说：“幸亏了党的政策好，给了我重新站起来的希望，不然，这么大的花费，我们几辈子都还不清啊。”

走出赵家一段路，看到一个大涝池，池底汪着一潭浑浊的绿水。我惊讶地问：“村里还吃涝水？”王录天嘿嘿一笑说：“过去，易湾的老百姓只能吃涝池水，现在已经不吃了。说起来，最让老百姓感恩的要数解决了吃水问题。”他还说，因为缺水的缘故，过去易湾的小伙子找对象都困难，有一年，介绍人陪同女方家长来易湾村看家，一进村就看到人们在涝池里舀沤了多少天的浑水，扭头就走，说啥都不把姑娘嫁到这里来受罪。陪同我采访的王登学先生也说，几十年来，山村百姓最难解决的就是吃水问题，外出打工的人们，回家时总要带回一桶纯净水，让家人尝个新鲜。他还说，有一年，因为天旱，易湾村和武城村村民赖以生存的山泉水枯竭断流，人畜无水可饮，与邻近村抢水，冲突一触即发，县上紧急组织有关单位就近拉水送水，才化解了水事纠纷。这些年，县上、镇上、村上什么办法都想过了，始终没有一个可行的办法解决长期吃不到干净水的问题。2014 年，脱贫攻坚第一年，联系帮扶易湾的县政协主席韩延琪立下“军令状”，争取一年时间解决山村百姓的饮水问题。这一年，他与乡镇、水利、自然资源等部门的干部和技术人员七进祁连山腹地，徒步跋涉数百公里，寻求解决水源的问题。经过再三勘测和规划设计，一个“截流引水”的方案逐渐清晰起来。最后，经过专家论证，这一设计方案付诸实施，筹资 110 万元，在山上截住流水，建成一个小型水源蓄水工程，然后用管道把山泉水引下来，再分流进各家各户，让群众吃上了放心水。第二年，工程完工，引进农户家的水经过检测，堪比“农夫山泉”，老百姓形象地称之为“幸福泉”。王录天清晰地记得，通水那天，村里的老“秀才”王兴强即兴拟一对联：“想当年饮臭水有女不嫁易湾，看如今饮甘泉梧桐招来凤凰。”

打通惠民路，引来幸福泉，签约订单田，影响易湾村几十年的老大难问题终于破题开篇，村子迎来了新的发展机遇，近几年，易湾村一鼓作气硬化了通乡道路和村内巷道，完成了危房改造，实施了美化亮化工程，建起了文化广场，改善了人居环境，发展了青龙山旅游景区，山村面貌焕然一新。2018 年，易湾村建档立卡贫困户 123 户 443 人实现整村脱贫。2019 年，全村贫困人口人均纯收入为 7935 元。帮扶工作队队长赵亮总结得好：“通过脱贫攻坚战，易湾村实现‘八有’：有集体经济收入、有通村硬化路、有安全饮用水、有生活用电、有宽带网络、有卫生室、有文化室、有文化广场。走在易湾村，不仅处处是风景，而且处处有文化。”

寺沟村的西兰花

白露过后，寺沟村的西圪塄地上忙活起来了。男女老少数百人分散在辽阔的田野里采收西兰花，有的采摘，有的装箱，有的运送，有的装车……劳作繁忙而井然有序，欢声笑语四处回荡。

下午收工的时候，种植大户刘佰成站在地头，一手拿着笔记本，一手挎着钱包，逐个叫着打工者的名字发放劳务费，一人 120 元，现场付清。领到钱的打工者笑逐颜开，三三两两回家去了。刘佰成望着远去的人们，心里感慨万千。曾几何时，他也是村里出了名的贫困户，因视网膜脱落，无法外出打工，加上母亲常年患病，家庭入不敷出。2016 年，在帮扶干部的鼓励下，他开始种植大棚香菇和蔬菜，现在已摘掉了“贫困户”的帽子，成了一位老板，带着群众共同致富。

这是山丹县陈户镇寺沟村产业扶贫的一个缩影。据村支书记李玉兴介绍，每天来寺沟村打工的人都有三五百人，多的时候上千人。本村的人手不够，就招邻村的人，如果还不够，就从县城的劳务市场招人。村里但凡能劳动的，在家门口都能挣到钱，都能过上好日子。

寺沟村是焉支山下的一个贫困村，干旱缺水是多年来制约村子发展的主观条件，找不到适宜的产业是导致人心不安的关键因素。年轻人外出打工，留守的都是老弱病残。寺沟村的两委班子一直在寻求脱贫致富之路，倡导种过大棚香菇、西芹、辣椒、茄子、人参果、西瓜等，但都没有形成气候。2019年，寺沟村与山东客商张维波达成建立西兰花种植基地的协议，带动了整村3000多亩土地流转。如今，寺沟村种出了上海江桥市场驰名的西兰花——甘肃山丹牌西兰花。

寺沟村车水马龙，车来人往，甘肃山丹牌西兰花正在分拣、制冷、包装，然后从冷库装车，分别运往南京和重庆市场。西兰花在寺沟村的土壤里等待了千年，终于有了出世的契机，一出世就名扬千里。

驻村干部钱守冬介绍，西兰花最高价卖到5元一斤，后来降到3元一斤，次品2元一斤。一亩地收入9500元，还有的能过万。

我对农村种植的情况还算熟悉，但听他这么一说，倒有些惊讶，便问："有这么高吗？"

钱守冬说："这是今年的行情，是种西兰花以来最好的一年。村里的大棚和露天地，种了2000多亩。疫情导致市场缺货，品质让商品备受青睐。上海人见我们的西兰花大小合适，色泽新鲜，一眼就看上了。买回家吃，比别的西兰花味美。寺沟村地理条件特殊，海拔2000米，不冷不热，土壤沙黏，蓄水适度，昼夜温差大，营养成分储存充分，能种出好庄稼。我们用有机肥种西兰花，品相美，口感好，保证是绿色蔬菜。"

我听到"有机肥"的说法，十分好奇，便追问他。

他说："我们镇有个骏马产业园，我们用他们的马粪，加入日本进口生物菌，经过加工发酵后种菜，成本低，原生态，收入高。"

一路聊着，走到村里新建的冷库前。工人们紧张有序在流水线上工作，一筐筐西兰花经过分拣，被运送到冷库，经过迅速制冷，抑制西兰花采后继续生长。当温度降至 2 ～ 3 摄氏度，再进行包装、出售。也就是说，西兰花在地里长到顶级品质，之后通过制冷稳定品质，再运往五湖四海的市场。这既是优者之心，也是经营之道。操作工人十分熟练，女工居多。

同行的李玉兴书记介绍说："江苏利合农业有限公司专业种植和销售西兰花，有专业技术与队伍，竞争全国市场。当初，我们的村民不愿意干，担心工资少，纷纷外出打工。可是工作机会越来越少，加之受疫情影响，活更少了，大部分人只好回来。回来便种菜，种菜活多，需工量大，村里所有的闲人都在地上。村委会先考虑安排建档立卡贫困户干活，工资一天最低 120 元，无论男女老少，没有差距。有人心里不平衡，村干部便做思想工作：都是同村人，他需要你照顾，你需要他关怀，互相帮扶，共同谋利。除去农闲与节假日，一个人一年最少挣 2 万元，一家两个人就是 4 万。有的家庭两代甚至三代人都在地上干活，最少收入七八万。"

我问他："这是今年的情况？还是以往也如此呢？"

李玉兴说："以往如此，今年更好一点。以往村里没劳力，老弱病残都用起来，结果挣了钱，在外务工的也回来了。今年都不外出，留在村里挣钱，而且城里住的人也回村挣钱来了，村里的人又多了起来。"

我感叹说："多好啊，这样就能把人留在村里了。"

李玉兴说："是的，要想留住人，就得有钱挣，要想有钱挣，就得有产业，只有产业才能吸引人回村。另一方面，农田劳作安全系数高，家人也不扯心了。而且都在一起干活，邻里之间矛盾少了，感情深了。还有一点，懒人的思想也转变了，六七十岁的老人都在地上干活，他不好意思再睡懒觉了。"

街道两旁的绿树、红花茂密成篱，形成白墙红瓦的住宅屏障，一派城镇气象。以前路边都是沙石，不长一草一木，整条街看上去有气无力。如今绿意盎然，花红草绿，一派别有意趣的田园风光。

种植示范园分为两片，路南片 93 座棚，路北片 127 座棚，全部种西兰花，约 20 天后上市。大棚本是育苗的，早育早种早采收，抢占市场。灰绿的西兰花生机勃勃，挤出卷起边角的塑料大棚，外溢着流光溢彩的兴奋。

“目前再没有比西兰花更值钱的蔬菜了。既然市场供不应求，那就所有的土地都种西兰花，抓住一季是一季。而且，明年我们计划扩种到 1 万亩，让所有土地入股分红，全民当家，共同劳作，让钱留住人，也让钱留住村子。”李玉兴说。

自 2014 年脱贫攻坚以来，寺沟村经历了从落后到脱贫的蝶变。那时土地已开始流转，大面积种植可以赚钱，小面积种植不能养家。村民把自己的土地承包给别人，纷纷出门打工。接着，村校全部撤离，老师和孩子离村进城。村庄一下子成了空心村，让驻守村子的村干部和留守老人一样，心里都很难过。好的土地都被人承包走了，差的土地没人种。土地少了也就罢了，但寺沟村的土地二类、三类的居半，如果扔了，相当于扔了半个村子。作为村支书的李玉兴心里怅惘而着急，他便将土地全部收拢起来，好坏不说，每亩地给 100 元租金，自己种了起来。扔了地的村民高兴坏了，但他们不懂村支书的心，土地对他来说，和他们一样重要。

地太多了，投资是个问题，李玉兴在争取政府精准扶贫支持的同时，三番五次向农资销售机构协商赊欠。但由于规模种植有好有坏，好多人种赔了，资不抵债，但凡赊欠的账款几乎都成了陈账，有的甚至成了死账。所以农资商不再大数量赊欠，最多只碍于情面，在后期资金不影响流转的情况下才赊欠少许。李书记一夜愁白了头。按他的话说，自己常常整夜整夜睡不着觉，反反复复思考，辗转反侧琢磨。他从最简单的种植开始，以此来支撑整体规模。最差的地常规种植，种大麦、小麦；最好的地超常规种植，种葵花、洋芋等等。等政府扶持资金慢慢到位，他再于下一年扩种高收入作物。有时候受整体行情影响，投资比收入大，难免有种赔的土地。但即使这样，寺沟村的土地也没有被荒置的现象。按李玉兴的话说：“这块不挣钱那块挣，土地总不能扔了。扔了，我们村干部的脸往哪儿搁。”

连续几年，种地收入还是资不抵债。银行的贷款虽然在周转使用，但积少成多，欠债的窟窿越来越大。李玉兴诉苦，扶贫干部说：“不行，不能这样下去了，得想办法，单一地靠常规种地，种死也挣不了钱，欠债还越来越大。”驻村干部给他介绍，张掖市花寨乡有外地人种西兰花，听说收入可观，已成时兴产业，何不去考察一番。李玉兴便去了。经过考察，寺沟村的地理条件与张掖花寨乡一样适合西兰花生长。而所谓的外地人，正是江苏利合农业有限责任公司，已在张掖注册了分公司，正干得风生水起。

说干就干。李玉兴带领班子成员反反复复研究、设案，但设来设去，看不到利益，没有人敢干。因为投资过大，李玉兴的心也动摇了。幸运的是政府扶持力度大，一再帮扶和补贴，鼓励他大胆迈出创新的步伐。第一年缺乏经验，有一部分西兰花因病害赔了，不过李玉兴参加了农业保险，算是保住了成本。但长势好的西兰花收入不菲，比传统作物好了很多。李玉兴看到了亮光，微微尝到了甜头，第二年大胆扩种，小心管理，最终功夫不负有心人，西兰花在寺沟村大面积种植成功，带动本村和周边剩余劳力在家门口打工增加收入。

李玉兴满怀信心地说：“明年，我们要把周边近万亩的土地流转过来，建成河西走廊最大的西兰花种植基地，全心全意做好这个支柱产业，打响这个品牌，带动更多的老百姓从中受益。”

第八章

酒泉公安民警扶贫日记

之一：留守老人曹奶奶的心里话

又走在了前往赤金镇的高速路上，这是我上班5个月以来第6次去酒泉玉门赤金参加扶贫工作。我所在部门的帮扶对象在玉门市所辖的赤金镇营田村。每次来到帮扶户家中，不管农活有多忙，帮扶户们都会热情地邀请我们去家里坐坐，与我们畅谈最近的家庭生活情况，积极配合我们的工作，有时我会感到很抱歉，由于我们的到来，耽误了他们的事情。

这次来赤金的帮扶任务是了解帮扶户家中的庄稼是否收割，有没有困难。今年遇到了疫情，脱贫任务更加艰巨。我帮扶的曹老爷子家住在路边，是最好认的一户。房子和旁边的人家显得格格不入，人家的房子都是琉璃瓦、大白墙，整齐划一，曹老爷子家的房子还是20世纪90年代的老院子。进屋后，曹奶奶给我们倒了热茶，驱散了萧瑟的秋风带给我们的寒意，心里一下就暖和了。曹奶奶有慢性疾病，导致记忆力不太好，我们重新介绍自己，她很有礼貌地说："是是是，我见过你们，却每次都叫不上名字。"我们从来不介意，因为曹奶奶已经78岁了。

曹爷爷早上起床就去放羊了，还没回来，于是我们主动拿起扫把帮他家打扫院落。曹奶奶见状拦住我们："你们别干这些活，把你们的衣服弄脏了，我来扫就好。""本来就是脏衣服，没事。"我赶紧把她扶到屋里，跟她聊起了今年家里的收入情况。她和曹爷爷年纪大了不能种地，主要靠养羊、养鸡，还有国家补助来维持生活。她告诉我们，今年家里一共有2万余元的收入，老两口的生活支出绰绰有余。“现在看病、吃药的报销费用比以前多了很多，解决了我们最难的问题。这几年幸好有这么好的扶持政策，日子是越过越好了。”曹奶奶还说了他们生活的很多改变，听到这些，我觉得为脱贫做的一切都是值得的。随后，针对他们家的情况，对照甘肃省脱贫攻坚重点政策二十问，我和同事详细跟他们确认了今年所享受的脱贫政策，并叮嘱他们平时要防范电信诈骗。

曹奶奶还告诉我，她有 4 个子女，但是都特别忙，很少来看他们老两口，家中的重活都没有办法干。听到这些，我突然鼻子一酸。我的奶奶也是他们这样的年纪，由于工作忙，我也有大半个月没回去看望她了，老人希望儿孙能多点时间陪伴，这一点值得我们现在的年轻人深思。

收拾完院落，曹奶奶送我们到门口。在返回的路上，我心里很不是滋味。像曹爷爷、曹奶奶这样的老人还有很多，农村留守老人的问题到底该如何解决？如何才能让他们老有所依、老有所乐，不再劳苦？我们如何做才能使他们真正脱贫？“完成非凡之事，要有非凡之精神和行动”。在脱贫路上，我们一定要多一点问候，多一点帮助，多一点行动，这一点一滴将汇聚成一股大能量，不但帮助贫困老人脱贫，更要为他们送去精神上的关爱和温暖。

之二：过上候鸟生活的权大妈

2015 年，我帮扶的对象被确定为肃州区三墩镇二墩堡村 3 组的权大妈。权大妈一家共有 3 口人，丈夫蒲大叔因患有慢性疾病，2012 年失去劳动能力，儿子在兰州上大学，生活本不富裕的家庭因此而雪上加霜，孩子也一度面临辍学的危险。我第一次来到权大妈家中和她畅聊后，感觉她是一个性格开朗之人，但面对眼前的困难时又显得孤立无助。她说：“家中就靠这十几亩地养家糊口，供孩子上大学。老汉一病，孩子的大学怎么上？”说到这些，她的眼泪忍不住流了下来。得知这些情况后，我首先鼓励她树立战胜困难的信心和勇气，然后帮助她理清发展思路和解决困难的具体办法。

为完成好工作任务，我在掌握了权大妈家庭的实际困难后，将她家人的困难当作自己的困难加以解决。我多次利用休息时间到权大妈所在的乡镇和村委会进行走访，多次和乡镇领导协商帮助权大妈一家脱贫的具体方法和步骤，制定切实可行的帮扶措施。我积极协调上级医院对权大妈丈夫的疾病做进一步的治疗，同时申请相关的医疗救助，最大限度解决治病的医疗费用问题，确保权大妈家不因为疾病造成再次贫困。我又联系了权大妈的儿子，鼓励他克服困难，努力完成学业。加之乡政府从外地调入一批种羊，免费提供给权大妈家养殖，以此来增加家庭收入，权大妈也合理调整了种植结构，将一部分土地租赁给种子公司种植。

为帮助权大妈解决生活中遇到的困难，我主动将自己的电话号码留给了她，并和其儿子加为微信好友，及时掌握他家遇到的困难和问题，尽最大力度协调解决。在帮扶的日子里，我一直和权大妈的家人保持密切联系。经过几年的帮扶，我和权大妈一家已超越了帮扶和被帮扶的关系，成了亲人。每逢佳节时，我会拿些慰问品到她家中进行慰问。功夫不负有心人，经过几年的帮扶，权大妈的儿子不仅没有因为生活困难而辍学，而且学习成绩优异，毕业后找到了一份比较满意的工作。如今权大妈一家人在城里买了楼房，儿子成了家，也开上了小汽车，生活过得很幸福，提前达到脱贫的标准。

今年家庭收入不错，农闲时节，权大妈一家搬到城里的新房里准备过冬。这个周末，我到权大妈的新家进行走访，正巧一家人都在。看到温馨宽敞的新家，我内心充满了欣慰。权大妈热情地握着我的手对他儿子说："我们家这几年生活能有大的变化，多亏了白警官的关心和帮扶。"我说："你不能谢我。如果要说感谢的话，你感谢的是党和政府。是组织派我来帮扶你的，我只是做了自己应该做的事情而已。"权大妈笑着说："没有党的好政策，就没有我们今天的幸福生活。"

回家的路上，我脑子里一直浮现着权大妈一家其乐融融、幸福和睦的画面。我暗自发誓，在今后的扶贫路上，我将继续发扬"延安精神"，全力做好扶贫帮困工作，为我国全面建成小康社会贡献自己的力量！

之三：独居大叔的新房子

“如今我再也不怕夏天房子漏雨，冬天房子漏风了。”这是肃州区总寨镇双闸村 5 组精准扶贫户王大叔自去年以来最高兴的一件事。王大叔 51 岁，因家庭原因至今未婚，父母也于多年前相继去世。

由于常年独居，王大叔对生活失去信心，不愿种地，前些年还将仅有的 9 亩耕地租给他人耕种，自己在外打零工，收入时有时无，生活拮据，因此被肃州区总寨镇确定为精准扶贫户，也成了酒泉市公安局肃州分局总寨派出所所长闫晓锋的帮扶对象。接到这一光荣使命后，闫晓锋多次到其家中走访了解，积极宣传国家的方针政策，与王大叔谈心交流，并一直鼓励王大叔提振信心。在闫晓锋的帮助和建议下，自 2018 年开始，王大叔不再外出打零工，而是将自己外租的 9 亩耕地收回来，自己种植经济作物，短短 1 年时间，王大叔的个人纯收入就达到约 1 万元。看着自己的存折终于有了“五位数”，王大叔高兴地说：“活了大半辈子，没想到现在还有存款了，再也不用担心吃啥、穿啥了。”

看到王大叔的变化，闫晓锋也由衷地高兴。为了巩固这一脱贫成果，闫晓峰一有空就会到王大叔家中去看看，问他有没有困难，有没有需要帮助的地方。逢年过节，闫晓锋都惦记着王大叔一个人会不会孤单，总会买些清油、大米、牛奶等生活物资去他家中坐坐，与他唠唠家常、谈谈发展、展望未来。

2019 年夏天，肃州区部分区域因连日遭遇暴雨侵袭而引发洪水，总寨镇也未能幸免。闫晓峰心里一直惦记着王大叔独居的那间土坯房。当他赶到王大叔家里，第一眼看到的就是摆在地面上大大小小的脸盆——本就破烂不堪的房屋内部到处漏雨，雨水滴滴答答地顺着房顶淌进水盆里。墙角四处都是缝隙，墙壁上还有很深的雨水冲刷痕迹，被子、褥子等家居用品全被雨水打湿了。“我一定要帮他重盖一间新房！”暗下决心的闫晓锋立即与镇政府等相关部门沟通、协调，争取修建房屋资金和建筑原料，不仅亲自当泥瓦匠，还发动派出所的民辅警都来帮王大叔盖房子。功夫不负有心人，一间 30 平方米的砖混结构住宅终于赶在秋收之前盖好了。走进王大叔的新居，卫生间、厨房等基础设施一应俱全，明媚的阳光透过宽敞的窗户照进来。

如今日子越来越好，王大叔整天乐呵呵的。看到今年种植的农作物长势良好，丰收在望，他见人就说："真的要感谢党的好政策，现在我也能脱贫了！"

之四：人穷志不短的老尚

11 月 17 日下午，我又一次踏上了那条熟悉得不能再熟悉的路——去酒泉市肃州区三墩镇的老尚家。一进门，老尚就热情地迎了出来，用他浑厚的声音高兴地对我说："蔡警官，今年我地上收入不错，欠银行的最后一笔贷款应该能还清了！"

看着他因激动而微微发红的质朴的脸，我的思绪不由得回到了 2015 年。5 年前，我第一次去精准扶贫户老尚家，在破旧的屋子里见到了老尚和他的妻子。老尚家有两个儿子，大儿子早已成家，和儿媳妇在城里租房子住，经营一辆自卸翻斗车，日子过得倒也勉强。说起小儿子，老尚夫妇总是充满无限的愧疚和遗憾。原来，小儿子幼年玩耍时不慎被树枝戳瞎了左眼，成了残疾人，高中毕业后一直未能顺利就业。为了给小儿子谋生路，老两口将省吃俭用攒下的积蓄全部拿出来，又借了一部分钱，凑了几十万元，给小儿子在城里开了一家网吧，想让孩子有个职业依靠，可以过得轻松一点。但事与愿违，由于对网吧市场的情况掌握不透，网吧的装修、硬件设施的配置等跟不上需要，不到一年就因经营不善倒闭了，投入的资金血本无归，老尚家一下子陷入了困境，沉重的债务使其举步维艰，由此被列为扶贫对象。

听完了老尚一家人的故事，同情之余，我想得更多的是如何才能真正帮他们一家人走出困境。送米面油只能解决生活上的表面问题，要想从根本上带领老尚家脱贫，还得瞅准能持续发展的路子。老尚夫妇身体尚可，小儿子虽左眼失明，但干农活没问题，加之以前劳动时置办的农业机械还在，能继续进行生产劳动，因此，我建议他们依靠政策，走靠土地流转脱贫的路子，这一建议也得到了老尚一家人的赞成。

说干就干。行动力极强的老尚利用扶贫政策，从银行借贷了一部分资金，从无力或不愿耕种土地的农户手中租赁了60亩土地，除种了3亩地的小麦、蔬菜外，其余的全部种了辣椒、制种玉米等经济作物。闲暇之余，老尚还利用拖拉机给他人耕地、播种，以此挣点钱补贴家用。在老尚一家的精心照料下，当年种植的辣椒、玉米获得丰收，除去投入和人工费用，净利润13万元，老尚留下了必需的生产生活费用，将剩余款项全部用以还债，虽然艰苦，但老尚始终认为诚信不能丢，每年还一部分债，总能还清。2020年，老尚再次利用扶贫政策，从银行贷款，将租种的土地扩大到80亩，充分利用贷款贴息、土地流转的好政策，发挥家庭基础优势，争取再获得一个好收成，将最后一笔欠款还清，使家庭过上富裕的日子。

5年来，老尚家闯出了一条靠政策、靠自身努力脱贫的路子，生活发生了翻天覆地的变化，他们一家人面对困难坚韧不拔、勇于面对的精神也深深感动着我。我在帮助他们脱贫致富的过程中，自己的精神世界也得到了升华。在扶贫路上，我将鼓足干劲，一路前行！

之五：移民藏乡里的一座“连心桥”

10多年间，广至这个偏远的移民藏乡，从最初的上访乡、问题乡、贫困乡变成了平安乡和文明乡。

酒泉市瓜州县城以西25公里的广至乡，是酒泉唯一的藏族乡镇。这是一个像骆驼刺一样从戈壁滩上长出来的年轻乡镇，始建于2008年，其名字取自历史上早已消失的古城池——汉朝所建河西四郡的敦煌郡下辖的六县之一——广至县。

这片当年被专家称之为长不了农作物的土地，10多年间已种出了火红的枸杞，开出了洁白的棉花，引种成了瓜州蜜瓜。在这火红的日子和甜蜜的事业背后，除了当地干部群众发扬愚公移山的艰苦奋斗精神，更凝聚着酒泉公安民辅警克服重重困难，为移民藏乡稳定发展保驾护航、负重前行、扶贫帮困的艰辛努力。

建乡伊始，酒泉公安局广至派出所暨见证了这片土地上的每一次艰难跋涉，也履行了自己的忠贞使命。

上访乡和问题乡

开发之初的广至藏族乡是为集中安置甘肃引洮工程九甸峡库区的非自愿移民。全乡共接收甘南州卓尼县、临潭县和定西市岷县7个乡23个行政村的非自愿移民2056户8860人，其中藏族群众1540人。

从山区到戈壁，移民们不适应瓜州的自然环境，无心发展生产，对生活没有信心，小青年经常酒后滋事，姑娘、媳妇们见到刮大风就会哭。因为恶劣的自然环境、盐碱板结的耕地、搬迁遗留问题等多种原因，移民们经常聚众到县乡政府上访，围堵国省道路，参与人数最多时达到上千人，村民集资推选代表频繁赴京上访更是常态。为了维稳，酒泉市公安局曾经抽调数百警力在广至乡驻扎，开展维稳处突长达数月。

全乡各类违法犯罪案件数居高不下，刑事案件每年都在20起以上，以入室盗窃、故意伤害类案件高发、多发。2009年、2011年还因抢劫犯罪和家庭矛盾激化，发生命案各1起。而殴打他人、故意损毁财物等治安案件发案数年均120起以上。各类矛盾交织叠加，群众对党委、政府和公安机关极度不信任，有很大的抵触情绪。

铁血男儿的泪水

2008年初冬的一天，刚入警的金永辉被分配到广至乡，车拉着他在漆黑的夜色里到达了位于乡政府大楼的治安办公室。第二天天亮后，走出大楼的他心里发出一声惊叹：眼前的这片地方，一棵树、一片草都没有，荒凉的景象大大超出了想象。后来的几天，他更是发现周围群众的方言，他一句也听不懂，但是他依然暗暗下了决心：既然上了岗，就要尽快熟悉工作、适应环境。但是在工作中，他终于知道，环境的考验只是第一步，更大的考验还在后头。

第二年，广至乡派出所成立，工作人员只有他和所长，还有两名辅警。那时，由于各类案件高发，加之派出所基础条件差，他们疲于奔命，各项工作开展非常困难。

2009年初冬的一天，广至乡卓园村村民和邻近的瓜州乡村民因为一块地的耕种开发产生纠纷，广至乡村民非法扣押了一辆铲车，接到报警的金永辉带着一名辅警前去处理调解。在第二次调解过程中，广至乡村民情绪激动地认为派出所警察向着外乡镇的人说话，有四五个人带头袭警，他们煽动周围群众，辱骂、吐口水、扇耳光、用脚踹办案民警，并有二三十个村民围攻金永辉，所长和乡上领导赶到后，才将被滞留一个多小时的金永辉解救出来。

返回派出所的路上，金永辉失声痛哭。

这起无视法律的袭警案件震动了市县各级各部门领导。经过周密的调查，2010 年 3 月，瓜州县公安局组织警力，将几个主要涉案人员以妨碍公务罪判处有期徒刑。

2014年，瓜州县公安局再次周密部署，广至派出所迅速发挥专案特情作用，成功地连续打击了连某等人聚众扰乱社会秩序，马某等人破坏生产经营违法犯罪活动。迅速抓获嫌疑人 11 名，判刑 4 人，行政拘留 7 人。这几起典型案件的查处极大地震慑了犯罪，取得了良好的法律和社会效应。

对症下药寻找病因

法治观念淡薄是辖区一些治安案件高发的主要诱因。广至派出所的民警们深知，要想彻底扭转全乡的治安状况，除了加大对重点治安案件的打击力度之外，还要多管齐下。针对辖区百姓法治观念淡薄的问题，他们结合群众身边的案例，持续开展普法宣传，自始至终将说理贯穿于执法的各个环节。

针对辖区内喝酒滋事的治安案件多的问题，他们在办理过程中给涉案双方算法律账、经济账，帮助涉案双方梳理打架成本。他们深知处罚的最终目的还是为了教育，要让一起案件教育影响一方人。这种旷日持久、细水长流的法制宣传慢慢地起了作用。

辖区仁某，酒后与人发生口角后持刀伤人，因故意伤害罪被判缓刑。判刑之后，派出所民警依然时时到他家进行走访。在派出所民警的执法教育过程中，仁某深深认识到自己的冲动和法律观念淡薄所付出的代价。他对派出所民警说：“我后悔了，以后要一门心思地挣钱，把自己的日子往好过。”事后，仁某用自己的手艺承揽小工程，数年后成了广至乡的致富带头人。

诸如仁某这样的案例也教育了广至乡的年轻人，乡风民风也逐步发生了扭转，大家明白了打架斗殴不但不光彩，还会付出代价，发家致富才是硬道理。

当好村民贴心人

移民村里有招上门女婿的习俗，但是因此发生的家庭矛盾、纠纷也很多，有些甚至演变为非常激烈的家庭争端。派出所民警及时摸排调查，上门排解。

李某家的上门女婿和女儿离婚了，却为了房子和老丈人起争执。派出所民辅警登门20余次进行调解，直到矛盾平息。

张某和上门女婿因为孙子的姓氏问题一再发生争端，派出所民警知道情况后上门调解；韩某夫妻俩外出打工多年的女儿返乡，却因为在外生活受挫，屡屡将气撒在两个老人身上，在家砸东西、点火，派出所民警上门调解，并且把他们的女儿叫到派出所进行说服教育并写下保证书。

每一次登门调解，派出所的民辅警都要和村民们促膝长谈，耐心听他们话家长里短，进行说服教育。那些剑拔弩张的家庭关系缓解了，一起起激烈的矛盾纠纷排解了。金永辉和所里的同志们还会多次回访，直到再不发生大的矛盾才放心。

笔者随广至派出所民警前往几个发生过矛盾纠纷的村民家里进行回访，村民们说，有了派出所民警调解，给了他们一个公道，让他们有了说理的地方，心里非常感激。

2012年，时任广至派出所所长的俞立军因成功化解一起母女家庭矛盾，当事人汪老太逢人就夸："派出所俞所长是大好人啊！"她每年都要提着红枣和苹果来派出所看望俞所长。俞所长调走以后，年逾七旬的汪老太依然每年提着红枣和苹果去派出所看望民警和辅警，有时候悄悄地把东西放在派出所门口就走了。老太太的女儿时常外出打工，派出所民辅警也经常买些米面油看望老人，帮老人洗衣服。

广至派出所常年化解调处水事、劳资、婚姻、赡养等各类矛盾纠纷，也正是在这漫长的过程中，民辅警们赢得了村民的信任和支持，与百姓的距离一点点拉近。

村民有什么烦恼事，有什么知心话，都愿意找派出所的民辅警来说一说。他们的眼泪和愤怒毫不回避、遮掩，他们把派出所民辅警当成了自己的亲人。

而派出所民辅警们也为村民们操碎了心。在走访入户中，他们会叮嘱村民注意炉火安全、防止煤烟中毒等各类安全问题。当他们得知辖区内有一位情绪很不稳定的独居者买了一大罐汽油，但是家中没有机动车，就及时上门走访了解。当他们看到独居者家里没有冬天的燃煤，又给乡政府打报告为他申请了煤补助。

有付出便有回报，这种回报不但使辖区的不稳定因素减少，发案减少，更让民辅警们感到了百姓态度的转变和给予他们如亲人般的信任和温暖。

架起一座连心桥

历经 10 多年的艰辛付出，广至派出所架起了一座和移民群众的连心桥，也是酒泉公安战线和移民乡群众之间的连心桥。

2012 年，酒泉市公安局在广至乡首先开展了“治安扶贫”，争取资金 50 万元实施“天眼工程”，为平安广至建设发挥了重要作用。

近年来，酒泉市公安局、市公安局交警支队和瓜州县公安局先后帮扶广至乡 267 户困难群众，累计捐助物资 279.609 万元。细化帮扶措施，扎实推进帮扶重点工作，确保帮扶项目落地见效。在治安防控、产业发展、渠道改造、田间道路维修、土地改良、基础设施建设项目等方面进行了全面帮扶，帮扶干部更是一对一深入帮扶户家中走访座谈，坚持扶贫与扶志相结合，增强移民群众脱贫致富的信心。2015 年，一次性向新堡村投入基础母羊调引资金 84.5 万元，为新堡村贫困户发展养殖业实现脱贫致富提供了强有力的支持。2019 年，受帮扶群众全部脱贫。

2016 年，瓜州县公安局广至派出所由原来的 4 个人、5 间房发展到现在的 820 平方米的崭新办公用房。现有民辅警 7 人，正规化建设取得了长足进步。

社会主义是干出来的，幸福是奋斗出来的。 广至乡发生了深刻的变化，辖区内各类治安案件发案率连年下降，由建乡之初的每年平均 120 起，下降到现在每年不足 20 起，下降幅度达到 83%，刑事案件发案数由建乡初期的年均20起下降到现在的不足5起。历时10多年发展，农民人均纯收入由2008年的人均不足600元达到2020年底人均纯收入1.05万元，当年的盐碱滩已成为一片沃野。广至的环境变美了，经济发展了，从上访乡、问题乡，变成了文明乡、平安乡。

广至派出所的民辅警也对这片土地产生了深厚的感情。他们依然脚步坚定，不辱使命，为移民藏乡的平安稳定一路前行，携手藏乡人民迈向平安文明和谐美丽新乡村的征途！

一家国企的家国情怀

在甘肃省脱贫攻坚行动中，众多国企以及民企都发挥了巨大的、不可替代的作用。在有些地方、有些领域，企业甚至担负着扶贫生力军、主力军的作用。这些企业无论来自国内哪个地方、哪个领域，一经承担扶贫任务，便不遗余力。站在扶贫第一线的企业领导和员工，他们付出的辛劳和汗水，他们所创造的业绩，国家铭记，陇原大地为证，陇上民众永记。

在这里，我要专门介绍一家国企的扶贫事迹，这家企业的名字是：国家电网甘肃省电力公司。

花絮之一：公司荣获2018年度脱贫攻坚“奥斯卡”金奖

从（2019年）2月23日召开的甘肃省脱贫攻坚推进大会上获悉，国家电网甘肃省电力公司喜获由甘肃省委、省政府颁发的全省脱贫攻坚最高奖——2018年度全省脱贫攻坚奖先进集体，也是全省唯一获此殊荣的企业。省委书记、省人大常委会主任林铎，省委副书记、省长唐仁健出席会议并讲话，公司董事长、党委书记、脱贫攻坚帮扶工作领导小组组长叶军参加大会并作为获奖单位代表上台领奖。公司工会主席、脱贫攻坚帮扶工作领导小组副组长王海涛、扶贫办相关负责人参加会议。

林铎强调，要深入学习贯彻习近平总书记关于扶贫工作的重要论述和听取中央脱贫攻坚专项巡视汇报时的重要讲话精神，认真落实全国扶贫开发工作会议、“三区三州”脱贫攻坚座谈会和中央脱贫攻坚专项巡视整改工作电视电话会议部署要求，进一步提高政治站位，统一思想认识，着力解决脱贫攻坚工作中存在的突出问题，保持斗争精神，敢于攻坚克难，从严从实坚决打赢脱贫攻坚战。

唐仁健强调，当前脱贫攻坚工作处于最要紧、最吃劲的关键时期，我们要咬定既定目标，在工作落实上更加精准发力，把工作重心、精力摆布、力量配备都集中到执行政策、落实任务、推进工作当中，把握好标准，着力解决“两不愁三保障”突出问题；聚焦再聚焦，奋力攻克深度贫困地区堡垒；持续抓好根本之策，培育壮大特色优势产业；注重统筹推进，落实好乡村振兴各项任务。

2018 年，公司坚决贯彻省委、省政府、省政协和国家电网公司党组脱贫攻坚决策部署，切实提高政治站位、增强“四个意识”，始终把脱贫攻坚作为首要政治任务、头等大事和第一民生工程，紧盯“两不愁三保障”扶贫标准，聚焦电网建设与改造、扶贫光伏接网和定点帮扶三大重点领域，主动当好电力“先行官”，举全公司之力、集全公司之智推动脱贫攻坚取得决定性进展，在服务打赢脱贫攻坚战中当排头、做表率，做出了积极贡献。

2018 年，公司助力打赢打好脱贫攻坚战连战连捷、亮点纷呈。电网建设与改造投资力度空前，聚集优势兵力，按下“快进键”，跑出“加速度”，高水平规划、高标准建设、高质量推进，为助力脱贫攻坚提供坚强有力的电力保障。光伏扶贫接网工程优质高效，坚持特事特办，畅通绿色通道，主动对接政府，把握服务需求，及时动态跟进，“量体裁衣”实施光伏扶贫接网服务工程。定点帮扶精准有力，抽调精兵强将，因地制宜制定帮扶举措，加大产业扶持力度，下足精细精确精微的“绣花”功夫，用心用情用力真帮实扶，为贫困村民脱贫攻坚奔小康增添满满的获得感。

花絮之二：相关方面关注公司扶贫工作

国家能源局局长、党组书记章建华在定西市通渭县和天水市清水县调研扶贫工作期间，高度肯定了公司在扶贫中做出的贡献，并对陇东至山东特高压工程以及祁韶直流配套风电项目建设表示支持。他强调，要积极贯彻落实中央经济工作会议精神，找准脱贫攻坚工作中存在的薄弱环节和短板差距，结合贫困地区能源资源开发和基础设施建设，扎实做好行业扶贫工作，全力打造光伏扶贫精品工程，积极助推贫困县按期脱贫摘帽。

甘肃省政协主席欧阳坚在省政协脱贫攻坚帮扶工作（西和县）2019 年第一次协调推进会暨巡视整改促进会、省直帮扶单位工作汇报会上充分肯定公司脱贫攻坚帮扶工作取得的突出成绩，对公司认真履行“人民电业为人民”宗旨，担当作为发挥电力“先行官”作用，光伏扶贫等工作给予高度评价。

甘肃省委副书记孙伟赴临夏回族自治州积石山县开展光伏扶贫调研工作期间，对公司在行业扶贫中作出的贡献表示肯定和感谢。强调要贯彻落实中央和省委、省政府脱贫攻坚决策部署，发挥电网企业优势，聚焦深度贫困地区，全力服务光伏扶贫电站接网和后续工作，助推打赢打好脱贫攻坚战。

花絮之三：公司脱贫攻坚工作现在进行时

公司董事长、党委书记叶军，工会主席王海涛赴西和县大桥镇开展春节慰问活动，为帮扶贫困户送去了慰问品、春联福字，代表公司党委向帮扶贫困户表达了新春的美好祝福。亲切看望慰问驻村帮扶干部，对脱贫攻坚帮扶工作提出殷切希望，勉励扶贫干部担当作为、攻坚克难，圆满完成脱贫攻坚工作任务。

公司副总经理王多出席 2019 年营销工作会议，强调要深入推进光伏扶贫助力贫困户脱贫摘帽。严格落实《光伏扶贫项目并网管理细则》，高效规范做好光伏扶贫项目并网和后续工作，实现并网服务时限、光伏云网各项线上流程达标率 100%。电价执行正确、电费按周期及时结算。公司总工程师张祥全出席 2019 年脱贫攻坚配电网建设改造工程开复工动员会议。会议要求深入贯彻国网公司、省公司三年脱贫攻坚配农网建设改造工作要求，确保9月底前完成“一区一州”及18个深度贫困县配农网工程建设任务，2020年配农网工程于2019年9月份全面开工，2020年6月底前完成三年脱贫攻坚配电网建设任务。

2018年，公司完成农村电网投资20.89亿元，其中易地扶贫搬迁配套项目投资1.77亿元，解决816个安置点通电问题，惠及贫困户约12.63万人。

2018年，公司主动服务光伏扶贫工程，累计并网光伏扶贫村级电站492个、6886户、28.35万千瓦，全省光伏扶贫（含集中式光伏扶贫项目）已累计并网容量72.6387万千瓦，带贫户数9.43万户。

2018年，根据省市县三级党委、政府安排，公司系统帮扶119个贫困村，建档立卡3600户、1.5万人，在81个村选派驻村干部154人，在54个村担任第一书记兼队长。2018年，公司定点帮扶建档立卡贫困户脱贫2017户、0.8万人。

2018年，公司累计实施扶贫捐赠约1000万元，重点投资160万元建成21.82公里“富民产业路”助力花椒产业，投资115万元发展种植养殖业，“电力之光”科普下乡活动捐资74.9万元，帮助新建40个农民专业合作社等项目。

2018年，公司系统开启“消费扶贫爱心行动”，采购帮扶贫困户农产品约125万元，帮助贫困村民增产增收。

2019年，公司脱贫攻坚配农网建设与改造工程共计安排投资34.03亿元，加快解决贫困地区“低电压”“卡脖子”“重过载”等问题，着力提高贫困地区动力电供电能力和户均容量，助推农村电网从“温饱型”向“小康型”转型升级。

2019年，公司“十三五”光伏扶贫项目第一批下达指标10.3万千瓦、第二批预计下达指标30万千瓦，实现并网服务时限、光伏云网各项线上流程达标率100%。

2019年，公司计划对外捐赠项目资金999万元，聚焦帮扶村产业扶贫、教育扶贫、易地搬迁、扶贫车间、人居环境整治等重点工作，补短板、强弱项，

“真金白银”实打实帮扶贫困村民脱贫致富奔小康。

花絮之四：一辆爱心轮椅带来的温暖

“感谢党和政府，感谢省电力公司，感谢周叔叔！真没想到周叔叔这么贴心，从兰州那么远的地方送来轮椅，解决了我和姐姐生活的大问题。”1月20日，西和县大桥镇郭坝村村民郭会在院子里试坐刚刚送来的新轮椅之后动情地说。正值寒冬腊月，西和大山深处的郭坝村大雪纷飞，但郭会和妹妹郭霞霞心里却暖融融的，被爱意包围的兄妹俩沉浸在幸福之中。

原来，兄妹俩都患有先天性软骨病，没有轮椅对他们的生活造成了很多不便。然而，使用了多年的轮椅因家境窘迫年久失修，无法使用，郭会做梦都想要一辆新轮椅。帮扶责任人周虎到郭会家中开展入户结对帮扶工作时，了解到他们的实际困难，回到兰州后立即购买了一辆新轮椅。由于工作繁忙，周虎不能再次赶到郭会家中送轮椅，便通过快递寄到郭坝村，委托公司驻村帮扶干部将新轮椅送到郭会家中。

虽然一辆轮椅价格不高，但对于兄妹俩来说却是每天都离不开的“腿”。在我们看起来是一件平凡的小事，但对于贫困山区的孩子来说，可能是他们心中的一个梦，这辆轮椅就让他们重拾了生活的信心。

走进张家川县木河乡李沟村，一提到康仁，乡亲们都会竖起大拇指。村民糟半可指着自家养的羊说：“以前我家生活困难，在康书记的帮助下加入了养殖合作社，还帮着找销路，现在日子越来越好了。”

村民们交口称赞的康书记就是天水供电公司派驻李沟村第一书记康仁，一位年过五旬的扶贫干部。自2017年9月23日驻村以来，康仁每天早出晚归，走遍了全村家家户户，了解村民的生产生活情况，积极为村民排忧解难。糟半可所说的养殖合作社，就是成立于2018年8月的张家川县合源种养殖农民专业合作社，这是康仁和乡党委共同商议后敲定的产业扶贫项目。在项目建设中，天水供电公司捐资15万元购买了200头羊，培养发展李沟村养殖产业，将贫困户集体纳入，每年带来稳定的收益。在羊场投运之前，针对李沟村用电需求，康仁忙前忙后，保证了动力电在羊场投运前接入。资金、技术、保障都有了，剩下的就是销路问题了。康仁积极联系，天水供电公司主动对接，提出公司食堂长期采用订单方式购买合作社肉羊，解决销售难题。此举让羊场刚一建起就能快速周转，帮助合作社发展壮大，发挥扶贫带贫作用，拓宽贫困户增收渠道。

天水市委书记王锐得知此事后说："这完全符合中央经济工作会议精神，是搞活国内市场、挖掘内部消费潜力的典型微观案例。"

花絮之五：驻村帮扶队长王亮的一天

2019 年 2 月 25 日周一

天气：阴雪

今天距脱贫攻坚任务完成还有 675 天。本计划昨天进村，但父亲已经住院一周了，今天安排造影检查。医生说，父亲心肺功能衰减，如不及时手术治疗，今后发生意外的风险概率会很高。犹豫了半天，我还是办理了请假手续。天不亮，我就赶到医院，看着躺在病床上的父亲，想着他为了我们操劳一生，本该尽享天伦，还要照顾我那不到 3 岁的女儿，心里更加内疚。坐在手术室门外的椅子上，我一边安慰母亲，一边期盼着父亲的检查结果。正在这个时候，村支书马元元打来电话，询问公司定点帮扶的蔬菜大棚项目开工情况。我没有告诉他父亲正在住院的事情。

这段时间正是村上忙碌的时候。挂了电话，村干部、村民们的面庞又浮现在脑海里。是啊，村里好多事情都等着我们去做——大棚的建设、辣椒的种植、村容村貌的改善、党支部标准化建设的推进……想起这些，我心里更着急了。一边是正在手术的父亲，一边是翘首以盼的村民。该怎么办啊？犹豫了片刻，我下定决心，下午回村。说做就做，我没有和家人商量，提前订好了车票。

中午时分，让我没有想到的是，扶贫办干部受公司党委委派，专程来医院探望我父亲，让我和家人备受感动。经过造影观察，父亲的情况比预想的要好，但仍然要做射频消融手术，初步安排在周日。听到这个消息，我心中的石头总算落地了。把父亲推回病房后，我把返程的计划告诉了父亲。他平静地说：“孩子，你去吧，村民们更需要你。既然做了这个工作，就一定要做好。”母亲在旁边说：“孩子，好好干，听党的话！”这一刻，我的泪水再也无法忍住，不争气地流了下来。时间紧张，我给母亲、姐姐交代好后，马上回家收拾了东西就赶赴车站。经过6个多小时的车程，我回到了郭坝村。一到村里，我就和等待的村干部开会商议今年产业发展的事。当一条条清晰的思路和产业发展计划跃然纸上的时候，我们都会心地笑了，仿佛2019年郭坝村项目实施后的新变化浮现在我们眼前。忙完后已近半夜，躺在床上，脑子里不由得浮现出父亲的面容，仿佛在对我说：“儿子，放开手脚去干吧，家里的事情不用操心，村里更需要你。好好干、加油干，我们都期盼着早日听到你们村脱贫的好消息！”

第九章

在为写作这本书做准备时，我的内心就潜藏着深深的忧虑，曾几度决意放弃这项写作任务。陇上三千里，86 个县级行政区我都去过，在几十年的写作生涯中，无论在各类文学作品中，还是在学术类文字中，我都曾诚心地描述过陇上，从山川地理、历史文化到现实生活。而在接到这个写作任务的前后，我又以脱贫攻坚为主线，行走过陇上大部分版图。理性的材料，感性的材料，都为写作这本书提供了必要的前提。

但是，我仍然心有戚戚焉，主要是，我相当理智地感到，我无法全方位地、精确地，乃至纯粹客观地，去描述这一历史上未曾有过的宏图伟业。也许，所有的写作者，哪怕是圣手巨擘，对于这样宏大而纷繁的主题，也是心有余而力不足。地域之广阔，各自情形之复杂，涌现人物事迹之丰富，任何角度的剪裁选择，几乎都是一种辜负。而当书稿即将成形时，动手时的隐隐忧虑，几乎毫无悬念地化为一种忧虑的事实。

确实，面对取之不尽用之不竭的材料，面对无数鲜活的人和事，我不能不进行取舍，而“取”到的部分永远是那么吝啬，“舍”去的部分，无不令人万分不舍。

这是没有办法的事情。个人视野、见识的局限，文体本身的局限，以散点透视的手段，窥豹于一斑，几乎是不得不然的选择。

而且，文学作品，无论什么题材或体裁的文学作品，永远带有写作者的个人色彩。这样也好，各级政府无数的文件，无数媒体的海量报道，为我们了解和理解陇上脱贫攻坚行动提供了无数抵达事实真相的路径，而带有个人色彩的文学作品，则尽可能地还原一种现场情景。两相对照互衬，也许才可让陇上的脱贫攻坚行动变得鲜活一些。

在这项连续多年，千千万万人参与的宏大行动中，从中央到省市，到县乡和村庄，时时处处活跃着一个个感人的身影，如果有可能，我真的想为每一个人写一个小传，尽自己的力量传播他们的事迹。

在这里，只能以有关机构推选和公布的名单为准。让我们记住这些名字吧。

2019年甘肃省“最美扶贫人”事迹简介

翟小丽，女，汉族，现年31岁，中共党员，庆阳市庆城县蔡家庙乡大堡子村党支部书记。

2015年，大学生村官服务期刚满的她就被分配到蔡家庙乡偏远的贫困村大堡子村担任村主任助理兼扶贫专干，当时她的孩子出生还不到100天。她充分发挥专业优势和自身特长，积极引导群众成立农民专业合作社，推动“合作社+贫困户”的产业发展模式，促进农村劳动力就地转移，并积极为贫困户筹措贷款，帮助他们发展致富产业。同时，她积极抓住美丽乡村建设的大好机遇，多方争取项目和资金，不仅改善了大堡子村的水、电、路、网、田等基础设施，还为大堡子村建起了一处23户的居民点、一栋两层综合办公楼和一处高标准文体广场，使大堡子村整体面貌焕然一新，成为庆城县美丽乡村示范村之一。村域经济发展了，乡村面貌改变了，她和乡亲们的心更近了。2016年，年仅28岁的翟小丽当选为大堡子村党支部书记，成为庆城县最年轻的“女支书”，也被群众亲切地称为“女娃书记”。5年来，在她和其他帮扶干部的共同努力下，大堡子村贫困人口从273人减少到8人。

因在脱贫攻坚中表现突出，翟小丽先后被评为“庆阳十大杰出青年”、庆阳市“三八红旗手”、全国“脱贫攻坚·青春榜样”大学生村官典型人物等，并被《大学生村官》杂志两次以封面人物作了专题报道。2018年，翟小丽荣获“全国脱贫攻坚奖奋进奖”。

张小娟，女，藏族，34岁，中共党员，生前系舟曲县扶贫开发办公室副主任。

参加工作前几年，她一直在乡镇工作，立志改变家乡贫穷落后的面貌，主动请缨担任驻村干部，经常跋山涉水进村入户，鼓励引导群众大力发展药材种植、土鸡养殖，成为当地产业精准扶贫的典型。

2016 年初，她被选拔调任县扶贫办副主任，主要负责全县建档立卡、项目资金管理和扶贫政策宣传等重点工作。她孜孜不倦研读扶贫政策文件，创造性地以“漫画图解和语音播报”形式宣传解读扶贫政策，让扶贫政策及时走进千家万户；她一丝不苟地检查指导扶贫工作，足迹遍布全县所有乡镇和行政村，贫困群众几乎无人不知“张小娟”这个名字，也赢得赞誉无数；她将各类扶贫数据烂熟于心，被全县广大干部群众形象地称为舟曲扶贫的“移动数据库”和“活词典”，也因此成为 24 小时在线的“扶贫业务联络员”；她将群众满意不满意作为检验工作的唯一标准，从严从细检查贫困对象识别和扶贫项目进度及质量，较真碰硬的工作作风令人敬仰。2019 年 10 月 7 日，张小娟在督查指导脱贫攻坚验收工作返回县城途中，因所乘车辆坠入河中不幸遇难，因公牺牲，年仅 34 岁。

她曾荣立公务员三等功 1 次；2018 年 6 月被中共舟曲县委授予“优秀共产党员”荣誉称号；2018 年 10 月被中共舟曲县委、舟曲县人民政府授予“舟曲县‘最美扶贫人’”荣誉称号；2019 年 2 月被甘肃省脱贫攻坚领导小组授予“2018 年度全省脱贫攻坚先进个人”荣誉称号；2019 年 4 月被共青团甘南州委授予“2018 年度‘甘南州青年五四奖章’”，2019 年 11 月被甘肃省委追授为“甘肃省优秀共产党员”。

冯小明，女，汉族，现年44岁，中共党员，天水市清水县土门镇梁山村支书。

从 2013 年建档立卡以来，冯小明走遍了全村所有农户，因户因人施策、精准帮扶，累计落实“两后生”补助 51 人次、贫困学生生源地贷款 32 人次 48 万元、扶贫专项贷款 940 万元、“六大产业”扶持 88 户 198 万元，完成技能培训 169 人次、危旧房改造 78 户，群众的脱贫短板全部补齐。

推行特困老人“一对一”精准关爱行动，争取帮扶单位和社会爱心人士先后为老人捐赠电热炕、煤炉和被褥棉衣等30余套，捐资帮建危旧房2户，全村所有特困老人过上了“住有安全屋、穿有干净衣、睡有温暖床、食有可口饭”的好日子。

针对全村产业发展滞后和群众发展产业不积极的问题，冯小明率先栽种了30多亩苹果和花椒树。在她的带动下，全村共建成苹果、核桃、花椒园共3356亩，注册成立了2个农民专业合作社，建成200亩花椒示范基地1个、50头规模养牛场1个、果品交易市场1个，脱贫攻坚的基础更加稳固。

她把习近平总书记的嘱托化为实干苦干的行动，深入推进致富不忘党恩、富民产业培育、传统文化保护、村容村貌治理、基础设施建设、林业生态建设、精准关爱行动、内生动力激发、农村“三变”改革等重点工作，全面补齐了村户脱贫短板，2019年预计实现46户贫困农户稳定脱贫，贫困发生率降至0.9%。

胡丛斌，男，汉族，现年54岁，中共党员，武威市古浪县黄花滩绿洲生态移民产业专业合作社党委书记。

近年来，古浪县大力实施生态移民易地扶贫搬迁工程，把培育壮大后续产业作为推动移民群众高质量脱贫的有力抓手。2017年12月，古浪县委、县政府组建成立了古浪县黄花滩移民区兴盛种羊繁育有限公司，提出了“羊银行”的产业扶贫模式。胡丛斌同志担任公司董事长，挑起了带领贫困群众发展致富的重担。上任起，他就把家安到公司，白天黑夜地奔忙在羊场建设、种羊引进、饲草搭配、疫病防控等生产一线。在他的带领下，公司得到快速发展，“羊银行”规模不断发展壮大，目前已建成种羊繁育基地5处，引进以湖羊、杜泊等为主的种羊3.6万余只，产羔4.5万余只。公司积极探索产业“造血”扶贫机制，大胆提出并实践了“公司+贫困户自养”“公司+合作社+贫困户托管分红”的运行模式，以移民区为重点，辐射带动周边乡镇，为入股贫困群众提供种羊供应、托管养殖、技术指导等服务，带动4000户1.5万名贫困群众如期脱贫。在他的悉心经营下，2018年6月，兴盛种羊繁育公司第一次向50户贫困群众投放羔羊1050只，标志着“羊银行”产业扶贫模式开始发挥效益。截至目前，公司已累计向贫困户投放羔羊2.1万余只，为贫困户分红760万元。

姚军福，男，汉族，现年57岁，中共党员，平凉市灵台县上良镇北张村支书。

2007年12月担任村党支部书记至今，以崇高的党性观念、朴实的工作作风和强烈的政治责任感，把自己的全部精力投入到全村脱贫致富上来，诠释了一名共产党员的优秀品质。找准目标定位，明确产业发展思路。围绕如何实现农民收入倍增，如何拓展农业发展空间，如何进一步优化产业结构，在认真审视村情的基础上，广泛搜集社情民意，因社、因区域确定产业发展方向，探索出“整村养牛，塬面栽果，山地栽植核桃，推广全膜玉米，种植紫花苜蓿”的发展模式，带动全村养牛达到900多头，栽植果园326.2亩，新修梯田1020亩，建成了千亩核桃基地，种植全膜玉米680亩，实现了村有主导产业，户有致富门路。抢抓政策机遇，率先建办龙头企业。注册成立了灵台县盛丰农牧业综合开发有限责任公司，发起成立了北张村肉牛养殖农民专业合作社，租赁流转土地48亩，投资650万元新建500头标准化肉牛养殖场。在他的带动下，全村党员群众新购基础母牛160多头，分散养牛户达到了90%以上，彻底消除了空壳牛棚，形成了“公司+基地+农户”的牛产业发展模式。围绕产业发展，不断拓宽增收渠道。围绕建设全省有机苹果生产基地这一目标，按照标准化管理模式，全村200多亩果园实现了初挂果，实现经济收益80多万元，果产业助农增收逐步显现，人们常赞姚军福同志“不但牛养得好，而且果园管理也是行家里手”。

任长太，男，汉族，现年52岁，中共党员，白银市会宁县韩家集镇袁家坪村支书。

他是一位先富帮后富的致富能人，十多年如一日，心系群众，带领袁家坪村全体党员干部心往一处想，劲往一处使，为全村脱贫攻坚工作积极贡献。

几年来，全村累计 1647 人脱贫，全村人均纯收入达 7698 元，扶贫对象人均纯收入达 5620 元。

他的心里装的都是群众，夙夜在公，大力推动产业到户全覆盖，忘我工作、积劳成疾。2018 年在推动产业到户全覆盖的过程中，任长太同志病倒了，被诊断为急性胆囊炎，必须马上手术，但他坚持说："等产业到户任务落实了再手术也不迟。"就这样，他每天带病上阵，硬是将千亩黑膜马铃薯、塑料大棚建设任务落实到户。在兰州、会宁看病期间，他都随身携带《基层党组织书记工作实务》《农村群众工作方法》等书籍，随时学习治村知识，编制、修订新村发展规划，了解本村产业前景；在病房里开"电话会"，"遥控"指挥村里事务，嘱咐村社干部一定要带领群众好好干。可以说他是用生命践行了一个共产党人的"初心"。

长期以来，任长太同志牢记党的宗旨，牢固树立全心全意为人民服务的思想，以实际行动展现了一个共产党员的高尚品质，赢得了群众的支持和拥护。如今，他正以百倍的努力，为全村精准扶贫工作砥砺前行，带动帮扶贫困户 454 余户 1600 余人共同致富奔小康是他的夙愿。

雷磊，男，汉族，现年 45 岁，中共党员，省审计厅机关后勤服务中心副主任，静宁县原安乡民寨村帮扶工作队原队长兼村党支部第一书记。

民寨村地处静宁县原安乡最北部，山大沟深，自然环境十分恶劣，群众生活贫苦。雷磊长期以村为家，逐户走访调研贫困户，处理邻里之间的矛盾，务实的工作作风让他很快和群众打成了一片。他在省审计厅的支持下，因地制宜带领党员群众积极栽植早酥梨 1000 亩，衔接配套新一轮退耕还林政策，解决了挂果前期群众的收入问题。依靠耕地面积广，引导农户种植饲料玉米搞养牛产业，对新建暖棚的养殖户户均补助 3000 元，提高贫困户发展养牛的积极性。实施"五改三建"和旧村改造项目，使人居环境得到全面改善。修建村博物馆、乡村舞台，丰富农民娱乐生活，让这个昔日的贫困村变成了方圆百里的"明星村"。

他心系群众，在重阳节为全村 80 岁以上的老人带去蛋糕共度节日；中秋和国庆节两节前夕，他带上礼物看望全村 70 岁以上的留守老人和抗战英模；春节期间，他联系专业演员，为村民举办文艺演出；邀请中书协会员为村民书写春联；大年初二从省城返回民寨村，组织举办村民运动会。为村小学捐赠复印打印一体机和冬夏校服、书包，为全村最贫困的 5 户家庭募捐电视、过冬被褥。雷磊的帮扶事迹被省市县媒体多次宣传报道，并于 2017 年评为“感动平凉人物”，2018 年授予“全省脱贫攻坚奖贡献奖”“全省双拥先进工作者”等荣誉称号。

张世雄，男，汉族，现年 55 岁，中共党员，甘肃菁茂生态农业科技股份有限公司总经理。

2007 年，为积极响应国家西部大开发的号召，张世雄紧抓政策机遇，带领 13 个农民，在甘、宁、内蒙古三省区交界处的腾格里沙漠南缘开始了战天斗地的奋斗历程。他们开荒山、建泵站、修水库、办企业。历经 10 多年的努力，张世雄创建的甘肃菁茂生态农业科技股份有限公司已发展成为带动一方经济社会发展的国家级农业产业化重点龙头企业，公司总资产规模 5.7 亿元，年销售收入达 2.3 亿元。

张世雄始终心系农村，在带领企业实现自身发展的同时，以土地流转、订单农业、合作社入股等形式，带动景泰当地农民脱贫致富：一是流转农民土地 4 万亩，每年支付流转费用 1332 万元，带动 3000 户农户（含 1458 户贫困户）脱贫致富；二是每年雇用当地富余劳动力 10 万人次，支付劳务费用 1000 多万元；三是成立甘草羊养殖协会，带动 400 户农户每年每户增收 2.5 万元；四是采用订单农业形式，公司提供种子，免费提供种植技术，保底收购，与寺滩乡等 5 个乡镇 20 多个村的 1000 户农户签订甘草订单种植合同，种植面积达 1.5 万亩，带动 1000 多户贫困户脱贫致富。

王永杰，男，汉族，现年 43 岁，中共党员，省发展改革委石油天然气和科技装备处处长，白银市靖远县北湾镇新坪村党支部原第一书记、驻村帮扶工作队队长。

王永杰和其他驻村干部经走访调研、征求群众意见、反复论证后提出，要把日光温室作为村里的主导产业进行大力培育。为解决日光温室建设土地问题，他们反复入户动员宣传，最后，全村95%以上的群众同意流转土地，两年建成日光温室579座。同时，他带着村干部多次与省农业扶贫产业产销协会、中天羊业公司、中国好食材公司、青藏高原市场衔接，达成合作意向，以“龙头企业+合作社+农户”的模式发展种养业。

两年多来，王永杰积极衔接省残联，为26名听力障碍群众免费安装助听器，为12名白内障患者免费手术治疗；联系甘肃兴华助学基金会和相关教育部门对184名高中贫困生每人每年资助助学金2000元。

短短两年时间，新坪村产业实现了从无到有的跨越发展，产业覆盖率高达99.8%。截至2018年底，投入生产的日光温室产值达到1300多万元，户均增收近2万元。自搬迁以来，新坪村首次脱贫45户193人，村集体实现收入6.8万元。王永杰所在的新坪村驻村帮扶工作队也在2017、2018连续两年被评为全省先进工作队，王永杰个人也获得了“全省脱贫攻坚奖先进个人”“先进帮扶队队长”荣誉称号。

李江涛，男，汉族，现年45岁，中共党员，康县扶贫办党组书记、主任。

自担任扶贫办主任以来，他带领扶贫办一班人充分发挥脱贫攻坚“参谋部”和“作战室”作用，全力提高脱贫质量，着力巩固减贫成效，扎实推进脱贫攻坚责任落实、政策落实、工作落实，先后被评为“陇南市优秀共产党员”“2018年度全省脱贫攻坚奖先进个人”。抓环境扶贫，利长远、打基础。积极响应县委决策部署，从老百姓最关心的水电路房等基础条件改善入手，统筹推进美丽乡村建设和贫困村社基础设施建设综合性环境扶贫工程，全县350个行政村1640个自然村中，92%的村社从“脏乱差”变为“绿美净”的美丽乡村，夯实了稳定脱贫和乡村振兴基础。抓产业扶贫，多元化、稳增收。坚持把产业扶贫作为群众长久稳定脱贫的治本之策，着力推进特色产业与“一户一策”精准对接。在深入调研的基础上，探索建立“政府引导+公司运营+协会管理+大户带动+贫困户联动”旅游扶贫模式，带动2260户8800名贫困人口实现高质量脱贫。大力推行“网店+农户”“网店+企业”电商扶贫模式，带动2.4万名贫困群众持续稳定增收。抓精神扶贫，破陋习、激内力。倡导扶贫与扶志、扶智、扶德并重，向县委提出开展精准脱贫“双三千、双三百”“全县脱贫光荣户”表彰奖励活动和“明窗亮灶”行动，有效破除了困难群众“等靠要”落后思想和内生脱贫动力不足等一系列现实问题。截至目前，全县贫困人口由2014年16839户64840人减贫至321户1023人，贫困发生率由2014年36.41%下降至0.57%，为如期高质量实现整县脱贫摘帽奠定了坚实基础。

2020年甘肃省“最美扶贫人”

李平，男，汉族，现年50岁，中共党员，金川集团公司社会帮扶办主任、甘肃省临夏州积石山县麻沟村党支部第一书记兼驻村帮扶工作队队长。

他连续6年扎根扶贫一线，瞄准贫困山区的难点问题全力脱贫攻坚，是金川集团公司切实履行社会责任、热心脱贫攻坚帮扶工作的一面旗帜，被贫困村群众亲切地誉为脱贫致富的“带头人”和“贴心人”。

在产业扶贫上，李平先后协调金川公司累计投入1243.37万元，在肖家村种植700亩2万余棵啤特果树；成立肖家村肉羊养殖合作社，为70户贫困户投放基础母羊420只发展肉羊养殖业；在肖家村、麻沟村分别成立中草药产业合作社和肉牛养殖合作社，发展入社农户133户，种植中草药275亩，建设标准化肉牛养殖小区一座，引进西门塔尔母牛412头，带动群众开展集中养殖和分户养殖。

为了解决农村产业发展缺少技术人才的问题，他借助金川公司培训力量，共举办劳务、技能、种植养殖培训班6期，培训各类人员1776人。由他探索创建的“龙头企业+村集体+合作社+农户+保险”的产业扶贫新模式在积石山县全县推广。他精心组织培育的林果、中药材、畜草产业，已经成为群众脱贫的重要来源。肖家村、麻沟村建档立卡贫困户从2013年的673户减少到现在的19户，贫困人口减少了1317人，人均可支配收入从 2152元提高到现在的4177.2元，增长率近一倍，贫困率从50.5%下降到1.67%。李平以在帮扶工作中的突出贡献，荣获“2018年全省脱贫攻坚奖贡献奖”。

陈耀祥，男，汉族，现年50岁，中共党员，甘肃中天羊业股份有限公司董事长。

他以甘肃贫困地区的肉羊养殖为主导，探索建立了以促进增收脱贫为核心的肉羊产业扶贫模式。累计培训肉羊养殖农民近12万人，投放种羊85万只，与全省150余个农民专业合作社和1000多个养殖大户建立了长期合作关系，与全国200余家相关企业开展了业务合作，吸纳各地1000余名贫困人员闲置劳动力就业。

2018年4月22日，中天羊业与会宁、古浪、民勤、临潭等12个县（市）签署产业扶贫项目协议，以“三变”模式和“轻资产”模式发展肉羊产业扶贫项目，目前签约合作县区已达23个，投放湖羊种羊6万多只，开展培训合作县区35个，新带动甘肃省140个合作社、6500户建档立卡贫困户依靠羊养殖实现脱贫致富。开工建设或即将开工的扶贫工程7项，总投资逾18亿元。其中，会宁中天100万只肉羊屠宰及精深加工中心项目、中天羊业兰州新区生态农业示范园项目一期5万只种羊场实现正式投产。民勤中天羊业二期项目正在加紧进行厂区各项基础设施建设。

陈耀祥带领科研团队荣获省级科技进步二等奖4项、三等奖4项，获得10项发明专利、37项实用新型专利和21项外观设计专利，他自己荣获“2018年全省脱贫攻坚奖奉献奖”。

张吉俊，男，汉族，56岁，中共党员，甘肃省卫生健康委综合监督局局长。

他时刻牢记作为一名共产党员的初心，为了让人民群众看得起病，他敢闯敢干，破除阻力，采取铁腕措施向侵害人民健康权益的行为开刀，成为全国查医院乱收费、滥用抗生素、药品耗材加价、开具大处方等行为的第一人；为使人均看病3000元的健康扶贫政策有效落地，他亲自翻病历、看医嘱、算报销账，对35个深度贫困县逐一筛查，找出相关部门易忽视、抓不实的健康扶贫关键环节，狠抓督促整改。

2013年至2017年，甘肃公立医院门诊、住院费用连续5年全国最低。2016年以来，295名滥用药、大处方医生受到处理，党的健康扶贫政策惠及千家万户，从源头上减少了因病致贫、返贫。

他用真情践行使命，把帮扶村的群众当成了自己的亲人，东奔西跑筹措资金，鼓励村民养牛羊鸡，引进关东驴，推广地膜中药材、甜高粱与黑麦套种技术，改善基础设施，送化肥、送种子，义务植树，多次开展送温暖活动，两个帮扶村已整村脱贫摘帽。

他先后荣获“全国卫生系统先进工作者”“全国医药卫生系统创先争优活动先进个人”“甘肃省脱贫攻坚先进个人”等荣誉称号。

常继锋，男，汉族，现年54岁，中共党员，静宁常津果品有限责任公司董事长。

常继锋于2005年创办的静宁常津果品有限责任公司，是“国家级农业产业化重点龙头企业”。成立果品专业合作社，建设标准化原料生产基地，提升苹果品质，助农增收脱贫，形成“合作社+基地+农户（贫困户）+公司”的利益联结机制，累计建成各类认定的果品基地3.2万亩，基地建设辐射带动果农4000多户，其中涉及建档立卡贫困户1600户，提高了贫困户优果率，增加了贫困户收入。为4160户建档立卡贫困户提供先储存销售后付费和优先储存的优惠政策。为1040户建档立卡贫困家庭提供收购销售信息，联系客商优先收购贫困户苹果，减少了贫困户劳务成本和存储成本。

公司对李店镇蒲岔村20户建档立卡贫困户一对一制定了详细的帮扶计划，开展了“送农资、送技术、送温暖”帮扶活动，累计发放有机肥14吨、地膜3000公斤，为结对帮扶户每年提供果园标准化管理技术指导20余次，有效解决了贫困户发展产业难题。和农业银行联合，与果农签订协议，以企业资产以及自己的信誉进行抵押担保，为果农引入低利息的资金贷款，累计为108户贫困果农发放低息贷款资金达500余万元。不仅辐射带动全县果品生产企业向基地规模化、生产标准化、产品品牌化、营销市场化、服务社会化的现代果业发展格局迈进，同时带动了公司周边农民脱贫致富，让小苹果真正成为农民的“脱贫果”“致富果”。他本人荣获“2018年全省脱贫攻坚奖奉献奖”。

张华，男，汉族，现年54岁，中共党员，甘肃中盛农牧发展有限公司董事长。

张华在外创业成功后，始终不忘生活在国家级贫困县的家乡父老乡亲。2011年，他怀着建设家乡、回报乡亲的一片赤子情怀回到镇原县，建办了甘肃中盛农牧发展有限公司，吸收就业1500人，贫困人口近200人，人均年收入约4万元，年增加工资收入7200万元。通过“户托社养、公司代养、订单种植、务工就业、土地流转”等多种模式发展肉羊产业。带动扶贫合作社318个，入社贫困户1.53万户，累计分红1200万元；公司代养带动贫困户1.98万户，分红1986.58万元；订单种植带动种植户9052户，累计吸纳贫困户就业470人。2019年，通过“五位一体”肉羊产业发展模式，整合“政府、合作社、银行、企业、保险公司”五方资源搭建产业平台，建成肉羊标准化扶贫合作社411个，公司负责经营，可养殖基础母羊16万只以上，带动贫困户1万户以上。

他热心公益事业，先后捐资1.67亿元支援灾区重建、农村基础设施改善、薄弱学校改造、贫困群众和困难学生救助等社会事业，帮扶30多个家庭脱贫，帮助15名贫困学生圆了大学梦，荣获2015年“感动甘肃·陇人骄子”提名奖。

张锦芳，女，汉族，现年39岁，中共党员，甘南日报社干部、舟曲县城关镇坝里村原第一书记兼帮扶工作队队长。

2015年，为帮扶工作的连续性，她任职期满后主动要求继续留在村里。

几年来，她充分发挥基层党组织作用，突出党建引领理念，通过多方协调筹资80余万元，为坝里村的酿酒户购置中型酿酒设备和酒缸，为贫困户购买优质青稞，全力支持坝里村发展青稞酒酿造业。通过深入开展“树旗帜、亮身份、加油干”活动，把基层党组织联系在产业链上，大胆探索尝试“党建+合作社+商户”等模式，举办“坝里村青稞美酒品赏会”，依托“宜品文化”青年创新创业孵化基地，拓宽了青稞酒销售渠道。目前，全村共有179户农户从事青稞酒酿造，年销售额超过100余万元，青稞酒酿造已成为全村实现脱贫致富的“金产业”。

为扎实推进基层党建工作向纵深发展，切实将脱贫攻坚工作落实在实际效果上，落实在老百姓的满意度上，她协调筹资30余万元，帮助实施了34户贫困户的危旧房改造项目，积极改造村内饮水、医疗、文化娱乐等公共设施，使村容村貌焕然一新。以抓党建促规范，抓产业促增收，抓建设强基础，抓民生促和谐，她的工作多次受到坝里村群众的广泛好评和省、州、县的“优秀”表彰奖励，荣获“2018年全省脱贫攻坚奖贡献奖”、省级劳模等称号。

李元涛，男，汉族，现年45岁，中共党员，陇南领军电子商务有限公司总经理。

他以电子商务为抓手，以扶贫济困为职责，开创出了一条“协会+公司+联合社+合作社+贫困户+电商”的独特蜂产业带贫之路，甘于奉献，尽力帮扶，造福乡亲，成效明显，受到社会广泛好评。

2015年，为响应政府电商扶贫的号召，他创立了陇南领军电商公司，带动宕昌县电子商务发展。经过4年的努力，电商覆盖全县25个乡镇200个村，为86个贫困村建设了电商扶贫网店，带动160多人参与电商创业，电商扶贫帮助20户贫困户在网上销售农产品，带动贫困户人均增收1200多元。他带领公司员工走进25个乡镇的86个深度贫困村，进村入户培训1200多人次，吸收8名贫困户大学生就业，为贫困户开设了12家网店。

李元涛始终坚守一个信念：“扶贫济困是我的义务，奉献爱心是我的本分”，多年来累计捐款 32 万多元。他还出资 30 万元购买了蜂箱和蜂母，为全县贫困户发放了 5000 多只蜂箱，200 多箱蜂母，直接带动 26 户贫困户养蜂，带动贫困户户均增收 1.5 万多元。同时为全县 80 家合作社提供养蜂技术指导，引导大家走上了蜂产业致富之路。荣获“2018 年全省脱贫攻坚奖奉献奖”。

施林敏，女，汉族，现年 36 岁，中共党员，甘肃省林业和草原局人事处副处长，天水市秦安县中山镇蔚文村党支部原第一书记、驻村帮扶工作队队长。

2017 年 8 月，施林敏担起了深度贫困村党支部第一书记的重任。驻村以来，她推行“智慧帮扶”，利用无人机航拍创新构建起了蔚文村帮扶工作综合信息平台。她坚持把加强党建作为打好硬仗的根本保证，牢固树立基层党组织的战斗堡垒作用，科学运用“帮扶单位引领带队、党员干部结对帮扶、先进党员示范带动”的模式，将蔚文村党支部打造成了“先进基层党组织”“基层党建示范点”。坚持把生态扶贫作为改善群众生活的重要途径，完善村域生态环境；把“一户一策”作为脱贫致富的基本路径，切实将脱贫攻坚惠农政策落实到每一位贫困户身上；坚持把产业扶贫作为促农增收的持久动力，把技能培训作为激发活力的重要举措，在蔚文村扶持栽植花椒树 1860 亩，占全村宜栽面积的 92.4%，引导科学套种，推广种植马铃薯、万寿菊、冬花等经济作物，形成了创收特色产业。将改善基础设施作为提振干劲的有力抓手，硬化通村道路 6.3 公里，硬化入户小巷道 8500 平方米，安装太阳能路灯 61 盏，彻底改变了深度贫困村的村容村貌。荣获“2018 年度全省脱贫攻坚奖先进个人”等荣誉称号。

李缘，男，汉族，现年 42 岁，中共党员，陇南市徽县大河店镇党委书记。

大河店镇是徽县集中连片深度贫困乡镇之一，自他担任党委书记以来，始终把“拔穷根”作为主要任务，探索出了“支部引领 + 村集体持股 + 群众参股 + 贫困户配股”和“三合三分”产业发展带贫的成功模式，通过组建农民专合组织，在带动建档立卡贫困户共同致富的基础上，有效增加了村级集体积累。同时，创新运用“三合三分”合作社建设和管理机制，有效规避了合作社发展的风险，成功打响了“青泥黑猪”“青泥岭老巢蜜”等品牌并取得中国绿色食品发展中心的认证。CCTV7“每日农经”、CCTV1“朝闻天下”节目多频次进行了宣传报道。建成了文池村、三泉村、青泥村省列美丽乡村，成功举办了三届乡村旅游文化节，全镇旅游综合收入达到1200万元。截至目前，全镇共创建专业合作社72个，辐射带动建档立卡贫困户813户，分红381.33万元，其中，村集体分红108.95万元，建档立卡贫困户分红272.38万元，贫困人口由813户3150人减贫至11户35人，贫困发生率由34%降至0.379%。荣获“2018年全省脱贫攻坚奖创新奖”和“2019年感动甘肃·陇人骄子”提名奖。

宋鹏，男，汉族，现年35岁，中共党员，天津大学区域发展研究院秘书、深圳研究院法定代表人，共青团陇南市委驻深圳工委书记，陇南市宕昌县沙湾镇大寨村原第一书记。

2015年8月，天津大学派驻陇南市宕昌县沙湾镇大寨村第一书记驻村扶贫以来，抓党建促脱贫攻坚，探索党建扶贫互促机制，构建创业型村组织。开发贫困地区特色产品12种，以“农村‘三变’+电子商务”改革试点为契机，以众筹扶贫为抓手，整合资金138万元，打造全链条农村电商产业，2017年村集体销售收入55万元，实现零的突破，“农村电商扶贫的沙湾探索”入选全国电商精准扶贫会现场交流发言，宋鹏也被村民称为“臊子书记”；成立电商工作室、青年电商荟，建设共享农村电商扶贫车间5000平方米，培养电商专才42人，培训青年3000余人次；《人民日报》、天津卫视等媒体多次报道其电商扶贫工作，多次受邀分享电商扶贫工作经验，当选为共青团第十八次全国代表大会代表。荣获“2018年全国脱贫攻坚奖奋进奖”。

陆静伟，男，汉族，35岁，中共党员，国投矿业投资有限公司投资一部副总经理，合水县蒿咀铺乡蒿咀铺村原第一书记。

2015年来到庆阳市合水县蒿咀铺村做第一书记。上任伊始，即提出在党员中开展“三个一”的学习教育活动，即“精读一本书、提出一个致富建议、落实一个致富项目”，进一步强化党员的带头示范作用。通过不断努力，他为每户贫困户争取到1万元的住房安置资金，建成有107套小康农宅的脱贫攻坚示范点1处，解决了村民住房问题，并配套完善基础设施，丰富了群众生活。牵头组织成立了农副产品农民专业合作社，社员涵盖了179户所有的建档立卡贫困户。他所经营的合作社已经为3个合作社代办了工商注册、对公账户申请以及报税等业务。他利用寒暑假时间为学生辅导课程。其网店销售收入达6万余元。荣获“2018年甘肃省脱贫攻坚奖奋进奖”。

在这两份“最美”的名单里，有一个名字已经成为永远。她叫张小娟，一个再普通不过的女性名字，一个“生如闪电之耀亮，死如彗星之迅忽”的年轻藏族女性，她把自己的青春和生命献给了伟大壮丽的陇上扶贫事业。她的生命是短暂的，她的足迹是坚实的。

2020年12月3日，中共中央发出《关于授予周永开、张桂梅同志和追授于海俊、李夏、卢永根、张小娟、加思来提•麻合苏提同志“全国优秀共产党员”称号的决定》，张小娟被追授为“全国优秀共产党员”称号。

公布的事迹为：

张小娟，女，藏族，甘肃舟曲人，1985年4月出生，2008年9月参加工作，2010年8月加入中国共产党，甘肃省舟曲县扶贫开发办公室原副主任。2019年10月7日，在完成舟曲乡村脱贫攻坚抽样调查工作返程途中因交通事故不幸殉职，年仅34岁。张小娟同志是在习近平新时代中国特色社会主义思想指引下成长起来的优秀共产党员，是在脱贫攻坚一线不懈奋斗的优秀青年干部。她忠诚于党、执着奉献，舍弃在大城市生活的机会，积极投身家乡灾后重建和脱贫攻坚事业。她敢于担当、务实勤勉，专业本领强、业务水平高，无论在乡镇工作还是分工负责全县脱贫攻坚有关工作，都是政策数据的“活字典”，推动工作落实的“排头兵”，成为当地扶贫事业“离不开的人”，为舟曲全县脱贫摘帽作出重要贡献。她舍小家顾大家，为山区群众脱贫致富奔走，无暇照顾年迈的父母和年幼的孩子，却成为百姓心中牵挂的“乖女儿”。

最美扶贫人，百姓乖女儿！在此，用藏族诗人牧风的一首诗，表达我们对张小娟的哀思和敬意吧。

风雪吹醒的名字

时光里呈现的一切，终将成为最美的故事。

——题记

在这个冬天 泉城更像一枚坚硬的果核
把哀愁和忧伤汇织在一起
让我翻动的日历上浸透疼痛和无助

站在龙江的呜咽和翠峰的肃哀中
在楹联古街最悠长的地方
透过沉沉的夜幕
我呼唤一个个晶莹透亮的名字
一个个被风雪吹醒的名字
张小娟 陈文燕 闵江伟 王彦辉

这个冬天 整个舟曲都被追思和怀念牵动着灵魂
这个冬天 整个甘南都被感天动地的故事扣动着心弦

那些曾经鲜活的生命
一次又一次浮现在我仰望的眼神里
那些曾经璀璨在甘南夜空的星星

伫立在羚城小街
这个黄昏翳云弥漫 暮雪朦胧
满目苍凉中 成片成片的白瓷碎裂
飘曳着众生的哀思
最后的身影定格在芳华绽放的瞬间
那是最后的足音啊 亮出扶贫最美的光芒

韶华已逝 它凝重的影子在寒夜里
凝结成我泪光滢滢的文字
这个冬天 江河凝固了山川凝固了
那一张张纯净的脸庞
那一对对执着的眼睛
浮现在挥泪的人群中
四个伟岸与大美堆砌的铜影

不时透过屏幕伫立在我们眼前
他们怀抱着藏乡的美丽画卷
怀抱着扶贫路上的铮铮誓言
义无反顾地迈向生命的尽头

这个冬天 四个人感动着一座城

我的呼唤被阻隔在尘世之外
城马依旧 小娟不在
立节依旧 文燕不在
峰迭依旧 江伟不在
坪定依旧 彦辉不在
这个冬天 萧瑟之气湮没了尘世的烟云

透过微光 那些倔强的背影和坚毅的目光
穿越龙江波涛
跋涉翠峰山峦
那些怀揣信念的人
那些怀揣光芒的人
已经走完生命的全程

这个冬天 我只能拿起笨拙的笔
把那些英灵从生命的尽头唤回
为他们做一次灵魂的祭祀
才思已经干涸 声音已经凝噎
而那铿锵有力的脚步
已涉过每一片被大爱浇灌的泥土

今夜我在羚城默念着葵花一样的名字
那金灿灿的成色
如一个个动人魂魄的故事
正通过窗外斑驳的月光

落入我单薄的诗句中
像一片片岁月的印痕
镶嵌在追忆的文字里
至今占据我灵魂的全部